# LA LISTE

Steve Martini est un des grands avocats américains, tant en cour d'assises qu'au tribunal de grande instance. Considéré comme l'un des maîtres du thriller psychologique, il est l'auteur de nombreux best-sellers dont *Principal témoin* et *Trouble influence*. Il vit sur la côte Ouest avec sa femme et sa fille.

*Paru dans Le Livre de Poche :*

Pas de pitié pour le juge

Principal témoin

Trouble influence

STEVE MARTINI

# *La Liste*

ROMAN TRADUIT DE L'AMÉRICAIN PAR RICHARD CREVIER

GRASSET

*Titre original :*

THE LIST

Publié par G.P. Putnam's Sons, à New York, en 1997.

*Pour Leah et Megan*

# Prologue

*Il porta la lunette à son œil droit et tenta de repérer des indices de chaleur, des ondes thermiques indiquant la présence de quelqu'un caché dans les zones d'ombre sur le pont du bateau.*

*Le vieil instrument de vision nocturne était une antiquité des années 60. Il regretta de ne pas avoir pris ses lunettes à infra-rouge.*

*De la vapeur brûlante s'échappant d'un orifice sur le flanc du navire projetait une sorte de nuée verdâtre. Il détacha quelques instants la lunette de son œil pour se réorienter. Il reprit ensuite sa recherche là où il s'était interrompu, sous le mât de charge de cent quatre-vingts tonnes qui se dressait vers le ciel sur le pont avant.*

*« Tu la vois ? » Son compagnon regardait par-dessus son épaule.*

*« Pas encore. » Il continua à scruter le bateau.*

*« Elle est peut-être déjà à l'intérieur ?*

*— Non. » Elle aurait dû pour cela traverser le pont découvert et il l'aurait vue. « Elle est là quelque part. »*

*Il poursuivit son examen du pont, rencontrant de temps à autre une lumière brillante sur le bateau, ce qui faisait comme s'embraser l'image qu'il tenait au bout de sa lunette. Il était obligé de plisser les yeux avant de retrouver son objectif où il l'avait laissé et de reprendre sa recherche méthodique.*

*« Tu crois qu'il est à bord ?*

*— Qu'est-ce qu'elle serait venue faire ici, sinon ? »* *L'homme à la lunette n'avait pas envie de parler. Manipulant l'instrument, il orienta sa recherche vers un fouillis de lignes phosphorescentes qui sautillaient sous ses yeux.*

*« Allez, on la retrouve et on file.*

*— Ce n'est pas si simple que ça.*

*— Tu penses qu'il est armé ?*

*— Je ne sais pas. » L'homme ne devait pas être armé — il ne les attendait pas. Et s'il l'était, ils lui feraient son affaire. « Qu'est-ce que c'est que ça ?*

*— Quoi ?*

*— Là. » Il interrompit son lent balayage visuel du bateau pour fixer sa lunette sur un éclat d'un vert lumineux semblable à la lunule d'un ongle qui brillait au pourtour d'une bâche en toile juste derrière le mât de charge.*

*Abby Chandlis était exténuée. On avait beau avoir un fort instinct de survie, celui-ci avait des limites. Elle était fatiguée, et l'on commet des erreurs lorsqu'on est fatigué. Elle en avait commis une à l'aéroport et ils l'avaient vue. Abby avait la mort aux trousses.*

*A plat ventre sur les froides plaques d'acier du pont principal, trempée d'embruns et de sueur, elle se cachait dans les ombres créées par les lourds gréements du navire. Elle fouillait le quai des yeux pour y capter un éventuel mouvement.*

*Elle savait qu'ils y étaient tapis, au milieu des palettes de manutention et des conteneurs métalliques géants, à l'affût du moindre mouvement, l'oreille tendue. Ce n'était pas une illusion, elle les avait vus. Pire, eux aussi l'avaient vue.*

*Accroupie, elle se déplaça lentement sur un mètre ou*

*deux en tâtant de ses mains tendues les plaques d'acier du pont et vint s'arrêter derrière une pile de radeaux de sauvetage gonflables, recouverts d'une bâche. Elle ne pouvait s'aventurer plus loin sans se mettre à découvert sur la plage avant où ils la verraient à coup sûr. Elle savait qu'il lui faudrait tôt ou tard courir ce risque. Il fallait qu'elle arrive jusqu'au milieu du navire, à la superstructure qui conduisait à l'intérieur.*

*Morgan était ici, sur ce bateau. Il fallait qu'elle le trouve, qu'elle le prévienne. Ils le tueraient, elle le savait, tout comme ils avaient tenté de l'abattre elle-même. Sauf que maintenant, sans le vouloir, elle les avait conduits jusqu'à lui.*

*Elle se rassura à la pensée que Morgan s'y connaissait en bateaux. Il saurait bien s'y retrouver sur celui-ci, découvrir une issue quelconque, une voie par où filer en douce sans se faire repérer. Abby en était convaincue. Ils parviendraient, elle et lui, à semer les hommes qui se trouvaient sur le quai. Dès qu'ils auraient remis les documents ce serait fini. Les deux hommes n'auraient rien à gagner à les tuer. Une fois connue l'information que contenaient les documents et signés les contrats de royalties, tout serait fini. Ce qu'ils voulaient, c'était les documents, c'était uniquement pour cela qu'ils voulaient tuer Morgan. Abby, à son insu, avait fait de lui une cible.*

*« Je l'ai. » Il ajusta sa lunette.*

*« Tu es sûr ?*

*— Ouais. » Il indiqua l'échelle de coupée qui conduisait du quai au pont avant. Il leva les yeux vers la passerelle pour voir s'il y avait quelqu'un sur la dunette. Il vérifia ensuite rapidement avec sa lunette. La route était libre. « Allons-y. »*

*Ils dégringolèrent en bas de l'échelle. Il mit la lunette dans sa poche et suivit son compagnon derrière un alignement de conteneurs métalliques. Il sentait à l'arrière de son pantalon la crosse guillochée d'un*

*Beretta 9 mm. Une cargaison, soigneusement empilée, s'élevait à la hauteur de deux conteneurs sous l'énorme grue, attendant d'être chargée par les dockers sur un autre bateau le lendemain matin. Cette cargaison se trouvait opportunément entre eux et le Cuesta Verde. S'ils restaient derrière, Abby ne les verrait pas. Ils lui tomberaient dessus avant qu'elle n'ait le temps d'ouvrir la bouche pour crier. L'élément de surprise était décisif.*

*Ils se glissèrent silencieusement jusqu'à l'angle du second conteneur. De là, il fallait faire un sprint de trente mètres à découvert jusqu'au pied de l'escalier. Il calcula qu'elle pourrait les voir depuis le pont sur les quinze premiers mètres, à condition bien entendu qu'elle tourne les yeux dans la bonne direction. Ensuite ils seraient trop près du flanc du navire pour être visibles. A partir de là, ce serait facile : il suffirait de grimper à l'échelle de coupée et de se glisser derrière elle...*

*« Vas-y le premier », lui dit à voix basse son compagnon en le regardant.*

*Sachant que c'était son boulot, il ne discuta pas mais entreprit aussitôt de retirer ses chaussures. Même des semelles de caoutchouc auraient fait du bruit sur l'asphalte. Il noua les lacets de ses deux chaussures qu'il suspendit à son épaule. Son compagnon l'imita. Puis, sans hésiter, il s'élança de derrière le dernier conteneur, le cœur battant. Si elle le voyait ou l'entendait, elle filerait. Il y avait des milliers d'endroits où se cacher sur un bateau.*

*Il parvint sans faire de bruit jusqu'à l'échelle de coupée puis s'arrêta et tendit l'oreille. Il n'entendait rien que le monotone gargouillement provenant de l'intérieur du bateau au repos, un moteur par-ci, un générateur par-là, sons lointains et réguliers qu'aucun bruit de pas ne venait rompre sur le pont au-dessus de lui. Il se retourna et fit signe à son compagnon de le suivre.*

*Douze secondes plus tard, ils étaient accroupis l'un contre l'autre au bas de l'escalier. Ils n'échangèrent pas un mot. Il s'élança le premier sur l'échelle de coupée métallique dont il monta les marches deux à deux en prenant soin de ne pas heurter l'échafaudage en métal qui les soutenait.*

*Il n'était plus qu'à dix marches du sommet, de la rambarde coulissante donnant accès au plat-bord, lorsqu'il entendit un bruit métallique derrière lui. Il se retourna pour voir ce qui se passait. Cela rebondit encore à deux reprises sur l'échelle de coupée avant de tomber sur le quai avec un bruit sourd : le nœud des lacets qui retenait les chaussures de son compagnon s'était défait et celui-ci jonglait maintenant pour en rattraper au moins une des deux. Il y parvint in extremis.*

*Elle était perdue dans ses rêveries lorsque le bruit la ramena à la réalité. Elle pivota sur elle-même et regarda en direction de l'échelle de coupée.*

*Ce n'était peut-être rien, le craquement de la coque du navire contre le quai, mais Abby ne perdit pas de temps à s'en enquérir. Les sens en éveil, se fiant à son instinct, elle se précipita tête baissée vers la superstructure du bateau qu'elle devinait vaguement devant elle. Ses chaussures résonnaient sur le pont métallique. Elle s'élança dans l'escalier menant aux cabines. Une fois dans la coursive, elle essaya la première porte venue. Elle était verrouillée. Elle tenta d'en forcer la poignée mais celle-ci résista.*

*Elle entendit alors des pas derrière elle, un lourd martèlement de talons sur le pont métallique, mais étouffé, et qui se rapprochait.*

*Elle se remit à courir dans la coursive. La porte suivante était ouverte. Elle donnait sur un couloir faiblement éclairé par une simple ampoule falote fixée au plafond. Elle s'engagea dans ce couloir dont elle essaya de refermer la porte derrière elle. Celle-ci ne bougea pas.*

*Les pas se rapprochaient. Abby ressortit dans la coursive pour regarder derrière la porte. Un gros crochet de cuivre retenait celle-ci rabattue contre le mur métallique. Elle le décrocha et, ce faisant, se retourna et les vit : deux silhouettes se découpant contre les lumières éclatantes du quai venaient vers elle au pas de charge dans la coursive.*

*Elle revint dans le couloir en ramenant la porte derrière elle. Elle eut du mal à venir à bout des verrous métalliques de la porte étanche mais, après avoir réussi à en bloquer un, elle finit par les fermer tous les quatre. L'ennui venait de ce qu'il leur serait possible de les manœuvrer tout aussi facilement de l'extérieur.*

*Elle tint abaissés deux des verrous qui se trouvaient au haut de la porte en s'y suspendant de tout le poids de son corps puis, horrifiée, les vit ouvrir les verrous du bas et tirer sur la porte. Les cent cinquante kilos de fer ploieraient à peine tant qu'elle retiendrait les deux verrous fermés. Elle les sentit qui tiraient sur la porte et tentaient d'ouvrir les verrous supérieurs.*

*Ses forces déclinaient. Elle ne tenait plus que grâce à l'adrénaline. Ses bras la faisaient souffrir. Elle ne pourrait pas rester suspendue ainsi beaucoup plus longtemps, et elle le savait. Elle tourna la tête et posa la joue contre le métal froid. Les yeux injectés de sang, elle se demanda ce que ce serait que de mourir. Elle s'abandonnait à cette pensée lugubre lorsque son regard tomba sur un objet dans un coin, un balai-brosse dont le long manche métallique était appuyé contre le mur. Toujours suspendue aux verrous, elle essaya de le saisir avec l'un de ses pieds qui se balançaient au-dessus du sol, mais n'y arriva pas.*

*Ils continuaient à s'acharner sur les verrous. Ils les amenèrent à la verticale en la soulevant elle-même à demi, puis la loi de la gravité reprit le dessus et ils lâchèrent. Elle retomba dans un choc sourd, tout son poids suspendu à ses bras. Les verrous se remirent en place tandis qu'ils tiraient de toutes leurs forces sur la porte.*

*Cela lui donna un instant de répit. Elle relâcha sa prise sur l'un des verrous, qu'ils s'empressèrent de tourner. La porte ne tenait plus fermée que par un seul verrou, qui commençait à se redresser avec la suppression du poids de son corps. La gravité ne jouant plus, la lutte devenait par trop inégale.*

*Elle tendit le bras vers le balai dont elle s'empara de sa main libre. Elle le souleva, la brosse tournée vers le plafond, et en cala le manche entre le verrou métallique et la porte de manière à la bloquer solidement.*

*Les autres, dehors, continuaient à tirer. Le manche plia mais ne céda pas. Lentement, Abby s'éloigna, sans quitter le verrou du regard.*

*Ils s'y attaquèrent. Elle les entendit jurer en un chapelet d'onomatopées qui lui parvinrent à travers la porte. Celle-ci résistait.*

*Elle fit demi-tour et s'enfuit dans le couloir obscur sans savoir où elle allait.*

*Il se battit avec le loquet. Celui-ci était bloqué.*

*« On va trouver un autre chemin. » Ils repartirent dans la coursive, dont deux autres portes étaient verrouillées, leurs loquets retournés à l'intérieur. Ils arrivèrent à une porte derrière le hublot de laquelle leur parvenaient des bruits de voix. Jetant un œil dans le bas de l'épaisse vitre oblongue, il vit deux hommes en conversation dans une petite cabine. Celui qui lui tournait le dos portait une salopette tachée d'huile. Sans doute un mécanicien.*

*Ils se glissèrent sous le hublot et continuèrent.*

*Plus bas, la superstructure était traversée par un passage qui courait au milieu du bateau de tribord à bâbord sur le pont principal : le boulevard. Le terme lui était familier depuis son service militaire, qu'il avait effectué à bord d'un bateau dans les Marines. Il le surveilla de l'extérieur durant plusieurs secondes avant de s'y engager. C'était une des principales voies de circulation du navire, régulièrement empruntée par l'équipage pour ses déplacements d'un côté à l'autre. Le bateau étant à quai, avec un équipage réduit au minimum, le boulevard était pour l'heure sombre et désert. Ils s'y élancèrent en courant et ressortirent quelques secondes plus tard à bâbord. Ils revinrent sur leurs pas vers l'avant et, quelques instants plus tard, trouvèrent une porte ouverte. Ils s'y engouffrèrent.*

*La première explosion projeta Abby sur les genoux dans la coursive obscure. Un éclat de lumière vive éclaira le couloir et des tourbillons de fumée commencèrent à monter de l'entrepont. Des klaxons et des alarmes retentirent. Elle venait de se relever lorsque la seconde explosion la plaqua contre une des parois métalliques. Elle ressentit une douleur cuisante à l'épaule. L'onde de choc lui résonna dans les oreilles avant de la jeter par terre comme une poupée de chiffon. Elle resta ainsi, assommée, les sens paralysés, abrutie, tandis que la chaleur provenant du pont métallique l'enveloppait comme dans un cocon.*

*Les images dansaient dans son esprit comme un film au ralenti. Elle flottait dans une semi-conscience, tremblante et épuisée, se demandant si son heure était arrivée, tout en essayant de se souvenir à quel moment précis elle avait commencé à être obsédée par l'idée de renoncer à son identité et ce qu'il l'avait prise de s'en dessaisir effectivement.*

# CHAPITRE UN

Abby Chandlis approchait de l'âge mûr et, comme la plupart des femmes, était hantée par l'angoisse de mal vieillir.

Et ce n'était pas l'image que lui renvoyait son miroir, ce matin-là, qui eût apaisé ses craintes. On eût dit qu'une tornade lui avait ébouriffé les cheveux. Quelques rides commençaient déjà à se dessiner sous ses yeux, sans rien ôter encore à la finesse de ses traits. Elle brûlait la chandelle par les deux bouts.

Mince et élancée — elle faisait un mètre soixante-quinze —, elle approchait de l'âge mûr à une vitesse météorique et sentait qu'elle n'échapperait pas au destin commun. Elle avait de plus en plus l'impression d'être laissée pour compte dans une culture où la jeunesse est religion d'État.

Ce matin-là, par-dessus le marché, elle allait arriver en retard au travail. Cherchant quelque chose à se mettre, elle tâtonna à l'aveuglette dans son placard, à la lumière tamisée de la lampe de chevet. Elle attrapa le premier vêtement qui lui parut long et chaud. Ce jour-là, elle n'avait pas affaire au tribunal mais une pile de paperasses l'attendait sur son bureau.

Elle enfila une robe ample en coton imprimé, d'épaisses chaussettes rouges et de solides chaussures de marche. Ce n'était pas très élégant mais il s'agissait avant tout de se protéger du froid des vents hivernaux qui soufflaient leur haleine glacée sur l'ouest de l'État de Washington. Les journées étaient courtes, les nuits longues et noires.

Aux heures de pointe, elle mettait près de quarante minutes pour faire à pied le trajet de chez elle au bureau. Celui-ci se trouvait au septième étage d'un gratte-ciel juché sur une colline au-dessus d'Elliot Bay. De sa fenêtre, elle avait une vision partielle du *skyline* de Seattle au sud et, latéralement, en collant sa joue contre la vitre, elle pouvait apercevoir au loin la pointe de la Space Needle.

Elle était en train d'écarter les papiers qui encombraient le dessus de son bureau lorsque le téléphone de la ligne intérieure sonna.

« Oui.

— Il y a une femme ici qui veut vous voir.

— J'avais demandé qu'on ne me dérange pas.

— Elle insiste beaucoup. C'est à propos d'un livre. »

Abby se sentit brusquement blêmir. Qui pouvait bien venir la relancer jusqu'ici, à son bureau ?

« Qui est-ce ?

— Je ne lui ai pas demandé son nom. Vous voulez que je le fasse ? »

Abby réfléchit quelques instants. « Non. Donnez-moi deux minutes puis envoyez-la-moi. » Elle n'avait pas du tout envie que le livre devienne un sujet de conversation dans le cabinet juridique où elle travaillait. Baissant les yeux sur sa robe et ses chaussures, elle se rendit compte qu'elle n'était guère habillée pour l'occasion.

Elle prit le petit miroir et le rouge à lèvres dans le deuxième tiroir de son bureau.

Quelques instants plus tard, on frappa légèrement à la porte et celle-ci s'ouvrit. Elle dissimula vivement le miroir et le rouge à lèvres.

« Maître Chandlis ? » La voix féminine qui lui avait

posé cette question ne lui était pas familière mais elle ne lui donna pas moins un frisson dans le dos.

« Oui. »

La femme, grande et élégamment vêtue, tenait une luxueuse serviette en cuir. Elle traversa le bureau et tendit la main. « Je suis Carla Owens. Vous avez contacté mon bureau la semaine dernière. »

Interloquée, Abby posa sur l'inconnue un regard vide. Elle mit quelques instants à recouvrer ses esprits. « Oh oui. Bien sûr. » Saisie d'appréhension, elle esquissa un sourire de commande. Elle essuya ensuite mécaniquement ses mains sur sa longue robe imprimée et tendit à son tour la main à sa visiteuse.

« Pouvons-nous parler ici ou préférez-vous que nous allions ailleurs ? demanda celle-ci.

— Ça ira. Je vous en prie, prenez un siège. » Abby lui indiqua un fauteuil devant son bureau.

Tandis que la dénommée Carla Owens se calait dans le fauteuil, Abby se trémoussa nerveusement, mal à l'aise dans sa tenue. Avec ses mèches grises aux tempes et sa longue robe qui tombait, informe, sur des chaussures de marche, elle était attifée comme une paysanne de l'époque de la ruée vers l'Ouest. Elle lissa ses cheveux dans l'espoir d'améliorer quelque peu son apparence. Elle regretta de n'avoir pas eu ce jour-là à se rendre au tribunal : elle aurait pris la peine de s'habiller un peu mieux.

« Vous devez me croire folle d'avoir fait exprès tout ce chemin pour venir jusqu'ici, d'autant que mon bureau vous a appelée ? »

Abby ne répondit pas mais hocha légèrement la tête pour indiquer que cette idée lui avait traversé l'esprit.

Même dans ses fantasmes les plus débridés, jamais elle n'aurait imaginé cette femme assise ainsi devant elle, ici même, à son bureau. Cinq jours auparavant, quelqu'un du bureau de Carla Owens avait téléphoné chez elle, demandant à parler à Gable Cooper. Abby avait répondu que celui-ci était en voyage et qu'elle lui dirait de rappeler dès son retour. Elle pensait avoir ainsi gagné un peu de temps, assez en tout cas pour trouver Cooper. Mais voilà qu'elle était prise à son propre jeu, sans moyen de revenir en arrière.

Carla Owens était l'un des agents littéraires les plus puissants de New York. Elle n'avait pas son pareil pour commercialiser la chose écrite. Les plus gros contrats d'édition négociés sur la planète passaient entre ses mains. Elle représentait des Présidents, des romanciers. Elle était même depuis quelque temps l'agent du pape, dont on disait qu'il était plus facile d'obtenir audience de lui que d'elle.

Un paquet dépassait de la serviette de Carla Owens. Abby le reconnut : c'était une grande enveloppe postale qui avait beaucoup voyagé et n'était plus toute fraîche.

« En réalité, j'étais de passage dans la région. J'ai donc pensé à faire un saut jusqu'ici pour vous saluer.

— Où allez-vous ?

— Oh, je reviens de Los Angeles. Je rentre à New York. »

Elle accomplissait un triangle qui couvrait la moitié du pays et c'est ce qu'elle appelait être de passage dans la région. En fait, elle voulait à tout prix mettre le grappin sur Cooper, et Abby le savait.

« Je suis passée à tout hasard », insista Carla Owens. Elle regarda autour d'elle comme si elle s'attendait à trouver trace de Cooper dans le bureau.

« Je ne savais pas que vous étiez avocate, dit-elle.

— Humm. J'ai dû oublier de le mentionner.

— Monsieur Cooper est un de vos clients ?

— Simplement un ami. »

Cela parut lui plaire.

« Il est dans les parages ?

— Non. »

Cela, en revanche, parut lui déplaire.

« Je vous ai dit au téléphone qu'il était en voyage.

— Je m'étais dit qu'avec un peu de chance il se pourrait qu'il soit rentré.

— Je suis navrée que vous ayez fait ce détour. J'avais dit à votre bureau qu'il téléphonerait dès son retour. »

Carla Owens poussa un profond soupir, comme pour signifier qu'elle s'était déplacée pour rien. Puis, posant ses coudes sur le bureau, elle sourit à Abby.

« Que diriez-vous d'un café ? demanda celle-ci. Je vous dois au moins ça après toute la route que vous avez faite.

— Je veux bien. »

Abby sortit chercher deux tasses de café. A son retour, Carla Owens avait retiré le paquet de sa serviette et l'avait posé sur le bureau devant elle. Le manuscrit était toujours dans l'enveloppe bleu et rouge vif dans laquelle Abby l'avait expédiée deux semaines auparavant.

« C'est de la magie, dit Owens en levant les yeux pour regarder Abby. Il y a quelque chose d'envoûtant chez un homme capable d'écrire d'une voix aussi irrésistible. Et cette connaissance de l'âme féminine. » Elle leva les yeux au ciel. « Il faut absolument que je lui parle. Le plus tôt sera le mieux. »

Carla Owens ne savait pas exactement jusqu'à quel point elle pouvait se confier à cette femme. En règle générale, elle en disait le moins possible — le sacro-saint principe de l'agent littéraire.

« Si je comprends bien, c'est Monsieur Cooper qui vous a demandé de m'envoyer son manuscrit ? »

Abby se raidit. Dans son esprit, ce qui se passait là était l'équivalent littéraire d'une guerre. Et dans toute guerre, la première victime était la vérité. « En effet, répondit-elle.

— Si vous n'êtes pas son avocate, puis-je vous demander quel est votre rôle à ses côtés ?

— Je lui tape ses textes. Je fais quelques corrections. Il nous arrive d'échanger des idées générales. »

Carla Owens essayait de lui tirer les vers du nez. Elle voulait savoir si Abby occupait une place importante dans la vie de Gable Cooper. Si elle n'était pas son avocate, alors quoi ?

Elle la toisa. Abby allait vers la quarantaine mais ne manquait pas de charme. Elle aurait même pu être belle si elle n'avait négligé son apparence. Carla Owens se représenta mentalement ses relations avec Cooper : un peu de mise au propre des textes de celui-ci, l'inévitable petit massage dans le dos de temps à autre, des longues nuits de travail qui vous laissaient somnolente toute la matinée. Ils étaient peut-être amants.

« Ainsi, vous êtes sa collaboratrice ?

— Je n'irais pas jusqu'à dire ça. »

Carla Owens lui adressa un sourire entendu.

« Disons que nous sommes amis, sans plus. Nous nous voyons beaucoup. Lorsqu'il part, il me dit où il va et généralement il revient.

— Je vois. » Le sourire de Carla Owens se mua soudainement en une sorte de rictus. Abby allait lui donner du fil à retordre. Peut-être ne s'était-elle pas déplacée pour rien après tout. Faute de pouvoir parler directement avec Cooper, Abby ferait toujours l'affaire.

Les deux femmes se toisèrent par-dessus leur tasse de café.

« Savez-vous où il est ? » Peut-être pourrait-elle le débusquer elle-même.

« Aux dernières nouvelles, il était au Mexique.

— C'est grand le Mexique.

— Quelque part du côté de Cancún. »

C'était déjà ça. Carla Owens se demanda si elle devait essayer de lui faire dire le nom d'une ville. « Dans une station balnéaire ?

— Non. Gable a horreur de ce genre d'endroits. Tous ces gens qui se font rôtir sur le ciment autour d'une piscine. Il est dans un coin reculé. Quelque part dans le Yucatán. Hors des sentiers battus. » Autrement dit, inaccessible.

Carla Owens but une gorgée de café et réfléchit à la question suivante.

« Qu'est-ce qu'il fait là-bas ?

— De l'imprégnation pour son prochain livre.

— Il en a un autre en chantier ? »

Abby fit signe que oui.

« Comme celui-ci ? » Carla Owens toucha le paquet posé sur le bureau devant elle comme s'il possédait des vertus thérapeutiques.

Abby acquiesça de nouveau.

« Il faut absolument que je lui parle, reprit Carla Owens. Et si on essayait de le joindre ? Ce soir peut-être ? Je me ferai un plaisir de retarder mon départ. Je paierai la communication. »

Abby secoua la tête. « Non. Non. Ce serait du temps perdu. Il faudrait faire un tas de numéros de téléphone avant d'arriver jusqu'à lui. S'il est là où je pense, il n'y a pas de téléphone dans le coin. En plus, quand il travaille, il n'aime pas être dérangé.

— Croyez-moi, lorsqu'il saura ce que j'ai à lui dire, il sera très content qu'on le dérange. »

Abby posa son regard sur la femme par-dessus sa tasse de café.

« Un éditeur s'intéresse à son manuscrit ? » L'avocate reprenait le dessus.

« Si on veut. Mais il faut que j'explique la chose directement à Monsieur Cooper.

— Je vois. » C'était elle-même, Abby, qui avait tout fichu en l'air en s'écartant de l'histoire qu'elle avait elle-même mise au point. Carla Owens l'avait surprise en se présentant ainsi à son bureau. Si elle avait été l'avocate de Cooper, elle aurait pu exiger de l'agent littéraire qu'elle lui fournisse quelques explications. Or Carla Owens lui avait fait dire que ses relations avec Cooper n'étaient pas de nature juridique. Pour Abby, c'était comme si on lui refusait la clé de son propre coffre bancaire : il lui faudrait livrer Gable Cooper en chair et en os pour en connaître le contenu.

« Ça lui arrive souvent ? », demanda Carla Owens.

Abby lui adressa un regard interrogatif.

« Monsieur Cooper, reprit Carla Owens. Il disparaît souvent comme ça ?

— De temps en temps.

— Il s'absente longtemps ?

— Ça dépend. Parfois un mois, parfois davantage. »

Carla Owens marmonna quelque chose qui ressemblait beaucoup à « merde ».

« Il doit quand même être joignable. » L'avocate, ç'aurait dû être elle, Carla Owens. Chaque réponse lui suggérait une nouvelle question. « Et en cas d'urgence ? Il n'a pas de famille ? »

Abby leva sur elle un regard songeur. Elle haussa les épaules. « Je crois qu'il a une sœur quelque part en Californie mais il n'en parle pas souvent. » Si Abby avait un don, c'était celui de l'affabulation.

« Vous connaissez son nom, son numéro de téléphone ? »

Abby secoua la tête.

« Pensez-vous que son nom pourrait figurer sur son répertoire ? » Voilà qu'elle proposait maintenant de fourrer son nez dans les affaires personnelles de Cooper.

« Gable note tout, y compris ses numéros de téléphone, sur des morceaux de papier qu'il fourre dans ses poches. L'organisation n'est pas sa vertu première. »

Carla Owens parut accepter cette explication.

« Ce nom, c'est son vrai nom ?

— Quoi ?

— Son nom ? »

Après un moment de réflexion, Abby voulut bien reconnaître la chose : « C'est un nom de plume. » Elle haussa les épaules. « Il aime les films classiques de la grande époque hollywoodienne. Gable et Cooper sont ses deux acteurs préférés. » Elle fit une moue, l'air de dire « c'est puéril mais que voulez-vous ? ».

« C'est bien ce que je pensais. Quel est son vrai nom ?

— Oh non. » Abby se mit à secouer la tête, d'abord doucement puis avec une détermination croissante. « Je ne peux pas vous le dire. Pas avant de lui en avoir parlé. Je sais qu'il serait très mécontent autrement. »

Carla Owens avait vérifié dans l'annuaire des publications pour voir si le nom de Gable Cooper y figurait sous d'autres titres. Mais il n'en était rien.

Le peu d'empressement que mettait Abby à lui dire le véritable nom de Gable Cooper confirmait une hypothèse qui s'était peu à peu fait jour dans l'esprit de Carla Owens et qui expliquait que l'auteur refuse que l'on connaisse son identité. Si cette hypothèse était juste, la valeur du manuscrit passait tout ce que l'on pouvait imaginer.

« Parlez-moi un peu de lui. » Carla Owens essayait de gagner du temps et de glaner quelque information qu'Abby pourrait laisser échapper à son insu.

« Que voulez-vous que je vous dise ?

— Quel âge a-t-il ? Il est bel homme ? »

Son interlocutrice ne s'en aperçut pas mais, l'espace d'une seconde, l'œil d'Abby se fit dur et glacial. L'agent littéraire s'était aventurée en terrain dangereux. Abby sut alors avec certitude qu'elle avait eu raison d'agir comme elle l'avait fait.

« Est-ce si important que cela ?

— Oh, comprenez-moi bien. C'est un livre superbe. Je suis sûre que nous lui trouverons un éditeur qui ne demandera pas mieux que de le publier.

— Mais que Gable soit bel homme faciliterait les choses ? »

Le visage de Carla Owens revêtit une bonne dizaine d'expressions qui, somme toute, revenaient à dire « oui ».

« Pour la télévision, pour la publicité, ça compte. Ça aide. Je vous en prie, ne vous méprenez pas. C'est le talent qui nous intéresse et le livre est merveilleux, mais...

— Mais un peu de sex-appeal masculin ne fait pas de mal. » Abby avait dit cela avec une sorte de spontanéité toute féminine, en souriant, de femme à femme. Peut-être était-elle habillée comme une paysanne mais ce n'en était pas une.

Carla Owens lui adressa une moue signifiant qu'elle concédait la chose, fit un clin d'œil par-dessus sa tasse de café et elles se mirent toutes les deux à rire. Abby riait jaune.

« Vous savez, je ne sais même pas quel âge il a exactement. C'est le genre de chose dont il ne parle pas. On a déjà célébré son anniversaire à deux ou trois reprises mais il ne nous a jamais dit combien de bougies mettre sur le gâteau.

— On dirait un secret d'État.

— Mettez cela sur le compte de la vanité, rétorqua Abby.

— Quel âge lui donneriez-vous ? Cinquante ans ? » Carla Owens risqua ainsi un orteil dans cette mare d'incertitudes tout en espérant n'avoir pas à s'y aventurer plus profondément.

« Non. Non. Il approche de la quarantaine. Il a quarante ans tout au plus. »

Un vif sentiment de soulagement se peignit sur le visage de l'agent littéraire.

« A-t-il déjà été marié ? » Elle piétinait sur les bords.

« Deux fois. » Ce qui signifiait que deux femmes au moins avaient vu en lui un bon parti.

« Il est bel homme ? » Finalement, elle plongeait.

« Très. Il a même été mannequin à un certain moment, il y a plusieurs années », répondit Abby.

Carla Owens écarquilla les yeux. « Il existe des photos de lui ? »

Abby, sans réfléchir, venait de s'enfoncer un peu plus.

« Il y en a sûrement. Malheureusement, je ne les ai pas. Je suis convaincue qu'il se fera un plaisir de vous en envoyer dès son retour. »

Carla Owens poussa un peu son interrogatoire afin d'essayer d'obtenir une description plus précise de Cooper.

« Un grand brun. Un mètre quatre-vingt-dix environ, dit Abby.

— On dirait la poupée Ken en personne.

— Les poupées Ken n'ont pas des gueules de tombeur, dit Abby.

— Vraiment ?

— Et il s'exprime très bien. Il est disert.

— Il parle comme il écrit ? demanda Carla Owens.

— On peut dire ça. »

Le visage de l'agent littéraire trahissait une satisfaction croissante. Elle ne s'était pas déplacée pour rien finalement.

« J'ai hâte de le voir de mes yeux, dit-elle.

— En chair et en os, pour ainsi dire, corrigea Abby.

— Pour ainsi dire. »

Elles éclatèrent de rire, Abby un peu plus fort cette fois.

Carla Owens n'était pas très avancée pour autant. Pas de Cooper et aucun moyen d'entrer en contact avec lui, si ce n'est par l'intermédiaire de cette femme, qui n'était pas très loquace.

« Abby. Vous permettez que je vous appelle Abby ? » Carla Owens posa soudain sa main sur celle d'Abby en travers du bureau comme pour signifier que l'heure était grave.

« Je suppose que vous connaissez un peu mon agence ? Enfin, vous qui êtes avocate et tout ça, vous avez bien dû prendre quelques renseignements sur nous ? »

En réalité, Abby en savait passablement long sur Carla Owens et son agence — tout ce qu'elle avait pu grappiller sur Internet. Elle savait, par exemple, que l'agence entretenait des liens étroits avec une officine de découvreurs de talents de Hollywood qui, à son tour, avait sous contrat quelques-unes des vedettes de cinéma qui rapportaient le plus d'argent au box-office. L'entreprise du spectacle était devenue une grand-messe servie clés en main par des agences qui en contrôlaient tous les aspects. Si on réussissait à avoir ses entrées dans ce petit monde, on pouvait prendre place à la table commune. Ce n'était pas par accident que le manuscrit avait atterri chez Owens & Associés.

« Je la connais un petit peu, mentit Abby.

— Nous sommes très sélectifs. Nous ne prenons que très peu de clients. J'en ai habituellement moins d'une douzaine. De très gros clients. » Elle énuméra des noms d'auteurs à qui il suffisait d'éternuer pour enrhumer tout l'univers de l'édition.

« Nous ne prenons généralement que des gens qui ont déjà fait leurs preuves. Qui ont au moins trois ou quatre grands best-sellers à leur actif.

— Grand bien vous fasse », commenta Abby.

Carla Owens la gratifia d'un sourire. Elles parlaient le même langage toutes les deux.

« Grâce à nos contacts et à l'influence de mon agence, nous faisons généralement passer ces auteurs à l'échelon supérieur. » Elle parlait de cette zone stratosphérique où les ventes de livres et les contrats cinématographiques se développent avec une progression géométrique.

« Ce que je veux dire, c'est qu'à partir de ce que j'ai lu » — elle tapota le manuscrit posé devant elle sur le bureau — « nous serions en mesure de hisser votre ami à une position extrêmement favorable. » Elle haussa les sourcils dans l'attente d'une réponse.

« Je vois. » Abby continuait à siroter son café tout en se représentant la bonne fortune qui était échue à son ami. Carla Owens chercha quelque chose dans sa serviette.

« Je rentre demain à mon bureau, à New York. » Elle tendit la main au-dessus du bureau pour glisser plusieurs cartes professionnelles dans la main d'Abby, comme s'il fallait que celle-ci en tapisse ses murs pour ne pas oublier ses coordonnées.

« Voici mon numéro de téléphone, dit Carla Owens en pointant quelque chose sur l'une des cartes. Croyez-vous pouvoir joindre Monsieur Cooper rapidement ? Le temps est décisif. Il faut battre le fer quand il est chaud, sinon les occasions vous passent sous le nez. Vous comprenez ? »

Ce dont se souciait Carla Owens, c'était de ses propres occasions à elle, lesquelles risquaient de lui échapper au profit de la ruée de requins, les autres agents littéraires, qui surgiraient comme alléchés par le sang si jamais on apprenait que Cooper n'était pas sous contrat.

« Je peux essayer, dit Abby.

— Ça ne suffit pas. Il faut que vous le trouviez. C'est important. Pour sa carrière. Pour sa vie. A partir de maintenant, nous formons équipe, Abby, vous et moi. Vous le trouvez et je deviens son agent. »

Hourra, pensa Abby. Et je touche une commission ? Si, à cet instant, Carla Owens avait eu une pièce de vêtement ayant appartenu à Cooper, elle la lui aurait fait renifler comme à un chien de chasse.

« Oh, il reviendra.

— Oui, mais est-ce que ce sera à temps ? demanda Carla Owens.

— Vous pourriez peut-être être un peu plus précise. Cela me laisse combien de temps ?

— Chaque minute compte. Je ne peux pas vous en dire davantage. Mais croyez-moi, c'est le contrat de sa vie. J'espère que vous comprenez. »

Ayant semé l'anxiété, Carla Owens referma sa serviette et se leva de son siège. « C'est important. Vous l'avez compris. » Elle serra la main d'Abby et se dirigea vers la porte. Au moment de franchir le seuil, elle se retourna et lui adressa son plus beau sourire.

« Votre Monsieur Cooper m'a l'air d'être quelqu'un de fascinant. J'ai hâte de faire sa connaissance. » Cela dit, elle sortit en refermant la porte derrière elle, si bien qu'elle n'entendit pas la dernière remarque d'Abby.

« Ma belle, tu n'es pas la seule. »

## CHAPITRE DEUX

Jack, debout devant le miroir de la salle de bains adjacente à son cabinet de travail, grattait la petite fossette qu'il avait au menton tout en regardant sa barbe de plusieurs jours. Quelque chose dans l'image que lui renvoyait la glace le troublait. Un fil gris s'échappait de sa brune tignasse sur une tempe. A son âge, ç'aurait pu être pire, mais Jack menait une vie rêvée à tous égards sauf un, et c'était celui-là seul qui semblait lui importer pour l'heure.

Il était nu jusqu'à la taille, mince et athlétique, avec un hâle accentué par un voyage de cinq jours aux Bahamas, excursion qu'il avait entreprise pour lutter contre le dépit et la souffrance que lui causait un échec continuel. Une plage brûlante et la chaleur du soleil lui redonnaient toujours le tonus dont il avait besoin lorsqu'il était au plus bas. Et les jeunes filles en string et bronzées en conséquence n'étaient pas pour lui déplaire non plus.

Mais il était à présent de retour à Coffin Point et à la vie réelle, laquelle n'avait rien de réjouissant pour l'instant.

Ayant arraché le cheveu gris sur lequel il fit couler de l'eau dans l'évier, il monta sur la balance et se pesa. Il avait perdu un kilo et demi. Il en allait toujours ainsi pour lui sous les tropiques. La vie était injuste et Jack s'en tirait mieux qu'il ne le méritait. Il se consola à la pensée absurde que s'il finissait en enfer, destin quelque peu probable vu la vie dissolue qu'il menait, même là, dans les flammes, il pourrait encore se débaucher, séduire les plus belles femmes et continuer à perdre du poids.

Il jeta un coup d'œil sur le cadran lumineux de sa montre de plongée. Sept heures et demie. Il se rasa, se coiffa, enfila une chemise polo et se dirigea d'un pas lent vers les lucarnes de son cabinet de travail. Au-delà de la cour et des marais, un ketch remontait au moteur, contre le courant, les canaux sinueux en direction de Hilton Head.

Jack regarda le jardin et la clôture en bois à la peinture blanche écaillée qui le séparait des marais. La vieille maison coloniale avait connu de meilleurs jours. Jack aurait eu les moyens de l'entretenir mais il n'en avait pas envie.

Il alla jusqu'à son bureau et en observa la surface un long moment. En plein milieu, sur un buvard aux extrémités bordées de cuir, se trouvait la lettre et son enveloppe au bord supérieur grossièrement déchiré. Elle était arrivée la veille. C'était la cinquième en deux mois.

Il la prit et en relut le texte, qui ne faisait que cinq lignes, puis, l'ayant soigneusement pliée et remise dans l'enveloppe, il quitta la pièce et descendit l'escalier.

Il fit halte dans le hall d'entrée, le temps d'ouvrir le tiroir central d'un secrétaire ancien et d'en extraire un Beretta 9 mm. Il fouilla au fond du tiroir pour trouver le chargeur rempli de quinze balles. Il l'enfonça dans la crosse du Beretta qu'il glissa dans la ceinture de son pantalon au creux des reins. Ayant ensuite traversé rapidement et sans hésiter le vestibule et la cuisine, il sortit dans la cour par la porte arrière.

Les narines chatouillées par l'air salin et la brise marine, il parcourut d'un pas vif une trentaine de mètres, par-delà le patio en brique avec ses chaises et sa table couverte d'un parasol, puis vingt mètres encore jusqu'à la clôture en bois où il s'arrêta, presque ébloui. La sueur qui perlait sur sa nuque depuis la naissance des cheveux commençait à imprégner son polo. Il regarda le bateau au loin et resta ensuite un long moment parfaitement immobile, les mains appuyées sur les piquets de la clôture, plongé dans ses pensées. Puis, presque sans s'en rendre compte, il glissa l'enveloppe contenant la lettre dans l'interstice formé entre l'un des piquets et la barre transversale de la clôture. La partie gauche de l'enveloppe laissée à l'air libre flotta sous la brise dans l'espace entre deux piquets. Jack, comme dans un état second, la regarda puis recula lentement comme s'il accomplissait un ultime effort pour prendre du champ avec la mauvaise nouvelle que lui avait apportée la lettre.

Arrivé au patio, il porta la main à son dos, retira le pistolet et le posa sur la table. Il se laissa ensuite tomber sur l'une des chaises de jardin, le regard perdu dans le vide. Il demeura ainsi plus de cinq minutes, immobile et silencieux.

Il finit par reprendre son arme dont il relâcha du pouce le cran de sûreté, ce qui fit apparaître de chaque côté des points rouges. Il fit glisser le chargeur pour introduire une balle. Il plaça le canon près de sa bouche, au point de pouvoir lécher la mire blanche du bout de la langue.

En un éclair, il visa et lâcha quatre balles. Les détonations firent s'envoler les oiseaux perchés sur les arbres. Il réajusta la mire et tira encore dix coups, ce qui vida le chargeur.

A vingt mètres de là, des confettis de papier descendaient lentement vers le sol où ils formèrent bientôt un petit tas — les sigles et raisons sociales, lacérés, d'une douzaine d'éditeurs. Jack avait surtout concentré son tir sur le logo qui se trouvait dans le coin gauche des enveloppes.

# CHAPITRE TROIS

« Tu as une minute ? », demanda Abby en glissant la tête dans l'entrebâillement de la porte du bureau de Morgan Spencer.

Celui-ci, assis derrière un grand bureau de chêne totalement dénudé, posa le document qu'il était en train de lire, ôta ses lunettes et sourit.

« Entre et ferme la porte. » Il ouvrit un tiroir de son bureau d'où il tira une importante liasse de documents retenus par un élastique.

« Comme on dit dans la profession, tu me dois une nuit de sommeil.

— Qu'est-ce que tu en penses ?

— C'est bon. »

Spencer était l'un des rares cobayes d'Abby. Il ne savait pas écrire mais avait une bonne oreille.

« Ce type, ce Cooper, qui est-ce finalement ?

— C'est justement ce dont je voulais te parler. »

Morgan avait l'œil vif et le sens de la repartie. Il aimait les lime-ricks irlandais et tous les films dans lesquels jouait Peter O'Toole. Il y avait même quelque chose en lui qui rappelait à Abby les acteurs de naguère. Il n'était que de huit ans son aîné mais représentait pour elle le confident-confesseur, l'oncle qu'elle n'avait jamais eu.

Ils avaient travaillé ensemble à de nombreuses plaidoiries. La concurrence se faisant de plus en plus dure au cabinet, il l'avait prise sous son aile pour la mettre à l'abri des mauvais coups des carriéristes de la boîte. L'ennui, c'est que, depuis quelque temps, Morgan ne parvenait plus à protéger quiconque, fût-ce lui-même. Leur cabinet juridique avait été à son tour victime de cette maladie des entreprises qu'est le « dégraissage ».

Elle s'aperçut qu'il était en train de regarder un document administratif du cabinet qu'on appelait « La Bible ». Il s'agissait pour l'essentiel d'un accord de partenariat régissant la bonne marche du cabinet.

« Qu'est-ce qui se passe ?

— Je viens d'avoir une prise de bec avec Cutler. »

Lewis Cutler était un Noir, nouvel associé-gérant du cabinet, mis en place par une bande de jeunes loups bien décidés à prendre le contrôle de la maison et à augmenter leurs propres marges bénéficiaires. Avec l'aval des consultants en management, il avait ensuite été élu par les associés pour négocier avec les intéressés eux-mêmes le licenciement des secrétaires et des clercs, dont plusieurs appartenaient à des minorités ethniques. Il devenait ainsi plus difficile aux employés licenciés de prétendre avoir été victimes de discrimination raciale. « Ce jeune con veut réduire ma prime, dit Spencer. Tu ne le croiras pas mais j'ai vingt ans d'ancienneté et on veut me traiter comme un simple collaborateur. C'est écrit noir sur blanc. Là. » Il lui indiqua l'endroit sur la page du document. « Rémunéré au *pro-rata.* En bel et bon anglais.

— C'est du latin, Morgan.

— C'est ce que je déteste chez les avocats. Cette manie du vocabulaire technique. »

Les membres de la bande en train de prendre le pouvoir dans le cabinet étaient tous de jeunes quadragénaires sortis de la même faculté de droit de l'État de Washington. Ils avaient l'esprit de corps et ne faisaient pas de cadeaux.

Spencer, tout comme Abby, venait d'une université extérieure à l'État. Il appartenait au cabinet depuis plus de vingt ans mais ses anciens collègues avaient tous pris leur retraite ou quitté la maison, et les mœurs économiques avaient changé dans le monde du droit. Il avait vingt ans d'expérience en droit maritime et celui-ci traversait, si l'on peut dire, une mauvaise passe.

« Ils ne s'en sortiront pas comme ça. Je réserve une petite surprise à ce salopard. » Il parlait de Cutler. « Il va voir ce qu'il va voir. »

Spencer n'était pas du type irascible, ou alors il le cachait bien. Elle ne l'avait jamais vu remonté de la sorte, le visage légèrement empourpré et tapant sur son bureau d'un doigt décidé. Il était généralement accommodant et de nature pacifique. Abby, n'ayant jamais été en conflit avec lui, ne le savait pas aussi acerbe, bien qu'elle l'eût vu à quelques occasions planter ses banderilles dans un prétoire. Ce n'était que lorsqu'il vous tenait sous son sourire affable que vous sentiez tout son mordant.

« Je devrais peut-être revenir un peu plus tard? demanda Abby.

— Non. Non. Qu'y a-t-il?

— Tu as assez de tes propres problèmes.

— Oui, mais les tiens sont toujours moins graves. Tu as l'air drôlement en forme aujourd'hui. Pourquoi ne viens-tu pas vivre avec moi et mener enfin une vie de femme honnête? » Il ne plaisantait qu'à demi.

Elle sourit sous son regard malicieux. C'était là où le bât blessait entre eux : Morgan, à la différence d'Abby, ne se satisfaisait pas de l'amitié.

Elle avait d'emblée renoncé à entrer dans la course pour devenir associée du cabinet. A la fac, elle avait d'abord étudié les lettres, son sujet préféré, mais on n'avait cessé de lui répéter que la littérature ne rapportait rien. Sur un marché du travail rongé par le chômage, elle avait finalement passé un pacte avec le diable et s'était inscrite à la faculté de droit. Elle en payait maintenant le prix.

Elle avait fini par haïr le droit. Un bon avocat adorait la bagarre. L'animosité de chaque instant que l'on entretenait envers l'avocat de la partie adverse, les juges, et parfois même ses propres clients, agissait comme l'adrénaline sur les ténors du barreau. Abby, elle, ne s'en tirait qu'avec des ulcères.

Elle ne connaissait quelque répit que le soir, lorsqu'elle poursuivait son rêve avec un zèle infatigable. Elle avait fini par travailler ainsi plus de huit heures par jour et par écrire trois romans. De bons récits, non dénués de qualités stylistiques. L'un d'eux lui avait valu un prix littéraire. Ces romans, publiés par une petite maison d'édition new-yorkaise, avaient été bien accueillis par la critique et par son éditeur qui ne tarissait pas d'éloges. Mais, faute d'une politique commerciale et d'une véritable promotion, ils avaient fini au pilon comme la majorité des ouvrages romanesques du pays.

Lorsque le thriller juridique avait commencé à faire un tabac, ses amis lui avaient conseillé d'en écrire un, les mêmes qui l'avaient tannée pour qu'elle étudie le droit. Abby ne les avait pas écoutés. Écrire était son unique manière d'échapper au droit.

« Si je ne me trompe pas, tu as suivi un séminaire l'an dernier sur les droits d'auteur et du spectacle? demanda-t-elle.

— Oui, à la fac de commerce, acquiesça-t-il. Sans bouger d'ici. Cutler, lui, a eu droit à quatre jours déductibles d'impôt à Belize et il est rentré en paquebot de luxe. Moi, j'ai eu deux jours à Los Angeles.

— Un client, ça te dirait?

— Bien sûr. » Il la regarda par-dessus son épaule tout en fouillant dans les tiroirs du classeur qui se trouvait derrière lui. « Je cherche le programme des cours et un ou deux bouquins. De quoi as-tu besoin?

— D'un formulaire de dépôt de copyright. Je n'en ai jamais déposé.

— Oh, si ce n'est que ça.

— Tu en as déjà déposé ?

— C'est un simple formulaire. Je dois en avoir un par là. Pour qui est-ce ?

— Pour moi. »

Il fit pivoter son fauteuil et la regarda d'un œil sourcilleux. « Tu t'es remise à écrire ? »

Elle acquiesça...

« Enfin, tant mieux pour toi. » Il revint au classeur. « Je voudrais bien être doué. » Il parlait du don d'écrire. « On te paie pour écrire des mensonges. Moi, c'est dans les prétoires que je mens, verbalement, et on appelle ça un parjure.

— Je n'écris pas des mensonges. On appelle ça de la fiction, Morgan.

— D'accord. »

Un an auparavant, l'éditeur d'Abby avait été racheté par une maison d'édition plus importante. Lors de la restructuration, son éditeur avait été remercié et on avait refusé son nouveau manuscrit sous de vagues prétextes qui revenaient tous à ceci qu'Abby ne se vendait pas, qu'elle n'avait pas réussi à se faire un nom. Dans l'édition actuelle, il était préférable d'être un auteur vierge, jamais publié, que d'avoir commis la faute irréparable de produire un livre qui ne s'était pas classé parmi les best-sellers. La liste des best-sellers était le *nec plus ultra*. C'était la seule chose qui comptait. Le message était clair : il ne restait plus à Abby qu'à se réinventer.

Son ancien agent littéraire, qui opérait seul à temps partiel depuis une vieille demeure bourgeoise de Manhattan, avait proposé son dernier manuscrit à deux autres éditeurs. L'un, ayant vérifié les ventes antérieures d'Abby, s'était récusé. L'autre avait commencé par formuler une requête pour le moins surprenante :

avant de prendre une décision, on voulait d'abord voir une photo de l'auteur.

Abby avait été abasourdie. Son agent littéraire lui avait expliqué que cette pratique était de plus en plus répandue. Les éditeurs, avant d'investir de l'argent dans un livre, voulaient savoir si l'auteur ferait bonne figure aux émissions littéraires de la télévision et s'il ou elle était assez photogénique pour ajouter un plus aux encarts publicitaires. Ou, avait pensé Abby, si sa tronche n'allait pas gâcher la jaquette du livre.

Elle n'avait pas du tout apprécié. Toutefois, elle avait été moins choquée qu'effrayée.

N'ayant pas le choix, elle s'était finalement inclinée. Une semaine après l'envoi de la photo, son manuscrit avait été refusé. Elle n'avait évidemment pu savoir avec certitude si ce refus était justifié par son roman ou par son apparence. Mais une femme approchant de l'âge mûr n'est jamais tout à fait sûre d'elle-même physiquement et Abby avait tranché en son for intérieur en faveur de la seconde explication.

« Il y en a au moins un de nous deux qui aime ce qu'il fait, dit Morgan.

— Tu aimes le droit. Tu râles beaucoup mais tu aimes ça.

— J'y prendrais davantage plaisir si quelqu'un faisait passer quelques-uns de ces petits cons prétentieux par la fenêtre. » Il parlait de Cutler et de son entourage.

Pendant que Morgan fouillait dans le tiroir, Abby examina la pièce. Dans un coin se dressait un objet imposant, un morceau de cuivre de la taille d'un lutrin muni d'une manivelle et d'une jauge. C'était le transmetteur d'ordres aux machines d'un bateau. Il provenait d'un vieux navire récupéré par un client de Morgan maintenant retiré des affaires. Même la position de la manivelle en disait long sur Morgan et sur sa carrière. Elle était bloquée sur « Stop ».

« Je croyais que c'était l'éditeur qui s'occupait généralement de ces questions de droits d'auteur ?

— Je n'ai pas encore d'éditeur.

— Pourquoi n'attends-tu pas d'avoir placé ton livre ? Laisse-les s'occuper de cela.

— C'est un peu plus compliqué que ça. Je veux publier celui-ci sous un pseudonyme, un nom de plume.

— Hein ? » Morgan pivota sur son fauteuil pour la regarder.

« Gable Cooper, dit-elle.

— C'est toi qui as écrit ça ?

— Ne prends pas cet air étonné. Je sais écrire.

— Non. Non. Ce n'est pas ce que je voulais dire. Je ne m'en serais jamais douté. Tes autres livres étaient tellement différents.

— Tu veux dire qu'ils contenaient moins d'action. Que leur intrigue était moins élaborée.

— Oui. C'est ça, en partie, dit Morgan. Mais celui-ci, il prend aux tripes et tient en haleine jusqu'au bout. Je ne plaisante pas. J'ai passé deux nuits de suite à le lire. Cutler te doit d'avoir la vie sauve. Si je n'étais pas aussi fatigué, j'aurais tué ce fils de pute durant la réunion de ce matin. »

Abby se mit à rire.

Son agent littéraire, qui s'était peu à peu désintéressé d'elle, ne la rappelait pas lorsqu'elle laissait des messages. La manière dont on en avait usé avec elle l'avait marquée profondément. Elle avait toujours puisé une sorte de réconfort dans l'écriture. Elle avait du talent. Son âge et son apparence ne comptaient pas. Il était rassurant de penser que l'on pouvait écrire jusque dans la vieillesse et la décrépitude, et que seule importait la qualité des pensées qui vous venaient, articulées entre elles par les mots et les phrases. A présent, même cette dernière certitude lui avait été retirée.

Mais Abby n'était pas du genre à baisser les bras. Elle ne décolérait pas. Dans le monde aléatoire de l'écriture romanesque, elle était tenace et, à sa manière, aventureuse. Elle l'avait toujours été. Elle le devait à feu son père, qui lui avait inculqué dès le plus jeune âge un vif sentiment d'indépendance et un esprit d'audace. Elle y trouvait la force de continuer à écrire, de poursuivre cette entreprise risquée durant toutes ces longues nuits glacées — et c'était ce qui l'avait incitée à commettre la folie dans laquelle elle s'était désormais engagée.

« Pourquoi ne publies-tu pas tout simplement sous ton nom ? demanda Morgan.

— J'ai mes raisons.

— Et qui sont... ?

— Ça ne regarde que moi. »

Il hocha la tête.

Abby commençait à se demander si elle avait bien frappé à la bonne porte pour obtenir de l'aide. Un étranger aurait peut-être posé moins de questions.

« L'éditeur établira quand même un contrat de copyright.

— Je le sais. Mais j'en veux un à part, à mon nom propre. »

Il l'examina quelques instants.

« Je ne veux pas que ça apparaisse dans les comptes. » Elle tenait à ce que la chose ne figure pas dans les dossiers de facturation des prestations du cabinet. « Je te paierai.

— Ne dis pas de bêtises. » Il continua à fouiller dans ses dossiers une seconde ou deux, toujours à la recherche du formulaire de copyright, puis leva les yeux vers elle. « Non, tu peux en effet me payer, mais pas en argent. Je veux savoir pourquoi tu agis de la sorte. Pourquoi utilises-tu un nom de plume ?

— Parce que je ne veux pas qu'on sache que c'est moi qui ai écrit ce roman.

— C'est un bon livre.

— C'est de la littérature commerciale et qui s'affirme comme telle, dit Abby. Je ne suis pas dupe.

— Tu parles de ce roman comme s'il s'agissait d'un

enfant illégitime. Ce n'est peut-être pas du grand art mais il m'a captivé. Tu n'as pas à en rougir.

— Je n'en rougis pas. J'ai mes raisons. On en reste là, tu veux bien ?

— A condition que tu refuses de me payer mes honoraires. »

Mille expressions chagrines se peignirent sur le visage d'Abby.

« D'accord. Je vais tout te dire. Mais ça ne doit pas sortir d'ici. Tu me le promets ?

— Ça restera confidentiel comme tout ce qui concerne les rapports avocats-clients.

— Parfait. Je ne tiens pas à ce que l'on m'identifie comme l'auteur de ce roman. Que ce soit l'agent littéraire, l'éditeur ou quiconque. Je suis convaincue que le livre marchera mieux sans moi.

— Tu n'es pas tendre avec toi-même.

— Non. Ce sont eux qui sont durs. » « Eux » désignait en l'occurrence les grands éditeurs new-yorkais. « Si mon nom figure sur le roman, ils ne me l'achèteront pas. Ils ne feront certainement rien pour le diffuser. Et moi, je veux que ce livre ait sa chance.

— Il va bien falloir que tu les rencontres à un moment ou à un autre. Ils vont te demander une photo pour la jaquette, non ?

— Oui.

— Qu'est-ce que tu feras alors ?

— Je leur donnerai la photo de quelqu'un d'autre. La photo d'un homme. »

Morgan hocha la tête d'un air dubitatif. Il n'en croyait pas ses oreilles. « Tu es une jolie femme.

— J'ai presque quarante ans. Par ailleurs, un homme, un bel homme, a plus de chances d'attirer leur attention.

— Qui ? demanda Morgan.

— Je ne l'ai pas encore trouvé.

— Mais tu déconnes. Je t'en prie, dis-moi que tu

n'as encore rien entrepris en ce sens. Enfin, tu n'as pas pris contact avec un éditeur?

— Uniquement avec un agent. Mais je pense qu'elle a un éditeur tout prêt.

— Que lui as-tu dit?

— Que Gable Cooper était en voyage. Pour affaires. J'essaie maintenant de le joindre.

— Et elle t'a crue?

— Je lui ai dit qu'il avait une gueule de tombeur. Elle veut le livre. Elle veut Gable Cooper. Elle veut le tout clés en main. Et je vais le lui livrer. »

Spencer se prit la tête à deux mains et la secoua.

« Il n'y a rien là d'illégal, Morgan. Rien.

— Rien qu'une petite imposture amicale.

— Énormément de gens utilisent des noms de plume.

— Oui, c'est ça. Les gens utilisent des noms de plume. Mais là, c'est autre chose. Où vas-tu le dégotter, ton type?

— Ils veulent du mâle. Je vais leur en donner pour leur argent. Jeune et appétissant. Et ça va leur coûter les yeux de la tête.

— Tu penses réellement qu'ils paieront davantage un homme qu'une femme?

— Un homme jeune. Beau gosse. Je te parie tout ce que tu veux.

— Pourquoi?

— Demande-leur. D'ailleurs, ce n'est pas uniquement une question de sexe. Mes antécédents ne sont guère brillants. Les livres que j'ai publiés n'ont même pas approché la liste des best-sellers. Dans l'édition, on ne fait pas une star avec quelqu'un comme ça. Ça ne se fait pas. Dans ce milieu, on ne te donne pas deux fois ta chance. Ils veulent un visage neuf pour pouvoir se targuer d'avoir découvert un nouveau talent.

— Mais là c'est autre chose.

— Aussi, je leur donne de la fesse bien ferme en supplément.

— Ils vont te poursuivre en justice, et plutôt deux fois qu'une.

— Pourquoi ?

— Pour imposture. Pour commencer.

— Non, ils ne feront pas ça.

— Et pourquoi donc ?

— Parce que pour prouver qu'il y a eu fraude, il faut prouver que l'on a subi un tort. Pour prouver cela, il leur faudrait prouver qu'ils m'auraient moins payée, moi, une femme, que le beau jeune homme que je leur aurai mis sous les yeux. »

Durant quelques instants, Morgan soupesa mentalement la chose, telle une énigme, puis il sourit.

« Article sept. »

Abby acquiesça. « Ils seraient forcés d'admettre qu'il y a eu discrimination.

— Ils seraient pris dans un dilemme, dit Morgan.

— Insoluble. Et puis, si le livre a du succès, pourquoi engageraient-ils des poursuites ? S'il n'en a pas, ils n'y penseront même plus. Il n'y aura rien sur quoi se battre. »

Morgan était bien obligé d'admirer l'ingéniosité du procédé. Elle avait pensé à tout. Finalement, elle n'était pas qu'écrivain. Elle avait des talents d'avocate qu'il ne lui soupçonnait pas.

« Ça ne t'ennuie pas que tout le mérite de ton livre aille à quelqu'un d'autre ?

— Seulement jusqu'à sa publication en livre de poche *, répondit Abby.

— Et ensuite ?

— J'ai l'intention de me manifester.

— Tu penses qu'ils te laisseront faire ?

* Dans le monde littéraire anglo-saxon, un roman paraît généralement d'abord dans une édition à couverture cartonnée (plus coûteuse) puis en livre de poche lorsque sa commercialisation sous sa forme initiale a atteint son terme. *(N.d.T.)*

— Comment pourraient-ils m'en empêcher ? A condition que nous procédions dans les formes, avec un copyright qui prouve que c'est moi qui ai écrit le roman. Peut-être aussi un contrat avec celui à qui je demanderai d'incarner Gable Cooper. Ils n'auront pas le choix. »

Morgan dut reconnaître que la chose était assez amusante. Plus amusante en tout cas que la pratique légale. « Je pourrais peut-être l'incarner. Je veux dire : jouer le rôle de Gable Cooper. »

Abby ne savait trop comment lui dire la chose. Mais il la lut dans ses yeux et elle n'eut pas à la lui dire.

« Je sais. Je commence à avoir les chairs flasques aux mauvais endroits », dit-il. Il commençait aussi à perdre ses cheveux. Il y porta la main pour en coiffer une mèche rebelle.

« C'est toi maintenant qui n'es pas tendre avec toi-même, dit Abby. Mais je ne veux pas t'embarquer là-dedans.

— Je vois. Tu veux seulement que je t'aide à concocter cette imposture mais pas à la commettre.

— C'est faisable ? Tu peux établir un contrat de copyright à mon nom et me le garder bien au chaud ? »

Morgan demeura quelques instants silencieux pour réfléchir à la question. « Je pense que oui. Quelqu'un d'autre est au courant ? »

Après un temps de réflexion, Abby répondit : « Trois personnes seulement.

— Qui ?

— Toi et moi, et Terry. Elle est venue vivre chez moi pour quelque temps et elle est donc au courant. » Abby et Theresa Jenrico étaient inséparables depuis l'école primaire.

« Il la bat toujours ? »

Abby fit signe que oui.

« Quel connard. » Spencer parlait de Joey Jenrico, le mari dont Terry s'était séparée. Les deux amies et Morgan se voyaient de temps à autre dans un bar voisin après le travail.

« Ce Joey mériterait une balle dans la tête, dit Morgan.

— Tu te portes volontaire ?

— J'en connais qui lui feraient son affaire. » Il écrasa un doigt sur son nez pour lui donner l'apparence de celui, cassé, d'un boxeur. « Ça pourrait être fait très discrètement. Comme de l'écraser dans son lit avec un camion-remorque. Enfin, au point où nous en sommes, qu'est-ce qu'une petite agression de plus ou de moins ? » Il lui adressa un clin d'œil.

Elle le regarda en riant.

Il prit quelques notes. « Tu n'as fait part de tes projets à personne d'autre ?

— Je vais devoir avouer ma supercherie à quelqu'un d'autre.

— A qui ?

— A Gable Cooper. »

Il était plutôt bel homme, brun, mal rasé cependant. Mais il faut dire que l'après-midi tirait à sa fin. La réceptionniste coula sur lui un regard timide, celui d'une jeune fille sur un homme plus âgé, de surcroît séduisant.

« Puis-je vous être utile ? demanda-t-elle.

— Je cherche Abigail Chandlis.

— Je ne sais pas si elle est là. Quel est votre nom ?

— Joey Jenrico.

— Et c'est à quel sujet ?

— C'est ce dont je veux m'entretenir avec elle.

— Non, je veux dire : est-ce que c'est en rapport avec une affaire traitée par le cabinet ?

— Ouais. Mon divorce.

— Vous êtes client chez nous ?

— Non. Ce sont des types de chez vous qui représentent ma femme.

— Oh. Un instant s'il vous plaît. » La réceptionniste était à présent sur ses gardes. Des maris irascibles tiraient si souvent sur des avocats dans des cabinets juridiques depuis quelques années que les réceptionnistes des gros cabinets étaient mieux entraînées à répondre aux urgences que la Garde nationale elle-même. Elle appuya sur un bouton dissimulé sous son bureau pour avertir les services de sécurité du rez-de-chaussée — le bouton jaune leur signifiant de se pointer, mais sans dégainer leur arme. Toujours souriante, elle regarda pour voir s'il y avait des renflements dans les poches du veston du dénommé Jenrico mais elle n'en vit pas.

« On vient tout de suite. »

Elle appuya ensuite sur le bouton de la ligne de téléphone intérieur. Mais ce n'était pas Abby qu'elle appelait. Les professionnels de la sécurité leur avaient bien spécifié que, dans ces cas-là, l'avocat concerné était la dernière personne à appeler. Si Abby se manifestait, elle ferait une cible toute désignée.

Une seconde plus tard, un jeune type en costume cravate, et qui devait faire facilement dans les deux mètres, entra dans la zone d'accueil depuis un bureau situé à l'arrière.

« Puis-je vous être utile ? »

Dan London était dans la police avant de devenir avocat. Et avant cela, il était ailier dans l'équipe de football de l'université de Washington, laquelle était parvenue à deux reprises en finale et l'avait emporté à chaque fois. Le cabinet lui avait confié la responsabilité de la sécurité interne.

« Ouais... » La carrure du type qui venait de lui adresser la parole fit perdre quelque peu ses moyens à Joey. « Je viens voir un de vos avocats.

— Je suis avocat », dit London.

Joey ignorait qu'il en existât d'un tel gabarit.

« Ouais, mais c'est Chandlis que je veux voir.

— Je crains que Maître Chandlis ne soit absente pour le moment.

— C'est ça. » Joey se demanda si l'avocat qu'il avait devant lui était celui que fréquentait Theresa. Il avait appris par un ami qu'on l'avait vue en train de festoyer avec un avocat dans un restaurant du centre-ville. Il avait bien l'intention d'en faire baver audit avocat. Mais si c'était ce type, il lui faudrait revenir avec un chariot élévateur.

« Dans ce cas je vais l'attendre.

— Je ne pense pas, dit London. Elle ne revient pas aujourd'hui.

— Où est-elle ?

— Sortie.

— Oh. »

Deux types à casquette bleue et chemise blanche, la taille bardée de vingt kilos de matériel, avaient fait leur apparition dehors, à la porte. Joey, se retournant, les aperçut à travers la vitre.

« Je crois que je vais revenir.

— Je vous le déconseille. »

Joey leva vers lui un sourcil interrogatif.

« Avez-vous un avocat ? demanda London.

— Pourquoi ? Je suis en état d'arrestation ? » Joey pensa à la prison du Monopoly. C'était un éternel perdant. Même à ce jeu, la guigne s'acharnait toujours contre lui.

« Non. Enfin, est-ce que vous avez pris un avocat pour votre divorce ?

— Oh, ça. Ouais. » Il parut soulagé.

L'avocat riait. Joey n'apprécia guère. Il était pourtant préférable de faire l'objet de la risée avocassière que de se faire arrêter. Il se mit donc à rire à son tour.

« Si vous voulez parler à Maître Chandlis, demandez à votre avocat de l'appeler. » Il fourra une carte professionnelle dans la main de Joey. « Elle refusera de vous voir de toute façon.

— Pourquoi ?

— C'est un principe dans la profession. Si vous avez un avocat, Maître Chandlis n'est pas censée s'entretenir avec vous.

— Je l'ignorais.

— Eh bien, maintenant vous le savez. »

Il se comporte exactement comme un flic, pensa Joey. S'il avait pu se glisser derrière le type avec un marteau, il lui aurait fait voir trente-six chandelles.

« J'ai été heureux de faire votre connaissance, dit l'avocat.

— Ouais. »

Les deux gardes l'encadrèrent dès qu'il eut passé la porte et l'accompagnèrent jusqu'à l'ascenseur. En bas, ils inscrivirent son nom dans un registre. On aurait dit un shérif de western reconduisant un trouble-fête à la sortie de la ville. Joey ne pourrait plus franchir le dispositif de sécurité ni monter là-haut. S'il voulait voir Abigail Chandlis, il faudrait que ce soit ailleurs.

En s'engouffrant dans la grande porte-tambour en verre, il sentit le vent aigre de la Sound lui fouetter le visage. Sa sueur froide se transforma en glaçon : il savait qu'il venait de l'échapper belle. Il tâta son estomac à la hauteur de la ceinture en se félicitant que les deux gardes ne l'aient pas fouillé. Ayant un casier judiciaire, il était interdit de port d'arme. Mais, chaque fois qu'il partait à la recherche de sa femme, Joey Jenrico se munissait d'un revolver.

Il répondit à la seconde sonnerie et Abby lui tomba dessus avant qu'il n'ait eu le temps de dire « Allô ».

« Alors ce chèque, où est-il ? » On eût dit qu'elle prenait toujours un ton exaspéré pour s'adresser à Charlie.

« Abby ?

— Je suis flattée que tu aies reconnu ma voix parmi la foule de tes créanciers.

— Je n'ai pas touché un sou depuis deux mois.

— Et moi, ça fait cinq mois que tu ne m'as rien versé.

— Écoute, j'ai des difficultés ces temps-ci. » C'était là en concentré toute l'histoire de la vie de Charlie.

Charlie Chandlis était l'ex-mari d'Abby. Ils avaient vécu huit années conjugales éprouvantes durant lesquelles Abby le voyait surtout le week-end. Ensuite ils ne s'étaient plus vus qu'entre deux procès et des visites à Walla Walla, où était situé le pénitencier de haute sécurité de l'État. Charlie, un avocat pénaliste de Seattle spécialisé dans les recours en appel, vivait à cran à l'instar de la plupart de ses clients, dont plusieurs attendaient de monter sur la chaise électrique.

Il devait à Abby un total de neuf mille dollars, soit la moitié du découvert de leurs cartes de crédit au moment du divorce. Les cartes étaient à son nom à elle mais c'était Charlie qui avait surtout accumulé les dettes. Le tribunal lui avait ordonné de les payer en douze versements mensuels. Il avait maintenant quatre versements de retard.

« Qu'est-ce que tu vas inventer cette fois ? lui demanda-t-elle.

— On m'a encore commis d'office. Que veux-tu que ce soit d'autre ? »

Aucun des clients de Charlie n'étant solvable, c'étaient les contribuables qui payaient pour eux. Ceux-ci l'engageaient pour conduire le système judiciaire à la paralysie totale. Telle était du moins la mission avouée de Charlie dans la vie : se pourvoir sans fin d'appel en appel. Il n'y avait jamais assez d'argent dans les caisses de l'État pour régler tous les honoraires que cela représentait. Il se commettait plus de crimes que n'en pouvait supporter le Trésor public chargé de rétribuer les avocats.

« Mes honoraires ont été réduits. On retient mon argent à la source. Que veux-tu que je fasse ?

— Dis-leur que tu as des obligations.

— C'est ça. Il n'y a que les assistés sociaux qui reçoivent ponctuellement leur chèque de l'État. Tu le sais. Ça fait au moins quatre-vingt-dix jours qu'on me fait poireauter. C'est comme une bonne viande qu'on laisse faisander pour l'attendrir et qu'elle soit plus savoureuse. »

Ce n'était pas mal trouvé comme excuse mais ça ne réglait pas le problème d'Abby. Elle avait pris soixante jours de congé sans solde pour terminer son roman lorsqu'il avait été suffisamment avancé. Elle avait aussi emprunté de l'argent et inclus dans son budget le remboursement de la dette de Charlie. Maintenant la banque téléphonait et il fallait payer les factures.

« Charlie, moi aussi j'ai mes problèmes.

— On a saisi ma voiture la semaine dernière. La société de crédit l'a reprise. Dans le parc de stationnement, juste derrière mon bureau. Maintenant, je vais à pinces et je prends le bus. »

Charlie avait l'art de faire son propre malheur. C'était un fils de bonne famille mais il semblait s'entêter à vivre dans la pauvreté.

« Charlie, tu es licencié en droit, tu as été reçu au barreau, pourquoi ne te...

— Ne revenons pas encore là-dessus. »

L'échec de leur mariage était dû en grande partie à cela. Charlie était un véritable idéologue, un de ces babas cool des années 60 convaincus qu'une injustice sociale quelconque était à l'origine de la criminalité. Il s'était mué en redresseur de torts. Il avait sacrifié Abby et ce qui restait de leur mariage à cette quête d'une justice absolue.

« Je n'ai pas vu la couleur d'un chèque depuis cinq mois, reprit-elle.

— Je ne peux pas te donner l'argent que je n'ai pas. » Il raconta quelque chose comme quoi l'argent ne se trouvait pas sous le sabot d'un cheval puis elle l'entendit mettre la main sur le combiné et capta partiellement une autre conversation : « ... Il faut le remettre en main propre. Faites-le envoyer par coursier. »

« Quoi ? Mon chèque ? demanda Abby.

— Non. Non. Il s'agit d'un document que nous devons déposer au tribunal avant cinq heures. »

Charlie, toujours sur la brèche, vivait en état de sursis perpétuel.

« Tu sais que tu risques la prison. » Abby, qui n'était pas idiote, s'était fait représenter par un avocat pour leur divorce. Elle rappela à Charlie que son avocat avait menacé de lui envoyer une citation à comparaître après qu'il eut négligé de payer le premier versement, pour expliquer au juge pourquoi il n'avait pas obéi à l'ordonnance du tribunal. Son avocat avait aussi confié à Abby qu'il y avait peu de chances que cette démarche aboutisse. Charlie passait littéralement sa vie au tribunal. Il était à tu et à toi avec tous les juges. Il accuserait le système et eux goberaient son baratin, se contentant de lui donner un sévère avertissement. En attendant, Abby allait devoir payer les honoraires de son propre avocat. Elle dépensait donc du temps et de l'argent en appels interurbains à le houspiller au téléphone, sans davantage de résultats.

« Tu as dix jours, dit-elle.

— Et ensuite ? »

Heureusement qu'il ne vit pas l'expression stupide qui se peignit sur le visage d'Abby, bien qu'il dût la deviner au grésillement silencieux qui se fit tout à coup sur la ligne. C'était une menace en l'air, et ils le savaient l'un et l'autre.

« Écoute, je t'envoie le chèque dès que je peux. Vraiment. » Il baissa la voix d'une octave comme s'il allait lui confier un secret d'État. « Je ne lui ai pas encore dit mais je ne serai même pas capable de payer ma secrétaire ce mois-ci.

— Pourquoi ne la fais-tu pas venir au téléphone afin que je puisse lui annoncer la nouvelle ? demanda Abby.

— Il faut que j'y aille.

— Comment vais-je payer mon loyer ?

— Dis-leur d'attendre, répondit Charlie.

— C'est ça. Je devrais peut-être aussi me priver de manger ce mois-ci ?

— Je passerai te voir et je t'inviterai à dîner, dit Charlie.

— Tu as assez d'argent pour m'inviter au restaurant mais tu ne peux pas payer tes dettes ?

— J'ai une nouvelle carte de crédit. On n'arrête pas de m'en proposer par la poste. » Il se mit à rire. Charlie le bon vivant.

Cela aussi était vexant. Sa vie en eût-elle dépendu, jamais Abby n'aurait pu obtenir de carte de crédit. Charlie avait détruit tout son crédit auprès des banques. Et voilà qu'il avait une nouvelle carte à son nom.

« Tu ne peux pas t'en servir pour emprunter ? lui demanda-t-elle.

— Je ne peux pas faire ça. On me la retirerait aussi sec. Le secret du crédit consiste à ne pas en avoir besoin. Écoute, pourquoi ne viendrais-tu pas me voir ici ? » Il détournait la conversation.

« Ça ne risque pas.

— Pourquoi ne pas se revoir ? En souvenir du bon vieux temps.

— Le bon vieux temps n'était pas si bon que ça, lui dit-elle.

— Pas si mauvais que ça non plus. Pour autant qu'il m'en souvienne.

— Ça doit dépendre du point de vue où l'on se place. »

Il se fit sur la ligne un silence pénible que Charlie s'empressa de combler. On eût dit qu'il était toujours le premier à rebondir après une querelle.

« Écoute, je suis à la bourre, dit-il.

— Charlie ?

— Je vais t'envoyer le chèque. Promis.

— Bien sûr. » Dans une autre vie, pensa Abby. Lorsque Charlie raccrocha, elle se demanda si elle n'allait pas devoir manger de la nourriture pour chat jusqu'à la fin du mois ou si la banque ne serait pas à tout hasard en train de repenser sa politique de prêts personnels et, dans ce cas, à quel taux d'intérêt usuraire.

## CHAPITRE QUATRE

L'immeuble — cent vingt étages d'acier et de verre, que ses locataires appelaient tout simplement « Les Tours » — découpait sa masse crénelée dans le ciel de Manhattan, telle une pierre tombale géante tournée vers l'East River.

Les Tours abritaient l'une des trois grandes chaînes de télévision nationale ainsi qu'un groupe éditorial qui, par euphémisme et pour d'autres raisons, avait fini par être gratifié du surnom peu flatteur de Big-F — équivalent d'un jean-foutre géant à majuscule. Le tout formait un conglomérat du spectacle et de la communication qui appartenait désormais, ainsi que Les Tours elles-mêmes, à un magnat australien.

Le hall d'entrée de l'immeuble était aussi bien gardé que la Maison-Blanche. Personne ne franchissait le cordon de sécurité formé par les vigiles armés sans un appel à l'étage concerné, un laissez-passer de visiteur et une accompagnatrice qui descendait vous chercher.

Ce jour-là, c'était la secrétaire d'Alexander Bertoli qui avait l'honneur de remplir cet office. Elle salua Carla Owens en l'appelant par son prénom.

« Carla. Quel plaisir de vous voir. Votre voyage sur la Côte Ouest s'est bien passé ?

— Impeccable, Janice. Super.

— Alex vous attend là-haut. »

Carla Owens tenait à raconter elle-même le détail de son voyage à Bertoli.

Durant les deux années qui venaient de s'écouler, Big-F avait connu des déboires. Ayant subi une restructuration, un « dégraissage » et une vague de licenciements après un rachat du groupe, il était passé de la deuxième à la cinquième place des géants de l'édition pour les profits annuels. Dans la dernière décennie, l'entreprise avait changé à trois reprises de direction et Alexander Bertoli, le PDG et éditeur du consortium, craignait qu'un quatrième remaniement ne soit en cours.

Il arpentait la moquette de son somptueux bureau du cent cinquième étage lorsque la porte s'ouvrit et que la secrétaire fit entrer Carla.

« Ma chère. Comment cela s'est-il passé ? » Bertoli franchit une vingtaine de mètres sur la laine épaisse pour un échange de baisers sur les joues. « Permettez que je prenne votre manteau... Harold, apportez à boire à Carla. Elle est gelée. » Bertoli claqua des doigts à l'adresse de son factotum qui prit la commande de Carla et disparut derrière un grand bar qui jouxtait la cheminée.

« Vous voulez parler du voyage ou du résultat de mes démarches ? demanda Carla.

— Les deux. Vous me connaissez, ma chère. Je me soucie toujours de votre bien-être.

— Évidemment. Eh bien, en un mot, le voyage a été infernal. Qu'est-ce que vous voulez que je vous dise ? »

Cela ne correspondait pas à la partie de la question dont Bertoli brûlait de connaître la réponse mais il se montra patient.

« Les voyages en avion ne sont plus ce qu'ils étaient, reprit Carla. Même en première classe, c'est la loterie pour avoir un siège. Tous les vols sont complets. Et le service. » Elle leva les yeux au ciel. « Vos bagages sont mieux traités. Vous payez trois mille cinq cents dollars pour votre billet et on vous sert du *cornflakes* au petit déjeuner et vous avez droit comme hôtesse à une pimbêche. »

Bertoli se mit à rire. « Je vous l'avais dit. Vous auriez dû accepter ma proposition. J'aurais envoyé mon avion personnel vous prendre à Santa Monica, vous conduire au nord où vous auriez fait vos affaires, et vous ramener. Je vous l'avais proposé.

— Je le sais et vous êtes un amour. » Carla avait eu ses raisons de vouloir laisser le jet privé de Bertoli en dehors de cette histoire. On louait pour lui depuis deux ans ce blason de l'ego d'une valeur de trente millions de dollars, une partie seulement du lot de compensation qu'on lui avait offert sur un plateau pour l'arracher à une autre maison. Elle avait redouté qu'un tel service n'aille pas sans contrepartie — bref, que Bertoli soit à bord de l'appareil avec un contrat tout prêt. Depuis qu'il avait lu le manuscrit de Gable Cooper, il brûlait de s'en approprier les droits. Carla avait des projets. Ils n'excluaient pas forcément Alexander, mais elle voulait se garder les mains libres. Les affaires sont les affaires. Vingt langues enflammées, aux extrémités bleues, léchèrent l'air depuis une grande bûche au gaz dans la cheminée, à laquelle Carla alla s'adosser pour se réchauffer.

« Enfin, dites-moi ce qui s'est passé. Vous l'avez rencontré ? Vous lui avez parlé ? Comment est-il ? »

Bertoli ne se tenait plus d'impatience, tous les nerfs tendus dans l'attente d'une bonne nouvelle. Dieu sait que c'était plutôt les mauvaises qui tombaient ces derniers temps. Ses prédécesseurs avaient commis une erreur classique dans l'édition : ils avaient tout misé sur un seul auteur. Et un autre éditeur le leur avait volé.

En effet, durant les quatre dernières années écoulées, Big-F avait dépensé des millions de dollars sur le pari à haut risque de tout construire autour de ce seul auteur. Le premier livre de celui-ci avait battu des records de ventes et était resté en tête de la liste des best-sellers durant plus d'un an. Les ouvrages suivants avaient aussi bien marché. On en avait tiré des films et les ventes avaient continué de grimper de manière astronomique jusqu'à ce que le nom de cet auteur soit devenu une valeur sûre.

Trois ans durant, l'argent avait coulé dans les coffres de Big-F comme l'eau du Niagara et, pendant ce temps, l'entreprise n'avait pas fait grand-chose pour diversifier ses titres. Elle possédait bien quelques autres écrivains à rentabilité moyenne, mais aucun qui approchât de la stature de L'Auteur. C'était de cette pompe à fric bancale que Bertoli avait hérité en prenant ses fonctions — d'une tour de Pise penchée qui engloutissait des sommes folles.

Ce qu'ignorait L'Auteur, c'est que son propre agent était grassement payé par Big-F — plus d'un million de dollars par an en dessous-de-table — pour l'attacher définitivement à la maison et l'empêcher d'aller proposer sa marchandise à d'autres éditeurs.

Quelques auteurs de moindre importance appartenant à l'écurie de cet agent avaient été ajoutés au menu de la maison pour faire bonne mesure, en guise de hors-d'œuvre ; Big-F s'était alors repu de leurs contrats repris à une fraction de leur valeur. C'était la belle époque où l'on se gorgeait d'illusions.

Mais depuis six mois, la réalité avait repris ses droits. La terre avait tremblé. L'agent de L'Auteur était décédé. Si l'on considère que le sens de l'opportunité fait toute la différence dans la vie, alors l'agent n'eût pu choisir plus mauvais moment pour rendre l'âme. En effet, Bertoli et Big-F étaient alors en pleine négociation avec L'Auteur et les nouveaux contrats n'étaient pas encore signés.

Abandonné à lui-même à un moment critique sur les eaux troubles du marché et dans un océan de requins, L'Auteur avait reçu des appels du pied de la moitié des agents littéraires d'Amérique du Nord. Ne sachant à quel saint se vouer, il s'était tourné vers la seule personne en qui il pût avoir confiance — son avocat.

Bertoli s'était interrogé sur la conduite à adopter. L'avocat accepterait peut-être de négocier aux mêmes conditions que l'agent. Mais il y avait un *hic* : les avocats ont un code déontologique. Bertoli pensait qu'ils s'en fichaient, pour la plupart, comme de leur dernière chemise, mais le barreau et les tribunaux étaient là pour le faire respecter. Cela posait un problème. L'avocat risquait, dans un sursaut de moralité, de le coincer. Big-F se trouverait alors confronté à un procès monumental. Pire encore, Bertoli lui-même risquait de finir derrière les barreaux.

Il avait mis tout son poids dans la négociation. Il avait fait une offre énorme, une offre, pensait-il, que L'Auteur ne pourrait refuser. Il avait essayé de se faire bien voir en confiant à son bureau et à ses services le soin de veiller eux-mêmes à l'édition des livres de L'Auteur. Mais l'avocat avait sa petite idée. Si Big-F était prêt à offrir trente millions de dollars pour trois livres, quelqu'un d'autre serait peut-être disposé à en proposer quarante. La maison d'édition avait elle-même engendré un monstre littéraire, une sorte de King Kong colossal dont l'avocat s'apprêtait à manipuler l'un des doigts en un obscène geste d'adieu. Bertoli détestait les avocats.

A la fin, comme on n'arrivait pas à s'entendre financièrement, l'avocat avait pris le chemin de la sortie, suivi de L'Auteur. D'un seul coup Bertoli avait perdu sa vache à lait, soit environ cinquante-cinq pour cent des bénéfices annuels de Big-F, de quoi le faire mettre au placard en compagnie d'autres grands pontes du business — tout à côté du chef de division de Ford qui avait naguère donné son aval à la construction de l'Edsel dont il avait fallu retirer tous les véhicules du marché dans les années 60 pour vice de fabrication. Le départ de L'Auteur avait laissé un grand vide dans la liste des livres d'été de Big-F. Bertoli essayait maintenant de limiter les dégâts. Le nouveau client de Carla tombait on ne peut plus à propos. A condition de pouvoir le mettre sous contrat et de publier le manuscrit assez vite. On tenait là un livre qui, selon toutes apparences, ferait un malheur.

« Qu'est-ce qu'il a dit? Il est au courant pour cette histoire d'adaptation cinématographique?

— Je ne l'ai pas vu. » Cinq syllabes, et on eût cru, à en juger par l'expression de Bertoli, que Carla venait de lui injecter du plomb brûlant dans les veines.

« Comment ça, vous ne l'avez pas vu? Mais pourquoi donc? » Ses manières courtoises avaient fondu comme neige au soleil. Carla le regarda comme s'il allait lui reprendre les baisers qu'il lui avait donnés à son arrivée. « Il a un autre agent? » La première idée qui vint à l'esprit de Bertoli fut que quelqu'un avait damé le pion à Carla. Il savait pourtant bien dans son for intérieur que les poules auraient des dents le jour où on piquerait à Carla un client valant son pesant d'or. Il n'empêche que, si c'était le cas, il n'était pas question qu'elle reste à dîner, bien que sa place fût déjà mise à une petite table devant la fenêtre. Alex n'était pas du genre à gaspiller un repas d'affaires. Il s'empresserait d'ouvrir son répertoire pour vite la remplacer.

« Il n'a pas encore d'agent littéraire. Mais son futur agent, vous l'avez devant vous. Je le tiens », dit-elle. Lorsqu'elle le voulait, Carla pouvait dégouliner d'assurance et c'est ce qui se passait à cet instant : la moquette du bureau de Bertoli en était tout imprégnée.

« Vous avez dit que vous ne l'aviez pas vu? »

Carla se laissa tomber dans l'un des grands fauteuils club disposés devant la cheminée.

« Oui, mais c'est tout comme. J'ai vu la femme avec qui il vit.

— Ah. » Bertoli se rapprocha.

« Et on s'est mises d'accord. C'est dans la poche.

— Je savais que vous y arriveriez. » Elle était de nouveau dans les bonnes grâces de Bertoli. « Quand allez-vous le faire signer ? Il va venir à New York ? » Carla était désormais maîtresse du jeu. Là où il était, Gable Cooper ne risquait pas de proposer son livre à quiconque avant qu'elle ne lui mette le grappin dessus.

« Dès qu'il rentre de voyage, dit-elle. Et vous, de votre côté ? Vous avez appris de quelle manière le manuscrit avait abouti à Hollywood ? » Cela demeurait un mystère puisque le livre n'était pas sorti du bureau de Carla et des services de Bertoli. Une fuite avait dû se produire à l'un ou l'autre de ces deux endroits.

« Non. Mais si ça marche, je les embrasserai », dit Bertoli.

Carla n'allait pas lui dévoiler l'autre partie de son plan avant que Gable Cooper n'ait apposé son nom sur la ligne en pointillé. Ensuite Bertoli pourrait se mettre en rogne et hurler tout son saoul.

« On sait quelque chose à son sujet — ce type, ce Gable ?

— On sait que ce n'est pas son vrai nom, répondit Carla.

— Comment s'appelle-t-il ?

— Je ne sais pas. Elle n'a pas voulu me le dire.

— Pourquoi ?

— Je ne sais pas exactement.

— Et elle, comment s'appelle-t-elle ?

— Abby Chandlis. »

Bertoli sortit un stylo de sa poche pour noter le nom.

« Comment est-elle ?

— Elle est avocate. »

Bertoli la regarda comme si c'était la fin du monde.

« Ne vous en faites pas. Je ne crois pas que l'on ait affaire ici à une relation avocat-client. » Carla le regarda en souriant.

« Ah. Comme ça, il baise les avocates, dit Bertoli.

Voilà un homme comme je les aime. Comment est-il physiquement ?

— Selon elle, si elle dit la vérité, il a déjà été mannequin. Il paraît qu'il est très bel homme. »

Le regard de Bertoli s'illumina. Un contrat cinématographique et un auteur photogénique par-dessus le marché.

« Pourquoi a-t-elle refusé de vous dire son nom ?

— Je n'ai pas très bien compris. Elle a seulement dit qu'elle n'en avait pas envie.

— Vous avez bien une idée ? »

Carla lui adressa un regard bizarre et fit un geste de la tête qui pouvait passer pour un signe affirmatif. Pour des raisons démentes comme seuls peuvent en concevoir des cerveaux d'artistes, on avait vu des auteurs de best-sellers écrire des romans sous un pseudonyme et les vendre à des éditeurs en tentant de dissimuler leur véritable identité. C'était fou. Il était arrivé que leur nom propulse un livre dans la liste du *New York Times* avant même sa publication. Mais le succès leur était monté à la tête et la vanité leur avait finalement fait croire réellement que leurs livres se vendaient davantage à cause de leur style que du marketing. Ils essayaient d'en obtenir confirmation. Sans grands résultats.

« Il se peut qu'il ait des antécédents sous son vrai nom, dit Carla, et qu'il ne veuille pas qu'on le sache.

— Et s'il était sous contrat avec un autre éditeur et préférait reprendre sa liberté ? » Bertoli était encore plus tordu. « Vous pensez qu'il se pourrait que ce soit un auteur connu ?

— Ce n'est pas impossible. »

Cette idée de chasser sur les terres d'un autre éditeur souriait à ce pillard de Bertoli. Puis il y pensa : et si ce Gable Cooper était L'Auteur ? C'était exactement le genre de petit jeu dont l'avocat de ce dernier était tout à fait capable. Le supplice chinois. Appâter Bertoli puis mettre le livre hors de son atteinte au dernier moment. Il confia son inquiétude à Carla.

« Laissez cela. Vous vous inquiétez trop, lui dit-elle

— Je suis payé pour m'inquiéter.

— Dans ce cas, on ne vous paie pas assez. Et puis, pensez au côté positif de la chose, au plaisir que ce sera pour nous d'être les premiers à mettre ce type sous contrat. Mais comment donc son nom a-t-il pu filtrer dans les journaux deux semaines avant la pub ? Et pourquoi cet homme mystérieux se cache-t-il ? Voilà les questions qui seront sur toutes les lèvres. » C'était là le genre de jeu dont raffolait Carla.

« Il n'aimera peut-être pas ça ? dit Bertoli.

— Dommage, fit-elle en s'esclaffant.

— Vous êtes terrible », lui dit-il. Ils calculaient mentalement le montant d'argent qu'un tel coup était susceptible de rapporter.

« Êtes-vous prêt à passer à table, Monsieur ? demanda Harold qui s'était subrepticement rapproché.

— Je crois que nous allons attendre encore un peu.

— Oui, Monsieur. Vous voulez autre chose ?

— Non. »

Harold retourna prendre sa position de potiche dans un coin.

« Quand Cooper est-il censé rentrer ? demanda Bertoli.

— Dans quelques jours, mentit Carla en espérant toutefois qu'Abby l'aurait jointe entre-temps. Je devrais pouvoir le faire signer d'ici une semaine.

— Superbe. Génial. » Bertoli se leva du canapé où il était assis en se frottant les mains. Il n'avait pas besoin des flammes de la cheminée pour se réchauffer. Le seul fait de songer à un autre livre à succès, à quelqu'un qui allait remplacer L'Auteur, suffisait à alimenter son brasier intérieur.

Bertoli n'allait pas se contenter d'un vague espoir de réussite. Il y avait mille manières d'exploiter un auteur.

La plupart étaient risquées et chacune était susceptible de réussir à des degrés divers. D'échouer aussi.

La plupart des auteurs qui réussissaient s'y prenaient de façon traditionnelle, un livre à la fois, avec des ventes qui augmentaient peu à peu au fil des ans. Au bout d'une douzaine de romans, avec des investissements et une promotion modestes, c'est-à-dire des risques très limités de la part de l'éditeur, on pouvait se constituer un public. Mais le temps pressait. Big-F existerait peut-être encore lorsque cette stratégie commencerait à rapporter mais lui, Bertoli, aurait sauté depuis longtemps.

Il y avait ensuite la manière avec laquelle L'Auteur avait réussi. Il avait eu une chance folle : il possédait une bonne histoire commerciale et était tombé à un moment on ne peut plus opportun. Gable Cooper, bien qu'il ne le sût pas encore, était parti pour réussir de la même manière. Dans son cas, ce qui allait tout déclencher, c'était un contrat cinématographique qui était dans l'air à Hollywood. En temps normal, il aurait fallu à Big-F au moins un an pour orchestrer les débuts d'un nouvel auteur important. Mais c'était encore trop long pour Bertoli, surtout avec le trou que L'Auteur avait laissé dans la liste des best-sellers d'été de la maison. Avec un film mettant en vedette une star du box-office, Gable Cooper et son livre étaient partis pour la gloire.

Oui, la réussite, la gloire et la fortune attendaient cet écrivain en herbe qui, à l'instar de L'Auteur, se retrouverait projeté au premier rang tout à fait par inadvertance.

« Alors, qu'est-ce qu'on raconte là-bas ? » Bertoli parlait de la première partie du périple de Carla Owens, celle qui l'avait menée à Hollywood ou, plus précisément, dans Welshire Boulevard à Beverly Hills. « C'est vrai ? C'est lui qui aura le rôle ?

— C'est comme si c'était fait, répondit Carla. Il a lu le manuscrit et veut le rôle. Sous réserve bien sûr que le scénario soit accepté et qu'on lui verse un cachet d'une vingtaine de millions de dollars. Mais, si les producteurs peuvent acheter le livre pour lui, mes collaborateurs m'affirment que c'est du tout cuit. Plus rien ne fera obstacle à la production.

— Oh, ça alors ! C'est donc vrai. » Bertoli se frotta de nouveau les mains d'un air ravi. « Je suis son plus grand *fan*.

— Non, c'est son banquier. Vous venez en deuxième place », dit Carla.

Bertoli la regarda en se demandant s'il devait laisser passer cette remarque sans répliquer, puis se mit à rire. « Admettons. Je n'en mourrai pas.

— Vous allez d'autant moins en mourir qu'il va vous sauver la mise.

— Ça aussi. » Bertoli ne se formalisa pas de la chose et leva plutôt son verre pour boire aux paroles de Carla comme s'il s'agissait d'un toast.

Elle se dit qu'il devait déjà être en train de se livrer à des calculs financiers. Si le film rapportait deux cents millions de dollars, les droits d'auteur initiaux du livre pourraient représenter au bas mot entre le tiers et la moitié de cette somme, peut-être davantage. Le livre de poche lancé en pleine campagne promotionnelle du film entraînerait en outre une autre rentrée d'argent substantielle.

« Il va suffire d'un mot de cet acteur et que la chose se sache pour que l'édition cartonnée s'arrache. » Bertoli esquissa un petit pas de danse devant le canapé. « Vous savez que ça ne nous laisse pas beaucoup de temps mais nous pourrions faire quelque chose au Salon de l'ABA. » Bertoli parlait du Salon de l'American Booksellers Association qui se tenait à la fin du printemps. Ce Salon était normalement réservé aux livres en promotion sur la liste des best-sellers de l'automne et de l'hiver mais, dans un cas comme celui-là, les règlements pouvaient aller se faire voir.

« Un livre de plage au Salon de l'ABA, reprit Bertoli. Il va s'arracher comme des petits pains. On va se retrouver immédiatement en rupture de stock. De surcroît, c'est un bon livre. Il va se vendre tout seul. Mais en plus, avec ce... »

Ce que Bertoli voulait dire par cette phrase laissée en suspens, c'était que le contrat cinématographique réduisait tous les risques à néant. C'était presque gagné d'avance. Alex et sa compagnie n'allaient pas courir tous les risques seuls. Ils auraient partie liée avec l'un des grands studios de Hollywood où l'on pratiquait le marketing comme un art, dans la fumée de cigares et au milieu des miroirs. Étant donné les sommes qu'il allait devoir verser à une star du box-office dans le rôle principal, le studio ne pourrait pas se permettre de laisser le livre de Cooper faire un four. Plus d'un an avant la sortie du film, le studio financerait les frais de lancement de l'édition cartonnée du roman. C'était le rêve de tout éditeur : jouir d'un budget illimité grâce à l'argent d'un tiers.

# CHAPITRE CINQ

Un mois s'était écoulé depuis sa rencontre à son bureau avec Carla Owens et Abby commençait à désespérer. L'agent littéraire lui téléphonait tous les jours. Il fallait qu'elle trouve un Gable Cooper. Pour que Carla Owens lui fiche un peu la paix et pour gagner du temps, Abby avait accepté de la prendre comme agent littéraire. Elle lui avait raconté qu'elle y était habilitée en tant qu'avocate de Gable Cooper. Carla n'avait pas posé de questions.

Ce matin-là, Abby décacheta avec des ciseaux une grande enveloppe dont elle sortit un album à anneaux de la taille d'un catalogue, lequel contenait au moins deux cents pages. Le nom d'une agence artistique figurait sur la couverture. Morgan, après plusieurs semaines et quantité d'efforts, y était finalement parvenu : quelqu'un dont il avait fait connaissance l'année précédente durant le séminaire de droit du spectacle lui avait prêté un exemplaire du répertoire, qu'il avait aussitôt expédié à Abby.

Theresa regarda par-dessus son épaule tout en prenant place devant la table pliante dans le living. Celle-ci, jonchée de papiers, des notes éparses provenant du dernier manuscrit d'Abby, était occupée en son milieu par une vieille machine à écrire Royal, une antiquité des années 50. Non qu'Abby boudât les ordinateurs — elle s'en servait au travail — mais cette machine à écrire était son talisman lorsqu'il s'agissait d'écrire des romans. Elle en avait tapé quatre dessus, y compris celui de Gable Cooper. Pianoter sur les touches produisait sur elle un effet bénéfique. En effet, Abby avait tendance à écrire dans un style quelque peu ampoulé. La vieille machine à écrire lui servait de contrainte en ce qu'elle l'obligeait à retaper et, de ce fait, à élaguer.

« Tu sais qu'il y a des gens qui se retrouvent en prison pour des trucs comme ça, dit Theresa.

— Tu t'inquiètes trop.

— Non, je suis sérieuse. Tu te souviens de ce type qui a écrit un livre sur Howard Hughes ? La biographie non autorisée ?

— Où as-tu entendu parler de ça ?

— Eh dis donc, il m'arrive de lire.

— Mais il y a des années de ça.

— Ne détourne pas la conversation. Il a fait de la prison, insista Theresa.

— Cesse de t'en faire. Gable Cooper n'est pas Howard Hughes.

— Toi alors ! C'est un produit de ton imagination. Comment sais-tu que ce n'est pas Howard Hughes ? Tu ne l'as pas encore trouvé. »

Theresa Jenrico aimait rire de ses propres plaisanteries, fût-ce avec une joue tuméfiée. Joey, son mari, s'était servi d'elle comme d'un punching-ball pour la énième fois juste avant leur divorce, cinq semaines auparavant. Désormais, à entendre Theresa, elle allait habiter pour de bon avec Abby, bien qu'il fût impossible de dire combien de temps allait durer cette cohabitation soi-disant définitive.

Joey était pervers et sadique. Theresa l'avait fait arrêter à quatre reprises et il avait jusqu'à présent un casier judiciaire vierge : quatre arrestations, aucune condamnation. Elle avait chaque fois retiré sa plainte après que Joey lui eut déclaré son amour et juré qu'il ne la frapperait plus jamais.

C'était Abby qui l'avait finalement convaincue de demander le divorce et qui lui avait servi d'avocate durant cette épreuve. Elle l'avait aussi pressée d'obtenir, en attendant, une séparation de corps pour tenir Joey à distance, mais Theresa lui avait rétorqué que cela ne ferait qu'envenimer les choses.

« Tu es en train de me dire que je suis stupide. Mais regarde-toi un peu dans une glace, dit Abby.

— Hé dis donc. Je l'ai quitté, non ?

— Ouais. Pour la quatrième fois. Qu'est-ce que c'était déjà la dernière fois — deux côtes cassées ? Et la fois d'avant, un décollement de la rétine ?

— On a seulement cru qu'elle s'était décollée, dit Theresa.

— Tu as eu de la chance.

— Je te dis ça uniquement parce que je ne veux pas que tu aies des ennuis, dit Theresa

— Je n'en aurai pas. J'en ai parlé avec Morgan et il est d'accord.

— Tu lui as tout dit ?

— Ce qu'il avait besoin de savoir.

— Tu parles ! Et l'agent littéraire ?

— Jusqu'à maintenant j'ai réussi à la tenir à distance. Je lui ai dit qu'il était en voyage d'imprégnation dans la jungle au sud du Mexique.

— Elle finira par découvrir le pot aux roses, dit Theresa. Et alors ? Hein ?

— A ce moment-là j'aurai trouvé quelqu'un.

— C'est ça.

— Tu aurais dû l'entendre. » Abby parlait de Carla Owens. « Comment est-il ? », « Il a les yeux bleus ? », « Il est grand ? », « Il est mince ? », « Il est jeune ? », « Est-ce qu'il porte les cheveux longs et a-t-il une fossette au menton ? » Écoute. Si elle veut qu'il ait un grain de beauté sur le zizi, je lui trouverai ça. Et si je n'y arrive pas, j'en fabriquerai un. »

Theresa la regarda, les yeux tout brillants. « J'ai une idée.

— Quoi ?

— Nous pouvons nous servir de Joey. Tu le tiens au sol et moi j'officie. Son zizi, je veux dire. » L'idée de circoncire Joey avec un couteau à viande n'était pas sans évoquer la version comique d'une certaine justice immanente.

« Il est trop stupide, dit Abby. En plus, s'il avait écrit le livre, tous les personnages auraient la voix pâteuse.

— Dis donc, à propos, Joey a cessé de boire.

— Tant mieux pour lui, dit Abby. Fais-moi signe quand il cessera de respirer.

— Non, je suis sérieuse. Il ne boit plus.

— Et le pape donne dans la scientologie. »

Ce n'était pas la première fois qu'elles avaient cette discussion. Abby l'avait prévenue que si elle ne le quittait pas, Joey finirait par la tuer. Tout dans leur relation permettait d'entrevoir cette issue classique. Joey était un alcoolique dangereux, dont l'éthylisme aggravait les tendances paranoïaques, un colérique incapable de se contrôler. S'il la tuait et la démembrait, il serait sans doute trop saoul pour se rappeler où il avait mis les morceaux. Il s'en tirerait ensuite en plaidant une incapacité partielle entraînant une atténuation de la responsabilité.

« Ne détourne pas la conversation. Nous sommes en train de parler de toi et de la bêtise que tu t'apprêtes à commettre.

— Ce n'est pas une bêtise. » Abby centra l'album devant elle sur la table pliante de manière qu'il soit à l'envers, tourné vers Theresa.

« Considère la chose autrement. Combien de fois dans ta vie as-tu eu l'occasion de jouer les Pygmalion ?

— Pigma qui ? demanda Theresa.

— C'est dans la mythologie grecque. Pygmalion était un sculpteur qui était misogyne jusqu'au jour où il sculpta la statue d'une femme magnifique et s'éprit de l'œuvre sortie de son ciseau.

— J'ai comme l'impression d'avoir déjà connu des types comme ça.

— Il baptisa la statue Galatée puis, lorsqu'il en eut assez d'étreindre une pierre froide, il s'adressa aux dieux, à Aphrodite en l'occurrence, qu'il supplia de lui donner une femme aussi belle que celle qu'il avait créée. Aphrodite eut pitié de lui et anima la statue.

— Es-tu en train de me dire que ce Gable Cooper, cet homme idéal avec un grain de beauté sur le zizi, est ta statue ? »

Abby se mit à rire. « Ce n'est pas une statue mais c'est ma création.

— Tout ce que je peux dire, c'est que je te souhaite d'être entendue des dieux. Parce que t'es pas sortie de l'auberge. »

Abby ouvrit l'album et en écarta les anneaux pour en retirer la première page qu'elle fit voir à Theresa.

« Aide-toi, le ciel t'aidera... »

On pouvait voir, collée sur la page, la photo couleur, format 21 × 29, 7, d'un mâle athlétique, blond, aux yeux bleus, et qui souriait de toutes ses dents blanches à Theresa de l'autre côté de la table.

« Qu'est-ce que c'est que ça ? demanda-t-elle, soudain intéressée.

— Quelqu'un recruté par une agence artistique de Los Angeles. » Abby désigna l'album devant elle. « Ce répertoire est rempli de types qui lui ressemblent. » Elle feuilleta l'album. Il contenait une collection de photos d'hommes, tous superbes. « Spencer l'a obtenu de quelqu'un qu'il a rencontré à un séminaire à Los Angeles. Le type en question sortait avec une femme qui travaille à l'agence artistique. Je n'ai plus qu'à faire mon choix. »

Si l'on découvrait qu'elle était en possession de ce répertoire, la femme qui l'avait subtilisé perdrait son travail. Abby se devait donc d'être discrète.

Chaque fiche comportait une photo accompagnée du nom de l'acteur, suivi d'un CV comprenant la liste des rôles déjà remplis par lui, son adresse et ses numéros de téléphone au travail et chez lui. Abby parcourut rapidement l'album. La plupart des candidats semblaient travailler durant la journée comme garçons de salle ou employés, et ils étaient tous d'une beauté stupéfiante.

Theresa fit le tour de la table pour mieux regarder. « Laisse-moi voir. » Elle prit la photo.

« Oh ! ce qu'il est beau. Michael Chapen. Redondo Beach. Tu le connais ?

— Non. Mais c'est pas mon genre.

— Je le savais. T'es malade. Laisse-moi prendre ta température.

— J'ai dit à l'agent littéraire que Gable Cooper était brun. Ce Monsieur Chapen ne correspond pas exactement à ce portrait.

— Ah. » Theresa approcha une chaise et s'assit pour regarder plus attentivement. Elle était convaincue qu'Abby était cinglée, mais tant que les choses en restaient là, il n'y avait pas de mal à donner libre cours à ses fantasmes.

« Alors raconte. Qu'est-ce que tu vas faire ?

— Je vais examiner tout cet album pour trouver ceux qui se rapprochent suffisamment de la description que j'ai donnée à l'agent. Ensuite, je vais les appeler et leur faire passer une audition.

— Tu plaisantes ou quoi ?

— Non.

— Tu vas rencontrer ces types ?

— Jusqu'à ce que je trouve celui que je veux. » A entendre Abby, on eût dit qu'il s'agissait d'aller acheter une baguette à la boulangerie du coin.

« Tu penses réellement qu'ils feront ce que tu leur demandes ?

— C'est du travail de comédien, non ? Ce sont des acteurs. Écoute, pour la plupart d'entre eux, c'est la chance de leur vie. L'occasion de jouer le rôle d'un écrivain dans la vie réelle. Qui sait, ils pourraient même devenir célèbres.

— Ouais, c'est ça. Et avoir leur photo dans tous les commissariats d'Amérique. Écoute, le seul point positif de toute cette sombre histoire ce serait, si vous êtes condamnés tous les deux, qu'on vous mette dans la même cellule.

— Qu'est-ce qu'il y a de mal à ça ? Je vais le payer, ce type.

— Avec quoi ? demanda Theresa.

— Je vais lui donner un pourcentage de l'avance et des droits d'auteur du livre. Je négocierai ça. » Abby tourna la page et Theresa coupa soudainement court à ses protestations.

« Tiens, celui-là est grand et brun.

— Il ferait très bien l'affaire, dit Abby.

— Écoute, reprit Theresa. Tu as besoin d'aide ? Je pourrais porter ta valise. Prendre des notes. »

Abby pensa qu'elle plaisantait mais, après l'avoir regardée quelques instants, elle s'aperçut qu'elle était très sérieuse. Elles éclatèrent de rire.

Ron Sidner répondit lui-même au téléphone. L'appel était arrivé sur la ligne dont il laissait le numéro lorsqu'il voulait qu'on le rappelle. C'était quelqu'un qu'il connaissait.

« Ici Ron. » Il était en train de taper la note de lecture d'un scénario de film que lui avait envoyé un agent.

« Je vous apporte d'autres nouvelles de Big-F », dit la voix à l'appareil. Claire et nette, elle avait une prononciation quelque peu précieuse et un ton très sérieux. « Il paraît que l'auteur opère sous un pseudonyme, dit-elle.

— On s'en doutait », répondit Sidner. Agé de vingt-deux ans, il était calme et maître de lui, beau garçon. Être beau gosse était un atout indispensable dans la profession, où c'étaient de plus en plus des jeunes dans la vingtaine qui décrochaient les contrats. Sidner avait d'abord rêvé de devenir acteur mais était revenu à la raison lorsqu'il s'était rendu compte qu'il avait davantage de chances de réussir ailleurs. Depuis, il avait travaillé comme guide touristique pour l'un des grands studios de Los Angeles où il avait été ensuite promu au département des scénarios. C'était maintenant un mordu de cinéma qui lorgnait sur un poste dans les bureaux de la direction.

« Oui, reprit la voix, mais vous doutez-vous pour quelle raison ? »

Sidner était tout ouïe.

« Il paraîtrait que c'est un auteur de best-sellers. Très connu. »

Sidner cessa tout à coup de pianoter sur le clavier de son ordinateur. « Vous en êtes sûr ?

— Je le tiens de sources bien informées.

— Donnez-moi un nom. Le nom de cet auteur ?

— Je l'ignore. Du moins pour le moment. Mais si vous me laissez un peu de temps, je ne devrais pas tarder à le connaître.

— Combien de temps ?

— Je ne sais pas. »

Un silence se fit tandis que Sidner réfléchissait. « Vous aurez mille dollars de plus si l'information est exacte et si nous l'obtenons les premiers.

— Je vais voir ce que je peux faire. » La voix était celle d'un employé faisant partie de l'écurie de dénicheurs stipendiée par les studios, à New York, que l'on payait pour repérer les parutions littéraires susceptibles de donner de bons scénarios de films. La plupart de ces dénicheurs de scénarios avaient pignon sur rue et opéraient depuis des bureaux du quartier de l'édition dans Manhattan. Ils passaient régulièrement au peigne fin les dossiers des agents littéraires et des maisons d'édition à la recherche d'histoires adaptables au cinéma. Quelques-uns d'entre eux, tel le propriétaire de la voix au téléphone, étaient des taupes, des secrétaires ou des assistants, auxquels on recourait parfois lorsqu'on avait besoin d'informations confidentielles. Ils couvraient tout le terrain, depuis le prix payé par un éditeur pour un livre jusqu'à l'envergure de son budget publicitaire. Mieux encore, ils savaient si un autre studio était sur les rangs pour acquérir les droits d'adaptation. Les ragots entendus dans les bureaux étaient pris pour argent comptant. L'industrie cinématographique se nourrissait de rumeurs. Rien n'avait de prix tant que personne d'autre n'en voulait. Mais une fois la concurrence engagée, on ne connaissait plus de limites. L'industrie cinématographique partait du principe que la perception était la réalité ou allait bientôt le devenir.

« Il y a autre chose, continua la voix. Carla Owens ne l'a pas encore mis sous contrat.

— Qu'est-ce que vous racontez ? Elle a eu un mois pour cela. Elle est allée à Seattle. » Sidner était surpris.

« Elle ne l'a pas vu. Il était en voyage. Et il n'est pas revenu. Il est parti quelque part faire des recherches. Pour un autre livre. D'après ce que je sais, ce serait la suite du précédent. »

Ils n'avaient pas acquis les droits, pas choisi la star qui tiendrait le rôle principal et pas encore engagé la production qu'une suite du roman était déjà en chantier. Sidner sauvegarda la note de lecture qu'il était en train de rédiger sur l'écran et ouvrit rapidement un autre fichier tout en continuant à parler.

« Vous voulez dire que Carla Owens a échoué après son passage ici à nos studios ?

— Pas entièrement. Elle est entrée en relation avec une femme qui vit censément avec l'auteur. Cette femme sait où il est et, selon mes sources, elle s'emploie maintenant avec Carla Owens à essayer de le joindre.

— Vous avez son nom ?

— Abby Chandlis. » Il épela le nom de famille et donna à Sidner l'adresse de l'employeur d'Abby ainsi que les rares détails connus sur Gable Cooper et ses allées et venues.

Dix minutes plus tard, Ron Sidner se trouvait devant l'énorme bureau en chêne aux motifs en relief sculptés et au plateau protégé par un verre de trois centimètres d'épaisseur. La rumeur voulait que ce bureau eût naguère appartenu à David O. Selznick et que Clark Gable eût signé dessus son nom au bas du contrat pour le rôle de Rhett Butler dans *Autant en emporte le vent.*

Derrière ce bureau, dans un fauteuil en cuir marron à oreillettes et capitons, était assis Mel Weig, impassible et détaché, impeccablement vêtu d'un costume Armani soigneusement boutonné.

Dans un autre fauteuil, devant le bureau, un peu à l'écart de Sidner, était assis Stanley Salzman, chef de production du studio et bras droit de Weig. On ne les voyait jamais l'un sans l'autre.

Weig lut la note de Sidner tout en tripotant la montre en or de douze mille dollars qu'il portait au poignet.

« Vous avez montré cette note à quelqu'un d'autre ?

— Non, Monsieur, répondit Sidner.

— Et que ça reste comme ça. » Il passa la note à Salzman qui y jeta un coup d'œil rapide. Weig savait que, si cette taupe s'était infiltrée chez Big-F, il n'était pas impossible que d'autres studios y aient aussi des antennes. Moins il y aurait de gens au courant du contenu de la note, mieux ça vaudrait. Weig avait déjà approché l'acteur intéressé par le livre de Gable Cooper. Mais si un autre studio décrochait les droits d'adaptation, le contrat leur filerait sous le nez. Il y avait belle lurette que les stars du box-office n'étaient plus les otages des studios. Ils étaient désormais leurs propres maîtres, libres de signer film par film avec qui ils l'entendaient. Les directeurs de studios devaient ramper à genoux pour avoir les têtes d'affiche — et c'est ce qu'avait fait Weig pour ce contrat. L'acteur avait fini par céder uniquement parce qu'il avait envie de jouer le personnage créé par Gable Cooper, et Weig ne l'ignorait pas.

Le téléphone de la ligne intérieure sonna et il décrocha.

« Monsieur, j'ai Carla Owens pour vous sur l'autre ligne. » C'était la secrétaire de Weig, à qui celui-ci avait demandé quelques instants auparavant d'appeler pour lui l'agent littéraire. Il prit la communication.

« Carla, ma chère. Ici Mel. Comment allez-vous ? » Un silence se fit pendant qu'elle jacassait à l'autre bout du fil.

« Oh, parfait. Écoutez, ça ne vous ennuie pas que je mette le haut-parleur téléphonique ? Stanley Salzman, vous connaissez Stan, le directeur de la production ? Il est ici avec moi et je pense qu'il aimerait être au courant de ce qui se passe. »

Il appuya sur la touche du haut-parleur et posa le combiné.

« Carla, vous m'entendez ?

— Oh oui.

— Bonjour, Carla, c'est Stanley.

— Stan, comment va ? Ça fait longtemps.

— Trop longtemps.

— Écoutez, coupa Weig. Nous aimerions bien savoir ce qui se passe avec votre Cooper.

— Oh, ça se passe on ne peut mieux. Sur des roulettes.

— Alors vous l'avez fait signer ?

— C'est comme si c'était fait. »

Weig adressa un coup d'œil à Salzman, dont le regard sombre trahit la déception.

« Écoutez, comment est-il ?

— Je crois que vous allez l'adorer. » Elle évitait de répondre directement aux questions. « Il est mignon comme tout. Il paraît qu'il a même été mannequin. Le rêve pour un spécialiste en marketing.

— C'est bien. Parfait. Quand pourrons-nous parler argent pour les droits d'adaptation ?

— Oh, eh bien, donnez-moi deux ou trois jours. Il rentre tout juste d'un voyage fatigant au Mexique et on est censés se rappeler dans quelques jours. J'aimerais parler avec lui un peu plus longuement avant de passer aux choses sérieuses. Est-ce que ça vous va ?

— Tant que ça reste entre nous, dit Weig. Il n'y a pas d'autre studio ou producteur sur le coup ?

— Mel. » Elle prononça ce nom avec une sorte de miaulement de chatte blessée. « Comment pouvez-vous penser une chose pareille ? Non. Non. Dès qu'il aura récupéré et qu'on aura pu causer un peu lui et moi, vous me verrez débarquer.

— D'accord, dit Weig. Portez-vous bien, Carla. J'attends de vos nouvelles.

— Entendu, je vous fais signe », dit Carla et la communication fut coupée.

Weig déclara en appuyant bien sur les mots : « Nous ne pouvons manifestement pas nous fier à Carla. Quand votre source aura-t-elle d'autres informations ? demanda-t-il à Sidner.

— Je ne sais pas au juste. Il pense que ça peut demander quelques jours.

— Qu'est-ce que tu en penses, Stan ? » Weig se tourna vers Salzman.

« On dirait que Carla a du mal à lui mettre la main dessus.

— A moins qu'elle ne nous fasse marcher, dit Weig, guère optimiste. Il se peut qu'elle essaie de gagner du temps pour faire monter les enchères. Pour nous mettre en concurrence avec un autre studio. »

Gable Cooper l'ignorait mais le studio de Weig était déjà disposé à offrir un million de dollars pour les droits d'adaptation de son roman. L'éventualité qu'il puisse s'agir d'un best-seller et leur incapacité de joindre l'auteur pour parler gros sous incitaient Weig et ses collaborateurs à se demander si cette somme était suffisante. A Hollywood, l'anxiété avait toujours comme unique et prévisible effet de faire grimper les prix.

« Où en sommes-nous sur le budget ? demanda Weig. Peut-on offrir davantage pour les droits ?

— On dirait bien qu'il va le falloir, répondit Salzman. Nous pourrions rogner un peu sur les cachets, ceux des petits rôles. Ça nous laisserait une marge de trois millions de dollars pour les droits.

— Fais-le. Si quelqu'un d'autre décroche le livre, ce qu'on consacre aux cachets n'aura plus grande importance. »

Sidner s'émerveilla qu'on puisse détenir un pareil pouvoir : deux millions de plus, comme ça, en deux mots — « fais-le », un million de dollars le mot !

« Quoi d'autre ? demanda Salzman.

— On ne peut pas attendre, dit Weig. Tout se sait dans cette ville. Fais en sorte qu'Ackerman et son agence trouvent cette femme. » Il baissa les yeux sur la note que lui avait remise Sidner. « Cette Abby Chandlis. Arrange-toi pour qu'ils prennent contact avec elle. » Il réfléchit quelques secondes et se ravisa : « Non. Non. A la réflexion, il est préférable que tu la contactes toi-même. » Il regarda Salzman. « Et prends Zitter ici présent avec toi.

— Sidner, corrigea le jeune homme.

— Quoi ?

— Je m'appelle Sidner, Monsieur.

— Peu importe.

— Alors, qu'est-ce que tu décides ? C'est Ackerman ou nous ? demanda Salzman.

— Les deux. Fais suivre la femme par Ackerman. Si ce Cooper rentre de voyage, je veux être le premier à l'apprendre. Mais je veux qu'ils se contentent de l'avoir à l'œil. »

Salzman acquiesça.

« Puis je veux que tu prennes l'avion pour Seattle. Que tu ailles voir cette Chandlis. Fais-lui les yeux doux. Sors-la et invite-la au restaurant. Fais comme tu sens, mais dis-lui que nous sommes intéressés par les droits d'adaptation et que nous aimerions négocier directement. Pas par l'intermédiaire d'un agent. J'en ai assez d'attendre après Carla. Elle va voir ce qu'il lui en coûte de nous raconter des bobards.

— Est-ce bien sage ? demanda Salzman. Enfin, Carla Owens lui a déjà parlé.

— Dis-lui ce que tu voudras, qu'un agent fera traîner les choses. Surtout Carla Owens. Que nous n'aimons pas faire affaire avec elle. N'importe quoi, pourvu que cette Chandlis nous conduise jusqu'à Cooper.

— Et que se passera-t-il si au beau milieu de tout cela ils pensent pouvoir négocier un meilleur contrat ailleurs ? », demanda Salzman. On avait toujours cette inquiétude lorsqu'on traitait avec quelqu'un qui n'avait pas d'agent : il était bien connu que les gens qui se prenaient pour des artistes pouvaient se comporter de manière excentrique — accepter de négocier un jour et revenir sur leur décision le lendemain. Pour les studios, les agents littéraires n'étaient pas des professionnels représentant les auteurs mais des dresseurs d'animaux munis de la laisse et du fouet. Ils servaient avant tout à garder le client en main.

« Carla Owens ne l'a pas encore fait signer. Si nous pouvons arriver jusqu'à lui avant elle, nous pourrons peut-être demeurer maîtres de la partie. Sinon, ajouta Weig, j'ai bien peur que ça ne coûte très vite une somme astronomique. »

## CHAPITRE SIX

Jack avait appris l'art de l'origami auprès d'une femme avec laquelle il avait vécu en Thaïlande durant la guerre — à l'époque où il était dans les forces auxiliaires de l'armée. Douce et jeune — comme lui alors —, elle l'avait initié, entre autres choses, à l'art d'aimer asiatique et à la décoration de temples bouddhistes miniatures à l'aide de papiers pliés.

Celui, posé sur une table, devant lequel il se trouvait à cette minute faisait plus d'un mètre cinquante de haut. A étages et décoré comme un gâteau de mariage, il lui avait fallu plus de deux semaines pour le construire. Ce qui demandait surtout du temps, c'était de tremper le papier dans un dissolvant et de le laisser sécher. Le temple progressait plus vite que ses textes littéraires, et un autre en aurait peut-être tiré des conclusions quant à la nature de ses véritables aptitudes créatrices. Mais pas Jack.

Les six niveaux supérieurs étaient bâtis en papier ordinaire, les ébauches abandonnées de son œuvre en cours, le quatrième à présent d'une série de romans non publiés. Il avait peut-être perdu la main. Sa dernière publication avait été un ouvrage non romanesque, un traité technique pour un petit éditeur des États du Sud : *Manuel à l'usage des bricoleurs non conformistes.* Davantage une brochure qu'un livre, c'était une sorte de manifeste auquel l'éditeur avait ajouté une note d'humour sur la manière de fabriquer chez soi ses propres explosifs et engins incendiaires. Jack était en train de déchoir et il le savait.

La base du temple en papier, les deux premiers paliers, était retenue à l'extérieur par un papier plus résistant constitué de bristols dont le texte, imprimé et écrit à la main, n'était lisible que de près. Tous ces caractères conféraient une sorte d'homogénéité à l'ensemble, comme si la surface en avait été sculptée par des Lilliputiens qui y eussent gravé des inscriptions exotiques. Jack avait collectionné toutes ces cartes durant les derniers mois écoulés.

Les éditeurs ne prenaient parfois même pas le temps de taper une lettre. Ils griffonnaient plutôt un mot rapide, souvent illisible, sur un bristol à leur enseigne, variante à chaque fois d'un même mot : « NON. » Ils les lui envoyaient telles des cartes postales, même pas sous enveloppe. Ce procédé mettait Jack en colère parce que le facteur et quiconque manipulait éventuellement son courrier voyaient ces cartes.

Il souleva le morceau de contreplaqué sur lequel il avait construit son chef-d'œuvre et, passant par la porte arrière, le transporta dans la cour, l'endroit où il aimait faire ses bêtises.

Il posa l'ensemble, le contreplaqué et le temple, sur une vieille souche à vingt mètres de la maison.

Il utilisa comme détonateur l'amorce d'une cartouche de calibre vingt-deux vidée de sa poudre et reliée à un fusible qui disparaissait à une extrémité du petit temple. Il remplaça la poudre non fumigène par une solution soigneusement calibrée d'ingrédients chimiques achetés dans une boutique de bricolage ainsi que par un peu de poudre noire tassée autour d'un mince filament d'acier. Le tout était connecté, par une pince minuscule, à un long fil de plomb qui courait jusqu'à une petite batterie disposée juste à l'arrière de la maison.

On lui avait appris ce procédé plusieurs années auparavant. Une solution courante pour tremper le papier. On disait qu'un journal, correctement traité avec cette solution et laissé à sécher, était quasiment indétectable, sauf par une analyse très élaborée des concentrations de neutrons à laquelle la plupart des postes de contrôle de sécurité ne recouraient pas, y compris dans les aéroports. Porté sous le bras et recouvert de la première page de l'édition du jour, un tel journal faisait totalement illusion. Bien comprimé, il pouvait aussi contenir la force explosive de trois bâtons de dynamite.

Emerveillé par toutes les techniques de survie et de destruction que son propre gouvernement lui avait appris, il se demanda si celle-ci allait marcher.

Il n'avait pas de voisins à cinq cents mètres à la ronde. L'air que contenait la petite pagode en papier était censé étouffer l'impact de la détonation — si bien que lorsqu'il mit le contact et fut projeté contre le mur de la maison par la force de l'explosion et qu'une vitre vola en éclats au-dessus de sa tête, Jack resta abasourdi, quelques instants du moins. Des milliers de minuscules morceaux de papier, plusieurs roussis, certains encore enflammés, descendaient en flottant vers le sol, telles des feuilles d'automne jaunies.

« Putain, ça marche ! » Jack savait désormais comment il allait détruire l'avion de ligne — du moins dans les pages mythiques de son prochain roman, dont il n'avait pas encore écrit une ligne.

## CHAPITRE SEPT

La voiture d'Abby se traînait à quatre-vingts à l'heure dans un bruit de ferraille sur l'Interstate 5. Elle avait déjà dû s'arrêter pour mettre de l'huile. Le compteur s'était bloqué à deux cent mille cent vingt-trois kilomètres mais la vieille Plymouth roulait encore. Abby, toujours économe, l'avait toujours bichonnée. Theresa ne cessait de se plaindre de la suspension. La voiture eût sans doute eu besoin de quelques réparations mais Abby, à bout de ressources, avait, pour l'instant, d'autres chats à fouetter. Elles mirent une demi-heure pour se rendre dans le centre-ville car on était en dehors des heures de pointe.

Abby appartenait à la seconde vague du *baby-boom,* la génération d'après-guerre, dont les premiers représentants étaient à présent presque quinquagénaires. Les jeunes d'une vingtaine et d'une trentaine d'années leur faisaient une rude concurrence. La plupart des hommes non mariés de son groupe d'âge hantaient des bars et des restaurants fréquentés par des femmes plus jeunes qu'eux. Pour les femmes de l'âge d'Abby, cela voulait dire : « Vous pouvez aller vous rhabiller ! »

Cette attitude n'épargnait pas la vie professionnelle. Une femme forcée de faire de la représentation, ne serait-ce que marginalement, comme dans la littérature commerciale, pouvait s'attendre à des déconvenues

Abby, n'ayant nullement l'intention, de bonne grâce ou autrement, de se résigner à une telle situation, avait caché ses premières mèches grises avec une teinture.

Elle était séduisante et, lorsqu'elle prenait la peine de s'habiller, les hommes se retournaient sur elle, comme ce jour-là, alors qu'elle longeait James Street en direction de Pioneer Street. Ses talons hauts la grandissaient et lui conféraient une démarche aguichante que venait accentuer une mini-jupe. Les épaules nues sous un léger châle qui la protégeait à peine, elle était glacée jusqu'à la moelle. Mais tout cet attirail avait un but : tromper Charlie sur la raison de sa venue au rendez-vous.

Fortifiée dans sa détermination et inventant tous les jours de nouveaux prétextes pour expliquer la longue absence de Gable Cooper, Abby demeurait très évasive avec Carla Owens. Entre-temps, elle s'était mise en disponibilité au cabinet et faisait le tri des candidats virtuels figurant dans le répertoire de l'agence artistique. Carla téléphonait à présent deux fois par jour et Abby commençait à craindre que tout cela ne finisse en queue de poisson. Un dénommé Bertoli, un éditeur, se faisait de plus en plus insistant auprès de Carla, qui avait donné un ultimatum à Abby : encore trois jours et, si elle ne trouvait pas Gable Cooper, on mettrait un point final à toute l'histoire. Abby était au désespoir. Il ne lui fallait désormais qu'une seule chose : de l'argent, juste de quoi mener son plan à terme.

Elle avait téléphoné à Charlie et accepté l'invitation à déjeuner qu'il lui avait adressée au téléphone quelques jours auparavant. Il lui avait indiqué un petit restaurant non loin de son bureau. Il avait paru surpris qu'elle lui téléphone mais s'était montré impatient de la voir.

Elle espéra qu'il avait gardé sa manie des anagrammes. Charlie mettait ses initiales sur tout ce qu'il possédait — « C.W.C. », pour Charles William Chandlis —, depuis son papier à lettres jusqu'à ses cartes professionnelles en passant par ses mouchoirs. Elle pria le ciel qu'il ait conservé cette habitude. Mais, le connaissant, il n'avait pas dû en changer : Charlie était quelqu'un de routinier.

Lorsqu'il l'aperçut à cinquante mètres, son visage s'éclaira comme une lanterne japonaise à la vue de sa tenue. Il franchit presque au pas de course la distance qui les séparait encore.

« *Babe.* Ça fait plaisir de te voir. » La main baladeuse, il lui caressa d'abord les épaules puis la prit par la taille. Il voulut l'embrasser sur les lèvres mais Abby réussit à se détourner suffisamment et le baiser alla s'écraser maladroitement sur l'une de ses joues.

Depuis leur divorce, lors des rares occasions où elle le revoyait, Abby se demandait avec une stupéfaction croissante comment elle avait pu aimer cet homme. Non qu'il fût mauvais bougre, mais ils n'avaient rien en commun. A cette minute même, sur le trottoir, elle sentit qu'elle n'était pour lui qu'un objet de gratification : quelqu'un avec qui il était flatteur de s'afficher en public et qu'il pourrait peut-être, avec un peu de chance, attirer jusqu'à son appartement après le déjeuner.

« Je suis heureuse de te voir, mentit-elle.

— Ça, oui alors ! » Tel un gosse à son premier rendez-vous, il la détaillait des pieds à la tête. « Tu es superbe ! Vraiment superbe ! Tu as un peu maigri. »

Voilà ce que peut faire la nourriture pour chat, pensa Abby.

« Toi aussi tu as l'air bien, Charlie. » Il était, comme toujours, élégamment vêtu, mais avait quelque peu vieilli depuis leur dernière rencontre. Sans doute le résultat d'une vie de célibataire vécue de façon accélérée.

Elle réussit à se défaire de son étreinte et ils parcoururent les quelques pas qui les séparaient du restaurant où Charlie s'effaça et lui tint la porte avant de la suivre à l'intérieur.

« Monsieur Chandlis. Heureux de vous revoir.

— Oscar, comment allez-vous ? » Charlie ne roulait peut-être pas sur l'or mais il avait assez d'argent pour se permettre quelque familiarité avec les maîtres d'hôtel.

« Je vous ai réservé une table dans le fond. » Oscar se retourna et, menus à la main, les guida jusqu'à leur place en se faufilant entre les tables jusqu'à un box tout au fond de la salle, près des cuisines. Charlie voulait un coin intime.

Abby, examinant rapidement les lieux, jeta un bref coup d'œil dans le couloir, au-dessus de l'entrée duquel un panneau lumineux indiquait TOILETTES. Elle supposa que le téléphone devait se trouver de ce côté. Elle ne le voyait pas. C'était parfait.

« Ici, ça te va ? demanda Charlie.

— C'est bien. » Elle sourit et glissa vivement derrière la table.

Bien qu'il y eût une chaise en face, de l'autre côté de la table, Charlie ne la prit pas mais préféra s'asseoir à côté d'elle, si bien que leurs corps à présent se touchaient. Abby se sentait mal à l'aise.

Une serveuse s'approcha et Charlie commanda un scotch soda. Abby ne voulait pas d'apéritif.

« Je suis glacée. J'aurais dû m'habiller plus chaudement.

— Ça m'étonnait aussi. » Le toujours galant Charlie.

« Il fait vraiment froid ici, tu ne trouves pas ?

— Non. Pas particulièrement.

— Mais toi, tu as un veston, ce n'est pas étonnant. » Elle lui adressa un regard appuyé et il finit par comprendre.

« Oh. Tiens. » Il retira son veston et le lui mit sur les épaules.

Tout de même.

« Merci. » Elle frissonna sous son geste de galanterie à retardement. Ce n'était pas de la comédie. Tête en l'air comme l'était Charlie, la première partie de son plan avait marché, sans qu'il y fût pour rien.

« Ils ont une carte superbe. Je pensais qu'on pourrait manger puis aller faire un tour.

— Où ça ?

— Oh, je ne sais pas. Peut-être du côté du Seattle Center. Une promenade. Je m'étais dit que tu voudrais peut-être venir voir où j'habite.

— Oh, tu t'étais dit cela ?

— Pourquoi pas ? » Charlie était l'innocence même. Il avait certainement mis une bouteille au frais chez lui et disposé deux verres pas trop loin de son lit — toujours ses manigances.

« On verra, dit-elle.

— Bien. » Charlie avait interprété le « on verra » comme un acquiescement. Il prit son menu et le parcourut des yeux. « Je te conseille le carré d'agneau, il est excellent. Et, voyons. Le homard.

— Ce n'est pas donné, dit Abby. Tu es sûr d'en avoir les moyens ?

— Ne t'en fais pas pour ça. » Il se mit à rire.

Abby se sentit moins coupable de ce qu'elle s'apprêtait à faire.

« Monsieur ? »

Charlie leva les yeux de son menu. C'était Oscar, le maître d'hôtel.

« On vous demande au téléphone. »

Charlie lui adressa un regard intrigué puis tourna un œil interrogatif en direction d'Abby. « Je n'avais dit à personne au bureau que je venais ici. »

Elle haussa les épaules.

C'était une première pour elle. Durant toutes leurs années de mariage, lors des rares fois où ils allaient au restaurant, Charlie passait son temps au téléphone tandis qu'elle se distrayait et mangeait, en fin de compte, toute seule.

« Je ne serai pas long, dit-il.

— Mais oui. Prends ton temps. » Elle reporta son attention sur le menu.

Il se glissa hors du box et, comme prévu, Oscar lui indiqua le couloir du côté des toilettes.

Elle le regarda s'y diriger tout en refermant son veston sur ses épaules nues. Quelques secondes plus tard, elle entendit sa voix, faible mais audible.

« Allô. »

Abby procéda rapidement.

« Nous nous sommes déjà rencontrés ? Au bureau, je veux dire ? Votre nom ne me dit rien. Pourriez-vous parler plus fort ? Je vous entends mal. »

Elle n'avait pas beaucoup de temps. Il ne lui en fallut pas beaucoup non plus. Un instant plus tard, elle remettait sa serviette de table sur ses couverts et posait soigneusement le veston de Charlie sur la banquette du box. Ayant ainsi tout remis à sa place, elle quitta la table et jeta un bref coup d'œil au fond de la salle. Charlie, enfoui dans le petit couloir menant aux toilettes, ne pouvait la voir.

Elle se faufila entre les tables et sortit du restaurant à la porte duquel elle se fondit dans la foule des piétons qui envahissaient les trottoirs à l'heure du déjeuner. Arrivée au premier carrefour, elle s'engagea dans la rue latérale et vit Theresa qui parlait encore au téléphone. Abby lui adressa un grand geste pour lui signifier que tout allait bien.

« Ça alors, je dois faire erreur, était en train de dire Theresa. Vous n'êtes pas le Charlie Chandlis qui fabrique les fenêtres et les gouttières ?

— Mais enfin qui êtes-vous ? »

De là où elle se tenait, Abby pouvait entendre la voix de Charlie au téléphone.

« Je dois faire erreur. Excusez-moi. » Theresa raccrocha et se tourna vers Abby. « Tu l'as ? »

Abby la tint par les bords comme une photo pour que Theresa puisse la voir : la carte de crédit toute brillante de Charlie qu'elle avait retirée du portefeuille qu'il gardait dans la poche intérieure de son veston.

Elle espéra qu'il aurait assez d'argent en espèces pour payer son verre. Peut-être Oscar mettrait-il cette consommation sur l'ardoise...

Après huit années de vie conjugale, Abby connaissait Charlie au point d'en faire une maladie : sa présence lui donnait des boutons. Comme elle s'en doutait, il mettait toujours ses initiales partout, depuis ses valises jusqu'à son papier à lettres — et sa nouvelle carte de crédit. A l'aéroport, elle signa du nom de C. W. Chandlis le bordereau de la carte de crédit pour les deux billets en direction de Los Angeles.

Les agents de contrôle des billets ne vérifieraient les photos d'identité qu'à l'arrivée le lendemain matin, et ce ne serait que pour s'assurer que le nom de famille figurant sur le billet correspondait bien à celui des papiers des voyageurs.

Abby savait que Charlie ne déclarerait pas la perte ou le vol de sa carte de crédit avant quelque temps. Il était capable de beaucoup de choses mais pas de faire arrêter Abby. C'était contre ses principes d'avocat de la défense.

Elle se garda bien cependant d'abuser. Elles prirent, Theresa et elle, une chambre bon marché mais propre dans l'un des motels qui se trouvent sur la Route 99 menant à l'aéroport et elle paya avec la carte. Elle avait décidé de descendre là parce qu'elle savait que Charlie essaierait de la joindre chez elle lorsqu'il s'apercevrait de la disparition de sa carte de crédit.

Elle avait convaincu Theresa de l'accompagner en lui disant qu'elle la trouvait de bon conseil. Abby aimait bien Terry, mais elle mentait sur ce point. Elle craignait seulement que dans l'état où elle se trouvait

Theresa, dans un moment de faiblesse, ne retourne vers Joey, ne serait-ce que pour une ultime explication. Joey semblait avoir prise sur elle d'une manière qui s'apparentait à de l'envoûtement. Il avait beau la rouer de coups, elle revenait toujours. Soit manipulation de sa part, soit insécurité chez Theresa, toujours est-il qu'il réussissait toujours à la culpabiliser.

A l'hôtel, Abby était en train de se brosser les dents et se préparait à prendre une douche pendant que Theresa, étendue sur le lit, continuait de se pâmer sur les photos de l'album de l'agence artistique.

« Viens là, beau blond, s'écria-t-elle en se renversant sur le dos, la photo sur la poitrine, et en cassant presque la couverture rigide de l'album.

— Fais attention. Il se peut que je doive rendre cet album, dit Abby.

— Est-ce que je peux avoir ceux que tu ne gardes pas ?

— On n'est pas là pour s'amuser, répondit Abby.

— Donne-moi seulement Conan le Barbare. Celui-ci. Il est blond. Tu ne t'en serviras pas de toute façon. Tu as dit que ton type devait être brun et avoir de grands yeux noirs.

— Je n'ai pas parlé des yeux. J'ai dit à Carla Owens que Gable était brun, c'est tout.

— Parfait. Je vais prendre tous les blonds. Je vais les faire mettre en rang, éteindre la lumière et leur dire qu'ils passent une audition pour une scène de nu.

— Pourquoi ne prends-tu pas une bonne douche froide ? demanda Abby.

— Je ne vois pas ce qu'il y a de mal à s'envoyer un peu en l'air. Si on doit les tester, autant le faire comme il faut. Pourquoi en rester aux demi-mesures ? D'ailleurs, avant de présenter ton type à cette Carla, tu voudras peut-être t'assurer qu'il n'a pas de vices de fabrication. Enfin, que se passera-t-il si elle décide de se le faire et qu'il n'assure pas ? »

Abby se mit à rire.

« Non, je suis sérieuse. Tu crois que ça n'arrive pas? Moi, je te parie que c'est comme ça que ça se passe tout le temps. Je parierais que ces gens du monde littéraire sont très portés sur la chose. Enfin, si ton type n'est pas à la hauteur, ça pourrait fiche tout le contrat en l'air.

— Contrairement à ce que tu pourrais croire, ce n'est pas un gigolo qu'on recherche.

— D'accord, dit Theresa qui tourna une autre page du répertoire. Parfait. Regarde-moi les pectoraux de celui-là. »

Abby soupira et hocha la tête mais ne regarda pas.

« Son torse tend sa chemise à la faire éclater. On trouverait plus de plis sur l'armure d'un soldat romain. Tu crois qu'il a des poils là-dessous? demanda Theresa.

— Je ne saurais dire.

— Toi, tu les aimes poilus ou imberbes sur la poitrine? » Theresa parlait comme s'il s'agissait de blanc ou de cuisses de volaille.

« Je n'y ai jamais vraiment pensé.

— Écoute, ma chère, toute femme y pense. Il se peut en effet que tu n'y aies jamais pensé consciemment. C'était peut-être » — elle esquissa un geste pivotant du poignet — « comment on dit déjà?

— Subliminal?

— Qu'est-ce que c'est que ça?

— Ça signifie subconscient.

— Ouais, c'est ça. Subconscient. Va pour subconscient. Mais ça ne t'aura pas échappé. C'est comme pour les fesses bien fermes. Ça ne passe jamais inaperçu. On aime ou on n'aime pas. Moi, je suis branchée pectoraux et fesses. Des culs et des poitrines fermes, voilà. Donne-moi quelque chose de dur sur quoi m'appuyer la tête et enfoncer les doigts et je suis comblée.

— T'es ignoble », dit Abby. Elle avait la bouche pleine de dentifrice et on aurait cru entendre « t'es un gnome ».

Theresa examina de nouveau la photo. « Je suis spécialisée en fesses et en pectoraux. Rien qu'à voir ceux de ce type, l'espace grand comme le Sahara entre ses mamelons, je peux dire qu'il a sans doute la bite de la taille d'une fusée Titan. »

Abby, debout dans l'embrasure de la porte de la salle de bains, regarda son amie en écarquillant les yeux, la bouche toujours pleine de dentifrice. « Quoi ? » Mais, incapable de garder son sérieux, elle éclata de rire et éclaboussa l'évier de dentifrice tout en s'étouffant entre deux accès d'hilarité.

« Tu crois que je plaisante ?

— Non. Je pense que tu es malade, dit Abby.

— Écoute. Les études ont démontré qu'il y avait une corrélation directe entre les deux. La distance entre les mamelons divisée par la surface du fessier au carré égale la longueur du zizi. Sauf bien sûr par pleine lune, auquel cas la gravité est neutralisée et on atteint des limites incommensurables. » Terry fit rouler ses grands yeux bruns dans leur orbite. Abby se remit à rire de plus belle et finit par laisser tomber sa brosse à dents dans l'évier à demi rempli d'eau.

« Regarde ce que tu me fais faire.

— Viens te rincer l'œil. » Terry lui tendit la photo. « Il est bâti comme un marteau-piqueur, commenta-t-elle. Au cas où tu ne t'en serais pas aperçue, j'aime les hommes et je n'ai pas peur de l'admettre.

— Je ne m'en serais pas doutée, dit Abby.

— Tu sais, ce sont de bonnes photos mais, la prochaine fois, tu devrais leur dire de les photographier aussi de dos. Comme ça on ferait le tour de la question et on ne perdrait pas de temps.

— Ouais, ton temps est tellement précieux.

— Ouais, mais les fesses le sont aussi. Je parierais

que Carla est portée sur la fesse. C'est un atout irrésistible », ajouta Theresa.

Abby tendit une main derrière elle et s'empressa de fermer la porte de la salle de bains avant de devoir subir un autre exposé sur les attributs du corps masculin. Mais la voix de Theresa, qui avait haussé le ton pour être entendue à travers la porte fermée, lui parvenait quand même. Les locataires de la chambre voisine devaient eux aussi l'entendre pérorer.

« Tiens. Nous y sommes. Celui-là a vraiment le cul bien ferme, brailla-t-elle. Viens jeter un œil. Il regarde par-dessus son épaule.

— Écrase un peu, tu veux.

— C'est lui que j'aimerais écraser sous moi. *Viens voir un peu le cul de ce mec.* » Terry hurlait à la cantonade à présent. « *Qu'est-ce que tu as ? Tu as peur de poser les yeux sur des excroissances en titane ?* » Abby savait que Theresa cherchait à la provoquer. Celle-ci se plaisait à l'embarrasser en forçant toujours un peu la note.

Abby ouvrit le robinet de la douche. Le fracas de l'eau contre les parois creuses de la baignoire en fibre de verre couvrait même la voix de Terry. Celle-ci abandonna finalement, noyée sous le bruit. Quelques secondes plus tard, Abby régla la température de l'eau et monta dans la baignoire en refermant bien le rideau de douche derrière elle.

Elle se doucha longuement à l'eau chaude, se lava les cheveux et laissa durant plusieurs minutes l'eau couler sur sa nuque et le long de son corps. Elle se demanda ce que Charlie était en train de faire au même moment, s'il avait un moyen de vérifier la nature des dépenses effectuées avec sa carte de crédit, auquel cas il serait là à les attendre lorsqu'elles arriveraient à l'aéroport le lendemain matin. Elle écarta aussitôt cette hypothèse. Charlie serait obligé de déclarer que la carte avait été perdue ou volée pour obtenir la moindre information. On l'annulerait et rien ne pouvait l'assurer qu'on lui en redonnerait une autre. Non. Charlie l'attendrait devant sa porte à son retour pour la lui réclamer. C'était aussi prévisible que ses initiales sur le plastique de la carte.

Elle passa en revue mentalement la poignée de candidats de l'album qu'elle avait retenus. Elle fit un nouveau tri pour n'en garder que trois. Elle commencerait par là.

Il lui faudrait bien peser les termes qu'elle emploierait avec eux. Elle ne pouvait pas leur demander de but en blanc s'ils étaient disposés à arrondir leurs fins de mois aux frais d'une maison d'édition new-yorkaise. Ils la prendraient pour une cinglée. Il faudrait d'abord qu'elle tâte le terrain. Voilà qui sonnerait bien aux oreilles de Theresa.

Elle se retourna finalement pour fermer le robinet de la douche. Lorsque le bruit cessa, elle entendit une voix masculine dans la pièce voisine. Terry, ayant fini par se lasser de l'album, avait allumé la télévision. C'était là une bonne initiative quoique Abby eût préféré qu'elle mette le son un tantinet moins fort.

Elle attrapa une serviette et commença à se sécher. Les haut-parleurs de l'appareil étaient décidément excellents. Steréo, pensa-t-elle.

Une forte vibration se fit ensuite entendre, comme un objet lourd et dur projeté contre un mur.

« Où est-il ? C'est lui ? Dans ce foutu album, là ? Ouvre ta bouche, ma belle. Mange encore du papier. » Autre coup. « T'as faim ? Tiens, en voilà encore. Prends ton temps. Je prends mon pied. Il y a longtemps que je ne me suis pas autant amusé. »

Ce n'était pas la télévision. C'était Joey Jenrico, la voix un peu pâteuse — déchaîné par l'alcool.

Abby avait attrapé son jean et se penchait pour en enfiler une jambe lorsque le mince panneau en bois de la porte de la salle de bains lui vola en éclats au visage.

Elle ne vit rien d'autre que les échardes de bois et le pied de Joey. Heureusement pour elle, lorsqu'il essaya de le retirer, celui-ci resta pris dans l'ouverture éclatée et Joey tomba à la renverse.

« Bordel, qui est là ? » Une lueur de frayeur traversa son regard. Joey ne pouvait que se demander s'il n'y avait pas derrière la porte un malabar qui l'avait mis dans l'état peu glorieux où il se trouvait à présent. Des visions du Goliath entrevu au cabinet juridique l'avaient incité à son arrivée à laisser la porte entrouverte derrière lui au cas où il lui faudrait prendre la poudre d'escampette. C'était l'ennui lorsqu'on puisait son courage dans la dive bouteille. Si Theresa vivait assez longtemps et avait un peu de chance, il tomberait un jour sur un de ses amants qui lui rendrait la monnaie de sa pièce — enfin, s'il y avait une justice en ce monde.

Il retira son pied de l'ouverture et vit Abby dans les attributs dont la nature avait gratifié la partie supérieure de son corps. Il parut un instant légèrement intrigué, comme si ce qu'il voyait tardait à s'imprimer dans son cerveau embrumé, puis il reprit ses esprits.

« Ça alors ! C'est mon jour de chance. Cette salope d'avocate. Un coup de pied dans la porte et vlan, droit dans le mille ! »

Il considéra Terry étendue sur le lit, la bouche remplie de papier, les restes déchirés et tordus de l'une des photos de l'album.

« Deux pour le prix d'une, reprit-il. Parfait. On m'avait dit que tu sortais avec un avocat. Mais je croyais que c'était un mec. Ce que je suis con. » Il regardait toujours Theresa qui saignait à la commissure des lèvres.

« Saloperie. J'aurais dû m'en douter. J'ai à peine le dos tourné que tu me trompes avec une gouine. » Il saisit la lourde lampe métallique qui se trouvait sur la commode et dont le pied était de la taille d'une balle de bowling, et la lança des deux mains sur Theresa. Elle passa au-dessus d'elle et alla heurter la tête du lit. L'abat-jour se tordit et l'ampoule éclata mais la plus grande partie de la lampe massive retomba au pied du lit sans la blesser.

« Bon Dieu de bon Dieu, on ne va pas s'ennuyer ce soir. Viens ici, salope. » Comme Abby était coincée dans la salle de bains, Joey se retourna de nouveau contre Theresa qu'il gifla des deux mains.

« Tiens, tu veux encore en manger ? » Il prit l'album dont il déchira une autre photo qu'il perfora de son doigt en plein milieu. « Tu aimes trop les culs. Mange celui-ci. » Il lui fourra la photo tout entière dans la bouche puis saisit le fil électrique de la lampe brisée qu'il lui enroula autour du cou. Comme il commençait à le tendre et à tirer, Theresa essaya de l'atteindre aux yeux avec ses ongles. Elle ne réussit qu'à lui érafler une joue.

« Je vais t'apprendre, moi. » Il la frappa de toute la force de son poing gauche sur le côté du visage et du sang gicla de son nez sur l'oreiller. Elle s'évanouit.

Abby sortait au même moment de la salle de bains. Elle se jeta sur le dos de Joey, lui enserrant le cou des deux mains et le tirant en arrière.

Joey se mit sur les genoux en déjetant une épaule en direction de la tête du lit. Abby passa tête première par-dessus lui et alla atterrir sur les oreillers, le bas du dos sur la lampe brisée et les pieds contre la tête du lit et le mur. Elle en eut le souffle coupé.

Il saisit son chemisier dont il déchira une manche puis il la rejeta sur le lit comme une poupée de chiffon. Il essaya d'insérer sa langue dans sa bouche. Il puait l'alcool. Il s'abattit sur elle et finit par se mettre à califourchon sur elle au bord du lit. Pour un homme ivre, il était d'une agilité étonnante.

Il essaya brutalement et à tâtons de lui caresser les seins. Il porta la main à la ceinture du pantalon d'Abby et tira. Le bouton partit comme une balle de fusil. Il ouvrit la fermeture Éclair en la déchirant. Lorsqu'il se souleva pour y glisser la main, Abby se dressa le plus violemment possible sur les hanches. Les genoux de Joey passèrent par-dessus le bord du lit et la gravité fit le reste. Ses mains sortirent du pantalon d'Abby et il s'écroula par terre.

Bouillant de rage et toujours agenouillé, il disparut un moment sous les rideaux de la fenêtre, semblable à un cavalier acéphale. Il se remit sur ses pieds, toujours enveloppé dans le drapé des rideaux.

Il descendit sa fermeture Éclair d'une main tout en s'efforçant de l'autre d'écarter le rideau qui lui recouvrait la tête. Son pantalon et son slip lui tombèrent sur les chevilles et, la tête toujours sous le rideau, la partie inférieure de son corps se trouva exposée au regard.

« Viens ici, salope, que je te montre mon missile de croisière. »

Abby se pencha et saisit la lampe que Joey avait lancée à Theresa. Le métal creux heurta le côté de la tête de Joey dans un son de gong chinois. Comme il venait tout juste de libérer son visage du tissu du rideau, ses yeux firent à Abby l'effet de deux billes en verre éraflées sur du béton. Elle se demanda si elle devait lui asséner un autre coup pour faire bonne mesure. Elle prenait son élan pour frapper de nouveau lorsque ses genoux cagneux cédèrent sous lui et qu'il s'effondra le sexe en avant. Il heurta le plancher avec un bruit sourd.

Elle lui donna un coup de pied et le retourna pour s'assurer qu'il avait perdu conscience. Il se retrouva sur le dos comme une baleine échouée.

« Missile de croisière mon œil, dit Abby. Pour moi, on dirait plutôt un pétard mouillé. »

## CHAPITRE HUIT

L'air nocturne était lourd et embaumait de fortes odeurs tropicales, en l'occurrence celles de bananes en train de pourrir sur le quai et sur lesquelles s'activaient des essaims de mouches.

Il jeta un œil en direction du *Cella Largo,* répandit de la poudre de talc sur son corps et revêtit la combinaison de plongée. Il vérifia ensuite une dernière fois son matériel : le régulateur et les bouteilles d'air. Il consulta sa boussole-bracelet pour s'orienter. Une fois dans l'eau, il ne verrait plus rien.

Réduit à l'essentiel, un grand bateau n'est rien d'autre qu'une centrale électrique flottante. Celui qu'il regardait en ce moment était un vieux navire qui marchait au mazout et dont les mâts de charge se dressaient dans le ciel, éclairés comme des arbres de Noël.

Il détenait tous les éléments d'information accessibles sur ce bateau bien précis grâce aux bons offices de la voix au téléphone, sans doute celle de quelque parasite. Les gens qui se trouvaient au sommet de l'échelle procédaient toujours de la même manière. Ils utilisaient des subalternes et des intermédiaires pour ne pas se salir les mains et éviter ainsi d'être incriminés.

A en croire l'information, il n'y avait que deux hommes à bord, un officier et un ingénieur chargés d'assurer sous le pont les manœuvres essentielles.

Il vérifia la jauge de pression des bouteilles. Elles étaient pleines. Le dispositif en lui-même était rudimentaire et plutôt sommaire, d'une simplicité enfantine — il s'agissait seulement de causer des dégâts suffisants et de ne pas laisser de traces. Il ne contenait que ce qu'il fallait d'explosifs, ceux-ci consistant en une substance qui permettait aux flammes de se répandre rapidement et se dissolvait complètement dans l'eau salée. Le mécanisme de mise à feu était formé d'une pince à linge en bois fixée à une ficelle à l'extrémité de laquelle se trouvait un petit parachute ouvert qui, emporté par un courant d'eau, tirerait sur la ficelle. C'était une variante de la bombe qu'il avait un jour fabriquée en Colombie pour faire sauter dans sa voiture un trafiquant de drogue qui se refusait à partager son territoire. Sa femme avait été projetée à travers le toit ouvrant de sa Mercedes.

Le procédé avait ceci de magique que le bateau lui-même sauterait dès l'instant où ses machines se mettraient en marche, comme un mécanisme d'horloge. Le vrombissement du moteur diesel géant étoufferait la détonation. On croirait après coup à une panne massive de la tête du condensateur due à une infiltration d'eau de mer impossible à colmater. L'horaire était fixé : à vingt et une heures précises, le *Cella Largo* mettrait ses moteurs en marche pour charger les batteries utilisées pour alimenter le transformateur de courant alternatif qui à son tour fournissait de l'électricité à certains circuits lorsque le navire était à quai. On laissait tourner les machines durant quarante minutes. Sauf que cette fois elles seraient loin d'avoir autant de temps.

Jetant un œil sur sa montre, il s'aperçut qu'il avait déjà quatre minutes de retard sur l'horaire prévu. Il entra dans l'eau au milieu d'un rideau de joncs et, une minute plus tard, s'enfonça dans les eaux troubles et noires.

Les roues de l'avion touchèrent la piste d'atterrissage de l'aéroport de Los Angeles. Vingt minutes plus tard, l'appareil vint s'accrocher au sas de débarquement et se vida de ses passagers. On eût dit du bétail entraîné au bas d'un toboggan. Il ne manquait que les beuglements et les bruits de sabots.

Après avoir été assaillies par Joey au motel, Abby et Theresa avaient modifié leurs projets et décidé de s'inscrire sur la liste d'attente du vol du soir pour Los Angeles. Joey était fou à lier et elles voulaient mettre le plus vite possible de la distance entre elles et lui.

La salle des départs était déjà envahie par les passagers d'un vol annulé et d'un autre retardé. Il y avait du monde debout dans les allées et l'on dormait sur les sièges. Les deux femmes durent se frayer un passage au milieu de la cohue tout en traînant leurs valises. Abby heurta un type à la jambe en lui balançant dans le tibia sa Samsonite qui devait bien peser dix tonnes. L'homme grimaça de douleur et grogna.

« Excusez-moi. Ça ira? »

Le type se frotta la jambe et la regarda d'un œil noir.

« Je suis vraiment navrée.

— Ça va. » Il la congédia d'un geste de la main, comme si tout effort d'Abby pour adoucir ses souffrances ne pouvait que les aggraver — en lui laissant tomber la valise sur le pied, par exemple.

« Attends-moi », cria Abby à Theresa qu'elle essaya de rejoindre alors que celle-ci disparaissait dans la foule.

« Mais qu'est-ce qu'elles transportent donc dans leurs valises? » Stanley Salzman se frottait toujours la jambe d'une main, tenant de l'autre une canne à pêche à la truite et une épuisette. Il se demanda comment il expliquerait à sa femme l'ecchymose qu'il avait à la jambe lorsqu'il reviendrait en compagnie de Sidner. Salzman n'était guère porté sur les voyages. En réalité, il détestait voyager.

« Qu'est-ce que vous faites avec ça? » Sidner avait désigné la canne à pêche et l'épuisette.

« J'ai les vêtements qui vont avec, avait répondu Salzman. Pour nous deux. Les costumiers du studio me les ont refilés.

— Pour quoi faire ?

— Espérons d'abord que nous trouverons ce Gable. Comme ça, nous pourrons peut-être rentrer ce soir. » Salzman était demeuré sourd à la question qu'on lui avait posée.

« A tout le moins cette Chandlis, avait dit Sidner. Avec un peu de chance, on pourrait s'entendre avec elle.

— Cette chance, on dirait bien que Carla ne l'a pas eue.

— Elle ne disposait pas d'un budget de trois millions de dollars.

— J'aimerais que tu cesses de répéter ça. » Salzman avait regardé à la ronde pour voir si on les entendait. « Trois millions est un maximum. On ne démarrera pas si haut. Et il faut être prudent. Il suffit qu'ils reniflent l'odeur du fric pour s'imaginer qu'on en a encore des masses et qu'on est bourrés à l'as. Surtout l'avocate. C'est leur tournure d'esprit dans la profession. Il n'y a qu'une seule manière d'acheter des droits, petit. Faire croire qu'on n'y tient pas plus que ça. C'est la première erreur que Carla a commise.

— Ah oui. Ça va marcher. Deux mecs de Hollywood en voyage dans un trou perdu à la recherche d'un écrivain dont personne n'a jamais entendu parler et vous voudriez que l'on croie qu'on s'intéresse aux droits juste comme ça, en passant.

— D'où ce truc. » Salzman montra la canne à pêche. « Le Grand Nord-Ouest. En terre Sockeye. Nous allons à la pêche. Nous passions dans le coin. Nous avons pensé que ça vous dirait peut-être de vendre votre livre à un grand studio de Hollywood. Manière de mêler le plaisir et les affaires. Mais pour nous, c'est à prendre ou à laisser. »

Salzman s'imaginait avoir affaire à des péquenots avec lesquels on ouvre la mise à quelques milliers de dollars pour monter petit à petit jusqu'à quelques centaines de mille. A un moment donné, Gable Cooper céderait sur toute la ligne et leur donnerait une option sur ses œuvres à venir pour une bouchée de pain.

« Vous avez entendu ce qu'a dit Monsieur Weig. Qu'il nous fallait le livre à n'importe quel prix.

— Crois-moi, petit, Mel Weig comprendra que nous ayons fait sauter quelques zéros sur le chèque qu'il aura à signer. »

Il lui fallut plus de vingt minutes pour traverser le chenal et repérer la présence sinistre qui se profilait confusément au-dessus de lui. Son contour massif se découpait à quinze mètres de hauteur, formant un plafond de plaques métalliques qui allaient s'évasant vers la surface.

Il remonta lentement vers la quille juste au-dessous du ventre du bateau. A l'aide des palmes, il en longea silencieusement l'arête. Les bulles que faisait le tuyau d'échappement du régulateur montaient le long de la paroi couverte de bernacles, se dilatant telles de chatoyantes balles d'argent en approchant de la surface.

Il ne lui restait plus que vingt minutes lorsqu'il la trouva : l'entrée de la prise d'eau de mer qui, purifiée dans le condensateur, servait à refroidir les machines. Sur la plupart des petits chalutiers, on pouvait tout juste passer la main dans cette ouverture. Sur le *Cella Largo,* elle était de la dimension d'une petite grotte, suffisamment grande pour y mouvoir tout le corps. Mais il y avait un problème : l'ouverture était fermée par un grillage. On avait eu beau tout prévoir, on ne lui en avait rien dit. Il n'avait pas emporté d'outils ni prévu dans son emploi du temps de devoir régler cela.

Il retira son couteau de plongée de la gaine fixée par une courroie à sa cheville et en donna des coups sur le métal rouillé. Il essaya de forcer les boulons qui retenaient le grillage à la coque. Ils étaient pris dans la rouille. Il s'acharna sur l'un d'eux dont la tête se brisa net. Un coin du grillage se détacha. Il regarda sa montre : dix-neuf minutes.

Il glissa la lame d'acier inoxydable du couteau sous l'extrémité du grillage et le souleva. Une bonne partie de celui-ci se dégagea des boulons, laissant le rebord déchiqueté du métal rouillé garder l'ouverture, telle la dent cariée de quelque habitant des mers. Il réussit à se glisser à l'intérieur avec moult contorsions et à la force du poignet. Il n'y avait pas de temps à perdre. Dix-sept minutes. Le métal rouillé déchira sa combinaison et lui lacéra la cuisse. La montée d'adrénaline en lui était si forte qu'il ne sentit rien.

Il se libéra d'une poussée et nagea plus avant dans le tuyau. Il avança mains tendues devant lui dans le conduit rempli d'eau jusqu'à plus de trois mètres à l'intérieur de la coque. Il alluma la lampe de poche. L'imposant conduit faisait un coude. Il le suivit en prenant soin de ne pas se heurter aux parois métalliques, ce qui pourrait alerter le veilleur dans la chambre des machines. Il aperçut devant lui les pales du rotor, semblables à celles d'un ventilateur.

Il pivota avec précaution sur lui-même de manière à avoir désormais la tête tournée vers l'ouverture du tuyau, son chemin de fuite une fois le travail fait. Encore seize minutes. Il s'activa alors frénétiquement.

Il retira le dispositif du sac et le vérifia à la lumière : le revêtement en plastique était intact. L'appareil était attaché à une petite pièce de métal magnétisée. Il le souleva avec précaution et l'approcha de la paroi du tuyau jusqu'à ce que l'aimant adhère avec une petite succion. Les doigts tremblants, il déroula la ficelle conduisant au détonateur. Elle s'était partiellement emmêlée durant sa traversée du chenal et il lui fallut quelque temps pour en venir à bout. Il ne cessait pendant tout ce temps de surveiller sa montre dont les secondes s'écoulaient une à une. Il tendit la ficelle, au bout de laquelle le petit parachute en nylon flottait, ouvert, sur les eaux calmes du conduit. Le dispositif revêtait tout à coup un aspect curieux. S'il ressemblait à quelque chose, c'était à une redoutable méduse traînant derrière elle un tentacule mortel.

Dans la salle des machines, Henry Handle regarda l'horloge accrochée au conduit qui passait au-dessus de lui. L'aiguille des secondes fit une saccade mais ne bougea pas. L'horloge était bloquée à vingt heures quarante-trois. Henry se demanda depuis combien de temps elle était arrêtée. Il enjamba l'escalier menant aux cabines et cogna du revers du poing sur l'horloge. Les aiguilles demeurèrent immobiles. Il tendit les bras pour détacher l'horloge de son crochet. Elle se remit brusquement à marcher. La trotteuse recommença à courir sur le cadran. Henry regarda l'horloge, ne sachant trop depuis combien de temps elle était arrêtée. Il la raccrocha et elle s'arrêta aussitôt. Il la retira, elle repartit, la raccrocha et elle s'arrêta. Sans être très versé en mécanique, Henry savait toutefois ce qui arrête les horloges. Il la souleva de nouveau et elle se remit aussitôt en marche. Tirant un petit canif de sa poche, il l'approcha du tuyau, près du boulon qui lui servait de crochet. A moins de deux centimètres, le canif lui échappa et alla se coller au métal du conduit qui courait au-dessus de sa tête.

« Saleté. » Henry avait entendu parler des effets bizarres de l'eau de mer sur les objets métalliques, telle l'oxydation, sous la forme de la rouille, ou pire, l'électrolyse qui rongeait complètement le métal. Mais il n'avait jamais vu ça. Il ne savait pas trop ce qui se passait mais il avait pour le moment un sujet de préoccupation plus urgent : il avait du retard avec les machines. Comment savoir combien de temps s'était écoulé depuis que l'horloge s'était arrêtée ? Il revint au tableau de contrôle et tendit la main vers les commutateurs.

Il était exténué. Appliquant l'aplat de ses palmes sur la surface lisse de la paroi du tuyau, lentement, quelques centimètres à la fois, il tira son corps vers la sortie. Il fit attention de ne pas agiter violemment les palmes car cela eût pu créer un courant dans le conduit. Il ne savait pas exactement quelle force était nécessaire pour débloquer la goupille d'allumage et faire exploser le dispositif. Il s'engagea dans le coude du tuyau et passait la tête hors du grillage dans l'eau, à l'extérieur de la coque, lorsque la sangle de l'une de ses bouteilles s'accrocha à un morceau de métal faisant saillie. Il tourna la tête mais ne put voir quoi que ce soit. Il exerça une traction brusque du corps. Rien. L'une des sangles de sa bouteille s'était prise dans le rebord édenté du grillage. Il tendit la main pour essayer de prendre son couteau mais n'y parvint pas. Il jeta un œil sur sa montre. Il lui restait moins de huit minutes pour s'éloigner du bateau condamné. Il fit une tentative pour se libérer en accomplissant un mouvement de brasse avec ses bras. Ses palmes lui alourdissaient les pieds tels les membres morts d'un paralysé : il ne pouvait s'en servir sans provoquer un courant à l'intérieur du tuyau.

La partie supérieure de son corps dépassait de l'ouverture de la prise d'eau de mer comme celle d'un homme retenu par les mâchoires d'une baleine géante. Il se débattait pour se libérer lorsqu'il l'entendit : un bourdonnement électrique aigu amplifié par la densité de l'eau, telle une alarme se répercutant à travers la coque métallique au-dessus de lui. Il comprit instinctivement de quoi il s'agissait. Quelqu'un dans la salle des machines avait déclenché les ventilateurs, les pales qui expulsaient les vapeurs du diesel. Cela préludait à la mise en marche des machines. Six minutes plus tôt que prévu.

Il se produisit d'abord un grondement sourd dans l'eau, des vibrations d'une sonorité grave, telle la toux grasse d'un géant enrhumé. Les moteurs tournaient mais sans se mettre en marche.

Il tira fébrilement sur la sangle. Il essaya de défaire la boucle de sa ceinture pour se libérer des bouteilles. La boucle était bloquée. Ses mains s'activèrent dessus à tâtons.

Le moteur diesel toussota de nouveau. Il crachota cette fois à deux reprises et se tut. Il devait la vie au moteur diesel, dont il était bien connu qu'il était difficile de le faire démarrer à froid. La ceinture finit par céder. Il passa les épaules l'une après l'autre hors du harnais et amorça un mouvement de nage. Juste au moment où le grondement reprenait, son pied s'accrocha. La lanière de sa palme s'était prise dans le métal du grillage. Il n'avançait plus. Il regarda derrière lui, les yeux exorbités sous le verre de son masque. Il porta la main à son pied qu'il libéra de la palme au moment même où l'explosion se produisit.

L'acier trempé du tuyau éclata comme du verre. Des morceaux de fer de la taille d'une portière de voiture tombèrent sur Henry en même temps qu'un rayonnage rempli de lourdes pièces détachées. Ce fut étrange, irréel, comme si le temps s'était arrêté. Henry était étendu sur la cloison de fer, étourdi, les yeux rivés sur le trou béant au-dessus de lui, se demandant pourquoi rien n'en sortait, si ce n'est un peu d'embrun et quelques gouttes d'eau salée. Ses oreilles bourdonnèrent et, une seconde plus tard, la bulle produite par la détonation se dissipa à l'extrémité du tuyau et monta vers la surface le long de la coque.

C'est alors que le bruit lui parvint. Henry écarquilla les yeux. Une cataracte liquide déferla sur lui avec la force d'un canon hydraulique. Il essaya de se libérer du poids qui lui écrasait la partie inférieure du corps mais ne parvint pas à la bouger. Il avait les jambes coincées. Il appela à l'aide mais ses cris se perdirent dans le bruit de l'eau de mer qui s'engouffrait par l'ouverture. Du carburant diesel flottait à la surface de l'eau, dont le niveau était passé en quelques secondes de son estomac à ses épaules. Il n'eut plus bientôt que la tête à l'air libre. Il s'étirait et tendait le cou pour gagner quelques secondes de vie lorsqu'un objet dur et noir, emporté par la trombe d'eau, le heurta au visage. Il vit avec stupéfaction la masse liquide s'élever au-dessus du niveau de sa bouche et dépasser ses narines. Il avait les yeux exorbités. Il tendit hors de l'eau une main mourante et, dans son dernier soupir, saisit l'objet sombre qui l'avait cogné au visage.

Avec la force d'une balle tirée d'un canon de fusil, il fut projeté dans le vide opaque et insonore tel un corps entraîné dans des rapides. Un vague grondement se fit entendre quelque part derrière lui. La résistance de l'eau arrêta finalement sa culbute tête en avant et il se retrouva en train de flotter mollement, tout étourdi, près du fond. Il ressentit aussitôt une sensation d'étouffement. Portant par réflexe les mains à sa bouche, il exerça une violente détente du pied pour remonter à la surface. Nageant les deux mains tendues devant lui, il explora les ténèbres d'un œil fébrile en se demandant s'il ne se dirigeait pas dans la mauvaise direction. Les perceptions de son oreille interne avaient été brouillées par l'explosion. Il était à bout de souffle et avait les poumons en feu lorsque sa main tendue rencontra l'air humide. Sa tête déboucha brusquement à la surface. Il toussa, cracha et, tenant son estomac à deux mains, vomit des bouillons d'eau de mer. Il porta la main à ses jambes pour s'assurer qu'elles étaient encore là. Pagayant à la surface à l'aide de ses mains, il accomplit nonchalamment un cercle dans l'eau avec son corps. Derrière lui, à soixante-dix ou quatre-vingts mètres, une inquiétante lueur incandescente semblait provenir de l'eau sur le flanc du bateau, répartie en une douzaine de points miroitants le long de la coque. Le *Cella Largo* reposait dans l'eau, les lumières brillantes de ses hublots submergés ruisselant jusqu'à la surface, telle la victime d'un meurtre en train de rendre l'âme.

## CHAPITRE NEUF

Les deux premiers ne donnèrent rien. L'un avait déménagé la semaine précédente à Las Vegas où il jouait dans une comédie tout en arrondissant ses fins de mois comme instructeur d'aérobic dans un club de vacances.

Il leur avait fallu se rabattre sur celui qu'Abby trouvait le plus séduisant des trois candidats, mais trop jeune. Il s'appelait Jess Jermaine. Agé de vingt-six ans, il était brun, avait la mâchoire carrée, les traits ciselés comme dans la pierre et de saisissants yeux verts. Lorsqu'il ouvrit la porte de son appartement, Abby comprit qu'elle était sur la bonne piste. Si l'on peut dire de l'apparence physique qu'elle est magnétique, Jess Jermaine était le pôle nord, presque trop beau garçon. Il devait faire un peu moins d'un mètre quatre-vingt-dix, avait les épaules larges et le hâle d'un dieu en bronze.

Abby, debout sur le seuil de son appartement, expliqua qu'elle s'apprêtait à auditionner plusieurs candidats pour un rôle et qu'on lui avait donné le nom de Jess.

« C'est un peu inhabituel, dit celui-ci. Normalement, c'est mon agent qui me téléphone pour me transmettre les appels de casting.

— C'est une situation assez exceptionnelle. Nous sommes un peu pressées. Mais nous sommes prêtes à y mettre le prix. »

Il leur ouvrit la porte toute grande et les invita à entrer.

Jermaine examina Theresa, affublée de lunettes fumées trop larges.

L'endroit consistait en une seule vaste pièce, un studio avec un canapé-lit.

Il libéra une chaise du carton à pizza qui s'y trouvait et offrit un siège à Abby. Sans qu'on l'y invite, Theresa s'affala dans un gros fauteuil sac qui se trouvait dans un coin. C'était la seule pièce de mobilier disponible, à part le lit, auquel elle songea un moment, mais il était couvert de vêtements qui attendaient d'être pliés.

« Vous me surprenez en pleine lessive. Je vous offrirais bien quelque chose à boire, mais je n'ai pas encore fait les courses de la semaine. » Il leur proposa un verre d'eau.

« Non, ça va, dit Abby.

— Vous, vous m'avez l'air d'avoir besoin d'une femme qui s'occupe de votre intérieur, fit Theresa.

— C'est ce que ma copine me répète à tout bout de champ. » Il désigna la photo encadrée de la petite amie sur le poste de télévision.

« Mignonne, cette petite », commenta Theresa.

Abby lui lança un regard noir.

« Ne vous occupez pas de moi. Faites vos affaires. Je trouverai bien à me distraire. » Theresa regarda, posé sur l'un des accoudoirs du canapé, à trente centimètres d'elle, une pièce de vêtement des plus sommaires en fausse peau de léopard que le beau gosse n'avait pas encore rangée. « Je vais me rendre utile.

— De quoi s'agit-il ? » Jermaine, ne tenant pas compte de Theresa, s'adressait à Abby. Il était curieux, sans toutefois donner une impression d'impatience.

« Il faudra peut-être voyager.

— C'est pour le cinéma, la télévision ou la scène ? », demanda-t-il.

Rien de tout cela, pensa Abby, mais elle devait procéder prudemment, sinon elle risquait de l'effaroucher. C'était le meilleur candidat qui lui restait pour personnifier Cooper. « Je pense que l'on pourrait caractériser la chose comme une représentation en situation réelle.

— Du moins tant qu'on ne vous pincera pas », intervint Theresa.

Jermaine la regarda, légèrement interloqué. « J'ai joué un peu Off-Broadway, dit-il à Abby. Il y a deux ou trois ans, avant de venir m'installer sur la Côte Ouest. » Il se laissa tomber sur le canapé-lit par-dessus l'accoudoir duquel il étala une longue jambe moulée dans un jean serré et se mit à plier des chaussettes. Son tee-shirt, coupé court, dévoilait un estomac bronzé aux abdominaux ondulants comme une planche à lessive.

« Ce n'était pas exactement à Broadway que nous pensions, dit Abby.

— Juste. La bonne ville mais la mauvaise rue. » Theresa était en train d'examiner le cache-sexe en léopard qu'elle avait pris sur l'accoudoir du canapé. « Est-ce que ça s'attache ? » Elle le huma comme un connaisseur le fait d'un cigare puis, tirant l'étui du cache-sexe vers l'arrière, elle le relâcha comme un lance-pierres en le retenant par la lanière.

Abby lui lança un regard assassin.

« Si nous en venions au fait ? demanda Jermaine. J'ai rendez-vous dans le quartier des studios dans une heure. Une audition pour un rôle dans un film publicitaire. Je ne voudrais pas être en retard.

— Alors, si je comprends bien, vous avez fait de la photo commerciale ? enchaîna Abby.

— Je croyais que vous aviez parlé d'un rôle. C'est un mannequin que vous cherchez ?

— Pas exactement.

— Mais enfin, de quoi s'agit-il ? D'un rôle ou d'une séance de photos ?

— On aurait besoin de votre photo mais ça impliquerait aussi du travail d'acteur.

— Où ça, combien de jours, et combien ? » Il en était maintenant aux gros sous.

« A New York surtout, je ne suis pas tout à fait sûre du temps que ça demandera, et pour ce qui est de l'argent — enfin, ça reste à négocier. »

Jermaine sourit, apparemment satisfait par ces propos. « Pour les séances de photo, je prends deux mille cinq cents dollars par jour, plus les frais, hôtels quatre étoiles ou mieux, voyages aller-retour en première classe, et je ne fais rien à poil. »

Theresa fit entendre un long sifflement.

Il n'avait en réalité jamais obtenu de telles conditions de travail mais il se dit que ça ne coûtait rien de demander. Il quitta le canapé et traversa la pièce en direction d'un calendrier suspendu sur le côté du réfrigérateur de la kitchenette.

« Voyons voir. Il faut que je sois de retour à L. A. dans une semaine parce que j'ai une autre audition. » Il examinait le calendrier en leur tournant le dos.

Abby se rendit compte que Theresa s'était passé le cache-sexe autour de la tête, l'étui disposé de telle sorte qu'il lui recouvrait le nez et la bouche comme un masque à oxygène. On l'entendait respirer profondément à travers le tissu. Elle partit alors d'un grand rire à l'intention d'Abby, qui lui adressa une expression courroucée.

Elle ôta le cache-sexe de sa tête avant que Jermaine ne se retourne. « Qu'est-ce que vous entendez exactement par "à poil"? demanda-t-elle en balançant par la lanière le cache-sexe au bout d'un seul doigt.

— Je fais des pubs de sous-vêtements, tant que ça reste discret. Pas de fesse.

— Mais dites donc, ça va de soi, dit Theresa. Est-ce que nous avons l'air du genre à venir vous demander de faire des trucs peu recommandables, dégueulasses?

— Vous seriez surprises de ce que les gens vous demandent de faire.

— Pas moi, vous pouvez en être sûr, dit Theresa.

— J'en aurais à vous raconter.

— Je suis tout ouïe.

— Il n'a pas le temps, *Terry*. Il a une audition, rappelle-toi. » Theresa avait vu des gargouilles qui avaient une expression plus aimable que celle qui se peignit alors sur le visage d'Abby.

« Je crois qu'il faut parler affaires, dit celle-ci. En venir au fait, comme vous dites. »

Tirant l'une de ses cartes professionnelles de sa poche, elle la tendit à Jermaine. « Je suis avocate. J'ai un client dont je dois vous taire le nom. Ce client est un écrivain plutôt doué. Pour des raisons que vous n'avez pas besoin de connaître, il a décidé d'écrire un livre, un roman, peut-être un best-seller, sous un nom de plume. Il tient à ce que son identité demeure inconnue aussi bien de son éditeur que du public. Il cherche quelqu'un pour le personnifier.

— Est-ce légal? demanda Jess.

— Oui. Vous pouvez me croire sur parole. J'ai tout vérifié. Le travail comprendrait des photos pour la jaquette du livre et, si celui-ci a du succès, des apparitions en public. Peut-être de la télévision et, le cas échéant, des séances de signature à travers le pays. »

Jermaine avait la tête de quelqu'un d'impressionné par toutes les possibilités que cela laissait entrevoir.

Sous le coup de l'étonnement, Theresa s'était tue pour regarder Abby, admirant l'aisance avec laquelle elle se débrouillait, cette astuce finale, son mensonge le plus gros : « J'ai un client. »

Le regard de Jermaine s'éclaira. « Vous plaisantez?

— Non.

— Qui paie pour tout ça?

— S'il y a des déplacements, l'éditeur.

— Ça pourrait me faire une bonne publicité, dit-il.

— En effet.

— Et je serai payé, en plus?

— Un pourcentage de l'avance sur les droits d'auteur.

— Combien?

— Nous en parlerons une fois que je saurai si vous êtes intéressé.

— Quelque chose m'échappe. Quel est le côté négatif de l'affaire ? »

Abby haussa les épaules, l'air de signifier qu'il n'y en avait pas. « Ça vous intéresse ?

— Je ne sais pas. C'est tentant. Je ne connais rien à l'écriture ni à l'édition.

— J'attends votre décision.

— Ce que je ne comprends pas, c'est la raison pour laquelle l'auteur fait tout cela. Où veut-il en venir ?

— D'après ce que j'ai compris, l'éditeur est prêt à payer très cher un homme ayant écrit un roman qui a attiré son attention. Si l'auteur est séduisant et passe bien dans les médias, cet éditeur sera sûr qu'il peut le commercialiser. Ça ajoutera de la valeur au livre.

— Vous plaisantez ?

— Je le voudrais bien, dit Abby. Êtes-vous intéressé ? »

Jermaine devint songeur. « Ça lui ajoutera combien de valeur ?

— Que voulez-vous dire ?

— Vous avez dit que si l'auteur était séduisant, cela ajouterait de la valeur au livre. Combien en plus ?

— Nous n'avons pas encore engagé les négociations. Oubliez ce qu'on entend habituellement par valeur ajoutée. L'auteur a mis le meilleur de lui-même dans ce roman.

— Mais enfin donnez-moi une idée de ce que peut valoir ce livre.

— Si je devais... » Abby réfléchit quelques instants. Carla Owens ne prenait pas de clients à moins que leur livre ne rapporte plusieurs centaines de milliers de dollars. Elle ne se serait pas amusée à traverser le pays si un éditeur, voire plus d'un, n'avait manifesté de l'intérêt pour le roman. Une surenchère n'était pas à exclure, ce qui en ferait encore grimper le prix.

« Si je devais hasarder un chiffre, je dirais dans les deux cent mille à titre d'avance, peut-être davantage. » Au bas mot. Mais il valait mieux être modeste que le décevoir et le voir se retirer au milieu de l'opération, après que Carla Owens l'aurait vu.

« Et ma part ?

— Cinq pour cent ? », fit Abby. C'était davantage une question qu'une affirmation. Elle était acculée au mur et Jermaine le sentait.

« Dix.

— Vous allez devoir signer un contrat. »

Il acquiesça.

« Marché conclu. »

Ils durent sonner deux fois à la porte et attendre plus d'une minute avant qu'on ne leur ouvre. Ils avaient mis plus de deux heures pour trouver la maison d'Abby dans le quartier de l'université.

Un type au visage recouvert d'une barbe grisonnante de cinq jours et qui semblait faire plus d'un mètre quatre-vingt-dix les observa à travers la fente de la porte retenue par une chaîne de sécurité.

« Qu'est-ce que vous voulez ? »

Les deux hommes debout sur la véranda à l'extérieur échangèrent un regard de stupéfaction. Il y avait peut-être un Dieu au ciel après tout.

« Est-ce bien à Monsieur Gable Cooper que je parle ? » Stanley Salzman avait déjà une carte professionnelle à la main.

« Ça dépend qui le demande.

— Quelqu'un qui a un marché à vous proposer si vous êtes Monsieur Cooper. »

Soudain, les yeux qui les observaient sous le couvert de paupières ensommeillées se levèrent.

« Vous êtes Monsieur Cooper ? » Salzman glissa la carte dans l'entrebâillement de la porte. Y figuraient en lettres bleues en relief le nom et le logo du studio que des milliers d'écrans de cinéma avaient rendus familiers à quiconque ne venait pas de Mars.

« Nous pouvons entrer ? »

Ils étaient bizarrement vêtus. L'un des deux portait une casquette couleur fauve munie d'une visière qui devait faire dans les trente centimètres et garnie de cache-oreilles à rabat. L'autre était attifé d'espèces de pantalons en toile qui avaient l'air d'être rongés par l'humidité à certains endroits. Il portait un panier en osier retenu à l'épaule par une lanière en toile. Le tout ressemblait à un accoutrement de pêcheur du temps jadis.

« Minute. » Joey Jenrico ferma la porte puis s'engagea dans le couloir pour en fermer une autre. Celle-ci menait dans une pièce arrière qu'il était en train de mettre à sac quand on avait sonné. Il avait déjà cassé toute la vaisselle sur le plancher de la cuisine et vidé dessus tout le contenu du réfrigérateur. Il s'en était ensuite pris à ce qu'il avait cru être la chambre de Theresa, où il avait détruit presque tout le mobilier. Il s'acharnait sur ses vêtements avec un couteau lorsqu'il avait été interrompu.

Joey aurait volontiers éconduit sans manière les deux types, n'eût été la carte professionnelle et la mention d'un marché, de quoi éveiller sa curiosité. Il se demandait si ce Cooper n'était pas celui qui fréquentait Theresa. Si oui, il retrouverait cet enfant de pute et le tuerait ou le laisserait infirme, mais pas avant de voir s'il y avait du fric à récolter dans toute cette histoire. Il s'interrogea sur le sens des paroles des deux types à la porte. Il flairait le fric, mais combien ?

Il revint vivement à la porte d'entrée et l'ouvrit. Salzman entra le premier, suivi par Sidner qui demanda où était Abby Chandlis.

« Elle est sortie.

— Alors ici, c'est chez elle ? Nous sommes bien au bon endroit ?

— Ouais. Vous parliez d'un marché ? », demanda Joey. Chaque chose en son temps.

Salzman jeta un œil autour de lui puis proposa que l'on passe au living pour parler affaires.

« Comme vous voulez. » Joey hésita à leur indiquer le chemin. Il n'était pas très familier des lieux. Heureusement, il n'avait pas encore eu l'occasion de mettre le living en pièces.

Salzman fit un signe de tête en direction de ce qui semblait être la pièce de devant.

« Faites comme chez vous, dit Joey. Je vous offrirais bien un verre mais la cuisine est sens dessus dessous.

— Nous comprenons. Nous ne faisions que passer dans le coin, dit Salzman. Nous sommes montés dans le Nord pour une excursion de pêche. Vous venez vous-même de rentrer ? »

Joey, se méprenant sur leur question, les regarda d'un œil inexpressif. Il pensa l'espace d'un instant qu'ils étaient garés dehors et l'avaient vu briser la moustiquaire et se glisser à l'intérieur par une fenêtre sur le côté de la maison.

« Nous avions entendu dire que vous étiez au Mexique, dit Salzman.

— On. Ouais.

— Vous avez fait un bon voyage, j'espère ?

— Ouais. Je me suis bien amusé.

— Je croyais que vous étiez là-bas pour travailler ?

— Aussi. De quoi s'agit-il ?

— Un de nos collègues au studio a appris que nous devions monter dans la région pour une petite partie de pêche et il nous a donc demandé si nous ne pourrions pas faire un saut jusqu'ici pour échanger un ou deux mots avec vous. »

Joey jeta un coup d'œil à travers le store vénitien de la fenêtre du living. Il avait entendu dire que les flics s'introduisaient parfois chez les gens en racontant des salades lorsqu'ils soupçonnaient qu'un crime se préparait. C'était peut-être un voisin qui les avait appelés. Mais il vit une canne à pêche par la lunette arrière de la voiture garée devant la maison.

« Parler de quoi ? demanda-t-il.

— De votre livre évidemment.

— Oh. » Joey gambergea quelques secondes. « Ah ça. » Il leur adressa un signe de la tête blasé comme s'il savait de quoi ils parlaient.

« Il trouve votre livre très bon. Cet ami à nous.

— Alors il l'a déjà ? » Joey espérait n'avoir pas à le chercher dans la maison. Etant donné l'état dans lequel il avait mis les lieux, le livre devait être sous la merde qu'il avait déjà foutue à la poubelle dans la chambre du fond.

« Oh oui, il l'a. Vous devez vous demander comment il se l'est procuré ? »

Joey secoua la tête, l'air de dire que ça lui était complètement égal.

« Enfin. Nous avons nos sources. J'espère que ça ne vous ennuie pas ?

— Pourquoi ça m'ennuierait ?

— Justement, dit Salzman. Nous avons trouvé qu'il y avait peut-être moyen de tirer un film de votre roman. Rien de certain, remarquez, mais votre livre a un potentiel. Nous prenons des options sur des tas de choses. Très peu vont jusqu'à la production, sont réellement produites, vous comprenez. Mais nous aimons avoir des idées en réserve. »

Joey haussa un sourcil songeur. « Ça doit vous coûter cher, toutes ces idées en réserve, non ? Combien êtes-vous prêt à payer ? »

Salzman sourit. Droit au but. Ça lui plaisait. « Un auteur comme je les aime, dit-il. Qui ne crache pas sur l'argent. » Un nigaud de première, oui. « Oh, je ne sais pas. Quelques milliers de dollars peut-être. Si nous avons bien compris, vous travaillez actuellement à un deuxième livre. Une suite ?

— Sans doute. » Une suite à quoi, Joey l'ignorait, mais, comme le type des studios semblait, lui, le savoir, il joua le jeu.

« L'idéal, ce serait de faire un forfait pour le tout, les

deux livres, de ficeler le tout, de prendre une option ferme sur les ouvrages à venir », dit Salzman. Il toisa mentalement Joey et une somme dérisoire lui vint à l'esprit. « Nous serions prêts à aller jusqu'à vingt, peut-être vingt-cinq mille dollars. »

C'était plus d'argent que Joey n'en avait vu en une seule fois dans sa vie. Mort ou vif, ce Gable avait de la valeur. Peut-être ne le tuerait-il pas tout de suite, même s'il sautait Theresa, du moins pas avant qu'il n'ait fait ce machin, cette « suite ».

« Vous devez comprendre, poursuivit Salzman, que si nous faisons ça, si nous sommes prêts à payer un prix aussi élevé, c'est que le studio aime bien encourager un nouveau talent. Assurer la subsistance d'un nouvel écrivain prometteur, pour ainsi dire.

— D'accord. Et c'est pour quand ? Cette aide au nouveau talent ? » Joey n'était pas écrivain mais il savait reconnaître le baratin quand on le lui servait.

« Dès que nos avocats auront préparé le contrat. » Ça se passait si facilement que Salzman n'en revenait pas.

« Et combien de temps ça va prendre ? »

Généralement, ça prenait des semaines mais, vu les circonstances, ils pourraient utiliser le formulaire standard, celui auquel on recourait avec les scénaristes, que l'on se contentait de rémunérer en argent, sans autres droits. Ils s'approprieraient les droits sur les personnages et dissimuleraient dans le contrat une option leur accordant la propriété de tous les droits d'adaptation cinématographique sur les trois prochains livres de Cooper. Avant de se rendre compte de ce qui lui arrivait, celui-ci travaillerait à l'œil pour le studio.

« Un coup de fil et je m'arrange pour qu'on vous envoie le contrat par retour du courrier, dit Salzman. Trois jours maximum.

— Vingt-cinq mille, dit Joey.

— J'ai dit vingt, peut-être vingt-cinq. »

Sidner, à ces mots, faillit sauter à la gorge de Salzman.

« Mais comme vous avez su vous montrer raisonnable, va pour vingt-cinq. » Salzman regarda son comparse et lui adressa un clin d'œil.

Joey leur aurait vendu tout ce qu'ils voulaient pour le dixième de cette somme, surtout s'il avait pu la toucher tout de suite, en espèces.

« Quand est-ce que j'aurai l'argent ?

— Nous vous enverrons le chèque dès que vous aurez signé le contrat.

— Pas de chèque, dit Joey. Je veux des espèces.

— Le studio ne traite pas d'affaires en espèces. Je ne sais pas ce qui vous inquiète, vous avez vu la carte. Nous payons rubis sur l'ongle. Dites-nous seulement à quel nom établir le chèque.

— Le nom ?

— Nous avions cru comprendre que Gable était un nom de plume. Vous nous donnez votre nom véritable et nous vous établissons le contrat et faisons le chèque. »

Il y a des jours fastes comme ça, pensa Joey.

« Je veux qu'on l'adresse à une boîte postale. C'est d'accord ?

— Parfait. Tout ce que vous voulez.

— Au nom de Joey Jenrico. » Il épela le nom, que Sidner nota.

« Vous avez écrit un livre superbe, Monsieur Jenrico. Continuez comme ça, dit Salzman, et vous avez un brillant avenir devant vous. » C'était ce que les éditeurs, les studios et les agents littéraires disaient toujours pour emberlificoter les écrivains.

Sidner nota le nom et les indications postales de Joey ainsi que son numéro de sécurité sociale pour la déclaration au fisc. Le prix négocié ferait plaisir à Mel Weig, qui serait toutefois déçu par le fait que Jenrico n'était manifestement pas un auteur de best-sellers. Mais à quoi pouvait-il s'attendre pour vingt-cinq mille dollars ? A décrocher la lune ?

# CHAPITRE DIX

Bertoli chercha dans son répertoire le numéro de téléphone de Carla Owens, celui qui ne figurait pas dans l'annuaire, et le composa. Elle répondit après la première sonnerie.

« Carla. Ici Alex. Ça va mal pour vous.

— Qu'est-ce qu'il y a ? » Carla Owens était étendue sur son lit avec une pile de manuscrits sélectionnés par son personnel en fonction d'éventuels clients que cela serait susceptible de lui amener. Malheureusement, il n'y en avait aucun de la qualité commerciale du livre de Gable Cooper. Des livres comme le sien, elle en voyait passer un tous les dix ans — avec de la chance.

« On me rapporte de Los Angeles des histoires inquiétantes, dit Bertoli. Il paraîtrait que votre ami Mel Weig s'est procuré les droits d'adaptation du livre de Cooper pour une bouchée de pain.

— De quoi parlez-vous ? » Elle déposa le manuscrit qu'elle était en train de lire et dont elle perdit la page.

« Je parle d'un boulot salopé, voilà ce dont je parle.

— Aucun droit cinématographique n'a été vendu.

— Alors quelqu'un essaie de vous doubler. Je croyais que nous nous étions mis d'accord, Carla.

— Je ne sais pas de quoi vous parlez. Prenez votre temps et dites-moi ce qui se passe.

— Quelqu'un du studio — je ne sais pas encore qui — a contacté Cooper.

— Où ça?

— Je ne sais pas.

— Quand?

— Hier. Ou avant-hier. Ce n'était pas clair.

— Que s'est-il passé?

— Comment, que s'est-il passé? Ils ont conclu directement un marché.

— Ils n'auraient pas fait ça. J'ai parlé à Weig l'autre jour. Il m'a donné sa parole. J'avais le contrat tout prêt. J'attendais seulement le moment propice.

— Eh bien eux, ils n'attendent plus. Et il y a pire encore. D'après ce que j'ai appris, ils ont emporté toute l'affaire pour un forfait dérisoire. Du vol. Pas uniquement le livre actuel, mais aussi celui sur lequel il travaille.

— C'est-à-dire? demanda Carla.

— J'ai entendu parler de vingt-cinq mille dollars.

— Vous déraillez. Weig sait que ça vaut plus que ça.

— Oui, mais la question est de savoir si Cooper, lui, le sait.

— Qui vous a raconté ça?

— Vous pensez que nous sommes les seuls à avoir des fuites? J'ai mes sources moi aussi.

— Qui?

— *Mes* sources », dit Bertoli. Il ne lui faisait plus confiance. Il ne savait pas trop si elle avait été la dupe de cette histoire ou si elle était en train de lui faire un petit dans le dos.

Effectivement, elle ne lui avait pas tout dit, notamment le fait qu'Abby lui avait téléphoné l'après-midi même pour lui annoncer que Cooper était sur le chemin du retour et serait à New York dans deux jours. La coïncidence entre l'appel d'Abby et l'information de Bertoli la mit en alerte.

« Ce doit être des ragots sans fondement, lui dit-elle.

— Non. Je ne crois pas. Cette information vient de quelqu'un qui est bien placé pour être au courant. Et si c'est vrai, je ne suis pas sûr que nous restions intéressés par les droits de publication, certainement pas pour quelque chose qui approche les sommes dont nous avions parlé.

— Écoutez, Alex, ne vous affolez pas. S'il y a quelque chose dans l'air, je vais découvrir ce que c'est.

— C'est un peu tard, vous ne trouvez pas ?

— Êtes-vous en train de me dire que Cooper a déjà signé un contrat ? » De la sueur froide perla au-dessus de sa lèvre supérieure lorsqu'elle posa cette question. Si Cooper avait concédé les droits d'adaptation cinématographique pour vingt-cinq mille dollars, alors il ne leur restait plus qu'à faire leur deuil de cette histoire. Les best-sellers et les films qui rapportaient des fortunes ne se négociaient pas au rabais. Le studio pourrait récupérer ce genre d'investissement pour le prix d'un film d'amateur tourné en un week-end. La carrière de Cooper serait terminée avant même d'avoir commencé.

« Il n'a pas encore signé. Mais il paraît qu'ils se sont déjà mis d'accord verbalement sur les termes du contrat.

— A-t-il palpé des espèces sonnantes et trébuchantes ?

— Ça, je ne sais pas. Mais je ne crois pas.

— Alors vous savez ce qu'on dit des accords verbaux ? demanda Carla.

— Quoi ?

— Qu'ils ne valent pas tripette. Je vais voir ça. Je vous rappellerai. »

Le son spasmodique de la tonalité se faisait à peine entendre que Carla pianotait déjà sur les touches de son appareil. Le téléphone sonna à trois reprises avant que le message enregistré ne se déclenche. Elle attendit. Cela dura plusieurs secondes. Abby n'avait pas écouté les messages qu'elle lui avait laissés précédemment. Carla essaya d'y comprendre quelque chose. Abby avait dû l'appeler d'ailleurs — du studio à Los Angeles : l'esprit mal tourné de Carla.

« Abby. Ici Carla Owens. Si vous êtes là, décrochez, je vous en prie. » Elle attendit quelques instants. Pas de réponse.

« Il est arrivé quelque chose dont il faut que nous discutions. » Elle attendit encore. Toujours pas de réponse.

« Écoutez, c'est urgent. Si vous n'êtes pas encore partie ou si vous écoutez ce message, veuillez me téléphoner. Je répète, c'est urgent. Peu importe à quelle heure, rappelez-moi. » Elle laissa les numéros de téléphone de son domicile, de son portable et du répondeur au bureau.

Elle attendit encore plusieurs secondes, espérant que quelqu'un allait répondre. Tout ce qu'elle entendit fut le bruissement du ruban qui se déroulait dans le répondeur. Ce qu'elle ne pouvait savoir, c'est que celui-ci était enfoui sous du verre brisé et des restes de nourriture en train de pourrir provenant du réfrigérateur d'Abby. Le message n'avait cependant pas été perdu pour tout le monde. Assis dans un coin où il tuait le temps en jouant à lancer un canif sous des angles divers sur l'une des portes du bahut de la cuisine, Joey Jenrico attendait Theresa.

Le lendemain, Abby demeura à Los Angeles pour travailler avec Jess qu'elle mit au courant du livre. Elle devait prendre le dernier vol pour New York.

Theresa était descendue chez des amis en Californie où elle passerait une semaine. Elle considérait ce petit séjour comme des vacances, avec l'encouragement et la bénédiction d'Abby, surtout après la bagarre avec Joey au motel. Durant quelques jours au moins Abby n'aurait pas à s'inquiéter pour son amie.

Il était convenu qu'Abby retrouverait Carla à New York le lendemain de son arrivée et que les deux femmes iraient à l'aéroport chercher Jess, censé arriver du Mexique. Il changerait d'avion à Dallas de manière que Carla n'ait aucun moyen de retracer l'endroit d'où il était parti.

Abby irait en éclaireur. Le fait de rencontrer Carla seule lui donnerait le temps de découvrir si celle-ci lui réservait des surprises. Elle avait convenu d'un signal avec Jess : elle déclarerait ne pas se sentir bien si elle voulait lui communiquer une information urgente. Dans ce cas, ils se retrouveraient à l'hôtel pour examiner la conduite à suivre et reverraient Carla Owens lorsqu'ils auraient mis leur histoire au point.

Jess semblait bien maîtriser son sujet, toutes les réponses à faire concernant la manière dont il avait écrit le livre, comment il avait eu l'idée de cette histoire, comment il avait choisi le nom de plume et le titre, ce qu'il avait fait au Mexique et à quel endroit de ce pays il se trouvait exactement. Pour ce dernier aspect des choses, Abby avait apporté des cartes et des brochures touristiques. Jess serait même en mesure de donner des détails croustillants sur la suite du roman, le nouveau livre sur lequel Abby travaillait désormais.

Jess apprenait vite et, au moment de partir pour l'aéroport, Abby ne doutait pas qu'il tirerait son épingle du jeu. En route pour L.A.X., l'aéroport de Los Angeles, elle régla une petite affaire : elle laissa à Charlie un message sur son répondeur et mit une enveloppe à la poste. Dans le message elle disait à Charlie que sa carte de crédit lui parviendrait bientôt. Ce qu'elle ne lui dit pas, c'est que, avant de la lui poster, elle s'en était servie pour payer deux billets d'avion aller-retour pour New York et pour réserver des chambres dans un petit hôtel, non loin du bureau de Carla Owens. Elle avait ensuite retiré de l'argent avec la carte pour payer les chambres et les repas. Malgré toutes ces dépenses,

Charlie n'était toujours pas quitte avec elle pour le remboursement des dettes contractées durant leur vie conjugale, mais cela faisait un bon acompte. Elle le lui dit dans le mot qu'elle envoya avec la carte. Il perdrait son temps en engageant des poursuites contre elle. Il y avait des choses qui relevaient difficilement du droit pénal, au nombre desquelles les moyens dont les ex-épouses s'y prenaient pour récupérer leur dû. Le parquet ne se mêlait généralement pas de cela et Charlie savait qu'un tribunal civil était incompétent à juger la chose. Elle avait remis sa pendule à l'heure. Après tout, si la méthode employée par elle pour se faire rembourser était discutable au regard de la loi, la dette, elle, ne l'était pas.

Elle dormit durant la plus grande partie du voyage. Il était plus de deux heures du matin lorsqu'elle arriva à l'hôtel dans Manhattan. Elle paya la chambre en espèces, suivit jusqu'à sa chambre à l'étage le groom qui portait ses valises et s'endormit en moins de vingt minutes.

Le lendemain matin, la réception la réveilla par téléphone à sept heures comme convenu. Elle se leva et prit une douche. Ce n'est qu'en passant pour la deuxième fois devant la porte fermée de sa chambre pour se rendre à la salle de bains qu'elle la vit : une petite enveloppe blanche sur le sol. Quelqu'un l'avait glissée sous la porte durant la nuit.

Elle l'ouvrit. Elle contenait un mot griffonné à la main sur un feuillet à en-tête de l'hôtel, sans doute par le réceptionniste.

Mme Chandlis : Pardon de vous faire faux bond à la dernière minute mais je ne pourrai pas me rendre à New York. Il est arrivé quelque chose. J'ai pris les dispositions nécessaires. Faites-moi confiance. Tout va s'arranger.

Jess

Une poussée d'adrénaline semblable à du plomb fondu lui traversa le corps. S'il avait été là à cet instant, elle l'aurait tué. « Faites-moi confiance. Tout va s'arranger. » Pas plus de cervelle qu'une banane.

Morgan et Theresa l'avaient mise en garde et il n'était pas jusqu'à la petite voix en elle d'avocate conservatrice qui ne lui avait dit de ne pas s'en remettre à un paquet de muscles pour réaliser le rêve de sa vie. Elle en payait à présent le prix.

Elle avait dit à Carla qu'elle serait à New York le lendemain. Si elle ne se manifestait pas, celle-ci aurait la puce à l'oreille. Si elle jouait franc jeu et lui avouait qu'elle était en réalité l'auteur du livre, on ne la croirait pas. L'ennui quand on met cartes sur table après avoir menti c'est que même la vérité sonne faux.

Abby alla au plus court. Elle téléphona chez Jess à Los Angeles. Après quatre sonneries, la voix impersonnelle d'une opératrice annonça : « Votre correspondant ne répond pas. Si vous désirez laisser un message, appuyez sur la touche étoile. »

Elle appuya si fort qu'elle se cassa un ongle.

« Laissez votre message lorsque vous entendrez la tonalité. »

« Écoutez, espèce de petit con. Vous avez passé un marché. Si vous ne vous ramenez pas ici tout de suite, je vais vous coller au cul un procès qui va vous faire chier par la bouche. Vous ne vivrez pas assez longtemps pour payer les dépens. Est-ce que je me fais bien comprendre ? Et je ne veux pas d'excuses, je veux que vous sautiez à bord d'un avion et que vous rappliquiez ici. »

Elle se demanda alors si un tel langage ne risquait pas tout simplement de l'effrayer, ce qui pourrait alors l'inciter à l'éviter. Charlie lui avait dit que c'était ce qui se passait lorsqu'il avait affaire à ce type d'oiseaux rares. Instinctivement, leur première réaction était de prendre la fuite. Elle adopta un ton de voix conciliant. « Attendez, Jess. Je m'excuse, je suis sur les nerfs. Je voudrais seulement que vous me rappeliez. Sérieusement. S'il y a un problème, on réglera ça, mais appelez-moi. » Ayant laissé le numéro de téléphone de l'hôtel, elle raccrocha puis s'assit pour attendre.

Une heure passa. Il ne rappelait pas. Elle frotta ses yeux ensommeillés et regarda le voyant rouge sur le téléphone. Elle le recouvrit de sa main pour s'assurer qu'il était bien éteint. Il aurait pu téléphoner et laisser un message qu'on ne lui aurait pas transmis. Mais le voyant n'était pas allumé.

Elle appela la réception. Pas de messages.

A cette heure, son avion avait quitté Los Angeles. Il ne viendrait pas et Abby le savait. Elle vit sa vie partir en fumée. Elle avait passé deux ans à écrire un roman du tonnerre et voilà que tout son travail et son rêve étaient détruits par un bellâtre de Hollywood. Elle le vit au lit avec une starlette écervelée, en train de chercher un moyen d'échanger le billet d'avion pour New York que lui avait remis Abby contre un voyage pour deux à Las Vegas.

Elle n'y pouvait rien. Elle regarda sa montre.

Il était huit heures. Elle était censée retrouver Carla Owens en bas dans une demi-heure pour le petit déjeuner afin de pouvoir causer un peu avant d'aller chercher Gable Cooper à l'aéroport — Gable qui ne serait pas au rendez-vous.

Il ne servait à rien de se faire du mauvais sang plus longtemps. Elle décrocha le téléphone et composa le numéro de Carla au bureau. Si elle ne pouvait pas la joindre, son personnel pourrait peut-être la prévenir de ne pas venir à l'hôtel. Abby n'avait aucune envie de la rencontrer ou de lui parler.

On décrocha à l'autre bout de la ligne avant même que le téléphone n'ait eu le temps de sonner. Une voix exubérante, aiguë.

« Allô.

— Qui est-ce ? » Abby crut avoir composé le mauvais numéro.

« A qui voulez-vous parler ?

— Je téléphonais chez Owens et Associés.

— Abby, c'est vous ? » C'était Carla elle-même. « Je suis heureuse que vous soyez là. Avez-vous pu dormir un peu ?

— Pas beaucoup.

— Écoutez, si vous êtes fatiguée, nous pouvons tout repousser de quelques heures.

— C'est pour ça que je vous appelais. Il y a eu un problème. C'est Gable...

— Oh, écoutez, ma chère. Il est encore mieux que ce que vous m'en aviez dit. Nous avons passé un merveilleux moment ensemble, ici au bureau, à parler tous les deux.

— Quoi ?

— Ça fait une heure que nous bavardons. Vous avez dû tous les deux vous tromper sur l'heure d'arrivée de l'avion. Il est venu ici tout droit en taxi ce matin et on m'a téléphoné du bureau. Nous avons pris le petit déjeuner et depuis nous papotons. Oh. A propos, ne tenez pas compte du message que j'ai laissé sur votre répondeur. Il y a eu une embrouille. Nous tirerons ça au clair lorsque vous serez ici. Vous en avez pour longtemps ? »

Abby était ahurie, confuse. Le mot qu'elle avait trouvé sous sa porte était peut-être une erreur. On eût dit le sursis à une exécution. Elle jeta un œil sur sa montre et se regarda dans la glace. Elle faisait peur à voir.

« Donnez-moi vingt minutes.

— Bien. Alors, à tout à l'heure, ma chère. » Sur ce, Carla Owens lui raccrocha dans l'oreille. Elle semblait avoir ce qu'elle voulait.

# CHAPITRE ONZE

A New York, l'hiver avait été terrible et on eût dit qu'il ne finirait jamais. C'était en principe le printemps mais les trottoirs de Manhattan étaient encore recouverts d'une couche de neige de plusieurs centimètres d'épaisseur. L'haleine des gens serrés les uns contre les autres sous les porches se transformait en buée.

Avec les embouteillages et la neige, il fallut à Abby près d'une heure pour atteindre le bureau de Carla Owens. Il était situé au quatorzième étage d'un gratte-ciel et, constitué de plusieurs pièces en enfilade, occupait presque tout un angle de l'édifice. Plutôt ostentatoire pour un agent littéraire. Les bureaux d'agents littéraires qu'Abby avait vus jusqu'alors étaient généralement situés dans des maisons bourgeoises un peu décaties ou dans les immeubles de bureaux de quartiers à loyers modiques.

Celui de Carla était dans Madison Avenue, niché au milieu de cabinets d'avocats et d'appartements réservés à la direction d'une grosse compagnie d'assurances. Son nom était inscrit en lettres d'argent de vingt-cinq centimètres de haut sur le verre noir d'une porte à deux battants.

OWENS & ASSOCIÉS
AGENTS LITTÉRAIRES

Abby dénombra quatre noms sous celui de Carla gravés en caractères ajourés.

Lorsqu'elle tira la poignée en cuivre, la porte céda avec la lenteur et le bruissement d'une ouverture de chambre forte. Une réceptionniste vêtue d'une robe en soie bleu ciel, assise derrière un meuble circulaire laqué de noir, prenait les appels. Le bureau, tout autour, ressemblait au pont d'envol d'un vaisseau spatial, tout en courbes symétriques et en formes géodésiques. En le traversant, les chevilles d'Abby s'enfoncèrent dans la moquette marron comme dans un coussin en peluche. Les cloisons étaient formées de miroirs opaques, elle ne voyait pas où finissait la pièce et où commençaient les couloirs menant aux bureaux particuliers. La réception baignait dans une lumière tamisée provenant de lampes encastrées au plafond.

Dès qu'Abby eut atteint le comptoir de l'accueil, la réceptionniste leva les yeux et lui demanda en souriant : « Que puis-je faire pour vous ?

— J'ai rendez-vous avec Carla Owens. Mon nom est Abby Chandlis.

— Oh oui. Maître Chandlis. On vous attend dans le bureau de Madame Owens. Un instant s'il vous plaît. Je la préviens. »

Abby regarda autour d'elle tandis que la réceptionniste appuyait sur les touches et parlait au téléphone. Un instant plus tard, elle entendit une voix, « Maître Chandlis », et se retourna. Une Afro-Américaine se tenait devant elle, une grande femme mince aux pommettes qu'on eût dites ciselées dans de l'onyx et aux yeux ovales de toute beauté. Elle portait une robe en laine légère qui épousait sa silhouette sensuelle. Abby estima que la robe avait dû coûter au moins mille dollars.

« Je suis Jadra, la secrétaire de Madame Owens. Je suis heureuse de faire votre connaissance. J'ai beaucoup entendu parler de vous. Si vous voulez bien me suivre. Par ici. On vous attend. »

Abby la suivit dans un long couloir depuis lequel elle aperçut, dans un labyrinthe de cloisons en verre fumé, le contour sombre de subalternes au travail, certains au téléphone, d'autres penchés sur des documents ou des piles de manuscrits.

Dans le reflet que lui renvoyaient les cloisons, Abby, mal à l'aise dans sa tenue, rectifia sa robe, douloureusement consciente du fait que c'était la meilleure qu'elle possédait.

Elle espéra en priant le ciel que Jess avait retenu tous les détails qu'ils avaient travaillés lors de leur séance d'information à Los Angeles et qu'il n'improviserait pas. La note que l'on avait glissée sous sa porte continuait de la troubler et elle se demandait ce qui avait fait changer d'avis deux fois à Jess, ce qui l'avait incité d'abord à ne pas venir du tout et ensuite à venir plus tôt que prévu.

Le couloir se terminait sur une porte à deux battants massive dont les panneaux en érable et les poignées modernes en cuivre tranchaient avec le reste des lieux.

Lorsque Jadra arriva à la porte, Abby prit son courage à deux mains et essaya de se donner une contenance. Les battants s'ouvrirent et elle vit Carla qui lui faisait face, assise derrière un bureau en verre miroitant avec des pieds incurvés transparents. Il dominait la pièce, sur une estrade de vingt-cinq centimètres. Deux fauteuils étaient disposés au même niveau devant le bureau, à bonne distance d'Abby et de la porte. Jess, assis dans l'un d'eux, lui tournait le dos.

« Enfin la voici. » Carla quitta son fauteuil, les bras tendus telle une prêtresse sur le point de perpétrer un crime sacrificiel au-dessus d'un autel en cristal.

« Abby, ma chère, c'est merveilleux de vous revoir. Vous avez fait bon voyage ? Vous êtes ravissante. Ne la trouvez-vous pas ravissante ? Entrez. Entrez. Aimeriez-vous un café ? »

Avant qu'Abby ne puisse répondre, Carla ajouta : « Jadra, apportez-lui un café. Crème et sucre ? »

Abby n'avait guère envie de café mais il était plus facile de jouer le jeu. « Noir, dit-elle.

— Noir. » Carla répéta la chose à Jadra comme si celle-ci était sourde à toute autre voix que la sienne.

Abby fit quatre pas et avait parcouru la moitié de la distance qui la séparait du bureau lorsque, brusquement, Jess se leva, se retourna et, en deux enjambées, descendit de la tribune pour venir à sa rencontre. Ce n'est qu'en détachant son regard de Carla pour le tourner une fraction de seconde vers la forme qui venait vers elle qu'elle s'en rendit compte : l'homme qui fonçait sur elle comme une locomotive n'était pas Jess Jermaine.

« Alors qu'est-ce qu'on a ? » Morgan Spencer, assis derrière son bureau, regardait le contenu d'un sachet en papier étalé devant lui.

Alvin Cummings était debout à un angle du bureau, une règle à la main. Ancien militaire à la retraite, c'était un enquêteur, spécialisé en armement naval. Il avait été mis sur l'affaire par un des clients de Morgan, une compagnie d'assurances maritimes.

« On dirait un morceau de bois », dit Morgan. Il déplaça l'objet sur son buvard avec la pointe de son stylo.

« C'en est un », confirma Cummings. Le morceau de bois, d'environ deux centimètres de long, paraissait calciné à une extrémité.

« Les gens du labo croient que c'est un morceau de pince à linge. Vous voyez là, au bout, il a un petit trou. S'ils ne se trompent pas, c'est là qu'était attachée la ficelle qui allait jusqu'à l'objet qui a servi de détonateur. Ils ont trouvé des traces de fibre de nylon qui proviennent probablement de la ficelle.

— Oui, et c'est peut-être aussi de ce genre de ficelle dont on se servait pour suspendre la tablette d'affichage dans la salle des machines. C'est un point de départ un peu mince pour refuser la demande en réparation. C'est tout ?

— Il y a des particules chimiques sur le bois. On ne sait pas encore avec certitude de quoi il s'agit. Mais il semble y avoir du nitrate. La plus grande partie a dû se dissoudre dans l'eau de mer.

— Ainsi, en dernière analyse, ils n'ont rien de solide mais ils ne veulent pas rembourser. C'est ça ? »

Cummings le regarda et acquiesça.

« Je vais devoir dire au client que ça ne sert à rien de s'entêter, dit Spencer. Ils ne veulent pas se montrer coopératifs ce coup-ci. Il se pourrait qu'ils arguent de la mauvaise foi et qu'on se retrouve embarqués dans des procédures interminables en dommages et intérêts. Vous leur dites ou je le fais ?

— Je pense qu'on ne devrait pas se précipiter.

— Il y a autre chose ? »

Cummings acquiesça. « Je crois qu'il y avait une bombe.

— Parfait. Même si c'est le cas, ils ne peuvent éviter d'avoir à payer. La clause correspondant aux faits de guerre ne s'appliquerait pas en cas de terrorisme ou de sabotage. Le bateau n'était pas dans une zone en guerre. Ce qui s'est passé ne constitue pas une exception qui justifierait que la compagnie ne paie pas.

— Je ne parle pas de terrorisme ou de sabotage.

— De quoi alors ? demanda Spencer. Le bateau est à quai dans une république bananière, dans un pays où on fait une révolution tous les deux jeudis du mois. Moi, c'est de ce côté que je chercherais. Une bombe artisanale fabriquée avec des produits chimiques que l'on trouve dans le commerce. Un mouvement de guérilla quelconque.

— Je ne crois pas, dit Cummings. On s'est donné beaucoup de mal pour que ça ressemble à un accident.

— Comment ça ?

— D'habitude, pour couler un bateau, on emploie

des charges malléables. Ça se trouve assez facilement dans le commerce. On peut aussi en voler sur le chantier d'une compagnie de construction. Ça se moule comme du mastic. Dans l'armée, on emploie du C-4. On en fait un boudin, de la longueur que l'on veut. Puis on en forme un cercle qu'on attache à la coque, de la taille du trou qu'on veut obtenir dans les plaques d'acier. Si on veut un trou de deux mètres, on fait un cercle de deux mètres. Mais ce n'est pas ce qu'on a fait ici. Vous allez vous demander pourquoi.

— J'espérais que vous me le diriez, dit Morgan. Vous qui n'arrêtez pas de gamberger.

— Au lieu d'un trou dans la coque, on a une panne massive du condensateur.

— Et alors ?

— Alors cela a pour but de faire croire à des problèmes d'entretien des machines.

— C'était probablement le cas », dit Spencer. Il est facile au transporteur de dire « non, on ne paiera pas » et à l'enquêteur de servir à ce dernier des hypothèses qui correspondent à ses fantasmes, mais à la fin, c'était lui, Spencer, qui aurait à faire avaler ces mêmes hypothèses à un jury.

« Sauf qu'il y a une chose », dit Cummings. Il prit un sac en plastique qui était posé par terre, l'ouvrit et fouilla à l'intérieur. Il lança ce qu'il en sortit en travers du bureau de Spencer, qui esquissa un geste pour se protéger. C'était une grande palme de plongée noire en caoutchouc de marque coûteuse, telle qu'en porterait un professionnel, avec des lanières ajustables au talon, adaptables à une combinaison de plongée mouillée ou sèche. Elle était munie à l'extrémité avant d'un à-plat pivotant qui en augmentait la puissance dans l'eau.

« Nous l'avons trouvée dans la main de l'homme d'équipage qui a été noyé. Les mourants s'agrippent comme ça aux objets. Nous avons aussi trouvé des traces de Néoprène dans le grillage qui conduit à la prise d'eau de mer. Vous pouvez me croire sur parole. C'est une bombe qui a coulé le *Cella Largo.* »

Morgan regarda le lourd morceau de caoutchouc qu'il tenait à la main. L'affaire se compliquait. Ce dossier allait le suivre durant des années. La Justice n'allait pas tarder à ébaucher des théories de meurtre.

Abby aurait parlé n'eût été le choc que lui fit l'accolade soudaine de l'inconnu et le baiser qu'il lui plaqua sur la bouche. Il était puissant et lui coupa littéralement le souffle. Craignant un instant qu'il n'enfouisse toute sa langue dans sa bouche, elle eut un mouvement de recul. Elle s'avisa alors qu'en embrassant ses lèvres insensibles, il essayait en réalité de lui dire quelque chose.

Articulé à mi-voix et déformé par le heurt de leurs lèvres, cela sonnait beaucoup comme : « La mère de Hess. »

Abby aurait pu résister mais elle était encore sous l'effet de la surprise. La langue de l'inconnu butina ses lèvres closes et, cessant finalement de l'embrasser, il écarta la tête et la colla contre celle d'Abby tout en l'étouffant en une longue étreinte qui lui brisa presque les côtes. S'efforçant ainsi de l'empêcher de parler, il lui murmura à l'oreille : « Je m'appelle Jack. Je suis le frère de Jess. Gardez votre sang-froid. Faites comme si de rien n'était. Maintenant, serrez-moi bien contre vous comme pour de vrai. »

Abby ne s'en rendait pas compte, mais ses mains derrière elle, la seule partie de son corps visible de Carla, étaient molles comme des chiffes. Dieu merci, son visage était à cet instant enfoui dans l'épaule du dénommé Jack.

Non sans réticence, elle plaqua ses mains contre le large dos de Jack et l'étreignit. Beaucoup plus grand qu'elle, il était dur comme un roc et, tout en se défendant d'y prendre plaisir, elle dut s'avouer que ce n'était pas désagréable.

« Bien, murmura-t-il. Maintenant souriez. »

Lorsqu'il se retourna pour faire de nouveau face à Carla, tenant cette fois la main d'Abby dans la sienne, un large sourire espiègle éclairait son visage. Abby n'avait pour toute expression qu'un sourire hébété. Elle avait mal au cœur et avait presque l'air crédible dans le rôle qu'elle se trouvait forcée de jouer. Ils revinrent main dans la main jusqu'aux fauteuils devant le bureau. Il lui en avança un dans lequel elle s'assit et il se laissa tomber dans celui d'à côté.

« Abby, ça va ? » Carla reporta soudain toute son attention sur elle. « Vous avez l'air un peu fiévreuse.

— C'est sans doute le voyage, fit Jack avant qu'elle ne puisse répondre. Elle n'aime pas l'avion. » Il indiqua d'un doigt le côté de sa tête et sourit.

Abby crut l'espace d'un instant qu'il lui signifiait qu'elle avait un grain mais il ajouta aussitôt : « C'est ce truc à l'oreille interne.

— Ah. »

Il se tourna ensuite vers Abby. « Madame Owens me disait que le livre va sans doute attirer une foule aux enchères pour les droits. Elle croit qu'il n'est pas impossible qu'on obtienne plus d'un million de dollars. » Il prononça le mot « million » lentement, comme pour le lui faire entrer dans la tête, l'air de lui dire de bien compter les zéros avant de prendre la parole.

Pendant tout ce temps, Abby ne quittait pas des yeux Carla, assise de l'autre côté du bureau. Elle entendit les paroles de Jack mais ce qui lui fit passer un frisson dans le dos fut le fait que l'agent littéraire ne les infirmait ni ne les confirmait d'aucune manière. Elle se contentait d'acquiescer en hochant la tête avec un sourire confiant.

C'était la première fois qu'Abby réalisait que le livre qu'elle avait écrit à la sueur de son front valait peut-être un million de dollars. Elle en eut les cheveux qui se dressèrent sur la nuque et le sang lui monta à la tête.

Elle sourit, bouleversée et les mains tremblantes. Un roman d'un million de dollars. Le rêve.

« Je crois qu'elle est au bout du rouleau », dit Jack.

Abby, sans voix, acquiesça d'un signe de la tête.

« Je pense que je devrais la ramener à son hôtel, reprit-il. Je crois que le voyage l'a affectée plus que je ne l'aurais cru.

— Évidemment, dit Carla. Nous en reparlerons ce soir à table et nous signerons le contrat demain matin. Entre-temps, je vais régler cette embrouille, cette histoire avec le dénommé Joey Jenrico. »

Le regard d'Abby s'alluma à la mention de ce nom. Elle eût voulu en savoir davantage mais n'osait l'interroger.

« Je ne sais pas comment le studio a pu se mettre dans la tête que c'est lui qui avait écrit le livre, dit Carla. Un personnage louche. Mais je sais maintenant ce qui s'est passé. Je vais régler ça. Je vais tirer cette affaire au clair.

— Quel studio ? demanda Abby.

— Oh, il y a aussi ça, dit Jack. Il faudra que je la mette au courant en rentrant à l'hôtel. Carla dit qu'ils ont très envie d'adapter le roman à Hollywood. On en reparlera demain. »

Tandis qu'ils se dirigeaient tous les trois vers la porte, Abby sentit littéralement ses genoux se dérober sous elle. Jack lui tint la main et dut finalement passer un bras autour de son épaule pour la soutenir.

« Est-ce que ce n'est pas magnifique, chérie ? » Il parlait à Abby qu'il retenait comme on fait avec un ivrogne. « Madame Owens...

— Carla », le reprit-elle.

Il adressa à l'agent littéraire un sourire éclatant qui sembla la faire fondre sur place. « Carla pense que mon livre va être l'un des grands best-sellers de l'été.

— Faites-moi confiance, dit Carla. Il sera lu par les passagers de tous les avions de la planète et on le trouvera au bord des piscines de toutes les stations balnéaires, des Barbades à Bar Harbor, de Trinidad à Tahiti. Nous avons une occasion unique avec un grand éditeur spécialisé dans les livres d'été.

— Tu ne trouves pas que c'est magnifique, ma chérie ? » Il regardait Abby.

Elle rendit son regard à cet étranger, grand et hâlé. Il ressemblait à Jess, mais était plus âgé et avait les yeux bleus, perçants, profonds comme deux piscines tropicales. Il l'encourageait de la tête, lui signifiant de dire quelque chose. Mais elle était sans voix. Elle ne réussit qu'à esquisser un sourire niais.

Bien qu'elle eût tout prévu soigneusement durant des mois, l'emploi du possessif — « mon livre » — par un homme qu'elle n'avait jamais vu auparavant fut pour elle comme un coup brutal à l'estomac. Cela la ramena à la froide réalité : elle avait écrit un roman qui allait faire un best-seller et elle ne pouvait le dire à personne. Elle s'était enfermée elle-même dans l'anonymat.

« Mais qui êtes-vous ? » Abby retrouva la voix dès que la portière du taxi se fut refermée sur eux et que le chauffeur eut démarré.

« Je m'appelle Jack Jermaine. » Il lui tendit une main qu'elle ignora.

« J'oubliais. Nous nous sommes déjà embrassés. » Il lui sourit. La moue de ses lèvres et l'éclat de ses yeux bleus avaient quelque chose de malicieux et d'exaspérant.

Abby lui lança un regard qui s'apparentait à un harpon à barbillons multiples. « Qui vous a invité à pénétrer dans ma vie ?

— J'avais cru que ça vous ferait plaisir.

— Vous êtes le frère de Jess ? »

Il acquiesça. « Plus âgé et plus sage.

— Et lui, où est-il passé ?

— Il serait dans un studio à l'ouest de L.A. que ça ne m'étonnerait pas.

— C’est ici qu’il était censé être, dit-elle. Je lui avais donné des billets d’avion et je lui avais dit que je le paierais.

— Eh bien, c’est moi que vous paierez.

— Ce n’est pas ce qui était convenu.

— D’accord. Ce soir, lorsque nous retrouverons Carla, nous lui dirons que je ne suis pas Gable Cooper, que celui-ci est en réalité mon frère qui a dû rester à Hollywood à la suite d’un conflit et qui...

— Taisez-vous, l’interrompit-elle. Laissez-moi réfléchir. » Elle s’y employa durant quelques instants qu’elle mit à profit pour passer au crible les paroles de Jack.

« Quel conflit ? » Elle ramena la conversation sur Jess car elle voulait connaître la nature de l’imprévu qui l’avait empêché de venir à New York afin d’en mesurer la gravité. Peut-être avait-il une bonne excuse et, dans ce cas, pouvait-elle faire un peu plus confiance à Jack. Et si Jess était à l’hôpital, à l’article de la mort ?

« Il me téléphone au milieu de la nuit, répondit Jack, et me tire du lit. “Eh frérot, c’est toi ?” Comme si ça pouvait être quelqu’un d’autre à une heure pareille. C’est Jess tout craché. Il me dit : “Écoute j’ai quelque chose pour toi.” Il avait l’air tout excité à l’autre bout du fil. Je lui demande quelle heure il est. Il me dit qu’il est dix heures et demie. Je regarde mon réveil, il est plus d’une heure du matin. Et Jess qui prétend qu’il est dix heures et demie. Je lui demande s’il ne se goure pas des fois de fuseaux horaires.

— Où toute cette histoire nous mène-t-elle ? demanda Abby.

— J’y arrive. Il me dit qu’il a reçu un coup de fil d’une agence de publicité dans la soirée, sans doute après que vous vous étiez vus, tous les deux. Après votre départ. Comme il ne savait pas trop quoi faire, c’est à moi qu’il s’est adressé. Il me dit que ce type, ce producteur, travaille à une grosse campagne de pub pour une marque de café, une de ces campagnes avec des spots à épisodes. Vous voyez le genre. Le prendra-t-elle noir ou au lait et la montera-t-il par-derrière pendant qu'elle lui servira son café ? »

Abby lui adressa un regard réprobateur.

« Ce sont les propres paroles de Jess, je vous le jure. C'est ce qu'il m'a dit au téléphone. » Il leva deux doigts, comme pour le salut scout. « Il lui arrive d'employer un langage un peu vert.

— Oui et vous, vous trouvez ça malin. »

Jack lui fit un petit sourire piteux qui signifiait qu'elle ne se trompait sans doute pas.

« Alors, ce truc ? Cette pub ?

— De toute façon, il me dit qu'on lui a offert le rôle, que ce genre de pubs est récompensé par des prix, qu'elles servent de tremplin à une carrière. Oui, c'est ça, je lui dis, comme le Globe d'Or, par exemple. Il dit non, non. Ceux qui avaient les rôles précédemment, le gars et la fille, jouent maintenant dans une série télévisée qui bat tous les records d'audience.

— C'est pour cette raison qu'il n'est pas venu ? demanda Abby.

— Exact. Il m'a dit que le tournage commençait le lendemain matin et qu'il devait y être. Il m'a ensuite parlé de votre problème. Et me voilà.

— Mon problème ? » Abby lui adressa le regard incendiaire de quelqu'un sur le point d'exploser. « Mon problème est d'avoir fait confiance à votre phénomène de frère, un bellâtre qui se sert d'une fausse peau de léopard pour se cirer la raie des fesses. J'aurais dû m'en douter. »

Jack la regarda. « Pour se cirer quoi ?

— Laissez tomber.

— Hé là, écoutez. Si vous vous envoyez en l'air, tous les deux, c'est pas mes oignons. » Il la gratifia de nouveau de son regard malicieux puis contempla le plafond de l'habitacle du taxi. « On ne peut pas faire confiance à mon frère.

— Nous ne nous sommes pas envoyés en l'air.

— C'est vous qui le dites. » Jack souriait toujours, une lueur malicieuse dans le regard.

« Si vous voulez savoir, il était en train de faire sa lessive et sur le canapé il y avait ce truc, ce... » Elle chercha le mot juste puis se rendit compte tout à coup de la position dans laquelle elle était en train de se mettre elle-même. « Pourquoi est-ce que je vous explique tout ça ?

— Je ne sais pas. Par culpabilité, peut-être ? » Jack était irritant à un point qui frisait le grand art.

« Écoutez, connard. » Ceci dit par elle sur un ton sans ménagement.

« Eh ben, ceci dans la bouche d'une femme qui s'offensait tout à l'heure que l'on fasse allusion à une petite enculade publicitaire ?

— Taisez-vous. »

Il obtempéra mais sans cesser de sourire.

« Et qu'est-ce que c'est que cette histoire au sujet de Joey Jenrico ? demanda-t-elle.

— Qui est-ce ?

— Quelqu'un que je connais.

— Eh ben, avec des amis comme ça, vous n'avez pas besoin d'ennemis.

— Pourquoi ? Qu'est-ce qu'il a fait ?

— Il semblerait que les gens du cinéma sont tombés par hasard sur lui à Seattle. C'est vous qu'ils cherchaient. A partir de là, ça devient un peu fumeux. Carla sait seulement qu'ils sont repartis avec l'impression d'avoir eu affaire à l'auteur, à ce Gable Cooper. Et il semble qu'il n'a rien fait pour les détromper. Maintenant, ces mecs à Hollywood sont convaincus d'avoir obtenu les droits d'adaptation cinématographique. »

Il ne manquait plus que ça, songea Abby.

« Faut pas vous en faire. J'ai tout arrangé.

— Qu'avez-vous fait ? Qu'avez-vous dit à Carla ?

— Je lui ai raconté que c'était un type que je fréquentais il y a quelques années et qui était devenu maboule. Qu'il se droguait dans le temps jadis et avait fait un mauvais voyage. Que c'était triste à dire mais qu'il ne pouvait même plus compter le nombre d'orteils qu'il a aux pieds.

— Bravo. Maintenant, grâce à vous, Gable s'acoquine avec des drogués.

— Mais dites donc, ça pourrait faire une stratégie marketing du tonnerre. J'aurais pu raconter à Carla que nous avions été amants, ce Joey et moi, et elle aurait souri de toutes ses dents, nous voyant déjà sur le devant de la scène, en train d'évaluer le lectorat supplémentaire qu'une pareille histoire pourrait rapporter. »

Elle le regarda du coin de l'œil.

« Je ne l'ai pas fait », dit-il. Il leva une main en guise de protestation. « Et maintenant, où va-t-on ?

— J'essaie pour l'instant de voir comment me défaire de vous.

— Enfin, vous pouvez toujours essayer mais pour le moment nous sommes comme cul et chemise tous les deux. A moins que vous ne vouliez rater une bonne affaire.

— Vous vous faites une haute idée de vous-même. Vous n'êtes peut-être pas une aussi bonne affaire que ça pour moi.

— Oh, j'ai des qualités. Mais ce n'est pas de ça que je parlais. Oui, c'est vrai. J'oubliais. Vous ne connaissez pas la suite.

— La suite de quoi ?

— Ce Jenrico, vous ne m'avez pas dit qui c'était.

— Plus tard. La suite de quoi ?

— Vous avez dû écrire un sacré livre. Il faudra un jour que vous me disiez comment vous vous y êtes prise.

— La suite de quoi ? » Elle était de nouveau en colère.

« Ne vous cognez pas la tête en sautant en l'air dans

la voiture mais Carla pense que l'ensemble, les droits d'auteur du livre et l'adaptation cinématographique...

— Oui ?

— Elle croit qu'il n'est pas impossible que la part de l'auteur s'élève à au moins deux millions de dollars. »

## CHAPITRE DOUZE

Abby, encore sous l'effet du choc produit sur elle par la somme évoquée par Jack dans le taxi, était en train de téléphoner à Seattle de sa chambre d'hôtel.

Ne sachant trop encore que faire de Jack, elle lui avait proposé pour une nuit une chambre au bout du couloir. Celui-ci, en attendant que l'on ait fini de faire le ménage de sa chambre, était affalé dans un fauteuil dans un coin de la chambre d'Abby, en train de grignoter des cacahuètes trouvées dans le snack-bar près du poste de télévision.

La sonnerie se fit entendre deux fois. « Cabinet juridique Starl, Hobbs et Carlton.

— Katie. C'est Abby. Est-ce que Morgan est là ? » Elle jeta un coup d'œil sur sa montre. Il était tôt sur la Côte Ouest mais elle espérait néanmoins que Morgan serait déjà au bureau.

« Je vais voir. » Le téléphone se tut tandis qu'on la plaçait en attente.

« Vous ne m'avez toujours pas dit qui est ce Jenrico, dit Jack.

— C'était le mari de l'une de mes amies. Il la battait et elle a divorcé. C'est moi qui me suis occupée de l'affaire en tant qu'avocate.

— Et maintenant, il vous a toutes les deux dans le collimateur.

— Si on veut.
— Qu'est-ce qu'il sait au sujet du livre ?
— Rien.
— Enfin, il doit bien en connaître quelque chose pour avoir réussi à faire croire à deux types du monde du cinéma qu'il en était l'auteur.
— Je ne pense pas qu'il sache quoi que ce soit.
— Et votre amie ? Sa femme. Comment s'appelle-t-elle ?
— Theresa.
— Qu'est-ce qu'elle sait ?
— Elle ne lui dirait rien.
— Donc, elle sait que c'est vous qui l'avez écrit.
— Oui, mais elle ne le dirait pas à Joey.
— Si elle le lui a dit ou le lui dit, vous serez dans le pétrin, dit Jack.
— Comment ça ?
— Il tient comme une épée de Damoclès au-dessus de votre tête quelque chose qui pourrait valoir deux millions de dollars, la vérité sur le livre. Si ça se sait au mauvais moment ou mal à propos, ça risque de faire des dégâts. »

Il avait raison. Si Joey parvenait à retrouver Theresa, il comprendrait vite de quoi il retournait. Abby se faisait aussi du souci pour autre chose mais elle préféra le garder pour elle.

« Vous devez penser que je pourrais faire de même », dit Jack.

Elle le regarda et se demanda l'espace d'un instant s'il lisait dans ses pensées. Avant qu'elle ne puisse dire quoi que ce soit, une voix se fit entendre dans le combiné. C'était celle de Morgan, la voix de quelqu'un de sensé, qu'elle connaissait et en qui elle avait confiance. Elle commençait à regretter de n'avoir pas suivi son conseil et de n'avoir pas renoncé à prendre un nom de plume. Ou, à défaut, de ne s'être pas servie de Morgan en dépit de son âge. Elle commençait à se demander si l'âge comptait vraiment pour quelque chose dans cette histoire. Jack avait quarante-trois ans. Elle avait demandé à voir ses papiers — son permis de conduire en l'occurrence. Il n'y avait que deux années d'écart entre Jack et Morgan. Mais il y avait autre chose. A l'instar de Robert Redford, de Sean Connery et de Paul Newman, Jack sortait de l'ordinaire.

« Ça fait du bien de t'entendre, dit Morgan. Comment ça se passe ?

— Il y a, comme on dit, une bonne et une mauvaise nouvelle. La bonne d'abord. Le livre vaut son pesant d'or.

— Combien ?

— Tu es bien assis ?

— Oui.

— Des millions d'après ce que j'ai entendu dire.

— Un million de dollars ?

— Des millions », dit Abby.

Il se fit à l'autre bout de la ligne un lourd silence suivi d'un long sifflement. « Tu es sérieuse ?

— Oui, à moins que l'agent littéraire ne raconte des histoires.

— Mais c'est merveilleux. Dis donc, quand tu seras célèbre, est-ce que je pourrai dire aux gens que je te connaissais dans le temps ?

— Tu pourras leur dire que tu me connais encore.

— Je vais donc pouvoir t'emprunter de l'argent ?

— Ça, on en reparlera. »

Ils éclatèrent de rire à l'unisson.

« La mauvaise nouvelle maintenant. Il y a un zigoto qui s'est introduit dans ma vie et qui a fait croire à Carla Owens qu'il était Gable Cooper. »

Jack leva sur elle un sourcil ombrageux. Il avait l'air offusqué.

« Qui ? demanda Spencer.

— Il s'appelle Jack. C'est le frère d'un autre zigoto. Le type que j'avais vu à Los Angeles.

— Les Zigoto Brothers. Ça me plaît, dit Jack. Ça sonne bien. On pourrait faire une tournée, mon frère et moi, avec un nom pareil. Genre cirage de fesses à la peau de léopard. »

Abby lui tourna le dos. Il crut qu'elle était fâchée alors qu'elle se retenait pour ne pas pouffer de rire.

« Tu veux que je règle ça avec lui ? demanda Morgan.

— Non. Non. Et puis comment ferais-tu de là où tu es ?

— Je pourrais prendre l'avion.

— Non. C'est inutile. J'arriverai bien à me débrouiller. As-tu le formulaire de copyright ?

— J'y travaille.

— Quand sera-t-il déposé ?

— Je vais le finir ce soir et le déposer demain matin. Je l'enverrai à Washington par courrier express. Je vais téléphoner au bureau d'enregistrement de la Bibliothèque du Congrès pour voir si on peut accélérer les choses. On devrait obtenir l'enregistrement dans une semaine, dans dix jours tout au plus. » Normalement, une telle démarche aurait été une simple formalité. La loi sur les droits d'auteur serait entrée en vigueur dès qu'Abby aurait déposé le manuscrit et y aurait apposé son nom. Le problème en l'occurrence venait de ce que celui-ci n'y figurait pas.

« Bien. L'éditeur n'aura pas le temps de déposer le nom de Gable Cooper d'ici là. Il n'a même pas encore le contrat. »

Étant donné les circonstances, le dépôt de copyright était la planche de salut d'Abby. Sans cela, avec les énormes sommes d'argent qui allaient être en jeu et forcée comme elle l'était de compter avec un homme qu'elle ne connaissait pas et qu'elle risquait de ne pas pouvoir tenir en main, elle n'aurait eu aucun titre de propriété sur le manuscrit. Elle pouvait au moins compter sur Morgan.

« Écoute, je me fais du souci pour toi. » Une pointe d'inquiétude perçait dans la voix de Morgan. « Je n'aurais pas dû te laisser aller là-bas toute seule.

— Je suis une grande fille.

— Je sais. Mais s'il t'arrivait quelque chose...

— Que veux-tu qu'il m'arrive ? Tout va bien. Je suis seulement un peu fatiguée. » Les choses avaient pris une tournure inattendue et Abby n'aimait pas les surprises. Or Jack en était une de taille.

« Une chose encore, dit-elle. Tu te rappelles Theresa ?

— Bien sûr.

— Tu te souviens de Joey, son ex-mari ?

— Je ne l'ai jamais rencontré mais comment veux-tu que j'aie oublié ?

— Il a réussi, je ne sais comment, à fourrer son nez dans cette histoire.

— De quoi parles-tu ?

— Je parle du roman. Il s'est aperçu qu'il y avait anguille sous roche et s'est arrangé pour se mettre en cheville avec des gens intéressés par les droits d'adaptation cinématographiques.

— On va en faire un film ?

— On y songe sérieusement à Hollywood. Ça fait partie des millions dont je te parlais.

— Ça alors. Toute cette affaire risque de te péter dans les mains. Fais gaffe avec ce type. Comme s'appelle-t-il ?

— Jack Jermaine, répondit Abby. Mais pour le moment, c'est pour Joey que j'ai besoin de ton aide. Il faut que je le mette hors circuit et, pour cela, que je lui fiche une trouille de tous les diables. Tu as une idée ?

— Je peux lui coller un enquêteur aux basques, un type qui lui dira que s'il ne reste pas à l'écart de cette affaire, on le poursuivra pour ingérence dans des relations contractuelles entre tiers. On pourrait aussi le faire arrêter pour imposture.

— La première solution ne signifiera rien pour Joey. Il est complètement anar. Mais la prison, ça il comprend. Ton enquêteur, il faudrait que ce soit quelqu'un de baraqué. Tu as ça ?

— Je peux trouver quelqu'un. Pourquoi ? Il est dangereux ?

— D'habitude uniquement avec les femmes. Mais on ne sait jamais.

— Je vais faire en sorte que notre homme ait un permis de port d'arme. Qu'il fasse le poids, dit Morgan.

— Ce n'est sans doute pas nécessaire mais par simple mesure de sécurité. Je te rappellerai demain.

— Fais attention à toi. Eh Abby. Fais gaffe avec ce type. »

Abby tourna les yeux vers Jack étalé sur le fauteuil par-dessus l'accoudoir duquel il balançait nonchalamment une jambe tout en lançant en l'air des cacahuètes qu'il rattrapait dans sa bouche comme un phoque dressé.

« Promis, dit-elle. A bientôt. » Elle raccrocha.

« A vous de décider », lui dit-elle.

Abby et Jack étaient assis dans un salon de thé situé dans le hall d'entrée d'un immeuble de bureaux, à une rue de l'agence de Carla Owens. Il était huit heures du matin. Il leur restait une heure avant de se présenter dans les bureaux de Carla où Jack devait signer avec l'agence. Abby avait pris une décision.

« Ou vous faites comme je vous dis, ou je suis prête à mettre cartes sur table avec Carla Owens, à lui dire que c'est moi qui ai écrit le roman, que je suis détentrice des droits, et à faire en sorte qu'elle vous fiche à la porte par l'escalier de service. »

Sans lui laisser le temps de parler, elle ajouta : « Je sais que le livre ne vaudra peut-être pas autant si elle découvre la vérité. Mais je suis prête à tenter ma chance.

— Ah oui ?

— Oui. » C'est Abby qui allait désormais fixer les règles du jeu. Elle n'avait pas du tout l'intention de laisser Jack dicter sa loi. Il avait déjà pris suffisamment d'initiatives comme cela en s'entretenant la veille avec Carla Owens en son absence. Il n'était pas question qu'elle laisse la chose se reproduire.

« Vous jouez le jeu ou pas ? », demanda-t-elle. L'heure de vérité.

Il la toisa d'un air calculateur. « Quelle est ma part ?

— Je croyais que vous en aviez parlé avec votre frère ?

— En effet. Mais nous n'avons pas discuté argent.

— Vous avez fait tout ce chemin sans avoir discuté argent auparavant ? Ce que vous toucherez ne vous intéresse pas ?

— Il y a un côté en moi qui est intéressé par l'aspect financier de la chose. Mon côté mercenaire.

— Et l'autre côté ? »

Il resta un instant songeur. « Appelons ça de la curiosité, à laquelle se mêle un peu d'envie. »

Elle lui adressa un regard interrogatif.

« Je voulais voir comment se passe la publication d'un livre à grand tirage.

— Comment saviez-vous que ce serait un livre à grand tirage ?

— Dès que Jess m'a lu le résumé de l'intrigue et le début au téléphone, j'en ai eu comme l'intuition.

— Et d'où tenez-vous ce flair étonnant vous permettant de détecter la bonne littérature commerciale ?

— J'ai peut-être ça dans le sang.

— Vous devriez peut-être écrire.

— J'écris. J'ai un coffre entier rempli de romans achevés.

— Il faudra me montrer ça un de ces jours.

— J'ai un tiroir rempli d'autant de lettres de refus de la part des éditeurs. » Il ne lui dit pas de quelle manière ces lettres avaient fini en confettis.

Abby aurait pu lui mentir. Elle aurait pu lui dire qu'il toucherait en dédommagement cinq pour cent de tout ce qu'elle recevrait elle-même — soit l'offre qu'elle avait d'abord faite à Jess. Mais c'est de dix pour cent qu'il avait été convenu avec celui-ci. Elle regarda les yeux bleus de Jack, son visage hâlé. Il était même plutôt plus bel homme que Jess, solide et plus mûr. Et il avait autre chose. Comme si une aura, non tant de mystère que de danger, émanait de lui. Jess était un Adonis, un beau gosse, mais c'était un enfant. Jack avait l'air d'avoir vécu, on le sentait bien dans sa peau, toutes choses qui ne se rencontrent pas chez un mannequin. Cela se voyait aux rides accusées de son visage et au regard d'acier qu'il plongeait dans les yeux d'Abby à cet instant. On ne pouvait que se demander sur quoi d'autre ces yeux avaient bien pu se poser. Des yeux comme ceux-là, rien qu'à vous regarder depuis un écran de télévision ou la jaquette d'un roman, étaient capables de faire vendre un livre à des millions d'exemplaires et cela, Abby le savait.

« Si vous faites tout ce que je dis. Si vous faites du bon boulot. Si vous incarnez le personnage. Si vous devenez Gable Cooper. » Elle le regarda droit dans les yeux. « Je vous donnerai dix pour cent de tout ce que je toucherai.

— C'est très généreux, dit Jack. Et moi, je tiens à ce que vous sachiez que j'apprécie votre honnêteté.

— Que voulez-vous dire ?

— Vous n'avez pas essayé de me rouler. De me payer moins que ce que vous avez offert à Jess. Vous auriez pu le faire par irritation ou pour une autre raison.

— Je croyais que vous n'aviez pas parlé d'argent avec lui.

— Je vous ai menti, répondit-il en riant. Mais je vous sais vraiment gré de votre sens moral. Ça ne court pas les rues.

— Ne me charriez pas. » Elle se leva et s'éloigna de la table, prête à quitter les lieux.

« Où allez-vous ?
— Dire à Carla que c'est moi qui ai écrit le livre.
— Une minute. Je n'ai pas dit que je refusais d'incarner Gable Cooper.
— Eh bien, moi je le dis.
— Écoutez, je m'excuse. Je plaisantais. Je me rends. » Il leva les deux mains en l'air comme si elle le tenait en joue avec un revolver. « Ne gâchez pas tout. Ce serait de la folie.
— Vous vous croyez à ce point indispensable ?
— Enfin... » Il pesa la chose quelques instants. « Ouais.
— Ce n'est pas la modestie qui vous tue. » Marchant toujours d'un bon pas, elle s'approcha du comptoir du salon de thé, tendit à la serveuse l'addition ainsi que trois dollars et n'attendit pas qu'on lui rende la monnaie. Elle sortit, Jack sur ses talons.
« Écoutez. Vous êtes en train de commettre une grave erreur.
— Non, une grave erreur j'en ai fait une lorsque je me suis acoquinée avec votre frère pour me retrouver à la fin avec vous. » Elle s'arrêta au carrefour et se retourna pour lui faire face sur le trottoir gelé. « Écoutez. Je ne sais pas à quel moment vous mentez et à quel moment vous dites la vérité. Et dans une situation comme celle-ci, alors que j'ai besoin d'avoir pleinement confiance en quelqu'un, c'est très ennuyeux. Vous trouvez peut-être ça drôle. Moi pas.
— Je vous ai mise à l'épreuve, c'est tout.
— Je n'aime pas qu'on me mette à l'épreuve. Je croyais que nous avions peut-être quelque chose en commun. Que vous étiez écrivain. Non publié mais écrivain quand même.
— Je ne vous ai pas menti là-dessus. Parole de scout. Je peux vous montrer les manuscrits. En réalité, j'aimerais beaucoup que vous les lisiez.
— A la saint-glinglin, dit Abby.

— Je suis sérieux. Écoutez. Vous pouvez me payer cinq pour cent. C'est ce que vous aviez d'abord proposé à Jess. »

Elle le regarda en se demandant où était l'attrape.

« Je ne veux pas vous voir rater un coup comme celui-là, dit-il. Des contrats comme ça ne se présentent pas souvent dans une vie, jamais même. Vous avez écrit un roman incroyable. De quoi rafler le gros lot. Combien de fois dans une vie croyez-vous que ce genre de chose arrive ? »

Abby avait beaucoup pensé à cet aspect de la question durant les deux jours précédents. « Pas souvent, répondit-elle.

— Une fois, et encore avec de la chance, poursuivit Jack. Vous pensez que ça vous arrivera de nouveau ? »

Elle le regarda sans lui répondre.

« N'y comptez pas. » On eût dit qu'il parlait d'expérience. « Vous croyez pouvoir produire encore un livre comme celui-ci ? »

Ne laissant pas à Abby le temps de parler, il posa sa main sur sa bouche. « Ne dites rien. Quelqu'un qui a la moindre expérience de l'écriture répondrait par la négative. »

Il avait raison. D'où l'insécurité dans laquelle se débat l'écrivain.

« Que ce soit de la grande littérature ou de la littérature commerciale, c'est du pareil au même, lui dit-il. Dès qu'on a écrit quelque chose de bon, quelque chose qu'on trouve vraiment bon, on se dit qu'on ne pourra jamais faire aussi bien. Il se peut qu'on se trompe mais au moment de finir un livre réussi, c'est ce qu'on se dit. Tant qu'on n'en a pas réussi un autre, on croit qu'on n'y arrivera plus jamais. Et si on se dit trop souvent et trop longtemps que c'est impossible, on est condamné à l'échec.

« Le bon côté de la situation actuelle, c'est que vous avez d'autres soucis à vous faire, continua Jack. Ce dont vous devez vous soucier pour l'heure, c'est de ne pas laisser ces gens traiter par-dessous la jambe ce que vous avez écrit. Parce que c'est ce qu'ils feront si vous ne prenez pas le taureau par les cornes. Ce sera comme un enfant abandonné. Ils le laisseront mourir.

— Que voulez-vous dire ?

— Vous auriez peut-être pu jouer cartes sur table auparavant, leur dire la vérité. Mais croyez-moi, si vous la leur dites maintenant, ils seront offusqués de s'être fait avoir et gênés à l'idée que ça puisse se savoir. Ils verront dans votre confession un aveu de faiblesse, ils se diront que vous les teniez à la gorge mais que vous n'avez pas eu le courage d'aller jusqu'au bout. La loi du business. Ils vous diront de ne pas vous en faire, qu'ils poussent le livre, qu'ils lui donnent toutes ses chances. Et, pendant ce temps, ils seront déjà sur un autre projet, sur le best-seller de quelqu'un d'autre. »

Il comprenait beaucoup mieux les choses qu'elle ne l'aurait cru.

« Vous avez déjà été publiée, reprit Jack. Comment les choses se sont-elles passées ? »

Elle lui adressa un regard intrigué. « Cinq mille exemplaires, répondit-elle. Ils sont restés moins longtemps sur les rayons des libraires que des têtes de laitues chez le marchand de légumes.

— Exact. Et ça va recommencer si vous les laissez faire. Ils vous diront qu'ils font une campagne promotionnelle de deux cent cinquante mille dollars et ils en feront une de dix mille dollars. Ils sortiront votre livre et s'il ne marche pas dans les trois jours, ils le retireront de la circulation et le mettront au pilon. Même s'il réussit au décollage, ils en limiteront le tirage pour éviter d'avoir des invendus sur les bras. »

Les invendus ont de tout temps été la malédiction des éditeurs qui ne haïssent rien tant que de se voir retourner par les libraires, contre remboursement, les exemplaires restés sur les rayons. Les éditeurs, les plus malins du moins, se protègent de ce fléau en limitant le nombre d'exemplaires mis en circulation. Un libraire en commande vingt et en reçoit cinq mais cela, l'auteur ne le saura jamais.

« Et on me fera toutes ces misères uniquement parce que votre photo ne figure pas sur la jaquette ? demanda Abby.

— Non, mais parce que vous aurez marqué un moment d'hésitation, parce que vous n'aurez pas eu le courage de leur imposer vos conditions quand vous les teniez dans vos griffes. Si jamais vous faisiez marche arrière maintenant et leur disiez la vérité, oh, bien sûr qu'ils vous publieraient. Mais ils ne feraient rien pour soutenir votre livre. Vous êtes allée trop loin, Abby, vous ne pouvez plus reculer. Vous avez couru un risque. Maintenant si vous n'allez pas jusqu'au bout, ils ne vous feront pas de cadeau. »

Il avait raison et Abby le savait. Lorsqu'on publie un livre, la première bataille, la seule qui compte vraiment, c'est avec son éditeur qu'on la livre. Si on la gagne, le tour est joué.

Ils étaient tous les deux debout en silence dans le vent qui sifflait dans le canyon formé par Madison Avenue, au milieu de la foule des piétons qui se pressaient autour d'eux. Jack soutint durant un long moment le regard d'Abby, ses yeux plongés dans les siens. Devait-elle faire confiance à cet homme, à cet étranger qu'elle ne connaissait même pas ? Mais les propos de Jack étaient empreints d'une vérité incontournable que sa triste expérience lui avait appris à ne pas négliger.

Jack quitta New York ce jour-là. Avant son départ avait eu lieu une partie de bras de fer sur les termes du contrat entre Abby et l'agence de Carla Owens dans le bureau de celle-ci.

Carla avait remis à Abby son formulaire de contrat

standard par lequel cette dernière s'assurait de ses services à vie. Carla toucherait une part sur tous les livres à venir d'Abby, et cela même si celle-ci venait à la quitter en faveur d'un autre agent littéraire. Ce n'est que lorsqu'ils s'étaient dirigés vers la porte, Jack et elle, en refusant de signer, que Carla Owens avait ouvert un autre tiroir de son bureau d'où elle avait tiré le « bon » contrat, un contrat que les juristes appellent « à gré ». Abby était libre de quitter l'agence et celle-ci pouvait à tout moment la congédier. Abby n'avait pas voulu que Jack signe autre chose. Carla toucherait dix pour cent de tout ce qu'elle vendrait, à l'exception des droits étrangers sur lesquels elle percevrait dix pour cent et les agents étrangers employés par elle dix pour cent aussi. C'étaient les tarifs en vigueur. A la fin, Carla avait au moins appris une chose : Abby en savait beaucoup plus qu'elle ne voulait le dire sur les us commerciaux du monde de l'édition.

Après la signature du contrat au bureau de Carla Owens, Jack s'était excusé de devoir partir. Il en avait assez de discuter affaires et avait rapporté de son voyage au Mexique des notes qu'il devait mettre en ordre. Il avait demandé à Abby de bien vouloir rester à New York pour s'occuper avec Carla de la vente des droits du roman. Après tout, l'avocate, c'était elle.

Ils avaient convenu de procéder ainsi, Abby et lui. Il avait dit à Carla qu'il rentrait à Seattle pour écrire puis avait pris l'avion pour Coffin Point.

Là, dans la vieille demeure coloniale, il défit ses valises pour les refaire aussitôt avec des vêtements propres, jeta un coup d'œil à son courrier et composa un numéro de téléphone pour la Californie.

« Service de messagerie téléphonique. Veuillez laisser votre message. »

Il appuya sur les touches de son propre numéro de téléphone et raccrocha. Il prit ensuite ses bagages et descendit au rez-de-chaussée. Dans son bureau, il prit un carton d'expédition aux couleurs vives, d'une société de messagerie chez laquelle il avait un compte. Le carton était rouge et bleu, environ de la taille d'une boîte de chemise. Jack s'était servi dans le passé de cartons comme celui-là pour envoyer des manuscrits à des éditeurs et à des agents, ainsi que pour expédier divers autres objets. Il l'assembla et remplit l'étiquette du destinataire, adressant le colis à son nom à un hôtel de Seattle pour qu'il lui soit livré le lendemain matin. Il avait réservé une chambre à cet hôtel depuis New York la veille au soir. Il finissait de remplir le bordereau d'envoi lorsque le téléphone sonna.

« Allô.

— Jack. Comment ça s'est passé ? » C'était Jess qui l'appelait de Los Angeles. Il avait reçu le message de son service téléphonique.

« Tiens, c'est toi. Tu sais que ton coup de fil de l'autre soir m'a mis un peu en rogne.

— Ouais, je sais. Je t'ai tiré du sommeil des justes. Il faut vivre, mon frère. Tu devrais venir ici et faire la noce. On ne se couche jamais avant que le soleil ne pointe au sommet des montagnes. Et les filles sont plus faciles en Californie.

— Papa avait raison. Tu te la coules trop douce, dit Jack.

— Eh bien moi, j'aime traîner au lit jusqu'à midi avec une belle blonde. Il n'y a rien à redire à ça, non ?

— Tu te laisses aller, Jess.

— Je pourrais te renvoyer la pareille mais revenons à nos moutons. Comment tu la trouves, cette petite Abby ?

— Elle est pas mal. Si elle se coiffait un peu et s'attifait autrement.

— Je ne parlais pas de ça mais de son livre.

— C'est pour ça que je t'ai appelé. Je pars pour Seattle. Il reste un truc à régler là-bas dont il faut que je m'occupe.

— Ça alors, t'es vraiment embarqué dans cette histoire, on dirait. J'espère qu'elle te paie en conséquence.

— Il y a des choses qu'on fait par amour. Un jour, tu comprendras. »

Jess se mit à rire.

« Elle m'est tombée dans les bras hier dans un accès de faiblesse, dit Jack. Elle avait peur et voulait tout bousiller. Mais je lui ai fait entendre raison.

— Je vois ça d'ici. Jack, je t'en prie. Prends-moi. Fais-moi mal. » Jess avait pris une voix aiguë de fausset. Puis il se mit à rire. « Et moi qui croyais que tu faisais ça uniquement pour me rendre service. Mon salaud. Alors, cette Abby, c'est un bon coup ?

— Je pensais que tu pourrais peut-être me le dire.

— De quoi parles-tu ?

— De cirage de fesses avec une peau de léopard.

— Quoi ? Ah non. Qu'est-ce qu'elle t'a raconté ?

— Elle n'allait quand même pas me dire que tu l'avais baisée.

— Je ne sais pas ce qu'elle t'a dit mais c'est de la foutaise. Je ne l'ai pas touchée.

— T'inquiète, Jess. Elle m'a tout raconté.

— Dis donc, écoute un peu.

— Elle m'a même parlé de ta petite tache de naissance, celle que tu as sur la cuisse.

— D'accord, maintenant je sais que tu mens.

— Si elle se retrouve enceinte, je saurai à qui m'adresser, dit Jack.

— C'est ça. Mais dis donc, tu m'as l'air d'avoir tiré un...

— Tu devrais surveiller tes paroles, frérot.

— Arrête ton cinéma. Tu sais de quoi je parle. Si elle voulait une bonne publicité pour le livre, tu pouvais te la faire. Pourquoi ne l'as-tu pas fait ?

— Je ne veux pas.

— Pourquoi ?

— Jess. Je vais te donner un petit conseil. La prochaine fois que tu refileras un truc pareil à quelqu'un d'autre, tu ferais mieux de te demander avant ce qui risque de te passer sous le nez. »

## CHAPITRE TREIZE

« Comment pouvions-nous savoir? dit Salzman. Nous sommes allés chez elle et ce type a répondu à la porte. Que veux-tu que je te dise?

— Vous lui avez demandé de s'identifier? demanda Weig.

— Quoi, tu crois qu'il se baladait avec une carte d'identité sous son nom de plume? Il nous a dit qu'il était Gable...

— Ce n'est pas exactement comme ça que les choses se sont passées », dit Sidner.

Weig lui lança un regard noir mais le jeune homme ne se démonta pas. Il savait que c'était sur lui que tout retomberait si Weig décidait de faire payer les pots cassés à quelqu'un. Salzman et Weig étaient de vieux copains.

Assis tous les deux, Salzman et lui, devant le bureau de Mel Weig, ils essayaient de comprendre comment ils avaient pu conclure un contrat de vingt-cinq mille dollars avec Joey, qui n'avait jamais lu et encore moins écrit un livre.

« Si je me souviens bien, dit Sidner, c'est vous qui lui avez demandé s'il était Gable Cooper...

— Et il a répondu par l'affirmative, dit Salzman.

— Non. Il a dit : "Ça dépend qui le demande."

— Mais enfin, ça équivaut à un acquiescement.

— Arrêtez, ça suffit. » Weig abattit sa paume ouverte sur le bureau. « Si vous voulez savoir, ce Jenrico est un voyou qui a un casier judiciaire et qui a été condamné trois fois pour délits mineurs. Il doit avoir le quotient intellectuel d'un parpaing. Quant à vous deux, là, je me demande...

— Écoute, Mel. Il n'y a pas eu de transaction financière. Il n'y a pas de quoi en faire un drame.

— Peut-être, dit Weig. Sauf que Carla a fait signer le véritable auteur et qu'elle est sur le sentier de la guerre. Il s'appelle Jack Jermaine. »

Salzman et Sidner se regardèrent.

« Ne m'aviez-vous pas dit que c'était un auteur de best-sellers ? », demanda Salzman en se tournant vers Sidner dans le but de détourner quelque peu la vindicte de Weig sur le jeune homme.

« C'est ce qu'on m'avait dit, rétorqua Sidner.

— Eh bien, cette information erronée va nous coûter un paquet, dit Salzman.

— Il y a des chances, dit Weig. Carla Owens sait que nous avons essayé de la doubler.

— Elle n'est pas contente ? demanda Salzman.

— Elle a le feu au cul, dit Weig. Elle est méchante comme une teigne et elle a décidé de m'en faire baver.

— Tu ne crois tout de même pas qu'elle va offrir le livre à un autre studio ?

— Elle fait courir le bruit qu'elle pourrait le proposer à des producteurs indépendants. Elle veut foutre la merde et il n'est pas impossible qu'on doive casquer gros pour la calmer.

— Mais enfin, ce Jermaine, c'est un parfait inconnu.

— Ça ne changera rien, dit Weig. Tout le monde est déjà au courant. Carla a mis la télé dans le coup. Les chaînes se battent déjà pour avoir ce Jermaine. »

Elle s'appelait Sandra ou Sally, un nom en tout cas qui commençait par S. Joey avait oublié. Peu lui importait. Ce qui comptait pour l'instant, c'est que, vêtue d'une petite culotte en cuir ourlée de perles multicolores, elle se tenait nue jusqu'à la ceinture au pied de son lit. Debout à la porte de la cuisine, il la regardait de dos.

Lorsqu'elle le vit en se retournant, elle glissa un doigt à l'intérieur de son slip et posa sur Joey un œil aguicheur. « Il te plaît ? Il est doublé en daim. Fabriqué par les Indiens d'Arizona.

— Ces Indiens font du bon boulot, dit Joey. C'est vraiment artistique, si tu vois ce que je veux dire. » Il lui sourit. Il l'avait levée dans un bar Western où elle dansait dans le spectacle vêtue d'une jupe courte qui lui montait au ras des fesses. Petite culotte indienne ou pas, Joey avait bien l'intention de se la farcir. Mais avant, il avait envie d'une bière.

Il revint dans la kitchenette obscure et ouvrit la porte du réfrigérateur. Il plongeait à demi la tête dans le compartiment à glace pour attraper la bouteille de Budweiser au fond de l'étagère lorsque la porte du réfrigérateur se referma soudain sur sa tête comme une mâchoire le prenant en tenailles entre les oreilles. N'eût été la bande isolante en caoutchouc de la porte, il aurait eu la tête fendue comme une noix. Il resta là sur les genoux, la tête coincée à l'intérieur, abruti, à se demander ce qu'il était en train de fabriquer sur l'étagère à côté du pot de mayonnaise.

Jack, le genou toujours calé contre la porte pour faire contrepoids, tâta de la main la ceinture de Joey et lui arracha son revolver. Joey, pour impressionner la fille, l'avait porté à découvert aussitôt rentré à la maison.

Jack regarda l'arme d'un œil appréciateur. Un Smith et Wesson 38.

« Beau joujou, dit-il, mais encore faut-il s'en servir. » Il le lança sur la table de la cuisine où il atterrit dans un bruit sourd. Il sortit ensuite le sien, un Beretta 9 mm, écarta la porte du réfrigérateur et attrapa Joey par le col de sa chemise.

Avant même de savoir ce qui lui arrivait, Joey se retrouva debout, adossé au réfrigérateur ouvert, les yeux posés sur la fossette du menton de Jack.

« Tout doux. Voilà. Et plus de flingue pour t'encombrer la ceinture. Et t'as celui-ci droit dans la gueule. » Jack lui enfonçait le barillet du Beretta dans les narines.

« Si on causait un peu.

— D'où chez que vous chortez, fous, pfordel ? » Joey parlait comme s'il avait un camion garé sur les sinus.

« Non, mon pote, change de langage. » Jack se retourna et vit la fille debout dans l'embrasure de la porte, quasiment à poil à part sa petite culotte d'artisanat indien.

« Tu nous laisses une minute, beauté ? », lui demanda Jack, tout sourire.

La fille le regarda, éclairé uniquement par la lueur venant de l'intérieur du réfrigérateur auquel était adossé Joey, comme si elle n'avait pas vu le revolver. Elle prit un air lubrique et s'appuya contre le chambranle de la porte avec l'intention de ne pas bouger d'où elle était.

« D'accord, tu peux rester si tu veux, mais ne te mêle pas de ça. » Jack reporta son attention sur Joey. « Alors, où en étions-nous ? Ah oui. On allait parler de toi. Comme ça, tu bats les femmes et tu t'es même permis de jouer les auteurs avec mon livre. »

Joey ouvrit de grands yeux.

« Oh, j'oubliais. Je me présente. Je suis Gable Cooper. Si je comprends bien, tu essaies de me voler mon livre ? »

Joey voulut bouger la tête mais réalisa tout à coup qu'elle était coincée entre la dure paroi métallique du compartiment à glace du réfrigérateur et le canon du revolver que Jack tenait pointé à la hauteur de son nez.

« Nous devrions peut-être essayer l'autre côté. » Joey avait la tête renversée en arrière, et Jack le tenait juste dans sa ligne de mire. « On dirait que ta tête en a pris un coup. On devrait peut-être régler ça. » Jack fit jouer le cran de sûreté de son arme.

« Bon, où en étions-nous ? Ah oui. Mon livre. On allait te coller un enquêteur au cul ou te filer un procès en pénal, tu vois, les avocats et tout le tralala. Tu vois le genre. Mais tu sais, Joey... Ça ne t'ennuie pas que je t'appelle Joey ? »

Celui-ci acquiesça, dans la mesure où le lui permettait le revolver qu'il avait sous le nez.

« Joey, si tu veux mon avis, on est trop encombrés par les lois. Nous vivons dans une société beaucoup trop procédurière. Tu ne trouves pas ? »

Joey le regarda en se demandant ce que voulait dire « procédurière » et, comme il n'acquiesçait pas de la tête, Jack le fit à sa place avec le canon du revolver.

« Enfin, prends O. J. Simpson. On a passé une année entière à regarder des avocats se pavaner et se branler à la télé. Ils ont raflé toutes les audiences de l'après-midi, des taux d'écoute à faire baver d'envie, et pour quel résultat ? On s'est retrouvé avec une bande d'acteurs de séries télévisées au chômage et des bouquins de merde qui nous expliquaient ce qui ne tournait pas rond dans le système judiciaire. Or je te le demande : est-ce comme ça que l'on régit la société ? »

Joey, levant les yeux sur lui depuis le bout du pistolet, se sentit tenu de secouer la tête.

« Ouais. C'est bien ce que je pensais. Oh mais qu'est-ce que tu as là, dans le petit pot ? Des chocolats fourrés aux noix ? Tu sais quoi ? Ce sont mes préférés. Tu permets ? »

Joey, qui avait toujours le canon du revolver dans le nez, hocha la tête. De sa main libre, Jack prit le pot qui se trouvait sur l'étagère supérieure du réfrigérateur. Puis, sans prendre la peine de ramener le cran d'arrêt du Beretta, il tint d'une main le pot dont il essaya de dévisser le couvercle en s'aidant de trois doigts de son autre main tandis qu'un quatrième se refermait sur la gâchette. L'arme dévia sur le côté avec une pression si forte que Joey avait à présent le nez épaté d'un boxeur. Grimaçant de douleur anticipée, il avait l'œil fixé sur le chien à l'arrière du revolver. Sa vie était à la merci d'un ressort métallique.

La fille sur le seuil assistait fascinée à la scène comme si elle visionnait une tragédie sur grand écran.

« Tu sais que tu ne devrais pas garder ces trucs au frigo. Le froid a tendance à amollir les noix. »

Les seules noix dont se souciait Joey pour l'heure n'étaient pas dans le pot mais dans sa culotte, et elles étaient en train de se ratatiner.

« Oh, tu as aussi des poivrons. Au vinaigre en plus. Ils sont forts ? »

Joey fit signe que oui de la tête.

Jack prit le pot de poivrons sur le couvercle duquel ses doigts s'activèrent comme précédemment. De la sueur perlait sur le front de Joey malgré l'air froid provenant du réfrigérateur.

« Enfin bref, je me suis dit que si nous prenions le temps de parler toi et moi, nous finirions par nous entendre. Si tu veux savoir, tout le monde m'a dit de toi que tu étais un crétin de première mais moi, je sais que tu peux te montrer raisonnable si tu veux. Même la plus belle ordure de la terre a quelque chose d'humain quand on apprend à la connaître. Tu ne trouves pas ? »

Le regard de Joey alla brièvement du Smith & Wesson posé sur la table à la fille à demi dévêtue dans l'embrasure de la porte. Celle-ci, Sue ou Sharon, peu importe, rigolait doucement. Il allait lui ficher une de ces raclées lorsque ce connard serait parti. Il sentit la dure pression du canon du revolver contre sa cloison nasale, ce qui l'arracha à ses rêvasseries et le ramena à la réalité, en l'occurrence Jack.

« Tu avais l'esprit ailleurs », dit Jack.

Extirpant un poivron du pot, il en laissa s'écouler le

vinaigre sur le devant de la chemise de Joey. « T'en veux un ? »

Joey secoua la tête en signe de dénégation. Jack lui fourra quand même le poivron entre les lèvres et le poussa du doigt jusqu'à ce qu'il ait bien glissé à l'intérieur de sa bouche. « Mâche. C'est ça. C'est bon ? Tiens, un autre. » Il lui en enfonça deux autres dans la bouche.

« J'aime pas les poivrons trop forts, dit Jack. Ils me font pleurer. »

Joey mâchouillait avec précaution afin de ne pas déranger le canon de l'arme sur son nez. Il commençait à loucher à force de le regarder.

« Tu sais que ces noix ne sont pas très bonnes, reprit Jack. La prochaine fois que je viendrai, ça t'ennuierait d'en avoir un pot neuf ? Garde-les dans le placard. »

Joey acquiesça.

« Oh, ce que je peux être mal élevé ! Tu aimerais sans doute boire quelque chose pour faire passer tout ça. » Jack reposa le pot sur l'étagère du réfrigérateur et en sortit la bouteille de bière dont il fit sauter le bouchon et enfonça le col dans la gorge de Joey tout en regardant le liquide faire des bulles tandis que sa victime avait un haut-le-cœur. « Voilà. Ferme la bouche en retenant la bouteille. »

Joey, qui avait inhalé de la bière et un peu de vinaigre en respirant, se mit à tousser. Jack lui retira la bouteille de la bouche et la lui glissa dans la ceinture en la renversant, de sorte que la bière glacée coula à l'intérieur de son pantalon.

« Voilà, qu'est-ce que tu en penses ? Comme ça, tu auras même cette partie de ta personne au frais. Bon, où en était-on ? Oh oui. Je peux donc estimer que c'est la fin de nos ennuis avec cette histoire de film, hein ? »

Joey secoua vivement la tête. Il avait fini par assimiler le code, un peu comme le public pour les signaux d'applaudissements lors des spectacles télévisés. Il avait le nez qui coulait et l'acidité des poivrons commençait à le faire pleurer.

« T'en veux un autre ? »

Joey secoua la tête.

« Non, je ne tiens pas à ce que mon revolver soit tout rouillé, dit Jack. Et les filles, Maître Chandlis et l'ex-Madame Joey, à ton avis, qu'est-ce que je vais leur dire ? »

Joey le gratifia d'un haussement d'épaules.

« Je devrais peut-être leur dire de ne plus s'en faire, qu'elles ne te reverront plus jamais ? »

Joey le regarda, l'air de ne pas savoir exactement comment il lui fallait entendre la chose.

« A moins que je leur dise que plus personne ne te reverra plus jamais ? »

Cette fois Joey saisit le sens du propos et secoua vigoureusement la tête.

« Tu sais, on a passé un excellent moment tous les deux, continua Jack, mais je pense qu'il va falloir qu'on remette ça. » Il regarda en direction de la fille puis murmura à l'oreille de Joey : « Joey. Je crois que je vais te laisser vivre. T'as de la chance qu'on ait un public. » Jack fit un signe de tête en direction de la fille. « Autrement, va savoir ce qui aurait pu se passer. Bonsoir. »

Écartant le revolver du nez de Joey, Jack saisit celui-ci par les revers de sa chemise et le tira violemment en avant tout en projetant de tout son poids son épaule dans la porte du réfrigérateur. L'angle de la porte heurta Joey droit sur l'arête du nez et il s'écroula sur le sol, inconscient.

Jack se tourna vers la fille. « Tu devrais enfiler quelque chose, beauté, tu vas prendre froid. Moi je filerais si j'étais toi. Quelque chose me dit qu'il ne va pas être à prendre avec des pincettes ce soir. »

« Carla, qu'est-ce que vous êtes en train de me raconter ? » Carla Owens et Bertoli étaient en pleine conversation téléphonique.

« Alex, ne me dites pas que vous ne vous y attendiez pas. Allons, soyez honnête. Pensiez-vous vraiment que j'allais vous vendre directement le livre sans sonder d'abord le marché ?

— On s'était pourtant mis d'accord, non ? » Bertoli avait pris la voix de victime qu'il employait pour culpabiliser les autres. Mais avec Carla, ça ne marchait pas.

« Comment voulez-vous que je sache ce que vaut cet auteur si je ne sonde pas le marché ? », reprit Carla. Elle était en train de parler d'une mise aux enchères téléphoniques du livre de Gable Cooper dont elle avait fait parvenir des exemplaires du manuscrit à toutes les grandes maisons d'édition de New York. Bertoli n'ignorait pas qu'un tel procédé risquait de faire sensiblement grimper le prix d'achat des droits. Mais il avait un problème : il n'avait pas de roman porteur dans sa liste des best-sellers de l'été. Le Salon du best-seller était imminent. S'il devait agir, c'était maintenant ou jamais. Il n'avait plus beaucoup de temps.

Jusqu'à cette minute, il avait escompté que, dès que Cooper aurait signé avec Carla, celle-ci lui apporterait à Big-F l'auteur et son roman sur un plateau d'argent. Connaissant Carla comme il la connaissait, il s'était néanmoins attendu à quelques frais extraordinaires en cours de route, mais sans plus.

« Je vous avais dit que nous étions prêts à payer un million de dollars pour ce roman, en à-valoir sur les royalties, dit Bertoli. Qu'est-ce que vous voulez ? Ce n'est pas un auteur de best-seller. Il n'a pas fait ses preuves. C'est un gros pari. Le livre peut aussi bien faire un flop.

— Vous n'en pensez rien.

— Vous savez aussi bien que moi que même le meilleur roman qui soit a besoin de cent autres facteurs réunis pour arriver en tête de la liste des best-sellers. La plupart des best-sellers n'ont au maximum que trente de ces prérequis, et encore avec de la chance.

— Je regrette que vous ayez une vision des choses aussi pessimiste », dit Carla. Elle rappela à Bertoli que, sur les cent atouts soi-disant indispensables, le livre de Cooper possédait déjà le plus important : la perspective d'être adapté au cinéma avec une star du box-office dans le rôle principal. Mel Weig avait passé la matinée suspendu au téléphone à la supplier de lui réserver les droits et de ne pas donner le livre à un autre producteur. Il était prêt à aller jusqu'à trois millions de dollars, ce qui était déjà un record pour un auteur inconnu.

« Je vous l'ai déjà dit, Alex. Vous pouvez démarrer les enchères à un million de dollars. » Elle voulait dire par là que si personne n'offrait davantage, lui et Big-F auraient le livre à ce prix. Carla s'employait pour le moment à transformer le prix maximum que Bertoli était disposé à payer en une offre minimale. Elle ferait ensuite courir le bruit, fondé, que Hollywood allait dépenser des millions pour les droits et ce serait la ruée. Bertoli et Big-F seraient piétinés dans cette foire d'empoigne et il le savait.

« Jamais, dit-il. On ne fera pas d'offre minimale.

— Parfait, vous refusez de démarrer à ce prix ? Nous nous adresserons ailleurs.

— Je n'ai pas dit que je refusais. Qu'est-ce que vous voulez, Carla ? Un million et demi ? D'accord, va pour un million et demi.

— Non, Alex. Je sais que vous pensez vraiment que j'essaie de vous extorquer une somme supérieure à ce que ça vaut.

— Carla, comment pouvez-vous croire une chose pareille ? demanda-t-il d'un ton sarcastique.

— Je crois simplement que vis-à-vis de mon client je me dois de découvrir la valeur réelle de son livre sur le marché.

— Et vos dix pour cent n'y sont pour rien sans doute ?

— Les affaires sont les affaires », dit Carla. Les

agents et les éditeurs, il est vrai, demeuraient, les auteurs passaient. Généralement, dans le feu des négociations, la perspective de contrats futurs sur d'autres livres et les exigences de la rigueur en affaires amenaient les agents littéraires à se montrer raisonnables et pas trop gourmands. Mais il n'arrivait pas souvent qu'un agent tombe sur un manuscrit aussi prometteur que celui-là — une fois, deux au maximum, dans une vie, et encore.

« D'accord. Deux millions, dit Alex.

— Alex, vous m'obligez à être désagréable, mais je vous le répète : je ne peux pas. » Cela se passait mieux qu'elle ne l'aurait cru. Mais il faut dire que Bertoli savait aussi bien qu'elle que le roman de Cooper avait un autre atout en sa faveur : s'il marchait, il allait instaurer un genre nouveau. S'il y avait une chance d'arriver en tête de liste des best-sellers, c'était celle-là. C'est ce qu'avait fait Ludlum dans les années 70 avec le thriller international ; Stephen King dans les années 80 avec le roman d'épouvante ; et Grisham par la suite avec le thriller juridique. Ils avaient, chacun en son temps, renouvelé un genre ancien et l'impact de leurs innovations s'était répercuté jusqu'au sommet de la hiérarchie littéraire. A présent, c'était au tour de Gable Cooper. L'ironie du sort voulait que le nouveau genre, qui répondait à un engouement pour la revanche féminine dans le lectorat, eût été inventé par un homme. Carla avait longuement réfléchi à ce paradoxe, se demandant si ce n'était pas un handicap. Ses inquiétudes à ce sujet s'étaient dissipées lorsqu'elle avait vu Gable Cooper en chair et en os.

« Qu'est-ce que vous voulez, Carla ? Me saigner à blanc ? »

Son sang vaut-il si cher que cela ? se demanda-t-elle.

« Je sais que je déroge à mes principes, dit-elle. Mais pour quatre millions de dollars il est à vous.

— Quatre millions ! Mais vous êtes devenue folle !

— Ça, l'avenir nous le dira.

— C'est de la démence.

— Parfait, on verra ce qu'il rapportera sur le marché de l'offre et de la demande.

— Trois, dit Bertoli. Avec, en outre, une option ferme sur le livre suivant. »

Tel un coup soigneusement préparé aux échecs, c'était le prix que Carla avait en tête. « Nous gardons les droits étrangers. » Elle avait parlé avant que Bertoli ne puisse se ressaisir. La vente de ces droits étrangers dans le monde entier lui rapporterait au bas mot un autre million de dollars.

« Vous voulez vraiment m'arracher le cœur, dit Bertoli.

— Alors, c'est d'accord, Alex ?

— Marché conclu.

— Dans ce cas souriez. » Elle n'avait pas besoin de le voir pour savoir qu'il faisait la grimace à cet instant. Il allait se faire du mauvais sang tant qu'il n'aurait pas récupéré sa mise de trois millions de dollars, c'est-à-dire toute l'année à venir. Le forfait de deux millions de dollars pour les droits du livre et du film dont elle avait parlé à Jack et à Abby passait subitement à six millions. Carla avait appris l'art de la négociation. Première règle : ne jamais faire miroiter à son propre client, en l'occurrence l'auteur, des sommes trop élevées.

Abby était sans nouvelles de Theresa depuis son arrivée à New York et elle avait pourtant beaucoup de choses à lui raconter. Elle eût voulu lui annoncer la vente des droits du livre. Elle brûlait de le dire à quelqu'un, et Theresa et Morgan étaient les seuls à connaître la vérité, les seuls avec qui elle eût pu partager sa joie. Morgan n'était pas chez lui.

Elle composa le numéro des amis californiens chez lesquels Theresa était descendue, quelque part près d'Anahein. Une femme répondit au téléphone.

« Allô. » Ce n'était pas la voix de Terry.

« Bonjour. Je voudrais parler à Theresa Jenrico.

— Oh, Terry n'est pas ici.

— Elle est sortie ?

— Non. Elle est partie ce matin. »

Abby fut étonnée.

« Où allait-elle ?

— Elle rentrait chez elle, je crois. Elle avait des choses à régler à Seattle. »

Abby éprouva de l'inquiétude. Theresa était censée demeurer chez ses amis encore deux jours avant de revenir à Seattle en même temps qu'elle. Elles avaient convenu de se retrouver à l'aéroport pour rentrer ensemble chez Abby.

« Il y a un problème ? demanda l'inconnue au téléphone.

— Non. » Abby la remercia et raccrocha. Elle était soucieuse à l'idée de savoir Theresa de retour à Seattle alors que Joey rôdait dans les parages. Elle composa le numéro de téléphone de son domicile à Seattle. Elle laissa sonner mais il n'y eut pas de réponse. Elle se demanda pourquoi le répondeur ne se mettait pas en marche.

## CHAPITRE QUATORZE

Il faisait nuit et il tombait une pluie fine lorsque le chauffeur de taxi déposa Theresa et ses bagages devant la maison d'Abby. Il claqua la porte du coffre, empocha le prix de sa course et, avant de savoir ce qui lui arrivait, Theresa se retrouva toute seule les yeux fixés sur les feux arrière de la voiture qui disparaissait au coin de la rue. Une de ses valises reposait dans une flaque d'eau.

« Merci, connard. » Elle prit une valise qu'elle entreprit de tirer jusqu'à la porte d'entrée. Si elle avait eu vingt ans, de gros tétons et une minijupe, le chauffeur aurait transporté ses valises jusqu'au sommet de l'escalier en tirant la langue. Aux yeux de Theresa, les hommes étaient tous les mêmes : des brutes interchangeables. Sauf qu'elle ne pouvait s'en passer.

Elle pataugea sur la pelouse trempée et mal entretenue en direction de la petite maison plongée dans l'obscurité. Le spectacle qui s'offrait à ses yeux présentait une anomalie. Il lui fallut un moment pour comprendre ce que c'était : la lumière du porche était éteinte. Elle se rappela qu'Abby avait parlé de cette lumière. Elle l'avait allumée lorsqu'elles étaient parties de Seattle avec la carte de crédit de Charlie. Abby n'aimait pas rentrer dans une maison plongée dans le noir. L'ampoule devait être grillée.

Elle était trempée en arrivant au perron et son manteau battait au vent. Une fois à l'abri sous le petit porche, elle marqua un temps d'arrêt pour examiner les lieux. Il y avait quelques voitures garées dans la rue mais elle ne vit pas le camion de Joey. Elle se crut en sécurité.

Elle chercha à tâtons dans le trousseau de clés celle de la porte d'entrée. Elle eut du mal dans le noir à la trouver et à l'insérer dans la serrure. Lorsqu'elle y arriva enfin, la clé tourna dans le pêne et la porte s'ouvrit toute grande.

On n'y voyait goutte à l'intérieur. Terry hésita. Elle crut l'espace d'un instant avoir aperçu quelque chose à l'extrémité du couloir. Elle plissa les yeux pour essayer de distinguer ce que c'était dans l'obscurité épaisse. Rien. Ce devait être un effet de son imagination. Depuis les événements du motel près de l'aéroport, elle avait les nerfs à vif. Joey avait une lueur de folie dans le regard ce soir-là, une expression qu'elle ne lui connaissait pas et qui l'avait terrorisée. Elle avait le sentiment que si Abby n'avait pas été là pour l'arrêter cette fois, Joey l'aurait tuée.

Elle franchit le seuil en traînant ses deux lourdes valises. Elle essaya de le dépasser suffisamment pour pouvoir refermer la porte derrière elle. Les deux mains occupées à tenir les valises, elle tentait vainement d'y parvenir lorsqu'elle heurta du pied un objet massif. Elle s'étala brutalement sur le plancher en bois et une pointe acérée s'enfonça dans son genou. Elle ressentit une douleur cuisante et resta immobile par terre, toute tremblante, tandis que le vent qui soufflait par la porte ouverte s'engouffrait sous sa jupe. Effondrée par terre, elle se pencha pour examiner son genou en tournant le pied vers la porte ouverte. C'est alors qu'elle vit une ombre se déplacer sur le perron derrière elle.

Il était tard et ça discutait gros sous par amplis téléphoniques interposés, Bertoli à un bout de la ligne, Salzman, au nom du studio de Los Angeles, à l'autre bout.

Bertoli devait moins sa réputation aux livres qu'il choisissait — et qui ne marchaient pas toujours — qu'au chic qu'il avait pour que les gens se rappellent ses succès et qu'ils oublient ses échecs.

Il avait déjà fait concevoir un plan de campagne par ses stratèges en communication. « Ce qu'il y a de bon avec le Salon des éditeurs de best-sellers, dit-il à Salzman, c'est que ça nous fournit un prétexte. Si vous pouviez vous arranger, à l'occasion du Salon, pour que votre chaîne de télévision fasse dans l'un de ses magazines un reportage qui comprendrait un passage sur les livres et sur la manière dont ils se vendent. » Le studio faisait partie d'un conglomérat qui possédait une chaîne de télévision.

« Ce n'est pas une mauvaise idée, dit Salzman. On pourrait faire un reportage sur le vif dans lequel les caméras suivraient notre auteur. On pourrait le diffuser la semaine où le livre sortira en librairie. » Cela ne donnait qu'un aperçu de la manière dont ces pieuvres que sont les grands groupes essaient toujours de tirer la couverture à elles. Bertoli et les studios avaient tous deux fortement investi dans le livre, mais le PDG de Big-F voulait garder la haute main sur la première campagne de publicité destinée à chanter les louanges du roman. Le studio s'inquiéterait de son film après. La question était de savoir combien Bertoli arriverait à leur faire cracher, là-bas à Hollywood.

« Nous assurons pour la télévision, dit-il. Des spots de quinze et trente secondes aux heures de grande écoute. » Les pubs ne seraient pas longues mais elles satureraient les ondes dans une attaque éclair initiale qui projetterait le livre sur la liste des best-sellers. Puis les spots s'ajusteraient au rythme du marché, opérant en tir groupé lorsque le livre commencerait à perdre de la vitesse afin de le garder dans l'œil du public et sur la liste des best-sellers.

« Plus des encarts publicitaires dans les publications nationales de New York et de Los Anglees, *PW, Entertainement Weekly, People,* peut-être *Time* et *Newsweek,* continua Bertoli. Pas une fois, mais peut-être huit, dix fois. On fera passer des accroches dans les plus petites publications. On touche la Côte Est et la Côte Ouest et on couvre le territoire par satellite. Le jour de la parution, nous publions des bonnes pages du livre, les deux premiers chapitres, dans les éditions du *New York Times* et du *Los Angeles Times* distribuées à domicile à des décideurs triés sur le volet. » Bertoli voulait dire par là qu'il entendait atteindre les leaders d'opinion dans leur foyer pour faire du livre quelque chose comme un « phénomène de société ». L'important n'était pas que les décideurs lisent les bonnes pages mais que le fait de les trouver dans leur journal du matin fasse jaser.

Une telle campagne était de la folie pure. Et alors ? Après tout, dans l'esprit de Bertoli, c'était Los Angeles qui allait casquer.

Salzman émit un petit sifflement. « Ça va coûter une fortune.

— J'ai calculé que vous en auriez pour un million de dollars, dit Bertoli.

— Un million ! » Salzman hurlait à l'autre bout du fil.

Bertoli lui rappela ce qui se passerait si le livre faisait un fiasco. Il n'y aurait pas de film. Et puis, le studio s'en tirait à bon compte. Il allait lui en coûter vingt millions de dollars rien que pour obtenir de la star qu'elle se présente au tournage. A l'échelle hollywoodienne, ce qu'allait coûter la promotion du livre représentait des clopinettes.

« J'y pense, dit Bertoli. Pouvons-nous nous servir de son nom ? Un grand film avec en vedette...

— Je ne sais pas.

— Comment ça, vous ne savez pas ? Je croyais qu'il s'y était engagé.

— Pour ces gens, la parole donnée doit être entretenue par une cour permanente. C'est une star.

— Et alors ?

— Alors les stars veulent qu'on les courtise continuellement. Dès qu'elles signent, on les fait chier comme c'est pas permis. Alors pourquoi signer ? »

Ils réfléchirent quelques instants puis Salzman reprit la parole. « Qu'avez-vous l'intention de faire ?

— Nous allons nous servir de son nom mais sans qu'il le sache.

— Il va vous traîner devant les tribunaux.

— Pas si ça marche.

— Et si ça ne marche pas ? demanda Salzman.

— Dans ce cas, il ne nous restera plus, vous et moi, qu'à nous chercher du travail. Qui est assez fou pour poursuivre les chômeurs ? »

Theresa explosa en une litanie de jurons en apercevant le chat surgir sur le perron dans l'embrasure de la porte. Son ombre allongée et mouvante projetée par les réverbères de la rue lui avait fichu une peur bleue.

Le chat miaulait dans l'entrée, suppliant, un cri plaintif qu'il semblait adresser au temps pourri qu'il faisait. Theresa poussa un grand soupir et commença à rassembler ses forces. Elle regarda la bête galeuse. « Allez, file. »

Le chat lui jeta un regard puis, se mettant en mouvement avant qu'elle ne puisse bouger, se glissa par la porte et disparut dans l'obscurité du couloir.

« Merde. »

Elle passa la main sur le sol et toucha ce qui lui parut être du verre brisé. Son genou saignait à l'endroit où un tesson s'était enfoncé.

Elle frotta doucement du bout des doigts la région

blessée et l'éclat de verre fut expulsé de la plaie. Elle crut en avoir retiré la plus grande partie. Il lui sembla, mais elle ne pouvait en être sûre dans l'obscurité, qu'un filet de sang chaud coulait sur sa jambe jusqu'à la cheville. Elle n'osait ramper. Elle se releva avec précaution, le genou cédant légèrement sous la douleur. Puis, un centimètre à la fois, en traînant la savate sur le plancher, un pied après l'autre, elle arriva jusqu'au mur. Elle tâta de ses mains à la recherche du commutateur, qu'elle trouva et actionna. Rien. Elle progressa péniblement dans le couloir obscur tandis que le chat miaulait devant elle. On eût dit une sorte de procession féline. A un moment donné, il se frotta contre sa jambe et Theresa lui donna un bon coup de pied. Il gémit et glissa sur le bois du couloir telle une rondelle de hockey en peluche.

Elle laissa la porte d'entrée ouverte. Elle sentait la brise soutenue qui soufflait dans le couloir. Pour une raison ou une autre, le fait de savoir la porte ouverte, d'avoir ainsi une voie de retraite le cas échéant, lui donnait des forces.

Elle était freinée à chaque pas par des objets épars sur le plancher, au point que ses pieds durent bientôt s'ouvrir un chemin tels deux brise-glace à travers un flot croissant d'obstacles. Quelqu'un avait saccagé les lieux et Theresa savait qui. Elle se demanda comment annoncer la chose à Abby.

Encore quelques pas et elle fut dans la cuisine. Une odeur fétide montait du sol dans l'obscurité et il fallut un moment à Theresa avant de comprendre de quoi il s'agissait : de produits alimentaires en pleine putréfaction comme dans une décharge publique. Le chat, quant à lui, flairant là une bonne occasion, disparut.

Theresa trouva un balai. « Ici chaton. »

De la lumière provenant de la maison voisine filtrait par la fenêtre au-dessus de l'évier et elle put mesurer l'ampleur des dégâts. Il n'était pas une assiette ou un verre qui ne fût en morceaux par terre. Les portes du garde-manger avaient été arrachées de leurs gonds et jetées à la diable. Les tiroirs étaient tous ouverts et renversés sur le plancher. Le réfrigérateur était béant, sa lumière soit fracassée soit morte, et son contenu répandu en une masse informe et gluante. Elle mit le pied dans ce qui avait dû être du jus. Ses chaussures adhéraient au sol comme des ventouses.

Elle fouilla à tâtons à l'intérieur du placard à la recherche de la lampe de poche, qui n'y était pas, puis regarda par terre où elle ne la vit pas non plus. Elle essaya le commutateur sur le mur tout en sachant que c'était inutile. Elle ne se trompait pas. Dans la lumière provenant de la maison voisine, elle vit que le plafonnier était encore intact. C'était la seule chose de la pièce qui avait échappé à l'action ravageuse de Joey. Il avait dû retirer les fusibles ou endommager le compteur. Mais il avait aussi pu bâcler son travail.

Par terre, sur un tas de déchets, elle vit la boîte de fusibles de rechange, ceux de l'ancien système, qui se vissaient. Elle la ramassa et contourna la table renversée en marchant avec précaution dans les détritus. Les lieux étaient dévastés, comme saccagés par un animal saisi d'une crise de démence.

Elle écarta du pied quelques objets et le chat détala de nouveau devant elle. Elle faillit lui lancer la boîte de fusibles mais se retint.

S'étant ainsi frayé un chemin à travers la cuisine, elle ouvrit la porte de la cave. Dans l'escalier il faisait noir comme dans un four. Elle appuya sur le bouton du commutateur qui se trouvait au haut des marches. Oui, Joey avait retiré tous les fusibles. Elle se retourna pour jeter de nouveau un œil dans la cuisine au cas où elle apercevrait la lampe de poche ou du moins une boîte d'allumettes, quelque chose qui puisse l'éclairer en descendant l'escalier. Elle ne vit rien. Ayant posé le pied sur la première marche dans le vide obscur, elle s'engagea sur les marches suivantes en se retenant à la rampe. Elle était à mi-chemin lorsque, se retournant, elle aperçut la silhouette du chat qui la regardait depuis le haut de l'escalier.

Elle poursuivit sa descente en tâtonnant du pied et en comptant les marches. A la douzième, elle atteignit le palier. Elle vira à l'estime dans le noir et aperçut soudain quelque chose, une lueur semblable à celle d'un voyant rouge. Elle se figea sur place. Elle crut tout d'abord qu'il s'agissait d'une cigarette. Elle considéra durant un instant la lueur rougeâtre mais celle-ci était immobile et régulière. Elle n'eût pu dire à quelle distance elle se trouvait. Elle tendit la main pour la toucher. Dans l'obscurité totale, sans autre repère que le faible rayon de lumière, il était impossible d'apprécier les distances.

Comprenant alors de quoi il s'agissait, elle prit sa respiration. C'était la minuscule lumière du couvercle du vieux congélateur. Joey n'était pas venu à bout de tous les fusibles finalement. Ce voyant n'éclairait pas la cave mais il fournissait néanmoins une lueur réconfortante.

Elle longea à l'aveuglette le mur en ciment puis descendit une dernière volée de marches. Elle atteignit enfin le sol en ciment de la cave. Avec le coude que faisait l'escalier, elle ne voyait plus la vague lumière qui lui parvenait encore de la porte ouverte de la cuisine durant sa descente. Le compteur électrique était fixé au mur de la cave près d'un petit établi en bois. Theresa avait aidé Abby à changer un fusible durant un orage quelques mois auparavant.

Ses mains rencontrèrent des outils en fer, une scie suspendue à un clou au-dessus de l'établi. Elle était tout près. Elle longea l'établi et se cogna à l'étau qui y était fixé. Elle grogna.

Elle se frotta les côtes puis sentit tout à coup quelque chose se coller sur sa jambe. Elle esquissa un pas de côté qui la précipita contre l'établi. Elle sentit de nouveau la pression contre son mollet. Le chat miaula.

« Saleté, va. » Son cœur battait la chamade. Elle voulut décocher un coup de pied à l'animal mais le rata. Les chats pouvaient voir dans le noir. Ou était-ce là un conte de bonne femme ?

Elle vint se replacer au centre de l'établi au-dessus duquel elle se pencha et ses doigts rencontrèrent l'angle acéré d'un objet métallique. Peut-être un autre outil. Elle devina alors au toucher que c'était la petite porte du compteur. Elle l'avait trouvée. Elle était ouverte.

Elle craignait, sans rien voir dans le noir, de tâtonner avec ses mains à l'intérieur du compteur. Il était partiellement hors d'atteinte. Si Joey avait retiré les fusibles, ses doigts risquaient de rencontrer une douille vide. Connaissant Joey, c'était sans doute ce qu'il espérait.

Elle passa à tâtons la main sur le dessus de l'établi. Il était nu. Elle y posa précautionneusement un genou et se haussa. Elle ouvrit la boîte de fusibles et en sortit un. Puis, s'en servant pour faire un test, elle l'inséra dans un trou vide. De la lumière jaillit quelque part en haut. Ce n'était pas grand-chose mais elle put voir le contour grisâtre de la boîte de fusibles.

Elle prit un autre fusible et le vissa.

Elle entendit alors sonner le téléphone dans la cuisine alors qu'elle venait de trouver une autre douille vide.

La sonnerie du téléphone se fit de nouveau entendre. Theresa se demanda pourquoi le répondeur ne se déclenchait pas. Elle comprit alors que le fusible qui correspondait à la pièce où il se trouvait devait encore manquer.

Tout à coup, la porte en haut de l'escalier se ferma violemment.

Le bruit que cela fit ainsi que la sonnerie du téléphone résonnèrent dans le noir au fond de la cave vide et la firent presque tomber de l'établi. L'espace d'un instant, avant qu'il n'y ait plus de lumière du tout, elle avait cru avoir vu Joey. Son imagination lui jouait sûrement encore des tours.

Elle demeura agenouillée plusieurs secondes sur l'établi, immobile comme une statue, la main refermée sur le fusible déjà engagé dans la douille. Elle tendit l'oreille mais n'entendit rien.

C'était le vent. Ce ne pouvait être que cela. Elle aurait dû fermer la porte d'entrée. Elle eût pu remonter la fermer mais elle était maintenant si près du but. Le téléphone cessa de sonner. Encore quelques fusibles et la lumière allait s'allumer dans la cave.

Elle tourna le fusible qui s'ajusta à la douille, mais rien. Elle en essaya un autre. Toujours pas de lumière dans la cave. Elle prit un autre fusible. Il lui fallait maintenant atteindre la partie supérieure de la boîte du compteur, ce qui était malaisé depuis l'établi en bois. Abby y serait arrivée en restant debout sur le sol mais Theresa était trop petite de plusieurs centimètres. Elle se haussa en s'aidant de son estomac sur le rebord de l'établi, les jambes ballantes, les pieds à quelques centimètres du sol. Elle inséra le fusible dans la douille. Le chat revint se frotter sur ses jambes.

Elle lui décocha un coup de pied et glissa sur l'établi en bois. Un éclair électrique d'un bleu sinistre éclaira la cave dans une odeur d'ozone et de chair brûlée.

## CHAPITRE QUINZE

Salzman était assis à son bureau en train d'expédier des paperasseries d'un œil endormi lorsque le téléphone intérieur sonna.

« Ouais.

— Un Monsieur Jenrico demande à vous parler sur la un.

— Qui ?

— Il dit s'appeler Jenrico. »

Salzman réfléchit quelques instants. « Je ne connais pas de... Attendez une seconde. » Cet idiot appelait pour le contrat. Salzman n'arrivait pas à le croire. Quel culot.

« Voulez-vous que je lui dise que vous êtes absent ?

— Non. Non, je vais le prendre. » Il attendit une seconde ou deux puis appuya sur la touche de la ligne un. « Allô.

— C'est vous, Monsieur Salzman ?

— Monsieur Jenrico, comment allez-vous ?

— J'ai cru que vous aviez oublié.

— Comment aurais-je pu oublier ? » Salzman souriait afin que le téléphone capte bien son ton incisif.

« D'où m'appelez-vous ? » Il espéra que Joey était à la porte du studio, où il pourrait le laisser entrer, le faire arrêter et le poursuivre pour imposture.

« A l'aéroport de Los Angeles, dit Joey. Je me

demandais où était passé le contrat. Je me suis dit que l'on pourrait peut-être avoir une petite conversation.

— C'est ce que je supposais. Mais on a eu un léger problème.

— Comment ça ?

— Un détail technique sans importance, répondit Salzman.

— De quoi s'agit-il ?

— Il semblerait que quelqu'un d'autre prétende avoir écrit le livre. »

Il se fit un long silence à l'autre bout du fil.

« Vous êtes là ? demanda Salzman.

— Oui, oui, je suis là.

— Nous sommes bien embarrassés.

— Vous mentez, dit Joey.

— C'est ce qu'on dit de vous, que vous mentez. Laissez-moi vous poser une question. Nous savons que vous n'avez jamais écrit de livre, mais en avez-vous déjà lu un ?

— De quoi parlez-vous ?

— Vous savez lire ?

— Ouais, je sais lire.

— Alors lisez sur mes lèvres, dit Salzman. Allez vous faire foutre ! » Il raccrocha.

« Sale con. » Salzman revint à ses paperasses. Trente secondes plus tard, la ligne intérieure sonna de nouveau.

« Ouais.

— C'est encore lui », dit la réceptionniste.

Salzman appuya sur la touche de la ligne un. « Je ne me suis pas bien fait comprendre ? Que je vous explique. Allez vous faire voir. Est-ce que c'est clair ?

— C'est vous qui ne comprenez pas. Je crois que j'ai quelque chose qui pourrait vous intéresser.

— Non, c'est vous qui ne comprenez pas. Je ne tiens pas à voir ou à avoir quoi que ce soit que vous pourriez me proposer. Vous nous prenez pour des idiots ou quoi ? »

Il se fit sur la ligne un silence, le temps pour Joey d'examiner la situation.

« Ça veut dire que vous ne me paierez pas ? »

Salzman n'en croyait pas ses oreilles. « Ça veut dire que si vous continuez à m'emmerder, je me ferai un plaisir de vous faire rechercher et enfermer.

— Vous auriez peut-être tort.

— Et pourquoi donc ?

— Parce que vous ne savez pas qui a écrit le livre.

— Oh, nous le savons. Ne vous inquiétez pas pour ça.

— Non, vous ne le savez pas, dit Joey.

— L'auteur s'appelle Jack Jermaine, alias Gable Cooper. » Salzman le savait parce que Weig, pour lui bien faire sentir de quelle manière il avait foiré avec Joey justement, avait glissé la photo de Jack sous le revêtement de plastique transparent de son bureau.

« Vous vous trompez, dit Joey.

— Écoutez, je m'excuse, mais vos foutaises ont assez duré.

— Non. Ce ne sont pas des foutaises mais la vérité. Ce n'est pas lui qui a écrit le livre et j'en ai la preuve.

— Qu'est-ce qui vous permet de dire ça ?

— J'ai l'original, dit Joey. Le manuscrit. Je l'ai cherché et je l'ai trouvé dans la maison après votre départ à tous les deux l'autre jour. C'est quelqu'un d'autre qui a écrit le livre. »

Salzman se représenta Joey en train de taper d'un doigt sur un clavier de machine à écrire. « Voyons si je comprends bien. Vous voulez nous vendre ce manuscrit de merde ?

— Ça m'a traversé l'esprit, je ne vous le cache pas.

— Vous pouvez vous le mettre où je pense, dit Salzman.

— Dans ce cas, je crois que je vais devoir le donner au magazine.

— De quoi parlez-vous ?

— Le type a paru vraiment intéressé. Il m'a suffi de lui dire que le studio était mêlé à l'affaire. Je leur ai envoyé votre carte.

— Quel magazine ?

— *L'Indiscret.* »

La seule mention de ce nom fit se hérisser le duvet sur la nuque de Salzman.

« Ils sont intéressés. Ils veulent me rencontrer, dit Joey. C'est pour ça que je suis ici. »

*L'Indiscret* était un de ces magazines qui hantaient les eaux troubles du monde du spectacle et mettait les vedettes en rogne en rapportant, par exemple, qu'elles avaient donné naissance à des extraterrestres. L'appeler « tabloïd » eût été faire injure à la presse à sensation.

« Ils paient drôlement bien, dit Joey.

— Que leur avez-vous dit ?

— Rien. Pas encore. » Ce fut au tour de Joey de sourire.

Salzman était déjà en disgrâce auprès de Weig pour avoir laissé Jenrico s'introduire dans cette histoire. Peut-être que Joey frimait. Mais qu'arriverait-il s'il disait la vérité ? S'il détenait vraiment l'information et que le studio se fasse doubler ? Exactement le genre d'histoire qu'adorait *L'Indiscret* et exactement le genre de rumeur dont le studio pouvait parfaitement se passer. Si l'information était fondée, d'autres journaux risquaient d'en faire leurs choux gras. La star se raviserait. Les trois millions de dollars dépensés pour les droits d'adaptation partiraient en fumée. Et c'est à lui, Salzman, que Weig ferait porter toute la responsabilité.

« Qu'est-ce qui m'assure que vous dites la vérité ?

— Je veux d'abord voir la couleur de votre argent, dit Joey. Voyons-nous et je vous montrerai ce que j'ai. »

Merde. Salzman le pensa mais sans le dire. Revoir ce crétin.

« Combien ? »

Joey s'accorda un instant de réflexion. « Comme la dernière fois. Vingt-cinq mille dollars.

— Ça c'était quand vous étiez l'auteur du livre, dit Salzman.

— Combien êtes-vous prêt à payer ?

— Deux mille, si votre information est bonne et si ce que vous avez est du solide. » Salzman allait devoir puiser dans ses finances personnelles. Il n'avait pas l'intention de dire quoi que ce soit à Mel Weig, pas avant d'avoir pu jeter un œil sur la marchandise que Jenrico avait à lui offrir.

« D'accord, je vais venir vous voir au studio.

— Non. » Salzman réfléchit quelques secondes. « Je veux bien vous rencontrer, mais uniquement à Seattle. » Il n'était pas question de laisser Joey approcher du studio.

« Pourquoi donc ? Je suis déjà ici, dit Joey.

— Je vais vous envoyer un mandat. Deux ou trois cents dollars. En gage de bonne foi. » N'importe quoi pour tenir Joey à distance. « Le Lion Rouge près de l'aéroport SeaTac. Vous savez où c'est ?

— Ouais. »

Salzman consulta son agenda. Tout son temps était compté. Il allait devoir jongler avec ses rendez-vous. « Jeudi prochain. A deux heures. Demandez-moi à la réception et on vous conduira à ma chambre. Apportez le manuscrit. Et n'allez pas vous mettre en tête de le copier.

— Et vous, apportez l'argent, dit Joey. Et envoyez-moi un mandat. »

Mais il n'obtint pas de réponse car Salzman avait déjà raccroché.

Abby réussit à avoir une place sur le dernier vol de nuit de New York à Seattle qui faisait une halte à St. Paul dans le Minnesota.

Elle essaya de somnoler sous une couverture, la tête

appuyée au hublot sur un de ces petits oreillers que l'on trouve à bord des avions. Le ronronnement des moteurs l'aidait généralement à s'assoupir mais, ce soir-là, le sommeil ne venait pas. Les yeux fermés, elle ne voyait qu'une seule chose, le visage de Jack dans le bureau de Carla Owens. Il avait un charme fou mais il y avait dans son regard quelque chose qui l'incitait à se tenir sur ses gardes. La façon dont il avait fait irruption dans sa vie avait quelque chose d'inquiétant. Elle se demanda où il était à cette heure même et ce qu'il faisait.

La tête engoncée dans l'enfoncement du hublot, le nez collé au Plexiglas, elle compta les nuages pour trouver le sommeil mais sans plus de succès. Elle essaya de mettre de l'ordre dans les pensées qui se bousculaient dans son esprit. Depuis qu'elle avait quitté Los Angeles, la situation commençait à lui échapper dangereusement. Elle se consola quelque peu à l'idée que son plan tenait encore en place pour l'essentiel, tout en se demandant si elle ne se leurrait pas. Jusqu'à quel point maîtrisait-elle encore la situation ? Combien de temps s'écoulerait-il avant que Carla Owens ne la court-circuite pour traiter directement avec Jack afin d'avoir d'autres livres ou obtenir quelque nouvelle concession ?

Restait la question juridique. Jermaine était, en fin de compte et au regard de la loi, son agent de fait. Elle l'avait investi d'une autorité apparente en lui faisant endosser le statut d'auteur de son livre. Carla Owens et Bertoli, dans leur ignorance, étaient en droit de s'en tenir à cette apparence. Si Jack signait d'autres contrats à son insu, elle serait légalement liée par les actes passés par lui. Tout laissait croire que Jack était quelqu'un d'incontrôlable. Elle allait devoir le prendre en main, et le plus tôt serait le mieux.

Elle pensa à Morgan. Celui-ci était pour l'instant son appui moral, la seule personne vers laquelle elle pouvait se tourner. Elle faisait confiance à Theresa mais celle-ci ne lui était d'aucun secours en affaires.

Morgan était un avocat à l'esprit bien assis. Il savait garder son sang-froid sous la pression des événements. Demain matin, elle irait le voir à son bureau et ferait le point avec lui. Elle lui relaterait l'intrusion de Jack dans l'histoire et ils conviendraient de la conduite à tenir. Morgan, avec son esprit froidement calculateur, saurait trouver une solution. Elle était bien décidée à ne pas laisser un pur étranger lui faire la loi. Le cas échéant, si Jack l'y acculait, elle mettrait cartes sur table avec Carla Owens, elle lui dirait tout.

Six millions de dollars. A supposer qu'elle dévoile le pot aux roses, Jack filerait en emportant une partie de cet argent. Combien ? Voudrait-on encore de son livre sans le visage de Jack sur la jaquette ? C'était un bon roman, qui avait passionné les gens de Hollywood. Mais à présent, avec son plan, elle avait fait naître des attentes. Accepterait-on qu'une femme en fût l'auteur ? Le personnage principal était un homme, le ton du récit était viril. A toutes ces questions, elle hésitait à donner une réponse. Combien de romans arrivaient à créer un tel engouement — à moins de posséder cette petite chose qui fait la différence, à moins d'être le produit de quelqu'un de déjà célèbre ? Elle se consola à la pensée qu'elle n'était plus maîtresse du jeu. Elle avait conclu un pacte avec le diable et c'était lui qui tirait toutes les ficelles.

Il en coûta à Abby près de quatre-vingts dollars de parking à l'aéroport, la valeur de la voiture à peu de chose près. Elle se retrouva prise dans les embouteillages du matin et dut progresser pare-chocs contre pare-chocs avant de dépasser enfin le centre-ville. A partir de là, la circulation était moins dense et elle put rouler enfin à soixante-dix à l'heure jusqu'à sa sortie sur l'autoroute, juste après le pont et l'université. Dans un état second, à moitié endormie, elle obéit d'instinct au stop et négocia comme une somnambule les virages qui conduisaient chez elle. Elle commençait à ressentir les effets de sa nuit blanche.

Lorsqu'elle tourna pour s'engager dans sa rue, toutes ses angoisses latentes atteignirent leur paroxysme et éclatèrent au grand jour : la chaussée était remplie de gyrophares de camions de pompiers et de voitures de police. Des tas d'explications se présentèrent à son esprit, un feu de cuisine, un accident de voiture, le malaise d'un voisin, mais elle sut au fond d'elle-même de quoi il s'agissait. Restait seulement à savoir dans quel état Joey avait laissé Theresa cette fois. A en juger par l'agitation qui régnait dans la rue, on pouvait craindre le pire.

Un flic en uniforme, seul, était en train de tendre un ruban jaune entre les troncs des arbres devant chez elle.

Abby se gara à la diable le long du trottoir. Laissant son sac à main et ses valises dans la voiture, elle franchit en courant la distance qui la séparait de la maison. Elle fut arrêtée par le ruban.

« J'habite ici. C'est chez moi. » Elle voulut forcer le passage mais le flic l'arrêta et appela un autre de ses collègues.

« Attendez ici. » Le jeune agent la retint et, tandis qu'un sergent s'entretenait avec un individu en civil, continua à tendre son ruban sans toutefois la quitter des yeux.

« Vous pourriez peut-être me dire ce qui s'est passé ? », demanda-t-elle.

Il secoua la tête. « Le lieutenant arrive. »

Le plus âgé des agents revint bientôt en compagnie d'un homme de haute taille vêtu d'un costume gris, élancé et à la belle chevelure brune, qui lui fit penser à un acteur de cinéma dont le nom lui échappait. Il avait les tempes grisonnantes et un vague sourire aux lèvres. *Le Baiser de la femme araignée.*

« Je suis le lieutenant Luther Sanfillipo. » Il avait un léger accent latin. « Et vous ? demanda-t-il à Abby.

— Abby Chandlis. J'habite ici.

— Mais oui, bien sûr. » Il souleva le ruban sous lequel Abby se glissa. L'équipe de tournage d'une télévision locale arrivait sur les lieux. En voyant les policiers et Abby se diriger vers la maison, ils braquèrent leur caméra tandis que le journaliste criait quelque chose d'à peine audible à l'agent en uniforme qui les retenait à distance.

L'inspecteur ne tint pas compte d'eux. « Ne les laissez pas pénétrer sur la pelouse, dit-il au jeune agent. Je suis sûr que Madame Chandlis ne tient pas à ce qu'on lui piétine son jardin. » Il sourit à Abby tandis qu'ils poursuivaient leur chemin en direction de la maison.

« Que s'est-il passé ? », demanda Abby.

Ayant fait encore quelques pas, de manière à être hors de portée d'oreille de l'équipe de télévision, ils s'arrêtèrent sur l'allée qui traversait en son milieu la pelouse devant la maison.

« Vivez-vous ici toute seule ? demanda-t-il.

— Avec une amie. »

Les flics échangèrent un regard entendu.

« Que s'est-il passé ? Est-ce que Theresa va bien ?

— Theresa ? demanda Sanfillipo.

— Theresa Jenrico.

— C'est l'amie qui vit chez vous ?

— Dites-moi ce qui est arrivé.

— Auriez-vous l'obligeance de nous décrire Madame Jenrico ?

— Mais allez-vous enfin me dire ce qui s'est passé ?

— Décrivez-la-nous. C'est tout ce que nous vous demandons.

— Un mètre soixante-cinq. Les cheveux bruns tombant sur les épaules. »

Les yeux de l'inspecteur prirent une expression douloureuse. Il se tourna vers l'un de ses subordonnés. « Est-ce que nous avons un Polaroïd ? »

Ils se regardèrent et l'autre lui répondit par des haussements d'épaules répétés, réaction universelle de la gent policière devant l'inconnu.

« Trouvez-en un. » Sanfillipo fit claquer ses doigts deux ou trois fois et, à ce geste, Abby le replaça : c'était le portrait craché de Raul Julia, un acteur à présent décédé. Grand, brun, le charme latin, et toujours ce vague sourire énigmatique aux lèvres.

Abby, Sanfillipo et son entourage demeurèrent ainsi sur place durant quelques instants, gênés.

« Puis-je vous demander où vous étiez ?

— J'étais en voyage, répondit Abby.

— Je vois par l'état de votre maison que vous vous étiez absentée. Voyage d'agrément ou d'affaires ?

— Que voulez-vous dire en parlant de l'état de ma maison ?

— Contentez-vous, je vous prie, de répondre à mes questions.

— D'affaires. » Elle lui tendit sa carte, la dernière qui lui restait dans la poche de sa veste.

Il haussa les sourcils en lisant la carte.

« Quelle est votre spécialité comme avocate ?

— Je fais surtout du droit commercial, un peu de faillites et de divorces. Quel rapport cela a-t-il avec...

— Vous ne faites pas de droit pénal ?

— Non.

— Vous n'avez jamais défendu de clients qui auraient pu éventuellement saccager votre maison ?

— C'est ce qui est arrivé ? »

Il la regarda d'un air signifiant qu'elle n'était pas loin de la vérité.

« Puis-je vous demander où vous a conduite ce voyage d'affaires ?

— A Los Angeles et à New York.

— Et combien de temps avez-vous été absente ? »

Avant qu'elle ne puisse répondre, Sanfillipo fut interrompu par un agent en uniforme qui s'approcha de lui, tenant à la main deux photos Polaroïd encore humides.

« C'est pas trop tôt. Voyons ça. » Il regarda les photos puis hocha la tête d'un air mécontent, ne sachant manifestement pas sur laquelle fixer son choix.

« Difficile. » Il en choisit une. « Ce n'est pas agréable. Préparez-vous à recevoir un choc. » Il tint les deux photos cachées contre sa poitrine tel un joueur de poker.

Abby s'arma de courage.

« Reconnaissez-vous cette femme ? » Il lui tendit finalement la photo qu'il tenait dans la main droite.

L'espace d'un instant, les yeux d'Abby refusèrent de se concentrer sur la photo et demeurèrent fixés sur l'inspecteur et sur les agents qui l'entouraient.

« Je vous en prie », dit Sanfillipo.

Lorsqu'elle posa enfin les yeux sur la photo, ce qu'elle y vit lui parut irréel. Une peau blafarde et des yeux exorbités, le visage enflé, la langue pendante, mordue de part en part à un endroit. Aucun mot n'eût pu décrire la chose. Les mots « incongru » ou « grotesque » eussent été trop faibles. L'un des yeux, les beaux yeux de Theresa, avait quelque chose de bizarre. La cornée était fendue comme du verre.

« Oh mon Dieu ! » Ses genoux cédèrent sous elle et un agent la retint de tomber. Suffoquant, elle chercha à remplir ses poumons d'air tout en articulant péniblement la seule question qui lui vint à l'esprit. « Que s'est-il passé ?

— Il s'agit peut-être d'un accident, dit Sanfillipo. Il faut vous asseoir. »

Abby ne tenait plus sur ses jambes. Elle tituba légèrement mais ne tomba pas. Sanfillipo la saisit par un bras.

Elle se raidit. « Ça ira. »

Il fit apporter un meuble de jardin sur le perron, une chaise légère en osier.

« Non. Je veux la voir, dit Abby.

— Ce n'est pas le moment, rétorqua l'inspecteur. Il

faut d'abord que je procède à l'identification. C'est votre amie ? »

Abby regarda de nouveau la photo. Elle acquiesça en silence tout en branlant la tête d'un air incrédule.

« La femme que l'on voit sur cette photo est-elle Theresa Jenrico ? demanda l'inspecteur d'une voix insistante car il voulait une identification sans équivoque.

— Oui. Comment est-ce arrivé ? » Abby, elle, voulait des réponses.

« Elle a été tuée par électrocution, dit le flic. Pour l'instant, nous enquêtons. Connaissez-vous quelqu'un qui aurait pu vouloir saccager votre maison ? »

Abby le regarda droit dans les yeux. « Une seule personne.

— Qui ?

— Joey Jenrico. Ils étaient divorcés. »

Sanfillipo demanda à l'un de ses adjoints de prendre des notes.

« Il l'avait battue à plusieurs reprises. Il ne la lâchait pas. Vérifiez sur votre ordinateur, vous trouverez son dossier. Il a été arrêté et inculpé plus d'une fois, mais jamais condamné. »

Sanfillipo haussa un sourcil.

« Theresa refusait de le poursuivre. »

L'inspecteur hocha la tête, l'air de dire qu'il comprenait. « Vous avez l'adresse de ce Monsieur Jenrico ?

— Theresa avait un petit carnet dans son sac à main. L'adresse doit s'y trouver.

— Ça risque d'être un peu compliqué », dit l'inspecteur.

Abby lui adressa un regard interrogatif.

« Il n'est pas facile de trouver quoi que ce soit à l'intérieur.

— Je ne comprends pas.

— Vous n'avez pas encore vu votre maison », dit l'inspecteur.

Comme presque tout le reste, le carnet de Theresa et son sac à main étaient demeurés introuvables. Tout n'était que débris.

Le médecin légiste avait fait enlever le corps de Theresa dans un sac noir, mais pas avant qu'Abby n'eût insisté pour regarder son amie une dernière fois. Elle espérait dans son for intérieur avoir peut-être sauté trop vite aux conclusions sur la simple foi de la photo. Theresa reposait sur le dos sur le brancard, dans l'état difforme où l'avait laissée la mort. Les traits de son visage s'étaient alors imprimés de façon indélébile dans l'esprit d'Abby.

Morgan Spencer, à qui elle avait téléphoné à son bureau, était arrivé.

Celui-ci se chargea de toutes les formalités tandis qu'elle s'effondrait sur la chaise qu'on lui avait apportée sur le perron. L'équipe du labo continuait de fouiller sa maison. On avait interdit à Abby d'y pénétrer mais elle put se faire une idée des dégâts en regardant par les fenêtres. Morgan confirma l'identification du corps à l'intention de Sanfillipo et du médecin légiste.

« Comme ça, vous la connaissiez vous aussi ? », demanda l'inspecteur.

Morgan acquiesça. « Nous nous étions croisés. Une fois ou deux.

— Vous allez devoir trouver un endroit où dormir ce soir, dit l'inspecteur à Abby.

— Elle peut venir chez moi. » Morgan avait pris la parole avant qu'Abby ne puisse répondre.

« Tu en es sûr ? » Elle le regarda.

« J'insiste. » Morgan, qui avait toujours été partisan qu'Abby vienne vivre avec lui, fût-ce en faisant chambre à part, se dit que la partie était gagnée à moitié. La victoire finale allait toutefois devoir attendre un instant plus propice.

« Est-ce qu'on a trouvé trace du sac à main de la victime ou d'un carnet ? » Sanfillipo, qui avait glissé la tête dans l'entrebâillement de la porte, s'adressait à l'un des agents. Ceux-ci tripotaient à présent des objets au milieu des décombres dans le living. Le dos courbé dans la pièce, ils répondirent à l'inspecteur par des signes négatifs de la tête. Sanfillipo ressortit sur le perron.

« Comment vous sentez-vous ? » Sanfillipo demanda à Abby si elle était en mesure de faire quelques pas.

« Où ça ?

— Derrière la maison. »

Morgan et elle suivirent l'inspecteur jusqu'à l'arrière par l'allée qui longeait la maison.

« Monsieur Spencer, si vous voulez bien nous attendre ici. » Sanfillipo prit Abby par un coude et la conduisit à la porte qui menait à la cave.

« Où allons-nous ?

— On va vous montrer ça dans une minute. »

Deux membres de l'équipe du labo étaient en train de prélever les empreintes digitales près de l'établi dont la surface brûlée se recourbait en un arc de cercle de bois calciné.

« C'est ici que ça s'est passé ? »

Sanfillipo acquiesça.

« Quand avez-vous changé un fusible pour la dernière fois dans la boîte du compteur ? »

Abby réfléchit un instant. « Il y a peut-être un mois. C'est un vieux système électrique et il ne marche pas très bien.

— Oui. Vous vous rappelez ça ? » Sanfillipo désigna un gros fil métallique qui dépassait de plus d'un mètre sous l'établi.

Abby secoua la tête. « Qu'est-ce que c'est que ça ?

— Ce fil est rattaché à l'arrière de la boîte du compteur. Il y avait une flaque d'eau sous l'établi. Lorsqu'elle a vissé le fusible dans la bonne douille, il s'est produit un court-circuit. Une décharge de deux cent vingt volts. Elle devait être debout dans l'eau. Elle est morte en touchant à la boîte du compteur. » Il se tourna vers Abby. « Vous n'avez jamais vu ce fil ?

— Non. Il n'était pas là.

— Il semble bien que cet accident a été prémédité, dit l'inspecteur.

— Joey », fit Abby.

L'inspecteur parut perplexe. « Comment pouvait-il savoir que sa femme remplacerait les fusibles ?

— Il ne pouvait pas le savoir, dit Abby. Ce n'est pas après elle qu'il en avait. J'avais été l'avocate de Theresa pour son divorce. »

Sanfillipo ouvrit soudain de grands yeux. Tout commençait à s'expliquer.

## CHAPITRE SEIZE

Ce fut non pas vingt-quatre mais soixante-douze heures plus tard que la police laissa enfin Abby rentrer chez elle. Une fois sur place, elle se souvint des propos de Sanfillipo sur l'état dans lequel elle trouverait sa maison. Elle ne s'attendait cependant pas à un tel spectacle. A première vue, les dégâts étaient irréparables. Elle erra sans but d'une pièce à l'autre durant plus d'une heure en compagnie de Morgan, sans trop savoir par où commencer.

Joey était toujours recherché par la police. Abby savait qu'il était en fuite. Une fois cuvé son vin, lorsqu'il s'était rendu compte de ce qu'il avait fait, il avait dû s'affoler et sauter dans un avion.

Dehors, par égard pour Abby, la police avait laissé en place le ruban jaune tendu entre les arbres afin de tenir les curieux à l'écart. On voyait cependant des habitants du quartier passer et repasser d'un pas de flâneur devant la maison où une femme avait trouvé la mort. Abby comprit en moins d'une heure qu'elle ne pourrait plus jamais habiter cet endroit.

Cet après-midi-là, un ouvrier appelé par elle vint clouer des planches en travers de deux fenêtres à l'arrière de la maison. Joey les avait arrachées à leur châssis. La police n'avait pas réussi à relever d'empreintes de lui mais Abby, elle, voyait sa marque sur chacun des objets de sa maison. Son odeur empuantissait les lieux. Elle n'avait jamais été favorable à la peine de mort, mais elle eût fait une exception pour Joey. Une injection mortelle eût été trop douce pour lui.

Elle entendait l'ouvrier enfoncer des clous dans le contreplaqué pour isoler sa chambre des intempéries. Il s'était remis à pleuvoir et le temps sombre ajoutait à son humeur mélancolique.

Morgan avait dû retourner au bureau en fin de matinée. Elle était seule à présent dans la maison. L'ouvrier était parti. Elle entreprit de remettre de l'ordre et de ranger dans des cartons tout ce qu'elle put sauver de ses possessions. Elle déposa le reste dans de grands sacs-poubelles qu'elle empila sur le trottoir jusqu'à former un tas de taille respectable.

Morgan avait retrouvé le téléphone d'Abby. La police avait emporté le répondeur pour en copier le ruban qu'elle lui avait ensuite rendu. Morgan avait remis le téléphone à sa place sur le meuble de la cuisine et l'avait bricolé de manière à ce qu'il marche de nouveau.

Elle n'avait pas mis les pieds à son bureau depuis son retour de New York mais avait téléphoné une fois pour recueillir ses messages. Il n'y en avait pas. Comme elle s'en inquiétait, on lui dit que l'on avait provisoirement confié sa charge de travail à un de ses jeunes collègues. Elle reconnut là l'intervention de Morgan, désireux de lui faciliter la tâche tant qu'elle serait sous le coup du décès de Theresa. C'était tout à fait lui.

Elle finissait de mettre de l'ordre dans la cuisine lorsqu'elle remarqua que le voyant de son répondeur clignotait. Elle s'arrêta et appuya sur la touche. Aux deux premiers appels, on avait raccroché sans parler. Il y avait un message de Carla, vieux de plus d'une semaine. Elle en conclut qu'on avait dû le laisser sur le répondeur avant que sa maison ne soit saccagée. Le dernier message était de la secrétaire de Lewis Cutler. Celui-ci, directeur général et responsable du personnel du cabinet juridique où elle travaillait, voulait lui parler. Abby téléphona au bureau. La secrétaire de Cutler répondit.

« Allô, Marcia.

— Abby. » La secrétaire parut étonnée en reconnaissant sa voix. « Comment allez-vous ?

— Vous avez l'air surprise ? dit Abby.

— Je ne m'attendais tout simplement pas à avoir de vos nouvelles. Après tout ce qui s'est passé, je veux dire. Comment allez-vous ?

— Je suis en train de faire le ménage.

— Je suis au courant pour votre amie. C'est terrible. Terrible. Est-ce que je peux faire quelque chose pour vous ?

— Il n'y a pas grand-chose à faire au point où nous en sommes.

— Oui, bien sûr.

— J'appelais parce que j'ai trouvé sur mon répondeur le message que vous y aviez laissé de la part de Monsieur Cutler. »

Il se fit un silence au bout du fil. Abby crut que Marcia avait du mal à se souvenir de ce message.

« On y disait qu'il désirait me voir.

— Oh, ça. » Il se fit un autre silence prolongé. « Je vais voir s'il est là. S'il est disponible. » La ligne se tut tandis que l'on mettait Abby en attente. Elle écouta la musique d'ambiance diffusée en sourdine dans l'appareil tout en pianotant sur le mur et en jetant un œil à sa montre. Marcia prenait plus de temps qu'il n'en fallait pour trouver son patron — à moins que celui-ci eût disparu. Comme il ne restait plus de chaises sur lesquelles s'asseoir dans la cuisine, Abby resta debout, les yeux tournés vers la chambre au fond du couloir, regardant le matelas de son lit lacéré jusqu'aux ressorts par un couteau. Son esprit tournait au ralenti. Pourquoi, si Joey avait un couteau, avait-il pris le temps de mettre en scène un accident dans la cave ? Elle s'efforça durant un moment d'éclaircir cette question puis y renonça. Quel être sensé essaierait de comprendre quelque chose à Joey ? Dans ses bons jours, il était au mieux psychotique. La police allait devoir en tenir compte. Ce qu'elle avait sans doute déjà fait.

Elle laissa errer son regard vers le coin de sa chambre où tout paraissait de nouveau presque normal. La petite table pliante sur laquelle elle écrivait était ouverte sous la fenêtre occultée de contre-plaqué. Abby avait même réussi à récupérer quelques-uns de ses livres de référence, un dictionnaire général et un autre de synonymes. Mais elle n'avait toujours pas retrouvé sa vieille machine à écrire. Morgan l'avait cherchée partout dans la cave. Elle se demanda ce qui aurait pu inciter Joey à prendre une machine à écrire.

« Qu'est-ce que vous faites cet après-midi ? » Marcia venait de reprendre la communication.

« Je nettoie.

— Aviez-vous prévu de venir au bureau ?

— Non mais je peux y passer. De quoi s'agit-il ?

— Monsieur Cutler aimerait vous voir.

— A quelle heure ?

— Vers deux heures.

— J'y serai. »

Les bureaux de Starl, Hobbs & Carlton étaient en demi-teintes qui reflétaient bien l'état d'esprit d'Abby à cet instant. Elle était l'auteur d'un livre qui valait des millions de dollars mais la mort de Theresa avait assombri sa vie. New York et la rencontre avec Carla Owens semblaient déjà bien loin.

Dans la confusion qui avait suivi le meurtre de Theresa, elle n'avait pas eu le temps de parler à Morgan de Jack et des problèmes que lui posait la publication de son livre. Cela allait devoir attendre que les choses se calment. Elle se demanda si elle redeviendrait jamais comme avant. Elle commençait à regretter d'avoir écrit ce roman. Plus que tout, elle maudissait le jour où elle avait conçu l'idée de se servir d'un nom de plume masculin et d'y accoler un visage humain.

Pour son rendez-vous avec Cutler, Abby avait fait un effort vestimentaire. Elle portait le tailleur en laine grise qu'elle avait emporté avec elle lors de son voyage à New York et des escarpins assortis. C'était tout ce qui restait de sa garde-robe depuis que Joey avait jeté tous ses vêtements par terre dans le placard et versé sur eux du vinaigre et du décolorant.

Elle s'engagea d'un pas erratique dans le long couloir qui conduisait à son bureau. Quelques têtes se levèrent sur son passage et on lui adressa des regards de sympathie. Mais personne ne sortit de son bureau pour lui adresser la parole. On eût dit qu'elle était pestiférée. Une mort violente produit de curieux effets chez les gens.

Ce n'est qu'après être passée devant le petit box contigu à son bureau qu'elle s'aperçut que Marla, l'assistante juridique qui lui tenait lieu de secrétaire, n'était pas à son poste. Elle avait espéré renouer avec sa vie professionnelle en commençant par éplucher les messages et les notes que lui remettrait son assistante.

Elle alluma le plafonnier et pénétra dans son bureau. Elle y avait laissé des documents et des dossiers en partant pour New York. La corbeille du courrier d'arrivée était alors pleine. A présent, elle était vide et le dessus du bureau était nu.

Elle ressortit et alla au poste de Marla, s'attendant à y trouver tous ses papiers. Mais non : le bureau de Marla était encore plus vide que le sien. Le boîtier dans lequel on rangeait les messages téléphoniques était posé sur le comptoir au-dessus du bureau de Marla. Il n'y avait qu'une petite enveloppe blanche dans le casier réservé à Abby. Elle portait la mention « Personnel ».

Elle l'ouvrit. Elle contenait une fiche téléphonique rose : « Téléphonez-moi à ce numéro. C'est important. »

C'était un message de Jack Jermaine, vieux de deux jours. Le plus troublant était que le numéro de téléphone comportait le code régional de Seattle. Jack était donc en ville. Voilà à présent qu'il la filait, qu'il s'insinuait encore davantage dans sa vie. Elle allait l'appeler sur-le-champ et lui dire sa façon de penser. Elle regarda sa montre. Une heure quarante-cinq. Autant battre le fer pendant qu'il est chaud. Elle rentra dans son bureau, ferma la porte et composa le numéro.

Ce fut l'opératrice des Quatre Saisons, un hôtel prétentieux du centre-ville, qui lui répondit. Une chose était claire : Jack n'était pas près de ses sous. Elle se demanda si c'était son argent à elle qu'il dépensait ainsi, peut-être une partie d'un à-valoir soutiré à Carla à force de cajoleries.

« Je voudrais parler à un certain Monsieur Jack Jermaine. Je crois qu'il est descendu chez vous.

— Un instant, s'il vous plaît. Je vous le passe. »

Jack répondit au milieu de la seconde sonnerie.

« Allô.

— Qu'est-ce que vous faites ici, vous ? » Abby ne s'embarrassa pas de préambules.

« Je suis au courant pour votre amie. Par le journal. J'ai vu votre nom dans l'article. Vous allez bien ?

— Ça va. » Abby n'avait pas envie de parler de la mort de Theresa. Pas avec Jack. Elle était en colère contre lui. Il l'avait suivie jusque sur la Côte Ouest. « Je vous ai demandé ce que vous faisiez ici.

— Le moment est sans doute mal choisi, mais il faut que nous parlions, dit Jack.

— Qu'y a-t-il de si pressant que vous ayez dû venir jusqu'ici ?

— Il y a du nouveau.

— Comment ça ?

— Nous avons du pain sur la planche.
— De quoi parlez-vous ?
— Je parle de la suite du roman. Carla m'a appelé le soir de votre départ de New York. Elle était tout miel. Elle voulait me parler du prochain livre de la série.
— Quelle série ?
— Ils semblent tenir pour acquis que je vais écrire une série de romans en me servant des mêmes personnages.
— Qui leur a mis ça dans la tête ?
— Je croyais que c'était vous, dit Jack.
— Ce n'est pas moi.
— Eh bien, ce n'est pas moi non plus. Quoi qu'il en soit, ils s'attendent à ce qu'on récidive. »
Carla et Bertoli remettaient ça. Abby s'était doutée dès leur première rencontre que les choses se passeraient de cette manière. L'un des deux au moins était un manipulateur. Elle aurait juré que c'était Carla Owens. Avant même que ses romans soient terminés, Carla et Bertoli en refuseraient le fil directeur pour lui imposer leurs propres intrigues et pour la transformer en nègre, tout en se servant du nom et du visage de Jack.
« Eh bien, appelez-la et dites-lui que vous refusez.
— Quelle raison vais-je donner ?
— Je ne sais pas. Un prétexte artistique. Dites-lui que vous n'avez jamais eu l'intention d'écrire une série. Que ça affaiblit le message.
— Ce livre contient un message ? Ça a dû m'échapper, dit Jack.
— Ça ne fait rien. Dites-lui que vous refusez.
— Vous feriez mieux tout d'abord d'écouter la suite.
— La suite de quoi ?
— Vous avez votre calculette ?
— Pourquoi ?
— Ils parlent de doubler la mise pour le deuxième livre.

— C'est-à-dire ?

— Dans les six millions de dollars rien que pour les droits.

— Vous plaisantez ?

— Non. Je ne plaisante pas. Il nous resterait encore les droits d'adaptation cinématographique et les droits étrangers. Ce qui ferait peut-être encore six millions.

— *Nous* ? demanda Abby.

— D'accord. Vous. Mais c'est de moi qu'ils attendent une réponse le plus tôt possible. Carla va me tanner jusqu'au bout. Elle m'a téléphoné trois fois dans les dernières vingt-quatre heures. Une fois au beau milieu de la nuit. Elle est piquée. Il faut que je donne une réponse à Alex, dit-elle. Il n'attendra pas indéfiniment. Elle dit que nous devons en passer par là pour bien l'appâter.

— Bertoli n'a rien dans les tripes, dit Abby. Le seul appât dont nous ayons à nous méfier est celui que Carla essaie de vous faire gober. Bertoli lui obéira au doigt et à l'œil.

— C'est aussi ce que je pense. C'est pour ça que je n'étais pas trop chaud pour la rappeler.

— Nous n'avons même pas publié un livre qu'ils en redemandent, avec les mêmes personnages en plus. Ils appellent ça de l'édition. C'est de la pâtée pour cochons qu'ils fabriquent.

— La question est de savoir si nous voulons avoir accès à l'auge... », dit Jack. Il attendait une réponse.

« Dites-leur d'attendre. » Abby prit un temps de réflexion. Où était Morgan lorsqu'elle avait besoin de lui ?

« Et si j'allais là-bas leur parler ? » Jack était prêt à accepter le marché. Mais ce n'était pas lui qui avait écrit le livre.

« Non. Restez où vous êtes.

— Il faut que je leur parle, dit-il. Je vais aller là-bas.

— Non. » Abby ne sut pas s'il l'avait entendue ou non car il avait déjà raccroché.

C'était une sensation bizarre, comme de gagner à la loterie. Voilà que tout à coup, si Carla était dans le vrai, il y avait un pactole de six millions de dollars qu'il ne restait plus qu'à empocher, et un autre en perspective. Pour la première fois depuis son voyage à New York, il lui apparut vraiment qu'elle n'aurait plus à pratiquer le droit. Elle pourrait faire tout ce qu'elle voudrait. Elle détestait à coup sûr son travail mais c'était pour elle un ancrage dans le réel, dans le monde de la vie de tous les jours. L'idée de la richesse ne l'avait jamais effleurée. C'était un monde qu'elle n'avait jamais connu. Elle venait d'un milieu ouvrier. Son père était contremaître dans un entrepôt. C'était comme si la seule idée de devenir riche la privait de ses racines.

La littérature commerciale était à tous égards une pure affaire de chance. Il s'agissait de publier le bon livre au bon moment avec le bon éditeur et le bon budget. Écrire un roman, c'était comme d'actionner le bras d'une machine à sous. Si on avait la chance d'aligner toutes les icônes d'un seul coup, on gagnait. Sinon, il ne restait plus qu'à se mettre au livre suivant.

Abby les avait vus à la télé, ces gagnants du gros lot à qui on remettait des chèques de la taille d'un panneau réclame, qui tous prononçaient les mêmes paroles rituelles — « Nous allons continuer à vivre comme avant. A travailler, car nous aimons notre métier. » Une semaine plus tard, ils s'évaporaient dans la nature, quelque part dans le midi de la France. On n'entendait plus parler d'eux. L'argent avait des effets insidieux.

Le bureau de Lewis Cutler en mettait plein la vue. C'était le genre d'antre qui vaut tout un discours. Dans le cas de Cutler, le message ainsi véhiculé était : « J'ai le pouvoir. »

Lorsque Abby arriva au poste de la secrétaire, à l'extérieur du bureau, on ne perdit pas de temps en vains propos. On la fit aussitôt entrer. C'était la première fois qu'on ne la faisait pas attendre.

Cutler, assis à son bureau dans un fauteuil en cuir à haut dossier, était penché sur une pile de dossiers.

« Entrez. Asseyez-vous. » Sans lever les yeux, il indiqua à Abby un fauteuil devant son bureau. « Je suis à vous dans une minute. »

Sans tenir compte d'elle, il donna durant quelques secondes des instructions à Marcia à qui il tendit des documents sur lesquels il venait de travailler. Marcia fit demi-tour pour s'en aller.

« Prenez aussi ce qu'il y a dans la corbeille du courrier de départ. »

Marcia revint sur ses pas pour prendre le courrier qui se trouvait dans la corbeille tout en coulant un regard en direction d'Abby assise dans le fauteuil. Ce fut le premier signe auquel Abby comprit que quelque chose n'allait pas : Marcia avait posé sur elle le regard que l'on réserve à un malade au stade terminal.

Marcia ayant enfin quitté la pièce, Cutler posa son stylo.

« Vous avez été absente plusieurs jours.

— J'ai pris un congé pour raisons personnelles.

— Pour affaires personnelles, si je comprends bien. » Cela sonnait comme une accusation, comme s'il fallait s'excuser d'avoir une vie personnelle lorsqu'on travaillait pour le cabinet.

« Je suis au courant pour votre amie. Je suis navré. Est-ce qu'on sait ce qui est arrivé ?

— Pas encore. » Abby n'avait guère envie de discuter de cela avec Cutler. « La police poursuit son enquête. » Elle en resta là. Elle se doutait bien que si Cutler se souciait de cette histoire, c'était uniquement en fonction de ses retombées négatives pour le cabinet. Deux femmes vivant ensemble, l'une d'elles trouvée morte, il y avait là de quoi alimenter des spéculations peu charitables dans le petit monde borné auquel appartenait Cutler.

« Ce que je vais maintenant devoir faire m'est d'autant plus pénible », dit-il.

Abby haussa un sourcil.

« Comme vous le savez, il y a eu de nombreux changements dans le cabinet ces derniers mois. Ce que l'on pourrait appeler une restructuration. » L'emploi de ce mot codé avait quelque chose de brutal, comme ça, sans préambule. Abby, prise de court, se sentit traversée par une poussée d'adrénaline.

« Nous avons dû procéder à des coupes dans le personnel, reprit Cutler.

— Je n'étais pas au courant.

— C'est parce que vous étiez absente. La plupart des mises à pied ont été annoncées la semaine dernière.

— Annoncées ?

— Les licenciements, dit Cutler. Quatorze postes.

— Je l'ignorais. Suis-je... ? »

Il acquiesça.

C'était moins la perte de son emploi qui la préoccupait que la manière dont on lui apprenait la chose. On semblait vouloir lui signifier qu'elle n'était pas digne de figurer parmi les effectifs de la maison.

« Vous n'êtes pas la seule. » Comme si cela devait rendre la pilule moins amère.

« Je comprends, se surprit-elle à dire sans trop savoir pourquoi.

— Je sais à quoi vous pensez », dit-il.

Il n'en avait pas en réalité la moindre idée. Abby était assise dans son fauteuil, toute souriante. Alors que Cutler s'attendait à ce qu'elle prenne mal la nouvelle, elle était en train de se dire que, s'il avait différé de deux jours l'annonce de sa mise à pied, elle lui aurait sans doute remis sa démission sans qu'il ait à la solliciter.

« Vous vous demandez pourquoi vous, continua Cutler. N'y voyez rien de personnel. Il se trouve seulement que vous occupez un poste touché par la restructuration. »

Il était prêt à répondre à des questions qu'elle ne lui

posait même pas. Il avait sans doute pris une leçon sur la manière de procéder en de telles circonstances.

« Je veux que vous sachiez qu'avant de prendre notre décision, nous avons examiné toutes les éventualités. Je suis au regret de dire que nous n'avons pas de travail à temps partiel à vous proposer. Nous y avons déjà réfléchi et ça ne cadre pas avec nos projets. Toute réduction est aussi hors de question. »

Elle lui adressa un regard interrogatif.

« Réduction de salaire », précisa-t-il.

Abby allait ouvrir la bouche pour lui dire qu'elle n'aurait pas voulu en entendre parler de toute façon mais Cutler prit les devants. « Nous ne pouvons pas non plus différer la décision. »

Elle n'avait rien demandé. Prenant même plutôt plaisir à le voir aussi mal à l'aise, elle se demanda ce qui piquait Cutler d'être si volubile.

« Puis-je vous demander de quelle manière on entend restructurer le cabinet ?

— C'est confidentiel, pour l'instant du moins. Les choses seraient plus faciles, ajouta-t-il, si vous donniez votre démission. »

Abby sourcilla. « Plus facile pour qui ? » Elle savait où il voulait en venir : n'avoir pas à lui verser d'indemnités de licenciement. Si elle démissionnait, elle n'y aurait pas droit. Ce serait autant de gagné pour le cabinet.

« Cela ferait mieux sur un CV, dit-il. Nous sommes prêts à vous donner une lettre de recommandation.

— Vous voulez dire que vous ne m'en donneriez pas si je ne démissionnais pas ?

— Je n'ai pas dit ça. »

Abby, pressée d'en finir, considéra la chose. Ce crétin était en train de parler à une femme qui valait six millions de dollars et il ne s'en doutait même pas. Elle n'allait sûrement pas le lui dire. Elle s'accorda encore un instant de réflexion, le regarda et dit : « Pourquoi pas ? » Et ce fut tout : elle avait démissionné.

Cutler leva les yeux de son bureau comme si quelque chose lui échappait. En général, personne ne vivait ce genre de situation facilement.

Abby, elle, se demandait ce que les partenaires du cabinet feraient de son salaire. Ils allaient sans doute se le partager pour s'offrir des primes.

« J'aimerais faire mes adieux à Marla. »

Ah, il y avait enfin quelque chose qu'il pouvait lui refuser. « C'est impossible. » Il eut le sentiment de reprendre un peu la situation en main.

« Pourquoi ?

— Madame Evans a démissionné la semaine dernière. » Il souriait presque en lui annonçant cela.

Marla Evans avait deux enfants et sa maison était hypothéquée. Comme cela, sans préavis, ils avaient attendu qu'Abby s'absente pour la licencier. Elle se demanda pour quelle raison Morgan ne lui avait rien dit. Puis, en un éclair, elle comprit. Il était peut-être sur la liste noire lui aussi. Mais comment pouvait-on licencier un associé ?

« Je voudrais faire mes adieux à Monsieur Spencer.

— Il n'est pas dans nos murs pour l'instant, répondit Cutler. Maintenant que la décision a été prise, nous préférerions que vous vidiez votre bureau et quittiez les lieux rapidement. Disons dans une heure. » Il s'agissait là de l'une des règles mises au point par les consultants en dégraissage. On ne tenait pas à ce que la personne licenciée traîne autour de la machine à café à distiller son venin auprès de ses ex-collègues.

« Nous pouvons vous trouver de l'aide si vous en avez besoin », dit Cutler.

Abby le regarda.

« Pour vider votre bureau. » On eût presque dit qu'il cherchait la querelle, qu'il essayait de provoquer chez elle une réaction normale, de la colère. Elle n'allait pas lui donner cette satisfaction.

« Ce ne sera pas nécessaire. » Elle le gratifia, au lieu de cela, d'un sourire. « Et je tiens à vous remercier. »

Il marqua un moment d'hésitation mais ce fut plus fort que lui : « De quoi ?

— D'être aussi con. Ça facilite toujours les choses. » Elle se leva et se dirigea vers la porte. Il n'avait exprimé nul regret, n'avait fourni aucune justification, ne lui avait donné aucune raison. Rien que « videz votre bureau et disparaissez dans l'heure ». Les mœurs de la vie professionnelle dans l'Amérique moderne.

C'était la troisième fois en deux jours qu'il licenciait ainsi quelqu'un et, chaque fois, il s'était replongé dans ses paperasses avant que la personne à qui il venait de signifier son congé n'ait atteint la porte de son bureau. Il suivit en revanche Abby des yeux jusqu'à ce qu'elle eût refermé la porte derrière elle, se demandant si elle n'était pas un peu cinglée et si elle n'allait pas revenir avec un revolver.

En sortant, Abby passa devant le bureau de Marcia.

« Oh. » La secrétaire leva les yeux. « Je dois vous demander les clés du bureau. »

Abby fouilla dans son sac et en sortit les clés. Elle se brisa un ongle en les retirant du trousseau. Elle était plus en colère qu'il ne paraissait. Elle laissa tomber les deux clés sur le bureau de la secrétaire.

« Et votre carte de parking ?

— Elle est payée jusqu'à la fin du mois. Je crois que je vais la garder jusque-là. »

Marcia jeta un œil sur la porte de Cutler, l'air de ne pas trop savoir comment elle allait lui annoncer la chose.

« Dites-lui de m'intenter un procès », dit Abby. Lorsqu'elle se retourna, un vigile en uniforme était debout devant elle.

« Qu'y a-t-il ?

— Il est censé demeurer à vos côtés jusqu'à ce que vous ayez fini. Puis vous accompagner jusqu'à la sortie, dit Marcia.

— Est-ce vraiment nécessaire ?

— C'est la procédure », répondit Marcia.

Abby comprit alors pourquoi tout le monde évitait son regard à son arrivée au cabinet quelques minutes auparavant. Ça n'avait rien à voir avec le meurtre de Theresa mais avec une autre mise à mort, celle à laquelle Cutler venait d'officier dans son bureau.

On eût dit une procession d'humiliation publique dans la manière dont ils s'engagèrent dans le couloir, Abby et le vigile, lequel avait l'air d'un geôlier avec le matériel qui grinçait et brinquebalait à sa ceinture. Tous les yeux se levèrent lorsqu'ils passèrent devant la succession de portes ouvertes dans le long couloir. Elle eût volontiers crié : « Je vaux six millions de dollars ! », mais ne put même pas le murmurer. Lorsqu'elle arriva enfin à son propre bureau, Abby avait l'impression d'être la femme marquée au fer rouge de la *Lettre écarlate,* le roman de Hawthorne. Elle eut du mal à se contenir en le voyant assis, les pieds sur son bureau.

« Vous êtes bien ? »

Jack la regarda et retira immédiatement ses pieds du bureau. « Vous faites peur à voir.

— Merci. »

Il dénoua ses mains de derrière sa nuque et quitta le fauteuil. « Qui est-ce ? » Jack désigna le vigile.

« Je n'ai pas très bien compris votre nom, dit Abby.

— Harold, dit le vigile.

— Harold, je vous présente Jack. Les deux hommes de ma vie.

— Ça va ? », demanda Jack au vigile. Celui-ci, ne sachant pas trop quelle attitude adopter, fit un geste vague de la main.

Abby ne se rappelait pas s'être jamais sentie aussi déprimée.

« Vous avez comme toujours le sens du moment opportun, dit-elle à Jack.

— Comment ça ?

— Je me passerais volontiers de compagnie pour l'instant.

— Je comprends. Mais il fallait que je vous voie.

— Pas maintenant. » Abby se mit à fouiller dans les tiroirs de sa console qu'elle vida et dont elle empila les effets sur son bureau. Elle était exténuée, physiquement et psychologiquement, au bout du rouleau. Jack, qui le sentit, fit rouler dans sa direction un fauteuil dans lequel elle s'effondra.

« Ça ira ?

— Ça va.

— Vous voulez de l'eau ? » Jack regarda le vigile. « Allez lui chercher de l'eau. »

Harold hésita, mais à peine l'espace d'une seconde. « Tout de suite. » Jack en imposait et Harold disparut dans le couloir.

« Qu'est-ce qu'il y a qui ne va pas ?

— Rien ne va, dit Abby. Ma meilleure amie a été tuée. Je viens d'être licenciée. Un vigile se tient à mes côtés pendant que je ramasse mes affaires. Et je vous trouve assis dans mon fauteuil, les pieds sur le bureau.

— Une bonne chose sur quatre, ce n'est déjà pas si mal. »

Malgré son humeur présente, elle sourit. « Ça vous arrive des fois de comprendre quand on vous dit non ?

— Non.

— Je me demande si je ne devrais pas vous faire jeter dehors par Harold.

— On va voir d'abord s'il est capable de vous rapporter de l'eau. » Il l'éventa avec un papier provenant de l'un des tiroirs.

« La police sait ce qui est arrivé à votre amie ?

— Theresa ? »

Il acquiesça.

« Ils ne savent pas au juste. Ils continuent à chercher. Vous ne m'avez toujours pas dit ce que vous faisiez ici.

— Je vous l'ai dit au téléphone. Ils veulent un autre livre.

— Non. Je veux dire : que faites-vous ici, à Seattle?

— Je vous apporte les nouvelles.

— Vous auriez pu le faire au téléphone. C'est même déjà fait.

— J'ai pensé qu'il était préférable que nous examinions la situation de vive voix. Je ne veux pas qu'il y ait d'impair.

— Pourvu que non », dit Abby.

Il l'adossa doucement au fauteuil qu'il fit ensuite pivoter de manière à ce qu'elle lui tourne le dos. Il entreprit alors de lui masser lentement les épaules et la nuque.

« Qu'est-ce que vous faites? demanda-t-elle.

— Je sauve les apparences. On ne sait jamais, Carla pourrait nous faire surveiller. »

Abby, qui ne perdait pas le nord, se rappela que Jack n'avait toujours pas répondu à sa question : que venait-il faire à Seattle?

« C'est ça. Et qui nous surveillerait?

— Est-ce que je sais, moi? Vous voulez que j'arrête?

— Non. » Les mains de Jack sur sa nuque faisaient fondre comme neige au soleil la tension dans son dos.

« A propos, comment avez-vous pénétré ici? » Abby leva les yeux vers lui — image inversée au-dessus d'elle.

« Il n'y avait personne à l'entrée. J'ai trouvé mon chemin.

— Comme ça? »

Il acquiesça.

« Mais la porte a une serrure électronique.

— Et il y a un bouton sur le bureau de la secrétaire qui ouvre votre porte. Je n'ai eu qu'à poser un livre dessus et le tour a été joué.

— Vous ne renoncez jamais, n'est-ce pas? »

Harold revint avec l'eau. Jack en humecta le front d'Abby et elle but le reste du gobelet en papier.

« Vous avez des cartons ? » Jack s'adressait à Harold.

« Il y en a près de l'escalier, répondit le vigile.

— Alors, qu'est-ce que vous attendez ? Allez les chercher. »

Le vigile était en train de se demander si cela entrait dans son cahier des charges. Jack lui adressa un regard impératif et il disparut de nouveau dans le couloir. Il revint une minute plus tard avec deux cartons.

Il fallut à Jack dix minutes pour vider les tiroirs du bureau et de la console d'Abby, et quelques autres encore pour mettre dans les cartons ses livres et un pull accroché à une patère dans un coin du bureau. Ayant refermé le dessus des cartons avec du ruban adhésif, il en tendit un à Harold. « Tenez, rendez-vous utile. »

Le vigile se voûta sous le poids du carton dont le fond reposait sur la bombe antiagression qu'il portait dans un étui fixé à sa ceinture en toile, à deux cents dollars. Alors même qu'il pensait que Jack allait porter l'autre carton, celui-ci le souleva et le glissa au-dessus du premier en le lui calant sous le menton. Puis il se tourna vers Abby. « On y va ?

— Ça aussi c'est à moi. » Elle lui désigna la patère.

« Aucun problème. » Jack prit la patère et la glissa sous le bras de Harold en lui rabattant le coude pour la faire tenir en place. « Voilà. Qu'en dites-vous ? »

Harold était dans l'incapacité de parler. Il avait le menton coincé par les cartons et il ne pouvait faire un geste sous peine de faire tomber la patère.

« Il faut faire attention avec ces trucs-là », dit Jack. Il tapota la bombe antiagression suspendue à la ceinture de Harold. « Un geste un peu brusque et ça part. Ce truc vous brûle la pupille en un rien de temps. »

Jack prit Abby par le bras et ils sortirent, suivis de Harold, le groom au calibre 38.

Jack ouvrit la porte du hall d'entrée de l'intérieur. Les deux réceptionnistes étaient de retour à l'accueil.

Elles regardèrent l'étrange compagnie, Harold en uniforme avec les cartons, Jack qui lui ouvrait la porte.

« C'est la Ford blanche, juste à l'entrée du troisième niveau du parking. » Jack aurait volontiers fourré ses clés dans la bouche de Harold mais celui-ci se serait brisé une dent de colère.

« Mesdames. » Jack les salua avec désinvolture.

Elles regardèrent Abby comme si c'était la première fois qu'elles la voyaient sous ce jour.

Elles avaient les yeux rivés sur Jack, sur son regard bleu acier et son sourire factice, l'air de se demander où diable Abby avait bien pu dégotter un type pareil.

## CHAPITRE DIX-SEPT

On eût dit un conseil de guerre. Jack et Morgan étaient assis à la table de la salle à manger chez ce dernier. Jack avait déjà signé, sans enthousiasme, les contrats que lui avait soumis l'avocat. Ces contrats étaient censés servir de garantie, apporter éventuellement la preuve que c'était Abby qui avait écrit le livre et qu'il n'était qu'une doublure. Le travail de Morgan. Jack ne les avait pas lus et Morgan en garderait tous les exemplaires. Il n'était pas question de les laisser traîner à gauche et à droite.

« C'est tout? demanda Jack.

— Non. Nous avons un problème », dit Abby. Comme elle ne travaillait plus au cabinet juridique et que sa maison était ravagée, ils avaient été forcés de se retrouver chez Morgan.

C'était une spacieuse demeure de style géorgien de Queen Ann Hill avec un escalier d'honneur. On se serait cru au cinéma. Exactement le genre d'endroit qu'un avocat arrivé se doit de posséder pour signifier sa réussite. Mais qui dépassait maintenant de loin les moyens de Spencer. Les impôts locaux lui coûtaient la peau des fesses. Il se battait pour garder son poste au cabinet. Cutler, qui refusait de lui verser sa prime annuelle, lui avait dit de le poursuivre en justice si cela lui chantait. Et par-dessus le marché, Spencer payait une pension alimentaire à sa femme. Anne et lui venaient de divorcer après vingt ans de mariage. Elle exigeait une part de ses honoraires d'avocat sous prétexte qu'ils étaient mariés en communauté de biens. Spencer était harcelé de tous côtés, fait et refait.

« Quel problème ? », demanda Jack.

Abby jeta sa veste sur le dossier d'une chaise. Le vêtement tomba par terre et elle ne prit pas la peine de le ramasser. Tout échevelée, elle portait des jeans et une chemise en grosse toile qu'elle avait tachée en finissant de préparer son déménagement. Elle fouilla dans sa serviette et en tira un calepin sur lequel étaient inscrites des notes.

« Il s'agit d'un certain Robert Thompson. Il a téléphoné ce matin vers neuf heures et demie. J'aimerais bien savoir comment il a eu mon numéro de téléphone. Il a dit travailler pour *L'Indiscret* et qu'il préparait un article sur le roman et ses auteurs. Cela m'a tout de suite mis la puce à l'oreille.

— Pourquoi vous appelait-il ? demanda Jack.

— J'ai déjà été publiée.

— Ne le prenez pas mal, dit Jack, mais c'est qu'on ne s'en était pas aperçu.

— En tout cas, elle va l'être. Ce n'est pas comme certains que je ne nommerai pas. » Morgan, qui avait percé Jack à jour, avait découvert que c'était un écrivain frustré, non publié, et à présent il tournait le fer dans la plaie. C'était là l'un des côtés les moins sympathiques de Morgan, ce don qu'il avait de trouver la faille chez autrui et de l'exploiter. Il avait d'emblée détesté Jack. Abby savait ce qu'il en était. Il était jaloux.

Morgan lui avait avoué en tête à tête combien cela l'irritait que Jermaine soit sur le point d'être couronné roi du roman à grand tirage pour un livre auquel il n'avait pas mis la main. Mais Abby savait qu'il y avait autre chose. Morgan ne voulait pas voir Jack travailler avec elle, sur le livre ou à quoi que ce soit. C'était une situation embarrassante. Comment dire à Morgan qu'elle n'éprouvait que de l'amitié pour lui ?

« Du calme, vous deux. » Ce n'était pas le moment de se bagarrer. « J'y ai pensé moi aussi. Enfin, je ne suis pas ce qu'on peut appeler un auteur connu. Quoi qu'il en soit, il en vient au vif du sujet. Il me demande si je veux bien répondre à quelques questions. Je lui demande comment il s'est procuré mon numéro de téléphone. Il me dit qu'il a ses sources. Je lui dis que je suis occupée. Il dit que ça ne prendra qu'une minute, que je ne suis pas obligée de répondre, que je peux raccrocher quand je voudrai.

— Baratin de journaliste, dit Morgan.

— Exactement. Je commence à en avoir plein les oreilles. Pourquoi est-ce que je voudrais raccrocher ? que je lui demande. Il me tue. Je suis là à me demander ce qu'il sait. Je me dis que ce petit numéro n'est pas étranger à des combines sur le marché. Au petit jeu auquel s'adonnent les auteurs et les éditeurs pour faire mousser leurs livres. Cette façon qu'ils ont d'utiliser les médias.

— Mais pourquoi vous appelait-il ? demanda Jack.

— J'y viens. Quelqu'un lui aurait dit que j'avais un client qui prétendait être l'auteur d'un roman à succès qui doit sortir prochainement.

— Oh merde, dit Jack.

— Vous m'enlevez le mot de la bouche, dit Abby.

— Que sait-il au juste ?

— Je l'ignore. J'ai été évasive. Je lui ai dit que je ne savais pas de quoi il parlait.

— Et ?

— Et il a écrasé. Il n'avait pas de noms. Il ne semblait pas connaître le titre du livre ni le nom ni l'éditeur. Selon moi, il ne sait que ce qu'on lui a dit, juste de quoi arriver jusqu'à moi.

— Tu penses qu'il t'a crue quand tu lui as dit que tu n'étais au courant de rien ? demanda Morgan.

— A en juger par son ton incrédule au téléphone, il ne m'a pas crue. Il a commencé à me demander ce que je craignais. Il a voulu me donner des conseils juridiques. Me consoler en me disant que de toute façon j'étais dans la légalité et qu'il ne voyait pas pourquoi, cela étant, je ne lui disais pas la vérité.

— C'est ça. Il peut toujours nous le faire, le coup du journalisme, dit Jack. Plus blanc que moi tu meurs. Cette façon qu'ont tous les journalistes de vous absoudre.

— Alors qu'est-ce qu'on fait ? demanda Spencer.

— Moi, j'ai une meilleure question à vous poser, dit Jack. Que se passera-t-il s'il découvre l'existence de Carla ou de Bertoli et qu'il les interroge ?

— J'y ai pensé, dit Abby.

— S'ils commencent à calculer que cette histoire leur coûte cher et à se demander s'ils se sont fait avoir, nous sommes cuits, dit Jack. Ils vont foutre le livre aux chiottes. Sans parler des six millions de dollars.

— Ce qui nous ramène à la question : que faire ? », dit Abby.

Un long silence se fit autour de la table.

« Il se peut qu'il ne rappelle pas, dit Spencer.

— Il peut aussi bien frapper à votre porte demain, dit Jack.

— Ça dépend de ce qu'il sait et de ce que toute cette histoire représente pour son journal.

— Puis-je me permettre d'émettre une opinion ? demanda Jack.

— On écoute. » Abby le regarda.

« Vous devriez quitter Seattle. Le Salon des éditeurs de best-sellers a lieu la semaine prochaine. Allez à Chicago. Allez voir ce que Bertoli fait pour le livre.

— Je projetais d'y aller de toute façon, dit Abby.

— Bien. Dans ce cas, ne revenez pas.

— Qu'est-ce que vous dites ?

— Disparaissez. Nous vous trouverons une planque. Un endroit où vous pourrez écrire sans être dérangée. »

Abby pesa la chose.

« Faites en sorte qu'on ne puisse pas vous joindre. Enfin, si ce type ne trouve personne à qui parler, son histoire tombe à l'eau. On lui coupe ses sources d'information.

— Il n'empêche que quelqu'un lui a raconté des choses, dit Morgan.

— Qui ? demanda Jack.

— Je ne vois qu'une seule personne », dit Abby. Elle regardait Spencer. « Joey.

— Pourquoi ferait-il ça ?

— J'avais un doute mais je n'étais pas sûre. Jusqu'à ce matin lorsque j'ai eu fini d'emballer mes affaires. Il manquait quelque chose dans la maison. J'ai eu beau chercher mais je n'ai rien trouvé. Une version ancienne de mon roman. Elle était tapée au dos de feuilles à en-tête que le cabinet avait jetées. Elles me convenaient parfaitement comme brouillon. Je savais qu'il me faudrait tout taper de nouveau de toute façon. Ce texte n'était pas destiné à être lu par d'autres. Je l'avais fichu dans un carton sous la table dans ma chambre. Il n'y est plus. J'ai mis la maison sens dessus dessous.

— Ça et la machine à écrire, dit Morgan.

— Votre machine à écrire a disparu ? », demanda Jack.

Abby fit signe que oui.

« Mais qu'est-ce que Joey va bien pouvoir faire avec une machine à écrire ? demanda Morgan.

— Sans doute taper des demandes de rançons, dit Abby. Vous voulez revoir vos papiers, vous allez devoir cracher au bassinet. Comme je connais Joey, il va chercher le plus offrant. Il laissera s'écouler quelque temps et s'adressera à nous. » Elle leur rappela qu'il avait déjà tenté d'intervenir dans cette histoire de film.

« Il ne recommencerait pas, dit Jack.

— Vous ne le connaissez même pas, rétorqua Abby.

— Appelez ça une intuition, dit Jack. Je crois qu'on peut venir à bout de lui par la persuasion.

— Moi, je pense qu'il n'entend que le langage de l'argent, dit Spencer.

— Nous pourrions le soudoyer », dit Abby.

Morgan et Jack tournèrent vers elle un regard identique. « Ce serait une grave erreur, dit Spencer.

— C'est aussi mon avis, renchérit Jack. Laissez-moi lui parler.

— Pourquoi vous ? demanda Spencer.

— Parce que je crois pouvoir me montrer plus persuasif.

— C'est une affaire professionnelle. Il faut la traiter comme telle.

— Moi, je sais quelles sortes d'affaires il trafique, dit Jack.

— Il a peut-être trouvé le copyright », dit Abby.

Morgan secoua la tête et lui adressa un regard mauvais, l'air de lui signifier qu'elle parlait sans réfléchir.

« Quel copyright ? demanda Jack.

— Rien. » Abby se rendit compte qu'elle venait de commettre une bourde. Jack n'avait pas à être au courant pour le copyright. Morgan, qui s'en était occupé, en avait fait enregistrer un exemplaire qui était à présent soigneusement rangé parmi ses dossiers. Elle se demandait si le journaliste allait tenter de retrouver ce document.

« Alors que sait-il au juste ? demanda Spencer pour changer de sujet. Joey, je veux dire.

— Nous devons supposer qu'il a le manuscrit, dit Abby. Il n'est pas nécessaire d'être très futé pour se dire que, s'il est tapé sur du papier à en-tête du cabinet, ce n'est pas Jack qui l'a écrit. Les marges sont remplies de notations écrites de ma main. Avec ça, il nous tient.

— Il est en cavale, dit Morgan.

— Justement. Il a sans doute besoin d'argent, corrigea Abby.

— Mais les seules autres personnes impliquées dans l'affaire dont il connaisse l'existence pour le moment sont ces types du studio, dit Jack.

— A notre connaissance, rectifia Spencer.
— Partons de l'idée qu'il n'a pas beaucoup d'autres endroits où s'adresser, reprit Jack. Et puis, Joey serait ébloui à l'idée de négocier avec Hollywood. Partons de l'idée que c'est ce qu'il projette de faire.
— Supposons, fit Spencer. Comment l'en empêcher ?
— Nous le raisonnerons.
— Vous ne connaissez pas Joey, intervint Abby.
— Il s'agit simplement de lui faire entendre raison, insista Jack. Il y a une autre possibilité. Vous pouvez aussi mettre cartes sur table. »
Ils le regardèrent.
« Pourquoi pas ? Dites-leur la vérité, dites-leur que c'est vous qui avez écrit le livre. Qu'est-ce qu'il y a ? Ne me regardez pas de cette manière. Je crois que tout vient de ce que vous n'avez pas assez confiance en vous.
— Ce n'est pas uniquement cela, dit Abby. Il y a des forces que l'on ne peut combattre. Les lois impitoyables du marché qui régissent tout livre imprimé. J'ai déjà été publiée trois fois. On ne met pas sur le marché des auteurs qui ont déjà été publiés à trois reprises, quoi qu'ils écrivent. On ne vous met sur le marché que si on vient de vous découvrir. Vous n'avez pas remarqué ? On publie des tas de merde commerciale à faire vomir mais dont tous les auteurs sont des petits génies. Gable Cooper, par exemple. » Abby fit un geste en direction de Jack qui ne sut trop s'il devait prendre la chose comme un compliment.
« Vous n'avez qu'à regarder les manchettes des journaux, reprit Abby. Somme record versée à l'auteur d'un premier roman. C'est la chose qui les appâte. Pourquoi croyez-vous que Bertoli se montre aussi généreux ?
— C'est un bon livre, dit Morgan.
— Il y a des tas de bons livres, répliqua Abby. J'ai vérifié. Pour le moment, la plus grosse somme payée

pour un premier roman a été de deux millions de dollars. Bertoli détient maintenant le record avec trois millions de dollars. Il va caracoler sur ce cheval-là et s'arranger pour franchir le premier la ligne d'arrivée. Il va le cravacher à mort tant qu'il n'aura pas décroché tous les communiqués de presse et fait la une de tous les journaux. C'est pour ça que Jack passera à tous les talk-shows télévisés. "Nous sommes avec l'auteur qui a vu son premier roman lui rapporter la somme record de six millions de dollars." Les agents du fisc vous attendront à côté de votre limousine, ajouta-t-elle à l'intention de Jack. Je lis en Bertoli à livre ouvert et je suis ses moindres manœuvres comme un gyroscope. »

Spencer n'avait jamais tout à fait compris le côté roublard d'Abby. Celle-ci savait ce qui était en jeu. Elle avait assez payé pour cela.

« Si je n'avais écrit qu'un livre précédemment, peut-être feraient-ils une croix dessus et considéreraient-ils celui-ci comme le premier en espérant que personne ne découvre la supercherie. Mais trois. Aucune chance. Aussi va-t-on procéder comme je l'entends. On va les laisser porter Jack aux nues. Ensuite nous nous manifesterons et proclamerons la vérité. Nous ferons savoir au monde qui a fait quoi. Quand on en aura fini, ils pourront aller se faire voir.

— C'est donc comme ça? demanda Spencer.

— C'est comme ça. » Elle ne leur présenta pas d'excuses et garda certaines choses pour elle. Vouloir faire un tabac avec un livre à grand tirage comportait un risque qu'Abby n'avait pas évoqué. S'il ne marchait pas, la carrière de l'auteur était brisée. Cela s'était déjà produit plus d'une fois. Personne ne voulait miser de nouveau sur un auteur qui échouait de la sorte. Il devenait un pestiféré du marketing. Le plan d'Abby avait ceci de génial qu'il lui permettait de jouer sur tous les tableaux. Si ça ne marchait pas avec Gable Cooper, elle pouvait toujours écrire un autre roman sous un autre nom de plume auquel elle accolerait un autre visage. Elle finirait tôt ou tard par prendre les éditeurs à leur propre jeu. Elle se savait capable d'inventer et d'écrire des histoires bien ficelées. La réussite d'un livre tenait à cela : une bonne idée de départ. Elle n'avait besoin que d'un stylo et d'une boîte aux lettres pour opérer. En un sens, Abby était à sa manière une terroriste littéraire. Rien ne pouvait l'arrêter.

## CHAPITRE DIX-HUIT

Salzman décrocha après la première sonnerie. Il était assis au bord de son lit, son baise-en-ville encore rempli, prêt à partir. Il n'avait pas l'intention de rester à Seattle si rien ne l'y obligeait.

« Allô !

— C'est vous ? » C'était la voix de Jenrico.

« C'est moi.

— Quel est votre numéro de chambre ?

— Aucune importance. Nous nous retrouverons ici, en bas. Au bar. Dans cinq minutes. »

Salzman se méfiait comme la peste de Joey. Il avait emporté les deux mille dollars mais tenait à les garder dans sa chambre tant qu'il n'aurait pas vu ce que Joey avait à lui proposer.

Il descendit par l'ascenseur. Jenrico était debout au comptoir du bar. Il était vêtu d'un débardeur et d'un jean sale troué au derrière. Un portefeuille en cuir écorné dépassait de sa poche arrière. Un trousseau de clés retenu par une chaîne en chrome de pacotille pendouillait à sa ceinture. On aurait pu le prendre pour un motard, sauf qu'il faisait trop minable.

« Tiens, Monsieur Salzman !

— Baissez la voix », dit Salzman qui chercha de l'œil une boîte ou quelque chose d'assez grand qui contînt le manuscrit.

« Où est-il ?
— Quoi ?
— Le manuscrit. Qu'est-ce que vous croyez ? Que j'ai pris l'avion jusqu'ici pour boire un coup ?
— Je l'ai. Et vous, vous avez apporté l'argent ?
— Ne vous inquiétez pas pour l'argent. Où est-il ? »
Joey mit la main dans une des poches de son jean et en tira un morceau de papier plié qu'il tendit à Salzman. Le papier était mouillé par la sueur.
« Mais qu'est-ce que c'est que ça ?
— Une partie du manuscrit. »
Salzman regarda autour de lui à la recherche d'un endroit éloigné des lumières et du comptoir du bar. Avisant une table non occupée, il s'y dirigea, suivi de Joey qui le serrait de près. Ils s'assirent et Salzman déplia le papier qu'il aplatit sur la table avec ses mains.
« Alors qu'est-ce que c'est que ça ?
— La première page.
— Je le vois bien. Où est le reste ?
— Dehors. »
Joey venait de lui remettre la page portant le titre du roman sous lequel était dactylographié le nom de Gable Cooper.
« Regardez au verso », dit Joey.
Salzman retourna la feuille. On pouvait y lire l'en-tête suivant :

STARL, HOBBS & CARLTON
AVOCATS

Le nom des associés et des partenaires du cabinet figurait en minuscules qui s'étiraient de haut en bas dans la marge de droite telle la morve dégoulinant du nez d'un gosse.
« Alors ? demanda Salzman.
— C'est ce que je vous disais. C'est pas votre type qui a écrit le livre. Sinon, il serait pas imprimé au verso de ces feuilles.

— N'importe qui peut avoir tapé ça. Un feuillet. Ça ne veut rien dire. Pourquoi n'avez-vous pas apporté le reste ? »

Une serveuse s'approcha avant que Joey ne puisse répondre. « Que désirez-vous boire, Messieurs ?

— Une bière, dit Joey.

— Non. On ne va pas s'attarder ici. » Salzman esquissa un mouvement pour se lever. La serveuse s'éloigna d'un pas nonchalant.

« J'ai six cents feuillets, tous dactylographiés au verso de ce papier, dit Joey. Certains sont pleins de notations écrites à la main. Et, comme je vous disais, si vous ne voulez pas y jeter un œil, je peux les porter tous au magazine. »

Sur ce, Salzman s'arrêta net. Au point où il en était.

« Mais pourquoi n'avez-vous pas apporté ce foutu manuscrit ?

— Où est l'argent ?

— Vous aurez votre argent.

— Ouais, c'est ça. Le chèque est au courrier. Vous m'avez déjà fait le coup, vous vous souvenez ? Le fric ou vous n'en verrez pas davantage. »

Salzman porta la main à sa poche et en sortit deux cents dollars, une somme insignifiante qu'il fit glisser sur la table. « Le reste est ici à l'hôtel. Mais je veux voir ce que vous avez avant de payer davantage. »

Joey se leva, enfouit les deux billets de cent dollars dans sa poche et se dirigea vers la porte. Salzman le suivit. Lorsqu'ils furent à l'extérieur, à l'entrée de l'hôtel, Joey se retourna. « Attendez-moi ici. »

Il fit une cinquantaine de mètres dans le parc de stationnement, jusqu'à un vieux pick-up Chevrolet tout rouillé. Salzman le vit se glisser entre deux véhicules, le sien et la voiture voisine, garée trop près. Joey ne parvenait pas à ouvrir la portière de son camion. L'autre voiture le coinçait. Son conducteur était encore là, penché au-dessus de son coffre. Salzman supposa qu'il avait du mal à en retirer des bagages qu'il ne pouvait pas voir de l'endroit où il se trouvait.

Joey dit quelque chose au conducteur de la voiture. Salzman crut capter quelque chose comme « Hé, dis donc, espèce de merdeux ». Il n'entendit pas le reste. Le type ne retira pas cependant la tête de son coffre.

Une seconde plus tard, un minibus de l'aéroport s'engagea sous le portique de l'hôtel et Salzman ne vit plus rien. Le minibus commença à se vider de ses passagers et Salzman eut l'idée d'en faire le tour pour garder l'œil sur Joey.

Quelque chose attira alors son regard. Une jeune beauté court-vêtue descendait du minibus, exhibant des cuisses et des genoux ravissants. Sa tenue rappela à Salzman celle des hôtesses de l'âge d'or de l'aviation commerciale des années 50 et 60, avant que la pudibonderie de la génération montante ne décrète toute robe au-dessus des genoux incompatible avec le cadre de travail. Le chauffeur lui descendit son sac. Le groom essaya de rester attentif à son travail. Salzman la suivit des yeux tout en se déplaçant en douceur vers l'arrière du minibus. Il la regarda monter l'escalier et entrer dans le hall de l'hôtel.

Mais où diable était passé Jenrico ? Il contourna l'arrière du minibus. Le pick-up de Joey était toujours là. L'autre voiture avait disparu. La portière du pick-up était grande ouverte mais il ne voyait pas Joey. Salzman pénétra dans le parc de stationnement. Quelque chose lui disait que Jenrico était en train de le mener en bateau. Il se faufila entre les voitures et arriva à l'arrière du camion. En le contournant, il s'aperçut que Jenrico n'était pas penché au-dessus de son siège comme il l'avait cru en regardant depuis le portique. Il n'était plus là.

Salzman regarda sur le siège. Il n'y avait rien. Pas de boîte, pas d'enveloppe, rien que deux canettes de bière vides sur le plancher de l'autre côté. Cet enfoiré lui avait donné un feuillet unique portant une douzaine de mots que n'importe qui pouvait avoir tapés au verso d'un papier à en-tête que n'importe qui aurait pu se procurer. Salzman claqua la portière si fort que les vitres tremblèrent dans leur châssis métallique. C'est alors qu'il remarqua que les clés de Joey étaient toujours sur le contact et qu'un bout de chaîne en chrome brisée y pendouillait.

## CHAPITRE DIX-NEUF

En même temps que les contrats, Morgan avait fait signer par Jack une procuration l'instituant mandataire autorisé à recevoir l'argent sur les à-valoir et les royalties que rapporterait le livre. De cette manière, Abby gardait le contrôle de l'argent, empêchant qu'il tombe entre les mains de Jack. Morgan ferait à celui-ci un chèque représentant sa part et déposerait le reste sur un compte ouvert au nom d'Abby. Morgan, qui jouait désormais un rôle plus important dans l'affaire, avait finalement accepté qu'Abby lui verse des honoraires.

En sortant de la ville, Abby s'arrêta au cimetière pour déposer des fleurs fraîches sur la tombe de Theresa. Elle avait du mal à croire qu'un mois auparavant elles faisaient les idiotes au-dessus des photos de l'album d'une agence artistique. A présent, Theresa était morte. De son petit cercle d'amis, des intimes en lesquels elle avait confiance, seul restait Spencer.

Elle s'envola de Seattle un vendredi soir pour retrouver Jack à l'aéroport de Chicago. Ils iraient ensuite dans les îles Vierges où ils se planqueraient pendant qu'elle écrirait la suite du roman. Mais Jack devait d'abord se montrer au Salon de l'Association américaine des Editeurs de Best-sellers (AEB). Lui et le livre étaient désormais bien lancés et on avait même devancé la date de publication. Abby n'avait pas l'intention de laisser Jack seul. Elle se méfiait toujours de lui. Elle n'avait jamais entendu parler d'un manuscrit publié aussi rapidement. Elle n'avait jamais non plus assisté à un Salon de l'AEB. La manifestation était plus imposante qu'elle ne l'aurait cru. Elle avait débuté la veille et occupait un étage entier du Palais des Congrès de Chicago.

Il y avait des kilomètres de stands gigantesques, plusieurs d'un luxe inouï, certains ornés de colonnes en faux marbre sur deux étages. L'un d'eux ressemblait à une demeure coloniale sudiste avec des colonnades et des treillis auxquels grimpait le lierre. On avançait péniblement dans les larges allées entre les stands. Tous les grands éditeurs étaient représentés. Il y en avait même d'Europe et d'Asie. C'était le plus grand salon du livre du monde et il représentait un aspect de l'édition que la plupart des écrivains ne voyaient jamais. On n'y invitait généralement que le gratin et on ne demandait qu'aux auteurs les plus prestigieux d'y signer leurs livres.

Cette année-là, on attendait trente mille personnes, sur invitation uniquement, des libraires professionnels du monde entier, depuis les propriétaires de petites librairies de quartier jusqu'aux représentants des chaînes de grande diffusion. Il régnait un air de fête et les vendeurs de permanence dans les stands rappelaient les bonimenteurs de foire d'antan. La rumeur de la foule qui montait et descendait les allées se mêlait à la musique diffusée par la sono. La musique s'interrompait parfois pour permettre la diffusion d'annonces concernant le plus souvent des signatures dans une aile du Palais des Congrès aménagée spécialement à cette fin. C'était un mélange éclectique, stars frayant avec des vedettes pop ou des illustrateurs de livres d'enfants. On voyait partout des affiches de ces envoûtantes œuvres d'art que sont souvent les jaquettes de livres.

A un certain moment, Abby et Jack faillirent être

piétinés par une foule qui se battait pour avoir des sacs en toile distribués gratuitement par un éditeur. Carla, qui était venue chercher Abby et Jack en limousine à l'aéroport, était en train de leur ouvrir la voie jusqu'au stand de Big-F où Jack était attendu.

Pour une raison ou une autre, on semblait le suivre des yeux tandis qu'il se frayait un chemin dans la cohue. Abby se dit que c'était uniquement parce qu'il était bel homme, jusqu'à ce que plusieurs personnes commencent à le montrer du doigt et qu'une femme ne brise la glace.

« Vous voulez bien me signer mon livre ? » Elle s'approcha en jouant des coudes. Elle portait un macaron : « Au Vieux Bouquin — Denver. »

Jack parut stupéfait. Elle lui tendit le livre, qu'Abby n'avait pas encore vu. C'était un exemplaire de lancement sur la jaquette en papier duquel figuraient le nom de Gable Cooper et, en dessous, le titre qu'Abby avait donné à son roman. La photo de Jack était reproduite au dos.

Celui-ci prit le stylo de la femme et allait y apposer son nom lorsque Abby lui enfonça un coude dans le dos. Il ratura « Jack » et écrivit à la place « Gable Cooper ».

Il n'avait pas encore rendu son livre à la femme qu'une file se formait déjà dans l'allée.

« Pas ici. » Carla leur fit signe d'avancer. Ils se dirigèrent vers le stand de Big-F, Carla, Abby et Jack, suivis d'une foule croissante, une queue qui ne cessait de s'allonger à travers la salle du Palais des Congrès comme une farandole.

Lorsqu'ils arrivèrent enfin au stand, Jack se vit faciliter la tâche. Deux commerciaux l'encadrèrent et entreprirent d'ouvrir les livres qu'on lui proposait en lui indiquant du doigt l'endroit où signer. On ne voyait plus l'extrémité de la queue, des centaines, voire un millier de personnes debout, leur exemplaire du roman à la main. Jack se mit à l'ouvrage sous une affiche gigantesque de la jaquette du livre avec sa photo depuis laquelle il considérait avec un grand sourire de deux mètres de haut la cohue qui se pressait dans le Palais des Congrès.

Une équipe de cameramen de la télévision filmait la scène.

« Les informations régionales ? demanda Abby.

— Ça fait partie de la campagne de marketing de l'éditeur, répondit Carla Owens. Ils tournent un reportage qui sera diffusé dans le magazine culturel à la télé. Jack va devoir se plier à quelques interviews. »

Rien n'avait été laissé au hasard. Abby exprima l'étonnement que lui inspirait une telle campagne de lancement.

Carla lui parla à l'oreille afin d'être entendue dans la rumeur qui montait de la foule. « Alex a fait venir vingt mille exemplaires de lancement. Hier matin, ils en ont étalé dix-huit mille. Sur les palettes là-bas. » Elle indiqua dans un coin du stand des palettes en bois, vides à présent.

« Ils sont partis en une heure », ajouta Carla.

Abby savait que son livre pouvait marcher mais elle ne se serait jamais attendue à cela. Elle se demanda si tous ces gens qui faisaient la queue avaient lu les exemplaires de lancement la veille au soir ou si toute cette foule était simplement mise en branle par la campagne promotionnelle de Big-F et la photo de Jack sur la jaquette. En tout cas, une chose était certaine : on assistait au début d'une vague de fond.

Jack signa des livres pendant près de trois heures mais il y avait toujours une queue. Bertoli mit finalement fin à la séance de signature. Ils étaient en retard pour une réception privée qui devait se tenir à l'hôtel. On guida Abby et Jack à travers une aire de service à l'arrière du Palais des Congrès et on les fit monter dans une limousine dans laquelle ils parcoururent le kilomètre qui les séparait du Hilton.

A leur arrivée, la réception, qui réunissait plusieurs centaines de personnes dans une vaste salle de banquet, battait déjà son plein. Bertoli les précéda parmi les invités, faisant au passage les présentations et noyant Jack d'un flot ininterrompu de paroles.

« On a une merveilleuse nouvelle, lui dit-il. Le film a maintenant reçu le feu vert. » Après avoir mis sa star sous contrat, le studio avait nommé un réalisateur de premier ordre. On retravaillait déjà le scénario. On n'en finirait pas désormais, jusqu'à ce que le film soit achevé, de réécrire les répliques de manière qu'elles flattent le narcissisme des vedettes.

Bertoli demanda à Jack s'il voulait participer à l'écriture du scénario. Une lueur d'intérêt éclaira son regard mais Abby s'y opposa. Le temps était compté si Jack devait terminer le livre suivant.

« Juste, dit Bertoli. On est en train de procéder à toute vitesse à la distribution des rôles secondaires. Le tournage commence dans quatre mois. Ça tombe on ne peut mieux. Comme ça, le film sortira sur les écrans en même temps que l'édition en livre de poche. »

Bertoli avait reçu une demi-douzaine de coups de fil de magazines comme *Variety, Entertainment Weekly* et leurs pareils dans l'après-midi qui avait suivi la mise sous contrat de la vedette principale du film.

Il savait en outre quelque chose qu'il garderait pour lui jusqu'à ce qu'il obtienne ce qu'il voulait. Lors d'une mise aux enchères chaudement disputée, le titre venait d'être vendu à un club du livre pour la somme la plus élevée jamais déboursée pour un premier roman. Ce genre de confirmation, venant de l'extérieur, faisait déjà trembler le sol. Bertoli, qui percevait les signes avant-coureurs d'une éruption volcanique, voulait agir sur Jack avant qu'elle ne se produise.

Les bouchons sautaient et le champagne coulait à flots. Un garçon circulait parmi les invités avec un plateau de hors-d'œuvre. La plupart des cadres dirigeants de Big-F étaient présents ainsi que des représentants des chaînes de grande diffusion et plusieurs libraires indépendants, propriétaires ou gérants de commerces de toute taille à travers le pays.

Jack commençait à crouler sous les présentations, si bien qu'Abby devait lui glisser les noms à l'oreille tandis qu'ils évoluaient parmi les invités. Certains de ceux-ci prirent Abby pour la femme de Jack jusqu'à ce qu'il la présente comme son avocate.

Bertoli offrit à Jack une coupe de champagne en cristal, plus grande que les gobelets en plastique auxquels avaient droit les autres invités. Un ruban rouge était noué au pied de la coupe sur laquelle était gravé le titre du roman d'Abby. Un garçon, qui portait un magnum et semblait suivre Jack partout où il allait, s'assurait que son verre n'était jamais vide. Abby songea à ce que seraient l'embarras et la colère de Bertoli lorsqu'elle se ferait connaître publiquement pour ce qu'elle était. Il aurait l'air du dindon de la farce. Mais, si tout marchait comme prévu, elle n'en avait cure. Après avoir vu les queues qui s'étaient formées au Palais des Congrès, composées surtout de femmes aux grands yeux innocents et qui n'en avaient que pour Jack, Abby ne doutait plus d'avoir agi comme il le fallait. Elle n'était pas maîtresse du jeu mais avait appris à en utiliser les règles à ses fins.

Quelques secondes plus tard, Bertoli dit à Abby que quelqu'un désirait la voir. Il l'entraîna de l'autre côté de la pièce pour la présenter à une autre avocate, membre de son personnel. Il s'agissait là d'un prétexte cousu de fil blanc, uniquement destiné à la séparer de Jack. Se retournant, elle s'aperçut qu'elle avait été supplantée par Carla qui s'était chargée de le guider à travers la foule.

L'autre avocate s'éclipsa moins de trois minutes plus tard. Elle avait fait son travail. Si bien qu'Abby se retrouva dans un coin en train de siroter tranquillement du champagne dans un gobelet en plastique sans que l'on fasse attention à elle. Elle remarqua que tout avait été soigneusement mis en place pour une réunion dans une petite salle de conférence attenante à l'immense aire de réception de l'hôtel. Elle alla y jeter un œil. L'endroit présentait tous les signes annonçant un sacrifice rituel, y compris des plaques au nom des officiants. Ne manquait que l'offrande. Abby n'aima pas ça. De l'autre côté de la salle de réception, Bertoli continuait de faire boire Jack.

Tout cela était tout ce qu'il y a de plus convivial mais, quelques minutes plus tard, on mena Jack dans la petite pièce comme on mène une bête au sacrifice. Bertoli et Carla ainsi que deux-trois dirigeants de Big-F venaient derrière. Au moment où ils allaient fermer la porte, Abby intervint.

« Qu'est-ce qui se passe ? »

L'un des sous-fifres s'interposa. « Réunion privée, lui dit-il.

— Pas sans moi. Je suis son avocate. »

Le type qui retenait la porte, ne sachant trop que faire, regarda par-dessus son épaule en direction de Bertoli dans l'attente d'instructions.

Abby était prête à faire un esclandre et ils le savaient.

« Oh bien sûr. Qu'elle entre », dit Bertoli. Il réprimanda l'un de ses subordonnés pour la forme et se fendit d'un généreux sourire à l'adresse d'Abby. « Allez, entrez. »

Tel un videur de boîte de nuit, l'homme qui retenait la porte relâcha sa prise et la laissa passer. Carla Owens et Bertoli échangèrent des regards entendus de la manière dont un quart-arrière de football appelle un changement de stratégie offensive par une modification de signaux. Le porteur du ballon allait devoir tenter de passer en force par le milieu de ligne défensive — sur le corps d'Abby.

« Donnez une chaise à Mademoiselle Chandlis », ordonna Bertoli à l'un de ses associés, un type assis à l'extrémité de la table qui se leva aussitôt pour offrir la sienne.

« Je préférerais celle-là. » Abby indiqua l'homme assis à côté de Jack. Le type se leva en maugréant et Abby prit sa place.

« A quoi tout cela rime-t-il ? », demanda-t-elle.

Carla Owens prit la direction des opérations.

« Alex a jugé que nous devions tenir cette réunion, qu'elle était indispensable avant d'aller plus loin. Tout va si vite.

— A la vitesse de la lumière, dit Abby.

— Feu vert donné à la production du film, publication du roman avancée.

— Réunions improvisées, dit Abby.

— Oui. Enfin. Il y a un problème. » Carla Owens se jeta à l'eau.

« Lequel ?

— Le budget de promotion du livre gonfle à vue d'œil, répondit Bertoli. Les coûts de marketing sont complètement sans rapport avec les rentrées prévisibles.

— Holà, dit Jack. On ferait peut-être bien de remettre ça dans la bouteille. » L'air un peu éméché, il tendit son verre devant lui.

Bertoli gloussa nerveusement. Ils y étaient peut-être allés un peu fort avec la diplomatie de la bouteille.

« Rien de tragique, reprit Bertoli. Sauf qu'il y a dans l'industrie du livre des équations à respecter si l'on veut avoir un budget marketing sain. Et sur ce livre, on n'en pas du tout tenu compte.

— Je vous en sais gré. » Jack renversa la tête en arrière et avala d'un trait la moitié de la coupe de champagne.

« Ce qu'Alex essaie de dire, je crois, c'est qu'il ne peut pas continuer à ce train sans avoir la garantie de rentrer ultérieurement dans ses frais. C'est bien ce que vous êtes en train de nous dire, Alex?

— Exactement.

— Quelle sorte de garantie? » Abby n'appréciait guère la tournure que prenait la discussion.

Bertoli s'éclaircit la gorge. « Disons un contrat pour cinq livres.

— Cinq? » On eût dit que Jack avait été piqué au vif par Bertoli.

« On peut bien entendu discuter les conditions.

— Foutaise, dit Jack.

— Peut-être pas autant de livres que ça. » Carla ne tint pas plus compte de la remarque de Jack que s'il avait éternué. C'était de la foutaise, mais de la foutaise new-yorkaise bon chic bon genre. « Peut-être la suite sur laquelle vous travaillez, plus un ou deux autres. » Elle regarda Abby qui n'avait encore rien dit.

« Ce n'est pas ce qui avait été convenu, dit Abby.

— Tout se négocie », dit Bertoli. Il s'adressait à Abby, la sage, celle qui ne tenait pas un verre à la main. Carla et Bertoli avaient mal manœuvré et ils le savaient. Ils avaient voulu se jouer de Jack en le faisant boire mais celui-ci paraissait avoir le vin mauvais.

« Se pourrait-il que vous sachiez un ou deux détails que nous ignorons? », demanda Jack en haussant le ton. Il regardait Bertoli dans un intimidant brouillard alcoolique.

« Mais enfin, je crois qu'il n'y a aucun élément inconnu de vous », dit Bertoli. Il regarda Clara. « Je ne vois pas ce que ce pourrait être, reprit-il. Il faudrait que j'en parle à mes collaborateurs. Que l'on revoie les chiffres. » Il se mit à rabâcher tout ce que lui dictait une gêne coupable.

« Nous pourrions peut-être reprendre cette réunion à un autre moment », intervint Carla pour le tirer de là. Il ne fallait surtout pas que cette histoire dégénère alors qu'il y avait trois cents acheteurs qui attendaient dans la salle de réception à côté.

« Non, je crois qu'il faut régler ça tout de suite », dit Abby. De voir Jack dans cet état et de savoir tout ce monde derrière la porte lui plaisait. Cela lui donnait prise sur eux. Ils avaient fait une erreur et ils allaient désormais devoir jouer sur son terrain à elle.

« C'est tout simplement qu'Alex raffole de ce que fait Jack, dit Carla. Il veut publier tout ce qu'il écrit. N'est-ce pas, Alex ?

— Absolument, confirma l'intéressé. Pour nous, il ne s'agit de rien d'autre que de négocier en toute bonne foi. »

Clara était butée, plus que Big-F presque. Pour Bertoli, c'était sur le prix. Il voulait les livres suivants avant d'avoir à les payer le double ou le triple ultérieurement. Abby devinait que ce à quoi Carla tenait surtout, c'était de garder le contrôle sur toute l'affaire. Elle voulait s'approprier Jack, Gable Cooper, avoir la mainmise sur ses livres à venir. Le cas échéant, elle sauterait plus tard à la gorge de Bertoli, elle renégocierait avec lui le prix à la hausse pour s'assurer les bonnes grâces de l'auteur. Le prix à payer pour celui-ci serait bien entendu de se voir sempiternellement sollicité pour qu'il écrive de nouveaux livres. Toute chose dans la vie avait son côté négatif. Pour l'auteur à succès, c'était l'agent qui jouait sur les deux tableaux à la fois.

« Vous avez déjà un livre, dit Abby. Publiez-le. Faites-le comme il faut et nous pourrons discuter. Ça, c'est de la bonne foi.

— Mais vous n'avez pas l'air de comprendre. Je ne peux pas continuer à dépenser à ce train, dit Bertoli. A, à, comment dire... ?

— Jeter l'argent par les fenêtres, dit Carla.

— Merci », dit Bertoli.

Lorsqu'il s'agissait de défendre bec et ongles ses auteurs, Carla était nulle. Elle roulait pour elle-même.

« Je ne peux pas continuer à jeter l'argent par les

fenêtres, reprit Bertoli. A moins que... ? » Il leva les mains, paumes grandes ouvertes, et sourit. Le message était clair. Ils prenaient le livre d'Abby en otage.

« Comme ça, vous trouvez que c'est le moment de nous braquer », dit Jack. Il but une nouvelle gorgée à son verre comme pour y puiser de nouvelles munitions.

« Vous n'êtes vraiment pas raisonnable. » Aux yeux de Carla, un agent littéraire était un *deus ex machina* qui faisait pleuvoir les contrats du ciel. Les livres n'étaient que des produits superfétatoires dérivés de sa toute-puissance. Si elle l'avait pu, elle se serait complètement passée des écrivains et aurait fait en sorte que les lecteurs ne tirent plaisir que de son aura.

« C'est du vol ! » s'écria Jack, qui, continuant sur sa lancée, se servit un autre verre.

« Du vol. » Carla sourit et essaya de reprendre contenance. Elle et Bertoli se mirent à rire, s'efforçant de passer outre ces divagations d'un ivrogne qui aurait tout oublié le lendemain matin.

« Personne ne vole personne, dit Carla. On parle affaires.

— A la Al Capone », surenchérit Jack. Il la regarda par-dessus le bord de sa coupe de champagne cristalline.

Jack les ayant acculés sur la défensive, Abby prit le relais.

« Si nous vous donnons d'autres livres, quelles garanties avons-nous que vous ferez de votre mieux pour commercialiser celui-ci ?

— Que voulez-vous dire ? demanda Bertoli.

— Si nous vous donnons d'autres livres, comment pourrons-nous vous empêcher de vous servir de nous pour grimper dans les ventes en procédant par petits investissements marginaux au lieu de mettre le paquet ?

— Pourquoi ferions-nous ça ? » Carla parut ne pas en croire ses oreilles.

« Pour conserver le budget de Jack. Simplement

parce qu'il y a beaucoup d'argent en jeu. Une fois que nous vous aurons donné d'autres livres, nous n'existerons plus. Vous pourrez vous passer de nous. » Et Abby savait que ce serait le cas.

« Ce n'est pas compliqué. Pas de tournées promotionnelles, poursuivit-elle. Vos publicitaires mettront à profit leurs contacts avec les chaînes de télévision pour faire passer d'autres auteurs aux magazines d'information. Vous resquillerez sur notre publicité dans la presse. Nous aurons droit aux encarts et eux aux pleines pages. Quand une roue grince, on la huile. Et nous, si on ne peut pas négocier des contrats futurs, nous ne pouvons pas grincer. Pas assez en tout cas pour que vous puissiez nous entendre. »

Bertoli éclata de rire. Il regarda Carla. Il n'avait jamais rien entendu d'aussi ridicule. « Nous faisons ce métier pour gagner de l'argent, dit-il. Il n'est pas question que nous amputions le budget promotionnel de Jack. C'est un auteur de valeur. Nous allons lui faire crever le plafond. Nous allons écarter tous les obstacles.

— Mais comment pouvons-nous le savoir ?

— Parce que je vous le dis. » Bertoli lui adressa un grand sourire, la main sur le cœur.

« Voilà, dit Carla. Vous voyez, vous avez la parole d'Alex.

— Vous voulez que je vous dise, la coupa Abby. Faites-nous crever le plafond, levez tous les obstacles et vous avez ma parole. Nous vous donnerons d'autres livres. »

On aurait entendu voler une mouche dans la pièce. Bertoli haïssait les avocats.

« Nous devrions l'engager, dit-il. Elle est culottée. J'aime ça. Vous autres, là-bas. Vous devriez prendre des notes. » Bertoli s'adressait à deux de ses sous-fifres. « Il n'empêche, dit-il. Il me faut quelque chose.

— Sinon ? », demanda Abby.

Bertoli fit une grimace suivie d'un long silence chagrin. Le genre d'expression qui laissa Abby songeuse sur la suite des événements.

« Il faut que nous soyons solidaires, dit Carla. Nous formons une équipe. Nous travaillons ensemble.

— Oh. Il est clair pour tout le monde que vous êtes solidaire de *lui* », dit Abby en parlant de Bertoli.

Jack ne put s'empêcher de rire.

« Vous voulez que je vous dise. » Abby, ne tenant pas compte de Carla, s'adressa directement à Bertoli. « Vous voulez garantir vos investissements. Nous, nous voulons la garantie que vous n'allez pas traiter à la légère le livre que vous avez déjà. Je crois que ça répond à la question. »

Bertoli était tout ouïe.

« Nous allons signer un contrat, continua Abby.

— Vous allez laisser ces gens vous forcer la main ? demanda Jack.

— Écoutez-moi jusqu'au bout, dit Abby.

— Pour d'autres livres ? » Bertoli était tout sourire.

« Pas tout de suite, répondit Abby. Nous allons passer un accord sur la signature d'un contrat futur, sous certaines réserves.

— Que voulez-vous dire ? Sous quelles réserves ?

— Nous sommes d'accord pour vous donner d'autres livres à l'avenir si vous tenez votre promesse de faire crever le plafond au manuscrit que vous avez déjà. "De lever tous les obstacles", comme vous dites.

— Comment voulez-vous faire inscrire une chose semblable dans un contrat ?

— En précisant ce que vous entendez par "crever le plafond" et par "lever tous les obstacles".

— Ce n'était qu'une façon de parler, dit Bertoli.

— Alors vous ne le pensiez pas vraiment ?

— Bien sûr. Nous allons essayer. Mais nous ne pouvons rien vous garantir.

— Mais vous voulez que nous, nous vous garantissions d'autres livres, dit Jack. Voilà qui s'appelle deux poids deux mesures. » Il pointa un doigt tremblant et accusateur vers l'éditeur puis essaya de se lever mais retomba lourdement sur sa chaise. « Vous, vous n'auriez pas à lever le petit doigt mais nous, nous devrions vous fournir de bons livres. On me saigne à blanc. »

Abby eut du mal à garder son sérieux.

« Alors qu'est-ce que vous voulez ? demanda Bertoli.

— Deux choses, répondit Abby. Je veux que ce livre arrive au sommet de la liste des best-sellers et je veux qu'il y reste longtemps.

— Quoi ? Numéro un ? demanda Bertoli.

— Pendant au moins dix semaines. »

Bertoli tomba littéralement à la renverse sur sa chaise.

« C'est absurde, dit Carla Owens.

— Et en plus, vous allez vous engager à le garder sur la liste des best-sellers cinq mois supplémentaires, dans les sept premiers. »

Bertoli n'en revenait pas. « C'est ridicule.

— D'accord. Dans les dix premiers. C'est la clause qui "lève tous les obstacles" », dit Abby. Il voulait jouer avec les clauses et faire des promesses en l'air ? Eh bien elle allait lui faire voir de quel bois elle se chauffait.

« Mais pourquoi diable est-ce que je devrais écrire d'autres livres ? demanda Jack.

— Du calme », dit Abby.

Bertoli, à moins d'être un surhomme ou de sniffer de la coke en catimini, ne pouvait pas accepter un tel marché et Abby le savait. Elle ne voulait pas obtenir son accord. Sa parade n'avait qu'un seul but : déjouer ses manœuvres destinées à leur arracher d'autres livres.

« C'est scandaleux. Il m'est impossible de garantir qu'un livre figurera sur la liste des best-sellers.

— Je ne vous demande pas de garantir quoi que ce

soit. Je vous offre une incitation à la performance. Soyez performant et vous aurez d'autres livres.

— C'est inouï, dit Bertoli.

— Mais non. C'est comme ça que vous en usez vous-même constamment avec les auteurs », dit Jack. Subitement, il n'était pas aussi ivre qu'il l'avait laissé croire.

« De quoi parlez-vous ?

— De votre clause concernant la prime. Vous l'avez inscrite dans mon contrat. Elle stipule que si nous figurons sur la liste des best-sellers du *New York Times* vous ferez jouer la clause de l'à-valoir un peu plus vite. Vous ne nous payez pas davantage, vous payez seulement l'à-valoir un peu plus rapidement. »

Abby fut stupéfaite. Jack avait réellement lu le contrat.

« C'est autre chose, dit Bertoli.

— Je sais, dit Jack. Nous, nous vous offrons quelque chose de solide. »

On n'entendit plus dans la pièce que le silence de Bertoli.

« Où est le problème ? Nous sommes trop gourmands ? », demanda Jack. C'était lui à présent qui se montrait sarcastique à l'égard de Bertoli.

« En quoi consiste exactement ce "plafond" dont vous avez parlé ? demanda Jack.

— C'est seulement une manière de parler, dit Carla.

— Ah, voilà qu'on y arrive. Comme ça, ce n'était que des propos en l'air ? demanda Jack.

— Ce n'est pas ce que nous disons, répondit Carla.

— Soyons clairs, dit Abby. Ou vous êtes précis ou on n'en parle plus.

— Cela m'est impossible, dit Bertoli. Je ne peux quand même pas garantir le succès d'un livre dans la liste des best-sellers. Vous ne comprenez pas.

— Oh, je crois que je comprends. » Jack prononça ces paroles comme s'il parlait de la virilité de Bertoli.

Ce que celui-ci redoutait, c'était d'échouer. S'il jouait sa réputation sur un contrat, toute l'industrie du livre le saurait. S'il échouait et perdait les livres à venir et leur auteur avec, son nom serait marqué d'une pierre blanche. Cette infamie le suivrait dans sa tombe dans l'enfer des affaires.

« Alors, c'est d'accord ou non ? demanda Jack.

— Peut-être faudrait-il peser les termes d'un tel accord ? », dit Carla. Elle venait à présent à la rescousse de Bertoli, mais un peu tard. « Peut-être quelques semaines de moins sur la liste. Et s'il vous conduisait dans les trois premiers au lieu de la seule première place ? » Elle s'adressait à Jack.

« Je ne peux pas. Je ne veux pas. » Bertoli lui coupa la parole.

Jack haussa les épaules et tourna vers elle un regard d'ivrogne conscient. « Vous l'avez entendu. Nous essayons d'être raisonnables. » Cela alors qu'Abby venait de mettre le couteau sur la gorge de Bertoli.

Jack sourit, se leva et regarda sa montre. « Dites donc, il se fait tard. N'avons-nous pas un dîner de gala ce soir ? » Les producteurs amenaient par avion la vedette du film pour la présenter à l'auteur et lui permettre d'échanger deux mots avec les libraires dans l'une des grandes salles de bal de l'hôtel. Le studio avait misé gros sur le succès du roman, et Abby et Jack ne l'ignoraient pas.

« Il faudra qu'on reprenne ça, dit Carla. Après tout, tout se négocie dans la vie, non ?

— Ça vous va bien de penser ça, dit Abby. Quant à nous, maintenant que nous savons qui vous êtes, il ne nous reste plus qu'à discuter votre prix. »

Carla Owens lui jeta un regard assassin.

## CHAPITRE VINGT

C'est sur le lac Washington que l'on trouvait les riches demeures, celle, par exemple, de Bill Gates, le magnat de Microsoft. Le lac Union, son petit frère à l'ouest, possédait quelques immeubles résidentiels mais était surtout réservé à des activités commerciales, chantiers de construction de bateaux de plaisance, maisons de courtage, restaurants à son extrémité sud.

L'incendie s'était produit quelques jours auparavant mais une âcre odeur de fumée continuait de flotter au-dessus de l'eau tel un invité qui refuse de prendre congé. Des effluves de bois brûlé et de produits chimiques chatouillèrent les sinus de Luther Sanfillipo lorsqu'il arriva à proximité des lieux, les vitres de sa voiture baissées.

Il entendait l'espèce de grésillement ininterrompu que faisaient les pneus sur la nationale 15 à une centaine de mètres au-dessus de lui.

Il trouva un emplacement pour se garer devant un magasin de toilerie qui annonçait en promotion des toiles de passerelle et de foc, verrouilla la voiture banalisée et continua à pied. Sur le quai, on remplissait une benne de débris, un amas de morceaux de bois calcinés et trempés. Une grue flottante, se dressant d'une hauteur de quatre étages dans le ciel, dérivait dans le courant au large. Des ouvriers coiffés d'un casque protecteur se pressaient d'un pas affairé tout autour. Luther Sanfillipo en vit un qui tenait à la main des feuilles volantes fixées par une pince à une tablette, symbole d'autorité, et se dirigea vers lui.

Il contourna du matériel de construction navale et s'engagea sur la cale pavée qui conduisait au lac. La brise chassa soudain l'odeur de brûlé dans une autre direction. Il aperçut le faîte d'une petite construction, ou de ce qui en restait, qui pointait à deux ou trois mètres au-dessus de la surface de l'eau à une vingtaine de mètres des quais. Une petite armée se tenait tout autour du chantier. L'accès en était interdit depuis la découverte du corps deux heures auparavant. Les hommes se retournèrent à l'approche de Sanfillipo qui se présenta.

« Lieutenant Sanfillipo. » Il exhiba prestement son insigne de police et le contremaître lui tendit la main. « Si je comprends bien, vous avez besoin de mes services ? » Il aperçut des hommes en uniforme en contrebas sur le rivage mais il voulait d'abord parler aux ouvriers.

« Le médecin légiste vient d'arriver. Il est là, en bas », dit le contremaître. Il montra du doigt une petite barge sur laquelle plusieurs hommes, dont certains en uniforme, se serraient autour d'une masse sombre.

« On ne sait pas avec certitude s'il s'agit d'un accident ou d'autre chose, dit le contremaître. Nos plongeurs ont trouvé le corps au petit matin. Il s'était pris dans un enchevêtrement de lignes de pêche. On dirait que quelque chose de lourd lui est tombé dessus durant l'incendie.

— Quelque chose comme la moitié du bâtiment, dit l'un des autres ouvriers.

— Comment le feu a-t-il pris ? demanda Sanfillipo.

— Nous ne le savons pas encore. Les pompiers pensent qu'il pourrait s'agir d'un incendie criminel, dit le contremaître. Avec toute la peinture et les autres matériaux qu'il y avait à l'intérieur, c'est difficile à dire. On est en train de redresser la barge afin que le capitaine des pompiers puisse déterminer l'origine de l'incendie.

— Elle a dû brûler entièrement jusqu'à fond de cale, dit l'inspecteur.

— Non. Non. C'était une vieille barge de munitions en bois transformée en chantier naval improvisé. Il paraît qu'elle datait de la Première Guerre mondiale. Je me demande comment elle flottait encore.

— Son propriétaire est dans les parages ? »

Le contremaître fit signe que non. « La ville le recherchait à la suite de plaintes déposées à son encontre. Pour entorses au code professionnel. Ce genre de trucs. »

Luther fit un geste de la tête pour signifier qu'il comprenait.

« Ils pensent que c'est lui qui aurait pu mettre le feu ?

— Ça m'étonnerait. Il a apparemment tout perdu, ses outils, ses travaux en chantier. Il n'était pas assuré. Une affaire de trois générations qui part en fumée comme ça, en un clin d'œil. C'est un coup dur.

— Tragique, dit Sanfillipo. Mais moins que pour le type qui est dans le sac là-bas. Et lui ? Quelqu'un s'est inquiété de sa disparition lorsque l'incendie s'est déclaré ?

— Ce n'était pas un employé du chantier. »

Sanfillipo fronça les sourcils.

« Les gens du chantier ne semblent pas avoir la moindre idée de ce qu'il faisait là.

— Et si c'était lui qui avait mis le feu ? suggéra un autre ouvrier. Ce ne serait pas la première fois qu'un incendiaire serait victime de ses méfaits.

— Ouais. Il se serait consumé à son propre travail comme qui dirait, commenta l'un des autres ouvriers sur le mode de la plaisanterie, et tout le monde éclata de rire.

— On dirait que vous prenez les drames à la rigolade dans le métier, dit Sanfillipo.

— Ouais, ce sont tous de vrais petits rigolos, dit le contremaître. Allez, on retourne au boulot. » Les hommes de son équipe s'éloignèrent en traînant les pieds, mécontents de devoir quitter la scène de l'action.

« Il n'est pas impossible, reprit Sanfillipo, que ce soit votre incendiaire qui est dans le sac là-bas. Quoiqu'on se demande pourquoi il aurait fait ça si la barge n'était pas assurée.

— Un pyromane, dit le contremaître. Ces gens-là agissent sans raison.

— C'est vrai, dit Luther. On l'a identifié ?

— Je crois qu'on a trouvé un portefeuille. C'est le médecin légiste qui l'a. »

Luther descendit vers la barge amarrée au quai par une extrémité, y monta et se glissa au sein du groupe qui s'y trouvait déjà. Un homme en combinaison de plongée noire, le masque relevé sur le dessus de la tête et les pieds dans l'eau, était assis sur le rebord de la barge.

« Harmon. » Luther reconnut le substitut du médecin légiste.

« Lieutenant. » Dès qu'il eut dit cela, les autres s'écartèrent et lui firent un peu plus de place tout en lui témoignant une déférence accrue.

« Qu'est-ce qui vous amène ici de si bonne heure ? demanda le médecin légiste.

— L'odeur du napalm au lever du jour. » Sanfillipo regarda le sac posé sur le pont, fermeture Eclair remontée. « Il est brûlé ? »

Le médecin légiste fit signe que oui. « Le feu a ravagé la coque en bois drôlement vite. Elle a coulé comme une pierre.

— Que pouvez-vous me dire ?

— Il se peut qu'il se soit noyé. Il était peut-être mort aussi avant de sombrer. J'ai prélevé un peu de liquide dans ses poumons, mais pas beaucoup. Le corps est drôlement boursouflé. Il a passé plus d'une semaine dans l'eau. Je n'en saurai pas davantage avant de pratiquer l'autopsie.

— On connaît son nom ? »

Le médecin légiste montra à Luther un formulaire officiel sur lequel on avait jeté quelques notes et lui indiqua le nom. L'inspecteur y jeta un œil songeur.

« Il travaillait dans le coin ?

— Là, vous m'en demandez trop. Si c'était le cas, quelqu'un se serait tout de même aperçu de sa disparition.

— En effet. Vous êtes bien sûr qu'il a coulé avec la barge au moment de l'incendie ?

— Pour ça, oui. Il était enseveli sous les débris de l'incendie. A mon avis, il était sur la barge avant que l'incendie ne se déclare. Il avait aussi des brûlures. Les plongeurs ne l'ont découvert que lorsque l'un d'entre eux lui a attrapé un pied dans l'obscurité.

— Je suppose que ça aurait pu abîmer votre combinaison de plongée », dit Luther. Le plongeur ne le regarda pas.

« Il paraît qu'on a trouvé un portefeuille ? demanda Luther au médecin légiste.

— Oui. » Il prit un sac en papier tout trempé qui était posé sur le treuil de la barge et en versa le contenu sur un aplat de l'engin. Il y avait une bague, une montre, quelques pièces de monnaie et un portefeuille noir. Le cuir était imprégné d'eau et ramolli. Un morceau d'algue avait pénétré sous le compartiment plastifié contenant le permis de conduire mais celui-ci était encore lisible. Luther tripota le contenu du portefeuille. L'un des rabats contenait la souche d'un billet d'avion sur laquelle on pouvait lire la date et l'heure d'un vol depuis Los Angeles.

« Ça laisse le champ ouvert à plusieurs possibilités, dit le médecin légiste. S'il n'était pas employé sur le chantier, c'était peut-être un client. Il avait peut-être un bateau en réparation.

— Hum, fit l'inspecteur. Mais si c'était un client, comment est-il arrivé jusqu'ici ?

— Que voulez-vous dire ?

— Sans clé. »

Le médecin légiste regarda les objets épars sur la surface métallique du treuil. Luther avait raison. Parmi les objets trouvés sur le corps, il n'y avait pas de clés, de voiture ou d'autre chose.

Luther compara le nom qui figurait sur les notes du médecin légiste au nom inscrit sur le permis de conduire puis examina la photo sur le document plastifié.

« Je ne pense pas que ce type était un client, dit-il, ni qu'il appartenait au monde du yachting. »

Ils prirent tôt le matin un avion pour Atlanta et de là pour Savannah. Abby essaya de fermer les yeux mais l'hôtesse leur tint la jambe durant toute la durée du vol. C'était comme cela avec Jack. Il attirait les femmes comme un aimant. Même la vieille dame qu'il avait aidée à hisser ses bagages dans le compartiment supérieur ne cessa par la suite de fixer sur lui un regard émerveillé. Pour Abby, cela commençait à devenir lassant. Il était bel homme, d'accord, mais il n'était fait que d'os et de chair. Si elle voyait juste, toutes ses verrues devaient être intérieures, grosses comme des oranges. Lui ne semblait pas se soucier des regards d'admiration béate qu'il provoquait. Elle en conclut qu'il devait être blasé et habitué à ce que les femmes le dévisagent.

Ils atterrirent, prirent leurs bagages, récupérèrent la voiture de Jack et mirent le cap sur Coffin Point. Ce nom — Pointe du Cercueil — inspira des pensées de mauvais augure à Abby qui n'avait jamais vu l'endroit.

Lorsqu'ils prirent vers le nord, en direction de Hilton Head, la région qui se déploya devant eux offrait l'image même de la sérénité : maisons recouvertes de bardeaux blancs posées sur de vertes pelouses, chênes vénérables couverts de mousse, stridences de grillons et odeurs campagnardes. Le pays n'était pas aussi luxuriant que l'ouest de l'État de Washington mais il possédait sa beauté propre. Celle-ci lui rappela, en plus vaste, certains endroits du Delta près de la baie de San Francisco. Ils traversèrent Beaufort, aux vieilles demeures imposantes, d'une perfection de carte postale.

A la sortie de Beaufort, restant sur la nationale 21, ils traversèrent le chenal menant à Lady's Island et, de là, à St. Helena Island en direction de Frogmore. Quelques kilomètres plus loin, ils quittèrent la nationale pour prendre une route qui se transforma bientôt en un chemin de terre.

Lorsqu'ils sortirent de la nationale pour s'engager sur la route sablonneuse, une pensée fugace traversa l'esprit d'Abby : elle ne connaissait Jack Jermaine ni d'Eve ni d'Adam. A Chicago, elle avait attendu un coup de fil de Morgan. Il n'avait pas appelé et elle se demanda pourquoi. Ils étaient censés faire le point avant qu'elle ne quitte cette ville. Morgan avait toutefois le numéro de téléphone de Jack chez lui. Peut-être y avait-il laissé un message.

Ils suivirent la route poudreuse en cahotant dans la Landcruiser, longeant des clôtures en bois et de petites maisons, quelques caravanes.

L'intérieur de la voiture de Jack était d'une propreté méticuleuse, militaire, alors que l'extérieur aurait eu besoin d'être lavé.

« Vous avez pris un gros risque, dit Jack. Que se serait-il passé si Bertoli avait retiré ses billes lorsque vous lui avez dit qu'il n'aurait pas d'autres livres ?

— Il n'aurait pas fait ça.

— Pourquoi ?

— Vous avez vu la queue au Palais des Congrès ? » Abby ne fit pas allusion au regard subjugué de plusieurs femmes qui se trouvaient dans ladite queue. Le narcissisme de Jack n'avait pas besoin qu'on l'entretienne. « Ils ont essayé et ils ont perdu, dit Abby. Premier round.

— Il avait l'air drôlement en colère contre moi.

— Les New-Yorkais aiment pinailler, dit Abby. Ça fait partie de leur foutue mentalité. »

Jack se mit à rire.

« C'est comme ça qu'il faut voir la chose, poursuivit Abby. Bertoli a mis dans la balance tout ce qu'il avait, pour le moment en tout cas. Nous lui avons fait mordre la poussière. Il a maintenant une raison supplémentaire de rester dans la partie. Si je lui avais cédé les romans à venir sans lutte, Carla et lui auraient pris des antidépresseurs en rentrant chez eux.

— Vous avez donc l'intention de leur en donner d'autres ?

— On verra. » Elle n'avait nullement l'intention de dévoiler son jeu à Jack. « Ils ne voulaient pas uniquement les romans, ils voulaient nous tenir en laisse. Ils voulaient faire de moi leur chose.

— C'est à moi qu'ils en avaient, dit Jack.

— Vous, moi, pour l'instant c'est du pareil au même.

— Je vous ai sauvé la mise.

— Vous n'avez rien sauvé. J'étais sur le point de quitter la pièce.

— Ç'aurait été une erreur.

— Pourquoi ?

— Parce que vous m'auriez alors laissé seul avec eux, répondit Jack. »

Abby le regarda sans pouvoir décider s'il plaisantait ou non.

« Je voulais seulement savoir ce qu'ils étaient prêts à vous offrir en échange d'autres romans, poursuivit Jack. Vous n'êtes pas au moins curieuse de cela ?

— Je ne sais pas ce qu'ils étaient prêts à m'offrir mais quoi que ce soit, ce n'est pas suffisant.

— J'ai vu récemment qu'un auteur avait touché vingt-quatre millions de dollars.

— C'était pour trois livres », dit Abby.

Jack coula un regard dans sa direction. La question ne la laissait pas indifférente finalement.

Elle écarta une mèche de cheveux devant son visage puis dit comme en passant : « J'ai vu ça dans le journal la semaine dernière.

— Oui, c'est ça. A côté des cotations de la bourse et des avis de décès. » Il eut un petit rire. « Il n'y a rien de mal à s'intéresser à l'argent.

— Non. Ce qui est discutable, c'est ce que l'on est prêt à faire pour de l'argent », rétorqua Abby qui pensa : comme se balader en voiture sur un chemin de terre isolé avec un parfait inconnu.

« Cinq mois sur la liste des best-sellers du *New York Times,* dit Jack.

— Je voulais lui donner un défi à relever.

— Ça ressemblait davantage à un infarctus. Vous n'avez pas vu son regard? Comme si vous l'aviez touché au plus sensible. J'ai vu des gens réagir moins vivement au contact de fils à haute tension.

— Vous vous êtes saoulé.

— C'était pour le faire marcher, c'est tout, dit Jack. Quel être sain d'esprit discute avec un ivrogne en colère? Vous trouvez que j'en ai un peu trop fait?

— Vous avez été bien. Le parfait auteur obsessionnel. » Elle le regarda et ils éclatèrent de rire à l'unisson.

« Oui, prétentieux et qui pète plus haut que son cul, dit Jack. Encensez-moi ou je ne joue plus. L'expression qui s'est peinte sur son visage quand vous avez dit dix semaines en tête de liste valait les royalties. Il en est resté baba.

— Carla doit encore être en train de lui passer un savon, dit Abby.

— Moi, je lui aurais peut-être cédé les prochains romans, dit Jack. Je me serais sans doute retrouvé dans un beau pétrin.

— Ce n'est pas vous qui auriez été dans le pétrin mais moi, rétorqua Abby. Vous semblez oublier que vous êtes mon *alter ego*. Aux yeux de la loi, vous êtes ma doublure. »

Il la regarda des pieds à la tête. « Je n'y vois pas d'inconvénient.

— Soyez sérieux, lui dit-elle. Lorsque vous concluez un accord, je suis obligée de m'exécuter.

— Dans ce cas, on devrait peut-être aller faire un tour dans le quartier chaud d'Atlanta, dit Jack.

— Très drôle.

— Je vous dégotterais un petit bustier et des jarretelles en dentelles. Je m'achèterais un chapeau mou de souteneur.

— C'est comme ça que vous gagnez votre vie ? demanda Abby.

— Est-ce que j'en ai l'air ?

— Il ne faut pas se fier aux apparences.

— Vous voilà sur un petit chemin de terre avec un homme que vous ne connaissez pas. Il est un peu tard pour y penser, n'est-ce pas ? » Lorsqu'elle était adolescente, c'était le genre de réflexion qu'aurait pu lui faire son père sur les risques qu'il y avait de monter à bord de voitures avec des inconnus. Jack lui avait dit cela sans la regarder. C'était aussi le genre de chose qu'un tueur pourrait demander à une auto-stoppeuse avant de lui planter un couteau dans le ventre ou de la sauter.

Elle l'examina durant un long moment. Un silence gêné était tombé entre eux. Abby ne savait pas trop si elle devait prendre tout cela au sérieux. Ce ne pouvait qu'entretenir son anxiété ou, pensa-t-elle, déboucher sur quelque chose de plus grave.

« Je plaisantais, dit Jack. Vous n'avez absolument rien à craindre.

— Oui, c'est ça. » Abby continua de regarder droit devant elle.

« Détendez-vous. » Jack la regarda et se mit à rire. « Écoutez, vous voulez que je m'arrête ?

— Non », répondit-elle. De cela au moins elle était sûre. Elle ne voulait pas qu'il s'arrête sur un chemin de terre désert dans un coin perdu.

« Vous ne m'avez jamais dit comment votre amie, comment s'appelait-elle déjà ?

— Theresa ?

— Oui, c'est ça. Vous ne m'avez jamais dit ce qui s'était passé. L'article que j'ai lu dans le journal était un peu vague. C'était un accident ?

— Je ne sais pas. Je ne pense pas.

— Quelqu'un l'a tuée ?

— On dirait.

— Son mari ? »

Abby le regarda en essayant de comprendre comment il avait pu arriver si vite à cette conclusion.

Il saisit son regard. « Mais enfin, c'est logique. Un mari violent. Un mauvais mariage.

— Les flics ne pensent pas que ce soit lui.

— Pourquoi ?

— Ce serait long à raconter. » Abby n'avait pas envie de revenir là-dessus. « Ne pourrions-nous pas discuter d'autre chose ?

— Bien sûr. Parlons des romans à venir. Comment voyez-vous les choses ? Vous croyez que Bertoli va nous ranger aux oubliettes maintenant que nous lui avons opposé une fin de non-recevoir ?

— Ça m'étonnerait qu'il puisse se le permettre.

— Pourquoi ?

— Nous lui avons déjà coûté trois millions. Il faut bien qu'il les récupère d'une façon ou d'une autre. Il y a en outre cette histoire de film. Il est vrai qu'on ne touchera pas grand-chose tant qu'ils n'auront pas commencé à tourner avec la star. Il n'empêche que le studio s'est engagé envers elle. Ils doivent la flatter dans le sens du poil. Pourquoi croyez-vous que j'ai obtenu trois millions de dollars pour les droits d'adaptation ?

— C'est un bon livre, dit Jack.

— Oh, pour ça oui, dit Abby. Passionnant. Mais, croyez-moi, ce n'est pas ma prose, tout excellente qu'elle soit, que l'on paie si cher. Tout laisse à penser que ce sont les vedettes de cinéma contactées qui ont fait monter les enchères.

— Et vous pensez que ça nous donne prise sur Bertoli et Carla ?

— Pour ce livre, oui. Mais nous serions perdants si nous leur cédions les romans à venir. Bertoli pourrait alors étaler les risques. Il pourrait faire traîner les choses et laisser le studio se débrouiller avec sa star. Nous, pour l'instant, ce qu'il nous faut, c'est tenir Bertoli en bride et le faire saliver. S'il nous fait de grosses...

— Nous ? demanda Jack.

— Je parlais métaphoriquement. Alors peut-être sera-t-il temps de parler d'autres romans.

— Ainsi donc, s'il fait notre promotion, vous seriez prête en principe à marcher avec lui, dit Jack.

— Oui, mais sans lui faire de cadeau », dit Abby.

Elle avait raison et Jack le savait. Elle tenait le bon bout. Le contrat d'adaptation cinématographique changeait complètement la donne.

« Il y a autre chose, dit Jack. Ça saute aux yeux comme le nez au milieu de votre visage.

— Mon nez saute aux yeux ?

— Je m'exprime mal, dit Jack. Ce n'est pas pour rien que l'écrivain, c'est vous.

— Il faut le croire », dit Abby.

Il coula un regard dans sa direction. « En réalité, vous avez un très joli nez. »

Elle toucha ledit appendice du bout d'un doigt comme pour s'assurer qu'il était toujours à sa place.

« N'importe quoi », dit Abby. Elle ne se sentait pas assez en confiance avec lui pour flirter.

« En tout cas, il se passe autre chose en coulisse, dit Jack.

— C'est-à-dire ?

— Ce que j'ai dit à la réunion. Que Bertoli nous cache quelque chose.

— Quoi ?

— Je ne sais pas. Des commandes anticipées pour le livre. Qui semblent venir des chaînes de grande diffusion. » Il eut un hochement de tête perplexe. « Il avait dû apprendre quelque chose de particulièrement excitant pour tenir à ce point à obtenir d'autres romans. Il n'y est pas allé par quatre chemins, vous ne trouvez pas ? Il n'a pas mis de gants. J'aurais cru que Carla se montrerait plus fine. Une chose est certaine : les livres qu'ils veulent valent beaucoup plus qu'ils ne le laissent entendre. »

Abby demeura quelques instants songeuse. « Ça me met en rogne, dit-elle enfin. Ce baratin merdique sur les contraintes du marché. Qu'il lui fallait récupérer ses investissements. Qu'il ne pouvait pas continuer à jeter l'argent par les fenêtres.

— Ne vous emportez pas. Ce sont les affaires. Vous lui avez indiqué votre prix, dit Jack. Il est convaincu que vous le mettez sur la paille. Dès que Carla l'aura ramené à la raison, ils reviendront. N'oubliez pas qu'il n'y a qu'une seule règle dans la jungle des affaires : nous, nous ne faisons que passer tandis que les agents sont dedans jusqu'au cou avec les éditeurs. L'écrivain est d'une autre espèce. Il n'empêche que c'est Carla qui vous a dégotté le contrat. Vous ne seriez pas ici sans elle.

— Elle s'est taillé la part du lion, dit Abby. La question désormais est de savoir si je peux lui faire confiance. »

Jack lui lança un regard en coin tout en refermant sa main sur le volant.

« Qui a déjà parlé de faire confiance à quiconque ? »

Dire que les flics ont l'esprit soupçonneux est une lapalissade.

Lorsque Luther Sanfillipo téléphona chez Abby et découvrit que sa ligne avait été interrompue, il commença à s'interroger. Lorsque, s'étant rendu en voiture jusque chez elle, il aperçut un panneau « A vendre » fiché au milieu de la pelouse et qu'il s'avéra que la maison était vide, il commença à s'inquiéter. Et lorsqu'il téléphona au bureau d'Abby et qu'on lui apprit qu'elle avait quitté son travail sans laisser d'adresse, il passa à l'action.

Il gara sa voiture dans le parking d'un garage. Il se dit que c'était le seul moyen dans ce quartier de garder ses enjoliveurs. Il remonta à pied la rue en pente sur deux pâtés de maisons, jusqu'à un immeuble de bureaux de deux étages, très délabré. L'extérieur était couvert d'affiches lacérées et de graffiti que seul le gang qui les avait tracés eût su décoder.

Le rez-de-chaussée était occupé par un magasin vidéo et une petite épicerie. Il y avait entre les deux une simple porte vitrée au-dessus de laquelle était fixée une adresse en chiffres métalliques que les voisins n'avaient pas réussi à détacher et à voler. Luther entra et se dirigea vers le premier étage dans l'escalier au tapis souillé.

Sur le palier, un couloir en forme de T partait dans deux directions à l'extrémité de chacune desquelles il y avait une porte. On pouvait lire, peint sur l'une d'elles : « Marcia : Centre de Relaxation », et sur l'autre :

C.W. CHANDLIS, CONSEIL JURIDIQUE
& AVOCAT A LA COUR

Luther, entendant un cliquetis de machine à écrire derrière la porte, l'ouvrit et entra dans le bureau.

« Que puis-je faire pour vous ? » Un homme, habillé avec recherche, était assis à un bureau dans une antichambre qui tenait lieu de réception.

« Je cherche Monsieur Charles Chandlis. »

L'homme continua de tapoter sur sa machine à écrire.

« Vous l'avez trouvé. »

L'inspecteur le regarda, assis devant la machine à écrire. « C'est vous l'avocat? demanda-t-il.

— Ma secrétaire s'est absentée pour quelques minutes », dit Charlie.

Cela ne laissait rien présager de bon. Luther ne s'était même pas encore présenté qu'on lui mentait. Il avait mené sa petite enquête avant de venir et vérifié, entre autres choses, les registres de l'emploi. La secrétaire de Chandlis s'était inscrite au chômage deux semaines auparavant et avait déposé plainte auprès du tribunal du travail pour salaires non payés. L'avocat était aux abois financièrement, ce qui donnait à l'inspecteur une raison supplémentaire de vouloir lui parler.

« Qui êtes-vous? demanda Charlie.

— Mon nom est Sanfillipo. » Il sortit son insigne qu'il montra à l'avocat.

Charlie monta instantanément sur ses ergots. S'il avait été un chien, il aurait eu les poils qui se seraient dressés sur le dos.

« Si c'est pour l'un de mes clients, vous vous êtes déplacé pour rien. Je ne traite qu'avec vos supérieurs. »

L'inspecteur haussa un sourcil interrogatif.

« Avec les services du procureur », expliqua Charlie qui tourna alors les yeux vers la porte comme pour signifier à Luther qu'il pouvait maintenant l'emprunter pour repartir.

« Oh. Non. Non. Ce n'est pas pour un de vos cas que je suis ici, mais pour une affaire sur laquelle j'enquête. »

Le ton sur lequel il avait dit cela laissa Charlie quelque peu interloqué. Il regarda l'inspecteur.

« Je cherche votre femme, dit celui-ci.

— Je ne suis pas marié. » Charlie reporta son attention sur sa machine à écrire et regarda sa montre comme s'il était pressé par le temps. Il fit plusieurs fautes de frappe, ce qui l'obligea à revenir sur deux lettres avec le ruban correcteur.

« Vous devriez vous acheter un ordinateur, dit Luther.

— Ouais, c'est ça. Et passer six mois à apprendre à m'en servir.

— Votre secrétaire devrait savoir s'en servir, elle, dit Luther avec son intimidant sourire à la Raul Julia.

— Qu'est-ce que vous voulez ?

— Je vous l'ai dit. Je cherche Madame Chandlis. Abigail Chandlis.

— Mon ex-femme.

— Oui.

— Comme le laisse entendre l'emploi du "ex", nous ne vivons plus ensemble. Vous devriez essayer de la joindre chez elle.

— C'est ce que j'ai fait. La maison est vide. »

Charlie s'arrêta pour la première fois de taper et pivota sur sa chaise en levant vers l'inspecteur un regard dans lequel se lisait une interrogation muette.

« Vous y avez des intérêts ?

— Dans quoi ?

— La maison de votre femme.

— Non. Pourquoi me demandez-vous cela ?

— Parce qu'elle est à vendre. »

Chandlis sembla peser cette information et, à moins que l'inspecteur eût perdu sa capacité à juger l'expression non verbale d'autrui, c'était une première nouvelle pour l'avocat. Il recommença à taper.

« Pourquoi la recherchez-vous ?

— Dans le cadre d'une enquête. Une simple affaire de routine.

— Elle a commis un délit ?

— Pas à notre connaissance. » On eût dit davantage une question qu'une affirmation.

Charlie ne mordit pas à l'hameçon.

« Nous aimerions tout simplement lui parler.
— Avez-vous téléphoné à son cabinet d'avocats ?
— Hmm, dit l'inspecteur en acquiesçant. Elle a démissionné la semaine dernière. »

La machine à écrire continua à crépiter, non sans de nombreuses fautes de frappe. Luther aurait pu lui demander s'il était au courant de la démission de son ex-femme mais cela n'était pas nécessaire.

« Je pensais que vous saviez peut-être où elle est.
— Je ne le sais pas.
— Quand lui avez-vous parlé pour la dernière fois ?
— Je ne me souviens pas. Nos relations sont plutôt espacées.
— Tiens donc. J'avais comme l'impression que vous restiez en contact.
— Et qu'est-ce qui vous donnait cette impression ?
— Le fait que vous ayez reçu d'elle six mille dollars il y a dix jours. »

Charlie ne dit rien mais cessa de taper au milieu d'un mot et adressa à Luther un regard courroucé signifiant nettement qu'il n'appréciait guère que la police mette le nez dans ses affaires financières.

« Ça vous ennuierait de me dire pourquoi elle vous a versé cette somme ?
— Pourquoi vous le dirais-je ? Vous avez l'air d'être déjà au courant de tout.
— M'avancerais-je beaucoup en disant qu'il s'agissait du remboursement d'une dette qu'elle avait contractée envers vous ?
— Ça suffit, dit Charlie.
— Mais je peux vous assurer que...
— Vous pouvez allez vous faire foutre avec vos assurances, dit Charlie.
— Ce serait peut-être un truc intéressant à essayer mais je ne crois pas que ça réglerait quoi que ce soit pour vous », dit l'inspecteur qui trouva Charlie presque aussi mal embouché que ses clients. C'était peut-être contagieux.

« Depuis combien de temps êtes-vous divorcé ?

— Ça figure dans les dossiers du tribunal, répondit Charlie. Pourquoi n'allez-vous pas voir là-bas ? »

Il n'était pas impossible théoriquement que la personne qui avait tué Theresa Jenrico ait commis une méprise et que la vraie cible eût été Abby Chandlis. Dans ce cas, celle-ci devait être en fuite. A moins qu'on ne l'eût déjà retrouvée et qu'on lui eût fait son affaire.

« Vous êtes au courant pour son amie, Madame Jenrico ? demanda l'inspecteur.

— Ouais. J'ai appris ça. Tragique.

— Comment l'avez-vous appris ?

— Par les journaux. Je sais lire. » Il attendit la question suivante, concernant ce qu'il faisait ce soir-là, mais elle ne vint pas. Luther ne procédait pas de façon aussi frontale.

« Vous admettrez que c'est une manière plutôt particulière de rembourser une dette, non ?

— Que voulez-vous dire ?

— Je parle de cette façon qu'a eue Madame Chandlis de faire le versement directement sur le compte de votre carte de crédit.

— C'est sans doute que ça l'arrangeait.

— Je vois. Moi, je suis convaincu que c'est la société de crédit que cela a dû arranger. » L'inspecteur lui sourit. Il savait que Charlie était à découvert. Il n'avait dû qu'au virement effectué par sa femme qu'on ne lui retire pas sa carte de crédit.

« En quoi ça vous regarde ?

— Oh, en rien. Mais je serais curieux de savoir pourquoi elle vous aurait versé une telle somme d'argent pour ensuite disparaître sans dire à personne où elle allait.

— Ça, c'est à elle qu'il faut le demander.

— C'est ce que je ferais si je parvenais à la retrouver.

— Je ne peux pas vous aider. Maintenant, si vous en avez terminé avec ça, j'ai du travail.

— Savez-vous où elle s'est procuré cet argent? Pour vous rembourser, je veux dire?

— Non.

— Ça fait beaucoup d'argent. Elle n'est pas très riche.

— Non. »

La situation financière de Charlie n'était pas la seule que l'on avait soumise à un examen minutieux.

« Et quelle était la nature de cette dette? demanda l'inspecteur.

— Un prêt que je lui avais fait, mentit Charlie.

— Pourquoi?

— C'est personnel. Si vous voulez en savoir davantage, délivrez-moi une citation à comparaître. Et je n'apprécie pas beaucoup que vous fourriez votre nez dans mes affaires financières.

— Oh, je vous assure que nous n'avons pas fourré notre nez dans vos affaires. Il a suffi de téléphoner à votre banque en disant que nous menions une enquête pour homicide. »

Charlie lui jeta un regard furibond.

« Votre banque s'est montrée très coopérative, ajouta l'inspecteur.

— Bravo. » Désormais, tous les caissiers allaient le regarder comme s'il était le tueur à la tronçonneuse.

« Nous avons été très discrets, dit Luther.

— Mais voyons donc. Sauf que maintenant vous et quelques centaines de vos connards de copains du commissariat connaissent mon niveau de solvabilité.

— Je n'avais pas considéré auparavant mes collègues sous cet éclairage, dit l'inspecteur. Mais je ne manquerai pas de le leur dire lorsque je les verrai. » Il se dirigea vers la porte.

« C'est ça, dites-leur. »

Sanfillipo se retourna. « C'est votre travail qui vous rend aussi agressif?

— Je ne m'étais pas aperçu que j'étais agressif.

— C'est l'ennui avec le stress lié au travail, dit l'inspecteur. Ça vous prend par surprise et vous tue sans que vous vous en aperceviez. »

# CHAPITRE VINGT ET UN

Ce qui avait jadis été l'imposante entrée d'une grande plantation était désormais parsemé de maisons sans grâce et de quelques caravanes. Au loin, à quelque trois cents mètres au-delà du tunnel de verdure formé par une allée bordée d'arbres, Abby distingua les murs chaulés et l'escalier double d'une vieille demeure coloniale dont les colonnades se dressaient vers le ciel.

La longue allée conduisant à la maison passait sous de vieux chênes dont les longues branches se rejoignaient en une épaisse frondaison que le soleil perçait à peine. Cette allée fit naître chez Abby l'image d'une cathédrale gothique dont les piliers auraient été verts de mousse.

La route proprement dite était en un sable fin dans lequel subsistaient des mares d'eau laissées par une pluie récente. L'arrière de la voiture de Jack dérapa légèrement lorsqu'il passa dans l'une d'elles.

« Vous êtes propriétaire de tout ce domaine ? demanda Abby.

— Ne vous laissez pas impressionner. Vous n'avez pas encore vu l'intérieur. »

Lorsqu'ils arrivèrent à proximité de la vaste demeure, elle comprit ce qu'il avait voulu dire. La maison de Jack ressemblait à son propriétaire : bien bâtie mais donnant des signes de fatigue. Elle aurait bien figuré dans un décor de cinéma : une maison coloniale sans esclaves, déchue de toute sa splendeur par les avatars de l'histoire. Elle s'élevait sur trois étages si l'on comptait le soubassement contre les inondations, supporté par des pilotis blancs et dissimulé derrière des massifs de buissons. De lourdes poutres décoratives soutenaient le toit de la galerie qui courait sur toute la longueur de la maison, et celui du balcon à une balustrade en bois à l'étage supérieur.

Abby jugea que l'endroit devait dater du début du dix-neuvième siècle ; il avait échappé à l'attention des troupes nordistes de Sherman lors de leur marche vers la mer durant la guerre de Sécession.

La voiture vint s'immobiliser devant l'escalier double. Jack en descendit et s'étira. Abby le rejoignit et sentit sur son visage la chaleur du soleil qui perçait les trouées du feuillage. Une odeur printanière flottait dans l'air. On se serait cru à l'autre bout du monde. Tout était paisible, sans trace de circulation automobile ou de cette agitation propre à la vie moderne. N'eût été la voiture de Jack garée devant la maison, on se serait cru dans un décor du siècle dernier.

« Je prendrai les bagages plus tard, dit-il. Venez, entrons. »

En se dirigeant vers la maison, il fit un détour en direction d'un petit kiosque qui se trouvait sous l'escalier, y pénétra et en ressortit un instant plus tard, tenant dans une main une liasse de lettres et dans l'autre un colis express bleu, blanc, rouge, de la taille d'une boîte de chemise.

Le facteur et les coursiers déposaient apparemment son courrier et ses colis dans cet édicule durant ses absences. « Un arrangement officieux, expliqua Jack. Un des avantages de la vie rurale. »

Il examina le contenu de son courrier tout en montant l'escalier, suivi d'Abby. La porte d'entrée n'était pas verrouillée. Un autre avantage de la vie rurale sans doute, pensa-t-elle.

Quant au hall d'entrée, Abby n'avait jamais rien vu de semblable, si ce n'est dans les musées : des planchers de grosse marqueterie marqués et profondément patinés par plus d'un siècle d'usure. Dans un coin se dressait un portemanteau dont la glace biseautée était piquée par endroits.

Jack s'engagea dans un grand couloir central et Abby lui emboîta le pas.

« Faites comme chez vous. Je redescends tout de suite. » Le courrier à la main et le colis sous le bras, il monta l'escalier, une majestueuse structure incurvée à la rampe sculptée.

Ses pas portèrent Abby vers un grand salon. Il y faisait sombre. De lourdes draperies, qui lui parurent de velours bordé de franges et aussi vieilles que le reste de la maison, étaient suspendues devant les vitres de verre épais et les longs stores. Ce salon, situé à l'avant de la maison, était séparé de la salle à manger par deux portes glissantes de quatre mètres qui rentraient dans les murs pour le spectacle. Chacune de ces deux pièces possédait des plafonds à caissons. Un immense lustre en cristal était suspendu au-dessus de la table en acajou entourée de chaises à haut dossier. On eût dit le cadre d'un conseil de guerre.

Ce décor de musée se poursuivait dans le salon où l'on pouvait admirer derrière la vitre courbe d'un cabinet des plats et des vases en verre taillé. Des rayonnages de livres reliés en cuir couraient du sol au plafond, certains aux titres dorés à l'or, histoires de grandes batailles ou pensées de grands hommes tels le *De la république* de Cicéron et les *Réflexions sur la Révolution française* d'Edmund Burke. Elle prit un livre et y jeta un coup d'œil : c'était une première édition. Elle le remit soigneusement à sa place.

Il y avait sur un mur des certificats et des diplômes, certains de l'Académie militaire d'Annapolis décernés à un certain Joseph Jermaine, et un cabinet de curiosités rempli de trophées dont plusieurs représentaient de petits personnages en bronze tirant au pistolet. Sur trois d'entre eux figurait le nom de Joseph Jermaine. Deux autres, datés de trente ans plus tard, portaient l'inscription « Joseph Jermaine Jr. ».

Elle les examina durant quelques instants puis, les mains refermées derrière le dos, alla vers la cheminée. On eût pu tenir debout dans l'âtre dont les chenets géants étaient ornés de deux têtes de cheval jumelles en bronze au regard tourné vers elle. La cheminée était surmontée d'un immense manteau sculpté dans une pièce de noyer d'un seul tenant.

Sur ce manteau de cheminée, il y avait des décorations militaires disposées dans une vitrine. Abby en reconnut une, un Purple Heart, la plus haute distinction pour courage au combat dans l'armée américaine. Plusieurs autres comportaient des inscriptions en langues étrangères, dont l'une en français. Il y avait aussi une vitrine de galons gagnés au combat, de toutes les couleurs de l'arc-en-ciel.

Il y avait une médaille à part, seule dans un coffret. Elle n'était pas plus grande que les autres mais possédait une marque distinctive : elle était mise en valeur par le large ruban bleu auquel elle était suspendue. La médaille proprement dite consistait en une étoile à cinq pointes en bronze, toutes inversées sauf pour celle du bas. L'étoile était entourée d'une couronne. Le couvercle du coffret était orné d'une ancre. C'était la Médaille d'Honneur du Congrès.

Elle prit le coffret pour l'examiner, retenant le couvercle ouvert avec ses doigts.

« La plupart appartiennent à mon père. » Jack, qui était rentré dans la pièce derrière elle, l'avait surprise en train de toucher aux décorations.

« Excusez-moi. » Elle remit le coffret sur la cheminée.

Jack tenait à la main une épaisse liasse de papiers

retenus par un élastique. Il la contourna, prit le coffret contenant la décoration et le mit dans le tiroir d'un cabinet qui se trouvait dans un coin.

« Qu'est-ce que je peux vous offrir ? demanda Jack. Avez-vous faim ?

— Non, ça va.

— Vous voulez boire quelque chose ?

— N'importe quoi de froid et sans alcool, répondit-elle. Votre père était dans l'Armée ?

— Dans les Marines. » Jack se dirigea d'un pas nonchalant vers la cuisine et elle l'y suivit.

« Qui est Joseph Junior ?

— Votre serviteur, répondit Jack.

— Vous ?

— Jack est mon surnom. Joseph Senior était mon père.

— Etait ?

— Il est mort.

— Je suis navrée.

— Il ne faut pas. Il a eu une vie bien remplie. Il a vécu plus de quatre-vingts ans.

— Il était militaire de carrière ?

— On peut dire ça. D'autres diraient plutôt que c'était un enfant de pute professionnel. » Il dit cela avec le sourire.

« On dirait à vous entendre qu'il s'agit là d'un terme affectueux.

— Dans la région ? Vous parlez que c'en est un. Le camp militaire de Perry est tout à côté d'ici. » Il tendit vaguement un doigt en direction du détroit qu'elle voyait par la fenêtre de la cuisine. « C'est un enfer à sa façon, dit Jack. Parmi le corps des officiers, seuls les enfants de pute y vivent. Les autres meurent ou prennent une retraite prématurée.

— A part d'être un enfant de pute, qu'est-ce qu'il faisait ?

— Oh, ce n'était pas qu'un enfant de pute. Il était le

fils d'un enfant de pute de première, l'enfant de pute en chef. Le commandant du camp militaire de Perry.

— On dirait à vous entendre qu'il s'agit d'un camp de concentration.

— Vous l'avez dit. Le fantôme de mon père passe la moitié de son temps là-bas et l'autre ici, dans cette maison. »

Elle le regarda.

« Oh oui. Il hante ces lieux. Si vous entendez des propos grossiers durant la nuit, ce sera le Vieux. Si vous entendez des bruits de coups, vous saurez qu'il est en train de tabasser quelqu'un.

— Charmant personnage.

— Des gens qui l'avaient connu plus jeune m'ont dit que nous nous ressemblions beaucoup.

— Comme ça, vous aussi vous êtes un enfant de pute professionnel ?

— Qui, moi ? Non. Je suis un enfant de chœur. Autant dire rien du tout comparé à lui. »

Il fouilla dans le réfrigérateur. « Froid et sans alcool », dit-il.

La cuisine aurait pu être celle d'une institution. L'évier était en acier inoxydable ainsi que le revêtement d'un vaste bloc d'éléments intégrés au milieu de la pièce. On aurait pu préparer les repas pour une armée sur l'immense poêle à gaz qui semblait pourtant vieux d'une quarantaine d'années.

« Voyons. J'ai du lait. » Il le huma. « On peut faire une croix sur le lait. » Il le posa sur le comptoir. « Je vous déconseille le jus d'orange. Il n'est plus très frais. » Lorsqu'il le versa dans une carafe en verre, il apparut que le jus d'orange avait une coloration brunâtre. On eût dit qu'il était là depuis le Noël précédent. Jack ne prenait pas très soin de son réfrigérateur.

« J'ai comme l'impression que vous allez devoir vous contenter de vin, de bière ou de boissons gazeuses, dit-il.

— Vous avez quelque chose de light?

— Tenez. » Il sortit la canette, fit sauter le couvercle et attrapa un verre qu'il mit sous le distributeur de glaçons de la porte du réfrigérateur.

« Avez-vous suivi les traces de votre père?

— Hmm?

— Je veux dire : avez-vous été dans les Marines?

— Oh oui. Vous avez entendu parler des chromosomes X et Y, ceux qui donnent soit les garçons soit les filles. Eh bien, moi, quelque part dans mes cellules j'ai un chromosome F.

— Qu'est-ce que c'est que ça?

— F pour fantassin dans les Marines. Mon grand-père l'avait. Mon arrière-grand-père aussi. Nous avons la couenne dure. Mais on dirait bien que ça va s'arrêter là. »

Elle lui adressa un regard interrogatif.

« Il n'y aura pas de petits Jack, dit-il.

— Ah, fit-elle en acquiesçant d'un signe de tête. Je pensais que vous aviez peut-être été déjà marié.

— Autant parler d'autre chose », dit Jack.

Abby lui adressa d'autres regards interrogatifs.

« Disons que j'ai fréquenté des femmes avec lesquelles ça n'a rien donné. » Il but une gorgée à une bouteille de bière givrée et posa le verre de boisson gazeuse devant elle sur le revêtement en acier inoxydable du bloc d'éléments intégrés à côté de l'épaisse liasse de papiers qu'il avait descendue d'en haut.

« Et la maison? demanda Abby.

— J'en ai hérité. Tout comme les gènes. J'ai la maison et neuf cents hectares de terres alluviales que je loue toutes. Jess. Vous vous souvenez de Jess, le cache-sexe en peau de léopard? »

Abby fit signe que oui et se mit à rire.

« C'est lui qui a hérité de la plus grande partie des placements familiaux. Des actions et des obligations.

— Ce doit être quelqu'un de frugal à en juger par l'aspect de son appartement? dit Abby.

— Frugal ? Jess ? En effet. Il serait préférable de dire qu'il a mangé la plus grande partie de son héritage. Il aime vivre grand train. La vie pour lui est une fête ininterrompue. Depuis qu'il a découvert L.A., il n'a pas cessé de bambocher.

— Il n'est pas entré dans les Marines ? »

Ce fut au tour de Jack d'éclater de rire. « Jess est un exemple de réversion de l'atavisme. Quelqu'un avait dû fauter dans la famille. Lui et le Vieux en étaient venus aux coups. » Il regarda le plafond d'un air songeur comme si cela lui rappelait des souvenirs, pas tous agréables.

« Jess a eu de la chance de naître tard. Si le Vieux avait eu dix ans de moins, il n'aurait jamais été au-delà de l'enfance. Mais c'est une autre histoire. Vous êtes fatiguée ? » Ils étaient l'un et l'autre appuyés de chaque côté de l'îlot recouvert d'acier inoxydable.

« Je me sens plutôt fébrile », répondit Abby. C'était une sensation qu'elle éprouvait souvent après un long voyage.

« Bon, vous aimeriez peut-être vous asseoir, vous détendre, lire quelque chose, dit Jack. Il y a amplement de quoi lire dans la maison.

— Je sais. J'ai vu votre bibliothèque.

— Ce n'est pas ce que je voulais dire. » Il lui adressa un sourire faussement timide et fit glisser vers elle la liasse de papiers retenus par un élastique.

« Qu'est-ce que c'est que ça ?

— Oh. Quelque chose que j'ai écrit.

— C'est ça qui était dans le colis que vous avez pris dehors ? » Abby avait aussitôt pensé à un manuscrit refusé.

« Oh non. Il y a plusieurs mois que j'ai cessé de soumettre mes manuscrits à des éditeurs. Le colis contenait autre chose. » Abby fut soulagée de l'apprendre. Elle avait craint qu'il n'envoie directement, sans l'intermédiaire d'un agent, des manuscrits signés de son nom à lui à des éditeurs new-yorkais. L'un d'eux eût pu dans ce cas faire le rapprochement avec celui de Gable Cooper et on se serait éventuellement interrogé. En outre, au cas où Jack eût produit une œuvre médiocre, c'est le nom de Gable Cooper qui en aurait alors été souillé.

Elle feuilleta du pouce le manuscrit dont certains des feuillets étaient écornés. C'était un long roman qui devait bien faire un millier de feuillets. « Vous essayez de le vendre au kilo ? demanda-t-elle.

— Vous le trouvez trop long ?

— Pas si vous comptez le publier en plusieurs tomes. »

Ils se mirent à rire.

« Je ne peux pas vous assurer que je le lirai ce soir, dit-elle.

— Oh, prenez votre temps. Prenez la journée de demain. Emportez-le en partant. Ne vous pressez pas », dit-il alors même qu'une lueur d'impatience se lisait dans ses yeux. Il avait hâte de connaître son avis critique.

Il était cinq heures du matin et Abby n'avait toujours pas trouvé le sommeil. Elle entendit du bruit en bas et se dit que Jack était probablement quelqu'un de matinal. Il lui avait laissé tout l'étage supérieur de la maison et l'avait installée dans une chambre qui contenait un lit à baldaquin. Il y avait un bol et un pichet de porcelaine pour la toilette dans la chambre et une salle de bains au bout du couloir. Jack avait quant à lui transporté ses pénates dans une pièce du rez-de-chaussée. La chambre d'Abby, plus grande que bien des suites d'hôtel, était remplie de meubles anciens.

Elle s'était couchée vers dix heures et dormait depuis trois heures environ lorsqu'elle s'était réveillée en sursaut. Ahurie et désorientée durant quelques instants, se demandant pourquoi la fenêtre était à gauche et non pas à droite, elle avait soudain réalisé qu'elle n'était pas chez elle, dans son décor familier.

Elle se retourna dans le lit et s'assit. Elle n'eût su dire ce qui l'avait réveillée. Peut-être avait-elle rêvé de Theresa. Elle avait beaucoup pensé à sa mort les jours précédents. Elle revoyait son corps inanimé sur la civière à l'extérieur de chez elle. Ces images la hantaient, surtout la nuit. Elle se demanda si la police avait retrouvé Joey et pourquoi Morgan n'avait pas téléphoné. Des tas de choses lui passaient par la tête.

Elle s'étendit et, après être restée encore deux heures dans le noir à se tourner et à se retourner dans le lit, elle alluma et essaya de lire. Elle n'avait pas écrit une ligne depuis son départ pour Los Angeles avec Theresa. Elle avait travaillé à l'esquisse d'une suite de son roman mais ne s'y était pas encore attelée. Elle s'y mettrait une fois dans les îles. Jack voulait connaître l'intrigue de ce nouveau roman mais elle ne voulait rien en dire, pas encore en tout cas. Jack occupait déjà trop de place dans sa vie et elle n'aimait pas cela. C'est par cette suite de son roman et les détails inédits qu'il contiendrait qu'elle garderait la haute main sur la situation. Les éditeurs ne se contentaient jamais d'un seul livre, surtout si celui-ci laissait espérer de substantielles rentrées d'argent. Ce qu'ils voulaient, c'était de la création à la commande, avec des délais de plus en plus courts entre chaque manuscrit. La belle époque où l'édition était un art était bien révolue. Les livres n'étaient plus que de vulgaires marchandises et les gens qui les écrivaient étaient considérés par le monde de l'édition comme des personnages excentriques mais un mal nécessaire. Abby savait que Bertoli et Carla finiraient un jour ou l'autre par exiger des précisions sur la suite du premier roman. Ils feraient faire une maquette de la jaquette du livre avant même que celui-ci ne soit écrit. Jack allait devoir s'adresser à elle pour obtenir des miettes de son nouveau livre qu'il leur jetterait en pâture. De cette manière, elle le manipulerait comme une marionnette. La suite de son premier roman était pour Abby l'unique et seul moyen de rester maîtresse de la situation.

Étendue dans le lit, elle lut quelques pages d'un roman en édition de poche d'Elmore Leonard qu'elle avait acheté à l'aéroport. Leonard était le roi du dialogue et, après le manuscrit de Jack, on eût dit un sorbet servi d'affilée après une assiette d'oignons crus. Si le manuscrit de Jack véhiculait un message, c'était qu'il ne savait pas écrire.

Son roman racontait l'histoire de l'un de ces mâles qui font un malheur dans un décor high-tech à l'échelle planétaire. Cela grouillait de politiciens et de bureaucrates malfaisants ainsi que de soldats héroïques. Le héros était d'une beauté stupéfiante et était sorti major de sa promotion. Toutes les femmes étaient d'une beauté stupéfiante et incultes. Ce qui n'avait aucune importance car elles avaient de gros seins et de longues jambes. Ces femmes d'une beauté stupéfiante n'arrêtaient pas de tripoter le héros d'une beauté stupéfiante. Lorsque tous ces gens d'une beauté stupéfiante n'étaient pas en train de faire la bête à deux dos, on les trouvait en train de désamorcer des bombes nucléaires et de déjouer des complots en vue d'assassiner le Président. Le héros masculin, sans âge et célibataire, était animé d'une pureté d'intention égalée par le seul Superman. Il avait la bite plus rapide qu'une balle de gros calibre. Tout bien considéré, Abby avait trouvé à ce personnage fictif une grande ressemblance avec Jack lui-même. Incroyable, sauf que Jack en était l'incarnation en chair et en os.

Il y avait un diplôme au mur du rez-de-chaussée au nom de Jermaine Junior. Il n'avait pas été décerné par l'Académie militaire d'Annapolis. Jack était diplômé de l'université de Stanford en études latino-américaines. Elle se demanda à quel rang il était sorti dans sa promotion, s'il avait déjà désarmé une bombe nucléaire ou s'il avait rencontré le Président. Elle se doutait bien qu'il aimait les longues jambes et les gros seins. Elle se demanda jusqu'à quel point tout cela, le passage par Standford en particulier, avait plu au Vieux, ainsi que Jack appelait son père. Elle pouvait imaginer le nombre d'engueulades qu'avait dû susciter le refus de Jack de se couler dans le moule militaire.

Elle lisait à présent le roman d'Elmore Leonard, en parcourait plutôt les mots des yeux, car elle avait l'esprit ailleurs. Elle entendit le bruit du gravier sous des roues devant la maison, se leva et alla à la fenêtre, juste à temps pour voir la voiture de Jack dévaler l'allée en roue libre. Lorsque la voiture démarra, elle était déjà trop loin pour que l'on entende le moteur. Elle disparut sous le tunnel de verdure. Abby se demanda où il pouvait bien aller à cinq heures du matin.

Où que ce fût, il reviendrait. Elle retourna au lit et à son livre. Elle lut une demi-page sans que sa conscience en enregistre une seule syllabe. Elle referma le livre, se leva et réfléchit quelques instants au fait qu'elle était à présent toute seule dans la maison.

« Non. Il ne faut pas », se dit-elle sans grande conviction. Puis elle se rappela comment Jack s'était immiscé sans égards dans sa vie. Sans autre réflexion, elle enfila son jean, passa un pull, chaussa ses tennis directement sur ses pieds nus et se glissa silencieusement hors de la chambre.

Le couloir, plongé dans l'obscurité, n'était éclairé que par la faible lueur de l'aurore naissante qu'une lucarne laissait se répandre dans l'escalier.

Elle se dirigea sur la pointe des pieds vers une porte qui se trouvait au bout du couloir. Elle avait vu Jack entrer et sortir de cette pièce où il avait été chercher quelques objets pour dormir la veille. Elle en avait conclu que ce devait être sa chambre. Elle tourna la poignée et la porte s'ouvrit. Elle entra et referma la porte derrière elle. C'était une grande chambre, plus grande que celle qu'elle occupait, et en désordre. Il y avait des vêtements soigneusement pliés sur le lit. Celui-ci n'était pas une antiquité à baldaquin comme le sien mais un lit à cadre métallique qui, à l'instar de Jack, avait une dureté toute militaire.

Une porte de l'autre côté de la chambre conduisait à une petite salle de séjour semblable à un solarium dont les vitres donnaient sur le jardin, le marais et le détroit plus loin.

Sous les fenêtres à petits carreaux, il y avait un grand bureau ancien incrusté de cuir sur lequel se trouvaient un gros ordinateur et divers appareils électroniques. De chaque côté du bureau, des étagères en pin naturel soutenues par des blocs de parpaings couraient au ras des fenêtres. Elles fléchissaient sous le poids des livres. Non pas les reliures en cuir uniformes et les tranches dorées des livres de la bibliothèque du rez-de-chaussée mais bien plutôt un assortiment d'ouvrages aux couvertures de médiocre qualité, plusieurs d'entre eux brochés au lieu d'être reliés et dans lesquels Abby crut reconnaître des monographies techniques.

Le dessus du bureau était jonché de papiers dont certains continuaient de jaillir de l'imprimante laser.

Un globe terrestre bleu rebondissait entre les bordures intérieures de l'écran couleur de l'ordinateur.

Abby ne s'y connaissait pas beaucoup en ordinateurs. Peu avant son départ de Seattle, elle avait acheté un petit ordinateur pour remplacer sa vieille machine à écrire qui avait disparu dans le sillage de Joey. Spencer avait retourné le sous-sol dans tous les sens pour la retrouver mais il n'en restait pas trace. Elle ne voyait pas très bien ce qui avait pu inciter Joey à l'emporter.

L'ordinateur de Jack était ultra-sophistiqué, un million d'interfaces graphiques reliées aux touches sur une souris, un joystick qu'on eût dit arraché au cockpit d'un avion de chasse à réaction. Et des jeux, une étagère entière de jeux — hélicoptères, avions, tanks, missiles

Sans réfléchir, elle posa la main sur le clavier. Le globe qui était sur l'écran disparut aussitôt, remplacé par l'image de l'intérieur d'un cockpit qui filait à toute allure dans l'espace. Abby retira sa main et vit l'objet volant se faire abattre. Les sons métalliques d'une salle de jeux vidéo résonnaient depuis des haut-parleurs quelque part à l'intérieur du bureau. Elle essaya de pousser le levier de commande dans l'espoir que le paisible globe bleu revienne sur l'écran. Au lieu de cela, l'horizon sur l'écran s'embrasa. Un instant plus tard, il se produisit un éclair orangé suivi dans les haut-parleurs d'un bruit chuintant d'appareil qui s'écrase au sol. De grandes lettres rouges apparurent sur l'écran : GAME OVER. Il ne resta plus à Abby qu'à espérer que Jack ne conservait pas trace du résultat des parties.

Elle porta son attention sur sa bibliothèque. On y trouvait les habituels ouvrages de référence d'un écrivain, des dictionnaires, un assortiment de répertoires analogiques, un volume de citations célèbres et des traités consacrés à l'écriture romanesque. En ce domaine, Jack n'avait pas lésiné : *L'Art d'écrire, L'Art de construire une intrigue, L'Art de dessiner un personnage.* Ils étaient retenus à la verticale sur le bureau entre un seul appui-livre et l'ordinateur, comme si celui-ci pouvait en absorber le contenu par osmose. L'échec de Jack était flagrant. Ce qu'il lui fallait, c'était ce qu'il avait trouvé en Abby : un nègre. La question était désormais de savoir comment elle garderait la situation en main jusqu'au moment de sortir de l'anonymat.

Elle s'intéressa ensuite à la pile de livres qui se trouvaient à côté du bureau. Cette fois, il ne s'agissait plus des habituels ouvrages de référence : *L'Usage des explosifs à des fins domestiques ou de loisirs, L'Arsenal de l'anarchiste* et *L'Art de la strangulation.* Certains de ces ouvrages, et manifestement agrafés photocopiés, portaient tous les signes du piratage. Abby en ouvrit un.

Il contenait en toutes lettres des recettes d'explosifs et des instructions sur la fabrication des bombes, tout, depuis les cocktails Molotov jusqu'aux mines antichars. C'était une véritable encyclopédie de la terreur. Elle avait entendu parler de ce genre de manuels mais n'en avait jamais vu. Elle reposa le livre sur l'étagère.

Une mince brochure était ouverte par le milieu, les pages imprimées retournées sur le dessus d'une pile de livres : *Se créer une nouvelle identité.* Sous le livre, il y avait un petit calepin bleu qui parut à Abby être un carnet d'adresses. Elle le prit et le retourna :

Passeport

*États-Unis*
*d'Amérique*

Elle l'ouvrit et l'inclina de côté comme l'aurait fait un inspecteur des douanes pour le lire. La photo de Jack y était parfaitement reconnaissable, plastifiée au bas de la page. A côté, dactylographié sur le formulaire du passeport, figurait un nom : Kellen Raid.

Jack avait fait un arrangement avec l'officier d'intendance du camp militaire de Paris Island, un vieux copain. Une fois par semaine, Jack passait par là au petit matin et laissait une liste d'épicerie épinglée à la porte arrière de l'intendance. Une heure plus tard, un simple soldat en jeep livrait les articles à Coffin Point. La chose n'avait rien de particulièrement répréhensible. Jack, en tant que retraité de l'Armée, jouissait de certains privilèges d'intendance et il payait toujours le transport. Il détestait en outre faire ses courses.

La rosée s'égouttait encore de la mousse des arbres lorsqu'il revint vers la vieille maison au bout de la route. Il vérifia l'heure à sa montre. Ne s'étant absenté que quelques minutes, il supposa qu'Abby devait encore dormir. A trente mètres de la maison, il vint se garer près d'une petite remise verrouillée, descendit de voiture et ouvrit le cadenas qui fermait la porte de la resserre. Il y pénétra. Il y avait contre un mur un établi auquel étaient chevillées deux presses métalliques. L'une, sans doute vieille d'un demi-siècle, était primitive. Son père l'avait achetée d'occasion après la guerre. L'autre, plus grosse, plus récente et plus sophistiquée, était ce que l'on appelle dans le métier un chargeur automatique. Avec du cuivre, des cartouches et de la poudre, cet appareil pouvait charger mille balles à l'heure, de tout calibre, selon les matrices que l'on y adaptait.

Contre l'autre mur, il y avait quatre vieilles armoires métalliques, chacune munie d'un cadenas. Jack alla à la deuxième armoire, fit jouer la combinaison du cadenas et ouvrit la porte. A l'intérieur, il y avait, entassées du sol presque jusqu'en haut de l'armoire, des boîtes en plastique de munitions remplies de balles de différents calibres et chargées, chaque boîte contenant cent balles. Il devait bien y avoir cinq mille balles chargées dans cette armoire. Les autres armoires contenaient de la poudre, des caisses de cartouches et des barils de douilles neuves en cuivre. Il y avait des boîtes de balles plombées. La plupart des balles chargées étaient cependant chemisées en cuivre, lequel glisse et s'éjecte facilement des armes semi-automatiques. Tout ce matériel était stocké à bonne distance de la maison. Bien que les héros de ses romans fussent tous invulnérables, Jack n'avait nullement envie d'être transformé en fusée humaine. Ce qu'une balle faisait dans un roman était une chose, ce qu'elle faisait à un corps réel en était une autre. Jack conservait du matériel plus puissant que de la poudre dans l'une des autres armoires. Quant aux armes à feu, il les gardait à la maison, ainsi qu'une poignée de balles, pour sa sécurité personnelle. Dans son esprit, on n'était jamais trop prévoyant.

Il chercha les boîtes marquées neuf millimètres, en trouva une, la prit, ferma le cadenas et brouilla la combinaison. Il sortit, verrouilla la porte de la remise puis se dirigea vers la maison. Il laissa la voiture garée là où elle était. Il eût été stupide de courir des risques. Il eût risqué de réveiller Abby. En outre, pour aller y chercher le revolver qui était à l'intérieur, il lui aurait fallu rouler jusqu'au bas de la maison.

Abby était en train d'examiner la date et le lieu de naissance indiqués sur le passeport et les notait sur un morceau de papier qu'elle avait pris sur le bureau de Jack lorsqu'elle entendit le bruit : un craquement indistinct qui provenait de quelque part, loin au-delà de la porte de la chambre de Jack. Elle sentit une décharge d'adrénaline lui traverser le corps. Elle interrompit le grattement du crayon sur le papier et tendit l'oreille. Ce n'était peut-être que la vieille maison qui travaillait, les craquements et les grognements de l'âge. Le bruit se fit de nouveau entendre. Cette fois, elle posa le crayon sur le bureau et vola littéralement jusqu'à la fenêtre. Elle regarda dehors, sur le côté de la maison. Elle aperçut une partie de l'allée de gravier qui disparaissait en demi-cercle devant la maison. Mais elle ne put voir directement le devant de la maison, là où Jack s'était garé la veille. Elle n'avait toutefois pas entendu le crissement des pneus sur le gravier ou le ronronnement du moteur. Elle approcha un œil à ras de la vitre en verre épais mais ne put cependant rien voir.

Elle entendit alors de nouveau le craquement. Cette fois, à n'en pas douter, quelqu'un montait l'escalier. Elle examina fébrilement la pièce afin d'y trouver un endroit où se cacher. Sa première réaction fut de se précipiter dans le placard qui se trouvait près du lit. Elle s'aperçut alors qu'elle tenait toujours le passeport à la main. Elle n'avait pas le temps de le remettre à sa place. Elle fit deux pas en direction du placard et s'arrêta. Ce serait le premier endroit où il irait s'il avait besoin de se changer pour la journée.

Abby se laissa tomber en douceur sur le plancher puis, se jetant sous le lit, se glissa à plat ventre sur le bois dur et poussiéreux au moment même où la porte s'ouvrait et où deux pieds masculins chaussés de Nike montantes de couleur sombre pénétraient dans la chambre. Ce devait être Jack mais elle n'en était pas sûre.

Elle retint son souffle de crainte que le son de sa respiration ne la trahisse. Son regard se concentra sur le passeport qu'elle tenait à la main. Elle espéra que ce n'était pas cela qu'il était venu chercher. Avant qu'elle ne voie le passeport, se faire ainsi surprendre eût été tout au plus très gênant. A présent, elle n'en était plus si sûre.

Jack ou Kellen, peu importe, traversa la pièce d'un pas confiant. Debout devant le bureau, il fouillait maintenant dans des papiers. La sueur froide qui coulait du front d'Abby détrempait la poussière sous le lit.

Elle se demanda si elle avait déplacé quelque chose. Puis cela lui revint : l'écran de l'ordinateur, le jeu vidéo qu'elle avait interrompu. Si les grandes lettres rouges étaient toujours affichées sur l'écran, il ne pourrait pas ne pas les voir. Il saurait instinctivement que quelqu'un était entré dans la pièce.

Elle tendit le cou mais ne put voir l'écran. Il était masqué par son corps. Il regardait maintenant dans les tiroirs. Peut-être cherchait-il le passeport. Il ne se rappelait peut-être plus à quel endroit il l'avait rangé. Dans ce cas, il risquait d'aller vérifier dans une autre pièce, ce qui donnerait à Abby le temps de poser le passeport quelque part et de retourner furtivement dans sa chambre.

Abby vit alors sa main disparaître à l'intérieur du deuxième tiroir, au niveau des genoux. Lorsqu'elle ressortit, il tenait un objet noir et dur qui jeta un éclat fugace et disparut de la vue d'Abby. Elle ne l'avait vu qu'un bref instant mais elle savait ce que c'était : un pistolet noir mat. Elle respirait à présent par petites bouffées d'air, les mains étendues à plat, l'une sur le plancher, l'autre tenant le passeport. Elle entendit un glissement et un tintement métallique. Il manipulait l'arme. Peut-être la chargeait-il. Le cœur d'Abby commença à battre la chamade.

Lorsqu'il se déplaça enfin, elle put apercevoir l'écran sur le bureau. Il était allumé et on pouvait y voir le globe bleu. Mais depuis combien de temps y était-il ? Elle savait que ce globe était réglé sur un minuteur. Était-il ou non à l'écran quand il était entré dans la pièce ? Elle n'aurait su le dire. Était-ce pour lui faire son affaire qu'il chargeait son arme ?

Elle inspira profondément et entendit alors un claquement de métal contre du métal. Il était inutile de lui faire un dessin : c'était le son d'un chargeur que l'on glissait dans la poignée du pistolet.

Il fit quelques pas dans sa direction, se rapprochant du lit, puis se tint immobile. Abby sentit son corps se tendre. Elle glissa sur quelques millimètres vers l'autre côté du lit. La poussière sur le plancher présentait au moins cet avantage de permettre à son corps de glisser plus facilement. Il se rapprocha légèrement du lit. Le bout de ses chaussures était maintenant sous le lit tout près d'elle. Quelque chose de lourd rebondit sur le lit dans un cliquetis semblable à celui de cailloux dans une boîte. Elle entendit des bruits qu'elle ne put identifier, dont l'un de ressort, mais qui ne venait pas du lit. Il referma ensuite sèchement quelque chose comme le couvercle d'une boîte en plastique. Il contourna le lit puis, une seconde plus tard, quitta la pièce en refermant la porte derrière lui.

Abby avait le cœur qui palpitait, les tempes qui élançaient. Elle se demanda alors s'il irait jeter un coup d'œil dans la chambre qu'elle occupait. Elle tendit l'oreille tandis que les pas s'éloignaient de la porte. Elle n'eût su dire avec certitude de quel côté il s'était dirigé, vers l'escalier ou vers l'autre chambre.

Elle resta un long moment étendue, immobile, sur le plancher froid et dur, incapable de bouger. Lorsqu'elle s'y résolut enfin, elle n'hésita pas. Elle alla d'abord vers le bureau où elle glissa le passeport sous un tas de papiers en vrac, de manière que, s'il revenait le chercher, il croie simplement ne l'avoir pas vu la première fois. Elle s'approcha ensuite de la porte qu'elle entrouvrit légèrement et elle jeta un œil dans le couloir. Elle regarda tour à tour du côté de l'escalier et de la chambre qu'elle occupait. Il n'était pas dans le couloir. Elle tendit l'oreille pour capter des bruits. Rien. Elle attendit une seconde de plus. C'était maintenant ou jamais. Il risquait de revenir à tout moment. Elle se glissa hors de la chambre, ferma la porte derrière elle et s'engagea dans le couloir sur la pointe des pieds. Elle était à quatre pas de sa chambre lorsqu'il la surprit par-derrière.

« Je vous ai réveillée ? »

Abby poussa un cri de stupéfaction et pivota sur elle-même en portant une main à sa poitrine. Elle eut un tel coup au cœur qu'elle tressauta.

« Excusez-moi. Je ne voulais pas vous faire peur. »

Jack se tenait sur le seuil d'une autre pièce, trois mètres plus loin, tenant dans une main le pistolet et dans l'autre ce qui semblait être une boîte de balles. Elle n'eût su dire s'il était là depuis longtemps ou s'il l'avait vue sortir de sa chambre. Elle était pétrifiée, les yeux fixés sur le pistolet qu'il ne s'efforçait nullement de dissimuler.

« Ah... il fallait... ah... que j'aille aux toilettes », dit-elle. Elle désigna la porte de la salle de bains quelques pas derrière elle. « Je me suis égarée, ajouta-t-elle.

— Ah. » Il acquiesça comme s'il comprenait.

Ils étaient là tous les deux dans le couloir obscur,

deux adultes, l'un tenant un pistolet et l'autre couverte de poussière, sans faire la moindre allusion à l'incongruité de la situation, leur version respective de l'expression « le roi est nu ».

« Ça va? demanda-t-il. Vous vous sentez bien?

— Oui, très bien. » Elle n'avait d'yeux que pour l'arme qu'il tenait à la main.

« Ça vous gêne? » Il fit le geste de lui tendre le pistolet.

« Non. Non. » Mais elle ne parvenait pas à en détacher les yeux.

« Bien. Je m'apprêtais à aller faire quelques exercices de tir. Vous voulez m'accompagner?

— Il faut que je prenne une douche. »

Il se rapprocha d'elle sans la quitter des yeux. Abby voulut reculer mais ses pieds refusèrent de lui obéir. Elle était figée sur place.

A un pas d'elle, il s'arrêta, tendit sa main disponible et essuya une trace de poussière sur sa joue.

« Je vois », dit-il.

Elle s'essuya nerveusement le visage de la main. « Vous prendrez votre douche plus tard. Vous avez amplement le temps. » Cela ressemblait davantage à un ordre qu'à une suggestion.

« Allons tirer », dit Jack. Il fit un pas vers elle et posa son bras sur ses épaules, si bien qu'elle sentit le poids du pistolet sur sa poitrine à travers le pull en coton. On ne résistait pas à Jack.

« Après tout, oui, pourquoi pas », dit-elle. Elle n'eût su dire si elle agissait sous la contrainte ou non. Mais elle ne tenait pas outre mesure à le savoir. Ils descendirent au rez-de-chaussée. Sur le perron arrière de la maison, Jack prit des cibles orange avec un centre noir marqué d'une croix au milieu. Il prit deux casques antibruit, du genre de ceux que porte le personnel au sol dans les aéroports. Il en tendit un à Abby qui s'apprêta à le mettre.

« Pas tout de suite, dit-il. On ne va pas commencer à tirer avant d'être dehors. » Il eut un petit rire. « Vous n'avez jamais fait ça ? »

Elle fit signe que non.

« Vous n'avez jamais tiré au pistolet ?

— A la carabine. Une fois. Avec mon père quand j'étais petite.

— Une vingt-deux ? demanda Jack.

— Je ne sais pas. » Abby était encore toute tremblante. Pour se soucier à cet instant de la carabine de son père, il eût fallu que celle-ci soit d'un calibre capable d'abattre un éléphant et pointée sur la tête de Jack.

« Détendez-vous, dit Jack. Ça ne vous fera aucun mal. »

Abby se demanda comment interpréter ces paroles : cela ne vous fera aucun mal de tirer ou de vous faire tirer dessus ?

Ils traversèrent tout le jardin jusqu'à un coin près du marais où un gros fil de fer était tendu entre deux poteaux. Jack suspendit deux des cibles au fil au moyen de pinces métalliques.

Il s'éloigna ensuite en direction d'une petite table en bois qu'Abby estima se trouver facilement à vingt mètres de la cible.

« Vous voulez que l'on se rapproche un peu pour commencer ? demanda-t-il.

— Comme vous voulez. Et si je me contentais de regarder ?

— Allons donc. Vous allez aimer ça. Vous avez déjà écrit sur les armes dans vos livres ? »

Elle fit signe que non.

« Dans ce cas, ce sera une bonne expérience pour vous. Ça élargira vos horizons. Ça vous fera de la matière. Vous pouvez le mettre maintenant. » Il lui indiqua le casque. Il mit le sien et Abby en fit autant.

« Je vais tirer deux ou trois coups pour que vous

puissiez apprécier l'importance du bruit et voir comment ça marche. » Il avait crié un peu afin qu'elle puisse l'entendre. « Ensuite, vous essaierez. »

Jack visa des deux mains, l'une refermée sous l'autre de manière à la stabiliser, actionna le cran d'arrêt et tira une seule balle.

Tout se passa si vite qu'elle eut à peine le temps de sursauter sous l'onde de choc de la détonation et la douille vide était déjà sur le sol, la culasse à sa place et le chien armé pour la prochaine balle. Le pistolet fonctionnait à la vitesse de la lumière.

Il tira de nouveau. Elle sursauta cette fois encore, mais un peu moins, et ne quitta pas la cible des yeux. Celle-ci parut ne pas bouger. Abby fut sûre qu'il l'avait ratée.

Il rabattit le cran d'arrêt, éjecta le chargeur qui contenait encore des balles, fit glisser la culasse pour éjecter la balle qui était dans la chambre. Celle-ci, sans chargeur dans le manche, demeura ouverte. Il posa le pistolet sur la petite table en bois.

« Voyons un peu ça. » Jack alla jusqu'à la cible. Abby l'imita. A six ou sept mètres, deux petits trous devinrent visibles. En se rapprochant, elle s'aperçut qu'ils se touchaient littéralement, chacun à quelques millimètres à peine du centre de la cible.

« Ce qu'on recherche, dit-il, c'est à réussir un tir groupé. Que les impacts de balles soient rapprochés. On doit pouvoir mettre une pièce de vingt-cinq cents sur un bon tir groupé et couvrir trois trous. »

Il la ramena à la table en bois sur laquelle était resté le pistolet tout en l'instruisant. « Ne vous occupez pas pour l'instant de toucher le centre de la cible. Essayez de grouper étroitement vos tirs. Visez chaque fois au même endroit. » Il prit le pistolet, le chargea et le lui tendit.

L'arme, trop grosse pour sa main, fit à Abby une impression bizarre. Elle tremblait encore mais elle tendit le pistolet devant elle. Ses mains se refermèrent sur l'arme comme si elle était en prière.

« Non, dit Jack. Comme ça. » Il vint se placer derrière elle, l'encercla de ses bras et posa ses mains sur les siennes. Il les dirigea ensuite, la gauche en dessous, paume ouverte afin que la base de la crosse de l'arme repose sur son support tandis qu'elle tenait l'arme de son autre main.

« Ne plissez pas les yeux. Gardez-les grands ouverts. Haussez les lignes de mire et visez avec votre œil droit. »

Abby ne plissait pas les yeux. Elle les avait résolument fermés. Elle les ouvrit l'espace d'une seconde et appuya sur la détente. Rien ne se produisit bien que le pistolet fût agité dans tous les sens.

Jack se mit à rire.

Si Abby, qui commençait à retrouver son calme, éprouva alors une émotion plus forte que la peur, c'en fut une de colère. Elle n'aimait pas que l'on se moque d'elle. Si Jack ne faisait pas attention, la prochaine fois qu'il verrait son pistolet, il se pourrait bien que celui-ci soit braqué sur lui.

« Vous devez d'abord retirer le cran d'arrêt, dit-il. Et ne sursautez pas. Appuyez bien sur la détente. Il faut que vous soyez surprise lorsque le coup part. »

Abby avait eu assez de surprises comme ça ce matin-là.

Il tendit le pouce vers le haut, le corps toujours collé contre le dos d'Abby, fit jouer le cran d'arrêt puis arma le chien. D'une manière étonnante pour une femme qui tremblait encore quelques instants auparavant, Abby était à présent d'un calme olympien.

« Prêt. » Le pistolet lui explosa dans la main avant que ce mot ait franchi les lèvres de Jack. Lorsque le recul s'arrêta, l'arme visait un point quelconque dans un arbre près du marais.

« C'est parfait. Essayez encore », dit Jack.

Ayant pris la mesure du recul du premier coup, elle abaissa l'arme, aligna les mires sur la cible et appuya sur la détente. Le coup partit dans une détonation sèche mais cette fois elle maîtrisa le pistolet. Il tressauta beaucoup moins.

« Bien. Encore », dit-il.

Elle tira encore quatre fois avant de poser le pistolet et ils allèrent examiner la cible. Elle l'avait en réalité touchée à trois reprises, dont deux à l'intérieur du grand cercle extérieur, se rapprochant chaque fois du centre. Elle commençait à se prendre au jeu, à rivaliser à chaque coup d'habileté avec elle-même.

Quelques minutes plus tard, jetant un coup d'œil dans la boîte qui avait contenu cent balles, elle s'aperçut que celle-ci était plus qu'à moitié vide. C'était elle qui les avait presque toutes tirées. Pour plusieurs coups, Jack s'était tenu derrière elle pour la stabiliser tout en lui donnant des instructions.

La peur l'avait quittée. Sentir Jack contre elle n'avait pas été une expérience entièrement désagréable. La pression de son corps ferme contre son dos, le faible murmure de sa voix dans son oreille, avaient eu un effet apaisant, presque hypnotisant. Elle venait de tirer quatre autres balles, vidant ainsi le chargeur, lorsqu'il lui tapota l'épaule et tendit le doigt dans une autre direction.

« Nous allons faire une pause. Voilà le petit déjeuner. »

Une vieille jeep militaire dévalait en pétaradant l'allée menant à la maison, un homme en treillis au volant. La jeep se rangea devant la maison et le conducteur en descendit en adressant à Jack un salut désinvolte.

« Mon capitaine. Je rentre ça à l'intérieur ?

— Si vous voulez bien », dit Jack.

L'homme tendit avec précaution à Jack un grand sac de papier brun duquel s'échappaient de chauds effluves odoriférants qui chatouillèrent le nez d'Abby. Elle se sentit tout à coup affamée.

« J'espère que vous aimez les œufs et les pommes de terre sautées, dit Jack.

— Ça sent très bon », assura-t-elle.

Le soldat s'employait à décharger les sacs d'épicerie qu'il hissait dans l'escalier.

« D'où est-ce que ça vient ? demanda Abby.

— Du mess des officiers. Un vieil ami compatissant, surtout à l'égard de mes invités. La cuisine n'est pas mon point fort. Vous apprécierez encore davantage ce qu'il nous envoie si jamais vous êtes un jour victime de mes talents culinaires. »

Ils se dirigèrent vers la cuisine où Jack mit la table pour deux personnes et ouvrit un grand carton de jus d'orange qui se trouvait dans l'un des sacs. Plus tôt dans la matinée, il avait fait du café qu'Abby sirota sans trouver à redire. Elle goûta aux œufs déposés devant elle, retirés à présent de leur contenant en plastique et étalés sur une assiette en porcelaine.

« Il s'est surpassé aujourd'hui. » Jack piocha dans le bol de pommes de terre sautées.

Abby dut reconnaître qu'elles étaient délicieuses. Toutes les horreurs qu'elle avait entendu raconter sur la nourriture de caserne étaient de pures affabulations si c'était là l'ordinaire de la troupe.

Elle était exténuée. Les effets du manque de sommeil et de la poussée d'adrénaline du matin commençaient à se faire sentir. Il lui fallait toutefois admettre qu'elle avait pris plaisir à la séance de tir. Celle-ci avait même émoussé l'impact des événements précédents, ce qui ne l'empêchait pas de s'interroger sur les livres et le passeport trouvés dans la chambre de Jack. Qui était-il ? Lui avait-il menti au sujet de son nom ?

« C'est toujours comme ça que vous faites vos courses ? » Elle fit un signe de la tête en direction du soldat qui venait de déposer le dernier paquet sur l'évier et récupérer un chèque de Jack. « Pas toujours. Une femme fait parfois un saut en passant et me laisse des trucs dans le frigo.

— Oh. » Abby eut le sentiment d'avoir commis une indiscrétion. Il y avait une femme dans sa vie. Elle essaya de changer de sujet en parcourant le petit journal du matin qui était posé sur la table. Il était rempli de nouvelles locales mais ne contenait rien qui pût alimenter la conversation.

Quant à Jack, entre deux bouchées d'œufs et de pommes de terre, il remplissait au stylo un petit formulaire semblable à une étiquette de colis express. Ce devait être cela car, sur un meuble de cuisine derrière lui, il y avait une boîte semblable à celle qu'il avait reçue la veille. On eût dit cette fois encore le colis d'expédition d'un manuscrit et Abby frissonna à cette idée.

« Excusez-moi. » Jack venait de se rendre compte qu'il ne faisait pas attention à Abby et qu'elle avait les yeux posés sur lui.

« Ça va. Finissez ce que vous êtes en train de faire.

— J'en ai pour une minute. J'espère que ça ne vous ennuie pas qu'on fasse un arrêt sur le chemin de l'aéroport. Il faut que je dépose ça au courrier. Ce sera l'affaire d'une minute.

— D'accord.

— Qu'avez-vous pensé du manuscrit que je vous ai remis hier ? demanda Jack.

— Oh. » Elle se donna un moment de réflexion. Que dire ? « J'étais passablement fatiguée hier soir. » C'était une excuse peu convaincante mais qui lui permettait d'éviter un sujet délicat.

« Bon, emportez-le, dit Jack. Je n'en ai pas besoin pour l'instant.

— Oh, génial. Merci. » S'il avait insisté, Abby eût été obligée de lui dire qu'il n'y avait pas que sa façon de cuisiner qui laissait à désirer.

« Parlez-moi de vous. » Voilà qui fournirait peut-être un sujet de conversation plus agréable. « Vous avez bien des amis ?

— Oh. Quelques-uns.

— La femme qui vous fait vos courses ? » A présent, elle était indiscrète. Elle avait accompagné sa question d'un sourire.

« Oh oui. Une femme fantastique. Il y a longtemps que nous nous connaissons. C'est elle qui changeait mes couches. » Jack lui rendit son sourire. « Une tante à la santé fragile. Vous aimeriez faire sa connaissance ?

— Ça m'étonnerait qu'on ait le temps », répondit Abby. Elle but une autre gorgée de café. « Vous allez me dire qu'il n'y a personne dans votre vie, que l'écriture est une maîtresse jalouse.

— Je ne sais pas si elle est jalouse ou pas. Mais c'est une belle salope. »

Abby se mit à rire. Au moins, il y allait carrément.

« Il y a eu quelqu'un. Autrefois », dit-il.

Abby lui adressa un regard, l'air de dire « et alors ? ».

« Elle s'appelait Jenny. Elle était belle. Et jeune. Moins jeune que moi cependant.

— Ah. Une femme plus âgée, dit Abby. Vous l'aimiez ?

— Qui sait ? Je n'ai jamais su ce que c'était que l'amour. Mais ce que je sais, c'est que je ressentais une brûlure au fond de l'estomac à chaque fois que je me trouvais en sa présence. Et j'avais le cœur qui battait comme un concasseur. C'était sans doute plus du désir que de l'amour.

— Qu'est-il arrivé ?

— Elle m'a surpris en train de regarder une autre femme.

— De la regarder sans plus ? »

Jack acquiesça.

« Et ?

— J'ai perdu contenance. Je devais me sentir un peu coupable. Je me suis mis à m'excuser. Ce genre ce choses qu'on fait quand on est jeune et stupide.

— Que lui avez-vous dit ?

— Je lui ai dit : “Que veux-tu que je fasse ? Moi, j'aime regarder les autres femmes.”

— Et qu'a-t-elle répondu ?

— Elle a répondu : “Ça alors, c'est drôle. Moi aussi.” » Il adressa à Abby une espèce de sourire qui lui fit penser qu'il la menait peut-être en bateau, puis sirota son café, la laissant songeuse.

« Vous me faites marcher. »

La bouche pleine de café, il leva une main.

« Je le jure devant Dieu, dit-il, l'autre main sur le cœur. J'avais dix-huit ans. Elle en avait vingt-deux. Aux dernières nouvelles, elle vivait à Atlanta avec trois chats et une dénommée Alice.

— Je ne peux pas vous croire. Vous me racontez des histoires.

— Oui, c'est vrai. »

Elle rit et lui adressa un regard exaspéré.

« J'exagérais, dit Jack. Il n'y avait que deux chats. »

Elle le regarda durant quelques instants, s'attendant à ce qu'il accompagne ce propos d'un nouveau rire. Mais il n'en fit rien.

« Vous savez, je ne sais jamais si vous me mentez ou si vous me dites la vérité, dit-elle.

— Ça donne du piquant à la vie. » Puis, comme si de rien n'était, il sourit, but une gorgée de café dans la tasse qui était devant lui et continua de remplir l'adresse sur son étiquette.

## CHAPITRE VINGT-DEUX

« Cabinets juridiques Stearl, Hobbs et Carlton.

— J'aimerais parler à Morgan Spencer, dit Abby.

— Maître Chandlis, comment allez-vous ? » La réceptionniste avait reconnu sa voix au téléphone. On avait complètement changé d'attitude à son égard au cabinet maintenant qu'elle y était cliente et non plus associée. Elle savait par Spencer que même Lewis Cutler, celui-là même qui l'avait licenciée, prenait désormais de ses nouvelles. Ayant appris qu'elle avait touché une grosse somme d'argent, il avait engagé Morgan pour s'occuper de certaines des affaires d'Abby. Tous les partenaires du cabinet ne demandaient pas mieux que d'avoir des clients pleins aux as et Cutler avait l'impudence de penser que, s'il s'y prenait bien, il pourrait peut-être réparer les pots cassés avec Abby. Morgan s'amusait à mettre l'eau à la bouche de Cutler tout en le laissant mijoter dans le noir. Il gardait chez lui tous les dossiers concernant les affaires d'Abby.

Elle attendit quelques instants et la secrétaire de Morgan prit la communication.

« Jenny, ici Abby. Morgan est là ?

— Il essayait justement de vous joindre. Une seconde. »

Morgan ne l'ayant pas appelée à Chicago et n'ayant pas réussi à la joindre chez Jack, Abby commençait à être inquiète. A l'aéroport d'Atlanta, elle s'était éclipsée un instant à la recherche d'une cabine téléphonique. Elle avait regardé sa montre. Il était presque midi sur la Côte Ouest et elle espérait que Morgan ne soit pas sorti déjeuner. Elle poussa un soupir de soulagement en entendant sa voix au téléphone. « Où es-tu ?

— A Atlanta. Je prends l'avion pour San Juan dans quelques minutes. Nous allons devoir parler rapidement.

— J'essaie de te joindre depuis deux jours, dit Morgan. Je t'ai ratée de justesse à Chicago. A la réception, on m'a dit que tu venais de quitter l'hôtel quinze minutes avant mon appel.

— Jack voulait qu'on prenne un avion aux premières heures du matin.

— Le succès vient à ceux qui se lèvent tôt. Dis-lui quand tu le verras que le numéro de téléphone personnel qu'il m'a donné n'est pas le bon. Lorsque j'ai essayé d'appeler chez lui, ce numéro n'était plus en service. Et lui, il est sur la liste rouge.

— Tu es sûr que tu l'avais bien noté ?

— Je n'ai pas eu à le faire. C'est lui qui me l'a remis sur un bout de papier », dit Morgan.

Cette information laissa Abby songeuse durant quelques instants. « Oublie ça pour le moment. Je t'appellerai en arrivant à San Juan et dès que je serai à Sainte-Croix je te donnerai le numéro de téléphone du bungalow.

— Je n'aime pas ça, dit Morgan. Il ne m'inspire pas confiance.

— Détends-toi. Tout va bien se passer.

— Nous avons beaucoup de choses à nous dire.

— Quel genre de choses ?

— De bonnes et de mauvaises nouvelles. L'argent commence à s'accumuler.

— Et la mauvaise ? demanda Abby.

— Ce flic, Sanfillipo, est venu fourrer son nez au cabinet. En fait, il sort d'ici. C'est sa seconde visite en deux jours.

— Qu'est-ce qu'il veut?
— Pour commencer, savoir où tu es. Il veut te parler.
— De quoi?
— Il ne l'a pas dit. Il a été avare de confidences. Il est allé voir ton mari.
— Pourquoi voulait-il parler à Charlie?
— Je ne sais pas au juste. Mais il sait que tu as eu une rentrée d'argent. Il veut en connaître la provenance.
— Zut. » Abby sentit monter sa colère contre Charlie. Elle se dit qu'il avait dû trop parler. Voilà ce à quoi elle avait droit pour avoir été gentille, pour lui avoir remboursé l'argent sur sa carte de crédit alors que rien ne l'y obligeait. Mais elle était pleine aux as, se sentait coupable de lui avoir volé sa carte et savait qu'il était fauché. On ne m'y reprendra plus, pensa-t-elle.
« Que lui as-tu dit? demanda-t-elle.
— Que je n'étais pas au courant de ces histoires d'argent. »
Elle s'inquiéta à l'idée que Morgan puisse, à cause d'elle, se trouver en délicatesse avec la justice en mentant ainsi à un flic qui menait une enquête pour meurtre.
« Que voulais-tu que je lui dise? Si je lui avais parlé du livre et lui avais dit où tu étais, on aurait aussi bien pu afficher la chose en lettres de néon à l'extérieur du bureau de Bertoli. »
Il avait raison. La police aurait vérifié la chose et elle aurait reçu dans les heures suivantes des coups de fil des avocats de Bertoli.
« Tu as bien fait, dit-elle.
— Il y a autre chose. La police a retrouvé Joey.
— Fantastique. » Vu son penchant pour la dive bouteille, Abby savait que Joey ne pourrait pas échapper à la police longtemps.
« On l'a arrêté?
— Pas exactement.
— Comment ça?
— Il est mort. »

Il se fit un silence sur la ligne du côté d'Abby.

« Tu es là? demanda Morgan.

— Je suis là.

— Je ne pensais pas que ça te bouleverserait à ce point.

— Ça ne va pas me gâcher ma journée, dit Abby. Je vais fêter ça à la première occasion. Mais je suis surprise. Qu'est-ce qui lui est arrivé?

— Il est mort dans un incendie. Le flic ne m'a pas donné beaucoup de détails. Mais d'après ce que j'ai compris, il s'agit moins de savoir comment il est mort que l'endroit où il se trouvait lorsque Theresa a été tuée.

— Qu'est-ce que tu veux dire?

— Je veux dire qu'à en juger par ce que la police a découvert jusqu'à maintenant, Joey était à Los Angeles lorsque Theresa a été assassinée. »

Il se fit un silence et Morgan entendit presque Abby gamberger à l'autre bout de la ligne.

« Comment le savent-ils?

— Ils ont trouvé une souche de billet d'avion dans sa poche et ils ont vérifié auprès de la compagnie aérienne. Il a passé trois jours à Los Angeles.

— Il aurait pu avoir trafiqué le compteur avant de partir, dit Abby.

— Pas selon la police.

— Comment peut-elle le savoir?

— Par ton répondeur. Lorsqu'on a retiré les fusibles, il s'est éteint. Il ne reste plus alors qu'à connaître l'heure et la date du dernier appel. Joey était à Los Angeles lorsqu'il a été enregistré.

— Tu es en train de me dire qu'il est exclu que ce soit lui? demanda Abby.

— C'est ce que j'ai cru comprendre. »

Le cerveau d'Abby tournait maintenant à toute vitesse. Cette information éclairait d'un jour tout différent les raisons pour lesquelles la police pouvait vouloir lui parler.

« Est-ce qu'il aurait pu s'agir d'un accident ?

— Je ne sais pas. La police n'est pas très bavarde. Pas encore en tout cas, répondit Morgan. Mais elle n'est pas avare de questions. On a trouvé son camion abandonné sur l'aire de stationnement d'un hôtel près de l'aéroport, à des kilomètres de l'endroit où on a découvert le corps. Ils ont prélevé les empreintes laissées sur le camion et m'ont sorti un nom. Reste en ligne, je l'ai là quelque part sur un bout de papier. »

Abby entendit un froissement de papiers sur le bureau de Spencer.

« Voilà. Stanley Salzman. Ça te dit quelque chose ?

— Non.

— C'est l'un des directeurs d'un grand studio de cinéma de Los Angeles. Les flics essaient de s'expliquer l'existence de ses empreintes sur le camion de Joey.

— Ça par exemple. » Abby porta une main à son front comme si elle avait un début de migraine.

« Tu veux rentrer ? », demanda Spencer.

Si elle retournait à Seattle, il était impossible de savoir quand elle pourrait en repartir. Le journaliste, Thompson, serait sans doute là-bas à l'attendre. S'il découvrait qu'on l'interrogeait dans le cadre d'une enquête pour meurtre, cela ne ferait que le convaincre davantage qu'il tenait une histoire en or. Les flics ne pouvaient pas sérieusement la considérer comme suspecte. Elle avait un alibi. Elle se trouvait à quinze mille mètres d'altitude dans un avion entre New York et la Côte Ouest lorsque Theresa avait été assassinée. Elle restait convaincue de la culpabilité de Joey.

« Ils sont sûrs pour Joey ? Qu'il se trouvait à L. A. ? demanda-t-elle.

— Sanfillipo n'a pas eu l'air de vouloir s'attarder là-dessus. En revanche, il m'a posé des tas de questions sur l'argent que tu as versé à Charlie.

— Qu'est-ce qu'il croit ? Qu'il y a un lien entre les deux ? Entre le meurtre de Theresa et cet argent ?

— Reconnais qu'un esprit soupçonneux a de quoi se poser des questions, dit Morgan. Ta petite camarade est assassinée et toi, tout à coup, tu as de l'argent pour payer tes dettes et tu disparais.

— Si Charlie ne leur avait pas parlé de cette histoire d'argent...

— Je ne crois pas qu'il en ait parlé, dit Morgan.

— Comment se fait-il dans ce cas qu'ils soient au courant ?

— Ils ont dû se faire remettre les relevés bancaires sur décision de justice.

— Si c'est le cas, dit Abby, Sanfillipo va vite découvrir le pot aux roses. » Elle faisait allusion aux six cent mille dollars que Morgan avait versés sur un compte à son nom à elle — somme correspondant au solde de l'à-valoir qu'elle avait touché à la signature du livre — et à toutes ses rentrées d'argent depuis cette date.

« S'il découvre l'existence de cet argent, ça va chauffer, dit Abby.

— Ouais. Il va penser que c'est l'argent de la drogue et va te faire rechercher en Colombie. Il n'y a que ça qui rapporte autant. » Morgan avait raison sur ce point. « Le chèque que tu as fait pour Charlie avait-il été tiré sur ton ancien compte ? demanda-t-il.

— Oui. » Elle avait fermé ce compte le jour de son départ de Seattle après avoir payé ses billets d'avion et retiré deux mille dollars pour ses dépenses courantes.

« As-tu utilisé une carte de crédit quelconque ?

— Je n'en ai pas. Tu ne te rappelles pas ?

— Juste. » Il avait oublié.

Il se pouvait, pour la première fois de sa vie, que le fait de n'avoir pas de carte de crédit lui soit bénéfique. Les flics n'auraient pas de reçus leur permettant de remonter jusqu'à elle.

« Il leur faudra peut-être un certain temps avant de découvrir le nouveau compte, dit Morgan. Il faut d'abord qu'ils sachent où chercher, auprès de quelle banque. Tu n'as pas encore tiré de chèques sur ce compte ?

— Pas encore.

— Bien. Ne le fais pas.

— Je vais avoir besoin d'argent très bientôt, dit Abby. D'ailleurs, plus je reste longtemps absente, plus ça s'aggrave.

— Ne t'en fais pas pour ça pour l'instant. Je vais te virer de l'argent dans l'île. Comment s'appelle la ville là-bas ?

— Christiansted. A Sainte-Croix. » Elle entendit le grattement du stylo sur le papier à l'autre bout de la ligne.

« Je vais voir s'il y a un bureau de la Western Union. Sinon, je trouverai bien un autre moyen. Ça te permettra de tenir jusqu'à ce que je puisse t'ouvrir un compte dans une banque off-shore. Un compte dans une des îles te permettrait d'avoir une carte de retrait en espèces. Dans une banque étrangère, il leur faudra des mois pour découvrir l'existence du compte. A ce moment-là, ça n'aura plus d'importance. »

Il avait raison. Après la parution du livre et lorsqu'elle serait sortie du maquis, elle se ferait un plaisir de rentrer à Seattle et de répondre aux questions de la police.

Morgan était solide comme un roc, c'était le genre de personne sur laquelle on pouvait compter dans les situations critiques. Même ses ennemis au bureau le surnommaient « le pompier » pour ses capacités d'intervention en cas de pépin.

« Il faudra bien que je revienne tôt ou tard, dit-elle. Je commence à avoir envie de rentrer, je commence à me sentir comme exilée. » Elle n'était pas partie depuis une semaine et elle éprouvait déjà le mal du pays. Abby n'avait rien d'une globe-trotteuse. « Je m'ennuie déjà de toi », ajouta-t-elle. Elle ne travaillait plus au cabinet mais, à Seattle, ils pourraient toujours se retrouver pour déjeuner.

« Moi aussi je m'ennuie de toi, dit Morgan. Mais ce n'est qu'un moment à passer. Lorsque tout sera fini, que le livre sera paru, que les éditions en livre de poche seront sous presse et que tu sortiras de l'anonymat, ce sera de l'histoire ancienne. Tu as un alibi. Nous pourrons alors expliquer à la police pour quelle raison tu as agi comme tu l'as fait, d'où venait l'argent. Ils vérifieront et on n'en parlera plus. »

Il avait raison. Tout ce qu'il lui fallait, c'était du temps. Elle entendit les haut-parleurs de l'aéroport annoncer son vol.

« Il faut que j'y aille.

— Ça va, tu es sûre ?

— Ça va.

— Où descends-tu ce soir ?

— Je ne sais pas. Jack a tout prévu.

— Espérons qu'il n'aura pas foiré comme pour son numéro de téléphone, dit Spencer.

— Il y a autre chose. » Abby avait failli oublier.

« Qu'est-ce que c'est ? »

Elle marqua un moment d'hésitation, se demandant si elle devait le lui dire.

« Je ne voudrais pas que cela t'inquiète, dit-elle, mais Jack possède un passeport à un autre nom que le sien.

— Quoi ? »

Elle sentit au ton de Morgan qu'elle avait commis une bourde en lui parlant de cela.

« Je l'ai trouvé en furetant chez lui l'autre jour. Un passeport américain au nom d'un certain Kellen Raid.

— Tu es sûre que c'est son passeport ?

— Sa photo figure dessus.

— Écoute, je veux que tu sautes dans un avion et que tu rappliques ici tout de suite, dit Morgan.

— Pourquoi ?

— S'il a un faux passeport, Dieu sait ce qu'il trafique par ailleurs. »

Abby se sentit presque coupable d'y avoir fait allusion, d'avoir mis son nez dans les papiers d'autrui. Après tout, Jack ne l'avait jamais menacée et il en avait eu maintes fois l'occasion. « Ce n'est sans doute rien, dit-elle.

— Qu'est-ce que tu racontes ?

— Des tas de gens ont de faux papiers.

— Des passeports ? demanda Spencer.

— Est-ce que je sais, moi ?

— Justement, dit Spencer. Comment peux-tu savoir que ce n'est pas un trafiquant de drogue ?

— Je n'ai pas trouvé chez lui de matériel de trafiquant de drogue.

— Tu es en train de me dire que tu as fouillé toute la maison ? » La voix de Morgan s'était faite plus aiguë.

« Je ne l'ai pas exactement fouillée, répondit Abby. Comme je n'arrivais pas à dormir, je suis allée faire un petit tour.

— Et tu es tombée comme ça sur le passeport ?

— Il était sur son bureau. Dans sa chambre.

— Qu'est-ce que tu faisais dans sa chambre ?

— Il n'était pas à la maison à ce moment-là. »

Morgan, qui se faisait déjà du souci pour elle, avait désormais d'autres raisons d'être préoccupé. C'était là le genre de chose qu'une femme flairait d'instinct chez un homme, quelque chose qui s'apparentait fort à la jalousie.

« Tu es sûre que tu ne veux pas revenir ? demanda-t-il.

— Pour quoi faire ?

— Tu voyages en compagnie d'un homme qui a commis au moins une infraction à la loi. Si tu ne sais pas pourquoi tu devrais rentrer, ce n'est pas moi qui pourrai te le dire.

— Ce passeport, il ne s'en sert pas actuellement.

— Comment le sais-tu ?

— Parce qu'il a montré son vrai passeport à l'embarquement à Savannah. » Abby ne s'inquiétait peut-être pas outre mesure mais elle n'était pas stupide. « Par ailleurs, dit-elle, je te rappelle, au cas où tu l'aurais oublié, qu'il possède une autre fausse identité en plus de celle du passeport. Celle que nous avons nous-mêmes inventée. » Elle parlait de Gable Cooper.

Morgan lui rappela que l'emploi d'un nom de plume ne constituait pas une infraction à la loi.

« Ce faux passeport, qu'est-ce qui nous dit qu'il l'a utilisé ? reprit Abby.

— Tu as regardé s'il avait été visé ou s'il portait des cachets de sortie ?

— Non. Je ne crois pas. Je n'ai pas eu le temps. » Abby n'était pas habituée aux formalités qui accompagnent les voyages à l'étranger. Elle possédait un passeport mais celui-ci dormait depuis cinq ans au fond d'un tiroir. Elle le gardait à tout hasard, pour être prête au cas où l'occasion d'un voyage se présenterait. Cela ne s'était pas encore produit.

« Fais des recherches au sujet de ce passeport, lui dit-elle.

— Je n'y manquerai pas.

— Discrètement.

— Tu parles. »

On annonça de nouveau son vol. L'embarquement avait commencé.

« Écoute, il faut que j'y aille. Je t'appellerai chez toi de l'hôtel ce soir.

— Attends une seconde. Il faut qu'on se parle.

— Je te téléphonerai de l'hôtel. Souhaite-moi bonne chance.

— Attends... »

Abby n'entendit pas la fin de la phrase de Spencer. Elle avait déjà raccroché.

## CHAPITRE VINGT-TROIS

Jack avait déposé son colis dans un bureau d'expédition près de l'aéroport afin qu'il soit livré à son destinataire par courrier express le lendemain matin. Abby et lui s'étaient alors envolés d'Atlanta vers Miami, où ils avaient passé la nuit dans un hôtel proche de l'aéroport. Le lendemain matin, ils avaient pris l'avion pour Porto Rico.

Le 737 amorça sa descente au-dessus d'eaux azurées, de plages de sable blanc et d'hectares de huttes aux toits en tôle ondulée. Abby aperçut dans le lointain des forêts verdoyantes et des montagnes couvertes de jungles tropicales. L'avion sortit son train d'atterrissage et deux minutes plus tard ses pneus fumants touchèrent la piste de l'aéroport international de Porto Rico.

C'était la première fois qu'Abby venait dans les Caraïbes et lorsque la porte de l'avion s'ouvrit, ses sens furent assaillis par les odeurs humides des tropiques.

« Nous allons prendre les bagages et aller à l'hôtel, dit Jack. Vous voulez peut-être vous rafraîchir un peu avant que nous allions voir Enrique. »

Enrique était un ami de Jack. Il était censé les aider à trouver un endroit où Abby puisse s'installer, un coin tranquille pour écrire, quelque part au sud des îles, où elle pourrait travailler à tête reposée à la suite de son roman. Selon Jack, Enrique connaissait la région.

« Votre ami, il vit ici, à Porto Rico ?

— En quelque sorte. Sa famille est ici depuis un certain temps.

— Combien de temps ?

— Environ trois cents ans. » La laissant quelques instants interloquée dans le hall de l'aéroport, il poursuivit son chemin.

Le terminal évoqua pour Abby le décor d'un film des années 40. Une contrefaçon de *Casablanca*. Elle s'attendait à tout moment à voir surgir Bogart en imper et Ingrid Bergman coiffée de son chapeau. Vétustes et désuets, les lieux étaient imprégnés de nostalgie et de transpiration, pas nécessairement dans cet ordre. Le hall était climatisé mais non les espaces attenants.

Ils n'avaient pas encore atteint le trottoir devant l'aéroport qu'Abby baignait déjà dans sa sueur. Les gens se bousculaient vers les taxis et les voitures. Des écolières en uniforme, venues attendre des amis ou des parents, étaient attroupées comme des mouches près d'une fenêtre. Les services de sécurité étaient omniprésents. Le public non muni de billets était refoulé par la police hors du bâtiment principal.

On distinguait, au milieu des touristes, des hommes d'affaires en costume, un attaché-case à la main, essayant de déchiffrer la signalétique rédigée exclusivement en espagnol. On vivait peut-être plus lentement sous les tropiques mais on ne l'eût pas dit à en juger par l'agitation qui régnait.

Ils trouvèrent enfin un taxi à l'arrière duquel Abby monta tandis que Jack et le chauffeur mettaient les bagages dans le coffre.

« Condado Plaza », dit Jack.

Quelques secondes plus tard, Abby sentit une brise délicieuse lui caresser le visage lorsque la vieille Chevrolet accéléra sur l'autoroute, toutes vitres baissées pour compenser l'absence de climatisation. Ils roulèrent en silence, Abby ne perdant rien du spectacle qui s'offrait au regard aux abords de San Juan, la capitale densément peuplée de Porto Rico. La caractéristique la plus remarquable de certains édifices consistait en ce que leurs fenêtres étaient protégées de barreaux. Il y avait des barres d'immeubles tout en longueur, peintes de couleurs vives de toutes les nuances de l'arc-en-ciel et flanquées de clôtures anticycloniques. Des HLM à la mode des Caraïbes.

« Certaines des plus belles plages sont par là. » Jack lui indiqua du doigt un point au-delà des HLM qui bordaient l'autoroute des deux côtés. « A Condado, il y a de très belles propriétés.

— C'est là que nous allons ?

— Nous allons descendre au Condado Plaza. Ça vous plaira, je crois. »

Le grondement de la circulation s'intensifia à mesure qu'ils approchaient du centre de la ville. La voiture fut envahie d'effluves de nourriture chaude provenant de restaurants au bord de la route. Ils traversèrent le Puente Esteves et le Puente Dos Hermanos, des ponts en béton aux parapets sculptés jetés au-dessus du lagon de Condado. A gauche, s'étendait une longue plage de sable blanc. Abby vit des filles bronzées, en string, étendues près de beaux garçons dorés en train de prendre le soleil sur des serviettes de plage. Au large, à peine quelques centaines de mètres plus loin, les vagues de l'Atlantique venaient battre contre les récifs.

Le taxi s'arrêta, coupa à gauche dans la circulation et vint se garer sous la marquise d'un hôtel tout en hauteur. Derrière les murs vitrés, Abby put voir le hall qui s'étendait sur toute la surface de l'édifice et donnait, de l'autre côté, sur les rouleaux écumants de l'Atlantique.

Un jeune homme en livrée blanche, à laquelle ne manquait même pas le casque colonial immaculé, leur ouvrit la portière.

« Bienvenue au Condado Plaza. » Grand, jeune, brun, il avait un sourire étincelant auquel aucune adolescente n'eût résisté. « Vous avez des bagages, Monsieur ? » Il avait un fort accent castillan. Il claqua des doigts et un groom approcha un chariot roulant du coffre du taxi qu'il déchargea sans un mot.

« Vous comptez rester longtemps ?

— Deux nuits », répondit Jack. Il lui donna un billet de cinq dollars qui disparut comme une flamme sous l'eau.

« Fernando va s'occuper de vos bagages. » Le portier les conduisit vers l'entrée principale dont il leur ouvrit toute grande la porte. « Nous vous souhaitons un bon séjour au Condado Plaza. »

Une fois à l'intérieur de l'hôtel, Abby se demanda si elle avait pris avec elle les vêtements qu'il fallait, à condition même qu'elle en eût possédé de tels. La plupart des femmes étaient élégamment vêtues de noir et parées de bijoux, de colliers de perles et de diamants. Abby remarqua une jeune femme de type latino-américain, grande et imposante, vêtue d'une robe du soir qui épousait ses formes généreuses, en compagnie d'un petit groupe d'hommes, tous vêtus de costumes valant plusieurs milliers de dollars. La jeune femme était au bras d'un homme âgé, plus petit qu'elle d'au moins quinze centimètres. Il avait le cheveu vif-argent. En passant à leur hauteur, Abby les entendit parler en espagnol.

Jack surprit le regard béat qu'elle leur jetait. « Ils viennent de Rio ou d'Argentine, lui expliqua-t-il. Ils apportent leur pétrole, leur bétail et parfois même leurs narco-dollars. Ils règlent de petites affaires. Ils amènent leur maîtresse et flambent dans les casinos. Ensuite, ils rentrent retrouver leur femme et leurs dix enfants. Vous savez ce que c'est, ajouta Jack. Les bonnes vieilles valeurs traditionnelles. »

C'était la première fois qu'Abby jetait les yeux sur le gratin sud-américain et elle faisait la tête de l'Américaine médusée.

« Ce que vous pouvez être cynique, dit-elle. Qu'est-ce qui vous dit que ce n'est pas sa fille ?

— Elle est trop jeune pour ça.

— C'est peut-être sa petite-fille.

— Dans ce cas, je dois avouer que...

— Vous pourriez peut-être le leur demander

— Ce n'est pas moi qui vais leur lancer la pierre. Et en plus, je ne les juge pas. Moi, je n'ai rien contre le fait qu'on ait une maîtresse. C'est pour ça que les catholiques divorcent moins. Ça facilite aussi l'abstinence. »

Abby se mit à rire, hocha la tête et n'insista pas.

Les quelques touristes américains qui se trouvaient dans le hall erraient comme des âmes en peine affublés de casquettes de base-ball et de tee-shirts à gogo. Les Américaines, en jean avec leur gros cul, n'arrangeaient rien.

Abby passa une main nerveuse sur son pantalon froissé et ajusta le col de son chemisier taché et trempé de sueur.

« Il va me falloir des vêtements neufs », dit-elle à l'oreille à Jack tandis qu'ils approchaient de la réception.

« Allez-y. Prenez tout votre temps. Il y a des boutiques là-bas. » Il lui indiqua un couloir rempli de boutiques dont les vitrines exposaient des mannequins richement vêtus et parés de bijoux rutilants.

Elle hésita. Pendant ce temps, Jack réglait tout avec la réceptionniste. Il lui remit sa carte de crédit.

« En effet, Monsieur Jermaine, vous aviez réservé. Nous avons aussi un message pour vous. » Elle lui tendit une petite enveloppe.

Il l'ouvrit et lut le message qu'elle contenait. « Henry sait que nous sommes ici.

— Henry ?

— Enrique.

— Vous lui aviez dit que nous devions descendre ici ?

— Non.

— Alors comment le sait-il ?

— Henry sait tout ce qui se passe dans cette île. Sa limousine a dû arriver trop tard pour nous prendre à l'aéroport. Il l'envoie nous chercher dans quelques heures.

— Une limousine. C'est drôlement généreux de sa part d'avoir loué une limousine.

— Oh, il ne l'a pas louée. »

La réceptionniste, qui avait l'air impressionnée par la carte de crédit de Jack, lui tendit deux cartes électroniques et sonna pour que l'on monte leurs bagages.

« Nous avons des chambres attenantes au huitième étage. » Jack remit à Abby l'une des clés dans une petite enveloppe sur laquelle était écrit un numéro de chambre. « Allez. Faites vos courses. Je vais m'occuper des valises et je vous retrouverai là-haut. Oh, nous allons à un dîner habillé. » Il fit demi-tour pour partir mais Abby resta sur place sans bouger.

« Je... heu...

— Qu'y a-t-il ?

— Je n'ai pas de carte de crédit », expliqua-t-elle. Elle avait six cent mille dollars à la banque sans aucun moyen de les dépenser.

« On vous changera un chèque à la réception, dit Jack.

— Je ne peux pas non plus faire de chèque. » Abby s'était souvenue du conseil que lui avait donné Morgan de ne pas tirer de chèques sur son compte tant que la police serait à sa recherche.

Jack se pencha au-dessus du comptoir et chuchota quelque chose à l'oreille de la réceptionniste. Celle-ci fit un signe d'acquiescement et indiqua les boutiques plus loin dans le hall.

« Aucun problème, dit Jack. Vous pouvez vous servir de ça. » Il désigna la clé qu'elle tenait à la main. « Vous mettrez tout sur la note de l'hôtel.

— C'est possible ?

— C'est sans doute par ce moyen qu'elle s'est procuré la robe qu'elle a sur le dos. » Jack fit un signe de tête en direction de la jeune Latino-Américaine qui accompagnait l'homme âgé. « Le rôle de maîtresse a ses avantages, ajouta-t-il.

— Et que dois-je entendre par là ? »

Il sourit et se dirigea rapidement vers l'ascenseur avant qu'elle ne puisse s'expliquer avec lui.

Elle lui cria : « Mais tout sera sur votre carte de crédit.

— Ne vous inquiétez pas pour ça.

— Je vous rembourserai.

— Nous trouverons bien un moyen de régler ça.

— Attendez une seconde. »

Avant qu'elle ne puisse le rattraper, Jack et son sourire communicatif avaient disparu dans l'ascenseur et la porte s'était refermée derrière eux.

Demeurée seule dans le hall, Abby regarda la jeune femme dans sa chatoyante robe du soir noire puis baissa les yeux sur son propre pantalon tout froissé. Elle referma la main sur la clé magnétique. Elle pourrait gagner des fortunes, jamais elle ne serait à la hauteur.

Le mot « économie » était inconnu des propriétaires de boutique du Condado. Abby espéra que Jack avait un pouvoir d'achat important sur sa carte de crédit. Elle n'acheta que deux tenues : une de tous les jours, un pantalon, un chemisier, un pull léger, des mocassins et un sac à main ; elle choisit aussi une tenue de soirée qui valait la moitié du salaire qu'elle gagnait précédemment mais qui lui allait mieux que tout ce qu'elle se souvenait avoir porté depuis des années. Une sorte de smoking féminin flottant. Simple mais apparemment capable de jeter une note de mystère dans une soirée. Elle acheta une paire d'escarpins assortis. Il s'agissait là des plus folles dépenses qu'elle eût jamais faites. Elle avait l'habitude d'attendre les soldes et d'acheter à bas prix sur catalogue. Les gens qui pensaient que tous les avocats roulaient sur l'or étaient cinglés. Elle dirait à Morgan de lui envoyer de l'argent lors de leur prochaine conversation téléphonique. Il lui déplaisait de penser qu'elle devait de l'argent à Jack.

Deux heures et demie s'étaient écoulées depuis qu'elle avait quitté celui-ci dans le hall lorsque le téléphone sonna dans sa chambre. La limousine les attendait en bas.

Jack l'attendait à la porte de l'ascenseur lorsqu'elle sortit de sa chambre dans sa nouvelle tenue de soirée. Il émit un long sifflement appréciatif. « Vous êtes superbe.

— Vous aussi », dit-elle le feu aux joues.

Il lui prit la main avec un plaisir manifeste. « Venez. Allons voir comment vit l'autre moitié de la planète. »

En sortant de l'ascenseur, ils furent accueillis par un homme de haute taille en uniforme de chauffeur. Il n'était pas hispanique mais anglo-saxon.

« Heureux de vous revoir, Monsieur Jermaine. » Il parlait avec un fort accent britannique en avalant ses consonnes.

« Comment allez-vous, Zeke ? Ça faisait longtemps.

— Trop, répondit le chauffeur.

— Zeke, je vous présente Abby. Abby, Zeke. »

Le chauffeur porta la main à son chapeau. « Madame. »

Abby lui sourit. Il les conduisit à la voiture garée à l'entrée de l'hôtel. Ce n'était pas l'habituelle limousine mais une brillante Rolls Royce noire.

« Je vois que vous conduisez toujours la Phantom, dit Jack.

— Il n'y a qu'elle qui m'aille, répondit Zeke. Leurs Lincoln et leurs Cadillac, ils peuvent se les garder. Elles ne tiennent pas la route.

— Vous devriez convaincre Harry de vous acheter la Silver Ghost.

— Il a entrepris des pourparlers avec Rolls Royce à ce sujet. Mais ils ne veulent rien entendre. »

Le chauffeur ouvrit la portière et Abby et Jack montèrent à l'arrière. Le chauffeur contourna la voiture.

« Qu'est-ce que c'est que la Silver Ghost ? demanda Abby.

— La première voiture fabriquée par Rolls Royce. En mil neuf cent huit. On dit qu'elle vaut quarante-quatre millions de dollars.

— Ce doit être une sacrée bagnole, commenta Abby.

— Mais, vous avez entendu, Rolls Royce ne veut pas la vendre.

— Et c'est uniquement ça qui empêche votre ami de l'acheter ? »

Jack la regarda en souriant.

« Absolument. » Abby lui adressa un regard sceptique.

Le moteur ronronna doucement lorsque la voiture s'engagea dans la circulation.

« J'ai gardé les reçus pour les vêtements, lui dit-elle. Je vous rembourserai dans quelques jours. Dès que j'aurai réglé quelques questions financières.

— Ne vous en faites pas pour ça.

— Mais je m'en fais. » Il déplaisait à Abby de porter des vêtements payés par un homme avec lequel elle n'avait que des relations d'affaires.

« Ces questions financières, c'est votre ami Spencer qui s'en occupe ? »

Abby le regarda sans répondre.

« Vous êtes sûre de pouvoir lui faire confiance ?

— Oui.

— Si je me souviens bien, le chèque que j'ai endossé pour vous représentait une grosse somme, dit Jack. Comme dit le proverbe, quand on a autant d'argent, mieux vaut mettre tous ses œufs dans le même panier et bien garder l'œil dessus.

— Je n'y manquerai pas, dit Abby. Et je vous rendrai ce que je vous dois dès que je pourrai toucher cet argent.

— Rien ne presse. »

La voiture glissait à toute vitesse dans des rues étroites, certaines dans les quartiers de taudis les plus pauvres qu'eût jamais vus Abby. Ceux-ci se transformèrent peu à peu en un quartier résidentiel. Moins d'un kilomètre plus loin, apparurent les villas entourées de murs. A mesure qu'ils avançaient, les demeures protégées par ces murs devinrent de plus en plus grandes, certaines d'entre elles, que Jack appelait des « villas méditerranéennes », rivalisant même par la taille avec des musées. La Rolls vira pour s'engager vers la côte. La circulation devint beaucoup moins dense.

« Vers où nous dirigeons-nous ?

— Nous allons suivre la route côtière.

— Votre ami habite en bordure de mer ?

— Parfois. Il possède plusieurs demeures dans l'île. Il partage en quelque sorte son temps entre chacune d'elles. »

Ils longèrent une côte rocheuse parsemée de plages et parurent enfin laisser toutes les habitations derrière eux. Après quelques kilomètres, la voiture s'engagea sur une pointe de terre et, trois ou quatre cents mètres plus loin, ralentit, mais à peine. Un garde armé en uniforme sortit d'une guérite en maçonnerie, reconnut la Rolls et leur fit signe de traverser une grande grille en fer qui s'ouvrit et se referma aussi vite derrière la voiture.

Ils continuèrent à rouler durant ce qui parut à Abby un temps interminable jusqu'à ce qu'apparaisse au loin, à l'extrémité de la voûte des arbres, une vaste demeure sur une pelouse verdoyante et vallonnée. En contrebas, s'étendaient une large plage et la mer azurée.

La maison elle-même sortait de l'ordinaire et Abby n'en avait jamais vu de semblable. Elle était composée d'un certain nombre de pavillons circulaires, chacun recouvert d'un toit de chaume massif. La porte d'entrée était en acajou sculpté et le châssis des fenêtres à petits carreaux, en teck.

« Henry a vu une maison similaire à Bali il y a quelques années, dit Jack. Elle lui a plu.

— On dirait. » Abby descendit de la Rolls dont Zeke lui ouvrit la portière.

« Evidemment celle de Bali n'était pas aussi grande. Il a quand même fait venir un architecte de là-bas pour qu'il y jette un œil. Voilà le résultat.

— Je ne voudrais pas qu'il ait le coup de foudre pour le Taj Mahal, dit Abby.

— Ouais. C'est fou ce qu'un peu de créativité et cinq millions de dollars peuvent faire. »

Abby se demandait ce que quelqu'un d'aussi riche pouvait bien fabriquer dans un coin aussi perdu et, plus à propos, d'où lui venait cet argent. Puis une idée lui traversa l'esprit : la drogue.

Ils se dirigèrent vers la porte d'entrée et Jack tira sur un cordon en soie qui fit sonner une cloche quelque part dans les profondeurs de la maison. Quelques instants plus tard, un domestique vêtu d'une veste de lin blanc leur ouvrit.

Il se fendit d'un large sourire. « Ah, Monsieur Jermaine. Nous vous attendions. Entrez, je vous prie. »

Abby pénétra dans le vestibule, une pièce luxueusement aménagée, sur les murs en terre cuite de laquelle étaient suspendus des masques primitifs. Les meubles étaient tous de facture polynésienne, faits d'un dur bois sombre, lourdement sculpté. Il faisait frais dans la pièce et Abby se demanda comment il était possible de climatiser un habitat au toit de chaume.

« Il a hâte de vous voir. » Le domestique les précéda à travers plusieurs pièces jusqu'à ce qui parut être une bibliothèque d'où l'on avait une vue époustouflante sur l'océan. Un grand yacht aux hublots éclairés était à l'ancre sous le vent à quelques encablures dans la baie.

Un homme était assis à un grand bureau en bois sculpté. Il leva les yeux à leur entrée dans la pièce.

« Jack, espèce de chenapan. » Il posa son stylo et se leva aussitôt. « Tu ne m'avais pas dit où tu descendais. J'ai eu un mal fou à te trouver. » C'était un homme de forte carrure, de haute taille, aux membres longs, au cheveu noir et au sourire communicatif — et trompeur. Abby sentit que ce sourire pouvait se glacer en un instant si son propriétaire était mécontent. Celui-ci traversa la pièce en cinq enjambées faciles et ses bras enlacèrent Jack dans une étreinte de plantigrade.

Cette démonstration d'affection mit manifestement Jack mal à l'aise. Il tapota d'une seule main le dos de Henry tandis que l'autre pendait, inerte, à son côté.

« Henry, dit-il. Ça fait du bien de te revoir. »

Abby assista à la scène tout en riant sous cape de Jack et de son embarras.

« Ça fait un sacré bail, dit Henry. Je ne cesse de te le dire, tu devrais venir me voir plus souvent. Qu'est-ce qui s'est passé ?

— J'avais perdu ta trace, répondit Jack.

— C'est exactement comme ça qu'on perd ses amis. Tu sais, ajouta Henry, j'aurais pu envoyer mon avion personnel te prendre à Atlanta ou à Savannah. Tu n'avais qu'à décrocher le téléphone. »

Henry s'aperçut alors d'une présence étrangère dans la pièce. « Tu pourrais être poli et me présenter.

— Excuse-moi, dit Jack. Je te présente Abby Chandlis. »

Le dénommé Henry s'éloigna de Jack en faisant un pas en arrière et examina Abby de son regard sombre et perçant. Il tendit ensuite la main avec un sourire chaleureux.

« Abby, je me présente, Enrique Ricardi. Mais vous

pouvez m'appeler Henry. Tout le monde dans l'île m'appelle Henry, sauf ma mère. Elle ne cesse de me faire reproche de ce surnom. Elle dit que je m'anglicise, que je deviens anglophile, des trucs dans le genre. »

Abby l'écoutait bouche bée d'étonnement. Ce nom ne lui était pas inconnu. Quiconque avait déjà mis les pieds dans un bar le connaissait. Ce nom de Ricardi était synonyme de rhum, le plus grand distillateur du monde, propriétaire de distilleries aux États-Unis et en Europe. On voyait son nom sur des panneaux-réclame le long de toutes les routes américaines et dans toute l'île. Que Henry sût tout ce qui s'y passait, comme l'avait dit Jack dans le hall de l'hôtel, n'avait rien d'étonnant. C'était l'un des hommes les plus riches du monde.

« Ça va, vous vous sentez bien ? demanda-t-il à Abby.

— Heu... oh, oui », répondit-elle. Elle s'aperçut qu'elle le dévisageait et détourna les yeux.

« Tu as vu la tête qu'elle fait ? dit Jack. Cela fait deux jours que je lui parle de mon ami Henry et maintenant elle a l'air de tomber des nues.

— Mais enfin, vous ne m'aviez pas dit de qui il s'agissait, dit Abby.

— Excusez les mauvaises manières de mon ami Jack, intervint Ricardi. Puis-je vous appeler Abby ?

— Bien sûr, dit Abby en essayant d'avoir l'air décontracté.

— Asseyez-vous, je vous en prie. »

Henry appela le domestique et commanda des boissons, de la piña colada pour Jack, un punch au rhum en l'honneur de leur invitée, Abby.

« Vous vous demandez sans doute comment un homme comme moi, cultivé et raffiné, peut avoir manqué assez de jugeote pour s'acoquiner avec quelqu'un comme ça ? » Il désigna Jack et hocha la tête. « Un individu vulgaire et de bas étage.

— Holà, une minute, fit Jack.
— Maintenant que vous le dites, dit Abby.
— Oh, ça y est, c'est reparti, fit Jack.
— Oui, j'ai eu le malheur, j'ai commis la bêtise irréparable de l'admettre dans ma fraternité à Stanford.
— Ta fraternité ? demanda Jack. Je crois me rappeler que c'est moi qui faisais partie du comité d'admission l'année où tu as sollicité ton adhésion.
— Ce qui montre à quel point on perd la mémoire avec l'âge, dit Henry. Ah. »
Avant que Jack ne puisse rétorquer quelque chose, le domestique revint dans la pièce avec un plateau de boissons.
« C'est l'heure de mon médicament, dit Jack.
— Oui. Ça te rafraîchira la mémoire », dit Henry.
Ils rirent et prirent chacun un verre tandis que le domestique faisait circuler le plateau parmi eux. La boisson d'Abby était servie dans un grand verre givré au rebord orné d'une tranche d'ananas dans laquelle était piqué un petit parasol. Tout commençait à s'expliquer : Stanford et un diplôme en études latino-américaines. Où ailleurs ferait-on connaissance du roi du rhum ?
« Tu sais quoi ? dit Ricardi. Tu mériterais réellement une bonne leçon. » Il s'adressait à Jack. « Tu viens dans mon île et tu refuses mon hospitalité. Vous restez naturellement ici ce soir.
— Nous avons des chambres au Condado Plaza.
— Vous aviez des chambres au Condado Plaza, dit Ricardi. L'hôtel, à ce qu'il paraît, est complet tout à coup. » Un sourire ironique se peignit sur le visage de Henry qui s'installa dans le canapé en face d'elle. « Zeke est déjà parti récupérer vos bagages. J'ai parlé au directeur de l'hôtel. La note est réglée.
— Et les achats que j'ai fait mettre sur la chambre ? », souffla Abby à l'adresse de Jack. Elle en portait une partie sur elle. Sa remarque n'échappa pas à Henry.

« Comme je l'ai dit, la note est réglée. Nous fournissons à l'hôtel une denrée de première qualité dont sa clientèle s'imbibe plutôt généreusement.

— Henry veut dire qu'il a de grosses parts dans le Condado, expliqua Jack. Ainsi que dans tous les grands hôtels de l'île.

— Une petite franchise familiale. » Henry eut un grand sourire, quelque peu spécieux. Elle se le représenta à une autre époque, propriétaire d'esclaves dont il eût disposé avec une égalité d'humeur analogue. Cette vision empiétait chez elle sur un sens bien yankee de l'indépendance, lequel lui semblait battu en brèche de toute part depuis qu'elle avait partie liée avec Jack.

« Bon, nous allons vous donner des chambres dans l'aile réservée aux invités, dit Henry. Si j'ai bien compris, vous êtes écrivain ? »

Abby coula un regard en direction de Jack. Elle se demanda ce qu'il avait dit à Ricardi de l'arrangement convenu entre eux.

Jack haussa les épaules. Il faisait piètre mine. Il savait qu'il allait se faire vertement tancer un peu plus tard.

« Oui. Enfin, Jack avait rêvé lui aussi de devenir écrivain, dit Henry. Je lui avais dit de laisser tomber. D'être réaliste. Que ce n'était chez lui qu'un enfantillage. Mais, hélas ! Jack et la réalité ne font pas bon ménage.

— Vraiment ? demanda Abby.

— Oh oui. Il cultive ce rêve depuis...

— Ça suffit, l'interrompit Jack.

— Non, je veux en apprendre davantage, fit Abby.

— Ce n'est pas à moi de juger des rêves d'autrui, dit Ricardi qui refusa de continuer plus avant sur ce sujet. Je lui ai même offert un travail ici, mais il n'en a pas voulu.

— C'était du népotisme, dit Jack.

— Non, le népotisme consiste à offrir des places aux

membres de sa famille. Dieu sait que je ne m'en suis pas privé. Je crois qu'on appelle ça du copinage quand il s'agit d'un ami. Réfléchis un peu, tu pourrais voyager de par le monde, courir les femmes et boire.

— Toi, tu as tout cela à portée de main dans ta raffinerie, dit Jack.

— Distillerie, je t'en prie, répliqua Henry. Enfin. Pour en revenir à l'affaire qui nous occupe, je vous ai trouvé un endroit merveilleux à Sainte-Croix, dit-il à Abby. Je pense que ça vous plaira. C'est très tranquille. Très privé. Les Kennedy — Ted Kennedy — louent parfois pour Noël la maison qui se trouve au bas de la route. Mais celle que je vous ai choisie est plus discrète. »

Abby se demanda ce qu'il lui en coûterait.

« Bon, combien de temps comptez-vous rester dans l'île ?

— Deux jours, répondit Jack. Nous avons un vol après-demain dans l'après-midi.

— C'est ridicule, dit Henry. Vous pouvez sûrement rester plus longtemps.

— Je le voudrais bien mais le temps presse, expliqua Abby. Nous devons nous mettre immédiatement au travail.

— Le travail, fit Ricardi. Notre châtiment à tous. Je pars moi-même pour l'Europe demain matin. Mais vous pourriez bien rester ici. Vous garderiez la maison.

— Nous ne pouvons vraiment pas nous attarder », dit Jack.

Ricardi comprit. « Mais vous n'allez pas aller à Sainte-Croix en avion. Pas sur cette espèce de petit biréacteur. Il est bien trop inconfortable. Je vous donnerais bien mon avion personnel mais j'en ai besoin pour aller à Londres.

— Ça ne fait rien, dit Jack.

— Bien sûr. Vous allez prendre l'*Isabella.* » Il désigna le yacht à l'ancre dans la baie derrière la fenêtre du cabinet de travail. « J'ai déjà donné des instructions. J'ai prévenu l'équipage et le capitaine. Et tant que vous serez dans l'île, Zeke et la voiture seront à votre disposition. » Henry n'était pas du genre à tolérer qu'on lui résiste.

Jack fit la grimace, l'air de signifier qu'il lui fallait bien se soumettre.

« Je règle quelques affaires de dernière minute et ensuite nous pourrons passer à table. Ah, avant que je n'oublie. J'ai la clé de la maison ainsi que quelque chose qui est arrivé pour toi aujourd'hui », dit-il à Jack. Il tendit la main vers un tiroir de son bureau d'où il tira une petite boîte, un colis express qui ressemblait étonnamment à celui que Jack avait déposé la veille au bureau d'expédition près de l'aéroport.

# CHAPITRE VINGT-QUATRE

Depuis la visite que lui avait rendue le flic à son bureau, Charlie Chandlis mourait de curiosité. Il savait qu'Abby avait touché de l'argent. Il en ignorait cependant le montant et l'origine. Il pensait connaître son ex-épouse mais cette histoire de carte de crédit lui avait appris qu'il ne la connaissait pas aussi bien qu'il le croyait. L'Abby qu'il avait épousée n'aurait jamais été jusqu'à lui subtiliser sa carte de crédit ou à l'utiliser.

Il cachait son dépit mais bouillait intérieurement. Abby s'était payé sa tête et il n'aimait pas ça. Il y avait aussi autre chose dans tout cela qui l'asticotait. L'idée qu'elle avait tourné la page, surtout pour s'engager dans des activités pas très claires, avait quelque chose d'étrangement enivrant pour Charlie. Il ne savait pas ce qu'il ferait s'il lui mettait le grappin dessus. C'était le côté excitant de la chose.

L'idée lui avait traversé l'esprit au cours de la semaine qu'il n'était pas impossible qu'Abby lui eût dissimulé des biens durant leur vie conjugale, un magot leur appartenant en communauté de biens qu'elle aurait mis à gauche et négligé de déclarer lors du divorce. Charlie avait l'esprit d'autant plus soupçonneux qu'il avait lui-même dissimulé une provision de près de dix-huit mille dollars qu'il avait omis de faire figurer dans la comptabilité de sa pratique durant les mois qui avaient précédé leur séparation. Restait à savoir pour quelle raison elle lui avait remboursé les six mille dollars sur sa carte de crédit. Mais si elle avait pu trouver tout cet argent, il n'était pas impossible qu'elle en eût davantage.

L'exercice du droit ne rapportait pas beaucoup à Abby. Elle était, pour l'essentiel, salariée. Elle avait toutefois pu toucher un pactole, peut-être de gros honoraires pour une cause qu'elle aurait défendue. Ce n'était pas le salaire horaire que leur versait leur cabinet qui enrichissait les avocats mais les honoraires aléatoires qu'ils recevaient lorsqu'ils plaidaient à la cour ou réglaient une affaire à l'amiable. Dans une cause importante, un avocat pouvait empocher plus de cent mille dollars.

Il fallait qu'il en ait le cœur net. Il devait bien exister un compte bancaire quelque part. Le secret bancaire était bien défendu. Les banques voulaient bien vous dire ce que vous aviez sur votre compte mais autrement il n'y avait rien à faire. Si vous tiriez un chèque sur le compte d'un tiers, elles consentaient tout au plus à vous dire s'il y avait des fonds suffisants pour le couvrir. Charlie savait que le compte d'Abby était approvisionné lorsqu'on avait déposé le chèque qu'elle lui avait remis pour combler le découvert sur sa carte de crédit. La société émettrice de la carte l'avait encaissé.

Il lui fallut quelques jours pour mettre au point un stratagème qui lui permettrait d'en savoir davantage. Aux yeux de Charlie, les avocats étaient les grands prêtres de la société, des gens à part dotés de pouvoirs exceptionnels. Comme c'était eux qui faisaient les lois, pourquoi ne les auraient-ils pas détournées à leurs propres fins ? Durant deux jours, à temps perdu, Charlie concocta une plainte contre Abby à qui il intenta un procès pour agissements frauduleux devant la cour supérieure de Seattle. Les avocats opéraient ainsi à longueur de journée dans tout le pays et personne n'y prêtait guère attention à moins que la plainte ne soit déposée contre une rock star ou un grand nom du football.

Dans sa plainte, il accusait Abby d'entorse au code civil pour avoir omis de déclarer des biens lors de leur divorce. Il n'en possédait pas la moindre preuve mais il n'est pas nécessaire de détenir des preuves pour engager un procès. Il n'en faut que pour le gagner. Charlie n'avait nullement l'intention d'aller devant les tribunaux. Il ne se donna même pas la peine de faire notifier le dépôt de sa plainte à Abby, que ce fût par ses propres soins ou par sa publication dans un journal.

Au lieu de cela, il se servit du numéro d'ordre délivré par le clerc du tribunal pour émettre une assignation en référé. Il s'agissait d'un commandement du tribunal exigeant du destinataire de l'assignation qu'il produise certains dossiers. Bancaires en l'occurrence. Ainsi équipé, Charlie s'en alla ensuite à la pêche.

Il commença par se rendre à la banque sur laquelle Abby avait tiré le chèque destiné à couvrir la carte de crédit. Il y découvrit qu'elle avait fermé son compte deux jours après le dépôt du chèque. Il n'en fut pas surpris. Si elle dissimulait des actifs, elle n'allait pas être assez bête pour laisser le magot à un endroit où il lui serait facile de le découvrir. Qu'elle eût fermé son compte le convainquit toutefois qu'il y avait anguille sous roche. Abby avait quelque chose à cacher.

Il fignola astucieusement une seconde assignation en référé. Ayant répondu à l'offre de vente de la maison d'Abby, en se faisant passer pour un acheteur intéressé, il avait recueilli une autre information essentielle. C'était Morgan Spencer, un collègue d'Abby dans le cabinet où celle-ci travaillait anciennement, qui s'occupait de la vente de la maison. Il n'en fallut pas plus à Charlie pour en déduire que ce Spencer devait aussi s'occuper des autres affaires d'Abby. Il restait à savoir où Spencer et son cabinet réalisaient leurs transactions bancaires.

Charlie passa au peigne fin le vieux numéro d'une petite publication judiciaire jusqu'à ce qu'il trouve ce qu'il cherchait, à savoir une liste de noms de jeunes avocats récemment admis au barreau. Il la parcourut, y découvrit un nom susceptible de faire l'affaire, décrocha son téléphone et composa un numéro.

« Starl, Hobbs et Carlton, lui répondit une voix féminine aguichante.

— Bonjour. Je m'appelle Daniel Swenson. » Charlie s'efforça de prendre une voix jeune et naïve. « Je viens d'être reçu au barreau et j'aimerais parler à un avocat de votre cabinet, si possible, pour lui demander un conseil professionnel.

— Quelle sorte de conseil ?

— Vous savez. Comment s'installer. Ouvrir un cabinet. Ouvrir des comptes professionnels, ce genre de chose.

— D'où nous connaissez-vous ? »

Comme Charlie l'avait prévu, le plus difficile serait de passer le barrage de la réceptionniste.

« Un de mes professeurs à la fac m'a dit que votre cabinet était l'un des mieux dirigés de la ville. Il a une très bonne réputation. J'ai donc tout naturellement pensé à commencer par là.

— Un instant, restez en ligne », dit la réceptionniste.

Charlie sifflota tranquillement tout en écoutant la musique en conserve diffusée par le téléphone.

« Allô ? Qui est à l'appareil ? » Une voix d'homme, grave et mélodieuse, avait remplacé celle de la réceptionniste.

« Oh. Ici Daniel Swenson. Je ne sais pas exactement ce que la standardiste vous a dit mais je viens d'être admis au barreau et je suis en train de m'installer.

— Oui. Que puis-je pour vous ?

— J'ai assisté récemment à une réunion, vous savez ce genre de réunions qui servent à combler le fossé entre la fac et la pratique du droit. Plusieurs des avocats qui ont pris la parole ont donné votre cabinet en exemple pour la qualité de sa direction. » Le genre de baratin destiné à tourner la tête d'un grand avocat.

« Ils ont laissé entendre, poursuivit Charlie, que des avocats plus expérimentés acceptaient volontiers de donner quelques petits conseils. De quoi nous aider à partir du bon pied.

— En effet, dit l'avocat plus âgé.

— Puis-je vous demander à qui j'ai l'honneur de parler ?

— Je m'appelle Lewis Cutler. Je suis directeur général du cabinet.

— Oh ça alors, je ne m'attendais pas à ce qu'on me passe le patron, dit Charlie.

— Mais c'est très bien. En quoi puis-je vous être utile ?

— Je dois ouvrir des comptes bancaires professionnels pour les fonds en fidéicommis d'un client. Vous connaissez ce genre de chose. Je pensais que vous pourriez peut-être me recommander une banque locale bien vue de la profession.

— Oh certainement. Sans problème. Nous traitons depuis des années avec la succursale de la First National Bank dans le centre-ville. Vous n'avez qu'à demander Jim Hanford. Dites-lui que c'est Lew Cutler qui vous envoie.

— Tous les partenaires de votre cabinet font-ils affaire avec la même banque ?

— Pour tout ce qui est d'ordre professionnel, oui. Nous ne faisons affaire qu'avec une seule banque parce que cela facilite la tenue des livres. Ça devient pénible lorsqu'on a des comptes dans tous les coins de la ville.

— Ça alors, merci. Vous m'êtes d'un grand secours. Je m'en souviendrai.

— De rien. Puis-je autre chose pour vous ?

— Non. Je trouve que vous avez été plus que serviable.

— Écoutez, je sais ce que c'est quand on s'installe... »

Charlie raccrocha et laissa Cutler monologuer au téléphone. Il revint à sa machine à écrire, inscrivit le nom de la First National Bank sur le formulaire de l'assignation, l'arracha d'un coup sec de la machine, le signa et prit sa serviette.

Vingt minutes plus tard, il s'engouffrait dans la porte-tambour de la First National. Il feignit de noter quelque chose sur le comptoir au milieu de la banque jusqu'à ce qu'il ait trouvé sur l'un des bureaux la plaque portant le nom qu'il cherchait. Il se dirigea vers l'employé qui y était assis.

« Que puis-je pour votre service ? » C'était un homme d'âge moyen au front dégarni.

« Monsieur Hanford. Je m'appelle Charles Chandlis. Je suis avocat et j'ai une assignation en référé me permettant de consulter les comptes de l'une de vos clientes. » Il tendit l'assignation à l'employé qui y jeta un œil.

« Veuillez vous asseoir. » Il indiqua à Charlie un siège devant son bureau.

Le formulaire de l'assignation, d'apparence officielle, portait l'entête de la cour supérieure ainsi que le numéro de dossier de l'affaire.

« Il s'agit de quelque chose de très précis, dit Charlie en s'asseyant. Nous ne recherchons que les informations concernant la personne dont le nom figure nommément sur cette assignation. Rien d'autre. La banque n'y figure pas comme partie défenderesse. » Charlie mentionna ce dernier point dans l'espoir que le banquier verrait les ennuis que cette affaire était susceptible d'attirer à la banque s'il refusait de s'exécuter. Charlie maîtrisait l'art de l'intimidation subtile.

« Oui. Je vois. Nos services juridiques sont logés dans un autre immeuble. » Le banquier paraissait ne pas trop savoir que faire du document, s'il devait accéder à la requête ou en confier l'examen à ses avocats.

« Vous pouvez le leur envoyer si vous voulez. Mais j'espérais obtenir quelques informations fondamentales dès aujourd'hui. Vous disposez bien sûr d'un délai suffisant pour produire les dossiers. Dix jours. Deux semaines. Je sais que vous êtes occupé. » D'abord le bâton, puis la carotte, pensa Charlie.

« Je vois. » Le banquier se fatiguait les yeux à chercher dans l'assignation un vice de forme qui lui eût permis de gagner du temps. Mais en pure perte.

« On m'a dit le plus grand bien de votre banque, dit Charlie.

— Oh vraiment ?

— Oh oui. Un bon ami. Lew Cutler de chez Starl, Hobbs et Carlton. Il ne tarit pas d'éloges à votre sujet.

— Oh bien sûr. Je connais Lew.

— Un type fantastique. Ouais, ça ne nous rajeunit pas. Il chante littéralement les louanges de cette banque. Il n'arrête pas de me dire que je devrais quitter la mienne et ouvrir mes comptes professionnels ici. J'ai comme l'impression que je vais devoir l'écouter. »

Un grand sourire se dessina peu à peu sur le visage du banquier qui regardait Charlie par-dessus l'assignation. « Tout m'a l'air en ordre », dit-il.

Il n'en était rien en réalité. Le banquier aurait pu exiger le récépissé d'une signification par huissier. Celle-ci eût montré que la cliente de la banque, la défenderesse, ne s'était pas vu signifier l'action intentée contre elle. Faute d'une telle mise en demeure, Abby n'avait aucun moyen de contester l'assignation en référé pour essayer de la faire annuler. Un avocat des services juridiques de la banque l'aurait vu tout de suite. Si Charlie s'y prenait bien, il aurait ce qu'il voulait avant qu'on y regarde de plus près.

« Que voulez-vous savoir ? demanda le banquier.

— C'est très simple. Pour le moment, j'ai seulement besoin de savoir si vous avez des comptes au nom de la personne dont le nom figure sur cette assignation. Et, si c'est le cas, la somme qui lui est créditée à cette date. Ça suffira pour l'instant. Comme je vous le disais, vous pouvez faire des photocopies des dossiers et me les faire parvenir plus tard. »

Le banquier parut trouver cela raisonnable. Il n'y avait qu'à vérifier sur l'ordinateur. « Ça devrait pouvoir se faire.

— Merveilleux », fit Charlie. Les assignations en référé faisaient vraiment des miracles.

Hanford commença à pianoter sur les touches de son ordinateur.

« Quel est le nom de la cliente ? demanda-t-il.

— Abigail Chandlis. » Il lui épela le nom. « Il se peut que ce soit sous le nom d'Abby. »

Le banquier appuya sur d'autres touches.

« Oui. Nous avons un compte à ce nom. Un compte conjoint avec un certain Morgan Spencer. » Il nota le numéro de compte sur une feuille de papier qu'il tendit à Charlie.

« Puis-je vous demander combien il y a sur le compte ? »

Hanford appuya sur d'autres touches et fit défiler les données sur l'écran.

Il dut faire un effort de concentration visuelle pour lire les chiffres. Il les inscrivit sur une feuille de papier qu'il fit glisser vers Charlie. Lorsque ses clients avaient de telles sommes en dépôt, la banque avait pour politique de protéger leur anonymat et leur sécurité.

Charlie ne put retenir un sifflement. Abby avait un million deux cent mille dollars sur son compte. Il faillit tomber de sa chaise.

« Pouvez-vous en retracer la source ?

— Il n'y a eu que deux dépôts. Mais l'ordinateur n'indique pas leur origine.

— Y a-t-il un moyen de le savoir ?

— Un instant. » Hanford décrocha son téléphone et composa un numéro. « Oui. J'ai besoin de l'historique d'un compte. » Il donna le numéro du compte et attendit quelques instants. « Deux seulement ? Pouvez-vous me les faxer ? Parfait ! » Il donna le numéro de fax de la banque et raccrocha.

Il regarda Charlie. « Ça ne va pas être long. »

Deux ou trois minutes plus tard, il se dirigea vers le fax et ramassa les feuillets qui en sortaient.

« Le dernier chèque en date versé sur le compte, d'un peu plus de six cent mille dollars, a été tiré sur le compte de Pietros Films Ltd. »

Cela ne disait rien à Charlie.

Le premier, d'une somme de six cent mille dollars, avait été débité sur un compte de royalties de New York. Owens & Associés.

Le curieux de l'affaire était que les chèques avaient été émis au nom d'un certain Jack Jermaine. Signés par celui-ci, ils avaient avaient été déposés sur le compte d'Abby.

# CHAPITRE VINGT-CINQ

Abby n'avait jamais eu le temps ou les moyens de voyager. Pratiquer le droit dans la journée et écrire le soir ne lui avait pas laissé le loisir de se distraire ou de voir le monde. C'était le prix à payer lorsqu'on écrivait à temps partiel.

Elle n'avait jamais rien vu de semblable à la vieille ville de San Juan : il y avait des maisons datant de l'époque de Christophe Colomb.

On était en début d'après-midi, le jour de leur départ de Porto Rico. Le yacht d'Enrique devait venir les prendre au port dans la soirée. Elle et Jack flânaient dans un dédale de rues étroites pavées de galets et longeaient des boutiques dont les propriétaires, assemblés sous des porches, bavardaient en espagnol. La ville était imprégnée du romantisme et des images d'un autre monde. Elle vibrait de couleurs qu'Abby songeait à intégrer à la suite de son roman.

Un bateau de croisière était à quai. Ses passagers dévalaient la passerelle en direction du terminal. Ils disparaissaient en troupeau vers les rues de la vieille ville pour en escalader les monuments et marchander des tee-shirts. Même Jack avait l'air d'un touriste. Il portait un polo moulant, un boxer-short et, en bandoulière, un appareil photo de bonne taille.

Lorsqu'ils traversèrent d'un bon pas la grande place,

Abby éprouva une impression étrange, presque d'embarras, en voyant Jack comme captif du regard des femmes qu'ils croisaient. Qu'elles fussent vieilles ou jeunes, on eût dit qu'il agissait sur elles comme un aphrodisiaque. Des hommes s'arrêtaient même pour le dévisager. Dans une foule, Jack ne passait pas inaperçu. Il avait du charisme et de la présence, il aurait dû faire de la politique. Il dominait la foule par la taille, était bronzé et avait les traits burinés. Il avait une manière unique d'écarter de la main son épaisse crinière sombre. Et ce sourire rayonnant à la John Kennedy. La plupart des femmes essayaient de ne rien laisser paraître, se contentant de regards à la dérobée en passant à leur hauteur. Puis elles se retournaient et ne se gênaient pas pour le regarder en se chuchotant parfois quelque chose à l'oreille. Abby vivait une expérience étrange. Les femmes lui jetaient des regards d'envie qui venaient rebondir sur elle comme sur un sonar. C'était comme si elle avait raflé le gros lot sur le marché de la frime. Quoique trouvant la chose superficielle, elle ne pouvait cependant s'empêcher d'apprécier l'instant dans le soleil. Abby n'avait rien d'une top model juvénile mais elle n'était pas laide. Dans un monde qu'empoisonnait le « jeunisme », elle ne s'en tirait pas trop mal. Elle s'imagina en grande tenue avec Jack sous les spots éclairant le tapis rouge le soir de la remise des Oscars.

Elle chassa ces rêvasseries lorsqu'ils s'éloignèrent des touristes et grimpèrent les escaliers abrupts de la ville pour se retrouver dans la Calle Norzagaray. Celle-ci longeait l'extrémité d'une falaise en bordure de la vieille ville. Abby et Jack s'y attardèrent pour observer les déferlantes moutonneuses de l'Atlantique.

« Là-bas », dit Jack. Il tendit le doigt vers un point au nord-ouest à un kilomètre et demi de l'endroit où ils se trouvaient. « C'est la forteresse d'El Morro. Elle garde l'entrée du port. »

Abby regarda les remparts de l'ancienne forteresse, les tours crénelées, les parapets en maçonnerie et les murs qui encerclaient la vieille ville.

« J'aimerais la visiter, dit-elle.

— Plus tard, dit Jack. Allons d'abord manger quelque chose. Vous aimez la cuisine mexicaine ? »

Au coin de rue suivant, il y avait un petit restaurant dont l'enseigne en lettres noires courait sur tout le premier étage, « Café Armanda ». A l'intérieur, il y avait deux pièces, un petit bar triangulaire et une salle à manger. Abby et Jack choisirent une table dans la véranda ouverte sur la rue. Ils commandèrent des margaritas et se détendirent en regardant les longs rouleaux turquoise à la crête écumeuse déferler sur l'Atlantique.

Les tons dominants du Café Armanda étaient le rose flamant et le vert sarcelle, les couleurs chaudes des Caraïbes. Quant à la cuisine, elle était délicieuse, comme promis par Jack. Ils écoutèrent des rythmes latinos et Jimmy Buffet, dont la musique leur parvenait depuis un juke-box à l'intérieur du restaurant, tout en faisant un sort à des casseroles brûlantes de poulet et de bœuf. Ils édifièrent des fajitas de la taille d'un chapeau mexicain au moyen de tortillas à la farine de blé et parlèrent du livre d'Abby.

Big-F avait organisé une séance de pose pour la photo de Jack qui figurerait au dos de la jaquette du roman et pour la publicité. La maison d'édition avait aussi engagé une grosse agence de relations publiques qui procéderait aux tests télévisuels de manière à préparer Jack à ses passages à la télévision. Carla Owens et Jack tenaient à ce que celui-ci soit fin prêt à affronter le circuit promotionnel. Abby se sentait nerveuse à l'idée de laisser Jack aller seul à New York. Mais elle avait du travail à faire et il faudrait bien tôt ou tard qu'elle lui fasse confiance.

« De quoi allez-vous parler lors des interviews ? lui demanda-t-elle.

— De mon livre. » Il lui adressa un petit sourire malicieux. « Et de la manière dont je l'ai écrit.

— C'est-à-dire ?

— Avec beaucoup de soin. Vous voyez, ça a été un labeur amoureux. Chaque mot et chaque virgule ont été pesés.

— Et combien de temps de cet amoureux labeur vous a-t-il fallu pour engendrer le livre ? », lui demanda-t-elle. Elle s'attendait à ce que l'on pose à Jack ce genre de question lors de la séance préparatoire à laquelle il allait devoir se soumettre.

Jack réfléchit quelques instants. « Cinq mois. »

Abby secoua la tête. « Davantage.

— Sept mois.

— Plus.

— Mais vous l'avez donc ciselé dans la pierre, ce livre ! s'exclama Jack.

— Un bon livre demande du temps. Comme un bon vin. » Maintenant qu'elle avait lu le manuscrit de Jack, Abby ne doutait pas de sa capacité de se débarrasser d'un roman en un mois.

« Combien de temps vous a-t-il fallu ? demanda-t-il.

— Deux ans. »

Il sifflota doucement entre ses dents.

« Il m'a fallu tout ce temps pour trouver le ton juste, définir les personnages et leurs motivations. Même le roman commercial prend du temps. Si on veut qu'il marche.

— Comment allez-vous faire pour que le prochain soit prêt d'ici un an ? demanda-t-il.

— En mettant les bouchées doubles. C'est tout ou rien. Ou bien on ne veut pas de vous du tout, ou bien, si vous avez du succès, les éditeurs attendent de vous un livre tous les douze mois. Plus vite même s'ils le peuvent. Pour eux, poursuivit Abby, il s'agit de rendre le lectorat accro de la même manière dont les fabricants de cigarettes tiennent les fumeurs.

— Oui mais les lecteurs n'ont pas le cancer, dit Jack.

— Je n'en suis pas si sûre. Il n'existe pas de tomographie de l'intelligence.

— Vous avez donc achevé le livre en deux ans.

— En réalité, j'ai rédigé un premier brouillon en huit mois et j'ai passé les seize autres à le réviser et à le réécrire. » Elle eût pu dire : à en abaisser le niveau intellectuel, mais elle se retint.

« Tout le monde peut écrire. Le problème, c'est d'être capable de réécrire. Et lorsqu'on le fait, la question est de savoir si c'est en mieux ou en pire.

— Qu'entendez-vous par là ?

— Comment dire ? C'est comme pour la musique, sauf qu'en littérature, ce n'est pas une mélodie qu'on essaie de capter. C'est davantage une affaire de cadence verbale et de distribution du matériau. Pour bien écrire, il faut avoir de l'oreille. Si on est sourd à la musique de la langue, autant laisser tomber. »

Jack la regarda, l'air de se demander si elle ne disait pas cela pour lui.

« C'est un topo génial », dit-il. Il prit un stylo dans sa poche et nota quelque chose sur un napperon en papier.

« Alors qu'allez-vous dire d'autre au vaste public de la télévision ? demanda-t-elle.

— A vous de me le dire.

— Vous pourriez, par exemple, parler de ce que vous faisiez pour gagner votre vie pendant que vous écriviez votre livre. Ce genre de chose intéresse généralement les gens.

— Ah. La vision romantique de l'écrivain affamé, dit Jack. Eh bien, malheureusement, je n'étais pas obligé de travailler.

— Vous avez une fortune personnelle qui vous assurait l'indépendance, c'est ça ?

— Une fortune, non. Mais l'indépendance, ça oui.

— Vous étiez dans l'Armée ?

— Exact.

— Parlez-m'en un peu. Qu'y faisiez-vous ? N'oubliez pas, vous venez d'accéder à la célébrité. Vous êtes la coqueluche des médias. On veut savoir ce que vous mangez au petit déjeuner.

— Que fait-on à l'Armée ? On obéit aux ordres, dit Jack.

— Quel y était votre travail ?

— Travail ? J'étais Marine. Un Marine polit ses bottes et astique son sabre. J'ai entraîné des tas de jeunes gars dont certains sont devenus des hommes bien.

— Vous étiez adjudant ?

— Officier d'entraînement.

— C'est plus flatteur, lui dit Abby. Il faut que vous vous vendiez vous-même pour vendre le livre. Ne l'oubliez pas. »

La bouche pleine de fajitas, il lui fit le salut militaire comme s'il recevait des ordres.

« Vous avez des aventures, des choses excitantes à raconter ? demanda Abby. Que faisiez-vous avant d'être officier d'entraînement ?

— Qu'est-ce que c'est que ça, le jeu de la vérité ?

— Non. Le boulot. Celui pour lequel on vous paie. Allez, dites-moi. Que faisiez-vous avant d'être officier d'entraînement ?

— Je commandais une embarcation fluviale.

— Quoi, comme les bateaux à roue du Mississippi ? Ne faites pas tant de mystère. Le public est curieux de savoir.

— Plus petit. Gonflable.

— Vous étiez capitaine d'un canot pneumatique ?

— Un Zodiac de huit mètres, répondit Jack. Avec une mitraillette de calibre 32 sur trépied et cinq hommes d'équipage.

— Voilà enfin qui a l'air intéressant.

— Nous nous enduisions de peinture grasse, portions des cagoules noires et opérions de nuit.

— Dites-m'en davantage.
— Nous débarquions sur le rivage et là nous faisions de la peinture au laser.
— Qu'est-ce que c'est que ça?
— Nous nous servions d'un objet qu'on appelle un "mulet". Ça ressemble à un fusil gonflé aux stéroïdes. A crosse courte et avec lequel on vise comme avec une arme à feu ordinaire. Il émet un rayon laser presque invisible qui éclaire la cible pour les pilotes des avions de chasse. On le dirige vers une fenêtre, une porte, parfois sur une conduite de climatisation ou une cage d'ascenseur.
— Un peu comme ces balles remplies de peinture? demanda Abby. Celles dont on se sert dans les simulations de combat, c'est ça?
— Comme à Panama et à Koweit City. Nous peignions les cibles de manière que des bombes de deux tonnes guidées au laser puissent les repérer. »
Jack se tut et la regarda par-dessus sa tortilla dont le jus dégoulina dans son assiette.
« Mais vous n'avez jamais tué personne, n'est-ce pas? » Abby voulait se l'entendre confirmer. Pour quelle raison? Elle n'eût su le dire clairement.
« Je suppose qu'il devait y avoir des gens dans ces édifices. De toute façon, il y avait un moyen de le savoir. »
Elle lui adressa un regard interrogatif. Elle ne voulait pas lui demander en quoi consistait ce moyen mais ce fut plus fort qu'elle.
« L'odeur de la chair brûlée, répondit Jack. C'est une odeur vraiment très particulière. »
Elle en eut l'appétit coupé. Elle repoussa son assiette et but une gorgée de margarita.
« A la réflexion, dit-elle enfin, peut-être serait-il préférable de laisser un peu de mystère planer autour de tout cela. » Elle se représenta mentalement Jack en train d'ouvrir son portefeuille pour exhiber des photos d'enfants calcinés aux émissions télévisées du matin.

« Mais dites donc, c'est vous qui avez insisté pour que je vous le dise.

— Pourquoi l'écriture est-elle si importante pour vous ? » Abby passa à un autre sujet.

« Parce que j'y trouve du plaisir », répondit Jack.

Peut-être était-ce là le problème, pensa Abby. Tous les bons écrivains qu'elle connaissait détestaient écrire. Où passait la ligne de démarcation ? Écrire pour lui n'était rien du tout. Il lui suffisait de s'asseoir à sa table et de laisser venir. Elle soupçonnait que si c'était si peu douloureux pour Jack, c'était dû à son manque d'esprit critique. Lorsqu'on est sourd à la musicalité de la langue, le moindre bruit de la touche sur le clavier, le moindre grattement de stylo sonnent comme du Mozart.

« Dites-moi, est-ce que mon roman sonne vrai ? demanda Jack.

— Je ne sais pas. Je ne suis pas juge de la manière dont les choses se passent à la guerre. » Abby se défila. « Mais vous en faites peut-être un peu trop. »

Il lui adressa un regard noir. Il savait qu'il allait à présent apprendre des choses déplaisantes. « Allons, dit-il. Démolissez-le en douceur. Dites-lui qu'il a un talent prometteur mais qu'il devrait peut-être songer à se reconvertir dans une autre activité. A se faire mécanicien automobile, peut-être ?

— Est-ce que j'ai dit ça ?

— Non, mais vous le pensez.

— Votre ami Henry avait commencé à dire quelque chose. Que l'écriture vous avait toujours démangé et vous l'avez interrompu. Que voulait-il dire par là ? Depuis quand avez-vous la passion d'écrire ?

— Henry parle trop. Il a raté sa vocation. Il aurait dû être thérapeute.

— Il a l'air de trouver que vous avez une idée fixe.

— Vous voyez ce que je veux dire ? demanda Jack. Est-ce qu'il me faut avoir une raison d'écrire ?

— Non.

— Mais un peu de talent aiderait. C'est ça ? » Jack formula tout haut ce qu'Abby pensait tout bas.

« Je n'ai pas dit ça.

— Vous n'avez pas à le dire. Je n'ai pas fait tout ce chemin sans avoir une certaine conscience de mes limites. Allez, exprimez le fond de votre pensée.

— Vous auriez peut-être dû accepter l'offre d'emploi que vous a faite Henry, dit Abby.

— Ai-je l'air de quelqu'un à qui on fait la charité ? D'ailleurs, je n'ai pas besoin d'argent. Henry n'a pas besoin de moi. Il se sent seul. Il veut se payer un ami.

— Alors soyez son ami.

— Je préfère être écrivain.

— Tout le monde n'est pas capable d'écrire un roman, dit Abby. Votre manuscrit a besoin d'être énormément retravaillé. »

Jack posa la fajita dans son assiette et se mit à siroter son margarita. « J'avais cru, pour cette raison, que nous pourrions le retravailler ensemble.

— Et qu'est-ce qui vous avait fait croire cela ?

— Le fait que nous travaillions tous les deux sur le vôtre.

— Ce n'est pas exactement le même genre de travail, dit Abby.

— Ah, je vois. Que je joue de mon plus beau sourire et de mes pectoraux ne correspond pas à l'idée que vous vous faites d'un travail en collaboration. Alors soyons clairs. Vous n'avez pas besoin de moi pour mon esprit mais uniquement pour mon corps, c'est ça ? »

Abby se mit à rire. Mais c'était vrai, c'était bien ainsi qu'elle usait de lui. Dans le domaine du spectacle, les hommes avaient toujours gagné plus d'argent que les femmes. Et l'argent était la mesure ultime du succès. De toutes les stars à gros cachets capables de lancer un film à succès, seules deux ou trois étaient des femmes et elles étaient payées passablement moins que leurs homologues masculins. Il en allait de même dans les hautes sphères de l'écriture romanesque, du thriller au récit de guerre fictif. On abandonnait aux femmes la littérature rose et on tolérait à contrecœur qu'elles touchent au roman policier.

Mais les gros calibres, les grands noms du roman commercial, Grisham, Crichton, Clancy et Stephen King, étaient tous des hommes. Personne ne songeait à crichtoniser Judith Krantz ou Danielle Steel. Certes, elles se faisaient l'air de rien des millions de dollars. Il n'empêche : même avec des livres à succès, elles n'accédaient jamais à l'échelon supérieur, à cet univers d'élite où l'on n'écrivait jamais un mot sans songer à son éventuelle adaptation cinématographique. Les lauriers de la littérature commerciale ne revenaient qu'aux hommes. Abby s'était dit que, faute de leur damer le pion, elle pourrait rejoindre leur cercle étroit — en attendant du moins l'heure de faire sa grande entrée en scène, de sortir de l'ombre pour revendiquer ce qui était sien.

« Alors dites-moi, en substance, qu'est-ce qui ne va pas avec mon manuscrit? demanda Jack. C'est l'intrigue qui est faible?

— Ce n'est pas l'intrigue.

— Alors c'est l'écriture? »

Plusieurs expressions se peignirent sur le visage d'Abby qui toutes équivalaient à une réponse affirmative. Jack était sourd aux sonorités de la langue.

« Nous pourrions le retravailler. » Il s'était remis à manger. « Comme vous le dites, la réécriture est tout.

— A condition d'avoir une bonne oreille.

— Nous nous servirons de la vôtre. Je ne suis pas fier », dit Jack. Il avait la couenne dure. Il se contenta de sourire tout en continuant de se goinfrer.

« Je n'ai pas le temps », dit Abby.

Il fit comme si elle n'avait rien dit.

« Combien en avez-vous écrit? demanda-t-elle.

— De manuscrits ? »

Il s'agissait d'un bien grand mot appliqué à l'œuvre de Jack mais elle acquiesça.

Il lui fallut un moment pour en faire le compte sur les doigts des deux mains. « Huit. Jusqu'à maintenant.

— Si j'étais vous, je m'en tiendrais là.

— Quoi, abandonner alors que je suis sur ma lancée ? »

Abby attendit une seconde puis sourit et hocha la tête le plus gentiment possible.

« Ça en fait neuf en réalité mais ne vous en faites pas pour celui-là, reprit Jack.

— Pourquoi ?

— Comme ça.

— Je ne donne pas de cours de rattrapage en écriture et je ne suis pas un nègre, dit Abby. Pas question.

— Vraiment ? » Il esquissa un sourire.

« Au cas où vous vous feriez des idées, je n'ai pas du tout l'intention d'être votre nègre.

— Bien sûr que non, dit Jack sans cesser de sourire.

— Uniquement parce que vous souffrez d'une obsession déçue.

— Pas vous ? demanda Jack.

— Non.

— Je vois. Vous, vous n'êtes qu'une artiste frustrée qui essaie de vendre son travail.

— Exact.

— Gardez ça pour le tribunal si jamais Bertoli vous intente un procès, dit Jack.

— J'ai seulement voulu accroître les chances de réussite du livre.

— Oh, je vois. Et l'argent vous laisse indifférente ?

— Ce n'est qu'une mesure de la réussite, répondit Abby.

— Eh bien. Voilà qui place la chose à un niveau élevé. Alors, si vous ne faites pas tout cela — rouler Bertoli dans la farine et duper Carla — pour l'argent ou pour la gloire, pourquoi le faites-vous ? »

Abby le regarda droit dans les yeux. « Pour prendre une revanche. »

Le soleil se couchait lorsqu'ils finirent de visiter El Morro. Ils ne remarquèrent pas deux hommes qui flânaient près de la grille d'entrée tout en consultant des cartes touristiques.

Abby et Jack suivirent à pas rapides le sentier de quatre cents mètres qui traversait le grand pré gazonné séparant la forteresse de la vieille ville.

Jack jeta un œil à sa montre. S'ils se pressaient un peu, ils pourraient arriver au quai avant que l'équipage de Henry ne commence à s'inquiéter et à se demander où ils étaient passés.

Leurs bagages avaient été portés à bord du yacht le matin même depuis le palais balinais de Henry. Le bateau avait remonté la côte dans l'après-midi. Abby et Jack l'avaient vu entrer dans le port depuis les remparts d'El Morro. Il allait à présent faire le plein de gas-oil et se préparer pour la traversée jusqu'à Sainte-Croix.

Lorsqu'ils eurent quitté la grande place pour s'engager dans le dédale de rues étroites de San Juan, Abby découvrit un nouveau visage de la ville : ses vieux quartiers après la tombée de la nuit. Mais à présent les boutiques étaient toutes fermées et les touristes rentrés à leur hôtel ou remontés sur leur bateau de croisière. Abby aperçut au loin le chapelet de lumières brillantes de la superstructure de l'un de ces grands bateaux qui sortait du port avec son chargement de touristes. Ceux-ci faisaient route pour leur prochaine escale en sautillant aux accords d'une musique de mariachi.

Abby avait du mal à marcher au pas de Jack dont les longues jambes semblaient dévorer des coins de rue tout entiers à chaque foulée. Il lui demandait à tout bout de champ si elle voulait s'arrêter pour se reposer mais Abby était têtue. Ils n'avaient toujours pas remarqué les deux hommes qui les suivaient à une certaine distance.

« Nous allons encore loin ?
— Encore une dizaine de rues », répondit Jack.
Ils s'engagèrent dans une rue trop étroite pour permettre le passage de véhicules. Quelques jouets d'enfants jonchaient le pavé. Trois silhouettes se déplaçant à l'extrémité de la ruelle sortirent de l'ombre au moment où Abby et Jack arrivaient à mi-chemin du pâté de maisons. Abby les prit d'abord pour des colporteurs qui s'attardaient sous les porches. Jack la saisit ensuite par le coude et lui indiqua quelque chose. L'un des hommes, celui du milieu, tenait à la main droite un objet court et solide, semblable à un bâton.
Jack examina rapidement les lieux. Il n'y avait que des vérandas au premier étage des maisons et des portes au niveau de la rue. Sans doute verrouillées. Même les fenêtres étaient protégées de barreaux. Jack, opérant une retraite tactique, commença à tirer Abby en arrière.
Ils avaient fait une demi-douzaine de pas de cette manière lorsque, se retournant, ils virent les deux hommes qui les avaient filés depuis la forteresse. Ceux-ci pénétrèrent dans la ruelle, leur bloquant toute issue.
« Qu'est-ce qu'ils veulent ? demanda Abby.
— Nos montres, nos portefeuilles et tout ce qu'ils ont envie de prendre. Ce n'est évidemment qu'une pure supposition.
— Qu'ils prennent ce qu'ils veulent », dit Abby. Elle commença à retirer sa montre de son poignet.
« Ne soyez pas trop pressée de leur donner ma montre, lui dit Jack.
— Mais vous êtes fou. Donnez-la-leur.
— Je l'ai payée cher. Par ailleurs, dit Jack, si on leur cède trop vite, ça risque de leur donner envie d'autre chose. Dieu sait ce qu'ils pourraient vouloir. »
Les hommes se rapprochaient depuis les deux extrémités de la ruelle.

Jack chercha abri sous un porche et mit Abby derrière lui sur le seuil de la maison où elle se trouvait ainsi protégée sur trois côtés. Il se plaça devant elle, la mettant complètement hors d'atteinte. « Quoi qu'il arrive, restez derrière moi, lui dit-il.

— Ne faites pas l'idiot. Si nous leur donnons ce qu'ils veulent, ils ne nous feront pas de mal.

— En théorie, dit Jack. Mais ce n'est pas moi qu'ils risquent de violer. »

Elle le regarda ou, pour être plus précis, regarda sa nuque, puis referma le bracelet de sa montre sur son poignet.

Les cinq hommes, qui avançaient lentement, se rapprochèrent comme une meute de chacals jusqu'à former un demi-cercle à trois mètres de leur proie. L'un d'eux dit quelque chose en espagnol et les autres se mirent tous à rire.

Jack esquissa un sourire forcé. « Parlez-vous espagnol ? demanda-t-il à Abby.

— *Un poco.* Un peu.

— Alors c'est le moment.

— *Como està usted ?* » Abby s'adressa à l'homme qui tenait un tuyau à la main, le chef manifestement.

« *O, muy bien,* répondit-il. *Muy bien.* » Il exhiba un sourire édenté.

« *Y usted ?* demanda-t-il à Abby.

— *Bien* », répondit-elle. Elle s'efforça de sourire comme s'il lui suffisait d'être positive pour que le miracle se produise, pour qu'on les laisse tranquilles, alors même qu'elle avait les genoux qui s'entrechoquaient.

Le type se tourna vers ses acolytes. « *Bien.* » Ils éclatèrent tous de rire.

« *No. No. Usted no està bien. Te voy a robar.*

— Il dit que non, que nous n'allons pas bien, traduisit-elle.

— Et pourquoi donc ?

— Parce qu'on va nous voler. »

L'homme au tuyau fit signe de son doigt replié à Abby d'approcher, de sortir du porche.

Jack lui dit de ne pas bouger. « Va te faire foutre », fit-il en regardant l'homme droit dans les yeux.

A en juger par l'expression qui se peignit sur son visage, cette expression n'était pas inconnue de leur agresseur.

« Oh non, señor, j'ai bien l'intention de me faire foutre, mais pas par vous. » Il avait soudainement abandonné l'espagnol. « Donnez-moi votre montre et votre portefeuille et vous pourrez partir.

— Donnons-les-lui et allons-nous-en, dit Abby.

— Qui a parlé de vous ? » L'homme au tuyau jeta un regard appréciateur sur Abby. « Vous, vous allez rester un peu avec nous. *Como se dice ?* » Il s'efforça de trouver le terme juste en anglais. « Nous faisons une petite fête, dit-il finalement.

— Vous voulez toujours que je lui donne ma montre et mon portefeuille ? demanda Jack à Abby.

— Ce n'est peut-être pas une très bonne idée, répondit-elle.

— Vous la voulez ? » Jack désigna la montre qu'il avait encore au poignet.

Le type rit de nouveau de son sourire édenté.

« Elle est à vous. Vous n'avez qu'à venir la prendre », reprit Jack.

Le sourire s'effaça sur le visage du type. Il balança le tuyau en un grand arc de cercle et fit un pas en avant. Les autres se disposèrent en éventail de chaque côté de lui, à la recherche d'une ouverture. L'un d'eux sortit un couteau de sous sa chemise, appuya sur un bouton et une lame de dix centimètres brilla dans l'obscurité.

Ils entouraient Jack dans un demi-cercle qui commençait et finissait avec le mur de la maison. Abby se tassa dans l'ombre du porche derrière Jack tout en cherchant de l'œil un objet susceptible de lui servir d'arme. Rien.

Jack esquissa un pas vif devant lui et ils reculèrent tous. Ce geste laissa un petit espace vide entre lui et Abby. Elle était debout sur le seuil de la porte tel un morceau de fromage dans une trappe à souris.

L'un des hommes qui se trouvaient tout contre le mur voulut saisir l'occasion ainsi offerte et fit un geste dans la direction d'Abby. Jack, sans même le regarder, lui décocha tout en souplesse un violent coup de pied qui l'atteignit en un éclair juste sous la rotule. Abby entendit l'os se briser. L'homme poussa un hurlement de douleur et se pencha pour saisir son genou. Jack le toucha alors au visage d'un second coup de pied qui l'expédia par terre de tout son long sur le dos. Sa tête heurta les pavés et du sang jaillit de sa bouche. Il resta étendu, inconscient. Un de moins.

Les autres parurent réagir de façon mitigée. L'un d'eux s'éloigna à reculons. Celui qui tenait le tuyau le balança de nouveau mais dans le vide. Il manifestait à présent un grand respect pour le pied de Jack qui lui faisait perdre la face devant ses comparses.

L'homme qui avait reculé se mit à parler avec un débit rapide en espagnol tout en agitant les mains encore plus vite que la langue, noué par l'anxiété. Abby ne parvint pas à saisir ce qu'il disait mais son langage corporel était suffisamment éloquent. Il voulait s'en aller. Cette *turista* était au-dessus de leurs moyens.

L'homme au tuyau cria quelque chose, un ordre ou un encouragement, Abby n'aurait su le dire. Un air de résolution sinistre se peignit sur le visage des autres. Ils refermèrent à contrecœur le cercle en emplissant le vide laissé par leur ami qui gisait sur le sol.

L'homme au tuyau fit soudain un mouvement en avant. Jack lui saisit l'avant-bras et le rabattit brutalement sur son genou.

Abby entendit un craquement sec comme celui d'une branche cassée et s'aperçut que Jack venait de briser le bras du chef de la bande. Celui-ci poussa un rugissement de douleur et lâcha le tuyau qui, en tombant sur la pierre des pavés, fit un bruit métallique dont l'écho se répercuta dans la ruelle.

Mettant à profit la douleur qui le mettait hors de combat, Jack saisit l'homme par son bras brisé et le remit sur ses pieds avant de lui asséner un coup de pied dans le bas-ventre. Avec un hurlement étouffé, le type s'effondra sur le sol où il resta sans bouger, tâtant seulement son entrejambe de sa main valide pour voir ce qui lui manquait.

L'un des agresseurs tourna casaque et s'enfuit vers l'extrémité de la ruelle.

Les deux autres étaient d'une autre trempe. L'un d'eux, celui qui tenait le couteau à cran d'arrêt, prit l'initiative. Il fit jouer son couteau de manière à le tenir par la pointe entre le pouce et l'index, en position de lancer.

Dans un réflexe, Jack fonça épaule baissée. Il vint heurter l'homme au couteau au creux de l'estomac, le faisant basculer sur le dos au milieu de la rue. Ils s'empoignèrent et roulèrent l'un sur l'autre tandis que le couteau tombait sur les pavés un mètre ou deux plus loin. Le Portoricain s'élança pour le saisir. La main de Jack se referma sur son poignet au moment même où la main de son adversaire allait attraper le couteau et il affermit sa prise. L'homme avait le couteau mais Jack lui tenait le poignet comme on tient un tigre par la queue. Ils s'affrontèrent dans un corps à corps mortel, roulant sur les genoux, luttant pour savoir lequel immobiliserait l'autre.

Abby et l'autre Portoricain ne perdaient rien du spectacle. Celui-ci s'aperçut tout à coup que personne ne pouvait l'arrêter. Il regarda Abby, toute seule sous le porche, et fit un mouvement vers elle.

Jack vit la scène du coin de l'œil tout en luttant pour sa vie.

L'homme fut sur elle en deux pas. Il la saisit des

deux mains à la gorge et commença à appuyer fortement.

Elle lui griffa les yeux et réussit à enfoncer un pouce dans l'un d'eux. L'homme se contenta de détourner la tête et resserra sa prise.

Abby sentit la pression s'accumuler dans sa tête et sa conscience faiblir. Elle porta une main tâtonnante au sac à main qu'elle portait en bandoulière et au fond duquel elle chercha fébrilement la bombe antiagression dont elle venait de se rappeler l'existence.

Jack luttait à présent debout avec son rival. Ils se battaient toujours pour le couteau. Jack fit tournoyer son adversaire comme une toupie dans la ruelle en direction d'Abby et de l'homme qui était en train de l'étrangler. Tel un derviche tourneur, Jack et son adversaire disparurent derrière la masse humaine qui était devant Abby au moment même où sa main trouvait le petit atomiseur. Elle le leva vers le visage de son agresseur.

Puis, tout à coup, avant même qu'elle ne puisse appuyer sur le bouton, les pupilles de l'homme s'agrandirent et s'arrondirent comme deux olives flottant dans de la mayonnaise. Son expression changea du tout au tout. Son masque se figea comiquement et il fixa Abby d'un œil vitreux. Il lâcha prise et, pour une raison inexplicable, ses mains devinrent toutes molles autour du cou d'Abby. Il fit un pas en arrière en titubant comme s'il allait dire quelque chose. Sa bouche bougea mais il n'en sortit qu'un petit filet de sang qui coula à la commissure des lèvres.

Ses épaules paraissaient bloquées en position verticale et il avait les mains tendues comme s'il s'apprêtait à foncer de nouveau sur elle. Elle tint l'atomiseur à la hauteur de son visage à tout hasard.

Mais il pivota sur lui-même et c'est alors qu'elle vit, enfoncé jusqu'au manche au milieu du dos du voyou, le couteau dont le sang coulait sur sa chemise comme d'un robinet. Il fit deux pas et s'écroula dans la ruelle.

Abby porta les mains à sa bouche et se mit à trembler. Ils restèrent tous, l'espace de quelques instants, à regarder le corps étendu dans la rue et la mare de sang qui s'élargissait.

Alors, l'autre Portoricain devint fou furieux. « *Mató mi hermano.* » Il saisit Jack à la gorge, lui éraflant le cou. Il était remonté à bloc, comme s'il venait de recevoir une nouvelle décharge d'adrénaline. Il prit Jack par surprise. Ils roulèrent par terre à moins d'un mètre du corps ensanglanté. Le Portoricain tendit la main vers le dos de son ami, saisit le manche du couteau et le retira brusquement. Il allait le retourner contre Jack quand il sentit le froid de l'acier contre sa tempe. Lorsqu'il coula un regard de côté pour voir de quoi il s'agissait, il vit un pistolet semi-automatique noir mat au canon appuyé avec force contre sa tempe.

« Ça suffit », dit Jack en armant le pistolet.

L'homme écarquilla les yeux, ouvrit la main et le couteau heurta les pavés de la ruelle dans un bruit métallique.

Jack le remit sur ses pieds en l'attrapant par le collet et le repoussa dans la ruelle.

« Allez, file. Fous le camp. Reviens et je te tue. *Muerto.* » Jack pointa sur lui le pistolet afin qu'il n'y ait pas de malentendu. Il lui donna ensuite un coup de pied au derrière et l'homme se mit à courir. Les deux autres, l'homme au bras cassé et son ami, qui allait avoir besoin de soins dentaires, étaient déjà parvenus au bout de la ruelle en rampant et en titubant. En moins d'une minute, Jack avait transformé cette ruelle en une scène de carnage.

Abby tremblait sous le porche. Jack ne fit pas tout de suite attention à elle. Au lieu de cela, il alla vers l'homme étendu dans la ruelle, posa un doigt sur sa veine jugulaire et chercha le pouls.

« Nous devrions appeler une ambulance », dit Abby.

Jack ne répondit pas tout de suite mais continua de

tâter la gorge de l'homme. « Il n'en aura pas besoin. » Il s'écarta du corps, sortit un mouchoir de sa poche et, s'en couvrant la main, se pencha et ramassa le couteau. « Je ne crois pas l'avoir touché, dit-il. Mais on n'est jamais trop prudent. » Il essuya le manche du couteau avec le mouchoir qu'il fourra ensuite, tout ensanglanté, dans la poche du défunt.

Il prit ensuite Abby par la main. « Filons d'ici avant que son petit copain ne ramène des renforts. »

# CHAPITRE VINGT-SIX

« Je vous sais gré de faire ça, dit Morgan Spencer. Je sais que ça ne fait pas partie de votre travail. » Ce matin-là, Morgan était allé voir Alvin Cummings à son bureau, un petit bâtiment d'un seul niveau situé au-delà de l'écluse de Lake Union, près de Shilshole, du côté de Seattle qui donne sur le Sound, le détroit.

Le bureau ressemblait à une officine d'assurance, stores vénitiens encrassés et mouches mortes sur le rebord des fenêtres.

Quant à Cummings lui-même, il ressemblait à un agent du FBI, ce qu'il avait d'ailleurs été naguère, avant de prendre sa retraite. Il avait aussi rendu à l'État des services d'une autre nature, certains connus de Morgan, d'autres que celui-ci subodorait seulement. Il avait les cheveux séparés au milieu par une raie, des lunettes à monture d'argent, le corps et le derrière si maigres qu'on ne savait de loin s'il approchait ou s'éloignait. Il appartenait à l'époque de l'ancien FBI, celui de Hoover composé de mâles de vieille souche américaine qui allaient tous vêtus de costumes de flanelle grise. Il procédait encore avec une exactitude quasi militaire, quoique un peu diminuée.

« Écoutez, ce n'est rien du tout, dit Cummings. D'ailleurs, ça n'a pas demandé beaucoup de temps. Vous allez peut-être en avoir pour votre argent. »

Cummings voulait dire : pour rien. Il avait exécuté gratuitement ce travail pour l'avocat, lequel lui avait apporté un tas d'enquêtes commerciales au fil des ans. Maintenant que Morgan lui soumettait un problème personnel, il ne demandait pas mieux que de lui venir en aide. Il tendit à Morgan un rapport écrit qu'il avait sorti sur son imprimante vingt minutes auparavant. Ce rapport contenait des informations confidentielles, des dossiers gouvernementaux que Cummings s'était procurés auprès de sources qu'il était préférable de laisser dans l'ombre. N'ayant pas voulu pour cette raison lui faire parvenir le rapport par fax, il dit à Morgan qu'il devait le lire et le laisser au bureau.

« C'est lui, dit Morgan. Caroline du Sud.

— Un endroit appelé Coffin Point. Selon l'information, une vieille demeure familiale, dit Cummings. Les dossiers indiquent qu'elle est dans la famille depuis des générations.

— Un gars de la campagne.

— Sauf qu'il a fait ses études dans le nord et dans l'ouest du pays. Il est diplômé de Columbia et de Stanford. Ensuite on est sans nouvelles de lui durant quelque temps puis il réapparaît dans les années 80.

— Il doit bien y avoir un rapport sur sa situation financière, dit Morgan.

— Un seul. Qui indique un revenu de quelques centaines de dollars par mois. Il a un crédit sur une voiture.

— C'est tout ?

— Oui. C'est ce qui a excité ma curiosité. Ou il touchait l'assistance chômage pendant cette période ou alors il y avait autre chose.

— Quoi ? »

Cummings tendit à Morgan une autre feuille de papier. « C'est confidentiel. Vous ne l'avez jamais vu. Compris ? »

Le document était imprimé sur un formulaire gouvernemental et portait l'en-tête du département de la Défense.

« Son père était militaire de carrière. Dans les Marines, expliqua Cummings. Le nom de Joe Jermaine est synonyme de ce corps d'armée. Le fils a suivi les traces du père. Il a fait du service comme officier d'entraînement puis a disparu.

— Où est-il allé ?

— En mission ultrasecrète. Dans une unité spéciale. Il était ce qu'on appelait un "River rat". Il commandait un petit détachement qui opérait à bord d'une embarcation fluviale. Ces types sont en première ligne en cas de conflit. Ils naviguent sous le pavillon de la marine, remontent et descendent les fleuves dans leur embarcation et accostent la nuit pour accomplir des missions de reconnaissance. Ils repèrent des cibles pour l'artillerie et les sorties aériennes puis repartent ni vus ni connus.

— Il a fait ça ?

— Un rôle de premier plan, dit Cummings.

— Mais il a pris sa retraite ? »

Cummings eut un haussement d'épaules. « Si on en croit les dossiers.

— Que voulez-vous dire ?

— De vagues rumeurs. Il y a eu un pépin il y a quelques années. » Cummings posa son derrière sur un coin de son bureau tout en parlant.

« Il semblerait que votre Jermaine est du genre à n'en faire qu'à sa tête. Il avait déjà eu dans le passé des accrocs avec sa hiérarchie, des blessures d'amour-propre, puis sont venus les vrais ennuis.

— Quelle sorte d'ennuis ?

— L'un des hommes de son détachement est mort dans des circonstances mal éclaircies. Il y avait de la bisbille entre le défunt et votre type. On n'a rien retenu contre lui mais la chose semble avoir entravé sa carrière. Jermaine n'est pas monté en grade. A cette époque on réduisait les effectifs de l'Armée et soit on prenait du galon soit on partait. Il a été forcé de prendre sa retraite. C'est ce qu'indiquent les rapports.

— Mais ? »

Le détective privé leva les yeux au ciel et fit la grimace de qui serait bien en mal de répondre. « C'est ici que tout se brouille. Il n'y a rien d'écrit, rien qu'on ait voulu m'envoyer, mais des rumeurs assez consistantes courent, selon lesquelles il aurait travaillé à son compte.

— Que voulez-vous dire par là ?

— Je veux dire qu'il aurait exécuté des contrats pour des intérêts privés, des États étrangers. Je veux dire qu'il lui arrive de se vendre au plus offrant.

— Pour faire quoi ?

— Ce pour quoi on le paie. Ce que vous devez comprendre, c'est que ce type est un vrai pro.

— On n'a rien de précis sur ces contrats ? », demanda Morgan. Il lui fallait quelque chose de concret à rapporter à Abby, sinon elle ne voudrait jamais le croire.

« Rien de précis. C'est le genre de truc qu'on ne met pas dans un CV.

— Et le passeport ?

— C'est un nom qui sort de l'ordinaire, répondit Cummings. J'ai vérifié. Les services concernés n'ont pas trace d'un passeport émis au nom de Kellen Raid.

— Il l'a donc fabriqué lui-même.

— Ou fait fabriquer par un tiers.

— On a quelque chose qui indiquerait que ce passeport a servi à entrer ou à sortir du pays ? »

Cummings hocha la tête. « Non, mais c'est le genre de chose que vous feriez si vous aviez un boulot à faire à l'étranger et ne teniez pas à ce que votre gouvernement sache où. »

Morgan demeura un long moment pensif, tranquillement assis sur sa chaise, l'œil perdu dans le vide.

Cummings se leva et, allant vers la cafetière, se versa une tasse de café. « Vous en voulez un ? »

Morgan secoua la tête.

« Je ne vous ai pas demandé pourquoi vous vous intéressez à ce type, dit Cummings. Ce n'est sans doute pas mes affaires. »

Morgan laissa sa remarque sans réponse. Il n'allait tout de même pas parler à Cummings du livre et d'Abby, ou du rôle que jouait Jack Jermaine dans toute cette histoire. Cummings était un enquêteur privé pour qui la discrétion n'était pas un vain mot. Il savait garder un secret. Il était cependant inutile de tout lui raconter et Morgan n'avait pas l'intention de le faire.

« Pensez-vous que ce type ait quelque chose à voir avec le *Cella Largo* ? », demanda Cummings.

Morgan le regarda, quelque peu surpris. Cette idée ne lui était jamais venue à l'esprit.

« C'est dans ses ficelles, reprit Cummings. Le genre de travail pour lequel on aurait pu l'engager.

— Sans doute.

— Vous avez presque l'air déçu.

— Non, dit Morgan.

— Ce type, vous le connaissez ?

— Je l'ai rencontré.

— Je comprends. Vous l'avez à la bonne, on dirait. »

Cummings se méprenait complètement.

« Ce n'est pas ça. Contentez-vous de garder l'affaire sous le coude durant quelque temps. S'il y a du nouveau, je vous le ferai savoir.

— D'accord. »

Morgan se leva, prit sa serviette et rendit le rapport à Cummings.

« Que voulez-vous que j'en fasse ? », demanda celui-ci.

Morgan réfléchit quelques instants. « Gardez-le au chaud. »

Cummings acquiesça. « Faites attention, dit-il. Soyez prudent.

— J'y veillerai. »

« Bon Dieu. Ils auraient pu nous tuer. Ils étaient cinq. Vous les avez comptés ? Vous avez pris la peine de les compter ? Je ne savais pas quoi faire. Je ne voyais pas quoi utiliser comme arme. Nous devrions aller à la police. « Abby, en état de choc, était à bout de souffle à force de radoter d'une voix geignarde lorsqu'ils arrivèrent à ce havre de sécurité que représentait le yacht de Ricardi.

Ils se rendirent à la cabine dont ils refermèrent la porte derrière eux. Jack la prit dans ses bras et l'y tint quelques minutes, le temps qu'elle retrouve peu à peu une respiration normale.

« Tout va bien. Détendez-vous. Respirez profondément. Voilà. Encore.

— Vous ne croyez pas qu'on devrait aller à la police ?

— Cessez de parler et respirez. Si nous allions à la police, nous passerions la semaine qui vient à répondre à des questions par le truchement d'un interprète. » Ils se trouvaient dans la cabine principale sous les ponts, toute en teck et en acajou, avec, à leur service, un équipage entier et un garçon de cabine asiatique.

L'ayant fait asseoir sur le lit, Jack se servit un whisky du bar tout en changeant de chemise, celle qu'il portait ayant été déchirée à deux endroits et étant toute maculée du sang de l'un ou l'autre de leurs agresseurs. Abby était trop secouée pour avoir envie d'alcool mais Jack insista. Il lui servit un doigt de cognac qu'elle but à petites gorgées.

L'équipage venait d'appareiller et le yacht glissait lentement dans le chenal vers la pleine mer. Leurs ennuis, le cadavre dans la ruelle, tout cela était désormais derrière eux.

« Par ailleurs, reprit Jack, si nous allions à la police, elle s'interrogerait là-dessus. » Il extirpa d'un geste vif le pistolet semi-automatique de la banane qu'il portait à la ceinture. L'arme atterrit sur le lit et rebondit à deux reprises avant de retomber inerte.

« Les flics ne seraient pas les seuls à se poser des questions à ce sujet, dit Abby. Je n'arrive pas à croire que vous ayez traversé le dispositif de sécurité de l'aéroport avec cette arme.

— Il n'en a rien été », dit Jack.

Il avait dit cela d'une telle manière qu'Abby pensa qu'il avait peut-être planqué l'arme quelque part dans ses affaires à elle. « Le pistolet était dans mes bagages ?

— Je me le suis fait livrer. Je voulais savoir si ça marcherait. Ça a marché.

— De quoi parlez-vous ?

— Supposons que vous ayez besoin d'un revolver. Ce n'est qu'une supposition. Et que vous deviez emprunter une ligne aérienne commerciale. Comment feriez-vous ?

— Ce n'est pas le genre de chose sur laquelle je passe mes nuits à réfléchir, dit Abby. La plupart des gens normaux non plus.

— La plupart des gens normaux n'écrivent pas le genre de littérature à laquelle je me consacre. Si la réalité n'est pas authentique, si elle ne fonctionne pas, je ne la mets pas dans mes livres.

— Oui, c'est ça. Et nous avons vu ce que ça donnait.

— J'ai donc réfléchi à la question, poursuivit-il sans tenir compte de sa remarque. Savez-vous combien de colis express les messageries privées délivrent chaque jour aux États-Unis ? »

Elle fit signe que non.

« Des millions, reprit Jack. Savez-vous combien de temps il leur faudrait pour passer aux rayons X le contenu de chacun de ces colis ?

— Vous allez me le dire.

— Je ne sais pas. Mais j'estime qu'il leur faudrait au moins seize heures. Or c'est le temps moyen qu'il leur faut pour livrer un colis rapide dans la plupart des endroits de l'hémisphère occidental.

— Et alors ? »

Jack ramassa le pistolet sur le lit. « Alors quand il vous le faut impérativement le lendemain... »

Elle lui adressa un regard qui exprimait la plus profonde stupéfaction. « Vous n'avez pas fait ça. »

Jack sourit et hocha la tête avec un grand sourire de fierté, tel un collégien qui ramène en trophée une petite culotte d'une descente dans le dortoir des filles. « Je l'ai déposé au courrier lorsque nous sommes partis de chez moi, vous vous rappelez ? Le colis était déjà chez Henry lorsque nous sommes arrivés à San Juan. Il avait voyagé toute la nuit. Pas nous. »

Abby repensa durant quelques instants à tous ces colis qui arrivaient à Coffin Point et en partaient. « Et celui qui vous attendait quand nous sommes arrivés chez vous ? demanda-t-elle.

— Il revenait de Seattle.

— Vous aviez votre arme sur vous là-bas ?

— J'essaie de ne pas voyager sans ce pistolet.

— Vous l'aviez aussi à Chicago ?

— Surtout à Chicago. C'est une ville dangereuse.

— Nous étions là pour affaires.

— Justement.

— Mais vous êtes fou.

— Je suis tout simplement un chercheur consciencieux, rétorqua Jack. Maintenant je sais. Les sociétés de routage ne passent pas leurs colis aux rayons X.

— Il y avait d'autres moyens de le savoir.

— Si j'avais téléphoné pour poser la question, vous croyez qu'on m'aurait dit la vérité ? Jamais de la vie. J'aurais eu droit à quelques bafouillages et puis à un beau mensonge. Les compagnies ne veulent pas savoir ce que contiennent les colis qu'elles transportent. Mais elles ne vont pas rendre la chose publique. »

Abby ne savait trop s'il était fou ou doté d'un sens de l'humour peu commun. Elle avait le sentiment que plus elle passait de temps aux côtés de Jack, plus son jugement se détériorait. Il y avait quelque chose d'éthéré autour de la personne de Jack. Peut-être était-ce dû à son côté beau gosse, ou à son charme ingénu, toujours est-il qu'elle perdait tout recul critique en sa présence.

Il passa une main dans sa chevelure sombre que la bagarre dans la ruelle avait tout ébouriffée et examina son corps devant la glace. « Si vous acceptiez du tout-venant des millions de colis cachetés et les faisiez livrer par vos employés partout dans le monde, tiendriez-vous vraiment à savoir ce qu'ils contiennent ?

— Je n'ai jamais réfléchi à la question. » Abby l'examina d'un air attentif.

« Moi, je n'y tiendrais pas. Je me féliciterais de ne rien savoir.

— Et les douanes ?

— Ah. » Jack se tourna vers elle le doigt levé comme si elle avait touché un point sensible. « C'est ici que ça devient intéressant. J'ai considéré que je ne risquais rien à condition d'expédier les colis à des endroits où il y a suffisamment de trafic pour que la routine s'installe. Des villes de bonne taille où arrivent beaucoup de colis. Il faut procéder par envois prioritaires. Par courrier express. De cette manière, les messageries poussent les douanes à précipiter les choses. »

Abby lui adressa un regard perplexe. Jack, avec son style inimitable, avait pensé à tout. Et il en était fier, pensa-t-elle, comme un gamin qui venait de lâcher un pet en classe. Sauf qu'il venait, en l'occurrence, de violer une douzaine de lois fédérales.

« Ils cherchent à détecter la drogue, continua-t-il. Et ils soumettent à peine quelques bagages aux rayons X. Choisis au hasard. Alors où sont les risques ?

— Vous en avez quand même couru un.

— La vie est pleine de risques. On traverse la rue...

— Je sais. On peut être heurté par une voiture.

— Je dirais plutôt qu'on peut se faire agresser. » Il leva un bras pour en regarder l'arrière sous le coude.

« On dirait une vilaine blessure. » Abby examina l'entaille qu'il avait sous l'avant-bras. Il fallait croire que tout le sang qu'il y avait sur sa chemise n'était pas celui d'un tiers. « Je vais voir ce que je trouve. »

Elle alla dans les toilettes, lesquelles s'apparentaient davantage à une salle de bains de belles dimensions, avec lambris de bois et miroirs biseautés aux appliques en or. Il y avait, surélevée par une plate-forme et logée derrière deux portes battantes coupées à hauteur d'appui, une baignoire circulaire. Elle fouilla dans les tiroirs à la recherche d'un rouleau de gaze et de quelques sparadraps. Elle prit une serviette qu'elle mouilla. Lorsqu'elle revint dans la cabine, Jack était nu jusqu'à la taille. Il était bronzé et avait les abdominaux musclés. Vêtu uniquement de son boxer-short, il examinait une écorchure sur l'un de ses genoux.

Il avait le corps ferme, rude, marqué de quelques cicatrices. Abby se rappela de quelle manière il l'avait appuyé contre le sien lors de la séance de tir à Coffin Point. Elle gardait présente en elle la sensation de la manière dont il l'avait touchée ce jour-là, de son corps dur, de ses mains douces, de sa voix grave lui parlant à voix basse à l'oreille. Jack avait, mais très légèrement, l'accent traînant du Sud, presque imperceptible si l'on n'y faisait pas attention. Cette pointe d'accent conférait à son débit une note d'exotisme.

Elle se rappela comment les doigts de Jack s'étaient refermés sur les siens pour la stabiliser tandis qu'elle tenait le pistolet. Il y avait quelque chose en lui. Sous sa bravache et son cynisme pointait de la douceur. L'éclat qui illuminait son regard, l'inclinaison de sa tête lorsqu'il souriait et le blanc éclatant de ses dents dans son visage bronzé lui conféraient cette sorte de charme qui se rencontre chez un écolier.

Abby était partagée entre l'attirance et la peur. Peur de quoi, elle n'eût su le dire avec certitude. Jusqu'à présent, Jack s'était comporté en tous points en parfait gentleman. Il ne lui avait jamais fait d'avances. Mais, à présent, il y avait dans le regard qu'ils échangeaient quelque chose qui semblait signifier qu'il attendait d'elle un signal quelconque, un signal d'assentiment.

Abby commença à nettoyer sa blessure au bras. Un ange passa.

« Confidences pour confidences, dit finalement Jack, quand allez-vous me parler de la trame de la suite de votre roman ?

— Le moment venu.

— C'est-à-dire ?

— Quand je le déciderai.

— Ce sera encore long ?

— Ça vient.

— Quand l'aurez-vous terminée ?

— Quand elle sera finie. » Abby posa sur lui un regard dans lequel perçait une pointe d'exaspération maternelle.

« Ce que j'aime chez vous, dit-il, c'est votre franchise brutale et votre côté direct.

— Dans ce cas, pourquoi m'interrogez-vous ?

— Parce que nous savons, vous et moi, qu'ils vont me presser de questions là-dessus.

— Qui ?

— Carla et Bertoli. Quand je vais arriver à New York. Ils voudront savoir où en est la suite du roman.

— Ils ne possèdent pas les droits sur ce deuxième roman.

— Ils ont une option.

— Vous leur direz que ça s'annonce bien.

— Ils voudront peut-être en savoir davantage.

— Vous leur direz que ça s'annonce très bien. » Elle sourit et Jack se mit à rire.

« Comme si Carla allait se satisfaire de ça.

— Écoutez-moi bien. La suite du roman ne vous concerne pas, dit Abby.

— Et pourquoi ?

— Pour la même raison qui fait que les messageries ne regardent pas ce qu'il y a à l'intérieur des colis qu'elles livrent. » Elle lui adressa un sourire malicieux. « Je suis sûre que vous saurez les tenir en respect. D'ailleurs, si nous leur disions quelque chose, ils voudraient toujours en savoir davantage. Ensuite, ils insisteraient pour modifier l'intrigue du roman, sans doute à table au restaurant. Vous n'en seriez pas encore au dessert qu'ils auraient trouvé trois titres différents, inventé de nouveaux personnages et suggéré que vous introduisiez une fourchette de table dans le récit parce qu'ils en ont une belle déjà dessinée pour la jaquette. Et à la fin, ils s'arrogeraient la paternité du roman sous prétexte qu'ils y ont collaboré.

— Comme vous voulez. C'est votre roman, dit Jack.

— Ne leur dites pas ça.

— J'avais oublié. C'est le mien.

— Et c'est exactement ce que vous devriez leur dire. Et rien d'autre. »

Carla Owens et Bertoli n'étaient pas les seuls dont Abby se méfiait. Moins Jack en savait sur la suite du roman, mieux cela valait. Cela lui donnait un moyen d'agir sur lui si jamais il ruait dans les brancards.

« Alors qu'est-ce que vous voudriez que je leur raconte pour alimenter la conversation ?

— Dites-leur que vous avez poignardé un type dans une ruelle de San Juan. Ça devrait suffire à les tenir en haleine.

— C'était un accident.

— C'est ça, dit Abby. Le Portoricain s'est lui-même planté son couteau dans le corps par inadvertance. Bertoli ne devrait pas avoir de mal à comprendre ça, étant donné cette jungle qu'est la vie des grands groupes.

— Aïe. » Jack grimaça de douleur et écarta son bras. « Qu'est-ce que vous faites ?

— Je nettoie la blessure.

— Oui, mais vous y prenez un peu trop de plaisir. »

En disant cela, il leva le bras pour examiner la blessure. Ce faisant, il lui jeta par en dessous un bref regard. Leurs visages n'étaient qu'à trente centimètres l'un de l'autre.

Abby était tout sourire. « Si ça vous déplaît, vous n'avez qu'à éviter les bagarres de rue.

— Comme si j'avais eu le choix. » Il prononça ces paroles d'une voix lente tandis que leurs regards se croisaient.

« Vous auriez pu leur donner ce qu'ils voulaient, dit Abby.

— Si j'ai bonne mémoire, c'est vous qu'ils voulaient. »

Jack comprit alors à quelque chose dans le regard d'Abby qu'elle venait seulement de réaliser qu'il lui avait sauvé la vie.

« Je devrais sans doute vous remercier. » Au moment où elle prononça ces mots, il posa son regard sur les lèvres humides et entrouvertes d'Abby. Leurs pensées convergèrent comme mues par une énergie psychique, un déclic électrique abolissant les distances.

« De rien. Et puis ils voulaient me prendre ma montre. » Leurs regards s'unirent. Dans l'ambiance ionisée, un assentiment se lisait dans les yeux d'Abby. Leurs lèvres se rencontrèrent.

Il se recula sur le lit et la tira par les bras pour l'attirer sur lui. Son boxer-short, remonté au sommet de ses cuisses, révélait une chair blanche là où finissait le hâle de sa peau.

Abby appuya la tête sur le flanc de Jack tout en baissant les yeux. « Ils vous ont touché là aussi », dit-elle. Elle toucha une blessure placée très haut à l'extérieur de la cuisse de Jack.

Celui-ci, posant ses doigts sur ceux d'Abby, tira d'une petite saccade sur sa main pour l'entraîner vers le centre de son corps, vers son estomac qui frissonna au contact de ses ongles à la hauteur de l'élastique du boxer-short.

« C'est une vieille cicatrice », dit Jack qui se déplaça et souleva son genou pour le coincer entre les cuisses d'Abby. Il lui inclina le cou jusqu'à ce que leurs lèvres se touchent. Il les lui mordilla gentiment.

« Une vieille cicatrice, répéta Abby dans une sorte de brouillard érotique.

— Hmm. Un accident de plongée. » Les dents de Jack se refermant doucement sur les lèvres d'Abby, sa langue toucha le bout de la sienne, et le son de ses paroles se perdit en eux tandis qu'ils s'enfonçaient dans des mers de sensualité, bercés par le doux roulis du bateau, dans des draps en soie et sur des oreillers en satin.

# CHAPITRE VINGT-SEPT

Il s'adressa à une librairie locale sur l'ordinateur de laquelle il consulta le catalogue des publications. Celui-ci contenait la liste, par titre et par auteur, de presque tous les livres parus depuis cinq ans. Morgan demanda à l'employé de chercher sous deux noms différents : Jack Jermaine et Kellen Raid, le nom qu'Abby avait trouvé sur le passeport de Jack. Il n'y avait rien.

Morgan était soucieux. Il était amoureux d'Abby et celle-ci ne semblait pas s'en rendre compte. Et voilà qu'elle était maintenant au bout du monde avec un homme qu'elle ne connaissait pas, un homme qui, s'il fallait en croire Alvin Cummings, avait servi dans l'Armée, glissant sur des fleuves tel un serpent pour tuer des gens.

Morgan se rendit ensuite à pied à la bibliothèque du comté. Il savait être tenace lorsque quelque chose l'inquiétait et c'était le cas avec cette histoire. Ce n'était qu'une intuition, mais une de ces intuitions lancinantes qui vous harcèlent jusque dans le sommeil.

Depuis qu'Abby lui avait dit que Jack détenait un passeport au nom de Kellen Raid, il ne cessait de retourner la chose dans sa tête. Le désir apparemment sans bornes, presque compulsif, qu'avait Jack d'être publié et la manière dont il s'était imposé à Abby avaient poussé Morgan à s'interroger : avait-il utilisé ce nom de Kellen Raid à d'autres fins ?

A la bibliothèque, Morgan repéra un ouvrage qui donnait l'origine et la signification des noms. Kellen était un nom gaélique signifiant « guerrier ». Morgan se doutait un peu de ce que devait signifier « Raid ». Mais, accolés l'un à l'autre, on pouvait soupçonner que Kellen Raid était un nom de plume orienté vers l'action, un nom qu'aurait pu employer un auteur se prenant pour un écrivain de fiction militaire.

Il consulta le catalogue informatisé de la bibliothèque, mais en vain. Il n'y avait rien sous l'un ou l'autre nom. Le bibliothécaire lui indiqua toutefois une dernière piste de recherche. Les bibliothèques de prêt, même grandes, ne possédaient pas d'exemplaires de tous les livres publiés, surtout lorsqu'il s'agissait d'ouvrages de littérature populaire. Sauf pour les classiques, ceux-ci restaient peu longtemps sur les rayons.

Il retourna à son bureau et fit le numéro de téléphone que lui avait donné le bibliothécaire. Plusieurs jours s'écoulèrent avant qu'on ne le rappelle. Il avait fallu du temps mais on avait trouvé quelque chose. Morgan ne savait trop quoi exactement mais ce fut suffisant pour qu'il se passe de déjeuner et fasse à pied huit longs pâtés de maisons dans la circulation de midi.

La boutique était petite, prise en sandwich entre un café, qui faisait l'angle de la rue, et un studio de photo. Elle était spécialisée pour l'essentiel dans les livres de collection, les éditions rares et autres ouvrages obscurs. Elle s'arrangeait pour dénicher ce qu'elle n'avait pas en magasin. La boutique faisait partie d'un réseau national de livres d'occasion. Un client désirait-il quelque chose, il passait commande et on la faisait suivre. Cela pouvait prendre une semaine, un mois ou un an, mais si le livre existait on finissait tôt ou tard par le trouver.

Il s'agissait d'un pari risqué mais Morgan était parieur dans l'âme. Il savait avoir très peu de chances de trouver quoi que ce soit mais que, si le hasard lui souriait, il en serait d'autant plus récompensé. C'était le miracle qu'on appelle de ses prières au dernier jour d'un procès, la preuve de dernière minute qui entraînera la déroute de votre adversaire. Le genre de saleté que vous remuez devant un jury et qui fait basculer toute l'affaire. Sauf que dans cette affaire, le jury, c'était Abby.

Morgan était inquiet. Pour une avocate endurcie, pour quelqu'un de dégoûté comme elle par le monde de l'édition, Abby en était venue à faire beaucoup trop confiance à Jack. Morgan commençait même à penser que celui-ci avait dû l'ensorceler. Il y avait quelque chose chez lui que Morgan n'aimait pas. Peut-être était-ce sa beauté, à moins que ce ne fût son sens de la repartie, un peu trop rapide à son goût. A ses yeux en tout cas, Jack n'était pas le genre d'homme qu'il fallait à Abby. Lorsque Morgan sortait ses antennes, il était infaillible. Or, présentement, il n'aimait pas le signal que celles-ci lui transmettaient. A plusieurs reprises, lors de leurs conversations téléphoniques, Abby avait laissé échapper des propos donnant à penser qu'elle parlait de son travail avec Jack. Elle se tournait de plus en plus vers lui. Elle finirait tôt ou tard par se confier à lui. Pour Morgan, cela représentait des ennuis en perspective. Il n'aurait jamais dû la laisser partir dans les Caraïbes, surtout avec Jack.

Il entra en coup de vent dans la petite boutique, faisant tinter au-dessus de sa tête des clochettes propres à réveiller les mânes de Dickens. L'endroit, qui sentait le renfermé, était rempli de rayonnages en bois brut qui s'élevaient jusqu'au plafond, et couraient apparemment jusqu'au fond de l'immeuble. On circulait entre eux par d'étroites allées sombres et une vieille échelle en bois, appuyée contre un mur, permettait d'atteindre les livres sur les rayons supérieurs.

Un jeune homme était assis sur un tabouret derrière

le comptoir. Il ne leva pas les yeux à l'entrée de Morgan mais continua d'inscrire au crayon le prix à l'intérieur de la couverture de livres empilés devant lui. Le jeune avait les cheveux teints dans une nuance verdâtre et rasés sur les côtés, le genre de coiffure qui court les rues de nos jours. Il portait l'inévitable boucle d'oreille, telle une médaille de défi. Morgan se demanda pourquoi on embauchait des gens affublés d'une tronche pareille.

« Je peux vous être utile? » Le jeune était poli et se comportait de façon professionnelle mais Morgan avait du mal à digérer son apparence.

« Je m'appelle Morgan Spencer. Vous avez un livre pour moi. »

L'employé pivota sur son tabouret et fouilla dans une pile de livres posée derrière lui contre le mur. « On vous a téléphoné?

— Ce matin.

— Spencer. Spencer. Ah. Le voici. »

L'employé retira le livre de la pile. Le titre était imprimé en lettres dorées au dos de la reliure en toile : *La Guerre de l'ombre.* L'employé l'ouvrit pour voir le prix marqué au crayon à l'intérieur de la couverture. Il appuya sur quelques touches d'une calculette posée près de lui sur le comptoir.

« Avec les frais de livraison, ça vous fera dix-neuf dollars. » Cette somme ne comprenait pas ce que Morgan avait déjà payé par téléphone sur sa carte de crédit pour les frais de recherche.

« Puis-je y jeter un coup d'œil d'abord?

— Certainement. »

Morgan vérifia le copyright pour connaître la date de parution. Le livre avait été publié neuf ans auparavant par l'une des plus grandes maisons d'édition new-yorkaises. Morgan en conclut aussitôt qu'il devait faire fausse route. Si Jack était aussi dépourvu de talent que le lui avait dit Abby au téléphone, comment avait-il pu être publié, par un grand éditeur de surcroît ? Mais il y avait neuf ans de cela. Assez pour que le livre ait sombré dans l'oubli du perpétuel renouveau romanesque.

« Il n'a pas de couverture en papier, dit Morgan.

— De jaquette, dit l'employé. Il a dû nous arriver comme ça. Nous en recevons beaucoup qui n'en ont pas. Les jaquettes se déchirent avec le temps, les gens les arrachent.

— Vous savez s'il y a un moyen d'en trouver une ? une jaquette ? »

L'employé poussa un profond soupir et consulta un fichier derrière le comptoir. « C'est le seul exemplaire que nous ayons trouvé. Si vous voulez, je peux reprendre celui-ci et essayer de nouveau.

— Non. Non. »

L'intérêt que portait Morgan à la jaquette était étranger à la valeur du livre. Il était d'ordre purement informationnel. C'était sur la jaquette, s'il y en avait eu une, qu'aurait figuré la photo de l'auteur, accompagnée d'une notice biographique. Sans cela, Morgan n'avait qu'un titre et un nom, celui de l'auteur : Kellen Raid.

« Aviez-vous déjà entendu parler de ce type avant aujourd'hui ? », demanda Morgan.

L'employé fit de la tête un signe de dénégation.

« Je n'ai donc aucun moyen de savoir s'il a publié autre chose ?

— S'il avait publié quelque chose avant ça, la liste de ses publications figurerait à gauche sur la page de garde, juste avant la page titre. » L'employé regarda. Il n'y avait rien.

« Savez-vous où je peux me procurer une biographie, n'importe quoi sur l'auteur ?

— Il existe des ouvrages de références littéraires. Mais, croyez-moi, il n'y figurera pas.

— Pourquoi ?

— Parce que ces ouvrages vous renseignent pour l'essentiel sur les classiques et sur de rares auteurs commerciaux. »

Morgan était acculé au mur, pour reprendre l'expression proverbiale. Kellen Raid n'était pas un nom courant. Mais cela laissait suffisamment de marge de manœuvre à Jack. Il pourrait toujours prétendre qu'il s'agissait d'une simple coïncidence. Peut-être avait-il lu le livre et, celui-ci lui ayant plu, s'était-il servi du nom de l'auteur pour le passeport. Il pourrait même aller jusqu'à déclarer que c'était l'œuvre de son subconscient. Morgan était cynique. Il était convaincu de tenir quelque chose. Sauf qu'Abby ne le croirait éventuellement que s'il en avait la preuve. Elle voudrait donner à Jack le bénéfice du doute. Elle le croirait innocent jusqu'à preuve du contraire.

« Se pourrait-il que l'éditeur ait quelque chose sur lui ?

— Vous pouvez toujours essayer. »

Morgan feuilleta le roman. Il faisait plus de cinq cents pages. Il en tâta du doigt la couverture en toile en se demandant si Jack était capable d'écrire un tel pavé.

« Vous m'accordez une minute ?

— Prenez votre temps. » L'employé se plongea dans d'autres tâches. Il tira de derrière le comptoir un chariot qu'il fit rouler sur un ou deux mètres, grimpa sur un escabeau et entreprit de ranger les nouvelles acquisitions.

Morgan ouvrit le livre et en commença la lecture. Ce n'était pas mal écrit, un peu maladroit à certains endroits, mais le roman débutait par un passage qui vous tenait en haleine, un morceau de bravoure qui se déroulait dans la jungle, quelque part en Asie du Sud-Est selon un avant-propos. Morgan lut le prologue, qui faisait huit pages. Le récit était passionnant mais Morgan était à la recherche d'autre chose. Lorsqu'il eut fini de parcourir le livre, il ne possédait pas d'indications supplémentaires qui lui eussent permis de prouver l'identité de son auteur.

Il revint à la page titre qu'il tourna. Le verso contenait beaucoup de texte en petits caractères, à commencer par le nom et l'adresse de la maison d'édition. Ces renseignements étaient suivis d'une déclaration aux termes de laquelle les personnages du roman étaient tous fictifs. Il y avait aussi quelque chose sur la Bibliothèque du Congrès. Venait ensuite le nom de l'auteur, Kellen Raid, et l'attribution du copyright à ce nom. En dessous, au bas de la page, s'étirait une ligne de chiffres semblant aller de trois à dix mais imprimés dans un ordre particulier, impairs à gauche, pairs à droite, le chiffre dix occupant le milieu.

« Savez-vous ce que c'est que ça ? », demanda Morgan.

L'employé se tourna vers lui sur son escabeau puis en descendit pour y voir de plus près.

Morgan lui indiqua les chiffres au bas de la page.

« C'est le nombre de tirages. Ces chiffres vous indiquent combien de fois l'éditeur a fait réimprimer le livre. Celle-ci n'est pas une première édition. » S'il en avait jamais douté, l'employé savait à présent que Morgan n'était pas un bibliophile.

« S'il s'agissait d'une première édition, le chiffre un figurerait là, à gauche », dit l'employé. Il jeta un œil sur les chiffres. « C'est la troisième édition. Il y a eu deux tirages antérieurs. C'est pour cette raison que les chiffres un et deux manquent.

— Qu'est-ce que cela signifie ?

— Ce que ça dit, expliqua l'employé. Ça affecte la valeur du livre pour les bibliophiles. Les premières éditions ont généralement plus de valeur.

— Est-ce qu'il est exceptionnel qu'un livre connaisse un si grand nombre de rééditions ? »

Le jeune regarda Morgan, l'air de dire qu'il n'en savait trop rien. « La plupart des livres n'ont probablement qu'une seule édition. Ils n'ont qu'un petit tirage initial. Enfin, sauf si le livre fait l'objet d'une demande importante.

— Ç'aurait donc été le cas pour celui-ci ?

— Assez pour qu'il ait eu trois tirages.

— Se pourrait-il qu'il ait marché ? demanda Morgan. Qu'il ait fait un succès commercial ?

— Tout dépend de ce que vous entendez par succès. S'il avait connu un énorme succès, je crois que je me serais souvenu du nom de l'auteur. En général, lorsqu'un écrivain écrit un livre qui marche autant, il en sort un autre. C'est la loi du marché.

— Mais il n'est pas impossible qu'il ait eu du succès ?

— C'est possible. Tout dépend de l'importance des tirages. Ça, nous ne pouvons pas vous le dire ici. »

Morgan se retrouvait bredouille. Il gratifia l'employé d'un profond soupir et sortit son portefeuille. Il paya avec une carte de crédit et, pendant que l'employé effectuait les opérations nécessaires, il tourna la page de garde à la recherche des remerciements ou de la dédicace. Il n'y avait que cinq paragraphes. Ce n'est que dans le tout dernier que Morgan trouva ce qu'il voulait. Là, enfoui dans quelques lignes, gisait ce qu'il cherchait depuis le début.

*Je remercie surtout mon père, Joseph Jermaine, dont la curiosité et les questions ont inspiré ce roman.*

Sainte-Croix se trouve dans l'Atlantique, au bord de la plate-forme continentale, en eau peu profonde. Elle est séparée de ses sœurs des îles Vierges, Saint-Jean et Saint-Martin, par une crevasse océanique de plus de sept kilomètres de profondeur, un canyon connu sous le nom de Tranchée portoricaine. Ce gouffre marin sépare deux chapelets d'îlots qui forment les confins de la mer des Caraïbes.

Mais pour Abby, on eût dit qu'il n'y avait plus de barrières, fussent-elles naturelles, et que tous les obstacles avaient été levés. Le temps qu'ils avaient passé ensemble sur le bateau, leurs étreintes, l'intimité partagée, lui avaient permis de connaître Jack d'une manière qu'elle n'eût jamais imaginée auparavant. Se combinaient en lui une force et une gentillesse irrésistibles. Pour la première fois de sa vie, elle se sentait en sécurité. Ils avaient fait l'amour et avaient parlé de sujets qu'ils n'avaient jamais abordés jusque-là : de la vie de Jack à l'Armée et de ses rapports avec son père. Lui avait voulu en savoir davantage sur le mariage d'Abby. A une certaine époque, elle avait vraiment cru aimer Charlie mais elle était désormais convaincue que ce n'avait jamais été vraiment de l'amour. Elle s'était tout simplement fourvoyée.

Pour la première fois depuis la mort de Theresa, Abby s'ouvrait à un autre être humain. Au lit, Jack était tendre et chaleureux, et il était aussi chaud que le soleil d'après-midi qui les inonda lorsqu'ils accostèrent au King's Wharf, au ponton dit royal, à Christiansted.

Jack avait renoncé au boxer-short et à la banane en faveur d'un pantalon kaki qui enveloppait ses longues jambes et d'une veste safari munie d'innombrables poches. Abby se demanda si l'une d'elles contenait le pistolet semi-automatique. Elle continuait de se sentir mal à l'aise à l'idée de voyager avec un homme qui trouvait normal de porter une arme sur lui.

Lorsqu'ils accostèrent, Abby fut d'abord frappée par la tache jaune vif que faisaient les murs de la petite forteresse coloniale hollandaise et par l'atmosphère villageoise de la ville. Sur le port, elle entendit des touristes parler français et allemand.

Jack lui expliqua que les touristes européens, venant des îles Vierges britanniques, se déversaient pour la journée sur les îles Vierges américaines pour y faire du shopping et visiter les lieux. Ceux-ci rappelèrent à Abby un port d'attache exotique, Java au siècle dernier. L'eau calme du petit port était bleu azur, le fond éclairé par un sable blanc. A quelque quatre cents mètres des quais, un hôtel était perché au sommet de la plage de sable d'un îlot : Protestant Cay.

« Nous allons devoir passer par les douanes, dit Jack. Tout devrait se passer sans encombre. » Le capitaine d'Enrique leur avait facilité les choses par contact radio avant leur arrivée dans l'île. Un agent des douanes vint à leur rencontre sur le quai, leur posa deux ou trois questions sans même demander à voir leurs bagages qui étaient toujours à bord, non défaits. Il tamponna leurs passeports et s'en alla. Le fait d'être ami avec le plus grand fabricant de rhum du monde n'allait pas sans présenter quelques avantages.

Jack héla un taxi et, une fois sortis de la ville, ils s'engagèrent vers l'est, au-delà de Gallows Bay, sur ce qu'on appelait l'East End Road. Le taxi roulait à gauche, à la manière anglaise. Ils longèrent des champs luxuriants et des tours en pierre. L'île était parsemée de vestiges d'anciens moulins à vent dont les ailes avaient été arrachées par des ouragans dont on avait depuis longtemps oublié le nom. Ils passèrent devant des ruines de plantations sucrières du dix-huitième siècle dans lesquelles les moulins à vent servaient à écraser la canne à sucre, puis traversèrent une bourrasque de pluie qu'on eût dit de la largeur d'un nuage, si bien que le capot de la voiture fut inondé tandis que le coffre resta complètement sec.

Après un trajet de courte durée, moins de dix minutes, ils passèrent entre une paire de piliers blancs et roses et pénétrèrent sur une voie privée. Celle-ci, qui serpentait sur quatre cents mètres à partir de la route principale, était bordée de tamariniers dont Jack lui dit que certains avaient plus de cent cinquante ans. Ils vinrent s'arrêter en vue d'un vieil édifice d'un étage en pierre gardé par un vigile et une barrière.

« Encore une autre des propriétés de ton ami ? demanda Abby.

— Une station balnéaire, répondit Jack. Elle te deviendra bientôt familière. Elle est tout près de la maison où tu vas habiter. Nous allons seulement passer la nuit ici. Tu pourras faire des courses demain matin et emménager ensuite dans la maison. Elle se trouve juste au bas de la route, à l'extérieur de la propriété. »

Jack avait choisi l'emplacement de la maison en pensant à tout. « La station balnéaire a un bon bar et un restaurant, expliqua-t-il à Abby. Ils ont une excellente cave et tout le confort domestique. Tu n'auras qu'à venir ici quand tu n'auras pas envie de faire la cuisine. Ça fait un petit bout de chemin à pied mais ce n'est pas si loin que ça. »

La station balnéaire était somptueuse et très intime. Des hectares de gazon manucuré s'étendaient vers l'intérieur des terres : un golf. Les bâtiments, tous peints en rose flamant, étaient en pierre sèche. Ils paraissaient pour la plupart avoir au moins trois cents ans. C'était une ancienne plantation de canne à sucre. Le bâtiment principal de l'hôtel se dressait sur un promontoire surplombant une baie aux profondes eaux bleues.

Le taxi vint se ranger devant l'entrée où un domestique déchargea leurs bagages. Jack se dirigea vers la réception en passant sous un portique couvert rose et blanc. On pouvait lire au-dessus de l'entrée en lettres noires gravées dans un marbre ancien :

1653 THE 1947

BUCCANEER

Abby demeura auprès des bagages. Elle ne tenait pas à perdre son petit ordinateur. Il contenait l'ébauche de la suite de son roman, presque terminée à présent. Il s'agissait là d'un document de plus en plus précieux. Maintenant que le premier roman valait, selon toute prévision, des millions de dollars, l'esquisse du second était de l'or et Abby avait de bonnes raisons pour le traiter comme un secret d'État. Elle en gardait une copie sur papier et une autre sur disquette. Le traitement de texte allait vite devenir sa planche de salut si elle voulait terminer le deuxième roman à temps.

Lorsqu'elle rejoignit enfin Jack à la réception, il avait pour elle un message que lui avait remis la réceptionniste.

« On dirait que ton ami Spencer nous a retrouvés.

— Comment a-t-il fait ?

— Je lui avais dit avant notre départ de laisser tous ses messages ici, expliqua Jack. Il t'envoie un cadeau.

— Qu'est-ce que c'est ?

— Il est dehors dans le parc de stationnement, juste en face de l'hôtel. » Avant même que Jack n'ait eu le temps de parler, la réceptionniste avait répondu à sa question avec un grand sourire. Elle était convaincue qu'une puissance céleste veillait sur eux. Des cadeaux comme celui-là étaient inhabituels.

Abby adressa un regard interrogatif à Jack.

« Ne me demande rien. » Il haussa les épaules.

Elle sortit et s'avança jusqu'au bout de l'allée dallée réservée aux piétons. Là, au bord du trottoir, garée à l'ombre, il y avait une petite voiture de sport décapotable, une Z-3, le toit baissé.

Abby rentra dans l'hôtel. « Il l'a louée ?

— Il faut croire qu'il l'a achetée, dit Jack. Avec ton argent. » Il balança les clés de la voiture au bout de ses doigts tout en lisant le mot qu'il avait tiré d'une enveloppe et qu'il tendit ensuite à Abby.

> Salutations depuis le Front domestique.
>
> Sachant que tu aurais besoin de roues t'ai donc fait envoyer ça par un marchand de voitures de Miami. Ne te mets pas en colère. Tu peux te la payer. D'ailleurs, il faut que tu fêtes ça. Fais-moi confiance.
>
> Morgan

Abby n'était pas seulement en colère, elle bouillait de rage. C'était un geste extravagant qui allait attirer l'attention sur elle dans l'île, ce qu'elle ne voulait justement pas. La réceptionniste lui souriait. Elle savait que la voiture avait dû coûter au moins trente mille dollars. Celle-ci la désignait désormais comme une riche touriste, de telle sorte qu'elle aurait beaucoup plus de mal à se fondre dans la population locale. Morgan n'avait aucunement le droit d'agir ainsi. Il avait passé les bornes de l'amitié.

A l'intérieur de l'enveloppe, il y en avait une autre, plus petite, rigide et encore non décachetée. Elle l'ouvrit. Elle contenait deux petites cartes en plastique portant le nom d'une banque française et un autre mot. Il s'agissait de cartes de retrait sur deux comptes séparés émis par une banque martiniquaise où elle pourrait retirer des fonds sans se faire repérer par la police. Morgan lui donnerait son numéro de code individuel par téléphone.

C'était lui tout craché. D'une main, il vous mettait en boule et de l'autre vous passait une pommade.

Abby et Jack prirent des chambres séparées dans une partie de l'hôtel qui se trouvait en contrebas, en bordure de mer. Vieillottes, juste assez pour être confortables, elles avaient des carrelages bleus à motifs hollandais, un lit double et une grande baignoire. Chacune possédait un patio privé donnant sur la mer. La plage se trouvait à droite, à une trentaine de mètres, où elle s'incurvait pour disparaître dans une anse.

« Donne-moi ton passeport et les cartes de crédit dont tu n'auras pas besoin régulièrement, dit Jack. Tu as des bijoux ?

— Qu'est-ce que c'est que ça ? Un vol à main armée ?

— Henry m'a dit qu'il n'y avait pas de coffre-fort à la maison. Tu vas devoir faire attention ici. Un passeport américain vaut très cher. »

Abby le regarda, se demandant si elle devait obtempérer, puis lui tendit son passeport et l'une de ses cartes de retrait.

« Entre, je vais te montrer. » Il la précéda dans sa propre chambre par la porte attenante. « Nous utiliserons celui qui est dans ma chambre puisque je vais la garder. » Ils allèrent au placard dans lequel se trouvait, posé sur un support en bois, un coffre électronique de la taille d'un grand four micro-ondes.

« Quelle est ta date de naissance ?

— Tu ne me connais pas assez pour que je te le dise, répondit Abby.

— C'est faux. »

Elle lui donna six chiffres semblant indiquer qu'elle avait trente-quatre ans. Jack appuya sur les touches correspondantes sur la combinaison électronique et retira une épingle métallique de l'intérieur de la porte. « Il est maintenant réglé. Cette combinaison l'ouvrira à chaque fois, sauf si quelqu'un la change et remet l'épingle. »

Il referma le coffre et appuya sur la touche qui le verrouillait. La porte émit un vrombissement et se ferma hermétiquement. Il appuya sur les touches de la combinaison et la porte se rouvrit dans un bourdonnement identique. Il déposa le passeport et la carte de retrait d'Abby dans le coffre et appuya sur la touche de fermeture.

« Tu peux y déposer l'esquisse de ton roman, le manuscrit, tout ce que tu veux. Sens-toi libre de l'utiliser à ta guise. » L'ayant aidée à défaire ses bagages, Jack lui proposa de déjeuner au bungalow qui se trouvait sur la plage.

Elle regarda l'heure à sa montre. « Il faut d'abord que je téléphone. Donne-moi quinze minutes. »

Jack sourit. Il savait qu'elle allait téléphoner à Spencer et lui passer un savon. Abby ne savait pas dissimuler sa colère et elle était encore furieuse pour la petite voiture de sport.

« Elle est belle, dit Jack. Je voudrais bien avoir un ami pareil. Tu devrais le remercier. » Il voulait rester là pour écouter la conversation téléphonique.

« Je te retrouve dans quelques minutes, dit Abby.

— Dois-je comprendre que je dois aller faire un tour ? »

Abby lui adressa un regard noir et lui indiqua la porte.

« Je plaisantais. » Il partit et referma la porte derrière lui.

Il était près de midi. Il y avait un décalage horaire de quatre heures. Il n'était pas encore huit heures sur la Côte Ouest. Si elle se pressait, elle pourrait joindre Morgan avant son départ pour le bureau.

Elle essaya de faire le numéro directement mais sans résultat. L'île avait un système téléphonique rudimentaire. Elle dut passer par la standardiste de l'hôtel qui la relia à son tour à une de ses homologues du réseau international qui plaça l'appel. Il y avait un grésillement ininterrompu sur la ligne. De l'eau avait pénétré dans les câbles souterrains de l'île lors du dernier ouragan, aux dires de la standardiste. Abby entendit le téléphone sonner à l'autre bout. Il y avait beaucoup de parasites. Elle espérait ne pas rater Morgan.

« Allô. »

La voix familière de Morgan.

« Mais peux-tu me dire ce que tu fabriques ?

— Abby. » La voix de Morgan était enthousiaste, presque euphorique. « On dirait que tu es dans un tunnel. Où es-tu ?

— A Sainte-Croix. Je n'ai pas commandé de voiture, Morgan. Qu'est-ce que tu crois ?

— Je sais. Mais j'ai pensé que ça te serait utile. D'ailleurs, je l'ai eue à bon prix. Ne m'en veux pas, je t'en prie. »

Le ton suppliant et le timbre familier de sa voix à des milliers de kilomètres firent aussitôt retomber la colère d'Abby. Elle s'emportait facilement mais n'était pas rancunière, surtout avec les personnes qu'elle aimait. Le téléphone se remit à grésiller.

« Tu es là ? demanda-t-il.

— Oui. Maintenant, je suis repérée dans le patelin. La femme à la petite voiture tape-à-l'œil.

— Tu l'as conduite ?

— Pas encore.

— Ces bagnoles sont nerveuses. J'en ai essayé une chez un vendeur d'ici avant de commander la tienne. Elle freine pile et prend les virages sur des chapeaux de roues. »

Abby l'imagina au volant de la voiture, sa tignasse grisonnante flottant au vent. Sous ses dehors d'avocat sérieux, il adorait ce genre d'enfantillages.

« Tu n'aurais pas dû.

— Il faut que tu apprennes à savourer ton succès, lui dit-il. Je savais que c'était quelque chose que tu ne ferais jamais de toi-même. »

Il avait raison, Abby le savait. Elle n'avait jamais su prendre assez le temps de vivre pour savourer ses réussites, l'obtention naguère de son diplôme à la faculté de droit, ou la publication à présent d'un roman. Elle était toujours trop prise par le travail, trop occupée à exploiter l'occasion qui se présentait ou à en susciter une. A aller de l'avant. Et elle s'était maintenant arrangée pour se priver de toute la reconnaissance publique que pouvait lui mériter son livre en mettant en avant Jack et sa photo. Jack avait peut-être raison. Peut-être le public ne l'accepterait-elle jamais.

« Tu veux que je voie s'ils acceptent de la reprendre ? » Morgan parlait de la voiture.

« Non. Je devrais te remercier. Mais je veux que tu me promettes de ne plus jamais faire une chose pareille.

— Promis.

— Tu me donnes ta parole ?

— Sur ma tête. »

Elle ne voulait pas l'humilier.

« Alors tu ne m'en veux plus ? demanda Morgan.

— Je ne t'en veux pas. »

Un profond soupir de soulagement se fit entendre à l'autre bout de la ligne.

« Dans ce cas, laisse-moi te donner les bonnes nouvelles. D'abord, la voiture tombe sous les frais généraux, du moins en partie. Vois-y un cadeau de l'inspecteur du fisc, dit Morgan. Il va t'en falloir encore d'autres dans l'avenir.

— Quoi ? Des voitures ?

— Des frais généraux. Tu ferais mieux de commencer à situer l'action de ton prochain roman dans un endroit coûteux. Peut-être dans le midi de la France, dans une villa.

— Pourquoi ?

— Parce que je vais déposer beaucoup plus d'argent que nous le pensions sur le compte. Tiens-toi bien Presque — il y eut un grésillement sur la ligne — ... millions de dollars.

— Répète ?

— J'ai dit trois millions de dollars.

— Nous n'étions pas supposés voir la couleur de cet argent avant au moins un an.

— Je sais, dit Morgan, mais les ventes à l'étranger dépassent les estimations initiales de Carla. Elle attribue cela à la dynamique créée par la vente du film. Elle n'avait pas encore tous les chiffres lorsque vous vous êtes vus au Salon du livre. En Europe, on se jette littéralement sur le roman. Et elle veut parler à Jack pour lui annoncer la bonne nouvelle. Tu sais ce que c'est, les relations d'agent à auteur. Elle me tanne depuis des jours pour savoir où vous êtes passés, tous les deux. Tu ferais mieux de préparer Jack. Dis-lui de feindre la surprise et de se fondre en reconnaissance quand elle l'appellera. Elle est convaincue de la mériter. »

Trois millions de dollars. Abby s'était presque sentie défaillir à l'annonce de cette nouvelle. Elle se laissa tomber sur le bord du lit. Elle ne voyait pas du tout ce qu'elle pourrait faire d'une telle somme, comment la dépenser ou l'investir. Elle n'était pas sûre de vouloir le savoir. Elle n'était sûre que d'une seule chose : cet argent allait changer sa vie, peut-être dans un sens qui ne lui plaisait pas.

« Qu'est-ce que je vais faire ?

— Que veux-tu dire ?

— De tout cet argent. »

Morgan lui dit de ne pas s'inquiéter. Il l'avait placé en lieu sûr, avec des intérêts qui rapportaient gros. « J'aimerais bien avoir ce genre de problème, lui dit-il. Cutler et ses petits copains m'ont à l'œil au cabinet. Ils veulent ma peau. Ils inventent quelque chose d'autre tous les jours. Je passe mon temps à surveiller mes arrières et c'est devenu plus difficile maintenant que tu n'es plus là.

— Si on continue comme ça, tu n'auras plus à t'inquiéter de tout cela, dit Abby. Tu pourras démissionner et venir travailler pour moi à plein temps. »

C'était ce que Morgan voulait entendre : qu'il était rentré dans ses bonnes grâces.

« Tu as reçu les cartes bancaires ? demanda-t-il.

— Oui. »

Il lui en donna les numéros de code individuel qu'elle nota. « Tu n'as pas à t'en faire. Le compte est amplement approvisionné et les autorités ne seront pas en mesure de te repérer lorsque tu t'en serviras. Elles peuvent à la rigueur faire des recherches dans les îles Caïmans, mais en Martinique, ça m'étonnerait. C'est un peu trop loin. Par ailleurs, la Martinique est française et tu connais les Français. Ils ne sont pas accommodants, c'est bien connu. Si les flics vont fureter par là-bas, ils vont se retrouver dans une belle merde diplomatique.

— Parfait, dit Abby. Ça devrait nous laisser le temps dont nous avons besoin. » D'un certain côté, Abby eût voulu parler à Sanfillipo afin d'en apprendre davantage sur le meurtre de Theresa. Mais, d'un autre côté, elle savait qu'elle se retrouverait alors coincée à Seattle et devrait affronter les questions non seulement de l'inspecteur mais aussi de la presse. D'autant qu'il ne s'agissait plus désormais du seul Thompson. A mesure que la rumeur s'amplifiait autour de son livre, d'autres journalistes montaient au créneau pour essayer de traquer Jack et quiconque savait quelque chose à son sujet.

« Il y a autre chose », dit Morgan. Le téléphone recommença à grésiller.

« Je ne t'entends pas, dit Abby.

— Fais attention avec Jermaine. Ne lui fais pas confiance, Abby. » Morgan criait dans l'appareil pour se faire entendre. La communication était terriblement mauvaise, on eût dit qu'il parlait dans un tuyau sous-marin. « Il est à côté de toi ?

— Non.

— Il faut qu'on en parle, mais pas au téléphone. Je vais prendre quelques jours et venir te retrouver.

— Pourquoi ? » Les grésillements reprirent de plus belle. Abby sentit que la communication allait être coupée.

« J'ai une serviette remplie de contrats étrangers à faire signer par Sa Majesté, dit Morgan. Et il y a autre chose dont il faut que nous parlions. C'est très important.

— Vas-y, je t'écoute.

— Je ne peux pas. Pas au téléphone. Je vais essayer de me dégager pour venir te retrouver. » Il ignorait de quelle manière il allait s'y prendre avec Cutler sur son dos mais il trouverait bien un moyen.

« Dis-le-moi maintenant, reprit Abby.

— Pas au téléphone. » Il ne sut jamais si elle l'avait entendu ou non. Ils avaient été coupés. Lorsque Morgan avait une idée, il n'en démordait pas facilement. Or il était convaincu que les mauvaises nouvelles, surtout quand elles sont aussi bonnes que celle qu'il avait à rapporter à Abby, doivent être transmises de vive voix

## CHAPITRE VINGT-HUIT

Luther Sanfillipo était sans discontinuer sur l'affaire Theresa et Joey Jenrico depuis près d'un mois. Il avait dû attendre des services du procureur et d'autres bureaux concernés qu'on veuille bien lui délivrer les mandats de perquisition et les assignations dont il avait besoin. Cela prenait toujours plus de temps pour les flics que pour les avocats de pratique libérale. Dans le cas présent, cette attente s'était avérée coûteuse. Ayant finalement obtenu une assignation, il avait fait chou blanc en tentant de retracer les opérations financières d'Abby Chandlis. Après quelques tours de passe-passe bancaires, celle-ci avait disparu. Luther avait trouvé la preuve que des sommes importantes avaient été déposées sur un compte mais celui-ci était fermé.

Cet avocat, Spencer, ne se montrait guère coopératif. Il se retranchait à présent derrière le principe de confidentialité qui régit les rapports avocat-client pour refuser de répondre plus avant, défiant les flics de l'arrêter s'ils avaient des motifs suffisants. Pour Luther, les avocats étaient tous des ordures. La vérité ne les intéressait pas. Ce n'était pas leur affaire. Or il manquait pour l'heure de preuves suffisantes pour inculper Abby Chandlis, et Spencer le savait. Mais Luther n'en était pas moins convaincu qu'elle était mêlée aux meurtres de Theresa et de Jenrico ou qu'elle en savait davantage qu'elle ne voulait bien le dire.

Au cours des semaines passées à examiner les indices, les gens du labo avaient fait une trouvaille qui l'avait intrigué. Après la découverte de son corps dans le lac, les autorités avaient mis l'appartement de Joey Jenrico sous scellés pour un certain temps et l'avaient passé au peigne fin. Les lieux étaient mal tenus. Ç'avait été un homme d'intérieur bien négligent que Monsieur Jenrico. Les experts du labo avaient prélevé, entre autres choses, un grand nombre d'empreintes. Joey n'époussetait apparemment jamais.

La police continuait encore à suivre les pistes fournies par les empreintes, un véritable gotha des boîtes topless et des bars louches de la ville. Joey était un noctambule porté sur les strip-teaseuses et, s'il fallait en croire le médecin légiste, il avait depuis longtemps un herpès simplex B. Son assassin avait rendu service à la santé publique.

Pour certaines d'entre elles, les experts du labo avaient été incapables de rattacher les empreintes trouvées dans l'appartement à des exemplaires connus au fichier. L'une de ces empreintes avait été prélevée sur la porte du réfrigérateur de Joey. Des recherches effectuées auprès de la plus grande banque d'empreintes de l'État, du service des permis de conduire ainsi que du département de la Justice n'avaient rien donné. Quelque chose dans ces empreintes avait cependant attiré l'attention des techniciens. Elles étaient particulièrement nettes du fait d'une substance huileuse qui avait été laissée sur l'émail de la porte. Il ne s'agissait manifestement pas d'empreintes banales. Les ayant prélevées, les techniciens avaient retiré un échantillon de cette matière huileuse et l'avaient fait analyser. Il était apparu qu'il s'agissait d'une marque particulière d'huile de graissage légère, et pas n'importe laquelle. Celle-ci était fabriquée par une entreprise du nom de

Hopps. C'était une huile du type servant à lubrifier les armes à feu de petit calibre.

Luther s'était soudain pris d'un vif intérêt pour ces empreintes non identifiées. Il les avait fait envoyer au FBI, démarche que n'accomplissaient pas toujours les autorités locales, car elle était coûteuse et demandait du temps. Mais cette fois, elle s'avéra payante. Les empreintes appartenaient à un certain Jack Jermaine et étaient enregistrées dans les dossiers de l'Armée. Luther fut forcé de se demander comment un homme résidant en Caroline du Sud avait bien pu laisser ses empreintes sur la porte du réfrigérateur de Joey Jenrico à Seattle.

Plus intéressant encore aux yeux de l'inspecteur, il y avait le fait que ce nom de Jermaine figurait dans les dossiers bancaires comme étant celui de la personne qui avait endossé deux chèques importants au bénéfice d'Abby Chandlis avant la fermeture de ses comptes. Jermaine, semblait-il, permettait d'établir un lien entre Abby Chandlis et la mort de Joey Jenrico. Elle avait pu payer Jermaine pour qu'il le tue. Restait à savoir pourquoi.

Luther pesait diverses hypothèses en appuyant sur le bouton de l'ascenseur pour se rendre au huitième étage. Il était dix heures et il verrait bien s'il trouverait Morgan Spencer à son bureau. Sanfillipo voulait le surprendre à l'improviste. Spencer avait pu se retrancher derrière la confidentialité du rapport avocat-client avec Abby Chandlis, mais que trouverait-il à dire concernant le dénommé Jermaine ? Par ailleurs, Sanfillipo était désormais sur quelque chose qui ressemblait fort à une complicité criminelle continue, chose que le privilège de confidentialité avocat-client ne couvrait pas. Il était curieux de voir comment l'avocat réagirait en entendant prononcer le nom de Jermaine.

Le hall d'accueil était désert lorsqu'il pénétra dans les bureaux du cabinet juridique. Une secrétaire était assise derrière un long comptoir.

« Que puis-je pour vous ?
— Je viens voir Morgan Spencer.
— Vous avez rendez-vous ?
— Non. Mais je pense qu'il me recevra. » Luther sortit son insigne de police d'un étui en cuir qu'il portait dans la poche intérieure de son veston et l'exhiba brièvement à la secrétaire.

« Un instant, s'il vous plaît. » Elle appuya sur quelques touches sur son standard et s'entretint avec quelqu'un dans les bureaux.

« Votre nom ? demanda-t-elle.
— Lieutenant Sanfillipo. »

Quelques instants plus tard, une autre secrétaire parut au fond du hall. « Si vous voulez bien me suivre, lieutenant. »

Ils défilèrent devant des box ressemblant à des terriers à lapins puis arrivèrent aux locaux plus princiers des partenaires, des bureaux depuis lesquels on voyait Elliot Bay.

« Monsieur Spencer est en réunion pour l'instant mais je suis sûre qu'il vous recevra aussitôt après. Puis-je vous offrir un café ?
— Avec plaisir », répondit Luther. La secrétaire disparut et il prit place dans l'un des deux fauteuils réservés aux clients dans la petite antichambre, tout à côté de la porte du bureau de Spencer. Il entendait des voix à l'intérieur mais sans pouvoir distinguer ce que l'on disait. On eût dit deux hommes mais il n'en était pas sûr.

Lui ayant apporté son café, la secrétaire le quitta pour retourner à son poste de travail quelques mètres plus loin. L'inspecteur prit un journal sur une table basse et se mit à lire. Les Mariners accumulaient de nouveau victoire sur victoire et avaient peut-être des chances d'accéder aux finales. Il parcourut les manchettes. On avait haussé la voix d'un cran à l'intérieur du bureau de Spencer. Il s'agissait nettement de deux hommes. Le ton montait entre eux. La secrétaire le regarda pour voir s'il s'en était aperçu mais il continua de lire le journal comme si de rien n'était. On commençait à s'échauffer derrière la porte et à échanger des propos peu amènes que Sanfillipo pouvait distinguer.

« Plus de congé. Ça suffit comme ça.

— C'est pour affaires. » Luther reconnut dans la seconde voix celle de Spencer.

« C'est ça. Trois jours à Sainte-Croix, vous appelez ça un déplacement professionnel. N'y pensez plus.

— Mais enfin. Il faut maintenant que je vous demande l'autorisation de voyager pour affaires ? »

La secrétaire commençait manifestement à regretter d'avoir laissé un inconnu entendre toute cette discussion...

« La réunion risque de se prolonger, dit-elle à l'inspecteur. Etes-vous sûr de vouloir attendre ? Je peux demander à Monsieur Spencer de vous téléphoner dès qu'il aura fini.

— Non. Non. Ça va. Je vais attendre. » Elle n'eût pas fait bouger Luther de là, fût-ce au moyen d'une grue. Il tendit l'oreille de nouveau.

« Vous n'irez pas. Pas sur l'argent du cabinet et pas sur le temps de la compagnie. » Une autre voix se fit entendre dans la pièce. « Et ce n'est pas nous qui allons plaider à votre place pendant votre absence. Regardez le calendrier, dit l'autre homme. Vous avez trois plaidoiries sur des affaires en cours durant cette période. Qui, selon vous, fera votre travail pendant votre absence ? Vous passez votre temps en voyage et vous vous étonnez ensuite que les partenaires soient mécontents. Regardez le calendrier. Vous avez fait quatre déplacements extérieurs pour un total de plus de trois semaines durant les quatre derniers mois. Sans compter les vacances.

— C'était pour affaires.

— Je n'ai pas vu vos heures facturables.

— C'était sur honoraires fixes, dit Spencer.

— Oui, c'est ça.

— Vous pouvez déléguer quelqu'un, un associé en second qui suivra mes procès en cours, dit Spencer.

— Non. Pas question. » Ces paroles durent être considérées comme mettant fin à la conversation car elles furent prononcées à voix plus haute au moment même où la porte s'ouvrait. Luther s'absorba dans le journal qu'il tenait maintenant grand ouvert devant son visage de manière à revêtir l'identité d'un présentoir de presse dans l'antichambre.

« Vous voulez donc dire que le cabinet ne veut pas s'assurer la clientèle de Madame Chandlis ? Il s'agit de millions de dollars et cela va augmentant », dit Spencer.

Celui des deux visiteurs de Spencer qui s'apprêtait à partir s'arrêta net dans l'embrasure de la porte. Il faisait maintenant face à Luther mais ne pouvait le voir derrière le journal. Ce doit être un autre avocat, pensa Luther, pour n'être ainsi sensible qu'à l'argent.

Le type fit demi-tour sur le seuil de la porte. « Où Madame Chandlis a-t-elle ramassé tout cet argent ? Et que fait-elle à Sainte-Croix ? » Il emplissait l'embrasure de la porte de son dos lorsque Luther jeta un œil pardessus son journal. Ce type était en train de faire son travail à sa place et l'inspecteur n'en perdait pas une. Puis l'autre rentra dans le bureau de Spencer et ferma la porte.

Luther tendit l'oreille mais ne put rien saisir de ce qui se disait. Maintenant qu'il s'agissait d'argent, ils avaient retrouvé un ton courtois et on n'entendait plus que le bourdonnement de leurs mâles voix de mercenaires derrière la porte compacte. Luther détenait toutefois une pièce essentielle du puzzle qu'il n'avait pas en arrivant. Il savait où était Abby Chandlis.

Il se leva, replia le journal, le reposa sur la table et s'apprêta à partir.

« Vous partez ? demanda la secrétaire.

— Je crois que je vais revenir à un moment plus propice.

— Voulez-vous que je vous raccompagne à la sortie ?

— Non, non. Je connais le chemin. » Il s'engagea dans le couloir. Ce n'était pas le moment de s'entretenir avec Spencer. Il espéra que la secrétaire oublierait même de dire à l'avocat qu'il était assis à la porte du bureau et qu'il avait entendu leur conversation. S'il agissait promptement, il serait en mesure de trouver Abby Chandlis avant qu'elle ne déménage ailleurs. Il voulait d'abord vérifier l'information auprès des autorités de Sainte-Croix. Quant à celle concernant Jermaine, il allait la réserver pour une autre rencontre avec Spencer. Pourquoi, pensa-t-il, en révéler plus qu'il ne fallait ?

En moins de temps qu'il ne faut pour le dire, Abby se sentit chez elle dans la maison sur la plage. Shoy Beach Road commençait sur le domaine du Buccaneer et, après avoir longé l'océan sur plus d'un kilomètre, venait finir devant la grille d'une propriété à un endroit d'où l'on dominait la mer.

La maison d'Abby était loin d'être aussi grande que celle de la propriété qui se trouvait au bout de la route. C'était un petit bungalow jaune d'un seul niveau situé à quelques centaines de mètres de la station balnéaire, en retrait de la route derrière un chemin bordé de jeunes palmiers. Il était entouré de hautes herbes qui venaient mourir dans les dunes au-dessus de l'océan. La plage elle-même, un vrai rêve tropical, était profonde et en forme de croissant. Elle épousait une anse bordée d'une épaisse végétation et de palmiers inclinés vers l'océan. La blanche écume des vagues ne cessait de jaillir de la mer émeraude pour se répandre sur la fine poudre du sable blanc.

Abby avait rêvé toute sa vie de ce genre d'endroit :

les odeurs marines, le son du ressac, les frégates noires à la queue fourchue et au bec crochu dansant dans les courants des alizés, planant immobiles dans le ciel au-dessus d'une falaise verdoyante sur la côte. Au crépuscule, elle marchait sur la plage où elle sentait le souffle de la mer sur son visage et regardait le soleil déclinant faire passer les nuages du rose au violet à l'horizon. On se serait cru hors du temps. La nuit, en travaillant sur son petit ordinateur dans sa chambre, elle entendait les rythmes explosifs de reggae provenant du bar du Buccaneer tout à côté, dans l'anse voisine. Jack y avait gardé une chambre mais il passait la plus grande partie de son temps à la maison avec Abby. Leur liaison leur réservait des moments de douce intimité de plus en plus fréquents. Pour la première fois de sa vie, tout semblait aller bien pour Abby. Le simple fait d'être là à faire ce à quoi elle tenait le plus dans la vie, écrire, et cela alors que son livre allait bientôt faire un malheur, semblait trop beau pour être vrai.

Deux jours après leur arrivée, elle suivait déjà son programme draconien, tôt levée avec le soleil pour travailler sur son ordinateur qu'elle avait installé sur une table du living donnant sur la mer. A neuf heures pile, comme une horloge, elle faisait une pause pour le petit déjeuner. Jack rentrait du marché en ville avec des fruits et des yaourts. Elle se remettait ensuite au travail.

Elle pouvait généralement produire quatre ou cinq bonnes pages avant midi. Durant ces heures, sauf pour le petit déjeuner qu'ils prenaient en commun, Jack gardait ses distances selon une sorte de règle tacite. Abby était disciplinée dans le travail et n'aimait pas être dérangée. Comme beaucoup d'écrivains, elle avait besoin d'une concentration totale. Elle se mettait dans une sorte d'état mental par lequel elle se transportait psychiquement dans le monde fictif de la création. Elle ne pouvait écrire à propos de ce monde que si elle le voyait intérieurement comme avec la lentille d'une caméra. Les îles semblaient lui être favorables. En deux semaines, elle avait ajouté cinq autres chapitres au nouveau manuscrit. Elle volait littéralement et en était à présent à près du tiers du roman. On eût dit qu'il s'écrivait tout seul. C'était presque trop facile.

Au début de l'après-midi, elle et Jack traînaient sur la plage. Un observateur non prévenu aurait cru voir deux amoureux en train de s'amuser. Cela faisait partie en réalité de leur emploi du temps. Jack avait besoin de séances d'imprégnation intenses sur les détails du livre qu'il allait avoir à vendre. S'il allait à New York subir l'examen minutieux de la presse et affronter les feux des caméras, il lui faudrait maîtriser parfaitement son sujet de manière à parler avec autorité.

Le roman commercial n'était peut-être qu'une partie du monde du spectacle mais pour les gens chargés d'en couvrir l'actualité, d'écrire sur lui et d'en rendre compte, c'était une affaire sérieuse. Ils ne plaisantaient pas. Les amateurs de *pop culture* se rappelaient encore de Milli et Vanilli et du scandale qui avait causé leur chute. Un faux pas de Jack et tout le plan risquait de tomber à l'eau. Il fallait que tout ce qu'il dirait sur le livre sonne juste, comme s'il l'avait écrit lui-même.

Ils parlaient des techniques de l'écriture, de l'emploi du temps que s'imposait quotidiennement Abby et du processus de création. Elle lui rappela qu'elle avait écrit le roman à la machine à écrire.

« On ne sait jamais sur quel sujet Caria et Bertoli peuvent engager la conversation à table », lui dit-elle. Elle savait que le manuscrit était facilement identifiable avec ses ratures et ses corrections qui ne pouvaient venir d'une imprimante informatique. C'était un point secondaire mais qui risquait de mettre Jack en position délicate dans une conversation lors d'un cocktail.

« S'ils te posent des questions, dis-leur que tu as égaré la machine à écrire durant le voyage pour les îles. Le prochain manuscrit sera écrit sur une ancienne version de WordPerfect sous DOS. Ils voudront peut-être les disquettes si nous leur vendons le livre. La plupart des éditeurs les demandent. Dis-leur que si nous arrivons à un accord, nous les leur donnerons. »

Jack voulut savoir pourquoi elle ne se servait pas d'un logiciel Windows pour écrire.

Abby n'aimait pas tout l'accompagnement sonore de cloches et de sifflets de ce logiciel. Cela la ralentissait et la gênait.

« Il faut savoir si on veut écrire ou jouer à des jeux électroniques. » Elle adressa un clin d'œil à Jack qui sourit d'un air penaud.

« S'ils insistent, dis-leur que tu aimes la simplicité », reprit Abby.

L'après-midi, ils se baignaient dans l'océan, Abby réfléchissant et parlant tandis qu'ils se laissaient ballotter par le ressac. Elle devenait de plus en plus anxieuse au fur et à mesure que le temps passait. Jack était attendu à New York dans dix jours. La date fixée pour la sortie nationale du livre en librairie approchait rapidement.

« Tu es sûr que tu sauras t'y prendre ?

— Tu t'inquiètes trop. » Il lui adressa l'un de ses grands sourires irrésistibles d'écolier. Il était vraiment fait pour l'objectif d'une caméra.

« J'essaie de réfléchir à ce que nous aurions pu oublier, dit Abby. Rappelle-toi, les personnages sont tous composites.

— Je sais. Nous avons déjà traité de ça. Je n'ai jamais en réalité rencontré aucun de mes personnages dans la vie réelle. Ils sont tous faits de pièces rapportées, fictives pour la plupart, parfois inspirées d'infimes caractéristiques de gens qu'il m'est arrivé de croiser. J'appellerai cela un "vivier de gènes romanesques".

— Parfait, dit Abby. Bien trouvé. »

Elle se balançait au sommet de la vague et Jack tendit le bras pour la saisir. Il lui entoura la taille par-derrière et, au passage de la vague, se frotta lascivement contre son dos.

« Voilà. Maintenant tu peux être un de mes personnages, dit Jack.

— Pas maintenant. » Abby fit un effort pour ne pas sourire. « On est en train de travailler. Et si tu ne fais pas attention, tu vas nous mettre tous les deux dans de beaux draps. Ces gens ne sont pas idiots. »

Il essaya de passer outre sa remarque. Il commençait à s'ennuyer.

« D'où t'est venue l'idée du roman ? demanda Abby.

— Encore un jeu télévisé », dit Jack. Il continua de la serrer contre lui par-derrière. « Parlons d'autre chose.

— De quoi ?

— Je ne sais pas. » Il réfléchit quelques secondes. « La suite du roman à laquelle tu travailles. Elle comporte une scène de séduction ?

— Non.

— Pourquoi ?

— Je ne parle pas d'un travail en cours. » Elle lui lança un regard de travers. « Ça porte malheur.

— Tu ne me fais pas confiance. » Il la fit pivoter dans ses bras.

Elle le regarda durant quelques instants, mâchoire bien découpée, larges épaules, cheveux noirs luisants dans le soleil brillant.

« Ce n'est pas vrai, dit Abby.

— Dis-moi, est-ce que Morgan est au courant pour la suite du roman ?

— Morgan est obligé de savoir certaines choses pour des raisons professionnelles.

— De copyright, par exemple.

— Par exemple.

— Mais tu n'as pas déposé les droits pour l'ébauche.

— En effet.

— Dans ce cas, pourquoi en connaît-il la teneur et moi pas ?

— Tu devras me faire confiance, dit Abby.

— Et toi, quand apprendras-tu à me faire confiance ? »

Elle plongea son regard dans le sien.

Il se fendit de ce beau sourire juvénile qui faisait fondre la plupart des femmes puis enfouit son visage dans les épaules d'Abby qu'il commença à mordiller. « Il faut que je sache ce qui se passe si je veux tirer mon épingle du jeu à New York. Raconte-moi au moins la trame générale. Donne-moi quelques détails.

— Non. »

Il recommença à la mordiller à l'épaule et Abby se mit à rire nerveusement. « Arrête. Allons, Jack. Tu ne vas quand même pas me manger l'épaule.

— Et pourquoi pas ? Elle a une telle saveur. Un peu trop salée peut-être. » Il enfonça ses dents dans la chair tendre de son cou, pas assez pour lui faire mal mais suffisamment pour l'érotiser.

« Arrête », jeta-t-elle en riant tandis que la langue de Jack lui léchait le cou en remontant vers le lobe de l'oreille.

« Je veux seulement y jeter un petit coup d'œil, dit Jack. Juste un petit coup d'œil. » Il parlait de l'esquisse du roman mais ses doigts jouaient avec les bretelles du maillot de bain d'Abby.

« Arrête. » Elle essaya de dire cela sur un ton sérieux mais n'y réussit pas. Elle sentait la chaleur de la partie inférieure du corps de Jack contre le sien. Même dans l'eau froide, il irradiait la chaleur comme un réacteur nucléaire. Une vague roula au-dessus d'eux et l'une des jambes de Jack se glissa entre ses cuisses de manière à soutenir son corps et elle se laissa porter. Ils flottèrent ainsi au gré des vagues, ne faisant plus qu'un.

Il lui mordilla une oreille dont il retint délicatement le lobe entre ses dents et elle s'apaisa, les bras autour de son cou.

« Ça chatouille, dit-elle.

— C'est bon. Tu devrais essayer.

— Je ne peux pas les atteindre.

— Pas tes oreilles, les miennes.

— Oh. » Elle rit et posa son menton sur son épaule. « Pourquoi tiens-tu tant à connaître la suite du roman ?

— Que vais-je faire s'ils me posent des questions à New York ? Carla sait se montrer drôlement persuasive. » En disant cela, Jack glissa une main dans le bas du maillot de bain d'Abby. « Elle a des techniques de torture dont on a à peine idée.

— Arrête. » Elle lui saisit la main qu'elle essaya de retirer de sous son maillot mais il avait la poigne solide. Elle se tortilla sous sa prise mais ses mouvements ne firent que l'enhardir. Elle regarda en direction de la plage. Elle était déserte. Personne ne pouvait les voir. La main de Jack fut bientôt rejointe par une seconde, et toutes deux se rencontrèrent sous le bas de son maillot de bain. La tenant doucement par les fesses, il souleva Abby jusqu'à ce que ses jambes se referment au milieu de son corps.

« Il se peut qu'elle ait des moyens irrésistibles d'obtenir les informations qu'elle désire, dit-il.

— Tu n'auras qu'à résister », dit Abby. Leurs regards se croisèrent.

« Et si elle m'oblige à mentir ?

— Alors arrange-toi pour lui servir un mensonge qui se tienne », dit Abby.

Leurs corps furent doucement soulevés et bercés par une nouvelle vague tandis qu'Abby fermait les yeux et que leurs lèvres se rencontraient.

« J'avais oublié de te dire. Morgan arrive la semaine prochaine. » On était samedi, en milieu de matinée. Abby et Jack avaient traîné au lit. Abby était en train de s'essuyer avec une serviette après s'être douchée.

« Pourquoi ? Ce qu'il a à faire, il peut le faire par téléphone.

— Mais qu'est-ce que tu as contre Morgan? demanda-t-elle.

— C'est un avocat coriace. » Jack n'avait pas oublié la manière dont s'y était pris Morgan pour le forcer à signer le contrat et pour lui imposer les règles du jeu.

« Et alors? Moi aussi je suis avocate.

— Oui, mais tu as la peau beaucoup plus tendre. » Il lui pinça les fesses lorsqu'elle passa à sa hauteur comme pour confirmer la chose et Abby trottina jusqu'au pied du lit enveloppée de sa serviette. Elle fouilla dans le placard à la recherche de quelque chose à se mettre sur le dos.

Jack se rinça l'œil tout en se haussant à la tête du lit, un oreiller derrière le dos. « Alors qu'est-ce qu'il veut?

— Il vient pour une affaire importante mais il n'a pas voulu me dire laquelle.

— Tu aurais dû refuser. On va l'avoir dans les jambes. Ça va encore te distraire dans ton travail.

— Dieu sait que j'ai suffisamment de distractions comme ça. »

Elle lui adressa un petit sourire narquois. Jack n'était recouvert que d'un simple drap qu'une érection de bonne taille soulevait.

Ayant choisi un pantalon et un débardeur assorti, Abby se dirigea vers la salle de bains. Il attrapa sa serviette lorsqu'elle passa près de lui et elle dut lutter pour la garder.

« Arrête. Il faut qu'on se prépare. » Abby renonça finalement à la serviette et battit en retraite vers la salle de bains en tenant ses vêtements devant elle pour se couvrir. Elle enfila rapidement son slip et son soutien-gorge et commença à se coiffer.

« Tu ferais mieux de te lever. Le photographe sera ici dans vingt minutes. *Entertainement Weekly* », dit-elle. Comme si Jack avait oublié.

« Ils attendront, dit-il. Je suis un artiste. »

L'équipe d'un magazine télévisé devait venir plus

tard dans la journée filmer un reportage sur l'écrivain au travail dans sa retraite insulaire. L'émission serait diffusée la semaine de la sortie du livre. Jack l'auteur allait enfin faire le travail pour lequel Abby le payait.

Il sortit du lit sans prendre la peine de se couvrir. Il ignorait toute pudeur. Il vint, se placer tout nu à côté d'Abby devant le miroir au-dessus du lavabo de la salle de bains, s'y mira et arracha un cheveu gris à sa tempe.

« J'ai toujours davantage de ces petits diables, dit-il.

— Continue à les arracher et tu deviendras chauve. Quelque chose me dit que tu vas mal vieillir.

— Je ne vais pas vieillir du tout », lui rétorqua-t-il en souriant.

Abby sentit confusément qu'il pouvait bien avoir raison. Qui a dit que la vie était juste ?

Jack adressa un sourire au miroir et vérifia sa dentition parfaite comme pour voir si l'espacement entre ses dents ne s'était pas modifié durant la nuit.

« Il ne t'a pas donné la moindre indication de ce dont il voulait te parler ? demanda-t-il.

— Qui ?

— Spencer.

— Non. Il a dit qu'il ne pouvait pas en discuter au téléphone.

— C'est au sujet du livre ?

— C'est possible. Ou de la mort de Theresa. »

Jack posa soudainement les yeux sur elle. « Où en sont les choses de ce côté ?

— La police veut me parler, répondit-elle. Enquête de routine. Rien de particulier. »

Jack lui jeta un regard aigu.

« Ils ont retrouvé le compte bancaire. » Elle haussa les épaules, l'air de dire qu'elle n'y pouvait rien. « L'à-valoir pour le livre.

— Spencer ne leur a quand même pas dit où tu étais ?

— Non. Et il a déplacé l'argent, à un endroit où ils ne pourront pas le trouver.

— Ça devrait leur donner de quoi réfléchir, dit Jack. Une femme est assassinée et sa petite camarade disparaît dans la nature avec un magot qui ne cesse lui aussi de disparaître. Ouais, si tu veux mon avis, ils doivent se poser des questions.

— On le saura à l'arrivée de Morgan.

— Espérons qu'il ne nous annoncera pas qu'un mandat d'arrestation a été délivré contre toi.

— Il n'y a pas de mandat d'arrestation. Je n'avais aucune raison de la tuer. Je n'étais même pas à Seattle au moment des faits. J'ai un alibi.

— Tu prêches un convaincu, dit Jack. Ce n'est pas moi qui me pose des questions. Personnellement, je crois que Spencer cherche uniquement un prétexte pour venir ici.

— Pourquoi ferait-il ça ?

— Pour jeter un œil et s'assurer que tout va bien pour toi. Il se méfie de moi.

— Il n'a peut-être pas tort. »

Jack leva les yeux vers elle sans trop savoir si elle parlait sérieusement ou non.

Abby se fendit d'un sourire. « Morgan se prend pour mon père.

— Fais attention qu'il n'ait pas des idées incestueuses derrière la tête. »

Abby le regarda. « Quoi, Morgan et moi ? »

Jack acquiesça.

« Tu veux rire. » Morgan avait l'âge de Jack mais était de la génération d'avant. Ce n'était pas tant une question d'âge que d'état d'esprit. C'était pour cette raison que Morgan représentait pour elle l'image du père et que Jack était son amant. « Nous sommes amis. Rien de plus.

— Tu le lui as dit ?

— Je n'ai jamais eu à le lui dire. Contrairement à d'autres personnes que je ne nommerai pas, il n'a jamais mis les mains à l'intérieur de mon maillot de bain.

— Il manque de confiance en lui, c'est ça?
— C'est un gentleman.
— C'est ce que je voulais dire. »

L'après-midi fut consacré à des séances de photo et au tournage pour le magazine télévisé. Les gens d'*Entertainment Weekly* débarquèrent les premiers avec leur photographe qui prit des clichés de Jack entièrement vêtu de noir dans le décor d'une blancheur immaculée de la plage de sable. Tout cela avait un petit côté prétentieux.

Une heure plus tard, l'équipe de télévision fit son apparition et commença à installer son matériel. Jack se changea rapidement et ils le filmèrent au téléobjectif en train de marcher sur la plage en compagnie de la femme qui l'interviewait et à qui il parlait des durs sacrifices requis par le métier d'écrivain.

« C'est évidemment une vie solitaire. Mais je ne l'échangerais pas pour une autre. » De la bouillie pour les chats.

« Comment s'y prend-on pour écrire un roman aussi bon que le vôtre? »

Jack la regarda quelques instants d'un air songeur avant de répondre. « C'est Michener qui a sans doute le mieux formulé la chose. Il a dit qu'il était en réalité le plus mauvais écrivain qui soit, mais qu'il n'avait pas son pareil quand il s'agissait de réécrire. Je suis un as de la réécriture. »

Avec un baratin pareil, pensa Abby, Jack aurait dû travailler à réécrire l'histoire à la Maison-Blanche.

« En quoi est-ce que ça consiste? A faire des révisions?

— Absolument. C'est comme pour la musique, dit Jack. Il faut avoir de l'oreille. Si on n'a pas le sens de la musicalité du langage, on ne devient jamais écrivain. »

Abby, qui se tenait auprès de l'équipe de télévision à l'ombre d'un palmier, écoutait dans des casques l'enregistrement sonore qui lui rapportait l'écho de ses propres paroles sur les lèvres de Jack. Elle essayait de se convaincre qu'elle avait fait ce qu'il fallait. Il n'y avait rien, après tout, qu'elle détestait autant que la frime et le blabla de la fiction commerciale. Dans un tel monde, le contour du visage de Jack et la forme de son corps avaient préséance sur le contenu du livre d'Abby.

Mais en le regardant ainsi sur la plage, elle ne put nier qu'elle ressentait une pointe de regret et de ressentiment. Elle savait que le livre était le sien mais les millions de téléspectateurs qui verraient Jack à la télé l'ignoreraient. L'auraient-ils même acceptée ? Jack avait peut-être raison. Elle avait voulu jouer les apprentis sorciers et avait créé un mirage si séduisant qu'il menaçait de consumer sa propre créatrice.

Elle avait mis son âme à nu devant Jack durant leurs semaines de préparation. Et à présent que ses propres paroles lui revenaient dans les écouteurs, propulsées par la voix de Jack, elle éprouvait un sentiment de détresse qu'elle ne pouvait s'expliquer. Elle avait renoncé non seulement au crédit et à la reconnaissance qu'eût pu lui valoir son travail mais aussi à une part d'elle-même. En écoutant Jack parler en marchant sur la plage, Abby se rendit compte pour la première fois qu'elle s'était amputée d'une grande part de son identité.

Ils rentrèrent à l'intérieur de la maison pour filmer Jack assis à la table devant le petit ordinateur d'Abby.

Ils parlèrent de la vie d'enfant de troupe qui avait été la sienne quand il était gosse et de ce que l'on éprouvait lorsqu'on parvenait au faîte de la gloire littéraire.

« Je n'arrive pas à y croire, dit Jack. J'ai l'impression de quelque chose d'irréel. Je n'y croirai que lorsque je verrai carrément le titre de mon livre sur la liste des best-sellers. Et même à ce moment-là, je douterai encore.

— Vous n'êtes pas facile à convaincre.

— Je sais tout simplement que ça peut se terminer en queue de poisson. Tant que le succès du livre ne sera pas solidement assuré, je sais que ça peut toujours m'échapper. »

Il demeura songeur quelques instants, le visage empreint de l'une de ces expressions mélancoliques que les commentateurs de télévision savent si bien adopter. Puis Jack regarda directement la caméra, sans ciller et sans la moindre timidité. « On dirait un rêve. Vous savez toujours que vous pouvez à tout moment vous réveiller et découvrir que ce n'était pas réel. »

Il laissa s'installer un bref silence. Il avait un sens du rythme qui ne s'apprend pas. Puis il reprit la parole. « Toutes les nuits, je suis réveillé par le même cauchemar dans lequel je rêve que tout cela, ce n'est qu'une illusion. »

L'intervieweuse resta comme médusée, enveloppée par le regard profond de Jack. Tandis que l'écho de ses paroles s'éteignait dans la pièce, elle revint à la réalité et se tourna vers le cameraman.

« Harry. Tu as bien cette prise, dis-moi ?

— Je l'ai. » Il venait de faire un fondu au noir sur Jack.

« Je vais me contenter d'un commentaire en voix off après sa dernière réplique, celle sur l'illusion, et on s'en servira pour la conclusion. Tu pourrais peut-être prendre une vue du soleil couchant, du rayon vert lorsqu'il scintillera à l'horizon. Est-ce qu'il nous reste encore de la pellicule de ce que nous avons tourné à Hawaii ?

— Je crois.

— Parfait. On va s'en servir. Personne ne verra la différence.

— Alors ça vous a plu ? demanda Jack.

— J'ai adoré. » Jack et l'intervieweuse étaient debout au milieu de la pièce et elle lui serra la main.

« Ce qu'il y a de mieux, c'est que le public va en raffoler. »

C'est à ce moment-là qu'Abby réalisa que Jack était dangereux. Il mentait avec un sourire qui paralysait la raison.

## CHAPITRE VINGT-NEUF

Jack était attendu au bureau dans moins d'une heure et Carla s'affairait nerveusement aux derniers préparatifs. Aidée d'une assistante, elle rassemblait à la hâte toutes les informations de dernière minute sur le marketing du livre que lui avait données Bertoli.

Carla voulait être la première à annoncer la bonne nouvelle à Jack. Les agents littéraires tiennent toujours à s'acquitter eux-mêmes de ces tâches agréables, convaincus qu'ils sont que le client associera la nouvelle à son porteur.

« Est-ce que nous avons les chiffres sur la campagne de pub à la télévision ?

— Ils sont dans votre chemise, dit la secrétaire.

— Et sur les dépôts ? Les espaces achetés aux chaînes de distribution pour la promotion ? On a des chiffres là-dessus ?

— Ils sont dans la chemise avec tout le reste. » Jadra, l'assistante de Carla, commençait à s'énerver. Carla s'empêtrait toujours avant les réunions avec des clients importants.

Cette fois, cela semblait plus grave. Pour une raison étrange, Carla était intimidée par Jack. Elle espérait qu'il n'allait pas s'amener avec son inséparable avocate. Lors de leur dernière rencontre, celle-ci avait paru lire dans l'esprit de Carla qui n'avait pas du tout apprécié la chose. Elle se creusait encore la cervelle afin de trouver un moyen de séparer Jack de cette emmerdeuse. Si on lui en laissait le temps, elle finirait bien par inventer une parade. C'était Abby Chandlis qui s'était opposée à ce qu'elle vende les droits sur d'autres livres à Bertoli, des livres qui auraient rapporté des millions de dollars de commission à l'agence et leur aurait livré Jack pieds et mains liés pour les cinq années à venir. Ce dont il s'agissait, c'était de savoir qui contrôlait la situation. Or, pour l'instant, c'était Jack, et Carla tenait à garder la maîtrise des événements.

« Dites-moi pour les dépôts ? demanda-t-elle à son assistante. Combien Bertoli en a-t-il acheté ? »

L'assistante prit une feuille dans l'un des dossiers. « Cinq mille. »

Carla siffla. Elle n'avait jamais entendu parler d'un livre qui eût profité d'un tel achat d'espace promotionnel dans les librairies des chaînes de grande diffusion.

Ce que Carla appelait des « dépôts » consistait en fait en des présentoirs en carton que les éditeurs fournissaient aux librairies. Chacun d'entre eux contenait de douze à quinze livres disposés sur un rayonnage vertical et amovible surmonté d'un encart très visible et coloré exhibant le titre et le nom de l'auteur avec tout le clinquant dont était capable le service de publicité. Les éditeurs devaient payer la location de l'espace réservé aux « dépôts » à l'avant des magasins. De tels espaces dans une seule chaîne de magasins pouvaient coûter à un éditeur trente mille dollars la semaine. Pour le livre de Jack, Bertoli allait dépenser deux cent mille dollars en achats d'espaces sur soixante jours. Sans cela, un livre avait rarement, voire jamais, la chance de devenir un best-seller. Les éditeurs se livraient en conséquence une vive concurrence pour obtenir ces espaces promotionnels.

Ce n'était là que l'un des moyens employés par eux pour s'imposer sur le marché. Pour les livres de poché, ils louaient des présentoirs numérotés dans tous les supermarchés du pays, le numéro affiché sur le présentoir étant sans corrélation avec le rang occupé par un livre sur une liste quelconque de best-sellers. En y mettant le prix, on pouvait acheter le numéro un. En publicité, avec assez d'argent, on parvenait à créer sa propre version de la réalité.

Bertoli avait acheté de coûteuses pages publicitaires dans le *Los Angeles Times,* le *Washington Post,* le *New York Times* et le *Chicago Tribune* ainsi que dans divers magazines nationaux à grand tirage.

Un hebdomadaire chic avait élu Gable Cooper au nombre des cinquante plus beaux Américains, aux côtés de Mel Gibson et d'Antonio Banderas. Des rumeurs couraient dans le milieu selon lesquelles Big-F avait réussi à influer sur cette décision grâce aux publicités pleine page qu'il avait achetées au magazine.

Dans trois jours, la publicité allait envahir les rames du métro new-yorkais avec le titre du livre, quelques accroches appropriées et, le *nec plus ultra,* la photo de Jack. Dans la profession, c'était New York qui donnait le ton. Le jour de la sortie du livre, on allait envoyer des bonnes pages du livre ainsi qu'une revue de presse triée sur le volet à plus d'un millier de leaders d'opinion de New York et de Los Angeles, le gratin des mondes du spectacle et de la publicité. On n'avait pas consacré autant de moyens à la promotion d'un livre depuis dix ans.

Si Bertoli réussissait, il lancerait une carrière à laquelle la plupart des écrivains n'eussent même osé rêver. Le nom de Gable Cooper serait synonyme de livres qui marchent et de films qui marchent encore davantage. Durant les vingt années suivantes, on se jetterait avidement à New York et à Hollywood sur tout ce qui porterait cette signature. Carla, le sachant, ne s'était donc fixé qu'un seul objectif pour sa réunion avec Jack : le convaincre d'une manière ou d'une autre qu'il était dans son intérêt de signer un contrat pour d'autres romans.

La ligne intérieure sonna sur son téléphone.

« Oh merde. » Elle regarda l'horloge murale. « Il est en avance. Jadra, finissez-moi ça au plus vite. »

Son assistante, prise subitement d'une activité frénétique, fourra en vrac des papiers dans des chemises posées sur la table de conférence du bureau de Carla.

« Et veillez à ce qu'on nous apporte du café, dit Carla. Et pensez au déjeuner. Téléphonez à Da Umberto et demandez-leur de nous préparer quelque chose de sympa que vous ferez livrer. » Carla n'avait pas envie d'amener Jack au restaurant, où d'autres agents pourraient la courtiser pour se faire présenter. On voyait déjà sa photo partout en ville.

La ligne intérieure sonna de nouveau et Carla décrocha.

« Un Monsieur Chandlis est ici qui demande à vous voir.

— Qui ?

— Monsieur Chandlis. Il dit être apparenté à Abby Chandlis. » A en juger par son ton, la réceptionniste semblait être sur le point de raccrocher et de fiche le visiteur à la porte. Des gens bizarres, dont certains écrivaient au crayon, tout droit sortis d'un hôpital psychiatrique, se présentaient souvent à l'improviste dans les agences littéraires. « Voulez-vous que je lui dise que vous êtes occupée ? »

Carla réfléchit deux ou trois secondes. « Non. » Elle mit sa main sur le microphone. « Jadra. »

Celle-ci, qui allait atteindre la porte, se retourna.

« Lorsque Monsieur Jermaine arrivera, tenez-lui compagnie quelques minutes. Dites-lui que je serai à lui le plus tôt possible. Emmenez-le dans la salle de conférence. »

Jadra acquiesça, s'en alla et ferma la porte.

Carla revint au téléphone. « Faites entrer Monsieur Chandlis. »

Deux minutes plus tard, on frappa à la porte de son bureau et une autre secrétaire se présenta. « Monsieur Chandlis. »

L'instant d'après, Carla eut un premier aperçu du personnage. Charlie avait la tête de quelqu'un qui a déjà une journée de travail derrière lui. Son costume était froissé. Il avait à peine fermé l'œil dans l'avion et arrivait directement de l'aéroport en taxi. Il portait un attaché-case. On aurait dit un vendeur.

Carla se leva de son fauteuil et l'accueillit de haut, depuis son bureau surélevé. Ignorant ce qu'il pouvait bien vouloir, elle jugea prudent d'adopter une posture d'autorité.

« Monsieur Chandlis. Carla Owens. Entrez, je vous prie. »

Charlie parut regarder tout autour de lui en parcourant la distance qui le séparait de la porte au bureau de Carla. Il n'avait jamais vu de bureau aussi grand ou décoré avec autant de recherche : moquettes mauves, miroirs fumés, un bureau semblable à un autel en cristal. Charlie se crut mort et monté au paradis des souteneurs.

« Enchanté », lui dit-il. Parvenu finalement au bureau de Carla, il lui tendit une carte professionnelle Charlie agissait toujours ainsi lorsqu'il rencontrait quelqu'un. On ne savait jamais si telle ou telle personne de rencontre n'aurait pas un jour besoin d'un bon avocat pénaliste.

Elle jeta un œil sur la carte. « Que puis-je pour vous ?

— C'est au sujet de ma femme. Abby Chandlis. »

Carla hocha lentement la tête mais sans dire un mot.

« Vous la connaissez ?

— Je connais une Abby Chandlis. C'est votre femme ? » Carla n'en laissa rien voir mais elle sentit une douloureuse décharge d'adrénaline la traverser en entrevoyant, à la veille de la sortie du livre, des démêlés avec un mari en colère, avocat de surcroît. Certains auteurs buvaient. D'autres cherchaient des dérivatifs ailleurs. Peut-être le vice de Jermaine était-il les femmes mariées.

« En fait nous ne sommes plus mariés, dit Charlie.

— Ah. » Les pulsations cardiaques de Carla tombèrent à vingt la minute. « Prenez un siège, je vous prie. »

Charlie gravit l'estrade, d'un pas de géant pour un simple mortel, et s'effondra dans un des fauteuils recouvert de tissu à ramages qui faisaient face au bureau de Carla.

« Alors qu'y a-t-il au sujet de Madame Chandlis ?

— J'aimerais savoir où elle est.

— Et qu'est-ce qui vous fait croire que je pourrais vous être utile en la matière ?

— Vous lui avez versé beaucoup d'argent. »

Carla ouvrit de grands yeux, comme si elle apprenait là une information toute nouvelle pour elle.

« Enfin, pas exactement, reprit Charlie. Vous avez fait un chèque d'un montant assez important à un certain Monsieur... — il tira un bout de papier de sa poche de chemise et y jeta un œil — Jermaine. »

Il regarda Carla. Elle était de marbre.

« Ce Jermaine a endossé ce chèque au bénéfice de ma femme. Cet argent a été mélangé à d'autres fonds puis la somme tout entière a été retirée et le compte fermé. »

Cette information produisit une première fissure dans l'imperturbabilité granitique de Carla. Elle essaya de n'en rien laisser paraître, mais c'était un rude coup à encaisser : Abby Chandlis avait plus de pouvoir sur son client que Carla ne l'avait cru. Si elle avait pu lui faire signer en sa faveur un chèque de plus d'un million de dollars, il allait être plus difficile de se défaire d'elle que Carla ne l'avait imaginé.

« Et en quoi cela vous concerne-t-il ?

— Vous pouvez m'appeler Charlie », lui dit-il avec un sourire. Charlie devina vaguement qu'elle n'était au courant de rien. C'était tout à fait lui, cette manière d'improviser au fur et à mesure. S'il s'y prenait bien, il ne serait peut-être pas obligé de tout lui raconter, surtout certains aspects de l'histoire dont il subodorait qu'il valait mieux les garder pour lui.

« Il s'agit de la communauté de biens, dit-il.

— Je ne comprends pas.

— Nous avons des raisons de croire, dit Charlie, qu'une partie de cet argent a été en fait gagné durant l'époque où j'étais marié à Abby, à Madame Chandlis. Nous avons la preuve que les fonds ont été détournés afin d'éviter une répartition équitable au moment du divorce.

— Nous ? demanda Carla.

— J'ai mis une équipe d'avocats sur l'affaire. »

C'était Charlie le bluffeur à son meilleur.

« Je vois. Mais vous n'avez pas demandé à vos avocats de m'appeler. Vous êtes venu ici vous-même. » Carla savait flairer l'esbroufe à mille lieues.

« Je me suis dit que vous étiez une tierce partie innocente. Qu'il était inutile de vous impliquer dans un procès embrouillé. » Il la regarda pour voir s'il avait touché une corde sensible. « A moins bien sûr que ce ne soit nécessaire. »

Carla se contenta de sourire. Ses avocats ne feraient qu'une bouchée de lui. Enfin, si elle ne faisait pas d'abord elle-même le travail. Pourtant, si cet atroce individu connaissait Abby, on pouvait peut-être espérer en tirer quelque chose. Pourquoi précipiter les choses ?

« Ainsi votre femme vous faisait des cachotteries durant votre mariage ? »

Charlie fit une grimace, l'air de dire qu'il y avait tout lieu de le croire.

Attendons qu'il voie Jack, pensa Carla. « Il se pourrait que cette affaire nous concerne en partie. A propos,

Monsieur Jermaine est notre client. Nous n'avons eu de contact avec votre ex-femme que par son intermédiaire.

— Je vois. Et vous ne savez pas où elle est.

— Nous pourrions nous renseigner », dit Carla. Elle savait naturellement que l'histoire de Charlie était de la foutaise plaquée or. Les éditeurs pataugeaient jusqu'à la taille au milieu d'amis, d'amants, d'ex-épouses ou époux, de gens qui connaissaient des gens apparentés à quelqu'un qui avait un ami qui avait écrit un livre à succès. Ils se manifestaient à chaque roman qui marchait. Charlie Chandlis incarnait le type classique de ce genre de parasites. Son ex tenait un gros morceau dans sa gueule et Charlie voulait y goûter. Il devait être jaloux par-dessus le marché. Toute cette affaire sentait le truc minable et on pouvait facilement se passer de ce genre de publicité la veille du lancement en force d'un livre. Elle en déduisit que c'était là-dessus que Charlie misait.

« Il faut que je voie ce que nous avons dans nos dossiers. Je tiens à en parler d'abord à Monsieur Jermaine. Et il va de soi que nous ne pourrions pas nous montrer coopératifs si cette affaire devait lui attirer des ennuis. Vous comprenez cela ?

— Bien sûr. Je vous sais gré d'adopter cette attitude. » Celle de Charlie consistait pour l'instant à avoir les coudes sur les genoux. Il était prêt à consentir à tout. Abby avait disparu comme une bouffée de fumée. Il ne savait où la chercher. Sans l'aide de l'agent littéraire, il était condamné à faire du surplace. Il avait bien une théorie sur ce qui se passait mais il n'était pas prêt à la confier à Carla Owens, pas avant d'en savoir davantage. Elle risquait d'en parler à son client et Charlie serait refait. Sa théorie, faute de mieux, pouvait servir à embêter sérieusement le monde. A quoi sert d'avoir quelques biftons en banque si c'est pour subir des tas d'emmerdes ? Charlie l'ignorait mais il voulait le savoir.

« Quels sont exactement vos rapports avec Monsieur Jermaine ? Je suppose que c'est un auteur ? demanda-t-il. Qu'a-t-il écrit ?

— C'est confidentiel. » L'emploi d'un nom de plume était embarrassant. Si Chandlis avait réellement l'intention de leur créer des ennuis et finissait par intenter un procès à Jack, cela pouvait très mal tourner ; des allégations concernant un détournement d'argent et un nom d'emprunt pour le livre. Il n'y avait probablement pas de quoi fouetter un chat mais Carla ne voulait courir aucun risque.

« Restez-vous en ville longtemps ? lui demanda-t-elle.

— Le temps de découvrir où se trouve ma femme. »

Le téléphone sonna sur le bureau de Carla. Elle sut d'instinct ce que c'était. Elle jugea mentalement de la conduite à adopter.

« Veillez m'excuser. » Elle décrocha.

C'était Jadra. « Monsieur Jermaine est ici. Je l'ai conduit dans la salle de conférence. Je le fais encore patienter ?

— Ah. Oui. Retenez-le là encore quelques instants. J'arrive. » Elle raccrocha et sourit à Charlie. « J'ai une affaire à régler. Mais si vous voulez bien attendre un instant, j'aimerais que l'on reparle de tout ça.

— Faites », dit Charlie.

Carla quitta rapidement le bureau dont elle referma la porte derrière elle. Elle s'engagea dans le couloir. En route, elle ébouriffa légèrement ses cheveux et prit un air agité, de manière à arriver dans la salle de conférence près de l'entrée comme si quelqu'un venait de la violer, au moins psychiquement. Elle ouvrit la porte et se précipita dans la pièce.

Jack, une fesse sur la table de conférence, était en train de boire un café et parlait à Jadra qui ne semblait pas très concentrée sur son travail.

« Jack ! Jack ! Ce que je peux être contente que vous

soyez ici. Jadra, pouvez-vous nous excuser une minute ? »

La secrétaire sortit et, aussitôt la porte fermée, Carla reporta toute son attention sur Jack.

« Nous avons un gros problème, dit-elle.

— Qu'y a-t-il ? » L'affolement de Carla commençait à devenir contagieux. Une lueur d'anxiété traversa les yeux de Jack.

« Il y a un type dans mon bureau. Un avocat. Il dit être marié ou avoir été marié à Abby. »

Jack étudia le visage de Carla.

« Il dit qu'il la cherche. Qu'il a une équipe d'avocats prêts à intenter une action en justice. Qu'elle a dissimulé des avoirs qui tombaient sous le régime de la communauté de biens sous lequel ils étaient mariés. Il dit que ses avocats sont actuellement en train d'essayer de voir si vous êtes impliqué dans l'affaire. Il détient des renseignements bancaires. Je ne sais pas de quoi il retourne mais ça m'a l'air sérieux. Je préfère ne pas penser à ce que ferait Bertoli s'il apprenait la chose. Un scandale pareil à la veille de la sortie du livre. Vous voyez ce que je veux dire.

— Où est-il ? Ce type ?

— Il est là, dans mon bureau. »

Avant qu'elle n'ait pu le retenir, Jack franchissait déjà le seuil de la porte. Carla le suivit comme une ombre. « Où allez-vous ?

— Lui dire deux mots.

— Attendez. »

Jack se retourna et s'immobilisa.

« Discutons-en avant de foncer à l'aveuglette comme ça », dit Carla.

Elle avait peut-être raison. Jack lui prêta l'oreille.

« J'ignore quelles sont exactement vos relations avec Madame Chandlis. Et croyez-moi, ça ne me regarde pas. Mais la situation est délicate. Durant les semaines à venir, nous ne tenons pas à avoir de problèmes, surtout de cette nature. Je vous conseillerais de prendre un peu de champ. S'il y a un problème entre eux, tenez-vous à l'écart. S'il le faut, restez à New York. Nous vous trouverons un hôtel. Nous pouvons, Alex et moi, vous fournir une couverture. Pensez à votre carrière. Laissez-les se débrouiller. C'est leur affaire.

— D'accord. Excellent conseil. » Il fit demi-tour et repartit dans le couloir comme s'il ne l'avait pas entendue.

Cette histoire fournissait à Carla le prétexte dont elle avait besoin pour enfoncer un coin entre Jack et Abby. « Je sais à quoi vous pensez, lui dit-elle. Vous pensez qu'il va sans doute tout mettre en œuvre pour soutirer le maximum. Il a découvert que le livre allait vous rapporter gros et il veut se servir d'Abby pour vous escroquer. Vous n'avez sûrement pas tort. Mais il n'y a pas de raison pour que vous vous mêliez de ça. Si vous le faites, vous allez tout ébruiter.

— Il faut que je lui parle. » Jack avait un problème. Il n'avait jamais rencontré Charlie. Abby lui en avait parlé à quelques reprises mais Jack ignorait ce qu'il savait au juste. Abby pouvait lui avoir parlé du livre ou, pire encore, de son projet de le commercialiser sous un nom de plume en restant complètement dans l'ombre. Si la vérité de l'histoire filtrait jusqu'à Carla et Bertoli avant la parution du livre, celui-ci risquait d'être fichu avant même sa sortie en librairie. Big-F pouvait s'énerver et mettre le holà.

« Qu'allez-vous lui dire ? demanda Carla.

— Je ne sais pas. Mais je veux lui parler seul à seul. Tirer cette affaire au clair.

— Vous n'allez pas le frapper ou faire quelque idiotie ? »

Jack la regarda par-dessus son épaule, l'air de dire : qui, moi ?

« Jack, servez-vous de votre tête. Ne faites pas de bêtises. »

Ils n'étaient pas encore arrivés à la porte de son bureau que Carla commençait à se demander si elle n'avait pas fait une erreur. Elle s'arrangea pour se faufiler devant lui et le précéder dans son bureau. Ils surprirent Charlie debout sur l'estrade derrière le bureau de Carla, en train de lire ses papiers personnels.

« Qu'est-ce que vous faites ? demanda-t-elle.

— J'ai cru que vous auriez peut-être une adresse où je puisse joindre ma femme. »

Carla commença à se dire que ce ne serait peut-être pas une mauvaise idée que Jack lui fiche une baffe.

« Monsieur Chandlis, voici Monsieur Jermaine. Je lui ai parlé de votre problème et il pense comme moi que les questions que vous soulevez sont du ressort de votre femme et de vous-même. Il est disposé à vous mettre en rapport avec elle afin que vous puissiez obtenir toutes les informations requises et que cette affaire soit réglée. Or je trouve que c'est raisonnable. » Elle se retourna et regarda Jack pour obtenir son assentiment.

Jack ne réagit pas.

« Moi, ça me va, dit Charlie.

— Je veux d'abord lui parler seul à seul, dit Jack.

— Écoutez, tout ce qui se dit ici est strictement confidentiel, dit Carla.

— Seul à seul », répéta Jack.

Carla le regarda, l'air de dire qu'il fallait peut-être qu'elle le calme un peu avant de consentir à les laisser seuls. Jack parut se laisser amadouer un peu trop rapidement.

« Vous pouvez parler ici. Je sors. Je serai dehors, juste à côté de la porte. » Elle voulait se faire bien comprendre. « Appelez-moi si vous avez besoin de quelque chose. »

« Nous n'y manquerons pas », lui répondit Jack en souriant. Dès qu'elle eut fermé la porte derrière elle, il se retourna et adressa à Charlie un grand sourire exubérant.

« Je suis heureux de faire enfin votre connaissance, lui dit-il. Abby m'a beaucoup parlé de vous.

— Ah bon ?

— Oh oui. » Jack tendit une main sans se départir de son sourire et, réduisant rapidement la distance qui les séparait, monta sur l'estrade. Se devant, dans un élémentaire souci de virilité, de répondre à la main ainsi tendue, Charlie fut bien forcé de contourner le bureau. Dès que leurs mains se touchèrent, tout se passa en un éclair. Charlie se demanda où était passé son bras, ce qu'il faisait derrière son dos et pourquoi il avait soudainement le nez appuyé dans la corbeille du courrier sur le bureau de Carla.

« Maintenant causons. » Jack, penché à la hauteur de son oreille, lui parlait à voix basse afin que Carla ne puisse entendre. « Que voulez-vous ?

— Je veux parler à Abby.

— Elle est occupée.

— Mais qu'est-ce que c'est que ça ? Ahh ! »

Jack avait exercé une légère pression sur son bras.

« N'élevez pas la voix ou je vous le dévisse et vous pourrez repartir avec dans une valise.

— Ahh. » Charlie gémissait de douleur à voix basse.

« Alors qu'est-ce que c'est que cette histoire de communauté de biens ?

— J'avais quelque chose à lui dire.

— Ainsi il n'y a pas d'équipe d'avocats en train de manigancer un procès ?

— Non.

— Qu'est-ce que vous avez dit d'autre à Carla Owens ?

— Rien. »

Jack accentua sa pression sur le bras.

« Ahh ! Ahh ! » On eût dit que Charlie marchait sur des charbons ardents.

« Je vous jure que je ne lui ai rien dit. Je ne sais rien.

— Mais vous subodorez quelque chose, c'est ça ? »

Charlie ne répondit rien.

« C'est ça ? » Jack tenait à présent le revers de la main droite de Charlie contre sa nuque, une prise que seule une exceptionnelle souplesse des articulations eût permis de subir sans une douleur aiguë.

« Oui ! Oui ! fit Charlie.

— Hé bien ? Je vous écoute.

— Je pense que vous avez écrit le livre ensemble ou que vous le lui avez volé. Qu'Abby a touché une partie des droits.

— Qu'est-ce qui vous a amené à cette conclusion ?

— Elle est toujours en train d'écrire.

— Et alors ?

— Je pense qu'il s'agit d'un livre à succès. Qui doit valoir de l'argent. C'est comme ça qu'elle a eu tout l'argent qu'il y a sur son compte.

— Et si je vous disais que c'est moi qui ai écrit le livre ?

— Dans ce cas pourquoi lui donnez-vous l'argent ? Je connais ma femme. » Il respirait difficilement. « Elle souffre d'insécurité. Elle aurait pu vous demander de prendre sa place. Vous savez. Faire de vous un homme de paille. »

Charlie avait vu juste. Il connaissait Abby. Jack avait un problème.

« Vous êtes sûr de n'avoir rien confié de tout ça à Madame Owens ? » Jack accentua encore sa pression sur le levier de vérité.

« Non. Non. Je n'aurais pas fait ça. Pourquoi l'aurais-je fait ?

— Alors que voulez-vous ?

— Je veux seulement parler à ma femme.

— Vous voulez lui demander un peu d'argent, c'est ça ? L'escroquer ? »

Charlie inclina légèrement la tête de côté sur le bureau en affaissant les épaules, le genre de chose que vous feriez si on vous écrasait le visage sur le dessus d'un bureau en vous enfonçant un genou dans le cul.

« Cette idée vous a traversé l'esprit ?

— Elle avait beaucoup d'argent à la banque. Je me suis dit que l'on pourrait s'entendre.

— Et si elle ne veut pas vous en donner, que ferez-vous ?

— Rien. Je veux seulement lui parler.

— Pour évoquer le bon vieux temps ?

— Ouais. Ouais. Pour évoquer le bon vieux temps. »

Jack le laissa lentement se relever. Il avait réfléchi à ce qui lui restait à faire. Il ne pouvait se permettre de laisser Charlie rester à New York. Carla et Bertoli lui tireraient les vers du nez.

Dès que son bras fut libre, Charlie le ramena devant lui comme une manche vide et le saisit avec son autre main. Il le palpa comme s'il était brisé.

Jack le fit pivoter et le redressa par le revers de son veston tout en lui parlant sous le nez.

« Qu'allons-nous faire de vous ? »

Charlie le regarda. Pour la première fois la peur se lut vraiment dans ses yeux. Ça lui avait presque été plus facile l'instant d'avant, lorsqu'il souffrait, en regardant ailleurs.

« J'ai une question à vous poser, dit Jack. Pourquoi pensez-vous que j'aurais endossé le chèque au bénéfice d'Abby si nous avions écrit le livre ensemble ? »

Charlie hésita mais il avait sa petite idée là-dessus aussi.

« Je ne sais pas. Peut-être vouliez-vous dissimuler cet argent à une ex-épouse. Ainsi vous avez tout remis à Abby ? » Charlie lui adressa un regard interrogatif.

Jack ne répondit pas, se contentant de le regarder à son tour.

Charlie se dit qu'il ne devait pas se tromper de beaucoup. C'est exactement ce qu'il aurait fait lui-même s'il s'était trouvé dans une situation identique. Pour Charlie, c'était une question d'honneur. La solidarité masculine, une autre manière pour les hommes de tromper leur femme. Tout ce qu'il voulait, c'était sa petite part du pactole.

« Je vais vous dire où vous pouvez la trouver », dit Jack. C'était la seule issue qui lui restait : expédier Charlie dans les îles et laisser Abby traiter avec lui. En tout cas, Charlie serait hors de New York, loin de Carla et de Bertoli. Il allait devoir téléphoner à Abby pour la prévenir de l'arrivée de Charlie.

Il griffonna une adresse sur un bout de papier qu'il prit sur le bureau de Carla et le tendit à Charlie.

« Vous savez où c'est ? »

Charlie regarda le bout de papier et secoua la tête.

« Dans les Caraïbes. Vous transitez par Miami. Vous avez un passeport ?

— A mon bureau.

— Faites-vous-le envoyer par courrier express à cet hôtel et réservez-y une chambre pour ce soir. » Jack griffonna le nom d'un hôtel bon marché près de l'aéroport de Miami. « Demain matin, vous prenez votre passeport, vous filez là-bas et vous lui parlez. Vous ne l'embêtez pas. Vous ne lui cassez pas les pieds. Vous m'entendez ? Et vous attendez là-bas que je revienne. Alors on pourra causer. Il y a un endroit appelé le Buccaneer. Vous allez vous présenter à la réception et vous allez vous recommander de moi. Le gérant est un ami. Il vous trouvera une chambre. Si vous êtes un peu malin, vous ne direz rien à Madame Owens ou à qui que ce soit en sortant du bureau. »

Charlie le regarda d'un air qui laissait planer un doute sur sa volonté d'obtempérer. Il continuait à se masser le bras pour activer la circulation tout en ployant la main pour la désengourdir.

« Si vous parlez, vous tuerez la poule aux œufs d'or, reprit Jack. Personne ne touchera plus un sou. »

Cela, Charlie le comprenait.

Jack le prit par l'oreille comme un garnement et l'entraîna vers la porte.

« Ouvrez-la doucement, dit-il. Nous ne voudrions pas que Madame Owens bascule tête en avant et se casse le nez. » Il se doutait que Carla avait l'oreille collée au trou de la serrure.

« Non, je pense que nous pouvons arranger ça. » Jack, prenant un ton chaleureux et très aimable, avait haussé la voix afin que Carla ait le temps de se relever avant que la porte ne s'ouvre.

« Allez voir Abby et parlez-lui. Je suis sûr qu'elle vous expliquera tout. »

Lorsque la porte s'ouvrit, Carla se découpa dans l'embrasure, essayant d'avoir l'air naturel. Jack mima l'entente parfaite et prit la main de Charlie qu'il serra tout en regardant Carla. « Tout n'était qu'une énorme erreur, dit-il. Ces satanées banques, elles n'en font pas d'autres. Nous allons régler ça. Je suis sûr qu'Abby saura démêler toute cette histoire. »

Charlie sourit, d'un sourire plutôt sinistre. La confrontation physique n'était pas sa spécialité. Jack était un homme du Néandertal. Charlie, lui, se servait de son intelligence. Carla présente, il retrouva ses moyens. Jack ne pouvait plus se permettre de le tabasser, pas devant Carla en tout cas. Abby et Jack voulaient lui cacher — à Carla — quelque chose. Il ne restait plus à Charlie qu'à découvrir quoi.

« Vous n'allez pas nous quitter maintenant ? lui dit-elle.

— Il a un avion à prendre, dit Jack.

— Voulez-vous que je vous raccompagne à la sortie ? » Carla voulait demeurer seule encore quelques instants avec Charlie.

Jack lança à celui-ci un regard assassin et il déclina l'offre de Carla.

« Je connais le chemin, dit-il. Mais j'ai été enchanté de faire votre connaissance. Peut-être aurons-nous l'occasion de nous revoir.

— Absolument, dit Carla. Téléphonez-moi.

— Je n'y manquerai pas. »

C'était lui qui rirait le dernier. Il savait par où les tenir.

## CHAPITRE TRENTE

Le téléphone sonna mais il acheva de taper sa phrase sur le traitement de texte avant de décrocher.

« Salle de rédaction.

— Robert Thompson ?

— Oui. Qui est à l'appareil ? » Thompson, le reporter de *L'Indiscret,* devait rendre un papier de dernière heure.

« Peu importe. Êtes-vous toujours intéressé par cet article sur Maître Abby Chandlis ?

— C'est encore vous. » C'était le deuxième coup de fil que recevait Thompson concernant Abby Chandlis. « Qui êtes-vous ?

— Quelqu'un qui est prêt à vous donner un renseignement si vous êtes assez intelligent pour écouter. »

Thompson se tut et écouta.

« Vous tenez un reportage en or. Vous n'auriez pas dû lâcher aussi vite. L'affaire a une dimension dont vous ne vous doutiez pas. Un géant de l'édition new-yorkaise s'apprête à publier un bouquin qui va faire un tabac, un roman, sauf qu'il y a une entourloupe autour du livre et qu'ils ne le savent pas.

— Qu'est-ce que c'est que toute cette histoire. J'en ai assez de faire la chasse aux fantômes.

— Le livre va faire un malheur. L'agent qui s'en

occupe n'est pas au courant de l'entourloupe elle non plus.

— Quel est le titre ?

— Je vous le dirai plus tard.

— Dites-moi au moins le nom de l'éditeur ou de l'agent.

— Pas maintenant. Pour le moment, tout ce que vous avez besoin de savoir, c'est que Maître Charlie Chandlis est au parfum.

— Écoutez, à moins d'avoir davantage de renseignements...

— Les droits d'adaptation cinématographique du livre ont déjà été vendus trois millions de dollars. »

Thompson cessa de poser des questions et commença à prendre des notes.

« Les producteurs du film ne sont pas au courant de l'entourloupe eux non plus. Personne n'est au courant, sauf une ou deux personnes avec lesquelles Abby Chandlis travaille.

— Pourquoi font-ils ça ?

— A vous de le découvrir.

— Ça sent le truc publicitaire, dit Thompson.

— La police ne se mêle pas de trucs publicitaires.

— De quoi parlez-vous ?

— La police de Seattle essaie de retrouver Abby Chandlis pour l'interroger.

— Pourquoi ? »

Il se fit un bref silence au téléphone comme si l'interlocuteur de Thompson essayait de rassembler ses idées en se demandant jusqu'où il pouvait aller exactement.

« Il y a eu deux meurtres. La femme qui vivait chez elle et le mari de cette dernière. Ça fait beaucoup de questions sans réponses.

— La police croit qu'Abby Chandlis y est pour quelque chose ?

— Ils veulent lui parler.

— Qu'est-ce que cela a à voir avec le livre ?

— Parlez-en avec elle.

— J'aimerais bien. Je ne sais pas où elle est.

— Essayez à Sainte-Croix dans les îles Vierges. Une maison dans Shoy Beach Road, juste à la sortie de Christiansted.

— Qu'est-ce qu'elle fait là-bas ?

— Elle vous évite. Et, si mes renseignements sont exacts, elle se cache de la police de Seattle. »

Thompson commençait à saliver. Une embrouille sur un livre était une chose, un meurtre en était une autre.

« Donnez-moi quelque chose que je puisse vérifier, quelque chose dont je puisse chercher confirmation auprès d'autres sources qu'Abby Chandlis.

— Pourquoi ?

— Parce que mon rédacteur en chef ne va pas me laisser perdre davantage de temps sur cette affaire à moins que je ne puisse lui montrer quelque chose de concret. »

Il se fit un nouveau silence, une respiration dans la voix au téléphone, comme si l'on pesait la chose.

« Les victimes s'appelaient Jenrico. Theresa et Joey Jenrico.

— Et ces morts ont un lien avec le livre ?

— Les flics recherchent Abby Chandlis. C'est tout ce que je peux dire.

— Comment puis-je en avoir confirmation ?

— C'est votre boulot. » La voix au téléphone donna un numéro de téléphone et le code régional des îles Vierges. On dit à Thompson que ce numéro était celui de la maison de Shoy Beach Road.

« Où êtes-vous ?

— Aucune importance.

— Juste une seconde », dit Thompson. Il fouilla dans le tiroir de son bureau à la recherche de son magnétophone de poche et du petit micro à ventouse qu'il utilisait sur le téléphone. C'était totalement illégal mais tous les journalistes du monde en possédaient un. Thompson voulait un enregistrement qu'il puisse montrer à son rédacteur en chef.

« C'est tout ce que je peux vous dire.

— Restez en ligne une seconde. Je prends des notes. » Thompson humecta la ventouse de sa langue et la fixa à l'extérieur du récepteur du téléphone.

« Quand ce meurtre s'est-il produit ?

— Il y a quelques mois.

— Et Abby Chandlis est impliquée là-dedans ?

— Je vous ai dit que la police la recherchait.

— Et elle se cache dans les îles Vierges ?

— Mais vous êtes dur d'oreille ou quoi ? Ça suffit. Vérifiez, si vous ne me croyez pas.

— Encore une seule question. »

On avait raccroché.

Thompson écouta rapidement ce qu'il avait sur sa cassette. Ce n'était pas grand-chose mais il y était fait mention du meurtre et du fait qu'Abby Chandlis se cachait de la police.

Il mit le point final à l'article de dernière heure qu'il écrivait et, cinq minutes plus tard, descendit prestement téléphoner d'une cabine publique dans le hall d'un immeuble un peu plus haut dans la rue. Il consulta l'annuaire téléphonique à la recherche du numéro de code régional de Seattle : deux-zéro-six. Il appela ensuite les renseignements interurbains.

« Pouvez-vous me donner le numéro de téléphone de la police de Seattle ? Non, ce n'est pas une urgence. » Il nota le numéro et le composa.

Une seconde plus tard, une voix féminine répondit. On entendait un bip régulier sur la ligne de telle sorte que Thompson sut qu'on l'enregistrait.

« Allô, j'aimerais connaître le nom de l'inspecteur responsable de l'enquête sur le meurtre de Jenrico. Mon nom ? Je m'appelle Bill Robinson. Je suis journaliste au *New York Daily News.* »

Moins d'une minute plus tard, Thompson se trouvait

en possession du nom et numéro de poste du lieutenant Luther Sanfillipo.

« Vous pouvez peut-être me dire s'il est sur les deux meurtres, ceux de Theresa et de Joey Jenrico ? Il l'est. Merci. » Il raccrocha. Il n'aimait pas avoir affaire à la police. Il ne savait jamais s'ils avaient sur leurs lignes un moyen de repérer l'origine des appels. C'est pour cette raison qu'il utilisait toujours des cabines publiques dans l'un des immeubles de bureaux de Manhattan dont le hall d'entrée grouillait de monde comme le quartier tout entier.

En moins de deux minutes, il eut confirmation d'une partie de l'information de l'auteur du coup de téléphone anonyme. Les Jenrico avaient été assassinés tous les deux. Mais l'informateur pouvait avoir obtenu ce renseignement n'importe où.

Il décrocha et composa le numéro qu'il venait de noter.

Un homme répondit. « Homicides.

— Je voudrais parler au lieutenant Sanfillipo.

— Je ne sais pas s'il est ici. Je vérifie. »

Thompson entendit le son étouffé d'une main que l'on posait sur le microphone du combiné. « Quelqu'un a vu Luther ? » Il ne put entendre la réponse que l'on faisait en retour.

« Je pense qu'il est sorti déjeuner.

— J'appelle pour l'enquête Jenrico.

— Oui ?

— Savez-vous si le lieutenant Sanfillipo cherche toujours à parler à Abigail Chandlis en relation avec cette affaire ? »

La main se referma de nouveau sur le microphone du combiné et il y eut un long échange à voix basse. Thompson ne put saisir ce qui se disait.

La voix revint alors en ligne, plus éteinte cette fois. « Qui est à l'appareil ?

— Je préférerais garder cette information pour moi.

Pouvez-vous me dire si vos services recherchent toujours Madame Chandlis dans le cadre des enquêtes sur le meurtre de Jenrico ?

— Nous aurions en effet quelques questions à lui poser. »

Thompson n'en entendit pas davantage car il avait raccroché. Il en savait assez. Abby Chandlis était recherchée dans le cadre d'une enquête pour meurtre dans une affaire où il y avait en jeu un livre qui valait beaucoup d'argent.

Cela faisait trois jours qu'Abby finassait avec Charlie qu'elle tenait occupé avec une ardoise aux frais de Jack au bar du Buccaneer, prétextant ne pouvoir prendre aucune décision financière tant que Jack, son associé, ne serait pas revenu de New York.

La mise consentie pour faire tenir Charlie tranquille parut grossir lorsqu'il vit la rutilante petite voiture sport, la Z-3, capote baissée, garée dans l'allée sous les palmiers devant la maison d'Abby. Pour Charlie, Abby menait la belle vie et il en voulait sa part.

Il passait son temps à bambocher aux frais de Jack au Buccaneer, à draguer les « jeunesses », comme il les appelait, sur la plage et à parcourir l'île dans tous les sens dans la petite voiture d'Abby.

Il ne semblait pas avoir particulièrement remarqué qu'Abby travaillait fiévreusement à un autre livre. Pour Charlie, une seule chose comptait : que l'argent coulât à flots. Il n'établissait aucun rapprochement entre le dur labeur et sa récompense. Il ne croyait pas à la responsabilité personnelle et savait que le droit d'être rasé gratis figurait quelque part dans la Constitution américaine. Charlie était un Démocrate bon teint.

Le soir de son arrivée à Christiansted, il avait fait des avances à Abby. Il voulait passer la nuit avec elle mais elle s'était dérobée. Leur conversation avait été polie et brève. Abby n'avait pas pour mission de l'irriter mais de le garder dans l'île le temps de trouver une solution.

Morgan devait arriver dans l'île cet après-midi même. Il aurait bien des idées. Elle était impatiente de le voir. Quelqu'un qui avait du sang-froid. Elle aimait bien Jack mais on eût dit un derviche tourneur, toujours en train de bouger dans dix directions à la fois. C'était une masse d'énergie qui échappait à son contrôle. Elle l'avait regardé aux magazines du matin à la télévision. Il était passé sur deux des grandes chaînes nationales et était invité sur la troisième le lendemain. Conformément au plan, Jack mettait le paquet à l'écran avec ses dents éblouissantes, son œil bleu et son sens méticuleux du tempo.

Le reportage filmé sur la plage avait été diffusé la veille, si bien qu'on ne pouvait pas allumer sa télé sans voir Jack sur l'écran. Même *Entertainment Tonight* avait profité d'une remontée d'audience grâce à la rumeur qui entourait le livre, dividende que la chaîne n'avait pas escompté. Il y avait de la synergie dans l'air. On eût dit qu'elle se nourrissait d'elle-même comme une pile atomique.

Abby était au milieu d'un paragraphe et ses doigts couraient sur le clavier du petit ordinateur devant la fenêtre faisant face à la mer lorsque le téléphone sonna. Sans cesser de taper de la main gauche, elle décrocha de la droite.

« Allô.

— Abby. » C'était Jack. « Je n'ai pas beaucoup de temps mais je voulais t'appeler. » De la tension perçait dans sa voix.

« Qu'est-ce qui ne va pas ?

— Rien. Je suis un peu fatigué. Bertoli m'a téléphoné et m'a tiré du lit ce matin, tôt.

— Qu'est-ce qu'il voulait ?

— Il voulait me dire que nous sommes sur la liste des best-sellers du *New York Times.* »

Abby ne dit pas un mot. Elle était sans voix. Elle s'était résolue à attendre au moins deux semaines avant de s'informer sur la date d'entrée du livre sur la liste, si jamais il y entrait. Cela représentait presque trois années de dur labeur passées à écrire, à concevoir son subterfuge et à le mettre en œuvre. La nouvelle l'atteignait maintenant comme la foudre. Ses yeux se mouillèrent et lorsqu'elle reprit finalement la parole, ce fut d'une voix brisée. « Jack, je te conseille de ne pas de me faire marcher.

— Je ne te fais pas marcher. C'est vrai.

— Mais le livre n'est en vente que depuis trois jours.

— Je sais. Le livre s'arrache comme des petits pains dans tout le pays. Bertoli dit qu'il marche à plein régime et qu'il se vend incroyablement vite. Il dit que c'est la première fois qu'il voit ça pour un premier roman. Je te répète ses propres paroles. Il figurera sur la liste dimanche en huit. »

La pratique voulait à New York qu'on annonce à l'avance aux éditeurs que l'un de leurs auteurs allait figurer sur la liste. Ils l'apprenaient dix jours avant la date effective.

« C'est la bonne nouvelle, reprit Jack. Veux-tu maintenant apprendre la grande nouvelle ? »

Abby, toujours sous le choc de la réussite de son livre, essaya de rassembler ses esprits. « Quoi, il y a autre chose ?

— Tu es numéro quatre.

— Tu plaisantes. » Abby avait toujours du mal à célébrer ses victoires. Mais cette fois, ce fut plus fort qu'elle. Un hourra semblable à un cri de guerre éclata sur la ligne, du côté d'Abby. Jack en eut presque le tympan percé. Trois jours de ventes et ils avaient catapulté le livre dans les cinq premières places.

« Nous ignorons ce qu'il en sera la semaine suivante mais eux sont sûrs qu'il va continuer à grimper. A cette vitesse, il ne peut que grimper. Bertoli se dit prêt à reconsidérer notre offre, d'autres livres en échange d'une place au haut de la liste durant un certain nombre de semaines.

— Tu parles qu'il va la reconsidérer », dit Abby. C'était comme de parier aux courses une fois que les chevaux sont sortis de la barrière.

« Ils font beaucoup de bruit, tous les deux, lui et Carla. Ils veulent voir l'esquisse de la suite du roman, dit Jack. Le succès réel les fait trépigner d'impatience.

— Dis-leur d'attendre.

— C'est ce que j'ai fait. Mais tu devrais voir les traces de morsures que j'ai sur le corps... Je ne pourrai plus leur résister longtemps.

— La réponse est non. Dis-leur d'attendre que le manuscrit soit terminé. » Abby fut inflexible. Pour plusieurs raisons, dont certaines relatives au film. Abby ne voulait pas que l'on déflore son livre à Hollywood avant qu'il ne soit terminé. Elle savait que le contenu de l'intrigue arriverait aux oreilles de la Côte Ouest dans la minute où l'esquisse atterrirait sur un bureau new-yorkais. Devant la perspective d'un film aux budgets faramineux, il n'est de promesses de garder un secret qui tiennent. Jack se plaignait des coups de griffes qu'il avait dû essuyer, mais il se ferait écorcher vif si jamais le monde du cinéma mettait la main sur la trame du nouveau roman et se prenait à le harceler pour qu'Abby y apporte des modifications alors même qu'elle n'avait pas fini de l'écrire.

« Nous en reparlerons à mon retour, dit Jack. J'ai tellement de choses à te dire. Ici ça n'arrête pas.

— Je t'écoute.

— Je ne peux pas, dit Jack. Je dois me rendre dans un autre studio pour une interview. Je n'ai qu'une minute. Et puis, je veux savoir comment les choses se passent avec ton mari.

— Charlie est parti se balader je ne sais où avec la voiture. En plus, Morgan arrive cet après-midi. Il saura bien trouver une solution.

— Je ferais mieux d'être là à son arrivée.

— Pourquoi ? demanda Abby.

— Pour me protéger.

— Fiche-lui la paix. Morgan ne fait que ce qu'il croit être au mieux de mes intérêts.

— Ouais, comme médire de moi.

— Il ne médit pas de toi. Il me conseille.

— Oui mais pourquoi faut-il que ce soit à mon détriment ?

— Tu es parano.

— Tu sais ce qu'on dit des illusions paranoïdes, qu'elles contiennent toujours un noyau de vérité. Morgan, je pourrais en faire du pop-corn.

— Il vient pour affaires. Par ailleurs, je lui ai dit que Charlie était ici, que j'avais un problème avec lui. J'espère que Morgan va le ramener avec lui en partant et qu'il va régler tout ça à Seattle en attendant que tout soit fini. »

Elle entendait Jack fulminer à l'autre bout de la ligne.

« Je t'ai vu dans *Good Morning America* hier. Tu étais fantastique.

— Ça t'a plu ?

— C'était merveilleux. J'ai même songé à sortir pour aller m'acheter le livre.

— Pourquoi ne l'as-tu pas fait ?

— Je vais attendre l'édition en livre de poche », dit Abby.

Jack riait. « Oui mais un bouquin génial, ça se vend facilement. » Ils en étaient à se renvoyer la balle. Il pleuvait des lauriers.

« C'est gentil à toi de dire ça.

— Je le pense. Sauf que je voudrais l'avoir écrit.

— Ne dis pas ça à Charlie. »

Jack se mit à rire. « Ça le comblerait d'aise. Il pense te tenir, tu sais. Où es-tu allée dégotter une telle nullité ?

— Il n'a pas toujours été comme ça. A cette époque... » Abby s'interrompit. « C'est une longue histoire. Je te la raconterai un jour.

— Écoute, j'ai aussi d'autres informations à te donner. Bertoli m'a refilé une tonne de documents sur les ventes. J'ai pris des notes mais je ne me souviens pas de tous les détails.

— Où es-tu maintenant ?

— Dans le bureau de Carla. Ils m'adressent des signes de la main de l'extérieur. Il faut que j'y aille dans une seconde. Mais je serai de retour dans l'île dans deux jours. » Il avait une pause dans son emploi du temps avant d'entreprendre la tournée de quatorze villes des États-Unis. « On fêtera ça à mon retour. J'apporterai le champagne. Nous nous roulerons dans les vagues et nous nous saoulerons. Qu'est-ce que tu en dis ?

— De quoi appâter le requin, dit Abby.

— Nous serons muets. Il ne se doutera de rien. Je file. » On lui adressait de nouveau des signes de la main depuis l'extérieur du bureau. « La voiture est garée en double file en bas. A bientôt. Je t'aime. »

Le déclic se fit entendre sur la ligne lorsqu'il raccrocha avant qu'elle ne puisse dire un mot. Abby s'attarda quelques instants sur les dernières paroles prononcées par Jack.

Il était en grande forme. Elle se le représenta adulé à New York, en train de décocher des sourires resplendissants aux caméras et d'expédier rondement les séances de signature dans les librairies archi-bondées. Un frimeur-né qui aimait attirer l'attention en roulant en limousine et faire la tournée des grands ducs dans Manhattan après une journée passée à écrire le nom de Gable Cooper à l'intérieur de la couverture de milliers de livres.

Abby, qui était pourtant la réserve même, se trouvait entraînée elle aussi dans la spirale du succès. Elle prit sa canette de Coca light sur le bureau, en tapota le bord de son ordinateur et en but une gorgée, tel un toast à sa réussite. Elle était venue de nulle part pour écrire un roman qui se retrouvait sur la liste de best-sellers la plus dure de toutes, une fusée qui était retombée en plein dans le numéro cinq. Ce n'était pas un mince exploit. Une seule chose retenait Abby de s'abandonner à une euphorie totale : le fait de savoir que sa réussite était due à tant de ruses. Bertoli et sa meute à New York n'auraient jamais laissé la chose se faire s'ils avaient su la vérité, qu'elle était l'auteur du livre. Pour quiconque se serait penché sur son cas, elle n'était toujours qu'un écrivain qui avait accumulé échec sur échec. Les hommes avaient beau se retourner encore sur elle, ça ne suffisait pas à Bertoli. Pour lui, elle était « vieille ».

Elle reporta son regard sur l'écran de l'ordinateur, dix-huit centimètres d'iridescence bleue. Durant les quatre mois à venir, cet écran allait être le nombril du monde. Ce n'était guère réjouissant mais pour que son plan marche, elle allait devoir s'y tenir et faire avec.

Le téléphone sonna. Abby tendit la main vers le combiné. Jack avait dû oublier de lui dire quelque chose.

Elle décrocha. « Ne me dis pas qu'on est déjà numéro un ?

— Pardon ? » Ce n'était pas la voix de Jack.

Il y eut un silence froid dans l'appareil avant qu'elle ne parle. « Qui est-ce ?

— Je cherche Morgan Spencer.

— Il n'est pas encore arrivé.

— Pouvez-vous lui transmettre un message ?

— Certainement. » Abby prit un bout de papier et un stylo.

« Dites-lui que le bateau est le *Cuesta Verde,* à San Juan. »

Abby nota la chose. « C'est tout ?

— Ouais.

— Et c'est de la part de qui, s'il vous plaît ?

— Il comprendra le message. » On raccrocha.

Abby venait à peine de poser le combiné que le téléphone sonna de nouveau. Il y avait de quoi devenir dingue. Elle songea à le débrancher mais c'était son seul lien avec le monde extérieur.

« Allô !

— Est-ce que vous êtes bien Abby Chandlis ? » C'était une voix masculine au timbre grave qu'elle ne reconnut pas.

Subitement, voilà que tout le monde avait son numéro de téléphone. Elle avait fait des pieds et des mains pour être sûre d'être sur la liste rouge. « Qui est-ce ?

— Nous nous sommes parlé une fois déjà, mon nom est Robert Thompson. *L'Indiscret.* Vous vous souvenez ? Vous ne m'aviez pas dit que vous comptiez déménager. »

Abby eut un frisson dans le dos. Comment avait-il pu la retrouver ? Elle réfléchit à toute vitesse. « Comment avez-vous obtenu ce numéro ?

— Pas par les Renseignements, dit Thompson. Vous êtes une personne difficile à joindre.

— Je n'ai pas le temps de parler. » Abby commença à réfléchir à une manière polie de raccrocher.

« Je vous donnerais bien mon numéro de téléphone mais ça m'étonnerait que vous rappeliez, dit Thompson.

— Je suis occupée pour l'instant.

— J'ai pensé que vous ne demanderiez pas mieux que de me parler. Je suis de bien meilleure compagnie que la police de Seattle. »

Le cerveau d'Abby travaillait à présent à plein rendement.

« Si j'avais voulu vous créer des ennuis, j'aurais tout simplement dit à la police où elle pouvait vous trouver. Mais je m'en suis abstenu. » On eût cru à l'entendre qu'il méritait une médaille.

« Qu'est-ce que vous voulez ?

— Je ne cherche pas à vous créer des problèmes.

— Vous l'avez déjà dit. Comment avez-vous eu mon numéro ?

— Nous avons nos sources. Lesquelles semblent en l'occurrence avoir fourni de l'information précise.

— Que voulez-vous dire ?
— Le numéro de téléphone, c'était le bon. »
Abby ne dit rien.
« Et la police vous recherche.
— Comment le savez-vous ?
— Ce sont les flics eux-mêmes qui me l'ont dit.
— Vous leur avez parlé ?
— Détendez-vous. Je ne leur ai rien dit. Ils ne savent même pas qui a téléphoné. Je protège ma source. » Il amadouait Abby afin de se la concilier. Il subodorait son côté franc-tireur. Cette avocate savait des choses. Si un scandale couvait, c'était probablement avec un client ou avec une relation d'affaires de ce client.

« Nous voyons assez bien ce qui se passe. Vous devriez, dans votre intérêt, faire en sorte de nous donner votre version des faits avant que nous allions sous presse. » Thompson y allait à l'esbroufe tout en espérant qu'Abby s'affolerait et se mettrait à parler.

Pour le moment, elle avait peur. Elle était aussi assez maligne pour savoir que l'on commet des erreurs lorsqu'on a peur. L'une d'elles est de trop parler.

« Certaines de nos sources. » Voilà qu'elles se multiplient, pensa Abby. « Certaines de nos sources nous rapportent que vous êtes engagée dans de bien étranges négociations autour d'un livre à succès.
— Je ne sais pas de quoi vous parlez.
— Pourquoi ne pas nous dire ce qui se passe ? Nous ne vous croyons mêlée à aucune affaire criminelle.
— Je suis heureuse de l'apprendre, dit Abby.
— Qui était Theresa Jenrico et pourquoi l'a-t-on tuée ? »

Abby se taisait, effarée. Elle se demanda l'espace d'une seconde si elle ne devrait pas tout simplement raccrocher. Mais Thompson avait déjà parlé à la police une fois. Et s'il se mettait en colère et rappelait les flics pour leur donner une information anonyme ? Ils l'épingleraient au contrôle de l'Immigration lorsqu'elle essaierait de traverser l'aéroport.

« C'était une amie, dit Abby. Et je ne sais pas qui l'a tuée ni pourquoi. Je le regrette.

— Pourquoi la police veut-elle vous entendre à ce sujet ?

— Je ne sais pas.

— Pourquoi n'allez-vous pas tout leur raconter si vous n'y êtes pour rien ?

— Parce que ça ne me convient pas pour le moment.

— J'ai appris que sa mort n'était pas sans rapport avec le livre », dit Thompson. Ce n'était qu'une supposition mais pas si risquée que cela. La voix au téléphone avait associé le meurtre au livre.

« Dans ce cas, c'est qu'on vous informe mal.

— Alors, ce livre, il existe ? » Thompson était roué.

« Pourquoi ne le demandez-vous pas à vos sources ?

— Pourquoi vous êtes-vous enfuie de Seattle ?

— Ça me donnait la chair de poule d'habiter la maison où ma meilleure amie avait été tuée.

— Et c'est la seule raison ? »

Abby songea à répondre par un mensonge mais se dit que cela n'en valait pas la peine. « Cette conversation touche à sa fin, dit-elle. J'ai du travail.

— Quelle sorte de travail ? Qu'est-ce que vous faites là-bas ?

— J'ai été ravie de converser avec vous, dit Abby.

— Puis-je vous rappeler ? A un moment plus favorable ? » On eût dit un courtisan, quelqu'un décidé à obtenir quelque chose à tout prix. Abby espéra que c'était de l'information. Peut-être ne savait-il rien. Ce n'était peut-être que du bluff.

Mais Abby ne voulait pas miser là-dessus. « Je n'ai rien à vous dire. Mais si vous voulez téléphoner, je ne peux pas vous en empêcher. » Elle lui laissait une lueur d'espoir. Ça lui permettrait à tout le moins de gagner du temps.

« S'agit-il de quelque chose qui est protégé par la confidentialité avocat-client ? », demanda Thompson.

Abby imagina une sonnerie mentale : *Faux.* « Je ne peux pas en discuter. » Elle le laissa tirer ses propres conclusions. Tant mieux pour elle s'il en tirait de mauvaises.

« A quel moment devrai-je appeler de préférence ? demanda-t-il.

— En début d'après-midi. Avant deux heures. » C'est-à-dire à l'heure de sa promenade sur la plage. Elle trouverait son message sur son répondeur. De cette manière, Thompson ne la prendrait pas au dépourvu. Au moins, la prochaine fois, elle serait prévenue. « Mais je vous répète qu'il n'y a rien à dire.

— La police est d'un autre avis », dit Thompson.

Abby n'aurait su dire s'il essayait de lui extorquer de l'information ou s'il voulait juste la tenir sur le qui-vive pour qu'elle finisse par lui dire ce qu'il voulait savoir.

« Quelqu'un est en train de vous créer beaucoup d'ennuis. » Il emprunta une intonation menaçante alors qu'il ne savait rien en réalité.

« Il faut que j'y aille. » Elle raccrocha sans ajouter un mot.

A l'autre bout de la ligne, Thompson écouta la tonalité morte qui siffla dans le téléphone avant qu'il ne raccroche. Il joua avec plusieurs copies de coupures de journaux disposées devant lui sur son bureau, les déplaçant pour voir comment elles s'emboîtaient. Il se les était fait livrer par un service spécialisé le matin même. L'une d'elles exhibait une photo sur laquelle on voyait sur six colonnes un grand sac fermé par une fermeture Éclair sur une barge, le sac qui contenait le corps de Joey Jenrico.

# CHAPITRE TRENTE ET UN

Le centre de Christiansted est traversé par deux artères principales : King Street vers l'est, Company Street vers l'ouest. Le long de ces rues, se dressent la Maison du Gouvernement et une quantité innombrable de bâtiments coloniaux, la plupart d'inspiration architecturale hollandaise. Lorsqu'il y a des bateaux de touristes en rade, les rues grouillent de chalands à la recherche d'une bonne affaire dans les domaines du vêtement, de la bijouterie, des alcools, et même des cigares cubains en vente au marché noir.

Abby remarqua qu'il y avait peu de panneaux de signalisation et qu'il ne restait quasiment plus de feux de croisement dans la ville. Ils avaient été renversés par un ouragan l'année précédente et on ne les avait pas encore remplacés.

Quelques jours auparavant, elle avait essayé de prendre en photo les dégâts causés à la Maison du Gouvernement, dont la plupart des vitres avaient éclaté, mais un gardien l'avait chassée. On conspirait presque pour cacher au monde extérieur que le téléphone ne marchait pas si bien que ça et que les conditions d'accueil dans certains endroits laissaient largement à désirer. Dans les hôtels, si on vous téléphonait des États-Unis, on ne vous le disait pas. Le tourisme était trop important pour l'économie de l'île.

En longeant la vieille maison à pignon étagé en direction du King's Wharf, le quai Royal, elle entendit gronder les moteurs jumeaux du Seaborne Vista Liner. Il manœuvrait dans le port aux eaux agitées vers son poste d'amarrage sur les quais. L'hydravion, qui transportait dix-neuf passagers, assurait la liaison entre Saint-Thomas et certaines des autres îles. Morgan, qui avait réussi ce matin-là à trouver un avion pour Charlotte Amalie, la capitale de Saint-Thomas, arrivait au terme de la dernière étape du voyage qu'il avait entrepris pour s'entretenir avec Abby.

Elle le vit descendre de l'hydravion, son éternelle serviette à la main. Celle-ci était pour lui une sorte d'appendice supplémentaire, comme sa poche pour le kangourou. Il retenait de l'autre main sur sa tête son chapeau à larges bords qui claquait dans le brassement d'air des hélices de l'avion.

Elle lui sourit et lui fit un geste de la main. Abby lui avait depuis longtemps pardonné le sans-gêne avec lequel il avait dépensé son argent en petites voitures de sport. La sienne s'était avérée utile, ne serait-ce que parce qu'elle occupait Charlie.

« Comment s'est passé le voyage ? » Elle cria pour couvrir le vrombissement des moteurs lorsque l'avion fit marche arrière, s'apprêtant à repartir avec un autre chargement de passagers.

Les cheveux d'Abby, qui lui tombaient sur les épaules, avaient été décolorés par le soleil et flottaient dans le vent quand Morgan la regarda et lui donna un bécot sur la joue. Il portait un costume de lin blanc, un vêtement confortable sous les tropiques et qu'elle n'eût pas cru qu'il possédait dans sa garde-robe. Elle se demanda s'il l'avait acheté pour l'occasion. « Il ne te manque plus que le fouet et le pistolet, lui dit-elle.

— J'aurais pu m'en servir avec Cutler. Il ne voulait pas que je vienne. Je lui ai dit que j'avais rendez-vous avec un armateur de mes clients à San Juan.

— Il a gobé ça?

— C'est vrai. Mais enfin, écoute, un avocat qui est incapable de trouver en quinze minutes un bon prétexte de déplacement professionnel dans le monde devrait changer de métier. » Morgan lui sourit.

« D'ailleurs, le dossier de ce type traîne sur mon bureau depuis deux ans. Il est plus que temps que je voie ça. J'aurais naturellement pu tout faire par la poste. Je l'ai appelé, nous avons pris rendez-vous pour la semaine prochaine. Nous réglerons une ou deux choses puis nous irons prendre un verre dans un bar et j'enverrai la note à Cutler. »

Abby se mit à rire puis l'entraîna loin du bruit et de la cohue en direction de Company Street, au-delà de la petite église blanche en bois et au clocher pointu. Ils poursuivirent leur conversation en marchant à pas lents sur le trottoir couvert.

« Alors qu'est-ce qu'il sait exactement? » Morgan avait l'air fatigué et les traits tirés après une journée entière passée en avion. Il parlait de Charlie, qui était parti batifoler quelque part dans l'île à bord de la voiture d'Abby.

« Il parle de rester ici, dit Abby. Ça me suffit amplement. Et il en sait assez pour créer des ennuis s'il le décide. » Mais pour Abby, il y avait plus inquiétant que Charlie.

Plus haut, dans la rue transversale, après la vieille pharmacie, se trouvait le restaurant Indies, l'un des meilleurs de Christiansted pour la table et la cave. On y servait une cuisine exotique aux accords d'une musique qui devait son tempo à l'Afrique occidentale et ses paroles à l'Amérique latine, le tout relevé de la rythmique brûlante des tambours métalliques. C'était un bon endroit pour parler parce que l'on ne pouvait vous entendre et parce qu'on ne risquait pas d'y rencontrer Charlie.

On pénétrait par une grille en fer forgé dans une cour

intérieure en brique où étaient suspendues des lanternes de calèche et au fond de laquelle, derrière une voûte en pierre, on accédait à la cuisine. La cour, qui appartenait à un ancien relais du dix-huitième siècle, était couverte sur son pourtour de toits translucides sous lesquels des tables et des chaises étaient disposées le long d'un mur.

Le maître d'hôtel les conduisit à l'une des tables et un garçon prit leurs commandes de boisson, un mai-tai pour Abby et une Pilsner servie dans un grand verre givré pour Morgan.

Il y avait beaucoup de touristes, dont de très jolies filles assises sur les tabourets du bar, si bien que Morgan avait du mal à garder les yeux et l'attention tournés vers les affaires sérieuses.

« Si tu veux savoir, Jack t'a trouvé un endroit fabuleux. » Il paraissait approuver le choix de Sainte-Croix. « Mais il fait affreusement chaud.

— Tu as le sang trop épais », dit Abby. Elle frappa son verre contre le sien. « Ote ta cravate et bois un peu de ça. Ça l'allégera. »

Morgan était un *fan* du Nord-Ouest. Il était habitué à la pluie froide. Ce qui n'empêchait pas les corps sur les tabourets d'être décidément une attraction, cela faisait sourire Abby de le voir leur couler des regards furtifs. Morgan semblait vivre une vie plutôt austère. Abby avait décidé, malgré ses soucis, de lui faire passer un bon moment durant la durée de son séjour.

« Avant que j'oublie, dit-elle. Quelqu'un a téléphoné pour toi l'autre jour. Il a laissé un message. » Elle prit dans son sac le bout de papier sur lequel elle avait noté le nom du bateau, le *Cuesta Verde,* à San Juan. « Il ne s'est pas nommé. Il a dit que tu comprendrais. »

Morgan lut le message et se mit à rire. « Cummings. On croirait qu'il travaille toujours pour le FBI. C'est un enquêteur. Il ne veut jamais laisser de nom. Il ne dit que ce qu'il y a à savoir. Il aime être mystérieux.

— Il réussit », fit Abby.

Morgan mit le message dans sa poche.

« Alors parle-moi de Jermaine. Où en est-il ?

— Jack est encore à New York. Il revient dans deux ou trois jours.

— Bien. Alors on pourra parler. Il vit dans la maison avec toi ? » Il lui lança un regard aigu tout en buvant une gorgée comme pour couvrir la question.

Cela ne plut pas à Abby mais elle répondit. « Il a une chambre au Buccaneer. C'est une station balnéaire au bas de la route.

— Il reste là ?

— C'est ce que j'ai dit. »

Morgan regarda monter les bulles dans son verre avant de reprendre. « Ce n'est pas l'homme qu'il te faut. Tu le sais.

— Comment se fait-il que tout le monde sache ce qu'il me faut et ce qu'il ne me faut pas alors que je ne le sais même pas moi-même ?

— Il y a quelque chose qui cloche chez lui, dit Morgan. Appelle ça une intuition.

— Ouais. Il dit la même chose de toi.

— Qu'est-ce qu'il dit ?

— Il dit que tu es un pisse-vinaigre coincé. Et si tu continues à poser des questions comme celle-là, je ne serai pas loin de penser comme lui. »

Morgan sourit. « D'accord. Mais il est nuisible. » Il leva la main avant qu'elle ne puisse réagir pour signifier qu'il n'y avait rien à ajouter.

« Écoute-moi. Tu t'enfonces de plus en plus dans les ennuis ici, reprit-il.

— Je vais te dire, moi, en quoi consistent les ennuis. Ils viennent de ce que je suis à tout moment distraite. Il y a deux jours encore, je volais littéralement sur le manuscrit de la suite du roman. Thompson a alors appelé et je n'ai pas écrit un mot depuis. Il m'a refilé un cas terminal d'angoisse devant la page blanche. On croirait que ce type n'a rien de mieux à faire dans la vie que de me traquer. On dirait le Watergate. Ce que je n'arrive pas à comprendre, c'est qu'il m'ait retrouvée. Qu'est-ce qu'on fait pour lui ?

— Il y a un problème, dit Morgan.

— Dis-moi.

— Non. Je veux dire plus grave que tu ne penses. » Morgan cherchait un moyen de lui apprendre la chose de manière qu'elle le croie.

Abby le regardait de l'autre côté de la table.

« Je crois savoir de quelle façon il t'a retrouvée.

— Comment ?

— Écoute, je sais ce que tu penses. Que je suis jaloux. Vindicatif, tout ce que tu voudras. Mais je crois que c'est Jack qui le lui a dit.

— Fiche-lui la paix », dit Abby. Elle porta la main à sa chevelure sur laquelle elle tira tout en secouant la tête. Leurs chamailleries perpétuelles commençaient à l'indisposer. S'ils ne cessaient pas, Abby était tout à fait capable de disparaître à un endroit où ils ne la trouveraient pas, ni l'un ni l'autre, tant qu'elle n'aurait pas terminé le livre.

« Réfléchis, dit Morgan. Qui d'autre savait où te trouver ? Qui avait ton numéro de téléphone ? Je veux dire : à part toi et moi.

— Charlie l'a lui aussi. »

Morgan fit une grimace de dénégation. « Pourquoi aurait-il téléphoné à ce journaliste ? Il ne connaît même pas son nom. Comment l'aurait-il trouvé ? »

Morgan avait raison. Charlie ignorait que Thompson pourchassait Abby pour un reportage. Jack, lui, le savait.

« Admets-le, dit Morgan. Il t'influence. Il se joue de toi comme d'un piano et cela donne un air qui n'a rien de rassurant.

— Arrête. » Abby ne voulait pas entendre la suite. « J'ai l'impression d'être en train de devenir un morceau de viande autour duquel deux chiens se battent. »

Elle se détourna sur sa chaise de manière à ne plus le regarder et but une gorgée au verre qu'elle tenait à présent à la main. Des gouttes glacées tombaient du fond du verre sur ses genoux très hâlés. Ils faisaient un joli contraste avec le short blanc serré qu'elle portait.

« Je regrette que tu prennes les choses de cette manière, reprit Morgan. Mais il faut que quelqu'un te le dise. Je crois que tu es en danger. »

Jetant un œil sur lui par-dessus son épaule, Abby vit que Morgan avait un air sérieux dont elle ne pouvait faire fi.

« Réfléchis, dit-il. Pense à ta conversation avec Thompson et à ce qu'il t'a dit lorsqu'il t'a appelée.

— Que veux-tu dire ?

— A-t-il dit quelque chose comme quoi Jack ou Gable Cooper ne serait pas l'auteur du livre ? »

Abby réfléchit quelques instants. « Il n'avait pas l'air de connaître le titre du livre ni le nom de son auteur.

— Justement. Parce que ça desservirait Jack de lui donner cette information. Quelles questions a-t-il posées ?

— Il a parlé des meurtres, ceux de Theresa et de Joey. Il a fait un rapprochement avec le livre. Et il sait que la police me recherche.

— Quelqu'un lui aura donné cette information tout en laissant entendre qu'il se pouvait que tu sois impliquée. » Morgan tapa fortement deux doigts sur la table pour bien souligner la chose. « C'est exactement ce que quelqu'un qui voudrait te discréditer aimerait voir imprimé. Or réfléchis, qui peut avoir un mobile pour te discréditer ? Qui y gagnerait si on t'associait à un scandale quelconque au moment même où tu t'apprêterais à rendre public le fait que tu es l'auteur du livre ?

— Qu'est-ce que tu dis ?

— J'essaie de regarder les choses en face. Ouvre les yeux.

— Essaies-tu de me dire que c'est Jack qui a tué

Theresa ? » Abby avait à présent repris sa position initiale face à la table et elle regardait Morgan droit dans les yeux.

Le silence de Morgan tint lieu de réponse.

« Je ne crois pas. Non. Il ne ferait pas ça. »

Elle se tut quelques instants. Morgan laissa le silence éroder ses convictions.

« Qu'aurait-il gagné à la mort de Theresa ? », demanda Abby. Ils revenaient à la logique, sur le terrain de Morgan.

« Theresa était au courant pour le livre, dit-il. Elle savait que tu en étais l'auteur. Elle aurait représenté une menace pour lui si jamais il tentait un coup sur le livre. Tu ne vois pas ça ?

— Et Joey ?

— Il avait essayé de te baiser pour les droits d'adaptation, tu te souviens ? Il avait mis les pieds dans le plat. Et ça aussi, Jack le savait. Tu te rappelles ? Il était saoul mais il ne perdait pas le nord à New York avec Carla. Cette histoire à dormir debout au sujet d'un ami drogué qui se faisait passer pour Gable Cooper. »

Abby resta quelques instants songeuse. « Non. Je ne peux pas accepter ça. Il ne tuerait pas deux personnes. Pas pour un truc comme ça.

— Quoi, pour plus de sept millions de dollars en à-valoir et en royalties ? Il y en a dans ma famille qui me tueraient pour ça. Et ils m'aiment bien.

— Alors que dis-tu ? Qu'il va me voler le livre ?

— Nous le lui offrons bien emballé sur un plateau.

— Mais tu le tiens de tous côtés, dit Abby. Les contrats et les copyrights signés. »

Elle le regarda mais il resta silencieux.

« Alors, tu le tiens oui ou non ?

— Oui, nous avons les contrats. Nous avons un copyright. Mais la publicité obéit à une autre logique. Je n'ai jamais rien vu de pareil. C'est énorme. Le visage de Jack est omniprésent sur les ondes. Toutes les vingt minutes je vois des pubs à la télé. Tu es allée là-bas. Je ne crois pas que tu mesures...

— C'était le plan, dit Abby.

— Oui, mais tu ne comprends pas. Jack et le livre sont devenus une seule et même chose. Je ne sais comment t'expliquer. » Morgan se mit à parler avec les mains, à court de vocabulaire pour une fois. « La célébrité a sa propre logique. Une fois qu'elle est là, c'est comme le génie de la bouteille. L'atome de la bombe. Comment la canaliser ? Comment la contrôler à tes propres fins ? »

Abby l'écoutait. Il lui fallait bien s'avouer à contre-cœur qu'il avait raison.

« Ça lui donnera barre sur nous. L'éditeur sera sacrement bien placé pour crier à l'imposture si ça ne lui plaît pas lorsque tu diras la vérité, surtout si la police est en train de t'interroger dans une affaire de meurtre à ce moment-là... Enfin, ça donne à Jack un avantage supplémentaire, non ?

— Mais j'ai un alibi. J'étais à bord d'un avion.

— Dis-le aux flics. Jack s'en fiche. Et puis, il est connu que l'on peut payer quelqu'un pour tuer à sa place.

— Mais pourquoi ? Pourquoi aurais-je tué Theresa ? C'était mon amie.

— Il n'est pas rare que des amis s'entre-tuent. Ce n'est pas cela qui ébranlera la police. Nous avons commis une bourde tactique. Nous n'aurions jamais dû le laisser t'emmener ici. Ça donnait l'impression d'une fuite. La preuve d'une conscience coupable.

— Il fallait que je m'éloigne, tu le sais. J'aurais eu la police sur le dos, elle m'aurait interrogée sur le livre. »

Abby savait cependant qu'il avait raison. Le succès de son roman passait ses rêves les plus fous. Elle avait sous-estimé le tapage autour du livre et l'engouement instantané du public pour Jack. Elle avait allumé un petit feu pour chauffer sa carrière et voilà qu'il menaçait de la consumer vive.

Ils n'auraient aucun contrôle sur la panique qui se produirait lorsque Abby sortirait de l'ombre. Quand elle rendrait publique la vérité au sujet du livre. La gloire se transmet-elle comme au jeu de chat perché ? Et si la panique virait au scandale ? Ils n'avaient ni l'un ni l'autre de réponse à ces questions.

Morgan prit une autre gorgée de bière avant de reprendre la parole.

« J'ai ici quelque chose qui te fera peut-être changer d'avis. Je n'ai pas voulu t'en parler au téléphone. Jack n'est pas l'innocent que tu crois.

— Je n'ai jamais dit qu'il était innocent. » Elle aurait pu dire que les innocents ne se baladent pas armés mais à quoi bon jeter de l'huile sur le feu de Morgan ?

« Je voulais dire au sens littéraire, dit Morgan. Il a déjà écrit un livre.

— Je sais. Il a une malle pleine de manuscrits non publiés. Il me les a montrés.

— Est-ce qu'il t'a montré ça ? » Morgan fouilla dans sa serviette et en tira le livre acheté à la boutique d'ouvrages d'occasion. Il le poussa vers Abby.

Elle était à présent d'un silence de marbre. Elle lut le nom de l'auteur au dos du livre, Kellen Raid, le nom même que Jack avait utilisé sur le faux passeport qu'elle avait découvert chez lui.

Elle adressa à Morgan un regard incrédule, comme si elle n'arrivait pas à le croire.

« Comment sais-tu qu'il est de lui ?

— Regarde la dédicace. »

Elle ouvrit le livre et lut. Sa lecture terminée, un air de pure douleur se peignit sur son visage lorsqu'elle comprit qu'elle avait été trahie.

« Pourquoi ? Pourquoi ne m'en a-t-il pas parlé ?

— S'il t'en avait parlé, te serais-tu servie de lui ?

— Je ne sais pas. » C'était pour le moment la seule réponse honnête qu'elle pouvait donner. Le fait que Jack eût déjà été publié n'aurait pu qu'apporter des ennuis. Si Bertoli l'avait su, il n'aurait jamais consenti un pareil budget de lancement pour le livre. Dans le monde de l'édition, avec ses règles idiotes, l'affaire aurait fait long feu s'il n'avait pu présenter Jack, sa grande trouvaille, comme un auteur vierge.

« C'est pour ça qu'il ne nous en a rien dit, continua Morgan. Et il y a pire encore. » Il se replongea dans sa serviette d'où il tira un instant plus tard quelques pages pliées. Il les lui tendit.

« Lis et pleure », lui dit-il.

Abby n'en avait pas très envie. Tout partait en morceaux.

« Je me suis arrêté en Caroline du Sud en venant. » Morgan parlait sans la regarder, la tête penchée vers la table comme si les muses s'adressaient à lui à travers son verre de bière.

« Je suis allé à Beaufort. Je me suis dit qu'avec un peu de chance ce serait une petite ville qui possède un journal. J'ai pensé que la publication d'un roman à succès par un de ses habitants avait dû faire du bruit dans la petite communauté. Je ne m'étais pas trompé. J'ai trouvé ça dans les dossiers du journal local. Elle a été prise il y a presque neuf ans. Jack était beaucoup plus jeune. » Il lui indiqua la photo qui figurait sur la première page pliée. C'était une photocopie mais assez claire cependant pour qu'Abby reconnaisse Jack assis tout souriant à un bureau où il tenait à la main un exemplaire de son livre. Son nom et le titre du livre figuraient en légende au bas de la photo.

« Son éditeur avait apparemment beaucoup retravaillé son livre. Il l'avait nettoyé, dit Morgan. Mais ils avaient mal choisi leur moment. C'était un thriller militaire et il est sorti un an avant que les thrillers militaires fassent un carton. Dans l'article, il est question d'histoires militaires qui n'ont aucun avenir. Et malgré tout, ajouta Morgan, il a figuré sur la liste régionale des best-sellers à Atlanta. L'affaire a fait les manchettes. »

Abby avait l'impression de recevoir une douche froide. Elle prit les photocopies et les lut tandis que le timbre aigu des tambours métalliques et le murmure des voix humaines se mêlaient dans la cour ouverte.

L'article décrivait un jeune écrivain obsédé par la liste des best-sellers. Lorsque son livre avait figuré dans la liste régionale, Jack avait pris une hypothèque sur sa maison et dépensé toutes ses économies à essayer de pousser le livre sur les listes nationales. Il avait acheté de l'espace publicitaire dans des journaux de tout le pays et fait une tournée promotionnelle. Il avait même essayé de vendre son livre depuis le coffre de sa voiture. Mais il avait échoué. C'était un testament légué à la logique de la distribution et du marketing. Privé du soutien d'un gros éditeur et du réseau de contacts de celui-ci, il avait gaspillé son argent et gâché son rêve.

Lorsqu'elle eut tout lu, elle posa les pages sur la table et regarda dans le vide, à travers Morgan, comme s'il n'existait pas. Elle était en état de choc, nauséeuse. Elle ne savait trop si elle devait être en colère ou pleurer. Elle ne parvenait pas à croire que Jack ne lui ait rien dit. Ils avaient parlé de ses manuscrits. Il voulait qu'elle l'aide à les faire publier. Huit en tout, plus un autre auquel il avait fait allusion mais dont il avait refusé de discuter. Elle savait à présent pourquoi.

« Comment a-t-il pu ? » Abby pensait être amoureuse de lui. Elle lui avait fait confiance, elle lui avait confié des choses qu'elle n'avait jamais racontées à personne, pas même à Morgan. Elle se sentait totalement trahie.

« Écoute-moi. » Morgan essaya de la ramener dans la conversation. « Nous pouvons nous entendre avec Charlie. Nous pouvons même traiter aussi avec le reporter. Tu peux déménager de nouveau s'il le faut. Trouve un autre endroit. Il y a un million d'îles. Nous pouvons encore le semer. Pour l'instant, le problème numéro un c'est Jermaine. »

La première réaction d'Abby fut de téléphoner à New York pour l'engueuler. Morgan le lui déconseilla.

« Nous savons qu'il nous a menti, dit-il. Nous ne savons pas ce qu'il a pu faire d'autre ou ce qu'il projette de faire, mais nous avons cependant prise sur lui.

— Quoi ?

— Tu ne lui as pas montré l'esquisse de la suite du roman ? »

Elle fit non de la tête.

« Ni rien du manuscrit ?

— Non.

— Petite maligne. D'après tout ce que nous savons, ce type est en guerre avec le clavier. Il ne sait pas écrire et il le sait. C'est notre atout.

— Il pourrait trouver un nègre, dit Abby.

— Pas s'il ne connaît pas le sujet du roman. » Ils étaient tous deux convaincus que Jack ne viendrait jamais à bout d'une intrigue qui s'enchaînerait bien avec le premier roman. Rien qui pût satisfaire Carla et Bertoli. Pour le moment, ils tenaient encore la bride à Jack.

Mais Abby était préoccupée par autre chose. « Crois-tu vraiment qu'il ait tué Theresa ? »

Morgan la regarda sans répondre. Ses yeux parlaient d'eux-mêmes.

« Ne lui dis rien. Laisse-le dans le noir. Ne parle pas de ça. » Morgan tapota la couverture du livre sur la table. « Du moins tant que nous n'aurons pas trouvé un moyen de nous défaire de lui. De contrôler la situation.

— Comment ?

— Je ne sais pas. Donne-moi un peu de temps et je finirai bien par trouver quelque chose. Je songe à quitter le cabinet. Nous pourrions partir ensemble. Loin de tout ça. De Jermaine. De ces petits jeux. Vivre pour de vrai. Peut-être en Europe. Toi et moi. »

Abby fut stupéfaite. Elle savait depuis des années qu'il était attiré par elle mais elle n'avait jamais cru qu'il en viendrait vraiment à le lui déclarer.

« Partons.

— Je ne peux pas.

— Pourquoi ?

— Que suggères-tu ? demanda Abby.

— Je ne suggère rien. » Il se tut, resta un long moment à la regarder, puis lâcha le morceau. « Je suis en train de te demander en mariage. »

Abby n'articula pas un mot. Sa réponse tenait toute dans le regard qu'elle n'eut pas pour lui. Elle détourna les yeux pour éviter les siens tout en cherchant une manière aimable de formuler la chose. L'homme qu'elle aimait l'avait trahie. L'homme qui l'aimait était un ami. Amis et amants sont aussi différents que le jour et la nuit.

« Je sais que tu n'as pas fait un mariage heureux, dit Morgan.

— Ce n'est pas ça.

— Quoi alors ?

— Je tiens à notre amitié. J'aime ta compagnie, dit Abby.

— Mais ?

— Mais il faut qu'il y ait quelque chose de plus.

— Ce serait possible si tu le voulais.

— Nous nous connaissons depuis longtemps.

— Mais pas de la manière dont je l'entends. » Il plaidait sa cause, ce qui ne faisait que compliquer les choses.

« Je ne peux pas t'épouser, Morgan.

— Pourquoi ?

— Parce que je ne t'aime pas. » Elle l'avait finalement dit.

Morgan lui adressa depuis l'autre côté de la table un regard douloureux. Elle en eut même les larmes aux yeux et détourna finalement la tête. Il ne disait rien.

Abby se tourna enfin vers lui et tendit le bras pour lui toucher la main. « Amis ? », demanda-t-elle.

On eût cru l'espace d'un instant qu'il allait retirer sa main. Puis il la lui laissa, leva les yeux et dit : « Amis. »

## CHAPITRE TRENTE-DEUX

La piste de danse débordait de couples se mouvant au rythme des tambours métalliques lorsque Abby, Jack et Morgan arrivèrent au bar en terrasse du Buccaneer pour le dîner.

Jack avait pris l'avion quelques heures plus tôt que prévu, s'attendant à les trouver en train de fêter le livre. Au lieu de cela, Abby était froide et distante. Morgan s'était installé dans la chambre d'ami de la maison en compagnie d'Abby. Les affaires de Jack étaient de nouveau dans sa chambre du Buccaneer.

Jack lui avait soufflé à l'oreille qu'il voulait la voir seul à seule. Elle lui avait rétorqué qu'il pouvait parler sans crainte devant Morgan. Elle l'avait dit à voix assez haute pour être entendue de l'intéressé. A cet instant, Jack comprit qu'il était arrivé quelque chose. Il avait des ennuis.

Il alla au comptoir du bar commander les boissons et attendit que le barman les prépare. Peut-être qu'un peu d'alcool détendrait l'atmosphère et délierait les langues.

A la table, Morgan incitait Abby à tenir la sienne. « Lorsqu'il reviendra, laisse-moi faire la conversation. Mais surtout, pas un mot sur son livre. »

Elle acquiesça. Pour une femme auteur d'un roman arrivé au sommet de la liste des best-sellers et qui avait un public qui se comptait en millions, Abby avait remarquablement peu d'entrain. Rien de tout cela ne semblait avoir d'importance tout à coup. Une seule question occupait son esprit : Jack avait-il quelque chose à voir avec le meurtre de Theresa Jenrico ?

Elle essayait encore de se convaincre que c'était impossible. Elle ne voulait pas croire qu'elle s'était fourvoyée à ce point, avoir pu s'enticher d'un homme capable de faire une chose pareille. Mais cela ne l'empêchait pas de se poser des questions du genre de celles auxquelles ont à répondre les avocats lorsqu'ils se méfient d'un client, des questions portant surtout sur ses mobiles et les circonstances dans lesquelles il a pu agir.

Abby essaya de se rappeler à quel endroit se trouvait Jack lorsque Theresa avait été tuée. Elle tenta de rétablir la chronologie des événements. Il avait quitté New York avant elle. Il lui avait dit avoir des affaires à régler à Coffin Point. Mais Jack avait débarqué à Seattle, sans s'annoncer. L'esprit d'Abby gambergeait ferme, torturé par l'incertitude.

Elle observa Jack, appuyé contre l'une des têtes d'éléphants en bronze qui décoraient la rampe du bar, attendant que le barman le serve.

Une jeune femme aux longs cheveux noirs et bien roulée, évoluant au gré de la musique, dansait un boogie au bord de la piste de danse. Elle adressa un regard appuyé à Jack. Elle sembla se dévêtir sous ses yeux tout en se déhanchant en rythme. Jack lui offrit en retour un de ses sourires énigmatiques, Sean Connery en James Bond. La fille affichait la moue d'arrogance érotique qui semble le propre des jeunes et jolies femmes.

Jack leva son verre à sa santé en se dirigeant vers leur table avec deux verres. Abby s'abstenait d'alcool. Morgan avait commandé un scotch soda.

La douce brise des alizés soufflait dans la salle à manger ouverte sous un plafond en arceaux dont les ventilateurs ressemblaient à des oiseaux blessés. Certains, victimes du dernier ouragan, avaient perdu des pales. Une forte odeur de rhum Cruzan emplissait les lieux au milieu des accords musicaux.

Jack lui prit la main d'autorité et, sans avoir le temps de comprendre ce qui lui arrivait, elle se retrouva dans ses bras sur la piste de danse. Ils étaient joue contre joue. Elle était raide et mal à l'aise.

Jack lui avait menti. Il ne lui avait jamais parlé du livre qu'il avait publié. Il ne lui restait plus maintenant qu'à se demander ce qu'il avait pu faire d'autre encore, qu'à s'interroger sur la mort de Jenrico. Était-ce lui qui l'avait tué ? Le chanteur torturait les paroles, « *bang, bang, en train de frapper à la porte du diable* ». Les paroles de la chanson résonnaient à son oreille et elle se demandait si elle n'avait pas conclu un pacte avec une sorte de diable bien à elle.

« Pourquoi n'envoies-tu pas tout balader pour ce soir et ne prends-tu pas un verre avec nous ? », demanda Jack. Lorsque la musique se tut, il fit courir sur le bras d'Abby une main qu'il posa sur son épaule dans un geste d'intimité. Elle se figea.

« J'ai un livre à écrire, tu te souviens ? » Elle se força à sourire et reprit sa place à table.

Jack tira une chaise. « Où est Charlie ce soir ? » Sa question s'adressait à Abby mais c'est Morgan qui répondit.

« Nous l'ignorons.

— Il ajoute du kilométrage à ma voiture et à son corps, dit Abby.

— Dans un clandé quelque part, dit Morgan. Il attrapera peut-être la chaude-pisse.

— Ce ne sera que juste rétribution poétique », dit Abby. Charlie n'avait pas ramené la voiture depuis trois jours. La dernière fois qu'Abby l'avait prise, il y avait des slips de femme dans la boîte à gants.

« Bon, je déteste jouer les rabat-joie, dit Jack. Mais,

en supposant qu'il ne tombe pas au bas d'une falaise ou qu'il ne contracte pas de maladie vénérienne, est-ce que quelqu'un a songé à une manière de traiter avec lui ?

— Nous y avons songé, dit Morgan.

— Mais enfin, est-ce qu'on va enfin se décider à me dire quelque chose ?

— Nous lui allouons une prime d'encouragement à coopérer, dit Morgan.

— Est-ce que c'est du jargon avocassier pour dire que vous l'achetez ?

— Si vous voulez. »

Jack haussa un sourcil et regarda Abby. « A ta guise, lui dit-il, mais je pense que tu commets une grave erreur.

— Nous en avons déjà discuté, dit Morgan. Nous avons pris la décision et c'est fait. »

Morgan mettait les points sur les « i » d'une manière qui pouvait difficilement échapper à Jack, même s'il n'était de retour dans l'île que depuis deux heures. Morgan Spencer avait pris les opérations en main et il ne semblait pas que Jack pût faire grand-chose pour atteindre Abby.

« Si je comprends bien, vous avez déjà dit à Charlie que vous alliez le payer ?

— Pas encore mais nous avons toutes les raisons de croire qu'il acceptera, dit Spencer.

— Ouais. Il sera insatiable, dit Jack. Combien allez-vous lui proposer ?

— Ça ne vous regarde pas, dit Spencer.

— Charlie sait-il que c'est toi qui as écrit le livre ? » Jack essayait de tirer les vers du nez d'Abby mais Morgan répondit.

« Pas si vous ne le lui avez pas dit.

— Je ne lui ai rien dit.

— Il ne le sait pas, dit Abby. Il croit que nous l'avons écrit ensemble. S'il savait qu'il est de moi, le prix grimperait. Il estime n'avoir aucun droit sur ta part.

— C'est gentil à lui, dit Jack.

— Il n'est pas question de gentillesse là-dedans. Tu le saurais si tu connaissais Charlie.

— Et vous êtes d'accord tous les deux sur tout cela? Le payer pour qu'il se tienne tranquille alors qu'il fait des frasques et ne tient pas sur ses jambes? »

Abby fit de la tête un signe d'acquiescement.

« A force de faire des frasques, il risque de causer de sérieux ennuis, dit Morgan. Si c'était mon argent, je ne paierais pas un centime.

— Ce n'est pas ton argent, dit Abby.

— Tu as raison, dit Jack. Ton argent. Ton erreur.

— Et vous, vous détenez la solution, n'est-ce pas? fit Spencer.

— Morgan, non! Abby voulut l'arrêter.

— Non. Non. Je veux entendre ce qu'il a à dire. Je veux voir comment il s'y prendrait. Dites-moi. Je veux savoir. Que feriez-vous?

— Je lui parlerais.

— Comme ça?

— Ouais. » Jack haussa les épaules. « Comme ça.

— Et que lui diriez-vous? De quelles paroles magiques vous serviriez-vous?

— Je le raisonnerais. »

Morgan sourit puis se mit à rire. « Vous le raisonneriez.

— Ouais. C'est un type très intelligent. Il s'est laissé raisonner à New York.

— Dans votre bouche, le mot raison n'a rien de très ragoûtant, dit Morgan.

— Jack sait être très convaincant, dit Abby. Je l'ai vu convaincre des gens à San Juan. »

Jack la regarda. « On ne t'a plus redemandé d'argent.

— Il y en a un en tout cas qui ne demande plus rien, dit Abby.

— Mais que s'est-il donc passé à San Juan? demanda Morgan.

— Rien, laisse. J'aurais préféré payer. » Abby en avait assez de cette conversation.

« Et qu'allez-vous faire pour l'empêcher de venir vous en redemander ? demanda Jack.

— Il n'en redemandera pas parce que d'ici à ce qu'il ait fini de dépenser ce que nous lui donnons, tout sera terminé, dit Abby.

— Qu'est-ce que tu vas faire ? Lui donner ta carte bancaire ?

— Non. Nous précipitons les événements, dit Abby.

— De quoi parles-tu ? » Jack la regarda.

« Je veux dire que nous n'attendrons pas sa parution en livre de poche pour dire à Bertoli que c'est moi qui ai écrit le livre. »

Jack parut stupéfait. Il s'était attendu à beaucoup de choses, mais pas à ça. « Mais ça marche du tonnerre à New York.

— Charlie modifie la donne, dit Abby. Nous ne pourrons pas le tenir en main à tout jamais.

— Par ailleurs, il y a du nouveau, dit Morgan.

— Quoi ?

— Ne vous inquiétez pas, dit Morgan. Vous aurez votre part. C'est tout ce qu'il faut que vous sachiez.

— Non. Non, j'ai besoin de savoir ce qui se passe. Qu'allez-vous dire à Bertoli ?

— Nous allons attendre que le livre soit depuis un mois sur la liste des best-sellers, dit Abby. A ce moment-là, tout sera bien enclenché. »

Jack secoua la tête d'un air incrédule. « Quand on commence quelque chose, on va jusqu'au bout. » Il s'adressait à Abby. « Ça ne me déplaisait pas de jouer ta comédie. D'aller à New York et de me donner en spectacle pour Alex et Carla. Pendant quelque temps, escroquer la grande entreprise américaine m'a même amusé. Mais ces gens brassent de vraies affaires, et avec de l'argent réel. Ils font des promesses et ils les tiennent. Tu diras ce que tu veux mais ils ont rempli leur contrat. Tu es loin d'en avoir fait autant.

— Ils ont ce qu'ils ont négocié, dit Abby. Ils t'ont.

— Oui, et toi, tu veux foutre en l'air leur campagne promotionnelle sur l'édition cartonnée, dit Jack. Tu veux nous couper à tous l'herbe sous le pied.

— Et alors ? demanda Morgan. Vous vous croyez indispensable à la réussite du livre ?

— Je me suis avancé, dit Jack. C'est ça l'ennui. »

Abby le regarda. « De quoi parles-tu ?

— Tu m'as envoyé là-bas tout seul en me disant d'improviser. C'est ce que j'ai fait. J'ai fait une promesse.

— Quelle sorte de promesse ? », demanda Abby.

Jack hésita un instant avant de parler. « J'ai dit à Bertoli qu'à mes yeux il avait rempli sa part du contrat. Je lui ai dit que nous allions lui remettre l'esquisse afin qu'il puisse voir où en est la suite du roman. Ça me paraissait équitable.

— Tu trouvais ça équitable ? demanda Abby.

— Tu figures dans les cinq premiers sur la liste. Quand est-ce arrivé la dernière fois ?

— Tu n'avais pas le droit. Je te l'avais dit au téléphone...

— Et moi je t'avais dit qu'on en reparlerait à mon retour, dit Jack. Je suis revenu pour découvrir que tu es prête à me jeter à la rue.

— Pas question. » Abby était furieuse. Elle voyait l'esquisse atterrir à Hollywood avant qu'elle n'ait terminé le manuscrit. Morgan avait raison. Jack était en train de tout contrôler à son insu.

Le maître d'hôtel s'approcha. Leur table était prête dans la salle à manger. Abby était en colère, le visage tout rouge.

Jack fut le premier à se lever de table. « Je leur ai donné ma parole.

— Je crois que tu vas devoir lui dire que tu t'es trompé.

— Trompé ? demanda Jack.

— Bien. Dis-leur que tu as menti. Dis-leur ce que tu voudras, je m'en fiche. Ils ne verront pas l'esquisse.

— Bon, j'espère que tu as bien réfléchi. » Jack adressa un regard glacial à Abby et tourna un œil dur sur Morgan.

« Bon appétit. » Sans ajouter un mot, il fit demi-tour et se dirigea dans l'autre direction, vers l'escalier et le sentier qui menaient à sa chambre, en bas, au bord de l'eau.

Quelques tables plus loin dans un coin sombre du bar, un Noir américain en veston sport et cravate sirotait ce qui ressemblait à du bourbon tout en lisant un journal. La boisson était du thé froid et le journal était vieux de trois jours.

Son regard vagabondait sans cesse au-dessus de son journal, pour observer les trois personnes assises à une table dix mètres plus loin. Elles étaient engagées dans une discussion intense dont Logano ne put saisir un mot. La musique était trop forte.

Ce que les gens assis à la table ne pouvaient voir, c'est qu'il y avait une photo sur la table derrière le journal. Une photo d'Abby, légèrement déformée par le système électronique qui l'avait transmise de Seattle au siège de la police de Sainte-Croix.

Il avait fallu quatre jours au sergent Logano pour localiser la femme. L'île n'était pas grande comparée aux normes américaines, à peine de la taille de deux villes moyennes, mais il existait un millier de maisons isolées le long de la mer et dans les collines. Elle pouvait habiter l'une d'elles. Logano trouvait qu'il avait même de la chance de l'avoir repérée.

Si l'on connaissait l'île, on savait qu'il n'y avait que trois ou quatre endroits où aller si l'on recherchait des touristes. Le bar du Buccaneer était l'un d'eux. Le barman avait reconnu Abby sur la photo. Logano avait fait le pied de grue trois nuits consécutives. Ce soir, la chance lui souriait.

Il continua de les épier tout en essuyant la sueur sur son front avec un mouchoir.

Il mit celui-ci dans sa poche et examina les deux hommes qui accompagnaient la femme. L'un d'eux devait être l'avocat. Logano n'eût su dire lequel. L'inspecteur de la Criminelle de Seattle qui leur avait transmis l'information n'avait pas parlé d'un second homme. Mais la police de Seattle avait suivi l'avocat jusqu'à l'aéroport puis, lorsqu'il avait été à bord, avait appris de la préposée de la compagnie aérienne qu'il se dirigeait à Sainte-Croix via la Caroline du Sud. On ignorait ce qu'il était allé faire là-bas.

Logano considérait que c'était une mission délicate qui demandait du doigté. Seattle n'avait pas de mandat d'amener contre la femme mais on y travaillait. Pour l'instant, on voulait seulement lui parler. Logano et ses services de police accomplissaient un acte de courtoisie professionnelle. Son travail à lui consistait à la retrouver et à téléphoner à Seattle.

Logano n'était pas idiot. Il savait que c'était comme si la femme avait déjà les menottes aux poignets et était en route pour les États-Unis. Lorsque les Américains vous mettaient le grappin dessus, ils ne vous lâchaient plus. Ils l'embarqueraient pour une infraction technique quelconque, aux Douanes ou à l'Immigration, mais ils la pinceraient, il en était sûr.

Il abaissa le journal sur la table de manière à dissimuler la photo. Il sentait une protubérance sous son bras droit, le Smith & Wesson .357 Magnum au canon de quatre pouces. Logano était de la vieille école. Il n'était pas question de semi-automatiques pour lui. Il préférait ne pas s'en servir mais s'il devait le faire, il croyait que ce devait être comme pour les éléphants : d'une seule décharge qui les abatte net.

Il sortit une copie du rapport faxé de Seattle de la poche intérieure de son veston et y jeta un coup d'œil tout en les surveillant.

Selon le rapport, on ne la croyait pas armée mais on n'en était pas sûr. On voulait l'interroger au sujet d'un double meurtre. Logano n'avait pas envie de se faire descendre pour accomplir un devoir de courtoisie professionnelle à l'égard de quiconque. Au moment où il posait le rapport sur la table, le maître d'hôtel s'approcha de la table de la femme. Logano n'entendit rien mais il supposa qu'on leur disait que leur table était prête dans la salle à manger. Le maître d'hôtel parut mettre un terme à leur altercation.

L'un des deux hommes, grand et séduisant, se leva. Il échangea quelques mots avec eux puis, faisant demi-tour, s'engagea dans l'escalier menant au parc de stationnement. La femme et l'autre homme se levèrent et se dirigèrent vers la salle à manger.

Logano songea un instant à suivre l'homme dans l'escalier puis se réinstalla sur sa chaise. Il devait pour l'instant s'occuper de la femme qui passait à table avec son compagnon. S'il la perdait, il n'aurait peut-être pas autant de chance la prochaine fois. Il lui fallait découvrir où elle habitait puis téléphoner le renseignement à la police de Seattle. Rien ne pressait. Il pourrait toujours suivre d'autres pistes une fois que l'on aurait mis son domicile sous surveillance.

Le Paradis du Cheeseburger était un restaurant en plein air avec orchestre tous les week-ends et un bar où l'on vous servait tout ce que vous vouliez boire. L'endroit était surtout fréquenté par la jeunesse, et Charlie se sentait particulièrement jeune depuis quelque temps.

Il avisa une tendre petite assise sur un tabouret de comptoir. Elle portait une jupe à mi-cuisse et un pull serré qui découvrait ses tétons. Charlie était porté sur les tétons. Il l'invita à dîner d'un burger et de frites tout en s'envoyant des rasades de Grand Marnier entrecoupées de tequila.

La fille était bavarde, bronzée et animée. Elle vivait sur un petit bateau avec un ami parti faire de la voile dans les îles durant quelques jours et n'avait pas d'endroit où dormir. Charlie n'arrivait pas à croire à sa chance. Elle avait des taches de rousseur et était athlétique. Charlie se dit qu'il pourrait se la faire à la va-vite.

Vers onze heures et demie, il l'emmena jusqu'à sa voiture pour l'impressionner et trouva l'ami de la fille qui les attendait. Ils le roulèrent dans la poussière du parc de stationnement, lui prirent son portefeuille et sa montre et le laissèrent cuver son vin dans les fourrés. Ils n'avaient pas été assez bêtes pour prendre sa voiture. Où aller sur une île à bord d'une voiture volée ?

Il se réveilla dans les mauvaises herbes un peu avant quatre heures du matin en train de regarder un ciel rempli d'étoiles qui semblaient toutes avoir des jumelles. Il se sentait la tête comme un ballon. Il se releva lentement.

Les lumières du Paradis du Cheeseburger étaient éteintes et le parc de stationnement était vide à l'exception de la petite voiture de sport d'Abby. Charlie ne se rappelait plus ce qui s'était passé. Il gardait seulement le vague souvenir de son visage appuyé contre deux seins lorsque les lumières s'étaient éteintes. Il n'avait qu'une image brouillée du visage de la fille.

Il se mit à genoux, trouva ses clés dans sa poche et alla en titubant jusqu'à la voiture. Il s'aperçut qu'il avait du sang sur la main. Il tâta l'arrière de sa tête. Il y rencontra une bosse de la grosseur d'une orange et, en la touchant, ressentit un élancement entre les épaules. Il se demanda avec quoi on l'avait frappé.

Il voulut regarder l'heure à sa montre et se rendit compte pour la première fois qu'elle avait disparu. « Merde. » Il tapota l'arrière de son pantalon et s'aperçut qu'on lui avait pris aussi son portefeuille. « La salope. »

Il espéra ne pas se faire pincer par un flic en rentrant au Buccaneer. Cela lui prit vingt minutes en zigzaguant dans tous les sens sur la route à deux voies. Il avait de la chance qu'il n'y ait pas de circulation.

Même le gardien à la grille était parti se coucher. La barrière était levée de sorte qu'il n'eut pas à sauver les apparences. Il roula jusqu'à la colline au-delà du bâtiment principal et la descendit en direction des bungalows qui se trouvaient au bord de l'eau puis gara sa voiture devant sa chambre. Il songea pendant quelques minutes à dormir derrière le volant puis eut les idées assez claires pour penser à chercher la clé de la chambre dans sa poche. Ils la lui avaient laissée ainsi qu'un peu de monnaie.

Ne prenant pas la peine de verrouiller la portière de la voiture, il s'engagea sur le court sentier menant à sa chambre. Tout allait de travers cette nuit-là. L'ampoule de la lampe au-dessus de la porte était grillée et Charlie n'avait pas l'air de trouver le trou de serrure. C'était aussi bien qu'il n'ait pas ramené la fille. Ce trou-là non plus il ne l'aurait probablement pas trouvé.

Il en était à sa troisième tentative avec la clé lorsqu'il entendit un bruit de branchages derrière lui et commença à se retourner.

« Mais qu'est-ce que... » Charlie ne sentit rien mais il ne comprit pas pourquoi aucun son ne sortait de sa bouche.

## CHAPITRE TRENTE-TROIS

Il était à peine six heures du matin lorsque Abby se précipita dans la chambre de Morgan. Elle ouvrit la porte si fort que celle-ci claqua contre le mur et revint sur elle.

« Lève-toi. Sors du lit ! cria-t-elle. Jack a quitté l'île. »

Morgan se retourna dans le lit et souleva la tête, les yeux tout ensommeillés.

« Quoi ?

— Il est parti. » Elle lui attrapa les pieds des deux mains. « Et il a emporté l'ébauche de mon roman.

— Qu'est-ce que tu dis ?

— Je l'avais laissée sur la table à côté de l'ordinateur hier soir et ce matin elle n'y était plus. J'ai téléphoné à sa chambre au Buccaneer. On m'a dit qu'il était parti pour l'aéroport tôt ce matin.

— Où allait-il ?

— On n'a pas su me le dire mais j'opterais volontiers pour New York. »

Morgan s'essuya les yeux, s'assit et secoua la tête. « Il a rendu les clés de sa chambre d'hôtel ?

— Non.

— Tu avais dit qu'il n'était censé retourner à New York que dans trois jours.

— Je sais. Il semble que tu aies raison. Il tente un coup sur le livre. »

Morgan se leva, chercha de l'œil ses vêtements, se rendit dans la salle de bains et ils parlèrent à travers la porte fermée tandis qu'il ôtait son pyjama.

Abby avait fouillé la maison de fond en comble sans trouver trace de l'ébauche de la suite du roman. A part le copyright, c'était le seul point de contrôle qui lui restait. Elle se rappelait l'avoir déposée sur la table près de l'ordinateur avant de sortir dîner la veille. A présent, elle avait disparu.

« Tu l'as entendu hier soir. Il se passe quelque chose à New York. Il a passé un accord avec eux. Il a l'intention de leur remettre l'ébauche. Alors qu'est-ce qu'on fait ? demanda Abby.

— Nous ne nous affolons pas.

— Il va la leur remettre. C'est peut-être déjà fait. Il a aussi bien pu la faxer ce matin, va savoir, dit Abby.

— Réfléchissons. L'essentiel maintenant sera de négocier avec l'éditeur.

— Ça ne va pas être facile si Jack s'en mêle », dit Abby. Morgan sortit tout habillé de la salle de bains et chercha ses chaussettes et ses chaussures.

« C'est pour cette raison que nous avions pris nos précautions », dit Morgan.

Elle le regarda.

« Les documents. L'enregistrement du copyright et les contrats que nous lui avons fait signer. Il est temps de passer au plan B.

— De quoi parles-tu ?

— Je crois que je peux te le dire maintenant. Tu promets que tu ne vas pas me tuer ?

— Te tuer, pourquoi ?

— Je me suis d'emblée méfié de lui, expliqua Morgan. Je craignais qu'il n'ait trop de contrôle. J'ai donc contacté à New York un autre avocat qui travaille dans un cabinet juridique spécialisé dans l'édition, le Premier Amendement, les infractions au copyright, des trucs de ce genre. Je savais que nous aurions tôt ou tard des ennuis avec Jack. Je voulais l'encadrer. »

Abby le regarda d'un œil noir. « Et ce cabinet juridique ?

— Je m'étais dit que ça nous donnerait de la crédibilité s'il devait y avoir de la casse avec Jermaine. C'est un gros cabinet avec lequel les éditeurs font affaire sans arrêt. J'ai retenu un de ses avocats il y a environ deux mois et me suis entendu avec lui. Ce n'est pas donné. J'espère que tu ne m'en voudras pas mais j'ai utilisé ton argent. »

Abby lui sourit. Morgan était toujours deux bonds en avant. C'était cela qu'elle admirait en lui. Son esprit ne cessait de tourner à cent à l'heure vingt-quatre heures sur vingt-quatre. S'il avait su facturer tout cela, il se serait retiré fortune faite dix ans plus tôt.

« Qu'as-tu dit exactement à ces avocats new-yorkais ?

— Ils savent que Jack n'a pas écrit le livre. Ils ont à tout le moins ma parole. L'astuce maintenant, c'est d'aller les voir avec les documents, le copyright et les contrats signés par Jack. Ça leur donnera du jeu pour négocier avec l'éditeur afin de limiter les dégâts.

— Limiter les dégâts, mon œil, dit Abby. Moi, je veux lui botter le cul.

— Fais-moi confiance. Limiter les dégâts. C'est là-dessus qu'il faut jouer maintenant. Autrement, nous risquons d'effrayer Bertoli. S'il appréhende une longue bataille juridique accompagnée d'une mauvaise presse, il va mettre le holà sur le livre. Il ne vous restera plus, Jack et toi, qu'à vous bagarrer au-dessus d'un sac d'os. C'est les affaires. Nous réglerons nos comptes avec lui plus tard. »

Morgan espérait que son plan marcherait sur des roulettes. Forcer tout simplement l'éditeur à faire disparaître Jack. L'intervention d'un puissant cabinet juridique new-yorkais sachant parler le langage publicitaire ne serait pas superflue. Ses avocats retiendraient Jack cloué au sol d'une main tout en manipulant Bertoli de l'autre.

« Il n'est plus question d'attendre trente jours pour dire la vérité à Bertoli, dit Abby. Jack a rendu la chose impossible. Chaque jour d'attente de notre part lui donne le temps d'éroder notre position.

— Alors quoi ?

— Nous allons d'abord aller chercher les documents, les contrats et le copyright puis nous irons à New York. » Le cerveau d'Abby fonctionnait à plein rendement. « Avec de la chance, nous devrions pouvoir y être demain matin. » On était dimanche.

« Ils sont dans un coffre à la banque. Je me méfiais de Cutler. Il doit fouiller dans mes papiers le soir. Non. Il va falloir que j'aille les chercher moi-même. »

Il laça ses chaussures. « Je vais téléphoner pour réserver les billets d'avion.

— Et l'ébauche, qu'en fais-tu ? demanda-t-elle.

— Tu en as une copie ?

— Sur le disque dur.

— Imprime-la. Puis emballe ton ordinateur et ton imprimante. Regarde si tu trouves des boîtes pour l'expédition. Nous allons les envoyer directement au cabinet juridique à New York.

— Pourquoi ?

— Comme preuve, répondit Morgan. Tu as tapé l'ébauche sur cet appareil, n'est-ce pas ? »

Abby acquiesça.

« Un bon expert saura sans doute le prouver. Ça fait une nouvelle preuve en ta faveur », dit Morgan.

Puis cela revint à Abby comme un coup de tonnerre. « Oh mon Dieu ! » La machine à écrire qui avait disparu de chez elle. Elle regarda Morgan toujours assis au bord du lit en train de lacer ses chaussures.

Morgan vit à son expression qu'elle avait finalement compris.

« C'est pour cette raison qu'elle a disparu. C'est Jack qui l'a prise. Depuis combien de temps le sais-tu? demanda Abby.

— Je ne voulais rien dire. Je n'avais pas de preuve. Mais comme nous ne la retrouvions pas, tu aurais dû te dire que celui qui avait démoli ta maison l'avait aussi emportée. Pose-toi la question : pourquoi emporter ta vieille machine à écrire et ne pas prendre un poste de télévision en parfait état?

— Parce que le manuscrit avait été tapé dessus, dit Abby.

— Justement. »

Abby, qui se tenait près du lit, parut plus rassérénée. « Et l'accident avec le compteur électrique?

— Il t'était destiné. Theresa est simplement arrivée au mauvais moment.

— Et il a tué Joey, dit Abby.

— Autre affaire non résolue.

— Oh mon Dieu! J'ai envie de vomir. » Elle avait mal au cœur, était nauséeuse. Elle se détourna et faillit vomir rien que d'y penser. Elle avait fait l'amour et dormi aux côtés de l'assassin de Theresa.

« Je ne l'ai jamais aimé. Jamais. » Comme si, en disant cela, elle pouvait effacer les moments intimes qu'ils avaient passés ensemble. Abby savait en outre qu'elle mentait. Ses yeux s'emplirent de larmes.

Morgan tendit la main vers elle mais elle était trop en colère pour qu'il lui soit de quelque secours. Elle aurait voulu donner des coups de pied dans quelque chose. « Excuse-moi, dit-elle. Je vais aller à la police.

— Avec quoi? demanda Morgan. Il n'y a pas de preuves. Que vas-tu dire aux flics, que Jack a volé ton ébauche? » Il avait raison. Elle n'avait rien.

« Je ne sais pas. Mais il faut que je leur dise quelque chose. Pour les mettre au moins dans la bonne direction.

— C'est ce qu'il veut que tu fasses. Pendant que

nous nous expliquons avec la police, il vend l'ébauche à Bertoli. Il est probablement déjà en train d'essayer de faire révoquer la procuration écrite. »

Elle leva les yeux vers lui. Elle avait oublié la procuration écrite, le document signifiant à Bertoli et aux producteurs du film d'envoyer les royalties et les à-valoir au bureau de Morgan. Maintenant qu'il avait rompu avec eux, Jack, d'un seul trait de plume, pouvait détourner la manne sur lui.

« Ses ennuis vont commencer lorsqu'il va essayer d'écrire le livre. J'ai vu ce qu'il écrivait, dit Abby.

— Pour deux cent cinquante mille dollars, il pourra trouver un nègre. Ça lui laisse quatre à cinq millions et des poussières. Pas mal pour une journée de travail. Et pour l'instant, il a le seul truc qui importe. »

Abby lui adressa un regard interrogatif.

« Le nom que tu lui as donné, Gable Cooper », dit Morgan. Il avait raison. La campagne publicitaire de Bertoli en avait fait un nom en or.

« Je voulais un livre commercial, dit Abby. J'ai réussi, on dirait.

— La question est de savoir comment en garder la propriété. S'il te coupe les arrivées d'argent, s'il met la main sur les à-valoir et les royalties, il se servira de ton argent contre toi devant les tribunaux. Jusqu'où Bertoli est-il prêt à aller si Jack lève sa propre armée d'avocats ?

— Je ne sais pas, dit Abby.

— Je préfère ne pas le savoir, dit Morgan. Il va falloir faire vite. Oh, merde, j'oubliais ! »

Lorsque Abby posa les yeux sur lui, il regardait le plafond.

« Qu'est-ce qu'il y a ?

— J'ai un rendez-vous avec le client de San Juan demain. L'armateur dont j'ai parlé à Cutler. » Il tourna vers Abby une mine consternée.

« Annule-le, dit-elle.

— Ne t'inquiète pas. Je trouverai bien une solution. »

Il se dirigea vers la cuisine où se trouvait le téléphone. Il essaya de réserver des places d'avion tandis qu'Abby emplissait un sac et mettait l'ordinateur et l'imprimante dans les boîtes. Elle avait heureusement conservé celles dans lesquelles elle les avait achetés.

Lorsqu'elle revint à la cuisine, Morgan couvrait le micro du combiné d'une main, l'air austère. Quelque chose n'allait pas.

« Il n'y a pas de vol avant sept heures ce soir.

— Réserve des places sur celui-là.

— Le problème, c'est qu'ils n'en ont plus qu'une. »

Abby resta un instant pensive. « Réserve-la pour toi. Il faut que tu ailles à Seattle et que tu reviennes. Je prendrai l'avion demain matin directement pour New York. Nous nous retrouverons là-bas. Il y a de la place sur les vols demain matin ? »

Morgan reprit la communication.

« Ils ont de la place sur les vols de demain. De bonne heure.

— Sans problème », dit Abby.

Morgan hésita. « Je n'aime pas ça.

— Pourquoi ?

— Et si Jack revenait ?

— Pourquoi reviendrait-il ? » Abby hocha la tête. « Ce soir, il dînera avec Carla et Bertoli. Ils vont travailler à apporter des changements à mon ébauche et s'amuser à distribuer les rôles pour le film qu'on en tirera. Il ne reviendra pas.

— Je ne sais pas, dit Morgan. Ça m'ennuie.

— Avons-nous le choix ? »

Morgan resta sans réponse. Il revint au téléphone, réserva les billets qu'il paya sur sa carte de crédit et raccrocha.

« Nous les prendrons à l'aéroport ce soir. Nous en profiterons pour expédier l'ordinateur et l'imprimante.

— J'aimerais bien savoir où est passé Charlie, dit Abby.

— Ouais. Comme ça, nous aurions ta voiture.

— Ce n'est pas ça, dit Abby. Je n'ai tout simplement pas envie de le laisser ici tout seul. Je sais qu'il ne le mérite pas mais je voudrais le prévenir. Lui dire de quitter l'île. » Abby avait eu beau dire à Morgan que Jack ne reviendrait pas, elle était soucieuse. Elle repensait à Joey. Celui-ci savait peu de chose au sujet du livre mais, si Morgan ne se trompait pas, on l'avait tué à cause de ce qu'il savait. Charlie était en danger et il l'ignorait. Elle se rappela les propos de Jack sur la manière de le raisonner et la bagarre à San Juan. Certes, il s'agissait sans doute d'autodéfense, mais il avait trouvé tout naturel de laisser un corps ensanglanté dans la rue.

« Laisse-lui un message au Buccaneer, dit Morgan. Quelque chose de discret. Dis-lui de retourner à Seattle. Dis-lui qu'un magot l'y attend. Il saura quoi faire. »

Ils consacrèrent le reste de la matinée et l'après-midi à planifier leur action à New York. Morgan appela les avocats new-yorkais à qui il laissa un message téléphoné, leur disant que les choses se précipitaient et qu'une réunion s'imposait le mardi. Il réserva ensuite des chambres au Hilton de Manhattan pour le lundi soir. Il vérifia les horaires de vol entre Seattle et New York et fit d'autres réservations. Il voyagerait de nuit.

Vers six heures, Abby appela un taxi tandis que Morgan inscrivait sur un bout de papier le nom et l'adresse du cabinet juridique et le collait sur les boîtes contenant l'ordinateur et l'imprimante.

Dix minutes plus tard, ils étaient en route pour l'aéroport. Morgan donna vingt dollars au chauffeur pour qu'il passe outre les limitations de vitesse. Ils traversèrent Christiansted à tombeau ouvert puis filèrent vers l'extrémité nord de l'île. Ils prirent ensuite vers l'ouest et arrivèrent à l'aéroport à peine quelques minutes avant l'heure du départ.

Morgan prit les billets sur le comptoir, les sépara et tendit les siens à Abby.

« Je n'aime pas ça du tout », lui dit-il. Il ne voulait pas prendre l'avion sans elle.

« Il n'y a rien à craindre. Il est à New York. Je pars à la première heure demain matin. » Elle vérifia sur son billet. « A sept heures cinquante pile.

— Tu changes à San Juan puis à Miami et on te retiendra une bonne heure à l'aéroport Kennedy. » Il répéta l'itinéraire car il ne figurait pas sur les billets.

« Maintenant écoute-moi. » Morgan avait pris une expression grave, toute professionnelle. « Après mon départ, envoie tes colis par courrier aérien express et dès que tu auras fini, rentre à la maison et barricade-toi. Ne laisse personne entrer. Prends un taxi demain matin et reviens directement ici. Pas d'arrêts en route, tu me comprends ? »

Elle acquiesça d'un air docile et lui adressa un petit salut moqueur.

« Je ne plaisante pas.

— Je sais. Ça ira.

— Je t'appellerai ce soir, de San Juan. » Il regarda sa montre. « Je devrais y être dans une heure et demie environ. Reste près du téléphone.

— D'accord.

— On se retrouve donc à New York lundi soir. » Il marqua une pause. « Lorsque je t'ai demandé de partir avec moi, ce n'est pas exactement ce à quoi je songeais. »

Abby sourit : « Je sais. Amis, tu n'as pas oublié ? »

Il l'embrassa sur le front et sur les joues puis disparut dans le portillon d'embarquement.

Abby revint au taxi et dit au chauffeur de la conduire au service d'expédition par avion. Il y avait la queue et lorsqu'elle en sortit, on avait mis presque quarante minutes pour traiter les colis dont l'expédition lui coûta cent dollars. Elle paya avec sa carte bancaire.

En rentrant, elle s'endormit réellement dans le taxi, si bien qu'elle fut réveillée par le mouvement que fit la voiture en s'arrêtant devant sa maison. Elle rassembla ses esprits, regarda le compteur et fouilla dans son sac à main dont elle retira la somme requise.

La voiture s'éloigna, la laissant debout dans Shoy Beach Road. Elle fit demi-tour et s'engagea dans l'allée en terre. Elle était à mi-chemin lorsqu'elle la vit. La petite BMW, capote baissée, était garée sous l'abri de stationnement à côté de la maison. Charlie était rentré. Au moins elle ne serait pas seule. Elle franchit rapidement les quelques pas qui la séparaient de la maison. La porte d'entrée était déverrouillée. Elle croyait se souvenir que Morgan l'avait fermée à clé mais n'en était pas sûre.

« Charlie. » Elle l'appela. Aucune réponse. Elle alla voir dans la cuisine puis traversa le vestibule pour jeter un coup d'œil dans les chambres. Il n'y était pas. Elle ouvrit la porte vitrée coulissante et regarda sur la plage. Il faisait sombre et le sable était désert. Les étoiles commençaient à pointer dans le ciel nocturne. Un mince croissant de lune chevauchait une chaîne nuageuse à l'horizon.

Elle referma la porte coulissante, la verrouilla et regarda l'horloge murale dans la cuisine. Morgan approchait de San Juan. Il allait appeler dans une demi-heure.

« Charlie. Cesse ce petit jeu. » Elle avait adopté un ton d'admonestation maternelle. Elle se représenta Charlie ivre, caché dans la maison, prêt à lui sauter dessus lorsqu'elle se mettrait au lit. C'était dans le style de Charlie, surtout quand il avait quelques verres derrière la cravate. Ce soir, il allait en avoir pour son argent. Abby s'énervait déjà.

Ses doigts se mouvaient prestement pour couper la ligne à l'un des raccords. Il utilisait deux clés réglables, l'une pour tenir le tuyau et l'autre pour tourner le raccord. Il les avait recouvertes d'un linge pour amortir le bruit et éviter d'égratigner le raccord. Des égratignures sur un vieux tuyau pouvaient servir d'indice à des enquêteurs.

Il desserra le raccord jusqu'à ce que le sifflement du gaz se fasse entendre. On croirait à un raccord mal ajusté. Cela lui donnait aussi davantage de temps pour finir son travail avant que l'air ne devienne irrespirable dans l'espace exigu.

Il se déplaça vers un autre embranchement du tuyau. Celui-ci menait, à travers le plancher, au four à gaz propane de la cuisine.

Il avait déjà éteint la veilleuse de la chaudière et déconnecté l'allumage électrique du four. Il ne voulait pas d'accidents non intentionnels.

A moins de deux mètres, un conduit partait de l'espace exigu sous le plancher et longeait un mur jusqu'au grenier. Il servait de passage à la tuyauterie et aux fils électriques.

Il glissa un tube en plastique qu'il avait emporté avec lui dans le conduit sur une longueur de quatre mètres. Le tube en polyuréthane commencerait à fondre à trois cents degrés. Il se vaporiserait aux températures atteintes dans un incendie au propane. On n'en retrouverait rien lorsque tout serait terminé. Il ouvrit l'autre raccord et, à l'extrémité qui pénétrait dans le circuit, il fixa du ruban adhésif. Ce n'était pas cent pour cent efficace mais ça pouvait marcher. Le gaz commença à se déplacer dans le tube vers le grenier où il s'accumulerait tel un brouillard mortel en attendant l'heure.

Abby alla voir dans les deux salles de bains. Pas de trace de Charlie. Elle sortit finalement en direction de l'abri de stationnement. Les clés de la voiture étaient sur le contact. Elles étaient encore sur l'anneau, autour duquel était enroulé un petit ruban rouge, telles que

Jack les avaient sorties de l'enveloppe à la réception du Buccaneer le jour de leur arrivée. Tant de choses s'étaient passées depuis. On eût dit une autre vie.

Elle les retira du contact et les mit dans sa poche. Elle regarda autour d'elle au cas où Charlie eût été faire un tour, peut-être pour fumer une cigarette dehors, mais il n'y avait nulle trace de lui.

Peut-être était-il retourné au Buccaneer. Le connaissant, ce ne pouvait être que ça. Prendre un verre ou faire la bombe sur la piste de danse jusqu'à la fermeture. Elle était partagée entre l'envie qu'il reste là-bas à exercer sa libido sur quelqu'un d'autre et celle qu'il revienne à la maison, ne fût-ce que pour avoir quelqu'un à qui parler.

Il y avait pourtant quelque chose qui ne collait pas. S'il n'était pas ici, que faisait la BMW sous l'abri de stationnement ? Charlie aurait-il été pris de remords soudain ? A bien y penser, non, pas Charlie.

Abby rentra et se souvint du conseil de Morgan. Elle verrouilla la porte d'entrée et mit la chaîne. Elle fit ensuite le tour de la maison et en vérifia toutes les portes et les fenêtres. Elle se sentait parano mais elle le fit quand même.

La maison n'était aérée que par les alizés et les portes, à condition que celles-ci fussent ouvertes. La nuit était chaude et moite et en quelques minutes la maison devint inconfortable. Abby se sentait étourdie. Elle ne savait pas pourquoi. L'accumulation de la chaleur de la journée coincée dans le grenier commençait maintenant à s'infiltrer à travers le plafond. Une brise fraîche soufflait sur la plage mais, ce soir-là, Abby allait devoir tenter de dormir les fenêtres fermées.

Elle se rendit dans la salle de bains, laissa tomber ses vêtements par terre et entra sous la douche. Elle laissa dix minutes l'eau fraîche couler sur son corps, en minutant le temps sur sa montre de sport étanche. Elle ne voulait pas rater l'appel de Morgan. Si d'aventure elle ne répondait pas, il s'affolerait et croirait que quelque chose n'allait pas. Il reviendrait par le prochain avion. Abby connaissait Morgan Spencer.

Cinq minutes avant l'heure prévue de l'atterrissage de l'avion à San Juan, elle ferma le robinet, se sécha et enfila une robe de chambre. Elle continua de se sécher les cheveux avec une serviette et prit un Coca light dans le réfrigérateur. Puis elle commença à ranger. Il y avait un de ces fouillis dans la maison. Abby ignorait si elle y reviendrait, et quand. Elle réfléchit aux démarches à accomplir pour faire expédier la voiture à Seattle et à ce qu'il lui en coûterait. Elle espéra que Charlie en avait bien profité. Entre lui et Jack, elle n'avait tenu le volant que deux fois. Les hommes étaient vraiment de sales cons.

Il ne suffisait plus que d'une légère étincelle au contact de deux points d'un circuit électrique pour allumer le gaz. Il sortit en rampant du réduit par une petite ouverture sur le côté de la maison et prit sa première respiration profonde depuis plusieurs minutes.

Il alla rapidement à la petite boîte métallique fixée sur le côté de la maison. Il en souleva le couvercle puis, ayant attaché deux minces fils de plomb aux arrivées en cuivre à l'intérieur, il suivit des yeux le fil qui, partant de la boîte, longeait le côté de la maison. Il rejoignait les lignes électriques au coin de la maison, près du devant, d'où il disparaissait dans un conduit en plastique pour son périple souterrain.

Dans les îles, enfouir les diverses canalisations, électriques et autres, était la moins mauvaise de mauvaises solutions. Les ouragans abattaient les poteaux électriques et des vagues déferlantes inondaient les lignes enfouies.

Il fixa l'un des minces fils de plomb à la borne d'une petite bougie électrique et enveloppa l'autre autour de l'extrémité de l'électrode. Il lança ensuite la bougie le plus loin possible dans le trou qui menait au réduit.

Il huma les relents de gaz qui s'échappaient à présent de sous la maison. A chaque cycle, une étincelle pouvait établir le contact dans la bougie. Il n'imaginait pas qu'il pût en falloir plus d'un ou deux.

Abby, qui avait posé ses billets d'avion sur la table en entrant dans la maison, les prit pour les mettre dans sa serviette afin de ne pas les oublier.

Il commençait à faire trop chaud. Conseil ou non, elle avait besoin d'un peu d'air. Elle ouvrit la porte coulissante et se tint debout face à l'océan. Un vent frais soufflait, gonflant et entrouvrant les pans de sa robe de chambre et caressant son corps nu de l'air vif et salé de la mer.

Elle but son Coca en repensant à la bienheureuse ignorance de ses premières nuits dans l'île, avant de tout apprendre sur Jack et ses mensonges. Elle avait l'esprit rempli de tout ce qui lui restait à faire avant son départ. Elle repensa au manuscrit dont la disquette était imprimée et qui était jeté en vrac sur sa table de travail dans la chambre. Sans son ordinateur, elle fermait boutique, du moins jusqu'à son arrivée à New York.

Elle prit une nouvelle gorgée de Coca et baissa les yeux sur les billets qu'elle tenait dans l'autre main et soudain, comme si la boisson avait agi pour lui raccorder les méninges, ça la frappa comme une masse. Son passeport ! Il était enfermé dans le coffre électronique de la chambre de Jack au Buccaneer. Elle n'y pensait plus. Où avait-elle la tête ? Sans passeport, elle ne pouvait pas sortir de l'île.

Elle se dirigea vers sa chambre. Une sueur froide perla sur son front. Elle avait quelque part la clé de la chambre de Jack, une de ces petites cartes codées perforées de trous. Mais où était-elle ? Abby ne l'avait pas utilisée depuis des semaines. Elle avait oublié le chiffre de la combinaison du coffre. Jack lui avait demandé sa date de naissance le jour où elle avait déposé le passeport et sa deuxième carte de retraits bancaires dans le coffre, et elle avait menti. Elle ne se souvenait plus de ce qu'elle lui avait dit, de l'année. Et s'il avait changé la combinaison ou détruit le passeport ? Elle serait bloquée dans l'île dont elle ne pourrait sortir qu'au prix de mille tracasseries bureaucratiques. Elle appréhendait un million d'ennuis.

Elle s'engagea dans le couloir en direction de la chambre. Elle avait d'abord besoin de vêtements. Elle ouvrit le placard et, ce faisant, quelque chose attira son regard dans le coin de la chambre. Un veston qui lui était familier, le veston de Charlie. Elle tourna la tête à la recherche du pantalon d'été et faillit avoir un arrêt cardiaque.

« Oh merde ! » Une peur qui lui fit presque mal lui glaça les sangs.

« Ah non. Zut, Charlie. » Elle fit demi-tour et s'éloigna. Elle manquait d'air, respirait difficilement et se sentait étourdie.

« La prochaine fois que tu feras quelque chose comme ça, préviens-moi ! » Elle sentait battre son pouls dans sa poitrine. Elle porta sa main toujours refermée sur les billets d'avion à l'échancrure de sa robe de chambre au-dessus de sa poitrine. Elle crut l'espace d'un instant qu'elle allait s'évanouir.

« Va au diable, Charlie. » Elle étouffait. Elle se plia en deux, la main sur un genou. Charlie ne disait rien.

« Si jamais... » Son pouls mit quelque temps à revenir à la normale puis sa colère commença à reprendre le dessus. Elle se redressa, détendit les muscles de sa cage thoracique et prit une profonde inspiration. Ce faisant, elle regarda dans le miroir au-dessus de la commode.

Charlie se tenait toujours dans l'ombre du placard. Il n'avait pas bougé. Il portait une prétentieuse chemise en batik dont la blancheur était traversée d'une rougeur brunâtre de l'épaule à la taille. Sans doute quelque reliquat de sa chaude virée nocturne, pensa-t-elle.

Regardant toujours dans la glace sans tourner la tête, elle se rendit compte subitement que Charlie semblait avoir les jambes flasques. Il avait les genoux de guingois comme un pantin désarticulé et ses chaussures se perdaient dans les vêtements au fond du placard. En une posture qui défiait les lois de la pesanteur.

Il avait sur le visage un sourire bizarre dont Abby comprit la raison en se retournant. Le fil noir d'un cintre était enroulé autour de son cou, fixé à la tringle qui retenait son corps debout. La coloration rouille de la chemise de Charlie prenait une nouvelle signification.

Abby porta les mains à sa bouche mais aucun cri n'en sortit. Elle fonça dans le couloir. En deux enjambées et en poussant un cri perçant dans lequel elle reconnut à peine l'écho de sa propre voix lorsqu'il se répercuta contre les murs. Telle l'eau épousant le cours de la moindre résistance, elle fit irruption dans le living et ne vit qu'une chose : la porte coulissante ouverte sur la terrasse. Elle la traversa aussitôt en direction des ténèbres, nu-pieds dans les rochers et les herbes marécageuses, sans sentir les coquillages brisés qui lui lacéraient la peau.

Elle était à sept ou huit mètres de la maison, essoufflée, fébrile et éperdue lorsqu'elle l'entendit. La sonnerie du téléphone quelque part au loin derrière elle. Elle s'arrêta sec comme si une balle de fusil l'avait atteinte. Morgan ! C'était lui qui appelait. Elle fit demi-tour puis recula d'un pas.

La sonnerie suivante fut imprimée au fer rouge dans son esprit par la chaleur de l'explosion. Celle-ci lui fit perdre pied et grilla le devant de son corps tandis que les secousses de l'onde de choc la projetaient à trois mètres sur le dos dans le sable. On eût dit un rêve surréaliste. Le champignon embrasé s'élevait à trente mètres dans le ciel nocturne, oblitérant les étoiles de ses brillants éclats orange et jaune. Le toit de la maison s'envola littéralement et se déforma dans les airs. Un instant plus tard, il se désintégra en un million de débris enflammés.

Abby se remit tant bien que mal sur ses pieds, partit en courant et plongea vers le sable tandis que des cendres brûlantes et des échardes de bois brûlantes descendaient autour d'elle. Une explosion secondaire se fit entendre et ce qui restait de la chaudière à eau rebondit sur le sol avec un son mat à moins de dix mètres. Portant une main à son visage, elle sentit la chaleur du sang. Un minuscule morceau de verre était venu se loger dans sa joue, juste au-dessous de son œil droit. Elle le retira et resta sur place, hébétée. Un coin de sa robe de chambre brûlait. Elle finit par avoir le bon sens de s'asseoir et réussit à étouffer les flammes dans le sable.

Elle rampa ensuite vers la plage et alla se mettre à l'abri d'un jeune tamarinier. Elle serra étroitement la robe de chambre contre son corps nu et se retourna pour regarder la maison. Les murs et le toit avaient disparu. Il n'en restait que les entrailles fumantes alimentées par l'air de la nuit et des tisons embrasés qui faisaient comme des étoiles sur le sol sombre.

Dans la lueur de l'incendie, près de la route, sur un monticule près de la maison, une forme solitaire se découpa. Abby fut sur le point de courir vers elle. Puis elle se figea, habitua ses yeux à la nuit, regarda attentivement et comprit — c'était Jack.

## CHAPITRE TRENTE-QUATRE

Abby n'avait sur le dos qu'une robe de chambre en éponge. Tout ce qu'elle possédait dans l'île était en cendres ou en train de brûler. De la petite voiture de sport, dont le réservoir à essence était en flammes, il ne restait plus qu'une carcasse calcinée sous l'abri de stationnement.

Sur la colline, Jack, dont la silhouette se découpait dans les phares d'un véhicule, contemplait les ravages. Le seul avantage d'Abby pour l'instant venait de ce qu'il la croyait morte.

Elle resta tapie dans l'ombre du tamarinier tandis que les vagues venaient s'écraser sur la plage derrière elle. L'eau blanche qui léchait la rive devenait comme fluorescente sur le croissant sombre de la plage. C'était la marée montante et l'écume venait mourir sur le sable à quelques mètres de ses pieds. Elle devinait au loin le contour de falaises sombres à la pointe, près du Buccaneer. Elle pouvait entendre la musique du bar mais le bâtiment lui-même était de l'autre côté de la pointe. On n'avait pu y voir l'explosion. Ç'avait davantage été un souffle violent qu'une véritable explosion. Elle doutait qu'on l'eût entendu.

Elle était sans argent, sans vêtements. Le sac à main qui contenait sa carte de retrait bancaire reposait à présent dans les cendres brûlantes de la maison. Jack avait mis le paquet. Sauf qu'il avait mal choisi son moment. Charlie lui avait sauvé la vie. Le dernier geste d'un défunt.

Elle se demanda si Jack s'était servi d'une minuterie pour la mise à feu de l'explosion ou s'il l'avait déclenchée à distance. Elle en eut le frisson. L'éclat qui l'avait légèrement brûlée au corps semblait venir de l'arrière de la maison, du côté de la plage. Il avait dû relier le réservoir de gaz propane qui se trouvait près de la cuisine à l'électricité. Rien n'indiquait que le réservoir eût jamais existé. La police croirait à un accident.

Lorsqu'elle reporta son regard sur le monticule, Jack avait disparu. Elle s'enfonça plus profondément dans l'ombre, se demandant s'il était parti ou s'il faisait des recherches. Peut-être l'avait-il vue s'enfuir en courant de la maison. Elle chercha une issue. Il n'y avait que la plage derrière elle.

Elle entendit des pas dans les herbes. Elle se serra contre le tronc de l'arbre. Quand elle risqua un œil entre deux branches, il se tenait à moins de vingt mètres. Il tenait un bras étendu devant lui pour chasser la chaleur. Abby pouvait cependant voir chaque ride, chaque ombre du visage qui avait lancé des millions de livres. Il se rapprocha des décombres fumants, vers l'endroit où elle s'était cachée, puis marcha sur quelque chose. Il baissa les yeux, se pencha et le ramassa.

Abby n'eût su dire ce que c'était.

Elle regarda en direction de la route. Il y avait bien eu quelqu'un qui avait vu ou entendu l'explosion. Même dans ce cas, les autorités mettraient du temps à réagir. On était à des kilomètres de Christiansted et du poste de pompier le plus proche. La grande propriété au bout de la route était inhabitée et les autres petites maisons étaient des lieux de vacances, vides pour la plupart à cette période de l'année. Le Buccaneer pourrait envoyer quelqu'un de son service de sécurité mais, à ce moment-là, si Jack la découvrait, il serait trop tard. La maison de Shoy Beach Road était à tous égards l'endroit idéal pour un accident, et Jack l'avait choisie.

Il se retourna et regarda vers la mer. Abby s'agrippa à la base de l'arbre, immobile et en sueur. Il tenait quelque chose à la main, un morceau de papier légèrement calciné qu'il venait de ramasser. Son regard alla alternativement de ce papier à la plage. Abby s'aperçut soudain qu'il s'agissait de la pochette de ses billets d'avion. Elle les avait à la main lorsqu'elle avait découvert le corps de Charlie. Sous le choc de l'explosion, de la déflagration qui l'avait projetée sur le sol, ils lui avaient échappé des mains.

Jack, tel un radar, scruta l'espace qui s'étendait entre lui et la plage, regardant d'abord d'un côté puis de l'autre. Il tourna ensuite les yeux vers l'incendie comme si quelque chose ne collait pas.

C'était la dernière chance d'Abby. Il allait d'une seconde à l'autre tirer des conclusions et se mettre à la recherche d'empreintes de pas dans le sable.

Elle se glissa sur la pente inclinée du rivage. La robe de chambre était à présent trempée et brûlée. Elle la retira, en fit un ballot et la transporta sous les bras de manière à ce que Jack ne puisse distinguer le tissu éponge blanc sur le fond de l'eau sombre et du ciel nocturne. Elle courut dans l'eau jusqu'aux genoux, remerciant Dieu des nuages qui voilaient la lune.

La marée effaçait ses empreintes et le fracas des vagues étouffait le clapotis de ses pieds. Elle courut ainsi plus d'une trentaine de mètres le long de la plage puis, portant toujours sa robe de chambre sous le bras, piqua vers les hautes herbes. Elle se tapit derrière un buisson assez long pour lui permettre d'endosser la robe de chambre et de reprendre souffle. Elle n'en revenait toujours pas. On eût dit un cauchemar dont elle allait d'un instant à l'autre s'éveiller, fraîche et dispose. Mais la douleur, les écorchures sur son visage et ses pieds, le sang sur ses joues étaient réels. Elle ne se réveillerait pas de ce rêve, et elle le savait.

Elle grimpa sur le talus au-dessus de la plage et se retourna pour regarder l'incendie. Elle vit la voiture de Jack toujours garée et phares allumés. Elle s'élança en courant sur la vaste étendue d'herbes qui la séparait de la route. Un petit chalet de vacances se dressait au bout de son allée privée, désert et clos. Abby se tapit près de la terrasse à l'arrière de la maison derrière un treillis grillagé percé d'une porte. Le treillis dissimulait un espace de rangement sous la terrasse. Elle l'ouvrit et se glissa à l'intérieur. Elle y resta cachée dans le noir durant plusieurs minutes, tendant l'oreille aux sons, essayant de reprendre souffle et d'arrêter les battements de son cœur.

L'espace sous la terrasse était encombré de meubles de jardin hors d'usage et de jouets d'enfants, et l'endroit était infesté de toiles d'araignées. Abby détestait les araignées.

Il y avait des radeaux pneumatiques et des pagaies ainsi qu'un petit canoë. A l'intérieur de celui-ci, elle trouva une paire de chaussures de plage. Elle les secoua pour s'assurer que rien n'y avait établi ses quartiers. Elles étaient en piteux état. Abby réussit à les ajuster à son pied. C'était mieux que d'aller pieds nus.

Elle entendit soudain des sirènes au loin, lentes et régulières, plus d'une. Les pompiers. On les avait appelés.

Elle sortit en rampant de sous la terrasse et prit ses jambes à son cou. La route était loin et elle mit plus de deux minutes pour l'atteindre, en contournant les pierres et les buissons, perdant pied sur la pente abrupte.

La première voiture de pompier déboucha à grande vitesse au sommet d'une côte et faillit passer sur elle. Elle agita les bras mais on ne la vit pas sur la route en terre sombre. Un autre camion de pompier passa à son tour, laissant Abby tousser dans la poussière.

Elle allait se lancer à leur poursuite lorsqu'elle

s'aperçut que des feux de voiture approchaient derrière elle. Elle fit demi-tour, au centre de la route cette fois, et agita un bras, retenant de l'autre la robe de chambre autour de son corps.

C'était une voiture de police, une berline blanche au toit muni d'un gyrophare et d'une sirène hurlante. Elle freina avec un bruit strident et le conducteur fit signe à Abby de dégager la route. Elle refusa de bouger et, au lieu de cela, alla se jeter sur le capot de la voiture puis s'avança jusqu'à la portière du conducteur.

Celui-ci ne ressemblait guère à un flic. Solidement bâti, il portait un tee-shirt souillé par la sueur et un pantalon en tissu synthétique noir. Un holster noir en nylon contenant un revolver chromé de la taille d'un bazooka lui barrait la poitrine.

« Qu'est-ce que vous faites là, madame ? Vous allez vous faire tuer. Allez, dégagez. » Il accompagna ces paroles d'un geste sans équivoque.

Abby balbutia puis trouva finalement ses mots. « Quelqu'un essaie de me tuer. Je vous en prie, aidez-moi.

— Qu'est-ce que vous avez bu, madame ?

— Écoutez-moi. Quelqu'un a fait sauter ma maison. »

Le conducteur la regarda pour la première fois comme s'il se pouvait qu'elle dise la vérité.

Abby ne pouvait voir l'homme assis à côté du conducteur mais il paraissait mieux habillé, en veston sport et pantalon d'été. La portière s'ouvrit du côté du passager qui descendit de voiture. C'était un Afro-Américain, grand et mince, qui, lorsqu'il se redressa, parut la regarder attentivement par-dessus le capot de la voiture.

« Comment vous appelez-vous ? », lui demanda-t-il.

Elle avait de la suie sur le visage et du sang séché sous un œil. L'eau ruisselait de ses cheveux emmêlés.

Abby ne lui répondit pas. Quelque chose dans le

regard du policier l'avait troublée, comme s'il la reconnaissait.

Le sergent Logano prit une lampe de poche dans la voiture et la dirigea dans les yeux d'Abby.

Elle eut un mouvement de recul et se protégea le visage d'un bras.

Il se pencha de nouveau dans la voiture pour prendre et ouvrir une grande chemise qu'il posa sur le siège à côté du conducteur. Une photo 10 × 12 d'Abby glissa de la chemise sur le plancher de la voiture. Au même moment, leurs regards se croisèrent au-dessus de la voiture et Logano plissa les yeux.

Un autre camion de pompiers arriva derrière la voiture de patrouille et Logano dit au chauffeur de la voiture de se ranger le long de la route étroite pour le laisser passer. Se transformant un bref instant en agent de la circulation, il guida le camion de pompiers pour l'aider à contourner la voiture. Celle-ci alla se ranger plus loin, le camion passa et, lorsque Logano regarda dans la direction d'Abby, elle avait disparu.

Elle ignorait pourquoi la police avait sa photo mais ne voulait pas attendre de le savoir. Si la police avait sa photo, il devait bien y avoir une raison. On ne croirait pas à son histoire. Elle n'avait aucune preuve que Jack avait fait sauter sa maison. C'était sa parole contre la sienne, et il y avait un homme mort dans son placard.

Profitant du nuage de poussière et de la confusion créés par le camion, Abby se fondit dans les buissons et les ténèbres au bord de la route. Elle recula rapidement pour mettre du champ entre elle et la voiture de patrouille. Elle voyait les deux flics en train de faire une battue avec des lampes de poche et entendait leurs voix. Ils s'entretinrent quelques instants, puis le grand, celui qui portait un veston sport, trancha.

« On laisse tomber. Elle ne peut pas aller loin. Habillée comme ça, elle peut difficilement passer inaperçue. Envoie un appel à toutes les voitures. Si nous ne la rattrapons pas ce soir, ils la ramasseront demain matin. » Ils remontèrent en voiture et s'éloignèrent en direction de la lueur mourante de ce qui avait été la maison d'Abby.

Elle regarda les feux arrière disparaître au sommet d'une côte puis se déplaça le plus vite possible parallèlement à la route. Il lui fallut plusieurs minutes pour parvenir à la barrière de sécurité du Buccaneer. Deux hommes conversaient au rez-de-chaussée de la tour en pierre qui faisait office de guérite.

Abby les épia quelque temps tandis qu'un troisième homme se joignait à eux, quelqu'un de l'équipe de maintenance. Ils commentaient à voix forte toute l'agitation causée par l'incendie en faisant de grands gestes.

Se dissimulant au regard derrière deux ou trois petits véhicules de service garés de son côté de la route, elle s'engagea sur la colline qui conduisait au bâtiment principal. Elle n'y entra pas et le contourna en direction du parc de stationnement et de la véranda qui longeait le bar et le restaurant derrière, à la hauteur du premier étage.

Malgré toute l'agitation, les explosions et les sirènes, l'orchestre n'avait pas sauté une note. Elle entendit la foule applaudir et crier au rythme hypnotique des tambours et des guitares.

Abby alla vivement vers la route qui conduisait à la mer et aux bungalows sur la plage. Elle s'y engagea en jetant tout autour un œil circonspect en quête d'éventuels signes du retour de Jack, mais il faisait sombre et, à l'exception de la musique sur le monticule, elle était seule.

Vers le bas de la colline, s'étendait un parc de stationnement pavé dont les emplacements étaient marqués devant les chambres. La plupart de celles-ci étaient dans l'obscurité. Abby savait que quelques-unes étaient inoccupées. Les locataires des autres dormaient ou étaient en train de faire la fête.

Celle de Jack était l'avant-dernière au bout, près de la plage. Comment y pénétrer ? Toutes les portes se verrouillaient automatiquement et s'ouvraient à l'aide de cartes électroniques. Elle en avait un double mais celui-ci n'était plus à présent que du plastique fondu dans les cendres de son sac à main.

Au flanc de la colline, devant l'ensemble de bungalows, de l'autre côté du parc de stationnement, se dressait un petit édifice. Il y avait de la lumière à l'intérieur. Un bâtiment de service quelconque. Abby avait vu des femmes de chambre y entrer et en sortir le jour de son arrivée avec Jack. La lumière venait d'une porte ouverte sur le côté. Abby s'en approcha et jeta un œil à l'intérieur.

Elle y vit une femme en train de repasser ce qui semblait être des uniformes. Des draps et des taies d'oreillers tournoyaient dans un gros séchoir industriel. La femme écoutait de la musique dans des écouteurs reliés à un lecteur de CD retenu à sa ceinture. Elle tournait le dos à Abby, laquelle aurait pu tirer du canon sans être entendue.

A l'intérieur, contre le mur, juste à l'entrée, il y avait une rangée de casiers, une douzaine peut-être en tout. Ils étaient tous cadenassés, sauf un qui était ouvert. Abby vit la femme finir de repasser un uniforme, le placer sur un cintre et l'accrocher avec d'autres à une tringle sur le mur opposé. Elle revint vers la planche à repasser, prit un nouvel uniforme dans un panier en osier et recommença.

Abby baissa les yeux sur sa robe de chambre en tissu-éponge. Elle était brûlée et tachée de sang à deux endroits. En plein jour, elle aurait l'air d'une affiche au néon ambulante proclamant « Arrêtez-moi ». Il fallait qu'elle trouve quelque chose à se mettre sur le dos. Elle regarda le casier ouvert, la femme en train de repasser et qui se trémoussait du derrière au rythme de la musique que lui transmettaient ses écouteurs.

Abby se glissa à l'intérieur jusqu'au casier sur le sol en ciment. Deux uniformes de femme de chambre, un jean et un débardeur y étaient suspendus. Ces deux derniers étaient trop petits. Le jean lui serait arrivé au mollet. Elle saisit la robe de l'un des uniformes. Au lieu de tomber à mi-mollet comme il eût été normal, elle lui arrivait tout juste au-dessus du genou. Elle la prit quand même. Il n'y avait pas de chaussures.

Abby jeta un œil du côté de la femme. Elle portait des tennis blanches. Elles n'auraient pas été de sa taille de toute façon. Elle était coincée avec ses chaussures de plage. Elle vit la femme finir de repasser la moitié de l'uniforme et retourner celui-ci sur la planche.

Abby aperçut un sac à main sur une étagère du casier. Elle le prit et regarda à l'intérieur. Il y avait un portefeuille contenant deux dollars, quelques cigarettes et des clés. Cela fut à regret mais elle prit l'argent. A défaut d'autre chose, elle pourrait en obtenir de la monnaie pour téléphoner en PCV à Morgan. En remettant le portefeuille à sa place elle aperçut une carte magnétique servant de clé, sans doute un passe-partout pour le service aux chambres. Il était sous le sac à main qu'Abby venait de fouiller. Elle le prit, le mit dans la poche de sa robe de chambre et traversa rapidement la pièce en direction de la porte.

Une fois dehors, elle se changea dans les ténèbres et, ayant retiré la clé de la poche de la robe de chambre, jeta celle-ci dans une poubelle. Elle n'avait toujours pas de sous-vêtements mais la robe d'uniforme attirerait moins l'attention que la robe de chambre brûlée et tachée de sang.

Elle traversa ensuite rapidement le parc de stationnement en direction de la chambre de Jack. La lumière extérieure était allumée au-dessus de la porte mais la fenêtre de la salle de bains était obscure et il n'y avait pas de voiture garée devant la chambre. Risquant le tout pour le tout, elle prit une profonde inspiration et utilisa la clé. Elle se glissa vivement à l'intérieur, referma la porte derrière elle et resta sans bouger dans l'obscurité. Elle tendit l'oreille mais n'entendit que le tic-tac de l'horloge dont le cadran lumineux était visible sur la commode de la chambre.

La pièce était vide mais la valise de Jack, non défaite depuis son retour, était posée au pied du lit. Elle hésita à faire de la lumière mais il fallait qu'elle voie. Elle alluma une lampe de chevet et se glissa rapidement dans le couloir qui séparait la chambre à coucher de la salle de bains. Là se trouvait un placard avec des portes coulissantes à claire-voie. Elle ouvrit un battant. Le coffre électronique était monté sur une plate-forme en bois fixée au sol.

Abby s'agenouilla et tenta de se souvenir de la combinaison. Jack lui avait demandé sa date de naissance et elle lui en avait donné une fausse. Mais elle ne parvenait pas à se souvenir de l'année qu'elle avait inventée. Cette date faisait partie de la combinaison qu'il avait rentrée. Elle pria le ciel qu'il ne l'ait pas changée. Procédant à tâtons, elle appuya d'abord sur les touches correspondant au jour et au mois de sa naissance, puis essaya diverses années consécutives. Elle entendit finalement le ronron d'un moteur et vit le mot « Open » apparaître en lettres rouges dans la fenêtre qui se découpait sur la porte du coffre. Elle en tira le loquet et l'ouvrit.

Il contenait un certain nombre d'objets, des enveloppes et des papiers, un trousseau de clés qui devaient appartenir à Jack. C'est alors qu'elle vit, au fond, la couverture bleue d'un passeport. Elle le prit et l'ouvrit : c'était celui de Jack. Elle le jeta par terre et se mit à explorer frénétiquement le coffre. Dans le bas de celui-ci elle aperçut, sous une pile de feuilles, une autre couverture bleue. Elle l'ouvrit et son pouls s'accéléra. Elle contenait sa photo. Elle poussa un soupir de soulagement. Elle ramassa par terre le passeport de Jack et les jeta tous deux dans l'ample poche plaquée de l'uniforme. Jack, sans passeport, aurait du mal à la poursuivre dans l'île.

Il y avait de l'argent en vrac à l'intérieur du coffre. Elle le ramassa et le compta : cent dix-sept dollars. Ils allèrent rejoindre les passeports dans la poche. Elle trouva ensuite la deuxième carte bancaire établie à son nom. Elle la prit aussi, referma la porte du coffre et appuya sur le bouton de verrouillage. Le moteur ronronna de nouveau.

Elle entra dans la salle de bains mais sans allumer. La lumière eût été visible depuis le parc de stationnement dehors. Puis, afin de retrouver une apparence humaine, elle se lava le visage pour en retirer la suie et le sang et, ayant trouvé une brosse sur l'évier, elle se coiffa.

Elle revint ensuite vers le placard. Elle en ouvrit l'autre côté et passa en revue les vêtements qui y étaient suspendus à la recherche de quelque chose d'utilisable. Les pantalons et les chemises de Jack étaient beaucoup trop grands. Elle était mieux lotie en femme de chambre. Aussitôt arrivée à Christiansted, elle retirerait de l'argent au distributeur et, le lendemain matin, achèterait dans une boutique les vêtements dont elle avait besoin. Elle trouverait ensuite un moyen ou un autre de quitter l'île au plus vite.

Elle aperçut, accrochée dans un coin du placard, la banane dans laquelle Jack portait son pistolet. La fermeture Éclair était ouverte. Elle la souleva. Elle était vide. L'arme n'y était plus.

Elle revint dans la chambre et alla fouiller les tiroirs de la commode. Rien d'utilisable. Elle trouva une paire de chaussettes de tennis blanches et se demanda si elle pourrait les porter avec ses chaussures de plage. Elle les mit dans sa poche.

Elle venait de terminer son inspection et refermait le tiroir lorsqu'elle entendit des pneus qui roulaient lentement sur le gravier devant les bungalows et vit une lueur de phares se refléter dans la fenêtre de la salle de bains. Elle plongea vers la lampe de chevet et l'éteignit au moment même où elle entendait le moteur s'arrêter et une portière claquer. Un instant plus tard, le bruit d'une carte que l'on glissait dans la serrure se fit entendre.

Abby fonça dans l'obscurité de la pièce en direction de la porte du patio mais il était trop tard. Jack passait le seuil de la porte.

Revenant sur ses pas, elle se jeta en rampant vers l'autre côté du lit et s'étendit sur le plancher. Elle souleva les couvertures du lit. Le matelas était posé sur une plate-forme. Il n'y avait pas de place pour se cacher dessous.

Elle demeura complètement immobile.

Jack entra et, ayant allumé la lampe de chevet, se laissa brutalement tomber au bord du matelas. Les ressorts grincèrent et Abby faillit crier. Elle l'entendit respirer tandis qu'il vidait ses poches et en déposait le contenu sur la table de chevet opposée. Elle pria le ciel qu'il prenne une douche, se coiffe, fasse n'importe quoi qui lui donne deux secondes pour arriver jusqu'à la porte du patio.

Il envoya voler de l'autre côté du lit une chaussure qui faillit atteindre Abby. La crainte qu'il n'aille la récupérer lui fit retenir son souffle. Il n'en fit rien. L'autre chaussure suivit, puis ce furent les chaussettes.

Jack se leva du lit et elle entendit le bruit de succion de la plante de ses pieds lorsqu'il se dirigea vers la salle de bains.

Elle se leva et courut vers la porte. Il n'y avait qu'un simple verrou fermé de l'intérieur sous la poignée. Elle le tourna doucement pour ne pas faire de bruit puis se retourna pour regarder en direction de la salle de bains.

C'est alors qu'elle aperçut, par terre, derrière elle, l'un des passeports. Il avait dû glisser de sa poche lorsqu'elle avait rampé sur le plancher.

Elle entendit soudain le bruit de la chasse d'eau. Jack revenait. Elle regarda le passeport et le rai de lumière qui filtrait dans l'entrebâillement de la porte de la salle de bains tandis que l'ombre de Jack se profilait sur le mur du couloir de division.

Il n'y avait qu'une chose à faire. Elle sortit sur le patio obscur en refermant sans bruit la porte derrière elle. Celle-ci bougeait encore lorsque Jack réapparut dans la chambre mais il ne s'en aperçut pas. Il se déplaçait dans la pièce à trois mètres d'elle. Elle pria le ciel qu'il ne voie pas le passeport sur le plancher.

Elle mourait d'envie de fuir mais garda la tête froide. Elle prit le passeport restant dans la poche de sa robe, l'ouvrit et vit la photo de Jack. Elle ne pouvait rien faire. Elle était coincée dans le patio. Elle s'enfuirait au dernier instant si Jack trouvait le passeport. Il ne lui restait autrement qu'à attendre, dans l'espoir qu'il retourne dans la salle de bains ou s'en aille. C'était son seul billet de sortie de l'île.

Le passeport, se trouvant presque à l'angle du lit, était heureusement hors du champ de vision de Jack. S'il allait de ce côté, il marcherait dessus, mais il n'y avait aucune raison pour qu'il aille de ce côté.

Il décrocha le téléphone et composa un numéro. Elle l'entendit parler à la standardiste internationale puis il resta en ligne, silencieux. Il s'assit sur le bord du lit. Il paraissait fatigué et las. Dur métier que celui de tueur, pensa Abby. Elle ne voyait pas une seule tache de sang sur ses vêtements. Il avait dû prendre une douche et se changer après avoir assassiné Charlie. Si elle avait tenu à la main le pistolet de Jack lorsqu'il s'était assis sur le bord du lit, elle l'aurait abattu sur-le-champ.

« Jess. Ici Jack. Écoute, j'ai besoin de ton aide. » Jack se leva, lui tourna le dos et baissa la voix. Abby ne put entendre la suite. Ils parlèrent un long moment mais tout ce qu'elle put saisir, ce fut le bourdonnement de la voix de Jack sans les paroles. Il se tourna ensuite dans sa direction.

« Non, je crois qu'elle est encore vivante. Je n'en suis pas sûr. Je cherche. »

Il écouta pendant que Jess disait quelque chose à l'autre bout de la ligne.

« Non. Non. Ne me raconte pas de salades. Je dois coincer Spencer. Il faut d'abord que je le retrouve. Et j'ai besoin d'aide pour la retrouver avant qu'elle ne quitte l'île. »

Jess l'interrompit.

« Sors du lit. Débrouille-toi mais arrive. »

Jess écoutait à présent. « Je vais téléphoner pour réserver un billet qui t'attendra à l'aéroport de Los Angeles. Je vais essayer d'avoir un vol pour ce soir. » Il était quatre heures plus tôt sur la Côte Ouest.

Jess parlementait. Il se préparait sans doute à sauter une quelconque starlette.

« Dors à bord de l'avion, merde, dit Jack. Et à l'atterrissage, pointe-toi ici dare-dare. »

Jess sembla s'incliner.

« Bon. Écoute, je te revaudrai ça. A demain matin. » Jack raccrocha. Il erra durant quelques instants sans but dans la pièce comme s'il réfléchissait. Il baissa alors les yeux vers sa valise toujours non défaite sur le plancher au pied du lit.

Abby regarda le passeport. Jack le verrait s'il prenait la valise. Elle était sur le point de s'enfuir. Son cœur battait. Ils prévoyaient de tuer Morgan. A défaut de pouvoir quitter l'île, il fallait au moins qu'elle l'appelle pour le prévenir.

A mi-chemin de la valise, Jack s'arrêta comme frappé par une pensée soudaine, fit demi-tour et se dirigea vers la salle de bains. Il disparut aussitôt. Abby voyait encore le rayon de lumière laissé par la porte de la salle de bains entrouverte mais il fallait qu'elle tente sa chance.

Elle se glissa vivement par la porte du patio et fut en quatre pas près du passeport qu'elle ramassa. Elle fit ensuite demi-tour et disparut aussitôt.

La porte de la chambre de Jack produisit un déclic en se refermant. Il l'entendit et sortit de la salle de bains. Il comprit instantanément de quoi il retournait. Il courut vers le patio dont il ouvrit la porte. Il n'y avait personne. Il tourna les yeux vers le muret conduisant au patio voisin et aux épais fourrés en contrebas.

## CHAPITRE TRENTE-CINQ

Il ne lui restait pour toute possession personnelle que sa montre-bracelet. Elle l'avait au poignet dans la douche avant de découvrir le corps de Charlie. Assise à l'arrière du taxi, elle y jeta à plusieurs reprises un œil nerveux tout en se demandant comment s'y prendre pour sortir de l'île et combien de temps cela demanderait.

Son billet pour le vol du matin était entre les mains de Jack. Il surveillerait l'aéroport, tout comme la police si on la recherchait.

Le trajet jusqu'à Christiansted dura dix minutes. Elle dit au chauffeur de la laisser dans le quartier commercial de Gallows Bay et le paya avec une partie de l'argent qu'elle avait pris dans le coffre de la chambre de Jack. Maintenant qu'on l'avait vue sur la route, les flics allaient interroger chaque chauffeur de taxi qui s'était trouvé dans les parages du Buccaneer. De cette manière, le sien ignorerait sa destination.

Elle parcourut à pied la distance qui la séparait de la ville. Il lui fallut presque une demi-heure. Elle prit ensuite une chambre dans un petit hôtel près du King's Wharf. Le réceptionniste la regarda bizarrement dans ses chaussures de plage et son uniforme de femme de chambre tout froissé mais il prit son argent sans poser de questions.

Elle monta à sa chambre et téléphona aussitôt à Morgan à son domicile personnel, à Seattle. Elle savait qu'il n'y serait pas, pas encore en tout cas, mais laissa un message sur son répondeur. Elle tenta de masquer l'affolement qui devait s'entendre dans sa voix. Morgan ne pouvait rien faire depuis Seattle mais elle voulait le prévenir. Jack et, à présent, Jess étaient à ses trousses. Morgan était méfiant mais il ignorait le danger qui le guettait.

Il était près de trois heures du matin lorsqu'elle se défit enfin de ses chaussures de plage, régla le réveil et s'écroula sur le lit. Elle ne prit pas la peine de retirer la robe. Elle pensait s'endormir aussitôt mais il n'en fut rien. Son esprit fut assailli de pensées au sujet de Theresa et de Jack. L'homme qu'elle avait aimé avait assassiné sa meilleure amie. L'homme dont elle se croyait aimée venait d'attenter à sa vie. Elle se pelotonna contre un oreiller, l'entoura de ses bras et se mit à sangloter. Elle pleura sur elle-même pour s'endormir.

Ce fut la lumière se déversant par la fenêtre, et non le réveille-matin, qui la réveilla trois heures plus tard. Elle se retourna dans le lit, se frotta les yeux, se leva et alla à la fenêtre. Elle avait la bouche épaisse comme si elle avait avalé du rhinocéros. Et elle avait faim.

Des commerçants s'activaient sur le ponton. Depuis des camions garés dans le parc de stationnement de l'hôtel on livrait déjà les boutiques et on approvisionnait les restaurants qui s'entassaient en un dédale autour des quais.

Dans quelques heures les lieux allaient grouiller de touristes, le premier afflux de la journée à se déverser des bateaux de croisière, et elle se perdrait dans la foule.

Elle prit une douche, tenta de se coiffer du mieux qu'elle put et s'éclipsa par l'escalier arrière de l'hôtel de manière à n'être pas vue de la réception. Une seule chose la réjouissait. Lorsque la police l'avait interrogée sur la route, elle portait la robe de chambre souillée. Ce détail figurerait vraisemblablement dans tous les signalements que l'on diffuserait d'elle. On ne rechercherait pas un uniforme de femme de chambre, pas avant quelques heures en tout cas, et lorsque la police comprendrait, la robe serait elle aussi dans une poubelle de Christiansted.

Elle franchit d'un pas vif la distance de quatre pâtés de maisons par des ruelles, longeant les immeubles de près et à l'affût d'une présence policière quelconque. Cinq minutes plus tard, elle pénétra dans une banque de King Street et retira mille dollars à l'aide de sa carte bancaire, le tout en coupures de vingt dollars. Elle les plia et, les ayant mises dans sa poche, traversa la rue. Elle commanda un café et un gâteau à un petit marchand ambulant et disparut comme une souris sous un arbre du marché public qui se trouvait quelques rues plus loin. Comme il n'y avait marché que le samedi, tous les étalages étaient vides. Vêtue de son uniforme de femme de chambre, Abby se mêla aux rares autochtones qui passaient par le quartier en se rendant à leur travail.

Elle patienta ainsi une heure tout en surveillant les rues au sud de la ville. Elles commencèrent peu à peu à se remplir de chalands. Les trottoirs en bois et couverts furent bientôt envahis d'une cohue qui se mit à jouer du coude à la porte des boutiques.

Abby se fondit dans la foule. Elle alla d'abord à Java Wraps où elle acheta des sous-vêtements, deux pantalons d'été, une paire de chaussures de bateau et quatre débardeurs, une veste serrée et un sac en toile où mettre le tout. Elle trouva sur une patère d'exposition un grand chapeau de paille à large bord décoré d'un ruban à pois rouges. Elle paya comptant. Autrement, si elle avait utilisé la carte bancaire, il lui aurait fallu signer de son nom. Si la police interrogeait les employés, ceux-ci au moins ne pourraient lui donner aucun nom qui pût la mettre sur la piste.

Elle entra ensuite dans une parfumerie où elle acheta des produits de maquillage, une brosse à cheveux et autres articles de toilette. Elle s'engagea dans les rues encombrées jusqu'à la Petite Suisse où elle trouva des lunettes fumées griffées.

Abby disparut dans les toilettes des dames du hall d'un hôtel près du ponton et lorsqu'elle en ressortit une demi-heure plus tard, on eût dit une gravure de mode.

Ses cheveux étaient tirés en arrière et ramenés en chignon sur sa tête sous le chapeau de paille retenu sous le menton par le grand ruban à pois rouges. Le pli du pantalon blanc était impeccable et le débardeur bleu faisait naturel et décontracté.

Avec ses chaussures de bateau blanches, elle avait l'air de se diriger vers son yacht au mouillage à proximité du rivage. Elle portait au bras l'élégant sac en toile contenant tous ses autres achats, la carte bancaire, les devises qui lui restaient et les passeports. Une fois sortie de l'île, elle jetterait celui de Jack dans une poubelle et le laisserait raconter ses histoires à l'Immigration. A la voir, on eût cru une riche touriste. Seuls ses yeux eussent pu trahir son affolement mais ils étaient dissimulés sous de grandes lunettes fumées ovales.

Se mêlant aux touristes dans King's Alley, elle entra dans un restaurant en plein air où elle commanda un thé glacé et s'assit. Elle pourrait au moins s'y asseoir pour faire le point et passer en revue les diverses issues qui s'offraient à elle.

Abby avait attrapé au passage, dans le hall de l'hôtel, de la littérature touristique, des brochures sur les croisières individuelles en bateau et les excursions privées en avion. Elle les parcourut en essayant d'imaginer un moyen de se faire conduire jusqu'à San Juan. La plupart des bateaux ne s'aventuraient pas au-delà des îles plus petites de l'archipel.

L'une des brochures attira son regard. Elle représentait un mince hydravion bimoteur, le Seaborne Vista Liner. Celui que Morgan avait pris de Saint-Thomas à Sainte-Croix. Elle se demanda si la police irait la chercher là. Tout dépendait de l'ampleur des moyens mis en œuvre pour la retrouver et de l'importance que sa capture représentait pour la police. Elle n'en avait pas la moindre idée, mais la découverte du corps brûlé de Charlie dans son propre placard n'allait sans doute pas manquer de relancer les spéculations policières.

L'aéroport était exclu. On devait l'y attendre de pied ferme. Un petit bateau de plaisance mettrait des jours pour atteindre San Juan et on l'y attendrait sur les quais. Elle devait agir vite. Abby se dit qu'elle avait au mieux quelques heures de répit avant que les flics ne coordonnent leurs recherches ou, pire, que Jack ne la retrouve. Dans trois ou quatre heures, les bateaux allaient repartir, la laissant seule dans les rues de Christiansted comme Audrey Hepburn dans *Diamants sur canapé.*

Elle finit de boire son thé et se fondit de nouveau dans la foule qui déambulait dans les rues.

On vendait les billets de l'hydravion bimoteur qui assurait la liaison avec Charlotte Amalie dans l'île de Saint-Thomas à un petit guichet percé dans le mur d'un bâtiment du port. Le prochain vol était à treize heures ou presque. Il restait des places. Elle regarda sa montre, un peu plus d'une heure. Cela ne lui plaisait guère mais elle n'avait pas le choix. Elle acheta un aller simple puis se dirigea vers une cabine téléphonique qu'elle avait repérée plus tôt dans le hall d'un hôtel. La cabine ressemblait à celles auxquelles nous a habitués l'imagerie londonienne, rouge, munie d'une porte et de carreaux sur tout son pourtour, très intime.

Elle y entra et composa le numéro du standard international. Elle donna à la standardiste le numéro de code de Seattle et le numéro de téléphone de Morgan. Après quatre coups, elle eut droit de nouveau au répondeur. Elle ne laissa pas d'autre message. Elle se demanda si Morgan n'était pas encore arrivé chez lui ou s'il était venu et reparti. Il était peut-être déjà en route pour New York. Elle téléphona au cabinet. Il était à peine huit heures sur la Côte Ouest et Abby espéra qu'une réceptionniste répondrait.

On décrocha à la seconde sonnerie. « Starl, Hobbs et Carlton.

— Allô. Monsieur Spencer est-il arrivé par hasard ?

— Je crains qu'il ne soit en voyage. »

Abby hésita un instant puis se dit qu'elle n'avait rien à perdre. « C'est Abby. Abby Chandlis. » Elle croyait avoir reconnu la voix de la réceptionniste, Janice, une fille avec laquelle elle avait déjeuné à quelques reprises.

Il y eut un silence à l'autre bout de la ligne.

« Abby ? Où êtes-vous ? »

La question donna le frisson dans le dos à Abby. Elle était un peu trop directe. Pas un mot de salutation ou de préambule. Janice ne voulait savoir qu'une chose : où elle était. Elle se demanda si la police s'était de nouveau présentée au cabinet après le départ de Morgan pour les îles Vierges. Lui absent du bureau, les flics pouvaient s'être entretenus avec Cutler. Si c'était le cas, Abby ne se trouvait pas en terrain amical. Elle se représenta la réceptionniste claquant frénétiquement des doigts pour attirer l'attention d'une collègue, peut-être pour que celle-ci appelle la police, bien que cela ne leur eût pas servi à grand-chose.

« Vous savez où est Morgan ?

— Voyons un peu. Je crois qu'il a laissé un message. Il a téléphoné durant le week-end. Un instant. Je vais voir si je le trouve. »

Abby songea à raccrocher. Elle se demanda si la police avait mis la ligne sur écoute ou avait quelque moyen de retracer l'origine de l'appel. Peut-être était-on en train d'enregistrer tout ce qu'elle disait. Elle regarda sa montre. Quinze secondes, vingt secondes, une demi-minute. Janice cherchait toujours.

« Ah. Le voilà. Il téléphonait de San Juan, à Porto Rico. Il dit qu'il compte y rester quelques jours de plus. Qu'il a des affaires à régler là-bas. Où êtes-vous ? »

Abby passa outre la question. « Quand a-t-il téléphoné ?

— Voyons. Le message a été laissé sur notre répondeur tôt ce matin. Vers six heures. »

Morgan était plus proche qu'elle ne le pensait. Mais pourquoi n'était-il pas allé chercher les documents à Seattle ? Peut-être n'avait-il pas pu décommander son rendez-vous à San Juan. Non. C'était absurde. Il savait ce qui était en jeu.

« Êtes-vous sûre d'avoir reconnu la voix de Morgan sur l'enregistrement ?

— Je ne l'ai pas écouté. Quelqu'un d'autre a relevé le message. Mais qui voulez-vous que ce soit d'autre ?

— A-t-il laissé un numéro de téléphone ?

— Non.

— A-t-il dit où il était descendu ?

— Le message ne le dit pas. Où êtes-vous, Abby ? »

La sempiternelle question.

« Peu importe. Je rappellerai. » Elle raccrocha. Elle essuya soigneusement le combiné avec l'un des débardeurs neufs qu'elle avait dans son sac en toile et en frotta les touches de l'appareil. Sans trop savoir pourquoi, par réflexe automatique ou parce qu'elle l'avait vu faire au cinéma. En s'éloignant de la cabine, elle essaya d'interpréter l'information que lui avait transmise Janice. Pourquoi Morgan n'avait-il pas quitté San Juan ? Et si le cabinet avait menti ? Mais pourquoi inventerait-on une pareille histoire ? Jack avait peut-être fait son affaire à Morgan comme il l'avait fait pour Charlie. Dans ce cas, Abby était à présent toute seule.

Elle se creusa les méninges pour essayer de se scuvenir du nom du bateau de San Juan que lui avait donné la personne qui avait téléphoné pour Morgan. Elle l'avait noté sur un bout de papier qu'elle lui avait remis au restaurant Indies durant le déjeuner et elle ne se le rappelait plus. *Cuesta, Cuesta, Cuesta* quoi ? Néant. C'était sa seule piste pour retrouver Morgan à San Juan. Sa présence là-bas avait sans doute à voir avec ce bateau. L'équipage saurait où le trouver.

Elle prit la direction des quais. Pensive, regardant vers le sol. Elle abaissa sa garde l'espace d'un instant et il lui en coûta.

Jack, coiffé d'un grand chapeau de paille, sortit du pavillon ouvert contigu aux Douanes et se dirigea droit sur elle. Il ne l'avait pas reconnue à son visage car celui-ci se cachait derrière de grosses lunettes fumées. Mais plutôt à sa façon de se tenir, droite et élancée. Elle tranchait sur les passagers des bateaux de croisière, plus âgés et qui piétinaient autour des boutiques.

Abby était à moins de trente mètres de lui lorsqu'elle le vit. Mais cette fois Jack arrivait droit sur elle en courant. La peur panique qu'elle éprouva lui expédia une décharge d'adrénaline dans le corps. Fuir. Elle fit demi-tour et se mit à courir en bousculant la foule au passage. Elle tenait le sac en toile contre elle comme une bouée de sauvetage. Elle s'attira l'ire de nombreux touristes lorsqu'elle faillit heurter un vieillard. Ils l'apostrophèrent en criant mais elle ne s'arrêta pas. Elle descendit King's Alley et tourna à gauche dans King's Street. Jack était juste derrière elle. Elle vira dans Church Street et, cent mètres plus loin, se précipita dans la Petite Suisse.

On s'y bousculait. On jouait des coudes devant les vitrines d'exposition, regardant les montres et les bagues, comparant les prix. Le magasin s'étendait sur deux niveaux, les bijoux et les stylos à l'avant et, deux marches plus haut à l'arrière, les cadeaux et articles divers dans un espace plus grand.

Abby réussit à se faufiler à travers la foule sans trop se faire remarquer. Elle ôta son chapeau de paille et le mit dans son sac, espérant que Jack continuerait à le chercher des yeux. Se voûtant sur plusieurs centimètres, elle se mêla à un groupe de femmes qui reluquaient un collier d'émeraudes colombiennes. Elle ne quittait pas de l'œil les deux portes d'entrée à l'avant du magasin, les seules menant à la rue.

Quelques instants plus tard, elle vit Jack se frayer sans ménagement un chemin dans la marée humaine à l'extérieur et passer devant la première porte puis devant la seconde. Elle faillit foncer vers la sortie mais elle n'eut pas le temps d'esquisser un mouvement qu'il revenait et regardait par l'une des portes.

Elle se voûta encore davantage et jeta un œil à sa montre. S'il respectait l'horaire, son avion décollait dans dix minutes. Elle se fût volontiers éclipsée en rampant sur le plancher du magasin mais cela aurait attiré l'attention.

Elle risqua un œil par-dessus l'épaule d'une cliente. Jack était toujours debout à la porte, en train de fouiller du regard la foule à l'intérieur, la tête tournée de l'autre côté pour l'instant. Il portait une petite banane bleue à la ceinture et Abby savait ce qu'elle contenait. Il finirait tôt ou tard par la voir.

De l'endroit où il se tenait, il couvrait les deux portes. Si elle faisait un mouvement, il l'attraperait.

Elle réfléchit quelques instants, regarda dans son sac en toile et eut soudain une idée.

Elle avisa un couple d'Asiatiques en train de regarder la vitrine des montres.

Elle se déplaça vers eux et parla à la femme. « Excusez-moi. »

Ils la regardèrent.

« Je suis en train d'essayer ce chapeau mais je ne sais pas de quoi il a l'air de loin. » Abby avait à présent son chapeau de paille à la main.

« Ça vous ennuierait de monter les deux marches là-bas et de le mettre ? » L'homme au moins paraissait comprendre l'anglais. Il expliqua la requête d'Abby à sa femme qui adressa à celle-ci un grand sourire, s'inclina légèrement et prit le chapeau.

Elle s'éloigna de sept ou huit mètres dans la foule en tournant le dos à Abby et à son mari avant de mettre le chapeau sur sa tête. Elle monta ensuite les deux marches afin qu'Abby puisse mieux voir. A son retour, la femme fut surprise de trouver son mari seul. Elle fut encore plus surprise de voir un homme de haute taille portant une banane bleue au côté foncer dans la foule en distribuant les coups et arriver sur elle comme une locomotive. Il ne s'arrêta que lorsqu'il vit le visage qu'elle tournait vers lui. Ce fut, en la voyant, comme s'il recevait une décharge électrique. Il écarquilla les yeux et se retourna pour regarder en direction de la porte mais il était trop tard.

Abby s'éloigna de la foule en courant au milieu de la rue. Elle évita de justesse deux voitures dont l'un des conducteurs donna du klaxon et freina en faisant crisser ses pneus.

Abby frôla l'aile de la voiture et continua. On la regardait à présent. Toujours en courant, elle descendit King's Alley jusqu'aux quais. Elle entendait le grondement du bimoteur. L'hydravion mettait les gaz. Prenant ses jambes à son cou, elle dévala la rue au milieu des touristes et des voitures à bras des marchands ambulants. En arrivant au bas de l'étroite ruelle, elle vit que l'hydravion était toujours à quai. Mais un homme d'équipage commençait à relever la passerelle conduisant à la porte.

Abby cria et agita les bras. L'homme leva les yeux vers elle et rabaissa la passerelle.

Elle fouilla dans son sac à la recherche du billet, le lui tendit et monta à bord. Elle trouva un siège près d'un hublot donnant sur les quais, immédiatement derrière l'aile et l'un des moteurs vrombissants. Elle s'assit et boucla sa ceinture. Si elle avait pu, elle aurait aidé à la fermeture de la porte de l'appareil.

Elle regarda par le hublot et scruta le quai à la recherche de signes de la présence de Jack. Il ne devait pas être très loin derrière. Elle regarda derrière elle dans l'allée de l'avion. Qu'attendait-on pour partir? Une conversation allait bon train à la porte de l'appareil. Le préposé à la passerelle parlait à présent avec l'un des membres de l'équipage qu'il congratulait en riant et avec force claques dans le dos.

Elle se tourna, regarda de nouveau par le hublot et vit Jack. Il l'avait suivie à la trace jusqu'au bas de la ruelle sur le quai. Il vit l'hydravion. Il comprit aussitôt. Il se mit à courir. On avait enfin fermé la porte de l'appareil. Les moteurs grondèrent et il commença à s'éloigner du quai. Jack hurla quelque chose à Abby dont il voyait le visage dans le hublot à moins de dix mètres. Il avait mis les mains en porte-voix autour de sa bouche mais elle ne put comprendre ce qu'il lui criait. Elle ne pouvait lire non plus sur ses lèvres et n'y tenait d'ailleurs pas. Elle détourna la tête et les paroles de Jack furent avalées par le grondement des moteurs. L'un des membres de l'équipage au sol essaya d'éloigner Jack des remous d'air causés par les hélices et la queue de l'avion lorsque celui-ci vira en direction du large. Les moteurs prirent de la puissance et Abby respira enfin quand le hublot près duquel elle était assise se couvrit d'embruns.

Sur le quai, Jack, faisant fi du membre d'équipage qui le tirait par le bras, criait : « C'est Spencer qui a fait ça ! Abby, écoute-moi. C'était Spencer ! »

## CHAPITRE TRENTE-SIX

« Nous n'avons pas le temps de parler maintenant, dit Jack. Peut-être dans l'avion.

— Mais je viens tout juste d'atterrir. » Jess avait l'air fatigué et hébété.

Jack le prit par le bras et l'entraîna vers une autre porte d'embarquement. Ils passèrent à travers le détecteur de métal et on contrôla leurs bagages. Le fonctionnaire leur demanda s'ils avaient des passeports. Jess allait sortir le sien lorsque Jack s'interposa et se contenta de répondre « oui ». L'Immigration n'allait pas les contrôler ici, au départ de Sainte-Croix, mais à l'atterrissage à San Juan. Jack s'inquiéterait de la chose à ce moment-là.

« Où allons-nous ?

— Je te le dirai dans l'avion, répondit Jack. As-tu pris le sac que je t'avais demandé ? »

Jess avait fait un détour par Coffin Point en venant. Il désigna l'un des bagages qu'il était en train de transporter en direction de la piste d'envol.

« Laisse-moi t'aider. » Jack prit le sac dont il tâta l'intérieur tandis qu'ils marchaient à pas rapides vers la piste d'envol.

On avait fait le plein de l'avion, le Gulfstream au fuselage luisant d'Enrique Ricardi. L'avion privé à l'envergure profilée gémissait comme un couguar en chaleur. « Ricardi Spirits », pouvait-on lire au-dessus de la porte.

« Pressez-vous. » Henry leur faisait signe de la main depuis le haut de l'escalier. « On vient de recevoir l'autorisation de décoller. Vite. » S'ils se dépêchaient, ils pourraient arriver à San Juan avant Abby. Le réacteur privé, non soumis aux horaires des vols commerciaux, leur donnait une avance.

Ils grimpèrent l'escalier en courant, entrèrent dans la cabine, rangèrent leurs bagages et prirent place dans de somptueux fauteuils pivotants. Henry se rendit dans le cockpit pour donner l'ordre au pilote de décoller.

« Maintenant dis-moi ce qui se passe, dit Jess.

— Spencer a essayé de tuer Abby. Elle ne le sait pas et court droit vers lui. »

Ils sentirent le roulement des roues et quelques minutes plus tard l'accélération leur plaqua le dos sur le siège. Trente secondes plus tard, ils avaient décollé. A la vitesse de croisière de huit cents kilomètres à l'heure, il leur faudrait moins d'une heure pour atteindre San Juan. Henry avait déjà donné des instructions pour que l'on atterrisse sur la piste de l'American Airlines. Il supposait que l'avion d'Abby, étant le plus gros appareil à faire la navette entre Porto Rico et les îles Vierges, arriverait de ce côté.

Il avait aussi appelé et alerté les autorités pour que l'on essaie d'arrêter Abby au débarquement si elle arrivait avant eux. De la retenir au besoin. Si elle leur échappait à sa descente d'avion, les Douanes ou l'Immigration ne pourraient la rater lorsqu'elle présenterait son passeport.

« On dirait que tu as pensé à tout, dit Jess.

— Je pensais avoir tout prévu à Christiansted. Elle m'a pris de court, s'est enfuie et m'a laissé planté sous les embruns sur le quai.

— Comment as-tu su pour l'avocat?

— J'ai trouvé un mot sous ma porte en rentrant de

voyage, dit Jack. Samedi soir. Le billet disait qu'Abby voulait me voir à la maison à huit heures et demie ce soir-là. Pour régler un grave malentendu. Heureusement pour moi, j'étais en retard. Le mot ne disait pas qu'il s'agissait d'un barbecue. »

Jess lui adressa un regard interrogatif.

« Il a essayé de nous avoir tous les deux en mettant le feu à la maison. Elle me croit coupable. C'est une longue histoire. » Jack porta la main à la poche intérieure de son veston et en tira une enveloppe qu'il tendit à son frère. « Voilà où je suis allé en quittant l'île samedi matin. A Washington, pour mener ma petite enquête. »

Le Service des copyrights était fermé le samedi mais la Bibliothèque du Congrès avait un système informatique. Si l'on connaissait le titre d'un ouvrage ou le nom de l'auteur, on pouvait appeler l'enregistrement du copyright sur l'écran et le sortir sur imprimante.

« Je cherchais le copyright du manuscrit d'Abby, celui dont elle avait fait déposer les droits par Spencer plusieurs mois auparavant. L'ennui, c'est que j'en ignorais le titre. J'ai essayé le titre sous lequel il a été publié mais je n'ai trouvé que le deuxième enregistrement du copyright, celui déposé par les avocats de Spencer. J'en ai conclu qu'Abby devait avoir utilisé pour le premier dépôt d'enregistrement un titre provisoire sur lequel Bertoli ne risquait pas de tomber lorsqu'il viendrait déposer celui choisi par lui. J'ai donc essayé le nom d'Abby.

— Et tu as trouvé ça ? » Jess tenait l'enveloppe à la main.

Jack hocha la tête. « Je n'ai rien trouvé. Oh. J'ai trouvé les copyrights de ses livres antérieurs mais pas de celui-ci. »

Jess ouvrit l'enveloppe et en retira une feuille de papier. C'était une copie, provenant d'une imprimante à jet d'encre, de l'enregistrement du copyright d'un roman intitulé *Every Dangerous Dream,* « Tout rêve est dangereux ». Il était estampillé à la date du dépôt et le nom du propriétaire inscrit en haut était celui de Morgan Spencer.

« C'était une intuition. J'ai cherché sur l'ordinateur sous le nom de Spencer. » Il hocha la tête. « Elle ne lui en a jamais demandé d'exemplaire. Elle lui faisait confiance. »

Jack trépignait d'impatience. L'avion se déplaçait à la vitesse d'une balle de revolver et ça ne lui suffisait pas.

« Je suis convaincu que le nom de Spencer figure sur tous les contrats que j'ai signés. » Il parlait de ceux que Spencer lui avait fait signer chez lui ce fameux soir. « Je ne les ai jamais lus. Je n'en ai jamais reçu de copies. Quoique ça n'aurait pas servi à grand-chose. Je parierais qu'il a distribué les pages à signer de manière à pouvoir les retirer et les ajouter à un autre ensemble de contrats ultérieurement. A ceux établis à son nom. Nous nous sommes laissé berner, Abby et moi. Il exerçait un contrôle total, sur l'argent, sur les documents. Abby était occupée à écrire. Moi je l'étais à jouer les hommes de paille. Et Spencer à tenir la boutique. Malheureusement pour lui, son nom figurait à la devanture.

— Comment sais-tu qu'il est à San Juan ? demanda Jess.

— Je ne le sais pas. Si elle nous échappe à l'aéroport, nous sommes baisés. » Jack resta là à hocher la tête, ne pouvant rien y faire pour le moment. Ils volèrent en silence durant vingt minutes.

Les signes de la duplicité de Spencer étaient nombreux mais Abby et lui n'avaient rien vu. La machine à écrire que l'on n'avait pas retrouvée, celle dont s'était servie Abby pour écrire le livre. Qui d'autre qu'un avocat y aurait pensé ? La possession de l'instrument d'écriture en cas de contestation pourrait avoir valeur de preuve. Un expert saurait montrer que les touches du clavier d'Abby étaient bien celles qui avaient servi à taper les pages du manuscrit.

Joey avait peut-être été le premier à livrer des renseignements à Thompson, le reporter, mais Jack aurait parié que Spencer avait repris la balle au bond après la mort de Jenrico. Comment Thompson aurait-il pu autrement retrouver Abby dans les îles Vierges ?

« Je parierais qu'il s'apprête à raconter à Bertoli qu'Abby était son avocate, dit Jack. Qu'elle est morte dans un accident tragique en même temps que ton serviteur. Que, tout simplement, à titre amical nous avions convenu de l'aider à faire la promotion du livre. Il s'excusera du procédé et, face à la tragédie, avouera tout ou, en tout cas, se démasquera. Il dira à l'agent et à l'éditeur que c'est lui qui a écrit le livre. Et qui voudra en savoir davantage alors qu'il a tout, y compris Bertoli qu'il tient par les couilles ? »

C'était vrai. Jack et Abby morts, Bertoli avait un cheval gagnant et personne pour le monter. Comme cela, Spencer le tenait à sa merci. Personne n'allait risquer de faire chavirer un bateau rempli d'or à ras bord.

Dans le domaine de la fiction commerciale, Gable Cooper était un nom fait. Ainsi armé et en possession de l'esquisse du livre d'Abby, Spencer trouverait un nègre pour la suite du roman. L'éditeur lui viendrait peut-être ultérieurement en aide pour d'autres textes. On appelle ça de l'« editing » et, durant les dix années à venir, on lirait des livres de Gable Cooper sans la photo de ce dernier sur la couverture et c'est Morgan qui serait détenteur de la franchise.

Henry revint dans la cabine.

« Nous allons amorcer notre descente sur San Juan dans cinq minutes. Comment te sens-tu ? » Il s'adressait à Jack.

« Ça va.

— Mes gens vous donneront un coup de main. » Il possédait une petite armée d'agents de sécurité pour la protection de ses affaires ainsi qu'un garde du corps personnel.

« Je te revaudrai ça, dit Jack.

— Ce n'est rien.

— Puis-je te demander un autre service ?

— De quoi s'agit-il ?

— J'ai dû laisser mon sac à Sainte-Croix. » Le mot « sac » était codé et Henry comprit. « Je n'ai pas eu le temps d'envoyer un colis », dit Jack.

Henry sourit. « Et il y avait trop de détecteurs de métaux à l'aéroport ?

— Tu comprends toujours, dit Jack.

— Mon service de sécurité te donnera quelque chose à l'atterrissage. » Henry parlait sur un ton naturel, comme s'il allait lui préparer un drink et non lui remettre une arme mortelle.

« A part moi, tu es le seul qui la connaisse de vue. Si elle s'échappe dans San Juan et retrouve Spencer, alors... » Jack n'eut pas à aller au bout de sa pensée.

« Comment sais-tu qu'elle a survécu à l'explosion ? demanda Jess.

— Je n'en étais pas sûr, jusqu'à ce matin lorsque je suis allé au coffre pour y chercher mon passeport. Elle l'avait subtilisé pendant que je me préparais à prendre ma douche hier soir. »

Jess lui adressa un petit sourire narquois. « C'est elle qui a ton passeport ? »

Jack acquiesça.

« Qui se portera garant de toi à l'Immigration lorsque nous atterrirons ?

— Faut pas s'en faire. » Jack porta la main à la poche intérieure de son veston et en sortit un passeport bleu qu'il ouvrit en direction de son frère. « Je te présente Kellen Raid. »

C'était comme pour la bombe de papiers pliés. Jack n'écrivait jamais sur quoi que ce soit avant de l'avoir expérimenté au moins une fois. Une sorte de licence littéraire.

En voyant le visage de Jack qui la regardait dans la pénombre, Abby eut une palpitation de cœur. Le sourd grondement des moteurs de l'avion l'avait endormie. Lorsqu'elle ouvrit les yeux, il était là à la regarder depuis le siège que venait de quitter sa voisine de la rangée latérale, laquelle, ayant posé son livre, était partie aux toilettes.

Le visage omniprésent de Jack, sombre et pensif, était partout et, à présent, il regardait Abby depuis la couverture de son propre roman, le nom de Gable Cooper inscrit en lettres dorées sur le front. En montant dans l'avion, elle en avait vu une demi-douzaine d'exemplaires que l'on extirpait de sacs à dos et à main. C'était surréaliste. Il la poursuivait, voulait la tuer, et sa photo était partout. Elle ne pouvait en parler à quiconque, on l'aurait prise pour une folle. Qui l'aurait crue ? Une seule personne, et c'était Morgan.

Il faisait nuit lorsque les roues de l'avion touchèrent la piste de l'aéroport international Luis Martinez. Le heurt brutal des pneus sur le sol dur la ramena à la réalité. Elle cligna plusieurs fois des yeux lorsqu'on alluma dans la cabine et les passagers commencèrent à retirer leurs bagages des casiers au-dessus des sièges. Abby, elle, regardait par le hublot, priant le ciel que Jack ne puisse quitter Sainte-Croix sans son passeport. Elle avait de l'avance sur lui.

Elle ne cessait dans son esprit de retourner dans tous les sens le nom du bateau : *Cuesta, Cuesta, Cuesta* quoi ? Quelle était la seconde partie du nom ? Le nom en espagnol que l'homme lui avait donné au téléphone. Le message qu'on avait laissé pour Morgan.

Dès qu'elle aurait retrouvé Morgan, elle serait en sécurité. Ils iraient à Seattle, y prendraient ce dont ils avaient besoin et le déposeraient sur le bureau de Bertoli à New York. Jack alors ne pourrait plus rien. Dans deux jours, le cauchemar des dernières vingt-quatre heures serait terminé. On arrêterait Jack et on n'en parlerait plus.

Henry rassembla ses employés près de la salle d'attente, aux portes de débarquement de l'aéroport. La plupart appartenaient au service de sécurité de la distillerie Ricardi. Accompagnés de Jack et de Jess, ils se dispersèrent en éventail pour couvrir les arrivées. Jack craignait que l'on n'ait déjà raté Abby. Un vol venait d'arriver peu de temps auparavant. Ses passagers avaient passé les Douanes et étaient partis. Jack espéra qu'elle ne se trouvait pas sur ce vol. Ils avaient fait des recherches dans les salles de transit au cas où elle eût attendu un autre avion.

Il donna le signalement d'Abby aux hommes de Henry, espérant qu'elle n'avait pas changé de vêtements et ne s'était pas teint les cheveux en attendant l'heure de son vol à Saint-Thomas. Elle serait nerveuse. Il le leur dit et leur recommanda de ne pas la pourchasser. S'ils la voyaient, ils la suivraient et l'observeraient, puis appelleraient Jack sur les talkies-walkies dont ils disposaient.

Si Jack s'approchait d'elle au milieu d'un groupe, dans un lieu public, peut-être s'arrêterait-elle assez longtemps pour écouter ce qu'il avait à lui dire. Il lui suffirait de s'approcher assez d'elle pour lui tendre le copyright. En le voyant elle comprendrait. Toutes les pièces se mettraient en place comme dans un puzzle. Jack en était sûr. Ce qui l'inquiétait le plus pour l'instant, c'était qu'elle fût déjà passée à travers les mailles du filet, déjà en route dans San Juan pour retrouver Morgan.

L'avion roula jusqu'à l'aire de débarquement, on amena la passerelle et, un instant plus tard, la porte s'ouvrit. Abby n'avait pour tout bagage que le sac en toile mais elle ne voulait pas sortir la première de l'avion.

Elle attendit puis se mêla à la cohue qui bloquait l'allée. La foule était désormais sa seule source de réconfort. Elle s'y immergea dans l'anonymat. Si Jack ne la voyait pas, il ne la tuerait pas.

On faisait quasiment du surplace dans l'allée, passagers chargés de valises et de paquets, chacun progressant centimètre par centimètre vers la porte de l'avion.

Abby jetait autour d'elle des regards circonspects que dissimulaient ses lunettes fumées. Que personne ne semblait d'ailleurs remarquer alors même qu'il faisait nuit à l'extérieur.

« Attention à la marche, s'il vous plaît », lui dit un steward à la porte. Un bel homme blond et de haute taille aux épaules galonnées était debout dans l'entrée du cockpit derrière elle.

« Tu viens à la fête à Isla Verde ce soir ? » Il parlait à l'hôtesse.

Aller à une fête. Ça serait bon. Tout ce qui rappelait une vie normale semblait bon à Abby. Puis ces mots firent se produire un déclic dans son esprit — *Isla Verde.* C'était ça. *Verde.* Le reste du message de l'homme au téléphone. Le bateau s'appelait le *Cuesta Verde.* Il ne lui restait plus qu'à le trouver.

Elle franchit la porte de l'avion et s'avança sur la passerelle de débarquement. Elle y était presque. C'était comme si Morgan était déjà là. Elle allait téléphoner pour essayer de trouver le bateau. A la capitainerie du port on saurait où il était. Elle pouvait téléphoner d'une cabine publique.

Elle allait s'engager sur la rampe de sortie lorsqu'elle l'aperçut.

Jack se tenait en haut près de la porte menant au promenoir tel un garde-barrière. Il regardait dans une autre direction. Elle reconnut Jess debout près de lui. Ils l'attendaient.

Elle voulut faire demi-tour mais en fut empêchée. Elle était emportée par le flot des passagers qui sortaient de l'avion.

Elle regarda de nouveau vers le haut de la rampe et

cette fois Jack la vit. Il saisit Jess par le bras et ils commencèrent à descendre. Un employé avait tenté de les arrêter mais ils avaient franchi la porte et venaient à contre-courant des passagers.

Une porte conduisait de la passerelle à un escalier donnant sur la piste. Elle était ouverte. Un homme en salopette jaune et muni d'écouteurs en barrait l'accès.

Abby courut vers la porte et le type la retint par le bras.

« Pas par là, madame. »

Elle lui donna un grand coup de pied dans la jambe et fila. Avant qu'il ne puisse se ressaisir, elle avait déjà passé la porte et était au bas de l'escalier.

Elle courut sous les ailes de l'avion devant des pneus géants qui arrivaient presque à sa hauteur. Elle tenait toujours le sac en toile d'une poigne ferme.

Jack ouvrit la porte au sommet de la passerelle et elle le vit. Il dévala l'escalier en trois secondes sous les cris d'un membre de l'équipage.

Abby aperçut une entrée dans le bâtiment de l'aéroport et elle s'y dirigea. C'était une aire de service dans laquelle il y avait un va-et-vient de véhicules. De petits tracteurs tirant des chariots chargés de bagages.

Abby alla se placer derrière l'un d'eux et courut à sa hauteur jusqu'à l'intérieur du bâtiment.

Jack resta planté à examiner le dessous des chariots et à sauter pour voir par-dessus. De l'autre côté, sous l'un des convois, il avait entraperçu une paire de pieds qui avait disparu aussitôt. Il remonta en courant une longue file de chariots et, lorsqu'il franchit le seuil du terminal et pénétra dans le bâtiment de service, elle avait disparu.

Jess le rattrapa. « As-tu vu de quel côté elle est partie ? »

La police arrivait en compagnie d'un agent de sécurité de Henry.

« Là-dedans quelque part. Prends des hommes de Henry. Couvrez les sorties. »

Ils se dispersèrent en éventail. Henry expliqua aux flics en espagnol qu'Abby n'était pas armée ni dangereuse. Il leur dit qu'elle était un témoin crucial dans une affaire afin qu'ils ne l'abattent pas si elle s'enfuyait.

A l'intérieur de l'aire de service, on portait divers uniformes, de la combinaison jaune vif réfléchissante des équipes au sol au pantalon et à la chemise de travail kaki.

Les flics contrôlaient les sorties de l'aire de service. Il n'y avait que deux portes mais une fois passé l'une d'elles, on accédait directement au hall principal, sans passer par les Douanes et l'Immigration. Ces portes n'étaient pas verrouillées du côté du service de maintenance mais protégées du public à l'intérieur par des serrures munies de touches codées. Jack passa au peigne fin le traitement des bagages tandis que Jess fouillait l'aire de service.

Pas trace d'Abby.

Jack examina le tapis roulant qui transportait les bagages à l'étage supérieur où ils étaient recueillis par les passagers. Elle avait pu sauter sur le tapis roulant et monter avec les bagages. Mais son arrivée aurait causé du remue-ménage là-haut, elle ne serait pas passée inaperçue. Les agents de sécurité de l'aéroport l'auraient pincée. Il lui resterait encore par ailleurs à franchir les Douanes et l'Immigration.

Il reporta son attention sur les bagages eux-mêmes, les grosses boîtes et les caisses, n'importe quoi où elle eût pu se cacher.

Pendant ce temps, Jess et deux flics pénétrèrent dans les vestiaires où plusieurs employés, qui arrivaient au travail ou le quittaient, étaient en train de se changer. Ils fouillèrent soigneusement les lieux mais ne trouvèrent rien. Ils étaient arrivés trois minutes trop tard.

Elle transpirait sous deux épaisseurs de vêtements dans le climat tropical. La sueur coulait sur son visage.

Les cheveux tassés sous le dur casque de protection utilisé dans le bâtiment, Abby était parvenue jusqu'au haut de l'escalier et avait trouvé les toilettes des dames près des comptoirs de vente des billets dans le terminal. Personne, à l'exception d'un petit garçon aux grands yeux bruns, ne parut faire attention à la femme vêtue d'une combinaison jaune vif.

Abby accrocha le casque au crochet fixé à la porte du cabinet de toilette, se défit de la combinaison et récupéra le sac en toile qu'elle avait caché à l'intérieur d'une jambe de la salopette pour passer sans encombre devant le flic de garde à la porte. Elle remit de l'ordre dans ses vêtements et, une minute plus tard, se dirigea vers la sortie du terminal.

Jack avait abandonné les boîtes et les caisses. Si Abby était dans l'une d'entre elles, elle n'irait nulle part. Il laissa aux flics le soin d'y jeter un œil et se dirigea vers l'une des sorties en compagnie de Jess. Ils empruntèrent l'escalier menant au terminal. Jack craignait à présent qu'elle ne leur ait filé entre les doigts. Ils traversèrent rapidement le hall en direction de l'espace réservé au public.

Jack eût volontiers placé certains de ses hommes dans la rue devant le terminal. Les mailles du filet se distendaient et il était soucieux.

Dans la rue Abby vit une file de taxis et courut tout droit vers eux. Un groupe de chauffeurs était en conversation à une dizaine de mètres de la première voiture. Ils ne paraissaient pas particulièrement pressés mais l'un d'entre eux lui adressa un regard lascif. Elle lui désigna le taxi et il leva une main comme pour dire « un petit instant ». Les chauffeurs n'avaient pas encore tout à fait terminé leur conversation.

Abby, debout près de la portière du taxi, regarda pardessus son épaule. Cette voiture était-elle celle du chauffeur qui lui avait adressé un signe de la main ? Il essayait toujours de s'arracher à la conversation tout en parlant autant avec les mains qu'avec la bouche, riant et disputaillant.

Jack sortit du terminal à trente mètres de là. Abby le vit aussitôt. Elle ouvrit la portière du taxi de tête, une vieille Ford Ferlane bleue, et plongea presque sur le plancher devant le siège arrière tout en refermant la portière derrière elle. Elle appuya sur le bouton pour la verrouiller puis se voûta, penchée en avant pour ne pas être vue par le pare-brise.

Elle entendait les chauffeurs converser en espagnol et l'un d'eux, qui riait, haussa la voix en approchant du véhicule. Il ouvrit enfin sa portière, se mit au volant et se retourna pour regarder par-dessus son siège. Tout d'abord il ne la vit pas.

Abby était étendue sur le plancher à l'arrière.

« Vous n'êtes pas bien ?

— Si, ça va.

— Où voulez-vous aller ?

— Dans le Vieux San Juan, près des quais. » Abby leva les yeux vers lui depuis l'endroit où elle se trouvait sur le plancher.

Le chauffeur tourna la tête devant lui, haussa les épaules et le taxi s'éloigna du trottoir.

Jack regarda aussitôt du côté des taxis. Si l'on tendait un filet, ceux-ci en constituaient le périmètre extérieur. Il en vit un s'éloigner de la file et courut vers lui. Il essaya vainement de l'arrêter. Le chauffeur ne le vit pas. Au même moment, Abby, qui s'était assise sur le siège, regarda par la lunette arrière. Leurs regards se croisèrent et Jack cria quelque chose.

Le taxi se fondit dans la circulation en direction de l'autoroute.

« Cinquante dollars de plus si vous m'emmenez par

la route touristique, dit Abby. Par les petites rues une fois passé El Condado. » Elle n'osa pas lui dire qu'elle fuyait quelqu'un. Il était capable d'arrêter la voiture et de lui dire de descendre. Si Jack la suivait, elle voulait quitter l'autoroute le plus rapidement possible. Ils pourraient le semer dans la circulation des rues de la basse ville.

Le chauffeur la regarda dans le rétroviseur comme si elle était folle.

« Et faites vite. » La contradiction qu'il pouvait y avoir entre prendre le chemin des écoliers et ce le plus vite possible ne parut pas troubler Abby outre mesure. Elle était occupée à regarder par la lunette arrière. Une seconde plus tard, elle glissa un billet de vingt dollars au-dessus du siège avant en guise d'encouragement.

« Si, señora. »

La voiture d'Abby avait disparu de son champ de vision lorsque Jack réussit finalement à faire signe à un taxi. Jess le suivait.

« Demande aux chauffeurs là-bas, dit Jack. Vois si tu peux obtenir le numéro de plaque du taxi ou le nom du chauffeur. »

Jess s'en alla et Jack monta sur le siège avant du taxi à côté du chauffeur.

« Vers l'autoroute, vite ! » Tirant des billets d'une liasse, Jack dit au chauffeur d'appuyer sur le champignon. Il se servait de billets de cinq et dix dollars qu'il laissait tomber sur le siège comme un accélérateur. Il assura le chauffeur qu'il réglerait toutes les contraventions. Le taxi sortit à cent dix kilomètres à l'heure du parc de stationnement de l'aéroport avant d'être ralenti par la circulation sur l'autoroute.

Jack estima qu'Abby devait être prise dans les embouteillages elle aussi. Ils commencèrent à se faufiler entre les voitures. L'argent s'accumulait sur le siège. Le taxi, deux roues sur la ligne jaune, doubla les voitures sur la voie de dépassement tandis que Jack, penché à la fenêtre de la portière, essayait de voir par-dessus le toit des autres véhicules pour tenter de voir le taxi d'Abby.

Il s'apprêtait à dire au chauffeur de renoncer lorsqu'il aperçut la Ferlane bleue. Elle se trouvait huit ou dix voitures plus loin, bloquée dans la circulation.

« Doublez ! » Jack, arrachant presque le volant des mains du chauffeur, poussa la voiture vers le milieu de l'autoroute, frôlant les autres véhicules entre la voie de dépassement et la barrière de sécurité en ciment. On n'eût pu glisser un doigt entre le flanc du taxi et le muret qui les séparait de la circulation venant en sens inverse.

Ils n'étaient plus qu'à quatre voitures derrière Abby. Jack la voyait à travers la lunette arrière.

La voiture d'Abby se traînait à trente kilomètres à l'heure.

Par la lunette arrière, elle le vit qui arrivait sur la voie de dépassement. Elle regarda devant elle. Il y avait une bretelle de sortie.

« Sortez ici ! hurla-t-elle à l'adresse du chauffeur qui sursauta sur son siège.

— El Condado est encore à trois kilomètres.

— Je m'en fiche. Sortez ici. »

Le type haussa les épaules et bifurqua à droite sans mettre ses clignotants. Une fanfare de klaxons accompagna leur descente de la bretelle vers la misère de l'un des faubourgs de San Juan.

Jack était coincé sur la voie de dépassement. Il attrapa le volant pour essayer de déporter la voiture sur la droite. Il y eut un retentissement de klaxons. L'aile du taxi heurta le pare-chocs d'une autre voiture. L'autre conducteur freina sec. Sa voiture dérapa sur la voie, se mit en travers et deux autres voitures vinrent s'y emboutir. Un carambolage se produisit derrière. Le taxi de Jack passa à la hauteur de la bretelle de sortie tandis que les véhicules s'entassaient les uns sur les autres derrière eux. Il n'y avait pas moyen de faire demi-tour.

Jack ouvrit la portière et courut vers le mur anti-cyclonique qui longeait l'autouroute. Il fit un saut à mi-hauteur du mur pour tenter de voir de l'autre côté. Le taxi d'Abby tourna à gauche à une intersection et disparut.

## CHAPITRE TRENTE-SEPT

Dans la poussière des phares et la gueulante des conducteurs portoricains en colère, Jack sauta par-dessus le mur anticyclonique qui longeait l'autoroute et franchit en courant les deux coins de rue qui le séparaient de l'endroit où avait disparu la voiture d'Abby. Il n'y avait pas trace d'elle.

Il appela Henry sur le talkie-walkie. Dix minutes plus tard, une grosse Mercedes sombre vint s'arrêter à l'intersection. Henry était assis à la place du passager. Un de ses agents de sécurité était au volant et Jess avait pris place à l'arrière.

Jack monta derrière à côté de son frère et la voiture redémarra aussitôt en trombe.

Il avait davantage de cadavres sur la conscience que bien des tueurs en série : six en tout. Ce n'était cependant pas l'image que Morgan se faisait de lui-même. Dans un cas, celui du membre d'équipage du *Cella Largo,* c'était un accident. Pour deux autres, ce n'avait pas plus d'incidence morale que d'écraser des cafards : Joey Jenrico et cette sangsue de mari qu'Abby avait épousé. Quant à Jack et à Theresa, il le fallait. Ils en savaient trop.

Il regrettait seulement pour Abby. Il ne pouvait le nier. Il l'aimait, avait mis son âme à nu devant elle et elle l'avait repoussé. Il essaya de ne pas y penser et de s'employer plutôt à la tâche en cours.

Le secret était de n'utiliser qu'un minimum de matériel. Soit, en l'occurrence, deux longueurs de trois mètres de cordon de détonateur. Celui-ci consistait en une sorte d'épaisse corde à linge en plastique. Mais, à l'intérieur, au lieu de fils de nylon, il contenait une couche d'explosifs violents. Ce cordon de détonateur était souple, extrêmement rapide et puissant. Enroulé autour du pied d'un petit arbre et mis à feu, il en coupait le tronc en un clin d'œil et presque sans bruit.

Morgan utilisa un cutter à linoléum, un instrument redoutable dont la lame recourbée était aiguisée comme un rasoir. Il coupa soigneusement une longueur de cordon et examina le conduit d'eau qui courait sur les plaques du bateau.

Le *Cuesta Verde* était vieux et tout rouillé. Qu'on ne l'eût pas encore mis à la casse témoignait de la cote exceptionnellement élevée de son barème d'assurance.

Il avait accepté d'accomplir ce dernier travail plusieurs mois auparavant, avant que le livre d'Abby ne crève le plafond de la liste des best-sellers. Il n'avait plus besoin de l'argent que lui rapporterait ce boulot. Il se serait volontiers défilé s'il avait pu. Mais les propriétaires du *Cuesta Verde* n'étaient pas le genre de gens que l'on contrariait. Ils seraient devenus soupçonneux, auraient commencé à se demander s'il ne leur tendait pas un traquenard, de mèche avec la compagnie d'assurances peut-être. Morgan voyait la chose comme une sorte de baroud d'honneur, une dernière petite fantaisie avant de prendre sa retraite. Les propriétaires palperaient l'assurance et lui, Morgan, s'éclipserait en douceur vers une nouvelle vie de luxe, de préférence sous quelque ciel septentrional plus frais. Il essuya la sueur sur son front tout en songeant à l'Irlande. Les écrivains y étaient exemptés d'impôt et, avec l'argent du livre, il pourrait facilement s'y offrir un château.

Il passa une main gantée le long du tuyau à la recherche des caractères indiquant « eau ». Le bateau était si mal entretenu que la plupart des inscriptions sur les tuyaux étaient depuis longtemps effacées. Il devait bien y avoir une indication ou une autre. Il prit un torchon pour essuyer l'huile et la poussière sur le métal. Il n'y avait rien. Il était convaincu qu'il s'agissait d'un conduit d'eau non traitée pour le refroidissement de la turbine à vapeur. Il l'avait suivi jusqu'à un point dans la salle de chauffe où il disparaissait entre deux chaudières à l'intérieur de la coque.

Il enroula trois fois un bout de cordon de détonateur autour du gros tuyau. Lorsqu'il exploserait, la mer inonderait la chambre des machines et le fond de cale. Il y avait quinze mètres d'eau sous le bateau.

Il noua les extrémités du cordon au tuyau sans serrer et glissa entre eux un capuchon de détonateur électrique.

Il se déplaça de l'autre côté du bateau et répéta le même processus. Le tuyau, cette fois, portait clairement l'inscription le désignant comme un conduit d'eau, peinte en lettres blanches écaillées et à demi effacées mais encore lisibles. Si tout se passait bien, les deux explosions se produiraient simultanément. On n'entendrait au-dessus des ponts qu'un craquement sec, rien qui puisse se décrire comme une explosion.

Morgan prit trente mètres de fil électrique numéro quatorze. Il en attacha les extrémités aux deux détonateurs et, se glissant à reculons dans le sas, passa dans un autre compartiment contigu à la salle de chauffe.

Le chauffeur de Henry fit des détours par soixante ruelles et petites rues à travers les faubourgs. Jack vit la lueur opaline du Vieux San Juan sur le fond de la nuit sombre. Ils entrèrent dans la vieille ville, firent un grand arc de cercle sur deux roues autour de la grande place et s'arrêtèrent dans la Calle Marina, directement en face du terminal des bateaux de croisière.

La Fairlane bleue était garée le long du trottoir entre deux voitures de police mais Abby n'y était pas.

La voiture de Henry roula jusqu'à leur hauteur et Ricardi en descendit. « Laissez-moi régler ça. »

Les flics interrogeaient le chauffeur de taxi, debout près de son véhicule. Henry s'approcha d'eux et se présenta.

Le chauffeur et lui s'entretinrent une ou deux minutes puis il revint à la Mercedes. Il y monta et regarda Jack sur le siège arrière. Il fronça les sourcils, l'air grave.

« Il dit l'avoir laissée près des entrepôts de la rue Fernandes Juncos A moins d'un kilomètre d'ici.

— A-t-il vu où elle allait ? »

Henry hocha la tête. « Non, mais il dit qu'elle a téléphoné en route, avant d'arriver là-bas. Est-ce que le nom de Cuesta Verde te dit quelque chose ? »

Jack fit signe que non.

« A moi non plus, dit Henry. Mais c'est ce qu'elle cherchait. Le chauffeur l'a déposée et ne l'a pas revue.

— Un cargo ? demanda Jack.

— Il faut croire. »

Henry dit quelque chose en espagnol à son chauffeur et la Mercedes décolla en trombe. Ils y furent en moins de deux minutes.

Le quartier du port commercial de San Juan était peu important et de faible superficie. Miteux et mal éclairé, ses quelques rues étaient bordées de bâtiments métalliques et sans trottoirs. Le quartier était délimité par des ruelles en gravier pleines de nids-de-poule.

Henry demanda à son chauffeur de s'y engager prudemment, tous phares allumés. Pas trace d'Abby. Ils virent un chien galeux, les yeux ambrés sous les phares, les côtes à fleur de peau.

Les bâtiments se trouvaient pour la plupart derrière des murs anticycloniques surmontés de barbelés ou de rouleaux de fil coupant comme un rasoir.

Ils s'enfoncèrent dans des ruelles et des rues sans issue. Toujours pas trace d'Abby. Les rues étaient complètement désertes. La nuit, c'était un no man's land.

Henry décrocha le téléphone portable et fit un appel. Il raccrocha quelques secondes plus tard et se retourna vers Jack.

« C'est un bateau, dit-il. Le *Cuesta Verde*. Il est en cale sèche en attente de réparations. Là-bas. » Il fit un signe en direction des ruelles sombres. Il avait téléphoné au bureau de la capitainerie du port.

Jack se tourna vers Jess. « Où est le sac ? »

Son frère le lui tendit et il regarda à l'intérieur. Il contenait une vieille lunette de vision nocturne et quelques outils.

« Continuez à chercher, dit Jack à Henry. Faites toutes les rues. » Jack descendait déjà de voiture.

« Pas sans moi. » Jess le suivit.

« Autre chose », dit Henry.

Jack s'approcha de la portière avant de la voiture, du côté passager.

« Tiens, prends ça. » Henry lui tendit un pistolet semi-automatique noir mat, un Beretta 9 mm identique à celui qu'il avait été forcé de laisser à Sainte-Croix.

Lorsque sa main se referma dessus, il eut l'impression de retrouver un vieil ami.

« Merci. » Puis lui et Jess disparurent dans la ruelle obscure en direction des quais.

Il lui avait fallu presque une demi-heure mais Abby avait finalement trouvé une grille dont la chaîne était lâche. Elle lança le sac en toile par-dessus puis réussit à passer les épaules et la tête entre les battants métalliques. Elle s'efforçait de dégager le reste de son corps lorsqu'elle vit des phares qui approchaient d'une intersection, cent mètres plus loin.

Deux hommes en descendirent par les portières

arrière et Abby eut un frisson dans le dos. L'un d'eux était Jack.

Elle repoussa de toutes ses forces les battants de la grille pour s'y faufiler. Ils parlaient à quelqu'un dans la voiture. Ils pouvaient se tourner vers elle à tout moment. L'obscurité la protégeait mais à condition de faire vite.

Un morceau de fil acéré lui écorcha le bras, elle fit une grimace de douleur et les battants se heurtèrent dans un petit bruit métallique. Elle s'arrêta un instant pour s'assurer qu'ils n'avaient rien entendu. Elle s'acharna, se lacéra les chairs et finit par franchir la grille.

La voiture était en train de faire demi-tour et ses phares faisaient un arc de cercle en direction de la ruelle.

Abby se releva et se mit à courir. Elle plongea littéralement dans les ténèbres à côté de palettes de manutention. Elle roula sur le côté et resta immobile sur le sol. Le reflet des phares passa au-dessus d'elle comme une crête de vague puis balaya l'espace environnant tout en continuant à tourner. Elle se releva dans la noirceur d'encre et courut.

Elle ne s'arrêta pour regarder derrière elle qu'à plus de dix mètres de la grille, derrière des containers. Elle tira un débardeur du sac en toile et en déchira une partie dont elle enveloppa son bras.

Elle s'employait à ce pansement de fortune lorsqu'elle entendit des bruits de pas sourds le long du mur anticyclonique. Elle changea de position et les aperçut. Les vagues silhouettes de Jack et de l'autre homme en train d'escalader le mur. Elle entendit un cisaillement de métal et une seconde plus tard les quatre fils barbelés s'écartèrent en s'enroulant sur eux-mêmes. Jack enjamba silencieusement le mur et se laissa tomber à l'intérieur. Il fut rejoint quelques secondes plus tard par son compagnon. Comment l'avaient-ils retrouvée? Peut-être étaient-ils à la recherche de Morgan.

Ils étaient à présent assez proches pour qu'elle puisse voir leur visage. C'était Jess. Jack tira un objet de l'arrière de son pantalon et l'examina dans la pénombre. C'était un pistolet. Il en vérifia le chargeur qu'il fit glisser sur la culasse qui se remit en place en introduisant une balle dans la chambre.

Abby n'eut pas besoin d'en voir davantage. Elle disparut dans les ténèbres et se tapit dans le noir au milieu de palettes de manutention et des containers métalliques. Comme ils se rapprochaient, elle recula vers l'autre côté des palettes, du côté extérieur du quai. Toute retraite lui serait bientôt coupée.

Elle vit au loin les deux grands docks flottants en ciment, près du ponton. Sur le plus proche, il y avait un bateau et sur sa proue on pouvait lire : *Cuesta Verde.* La peinture s'écaillait et était rouillée. Ils approchaient. S'ils passaient entre elle et le bateau, elle serait coincée sur le quai.

Elle courut vers le bateau. Se mettant à découvert, elle se jeta à toutes jambes vers l'échelle de coupée qui donnait accès, depuis le quai, au pont supérieur. Elle heurta la première marche et son pied fit du bruit sur les lames de métal. Abby n'osa pas se retourner. Il fallait d'abord qu'elle trouve Morgan — avant eux.

Jack entendit les bruits de pas sur le métal et se guida sur eux. Il déboucha à l'angle d'un grand container vert et entrevit une fraction de seconde Abby qui grimpait à l'échelle de coupée. Parvenue en haut, elle courut sur l'échafaudage puis disparut par le plat-bord dans les ténèbres du pont.

Jess, qui était derrière lui, voulut s'élancer à la poursuite d'Abby mais Jack le retint par le bras, le fit taire et tendit l'oreille en direction des bruits de pas sur le pont au-dessus.

Elle avait le temps de se perdre dans un million d'endroits avant qu'ils n'arrivent là-haut. Ils ne sauraient où la chercher.

Maintenant, s'il avait vu juste, Abby se rapprochait de Spencer. Jack le flairait, il sentait l'odeur âcre de la mort.

Tout était silencieux sur le pont au-dessus d'eux.

Jack trouva une échelle appuyée contre un tas de containers sur lesquels il grimpa silencieusement. Il rampa jusqu'à un endroit où il pouvait avoir une vue plongeante sur le pont du bateau puis fouilla dans le sac et en tira un tube cylindrique noir. Il en retira la vieille lunette de vision nocturne et se mit à la recherche d'images thermales sur le pont.

Abby resta tapie sans bruit dans le noir durant de longues minutes. Elle avait peur, était seule et était poursuivie par deux hommes armés. Morgan n'était peut-être même pas sur le bateau. Jusqu'à preuve du contraire, elle était seule, face à la mort. Si elle se montrait, elle savait que Jack et Jess la tueraient sur-le-champ, comme Jack l'avait fait pour Theresa et Charlie.

Elle entendit alors un murmure, rauque et dur, le ton de quelqu'un essayant de crier à voix basse.

« Abby. Sors que je te voie. » C'était la voix de Jack.

« Écoute, Abby. C'était Spencer. C'est lui qui a mis le feu à la maison. Tu m'entends ? »

Plusieurs secondes s'écoulèrent en silence. Abby était immobile dans l'obscurité.

« Si tu ne veux pas parler, adresse-moi seulement un signal. » Sa voix provenait des ténèbres à l'extérieur du bateau, quelque part au-dessus d'elle, d'un endroit surplombant le pont.

« Rien qu'un signal, Abby. Quelque chose que je puisse voir ou entendre. Je peux prouver que je dis la vérité. Donne-moi une chance. »

Il mentait. Abby le savait. Jack raconterait n'importe quoi pour mettre la main sur elle. Ensuite il trouverait Morgan et les tuerait tous les deux.

« Lance quelque chose. Jette quelque chose devant toi. N'importe quoi. Afin que je sache au moins si tu m'entends. » Sa voix, si plaintive et si familière, avait les mêmes intonations que lorsqu'il lui avait dit qu'il l'aimait.

Elle repensa à ce jour de grande chaleur sur la plage à Sainte-Croix, lorsqu'ils s'étaient laissé bercer par la vague. Jack l'avait entourée de ses bras et elle avait senti ses lèvres sur son cou et ses épaules. Ce qu'il avait pu la faire rire. Ses étreintes sur la piste de danse du Buccaneer, les moments d'intimité qu'ils avaient passés ensemble, les confidences qu'ils s'étaient faites. Puis elle se rappela le corps inanimé de Theresa sur le brancard.

Elle aperçut un éclat, un reflet de lumière sur du verre. Cela venait du sommet d'un container géant sur le quai. Abby recula plus profondément dans les ténèbres puis elle comprit : Jack avait un fusil à lunette. Elle serait fauchée net si elle s'avançait dans la lumière. Elle n'entendrait pas la balle qui la tuerait.

Elle resta aux aguets et tendit l'oreille au plus léger bruit. Elle n'entendait que le son râpeux de sa propre respiration. Elle demeura tapie dans le noir et les minutes passèrent.

Abby était partagée entre la peur et la rage furieuse. Elle mourait de trouille mais s'en voulait aussi terriblement d'avoir été assez sotte pour s'éprendre de Jack. Il avait assassiné sa meilleure amie et charcuté Charlie. Elle n'avait guère de sympathie pour ce dernier mais il ne méritait pas de mourir de cette façon. Si Abby avait eu une arme à cet instant, elle n'aurait pas posé de question ni prononcé un seul mot. Elle aurait simplement tiré sur le reflet de verre au sommet du container. Elle aurait tué Jack sans hésiter une seconde car il méritait de mourir. Elle bouillait d'une rage qui alimentait sa poussée d'adrénaline.

Un bruit métallique se fit soudain entendre sur l'échelle de coupée. Ce n'était pas un bruit de pas mais autre chose. Abby s'immobilisa, tendit quelques instants l'oreille, écouta de nouveau, et s'enfuit. Elle courut comme si elle avait le diable aux trousses. Une balle pouvait lui transpercer le corps à tout instant. Elle fonça vers l'avant du bateau, vers la superstructure qui se dressait sur trois étages au-dessus d'elle, et s'enfonça dans la coursive qui passait dessous à bâbord.

Elle essaya plusieurs des portes métalliques qui donnaient dans la coursive. Elles étaient toutes solidement verrouillées.

Elle entendit des pas étouffés et regarda derrière elle. Ils arrivaient, ils étaient déjà parvenus au sommet de l'échelle de coupée et ils couraient. Elle réalisa soudain qu'ils se déplaçaient sans chaussures sur le pont métallique et qu'ils étaient beaucoup plus proches qu'elle ne le pensait.

Elle fonça dans la coursive. Une dizaine de mètres plus loin, elle rencontra une autre porte. Celle-ci était ouverte. Elle en franchit la butée et essaya vainement de la fermer. Elle s'aperçut qu'elle était retenue par un crochet à l'arrière. Elle la décrocha et la referma dans un grand bruit métallique à l'instant même où la main de Jack allait en atteindre l'ouverture.

Jack aurait voulu crier mais il craignait que Spencer ne l'entende. Ils cognèrent du poing sur le métal dur et donnèrent des coups de leurs pieds nus dans la porte.

Abby avait réussi à tourner les poignées d'étanchéité à l'intérieur, fermant ainsi la porte hermétiquement. Ils s'acharnèrent sur les loquets et Jack réussit à ouvrir les deux du bas. Il eut plus de mal avec ceux du haut. Ils avaient l'air d'être munis d'un ressort. A chaque fois qu'il en ouvrait un, celui-ci se refermait dans un claquement en position verrouillée. Jack sentait Abby suspendue aux loquets à l'intérieur, tirant vers le bas avec la dernière énergie en exploitant à son avantage la loi de la gravité.

Il essaya vainement de parlementer à voix basse à travers la lourde porte métallique. Ou elle n'entendait rien, ou elle faisait la sourde oreille.

A force de s'acharner sur les loquets, ils finirent par en ouvrir trois. Ils poussèrent sur la porte qui refusa de céder tant qu'il restait un dernier loquet en place. Jack menait une bataille perdue d'avance. Elle avait réussi d'une manière ou d'une autre à bloquer la porte de l'intérieur. Le loquet refusait de bouger. Jack renonça. « Viens. On va trouver un autre chemin. » Ils s'engagèrent plus avant dans la coursive.

Spencer attacha un jeu de fils à l'une des tiges de la batterie et chercha des yeux un bon endroit où se mettre à l'abri. L'acier trempé était comme du verre. Il pouvait se fracturer en millions de morceaux et voler dans plusieurs directions.

Il trouva un vieux matelas dans un compartiment et le transporta dans la salle contiguë à la chambre des chaudières. Il l'appuya contre la cloison près de la porte ouverte.

Il restait à Morgan une dernière tâche à accomplir. Il se trouvait à quatre niveaux au fond du bateau, à l'intérieur d'une douzaine de portes étanches. Il voulait s'assurer qu'elles étaient ouvertes, non seulement pour que le bateau prenne l'eau mais pour se ménager une issue.

Il monta trois niveaux dont il vérifia chaque porte. Il allait sortir du niveau qui se trouvait en dessous du pont supérieur lorsqu'il entendit un bruit de pas courant dans la coursive au-dessus de sa tête. Il était censé n'y avoir personne à ce niveau. On l'en avait assuré — rien qu'un équipage réduit au minimum sur la passerelle.

Quelqu'un avait fait une boulette. Il revint précipitamment sur ses pas.

Le temps pressait. Dévalant l'échelle, il courut vers l'ouverture donnant sur le pont, descendit rapidement les deux derniers niveaux et se précipita dans la salle de chauffe. Il fonça devant les chaudières froides puis à travers le sas qui menait à la salle des machines et au petit compartiment dont la porte était bloquée par le matelas.

Il n'avait pas le temps de connecter le détonateur. Quelqu'un descendait l'échelle au-dessus de lui. Il saisit les fils dénudés et les fit toucher la borne de la batterie. Une étincelle arquée en jaillit et aussitôt une déflagration gronda dans le compartiment, accompagnée d'un éclair de lumière, de feu et de fumée.

Le souffle de l'explosion projeta Morgan sur le dos au milieu de la pièce, sur le métal du pont. Il demeura quelques instants ahuri. Le matelas l'avait protégé de la déflagration et des flammes. Il lui avait sauvé la vie. Il comprit aussitôt d'instinct ce qui était arrivé.

Il avait tranché un conduit de fuel au lieu d'un tuyau d'eau. Les barils de mazout de la soute étaient en flammes et se mélangeaient à l'eau de mer qui s'engouffrait dans le compartiment avant. Il se releva en se protégeant le visage des flammes qui léchaient déjà la butée de la porte étanche. Il essaya vainement de la fermer. La pression de l'eau et la chaleur du mazout enflammé le forcèrent à reculer. Les flammes flottaient sur l'eau au-dessus de la butée. Morgan recula jusqu'à l'échelle et y grimpa à toute vitesse.

Abby était étalée sur le dur pont en acier. Il faisait sombre et une âcre odeur de fumée flottait dans l'air. Un klaxon retentit dans ses oreilles au rythme des clignotements de la lumière rouge au-dessus de la porte qu'elle venait de bloquer avec le manche à balai.

Elle était assommée, les sens paralysés, l'esprit

engourdi, tandis que la chaleur qui montait du pont métallique l'embrassait des replis de sa douce tiédeur.

Lentement, ahurie, elle se releva péniblement et tituba jusqu'à la porte. Elle retira le manche à balai et essaya de tourner le loquet. Il ne bougea pas. L'explosion avait tordu la porte étanche et l'avait coincée dans son chambranle. Abby était prise au piège.

Il n'y avait qu'une seule autre issue : vers la fumée et la chaleur. Elle se couvrit le visage d'un bras et s'enfonça dans l'obscurité.

La déflagration surprit Jess sur l'échelle au bas de laquelle elle le précipita. Il alla s'étaler cinq mètres plus bas sur une passerelle métallique et se tint la jambe de douleur. Celle-ci, aiguë, lui traversait le mollet sous le genou. Baissant les yeux, il vit la protubérance saillante d'un os sous la chair. L'os avait percé la jambe de son pantalon et le sang giclait.

Jack fit tant bien que mal demi-tour sur la passerelle en direction de son frère et évalua rapidement la situation. Jess était en état de choc. Jack retira sa ceinture de pantalon et en fit un garrot au-dessus du genou, se servant de l'étui de la lunette de vision nocturne pour le resserrer. Il le noua et regrimpa vite sur l'échelle.

Sur le pont extérieur, il trouva un tuyau d'incendie dans un coffrage vitré, fit éclater la vitre, déroula le tuyau et le laissa tomber au pied de l'échelle. Il retourna vivement auprès de son frère sous les bras duquel il attacha solidement le tuyau tel un harnais de sécurité. Il lui fallut presque trois minutes pour hisser Jess jusqu'au pont extérieur. Pendant tout ce temps, le bateau s'enfonçait dans l'eau. Une des cheminées crachait des tourbillons de flammes. Il appuya Jess contre la rambarde puis baissa la tête, impressionné.

« Il faut que je redescende chercher Abby.

— Vas-y. » Jess lui fit signe de s'en aller. « Ça ira. » Il respirait difficilement mais était conscient.

Jack fit demi-tour et repartit vers l'échelle.

Spencer pénétra sur une passerelle métallique qui enjambait les chaudières. Les flammes qui flottaient sur l'eau les recouvraient à moitié. Il s'engagea sur la passerelle.

« Morgan. » La voix semblait presque éthérée. Elle venait d'au-dessus, irréelle, sépulcrale.

Morgan crut même un instant être mort. Des vagues de chaleur glissaient sur les plaques métalliques du bateau géant. C'était peut-être l'enfer.

Il se retourna et leva les yeux. Abby était là, sur l'échelle, qu'elle était en train de descendre. Il se frotta les yeux et prit peur. Une apparition. Elle venait demander réparation. Elle avait le visage couvert de suie, les mains en sang, et ses vêtements étaient roussis. Elle dégringola de l'échelle et il la retint comme par réflexe. Il n'en revenait pas. Elle était là en chair et en os.

Elle se suspendit à lui et s'accrocha à son cou tout en essayant de reprendre son souffle. L'air au-dessus des chaudières se remplissait de fumée. On étouffait et ça puait le mazout brûlé.

« Comment as-tu fait pour me retrouver ? » Ce fut tout ce que Morgan trouva à dire.

« Grâce au bateau. Le message au téléphone. Tu te souviens ? »

A en juger par son expression, il n'avait pas oublié. Il s'agissait à présent de se débarrasser d'elle. Il jeta un œil par-dessus la main courante, en direction du brasier en dessous d'eux, examinant les solutions possibles.

« Il faut que nous sortions d'ici, dit Abby. Il est là-haut.

— Qui ?

— Jack. Il a dû faire quelque chose au bateau. »

Morgan oublia aussitôt les flammes qui faisaient rage en bas. « En effet. » Il essaya de faire le point. Il avait accumulé plus d'erreurs en une semaine que dans toute sa vie. Abby et Jack ratés dans l'île, et à présent cet incendie.

« Il est armé, reprit Abby. Il a un pistolet. Je l'ai vu. Peut-être un fusil. Je ne sais pas. » Morgan avait l'air lointain. L'entendait-il ?

« Tu crois que c'est lui l'auteur de l'explosion ? demanda-t-elle.

— Ça doit. » Morgan avait l'air pensif. « Allons, il faut bouger d'ici. » Il lui saisit brutalement la main et l'entraîna sur la passerelle qui surplombait sur deux niveaux la chambre des chaudières.

Le fond du bateau s'était transformé en brasier dont les flammes s'élevaient. On eût dit un enfer flottant. La chaleur était presque insupportable. Les remous d'air chaud qui envahissaient la chambre de chauffe s'insinuaient sous les vêtements d'Abby. Les semelles en caoutchouc de ses tennis commençait à fondre, devenant aussi molles que de la gomme. C'était comme de marcher sur une plaque chauffante.

Ils foncèrent sur la passerelle et passèrent une porte ouverte. Morgan s'arrêta et la referma hermétiquement derrière lui pour retenir la chaleur. Il venait d'en rabattre un des loquets lorsque Abby hurla.

Spencer se retourna et vit Jack. Celui-ci était debout, deux mètres plus loin, au bas d'une échelle, la seule issue. Jack porta la main à l'arrière de son pantalon et en tira le Beretta. Il le pointa sur Morgan.

« Abby, viens par ici. » Il ne quittait pas des yeux les mains de Morgan sur la poitrine duquel il aligna les mires du pistolet qu'il tenait à deux mains.

Spencer se déplaça derrière Abby jusqu'à ce qu'une partie de la tête de celle-ci apparaisse dans la mire avant du Beretta.

Jack bougea de quelques centimètres afin d'avoir un angle de tir le cas échéant. Ils exécutaient tous les deux un menuet mortel.

« Écoute-moi. Écarte-toi de lui. »

Abby s'immobilisa.

« Ne bouge pas. » Morgan, derrière elle, posa ses mains sur les épaules d'Abby comme sur un appui.

« Tu ne comprends pas. C'est lui qui a voulu te tuer dans l'île, dit Jack. C'est lui qui a fait sauter la maison.

— Dépose cette arme, Jack. On n'a pas besoin de ça. » Abby essaya de le raisonner.

« Si je la dépose, il nous tuera tous les deux.

— Tu es malade, Jack. Tu as besoin d'aide. La police comprendra. »

Morgan s'approcha de l'oreille d'Abby et lui dit à voix basse : « Tu as raison, il n'a pas toute sa tête.

— Qu'est-ce qu'il dit ? » Jack agita la pointe du pistolet comme pour les obliger à se séparer.

« Je lui dis de garder son calme. Il s'agit d'abord de sortir d'ici, vous ne pensez pas ? » Morgan regarda au-delà de la rambarde. Les flammes étaient encore confinées dans la partie avant du bateau, derrière la cloison étanche. Mais les plaques métalliques craquaient sous la dilatation. Morgan savait que le bateau pouvait exploser d'un instant à l'autre. Il raffermit sa poigne sur les épaules d'Abby au point de lui faire mal.

« Abby, écoute-moi. J'ai une preuve. » Jack détacha une de ses mains du pistolet et s'employa avec peine à essayer d'extraire une feuille de papier d'une enveloppe. La chaleur de la cloison du navire transformait l'espace autour de la passerelle en un véritable four.

« Aide-moi. » Jack tendit la feuille vers elle mais elle refusa de bouger.

« N'y va pas. Reste tranquille, lui intima Morgan.

— Ne l'écoute pas. Il a essayé de nous tuer tous les deux à la maison, dit Jack.

— Il est malade. » Morgan sentait la chaleur qui rayonnait des plaques de métal. « Il raconterait n'importe quoi, Abby, pour que tu t'approches de lui. Ensuite il te tuerait. Il a assassiné Theresa et Joey et égorgé Charlie. Ne crois rien de ce qu'il dit. »

A cet instant, au moment où le regard de Jack rencontrait le sien, Abby sut où était la vérité. Elle le comprit à quelque chose dans son œil et à sa façon de redresser la tête comme pour dire : « Tu vois bien. » Il lui tendait toujours la feuille mais Abby n'en avait pas besoin. Comment Morgan savait-il que Charlie avait été égorgé — à moins d'être lui-même l'auteur du crime ?

Elle se tendit et Morgan le sentit. Il se rendit soudain compte de ce qu'il venait de dire. D'un seul mouvement effectué en souplesse, l'éclat métallique alla de l'intérieur de la botte de Morgan à la gorge d'Abby. La pointe effilée de la lame tranchante comme un rasoir du cutter à linoléum fit jaillir une goutte de sang sur son cou.

« Faites un geste et je la tue, dit Morgan. Je ne voulais pas en arriver là mais tu m'y forces. » Il s'adressait à Abby sur un ton de réprimande paternelle tout en lui appuyant la lame du cutter sur la gorge. « Tu n'as pas voulu m'écouter. J'ai essayé de te mettre en garde. Je t'ai dit que Jack ne te vaudrait rien de bon mais tu n'as pas voulu me croire. »

Imperceptiblement, en se penchant, Jack se déplaça de côté sur quelques centimètres pour ajuster son angle de tir.

Morgan s'en aperçut et réagit en poussant Abby dans la ligne de mire de Jack. « Je vous jure que je la tuerai.

— C'est comme ça que tu t'y es pris avec Charlie ? demanda Abby.

— C'était plus qu'il ne méritait. Il n'a jamais su quelle main le frappait. Il n'a rien senti. Ç'a été indolore. Il n'a pas souffert. Il t'aurait saignée à blanc. Tu es adorable, Abby, mais tu as un goût infect pour ce qui est des hommes.

— Presque aussi mauvais que pour ce qui est des amis. » Elle tenta de s'arracher à lui mais Morgan exerça une nouvelle pression de la lame sur la chair de son cou et elle cessa de se débattre.

« Jetez cette arme par ici.

— Pas question, dit Jack.

— Je la tuerai si vous ne la jetez pas.

— Vous la tuerez si je la jette. De cette manière, j'aurai le plaisir de vous balancer par-dessus la rambarde au premier geste que vous ferez. »

Morgan savait que Jack était sérieux. A sa sombre froideur à la mexicaine. Il faisait de plus en plus chaud.

« Si nous restons ici, nous allons griller vifs.

— Jetez votre cutter et lâchez-la », dit Jack.

L'acier craquait autour d'eux.

Puis, du fond des cales, se fit entendre le grondement sourd d'une explosion qui ébranla le bateau sur sa quille. Un des principaux réservoirs de mazout venait de sauter. Il les souleva tous les trois et les laissa retomber comme des sacs de ciment sur les lattes de métal de la passerelle, Morgan le premier.

Jack atterrit sur une épaule et le pistolet rebondit et glissa sur la passerelle. Une seconde explosion secoua le bateau et Abby fut projetée par-dessus la passerelle, au rebord de laquelle elle se suspendit par les doigts d'une seule main moite.

Jack, s'agrippant au grillage, allongea un bras vers elle. Il la saisit par un poignet, glissa jusqu'à la main, paume en sueur, il tint bon.

Sous eux, les cloisons métalliques commençaient à se gauchir. Les flammes et l'eau s'engouffrèrent au niveau inférieur tandis que Jack s'efforçait d'atteindre le bras d'Abby de son autre main. Il imprima au corps de celle-ci un mouvement pendulaire. Après deux balancements, la jambe d'Abby s'accrocha au rebord de la passerelle et Jack la tira sur le grillage où ses bras nus touchèrent le métal brûlant.

« Vous auriez dû la lâcher. » Morgan, debout, les regardait, pointant sur Jack le pistolet qu'il tenait d'une main experte.

Abby roula sur le côté et, rencontrant quelques centimètres plus loin un objet dur sur les lattes de métal, elle l'enfouit sous son flanc.

« Debout. Levez-vous. » Morgan commença à pivoter vers l'échelle par laquelle Jack était descendu.

Ils regardèrent tous deux le pistolet. Le cran de sûreté était tiré. Une secousse du bateau et l'arme partirait.

« Allez, bougez, dit Morgan. Ou je vous tue tous les deux sur place. »

Jack se redressa sur les genoux puis se mit debout. Il aida Abby à se relever. Elle porta un poignet à sa poitrine comme s'il était blessé. Ils firent quelques pas en direction de la porte étanche que Morgan avait fermée d'un seul loquet.

Abby entendait l'acier tout autour se dilater sous la chaleur et gémir sous la pression de l'eau et du feu. Elle perçut le sifflement du métal en fusion et les vibrations du bateau lorsque celui-ci se désagrégea. Le *Cuesta Verde* était en train de couler.

« Avancez, dit Morgan. Allez. »

Jack et Abby firent encore quelques pas, jusque dans le coin, près des gonds de la porte en fer.

Morgan leva les yeux. Il y avait une autre porte étanche au niveau supérieur. Il pourrait les abandonner là, fermer cette porte, et ils mourraient dans une tombe en flammes, la solution à tous ses problèmes.

Il alla jusqu'au bas de l'échelle, une main levée, prête à saisir un barreau.

« S'il y arrive, nous sommes morts, chuchota Jack à l'oreille d'Abby.

— Je sais. » Elle baissa les yeux sur sa poitrine et Jack aperçut l'éclat brillant de l'acier dissimulé entre son poignet et le tissu en lambeaux qui lui recouvrait le buste. Elle suivit le regard de Jack en direction du loquet de fermeture étanche sur la porte.

« Je regrette que les choses se soient passées de la sorte. » Morgan regarda Abby puis, tenant le pistolet d'une main, commença à grimper à l'échelle.

Jack esquissa un geste. Morgan tourna le pistolet vers lui et Jack s'immobilisa.

Morgan regarda le barreau suivant derrière lui et tendit la main pour le saisir. Au même instant, Abby prit le cutter à linonéum entre deux doigts et le lui lança.

Ce fut un réflexe. Morgan lâcha l'échelle pour écarter de la main la lame brillante du cutter et se retrouva l'espace d'un instant suspendu dans le vide.

Jack attrapa Abby par une main et la poussa dans le coin derrière la porte métallique dont il fit sauter de son autre main le loquet brûlant.

L'air surchauffé de la chambre de chauffe se répandit avec la violence d'une explosion. La porte s'ouvrit dans une détonation semblable à celle d'un canon. Une langue de feu digne d'un dragon vint lécher la passerelle et, incinérant tout sur son passage, saisit Morgan à mi-hauteur de l'échelle et en fit une torche humaine.

Enveloppé par les flammes, il tomba en hurlant de l'échelle tout en tirant quelques balles du pistolet. Elles ricochèrent sur l'acier de la porte métallique derrière laquelle Jack tenait Abby enlacée.

Morgan, le corps tout enveloppé de flammes, surexcité, courut vers la rambarde de la passerelle. Il plongea dans les eaux aux flammes tourbillonnantes qui se déversaient dans le bateau.

Jack ferma la porte d'un coup de pied puis, déchirant des bandes dans sa chemise, s'en enveloppa les mains et ferma hermétiquement le loquet. Il donna à Abby des bandes de tissu pour qu'elle s'en entoure les mains et ils grimpèrent à l'échelle.

L'eau montait rapidement derrière eux. Lorsqu'ils arrivèrent sur le pont découvert, elle léchait déjà le bas de la rambarde près de Jess. Jack saisit son frère par un bras. Abby prit l'autre et ils le glissèrent par-dessus bord.

Ils quittaient tout juste le bateau lorsqu'ils virent sur le quai les phares de la Mercedes entourée de policiers.

Henry et l'un de ses agents de sécurité couraient vers une échelle en bois permettant de descendre du ponton.

L'eau salée mit à vif chacune des blessures et des brûlures qu'Abby avait sur le corps. Flottant parmi les débris, ils virent les flammes qui faisaient rage sous la surface, alimentées par l'air retenu dans les compartiments du *Cuesta Verde*.

# Épilogue

*Abby et Jack se détendaient tranquillement à la terrasse d'un café de Fairhaven, à une rue du Village Books. Ils se trouvaient suffisamment à l'écart pour qu'on ne les remarque pas, tels deux touristes tout simplement assis en train de converser. Ce jour-là, une grande excitation régnait dans le village. Fairhaven était le quartier historique de Bellingham, tout près de la frontière canadienne à l'ouest de l'État de Washington.*

*Certaines parties du livre d'Abby s'y déroulaient et on était en train de tourner de nouvelles scènes du film quelques rues plus loin. Il y avait des caméras et des camions et presque tout le monde s'était transformé en badaud.*

*Les producteurs avaient engagé Abby comme consultante. Ils savaient désormais la vérité, tout comme Bertoli. Cela n'avait pas paru leur poser problème.*

*Ce jour-là, elle était venue dédicacer des livres. On faisait la queue autour du pâté de maisons. La suite du roman d'Abby venait de sortir.*

*Elle et Jack faisaient la une des journaux de l'Atlantique au Pacifique, mais pas pour les raisons qu'elle avait prévues. A cause de la tentative par Morgan de s'approprier le livre, de ses meurtres prémédités et parce qu'il avait attenté à leurs vies. Le charme de*

*Jack agissait certes toujours sur le public mais des forces séculaires, de celles qui mobilisent la curiosité pour n'importe quelle histoire, retenaient désormais l'attention générale. La fascination pour le déchaînement de la violence et les forces qui la meuvent. Abby avait eu beau tout prévoir méticuleusement, le destin avait eu le dernier mot.*

*C'était la première fois de sa vie qu'Abby occupait l'avant-scène de l'édition, reconnue en tant qu'auteur de son propre livre sur la jaquette duquel le visage buriné de Jack figurait à côté du sien. Le récit de leurs exploits, qui avaient pris des proportions mythiques dans la presse, faisait grimper les ventes à des hauteurs records, à des niveaux qui passaient les rêves les plus fous de Bertoli. Le livre ne paraissait pas vouloir quitter la liste des best-sellers. C'était un succès mondial. Les ventes à l'étranger montaient en flèche. Le roman avait déjà été traduit en dix-sept langues et cela continuait. Gable Cooper était devenu un nom de marque.*

*Bertoli, par un coup de marketing génial, avait retardé la sortie du roman en livre de poche et, à la place, avait précipité la publication de la suite du roman relié. Les deux romans seraient bientôt au coude à coude au sommet de la liste des best-sellers.*

*Sa réussite n'empêchait toutefois pas Abby d'éprouver quelque amertume. Theresa était morte à cause du manuscrit de ce roman. Elle gênait. Elle en savait trop. Il fallait que Morgan s'en débarrasse.*

*Jack leva sa tasse et but une gorgée. Neuf mois après les événements, les traces de cicatrices laissées par le métal chauffé à blanc de la porte étanche se voyaient encore. Son épaisse crinière sombre flottait dans le vent. C'était l'une de ces journées bucoliques comme il s'en rencontre sur le Sound, que les autochtones appellent la mer Saline : on y hume en effet des effluves d'air salin.*

*« Je ne sais pas si je te l'ai dit. Sanfillipo a téléphoné, dit Jack. On a retrouvé ta machine à écrire. »*

*Abby, perdue dans ses pensées, leva les yeux de la surface de la table.*

*« Elle était dans une petite remise, reprit Jack. Morgan l'avait louée sous un nom d'emprunt. La police y a tout trouvé, les contrats falsifiés, les copies certifiées du copyright. »*

*La police, qui avait en réalité fait ces découvertes deux mois auparavant, avait mis les pièces à conviction sous scellés en attendant le complément d'enquête. On avait aussi retrouvé l'esquisse du roman, celle qu'Abby avait cru être subtilisée par Jack sur son bureau ce soir-là dans les îles. On l'avait trouvée dans une chambre d'hôtel de San Juan en même temps que la serviette et la valise remplie de vêtements de Morgan.*

*« Pourquoi a-t-il fait ça ? demanda Abby.*

*— Sept millions de dollars sont un stimulant puissant », répondit Jack.*

*Abby hocha la tête. Elle ne parvenait pas à accepter cette réponse évidente.*

*Elle se demanda si Morgan avait décidé la chose dès le jour où il avait découvert qu'elle et Gable Cooper ne faisaient qu'une seule et même personne. Morgan, assis derrière son bureau qui faisait comme un gouffre entre eux, avait-il saisi d'une manière ou d'une autre une chose qui lui échappait encore à elle : que le livre était plus qu'un rêve, que c'était un destin ? Mis à l'index par sa profession, peut-être s'était-il accroché à cette ultime planche de salut. En dépit de toute la violence à laquelle il avait eu recours, Abby savait au fond d'elle-même que Morgan l'avait aimée. Elle était convaincue qu'il le savait lui-même en se jetant dans le brasier.*

*Malgré elle, Abby ne cessait de repenser au déchaînement de furie qu'elle avait mis en branle. La violence de Morgan était née de l'amour non partagé, un gâchis insensé pour se défaire de ce qui le faisait souffrir. De Charlie, qui l'avait naguère possédée, de Jack qui la possédait à présent, mais plus que tout d'Abby parce qu'elle n'avait jamais compris son désir.*

*On détenait la preuve que Morgan incendiait les bateaux de ses propres clients depuis quelque temps déjà pour faire face à ses échéances en utilisant des techniques pyrotechniques identiques à celles par lesquelles il avait fait sauter la maison d'Abby. La police avait confirmé la chose.*

*L'enregistrement du copyright, le document que Morgan avait fabriqué à son propre nom, languissait à présent dans la poubelle bureaucratique du Bureau des copyrights selon les intentions initiales d'Abby. Il y avait peu de chances qu'on le recherche jamais.*

*Sous le coup de l'excitation, Bertoli n'avait vu que du feu lorsque Abby avait habilement substitué une autre esquisse de la suite de son roman à celle existant déjà.*

*Jack laissa un pourboire sur la table et ils descendirent la rue vers la cohue qui piétinait devant la librairie. Lorsqu'ils arrivèrent à proximité, des dizaines de regards de curiosité se tournèrent vers eux. Un murmure étouffé parcourut bientôt toute la queue qui ondula comme celle d'un dragon chinois. Les gens qui venaient plus loin dans la queue en sortaient pour jeter un œil. On eût dit une foire à la célébrité : la star du film dans une rue, Abby et Jack dans l'autre.*

*Lorsqu'ils arrivèrent en vue, les murmures s'intensifièrent et on entendit même quelques cris. On les accompagna alors rapidement à travers la foule et on les fit entrer.*

*L'intérieur était rempli jusqu'à la hauteur des fenêtres de piles de livres, tous ceux écrits par Abby. La suite du roman était posée sur la table devant elle. Elle portait en couverture le nom de Gable Cooper et, au dos, la photo d'Abby à côté de qui Jack affichait une contenance de vieux baroudeur, un partenariat scellé par l'amour.*

*Le roman racontait l'histoire d'une femme plus toute jeune, écrivain dans la dèche, qui, ayant écrit le roman de sa vie, utilise un bel et dangereux homme de paille pour commercialiser son livre, intitulé :* La Liste.

*Du même auteur :*

PRINCIPAL TÉMOIN, collection « Grand Format », Grasset, 1996.

TROUBLE INFLUENCE, collection « Grand Format », Grasset, 1997.

PAS DE PITIÉ POUR LE JUGE, collection « Grand Format », Grasset, 1997.

RÉACTION EN CHAÎNE, collection « Grand Format », Grasset, 2001.

L'AVOCAT, collection « Grand Format », Grasset, 2002.

Composition réalisée par EURONUMÉRIQUE

*Imprimé en France sur Presse Offset par*

BRODARD & TAUPIN

GROUPE CPI

La Flèche (Sarthe).
N° d'imprimeur : 15304 – Dépôt légal Édit. 27530-11/2002
LIBRAIRIE GÉNÉRALE FRANÇAISE - 43, quai de Grenelle - 75015 Paris.

ISBN : 2 - 253 - 17258 - 8 31/7258/2